KB231306

역주 원중랑집 3

The Complete Works of Yuán Hóng Dào

역주 원중랑집 3

The Complete Works of Yuán Hóng Dào

지은이 원굉도(袁宏道, 1568~1610)는 명(明)나라 공안(公安) 사람으로 자(字)는 중랑(中郞)이다. 1592년(萬曆 20)의 진사로, 오현(吳縣) 현령으로 있다가 곧 관직을 그만두고 고향으로 돌아갔다. 뒤에 다시 기용되어 계훈낭중(稽勳郞中)에 이르렀다. 형 종도(宗道), 동생 중도(中道)와 함께 문학으로 이름이 높아서 '삼원(三袁)'이라 일컬어졌다. 왕세정(王世貞)·이반룡(李攀龍) 등 천후칠자(前後七子)의 복고주의를 비판하고, 자신의 성령(性靈)을 펼쳐내고 격투(格套)에 얽매이지 않을 것을(獨抒性靈, 不拘格套) 주장하였다. 저서에 『원중랑집(袁中郞集)』, 『상정(觴政)』, 『병사(瓶史)』 등이 있으며 『명사(明史)』 권288에 전기가 전한다.

옮긴이 심경호(沈慶昊)는 서울대학교 인문대학 국어국문학과 및 동 대학원을 졸업했다. 일본 교토대학(京都大學) 문학연구과 박사과정(중국문학 전공)을 수료하고 박사학위를 받았다. 한국정신문화연구원 교수, 강원대학교 인문대학 국어국문학과 교수를 거쳐, 현재 고려대학교 문과대학 한문학과 교수로 재직중이다. 저서로 『강화학파의 문학과 사상』 1~4(공저, 한국정신문화연구원), 『다산과 춘천』(강원대 출판부), 『조선시대 한문학과 시경론』(일지사), 『한문산문의 내면풍경』(소명출판), 『한학연구입문』(이회문화사), 『김시습평전』(돌베개) 등이 있으며, 역서로 『금오신화』(홍익출판사), 『당시 읽기』(창작과비평사), 『주역철학사』(예문서원), 『중국의 자전문학』(소명출판) 등 다수가 있다.

옮긴이 박용만(朴用萬)은 한국정신문화연구원 한국학대학원 문학박사로, 현재 한국정신문화연구원 전문위원이다. 논문으로 「이용휴(李用休)의 시문학 연구」 외 다수가 있으며, 역서로 『효경』(이회문화사), 『마음을 다스리는 글』(이회문화사) 등이 있다.

옮긴이 유동환(劉東桓)은 고려대학교 대학원 철학과 철학박사로, 현재 (주)여금 대표이자 한신대학교 디지털문화콘텐츠학과 겸임교수이다. 논문으로 「이지(李贄)의 천인이욕론(天人理欲論) 연구」 외 다수가 있으며, 저서로 『조조병법』(바다출판사)이 있고, 역서로 『몽구』(홍익출판사), 『안씨가훈』(홍익출판사) 등이 있다.

역주 원중랑집 3

1판 1쇄 인쇄 2004년 12월 10일
1판 1쇄 발행 2004년 12월 20일

지은이 / 원굉도
옮긴이 / 심경호·박용만·유동환
펴낸이 / 박성모
펴낸곳 / 소명출판
출판고문 / 김호영
등록 / 제13-522호
주소 / 137-878 서울시 서초구 서초동 1621-18 (란빌딩 1층)
대표전화 / (02) 585-7840
팩시밀리 / (02) 585-7848
somyong@korea.com / www.somyong.com

ⓒ 2004, 한국학술진흥재단

값 26,000원

ISBN 89-5626-138-5 93820
ISBN 89-5626-135-0 93820(전10권)

역주 원중랑집(袁中郎集) 3

The Complete Works of Yuán Hóng Dào

원굉도 저 / 심경호 · 박용만 · 유동환 역주

소명출판

이 책은 명나라 말기의 자유주의 사상가이자 개성주의 문학가였던 원굉도(袁宏道)의 시문을 역주한 것이다. 본래 한국학술진흥재단에서 시행하는 동서양학술명저 번역지원사업의 2001년도 과제로 선정되어 2003년도에 결과물을 제출하였는데, 금번에 이와 같은 형태로 간행하게 되었다.

원굉도는 인간 존재의 문제에 대해 진지하게 탐색하는 한편으로, 세속의 삶을 조롱하면서 일견 퇴폐적이라고까지 할 감각적 취미를 지녔던 인물이다. 문학의 방면에서는 복고주의 문학을 비판하고 개성을 중시하는 참신한 시문을 창작하여, 명나라 말기의 중국에서만이 아니라 17세기 이후 한국이나 일본에서도 인기가 매우 높았다. 심지어 그의 문집이 『사고전서(四庫全書)』에 수록되지 않고 「존목(存目)」에 이름만 기록된 것은 그의 시문이 하도 청신하고 발랄해서 청나라 사람들이 싫어해서 그런 것이라는 오해마저 생겨날 정도였다. 중국에서 신문화운동이 벌어지던 1930년대에는 원굉도의 문학적 성과를 둘러싸고 선전하는 이론과 비판하는 이론이 첨예하게 대립하기도 하였다. 오늘날 동아시아의 전근대 시기 문학사와 지성사를 연구하는 사람들은 원굉도의 문학 및 사상을 크게 주목하고 있다.

그런데 우리나라에서는 과거에 원굉도의 시문을 목판으로 인쇄한 적이 없었던 듯하고, 현대에 들어와서 선역하여 소개한 일도 없었다. 일본의 경우는 미흡하나마 17세기 말에 이미 훈점본이 나왔고, 또 적은 양이지만 시의 일부를 선역한 이리야 요시타카[入失義高]의 『원굉도(袁宏道)』(岩波書店, 東京, 1963)가 있다. 한편 중국에서는 전백성(錢伯城)의 『원굉도집전교(袁宏道集箋校)』(중국: 上海古籍出版社, 1981)가 간행되어 원굉도 연구에 상당한 기여를 하게 되었다.

원굉도의 문집을 우리말로 역주하는 과제가 학술진흥재단의 번역지원사업으로 공시되었던 것은 아마도 우리 학계의 요구가 일정하게 반영된때문일 것이다. 나는 그 지원을 받게 되어, 박용만 박사, 유동환 박사와번역연구팀을 구성해서, 2001년도 겨울부터 원굉도의 시문을 강독하기시작하였다. 박용만 동학은 원굉도의 문학과 깊은 관계가 있는 이용휴(李用休)의 문학을 전공하여 한국학대학원에서 문학박사학위를 취득하였고, 유동환 동학은 원굉도의 사상에 깊은 영향을 준 이탁오(이지)의 사상을연구하여 고려대학교 철학과에서 철학박사학위를 취득한 분이다.

본래 문학과 사상을 공부하기 위해서는 한 작가 혹은 저술가의 전집을 통람하는 것이 좋다. 나는 평소 통람의 한 방법으로 역주의 방식을매우 중요하게 여겨 왔다. 원굉도 시문의 역주는 학계나 일반 독자를 위한 봉사의 의미도 있지만, 무엇보다 나 자신이 그 시문들을 통람하기 위해서도 매우 필요한 일이었다.

우리들은 전백성 씨의 『원굉도집전교』를 토대로 역주를 시작하였다. 『원굉도집전교』는 패란거(佩蘭居)의 40권본 『원중랑전집』을 저본으로 삼아, 원래의 시문을 체제에 따라 분류하고 합편한 것으로, 여러 이본들을교감하고 전교(箋校)를 붙인 것이다. 본편 55권과 부록 3권 등 전체 58권으로 이루어진 방대한 분량이다. 부록 1권은 일시·일문을 모아 놓았고, 부록 2권은 전기(傳記)·평론(評論)·저록(著錄)을 수록하였으며, 부록 3은 원굉도의 시문이 그때그때 편집되어 단행(單行)될 때 쓰여진 서발문을 편집하였다. 국역은 『원굉도집전교』에 수록된 본편 55권을 대상으로 삼아 그 내용을 모두 번역하기로 하였다.

역주본을 간행하기 위해 우선 박용만 박사와 유동환 박사가 원문을 전부 전산 입력하여 주었다. 55권이나 되었으므로, 입력을 한 뒤 오자를 바로잡는 데만도 상당한 시간이 걸렸다. 한국학대학원의 여러 젊은 연구자들과 나의 연구실에서 공부하는 대학원생들도 도와주었다. 이 자리를 빌어서 감사 드린다.

그 뒤 우리 세 사람은 전공을 고려해서 권별로 분담해서 각각 초벌 작업을 하고 그것을 자료로 강독을 하면서 내가 감수하려고 하였다. 그러나 여러 가지 난관에 부딪혔다. 두 분의 경우 대학의 강사로서 바쁜 생활에 쫓겨야 하였고, 나의 경우도 여러 가지 사정상 역주에 몰두할 수가 없었다. 게다가 나는 2003년도에 연구년을 맞아, 그 해 4월부터 다음 해인 2004년의 2월까지 일본 교토대학의 초빙교수로 가 있어야 하였다. 강독을 할 수 없게 된 것이다.

그래서 2003년 4월부터 작업의 방식을 바꾸었다. 상당 부분의 시문들을 내가 일차적으로 역주하고, 두 공동연구자가 그 원고를 검토하고 교정을 보아주기로 하였다. 하지만 내게는 별도의 일들이 산적하여 있었다. 최종보고서의 제출기한을 연기해달라고 청원하였으나, 규정 때문에 허락을 받지 못하였다. 그 때문에 나는 교토에서의 연구기간을 매우 고통스럽게 보내었다. 2003년 8월부터 11월까지는 외출도 거의 하지 못하고 열악한 환경의 숙소에서 밤 깊은 시각까지 자판을 두드려 대었다. 눈이 보이지 않게 되고, 물 한 모금 마시지 못하게 된 적도 있었다. 다만 고독하였기에 집중할 수 있었고, 그 때문에 마음의 상처를 치유할 수 있었다. 그렇지만 사전 등의 공구서가 가까이 없었으므로 안타까웠다.

원굉도의 시문은 평이하고 재미있는 글도 많지만, 번역하기 까다로운 시문도 많았다. 곧, 원굉도의 시는 평이한 것은 아주 평이하여 속되다는 비판을 듣는다. 하지만 원굉도는 풀어서 쓸 내용들을 한두 마디로 압축하길 좋아하고, 원관념과 보조관념의 연결에 의외성을 도입한 비유 형식을 곳곳에 끼워 넣으며, 단어를 쪼개어 수수께끼같이 만든 할렬어를 다용하였다. 그뿐 아니라 하나의 구에 전절을 많이 두거나, 공대(工對)가 아닌 비틀린 대장(對杖)을 즐겨 사용하였으므로 번역을 하면 무미한 서술문으로 될 수밖에 없는 것도 있었다. 게다가 위진(魏秦)의 인물고사를 전고로 많이 사용하였고, 기존의 시문들을 불쑥불쑥 틀어서 끌어다 썼다. 심지어 험운(險韻)으로 시 짓기를 좋아하였고, 시상의 전개도 기복이 심하였다.

산문의 경우는 생각과 정서의 흐름에 따라 문장을 끊고 꺾었으므로, 나로서는 이해하기 어려웠다. 불교 용어를 쓴다든가 불가언설의 선적 논리를 구사한 것도 많았다. 이러한 점은 원굉도가 '독서성령(獨抒性靈)'을 기치로 내세운 사실과 일견 모순되는 듯하게 여겨지기까지 하였다. 그러나 실은 원굉도는 자신만의 독특한 경지를 열기 위해 이른바 법(法)을 배격하였으므로, 그 결과 더욱 난해한 시문을 낳고 말았던 것이다. '나의 시' '나의 글'이란 그만큼 난해성을 수반한다는 사실을 깨달았다.

원굉도의 형 원종도(袁宗道)는 아우의 시가 특히 중간에 크게 변하여 대단히 각고(刻苦)하여 내었다고 하였다. 각고하여 시를 지은 것은 원종도 자신도 마찬가지였다. 원종도는 스스로의 시에 대해 일컫기를, "새로 지은 시가 너무 기괴하고 험벽해서 괴이하여라, 뼈가 삭을 정도로 괴롭게 읊는 것이 가을 매미와 같구나(怪得新詩奇僻甚, 苦吟骨削類枯蟬)"라고 하였다. 정말로 원굉도는 새로운 어휘들을 만들어 쓰거나 일상에서는 그리 쓰이지 않고 몇몇 시인들만 사용하던 어휘들을 즐겨 썼다. 그 사실은 그의 시문에 나타난 많은 어휘들이 『한어대사전(漢語大詞典)』 12책(중국 한어대사전편집위원회 한어대사전편찬처 간행, 1991)의 표제항에서 유일하거나 극소수의 용례로 등재되어 있는 사실로도 짐작할 수 있을 것이다.

그렇게 각고하여 창작한 시와 문을 이해하기 위해, 나는 한시 한문 공부를 다시 하여야 할 것만 같았다. 내가 작성해서 인터넷 메일로 보낸 원고들을 윤독하고 각주를 보완하고 내용을 수정하느라, 박용만 박사와 유동환 박사는 무척 고생을 하였다. 번역 결과는 완전히 우리 세 사람의 공동작업이다. 머리 숙여 감사 드린다.

2004년 2월에 다시 안암동의 연구실로 복귀하였으나, 여러 가지 일이 일어나 나의 삶 자체가 뒤틀리고 말았다. 미처 귀국하지 못한 사이에 스승이자 후원자이신 장인을 잃었다. 3월부터 5월까지는 눈물을 훔치면서 장인의 유고와 장서들을 정리하였다. 8월의 혹서에는 나의 하늘이신 아버지를 잃었다. 한문학회의 중국 학술대회에 참석하고 잠시 기분을 전환한 직후의 일이었다. 마을버스 타는 곳까지 내 책을 들어다 주시고 골목길로 올라가시는 '아버지의 뒷모습'을 뵌 것이 마지막이 되었다. 원굉도가 자주 사용한 말처럼 인생이란 하나의 포말이요 환영이란 말인가!

역주본을 출간하려면 아직 검토하고 수정할 내용이 많았다. 마음을 추스르고 한 해 더 뜸을 들였으면 하였다. 하지만 출판사의 사정이 여의치 않아서, 2004년도 12월 말까지 책을 출간하여야 한다고 하였다. 소명출판은 최근 한국학 분야의 젊은 저자들과 깊은 관계를 맺고 의미 있는 학술 서적을 지속적으로 간행해오고 있다. 이런 출판사가 사정이 어렵다는 것을 알면서 그저 덤덤하게 있을 수는 없었다. 다시 무리를 하였다. 강의의 짬짬이, 그리고 늦은 시각까지, 침침한 눈을 노트북의 화면에 고정시켜야 하였다.

새로 수정한 원고는 공동연구자들도 교정을 보아주었으나, 내 연구실의 송호빈 군, 한민섭 군, 그리고 나의 여러 수업을 들어온 고려대 대학원의 안세현 군, 김광년 군이 많은 도움을 주었다. 특히 송호빈 군과 안세현 군은 오·탈자와 부호의 잘못을 일일이 지적해주었다. 이 젊은 동학들의 도움이 없었다면 역주본은 도저히 출간할 수가 없었을 것이다. 이 책이 이러한 과정을 거쳐 이러한 형태로 세상에 나오는 것도 운명이라면 운명이라고 하여야 하지 않을까!

　완간을 자축할 수 없는 아쉬움과 슬픔을 고백하기 위해, 저간의 사정
을 구구하게 기록하여 둔다. 모쪼록 이 번역본이 원굉도의 문학과 사상
을 이해하고자 하는 분들에게 자그만 길잡이나마 되었으면 한다.

2004년 12월 1일
회기동의 작은 마당 집에서
고애자 심 경 호

○이 번역물은 원굉도(袁宏道)의 문집『원중랑전집(袁中郎全集)』을 전역(全譯)한 것이다. 다만 번역의 저본으로는 전백성(錢伯城),『원굉도집전교(袁宏道集箋校)』(중국 : 上海古籍出版社, 1981)를 사용하였다.

『원굉도집전교』는 패란거(佩蘭居)의 40권본『원중랑전집』을 저본으로 삼아, 원래의 시문을 체제에 따라 분류하고 합편(合編)한 것으로, 여러 이본들을 교감하고 전교(箋校)를 붙인 것이 특징이다. 본편 55권과 부록 3권 등 전체 58권으로 이루어진 방대한 분량이다. 본편 55권 가운데 30권은 유기(遊記)·척독(尺牘)·서(敍)·비(碑)·잡저(雜著) 등의 산문이고, 24권은 시집이다. 제55권에는 시와 산문이 함께 실려 있다. 부록 1권은 유실된 시문을 모아 놓았고, 부록 2권은 전기(傳記)·평론(評論)·저록(著錄)을 수록하였으며, 부록 3은 원굉도의 시문이 그때그때 편집되어 단행(單行)될 때 쓰여진 서발(序跋)을 모아 편집하였다. 이 번역본은 일차적으로『원굉도집전교』에 수록된 본편 55권을 모두 번역하기로 한다.

그리고『원굉도집전교』에 대하여, 일부 의심되는 점은 다음 자료에 의하여 보완하거나 정정하였다.

李建章,『≪袁宏道集箋校≫志疑·袁中郎行狀箋校證·炳燭集』, 湖北人民出版社, 1994.

또한, 최근에 원굉도의 불교 관련 저술인『덕산주담(德山塵譚)』(본 번역책 권44)의 원본이라고 할『산호림(珊瑚林)』에 대한 연구가 이루어졌으므로,『덕산주담』의 부분을 번역할 때에는 그 연구성과를 충분히 참고로 하였다.

아라키겐고(荒木見悟) 편,『산호림(珊瑚林)』, ぺりかん社, 2001.3.

○원굉도의 문집은『사고전서(四庫全書)』에 수록되지 않고 그「존목(存目)」에만 이름이 올라 있고, 근세에 들어와『사부비요(四部備要)』,『사부총간(四部叢刊)』등 문화사적으로 매우 중요한 총서(叢書)가 편찬될 때에도 수록되지 않았다. 이러한 반면에 그의 문집은 민간에서 다양한 판본과 전사본으로 유통되었고, 조선 후기의 문인들 및 일본의 문인들 사이에서도 널리 읽혔다. 따라서 원문이 여러 가지 형태를 띨 수 있으므로, 주요한 이본(異本)들에 대해서는 원문의 표기 사실을 밝혀 두는 것이, 원굉도를 연구할 때나 조선 후기 시문과 원굉도의 시문을 비교 연구할 때에 참고가 되리라고 생각된다.

전백성(錢伯城),『원굉도집전교(袁宏道集箋校)』에 따르면 원굉도의 저작 판본 가운데 주요한 것들은 아래와 같다.

① 공안 가각본(公安家刻本) : 권수 미상. 원굉도가 아우 원중도(袁中道, 小修)에게 준 서신에

언급되어 있으나 지금은 볼 수가 없다.

② 오군(吳郡) 원숙도(袁叔度, 無涯) 서종당(書種堂) 사각본(寫刻本) : 만력(萬曆) 30(1602)년, 36(1608)년, 38(1619)년에 모두 7종이 간행되었다. 『폐협집(敝篋集)』 2권, 『금범집(錦帆集)』 4권(부록 : 『去吳七牘』), 『해탈집(解脫集)』 4권, 『병화재집(瓶花齋集)』 10권, 『광장(廣莊)』 1권, 『병사(瓶史)』 1권, 『소벽당집(瀟碧堂集)』 20권(오군 『소벽당집』에는 두 종류가 있다. 하나는 20권본이고, 다른 하나는 『속집』 10권을 더한 것인데, 단 이 『속집』은 실은 『병화재집』임. 이것을 아울러 '원중랑 7종'이라 하는데, 원중랑은 '정밀하되 미비된(精而不備)' 텍스트라고 불렀다. 하지만 종수(種數)와 집명(集名)이 원작자의 의도에 부합하므로, 전집은 아니지만 정본(精本)이라 할 수 있다.

③ 수수(繡水) 주응인(周應麐) 교각(校刻) 『원중랑전집(袁中郞全集)』 : 만력 연간 간행. 모두 10종. 『광장(廣莊)』 1권, 『폐협집(敝篋集)』 2권, 『파연재집(破硏齋集)』 3권, 『광릉집(廣陵集)』 1권, 『도원영(桃源詠)』 1권, 『화숭유초(華嵩游草)』 2권, 『병사(瓶史)』 1권, 『상정(觴政)』 1권, 『광언(狂言)』 2권, 『광언별집(狂言別集)』 2권.

④ 『원중랑미각유고(袁中郞未刻遺稿)』 2권 : 『삼원선생집(三袁先生集)』 가운데 하나로, 대략 만력·천계(天啓) 연간에 간행되었다. 원중도(袁中道)는 원굉도의 유작 가운데 별도로 2권이 더 있다고 말한 바 있다. 원중도의 가각본(家刻本)은 지금 볼 수가 없고, 또 원굉도의 아들 원팽년(袁彭年)의 『속집(續集)』도 있었던 듯하지만 지금 볼 수가 없다. 어쩌면 이 텍스트는 원중도가 편정(編定)한 2권본이었을 가능성이 있다. 권수(卷首)에 '운간 진계유 중순보 열(雲間陳繼儒仲醇甫閱)'이라 쓰여 있다.

⑤ 하위연(河偉然) 편 『이운관유정원중랑전집(梨雲館類定袁中郞全集)』 24권 : 만력 45(1617)년 금릉(金陵) 대업당(大業堂) 간행. 원굉도의 시문을 체제별로 분류하여 편찬한 것은 이 책에서 시작되었다. 청나라 동치(同治) 연간에 다시 원헌건(袁憲健)·원조(袁照)의 복각본(覆刻本)이 나왔다.

⑥ 원중도(袁中道) 편 『원중랑선생전집(袁中郞先生全集)』 23권 : 만력 47(1619)년 휘주(徽州) 간행. 위의 텍스트와 마찬가지로 분체합편(分體合編)의 체제이다. 권수(卷首)에 필무강(畢懋康)의 서문이 있고, 권5의 서명 아래에 '해양 오회정 복계 교(海陽吳懷貞復季校)'라고 쓰여 있다. 지금 희귀본이다.

⑦ 육지선(陸之選) 편 『신각종백경증정원중랑전집(新刻鍾伯敬增定袁中郞全集)』 40권 : 숭정(崇禎) 2(1629)년 무림(武林) 패란거(佩蘭居) 간행. 분체합편(分體合編). 수록된 편목이 가장 완전하여 다른 텍스트보다 널리 유행하였다.

⑧ 육운룡(陸雲龍) 평선(評選) 『취오각평선원중랑선생소품(翠娛閣評選袁中郞先生小品)』 2권 : 숭정 5(1632)년 전당(錢塘) 쟁운관(崢雲館) 간행. 선문(選文)은 모두 50편.

⑨ 『원굉도시문집(袁宏道詩文集)』 : 『명사(明史)』 「예문지(藝文志)」에 이름이 기록되어 있으나, 과안하지 못하였다.

⑩ 『서방합론(西方合論)』 10권 : 태창(泰昌) 원년(1620) 오문(吳門) 각본(刻本)이 있으나 볼 수 없다. 지금 볼 수 있는 것은 순치(順治) 4(1647)년 주지기(周之夔) 간본과 순치 8(1651)년 석 지욱(釋智旭) 평본(評本)이다. 일본 대정신수대장경(大正新修大藏經)에 수록되어 있는 『서방합론』은 바로 주지기 간본에 의거하여 배인(排印)한 것이다.

이밖에도 각종 별행본(別行本)이 있고, 또 시문 총집(總集)이나 선집(選集)에 원굉도의 시문이 수록되어 있는 것이 많이 있다. 대표적인 별행본으로는 다음과 같은 것들이 있다.

『광장(廣莊)』 : 선열산방본(禪悅山房本), 진미공중정본(陳眉公重訂本).

『병사(瓶史)』: 진미공중정본.
『묵휴(墨畦)』:『황명백가소설(皇明百家小說)』수록.『학해유편(學海類編)』수록(제목은 ‘瓶
　　　　花齋雜錄’).
『섬락일기(陝洛日記)』: 즉,『장옥후기(場屋後記)』.『황명백가소설(皇明百家小說)』수록.
『서호유기(西湖遊記)』일부 : 즉『해탈집(解脫集)』가운데『서호유기』의 일부.『무림장고총편
　　　　(武林掌故總編)』수록(서제목은 ‘西湖記述’).

　기타 각종 시문총집, 선집으로 원굉도의 시문을 수록한 것을 열거하면 다음과 같다.

『명산개기(名山槪記)』: 숭정 연간 간행. 편자 미상. 원굉도의 유기, 잡저, 척독 70여편 수록.
『명문해(明文海)』: 초본(鈔本). 황종희(黃宗羲) 편. 원굉도의 각체 문 20편 수록.
『명시초(明詩鈔)』: 彭孫詒 편. 원굉도의 시 약간수 수록.
『열조시집(列朝詩集)』: 전겸익(錢謙益) 편. 원굉도의 시 약간수 수록.
『명시종(明詩綜)』: 주이준(朱彝尊) 편. 원굉도의 시 약간수 수록.
『명시별재(明詩別裁)』: 심덕잠(沈德潛) 편. 원굉도의 시 약간수 수록.
『명시기사(明詩紀事)』: 진전명(陳田明) 편. 원굉도의 시 약간수 수록.

　전백성 씨는 전교본(箋校本)을 새로 편찬하면서 다음과 같은 텍스트들을 주로 참고
로 하였다.

패란거(佩蘭居) 40권본 : 전교본(箋校本)에서는 ‘원본(原本)’이라 하였으나, 이 번역본에서는
　　　　‘패란거본’이라 명명한다.
오군(吳郡) 서종당본(書種堂) 간행본 : 전교본에서는 ‘오군본(吳郡本)’이라 하였으나, 이 번역
　　　　본에서는 ‘서종당본(書種堂本)’이라 명명한다.
원소수(袁小修) 편교본(編校本) : 전교본에서는 ‘소수본(小修本)’이라 하였다. 이 번역본에서
　　　　도 ‘소수본’이라 간칭한다.
이운관본(梨雲館本) : 전교본에서는 ‘이본(梨本)’이라 간칭하였으나, 이 번역본에서는 ‘이운관
　　　　본(梨雲館本)’이라 명명한다.
『원중랑십집본(袁中郞十集本)』: 전교본에서는 ‘십집본(十集本)’이라 간칭하였다. 이 번역본
　　　　에서도 ‘십집본(十集本)’이라 부른다.
『원중랑미각유고』: 전교본에서는 ‘유본(遺本)’이라 간칭하였으나, 이 번역본에서는 ‘유고본
　　　　(遺稿本)’이라 명명한다.
취오각(翠娛閣) 평선본(評選本) : 전교본에서는 ‘취본(翠本)’이라 간칭하였으나, 이 번역본에
　　　　서는 ‘취오각본(翠娛閣本)’이라 명명한다.
『명시초(明詩鈔)』

　이 번역본에서는 이본(異本)들 사이의 글자의 출입을 조사할 때 전백성 씨의 교감기
를 참고로 하고, 원본을 볼 수 있는 것은 직접 원본을 활용하였다.
○시의 번역은 원문의 뜻을 잘 전달할 수 있도록 풀어서 번역하되, 번역문 자체가 하
나의 시가 될 수 있도록 어법이나 어휘를 조정하였다.
　산문의 번역은 원문의 뜻을 이해하기 쉽도록 적절히 끊어서 번역하였다. 문체는 직
역 어투를 피하고 가급적 일반인들도 이해할 수 있도록 현대 어법에 맞는 평이한 문체

를 사용하였다.

○시나 산문의 창작 시기, 인명과 지명, 창작 의도에 관한 사항 가운데 전백성(錢伯城),『원굉도집전교(袁宏道集箋校)』의 고증을 소개할 필요가 있는 것들은 '전교(箋校 : 전교)'에 정리하였다. 또한 전백성 씨의 원문 교감 가운데 반드시 소개할 필요가 있다고 생각되는 내용은 역시 '전교'의 항에서 함께 제시하였다. 다만 전백성 씨의 전교(箋校)가 부적절하다고 판단될 때는 내용을 조정하였다. 예를 들면 전백성 씨는 원굉도의 불교사상이 초보적인 수준이었다고 보았으나 그것은 사실과 다르므로, 관련 서술을 삭제하였다. 그리고 李建章,『『袁宏道集箋校』志疑・袁中郎行狀箋證・炳燭集』(湖北人民出版社, 1994)에서 지적된 전백성 씨 전교(箋校)의 의문점이나 오류는 '지의(志疑 : 지의)'라는 항목에서 소개하였다.

그리고『원굉도』의 문집 이외에 원굉도의 시문과 관계 있는 주요 자료들을 집록(輯錄)・평선(評選)하거나 연구한 다음과 같은 서적들을 역시 참조하였다.

원중도(袁中道),『가설재집(珂雲齋集)』(전3책), 上海 : 上海古籍出版社, 1989.
원종도(袁宗道),『백소재유집(白蘇齋類集)』, 上海 : 上海古籍出版社, 1989.
이지(李贄),『분서(焚書)・속분서(續焚書)』, 臺北 : 河洛圖書出版社, 1974.
황인생(黃仁生) 집교(輯校),『강영과집(江盈科集)』(상하), 岳麓書社, 1997.
유지운(劉志雲) 역,『병사(瓶史)』, 日本 : 1987.3.
아라키겐고(荒木見悟) 편,『산호림(珊瑚林)』, ぺりかん社, 2001.3.
아라키겐고(荒木見悟) 저,『명대사상연구(明代思想研究)』, 創文社, 1988.
이리야 요시타카(入矢義高) 주,『원굉도(袁宏道)』, 中國詩人選集 2집 11, 岩波書店, 1963.
주질평(周質平),『원굉도평전(袁宏道評傳)』, 東海大學中文研究所 碩士論文, 1974.
임양직(任亮直),『원중랑시문선주(袁中郎詩文選注)』, 河南大學出版社, 1993.
주군(周群),『원굉도평전(袁宏道評傳)』, 南京大學出版社, 1999.12.
Hung Ming-shui, *Yuan Hung-tao and the Late Ming Literary and Intellectual Movement*, Ph7. dissertation, University of Wisconsin-Madison, 1974.12.
모순(茅盾),『서호람승(西湖攬勝)』, 林台・章輝夫・阮柔 譯,『西湖名所めぐり』, 浙江人民出版社・外文出版社, 1982.

또한 원굉도 시문을 번역할 때에 다음과 같은 일본 훈점본(訓點本)도 참고로 하였다.

『이운관유정 원중랑전집(梨雲館類定 袁中郎全集)』, 和刻本漢詩集成 第十九輯 補篇三, 影印 據 元祿九年(1696)十月 京都 小島市右衛門 等 覆明末刊寫刻本 24冊, 汲古書院, 1977.
『원중랑선생척독(袁中郎先生尺牘)』, 和刻本漢籍文集 第十五輯, 影印 據 宮川德(崑山)・鳥居吉人(九江)編 山本時亮(北皋)校 安永十年(1781) 山本北山奚疑塾刊本 2卷, 汲古書院, 1975.

원굉도에 대한 연구는 중국에서 1970년대부터 시작되었으며 한국에서는 1990년대부터 점차 이루어지기 시작하였다. 참고할 만한 주요저작들을 학위논문과 단행본을 중심으로 정리하면 다음과 같다.

〈한국〉
裵다니엘, 「袁中郎의 文學觀硏究」, 韓國外國語大學校 碩士學位論文, 1990.
李基勉, 『袁宏道性靈說硏究』, 高麗大學校 博士學位論文, 1993.
南德鉉, 『公安派之文學論硏究-以袁氏三兄弟代表』, 韓國外國語大學校 碩士學位論文, 1994.
禹在鎬, 『袁宏道詩歌硏究』, 서울大學校 博士學位論文, 1995.
姜旻範, 『袁宏道散文硏究』, 成均館大學校 博士學位論文, 2001.
宋泰明, 「원굉도 척독 연구」, 고려대학교 대학원 석사논문, 2001.12

〈중국〉
朱銘漢, 『袁中郎之文學批評觀』, 東海大學校 碩士學位論文, 1978.
高八美, 『袁中郎及其小品文硏究』, 臺灣輔仁大學校 碩士學位論文, 1978.
陳萬益, 『晚明性靈文學思想硏究』, 臺灣大學校 博士學位論文, 1978.
吳武雄, 『公安派及其著述考』, 東海大學校 碩士學位論文, 1981.
李愚一, 『袁中郎小品文硏究』, 高雄師範大學校 碩士學位論文, 1986.
朴鍾學, 『公安派文學思想及其背景硏究』, 臺灣大學校 碩士學位論文, 1988.
林美秀, 『袁中郎的思想與文學硏究』, 高雄師範大學校 博士學位論文, 1997.
韋仲公, 『袁中郎學記』, 新文豊出版公司, 1979.
田素蘭, 『袁中郎文學硏究』, 文史哲出版社, 1982.
任訪秋, 『袁中郎硏究』, 上海古籍出版社, 1983.
周質平, 『公安派的文學批評及其發展』, 臺灣商務印書館, 1986.
邱敏捷, 『參禪與念佛-晚明袁宏道的佛敎思想』, 商鼎文化出版社, 1993.
湖北公安派文學硏究會, 『晚明文學革新派公安三袁硏究』, 1987.

○ 한편, 기타 자료나 연구논저를 참조하여 덧붙여 할 내용이 있거나, 원굉도의 해당 시문이 조선 후기의 한문학과 상당한 관련이 있을 경우에는 그 사실을 '부론(附論 : 부론)'으로 밝혔다.

○ 시나 산문의 내용을 이해하기 위하여 필요한 전고(典故)나 점화(點化)의 사실은 각주의 형태로 가능한 한 충실하게 붙였다. 특히 전고가 있는 경우에는 주석에서 그 내용을 충분히 풀어서 소개하여, 일반인들도 흥미를 가질 수 있도록 하였다.

○ 원굉도의 시문과 한국한문학과의 관련에 대해서는 번역본의 10책 권말에 별도로 해설을 붙였다. 또한 원굉도의 가계표와 연보를 별도로 작성하여 권두에 제시하였다.

○ 시의 원문은 각 시의 아래에 붙여두어 열람하기 편하도록 하였다. 또한 시의 원문에는 구와 연을 구별하기 위하여 반점과 온점을 찍었다. 환운(換韻)하였을 경우에는 운이 바뀐 곳마다 부호(」)를 붙였다. 원문의 이체자는 가능한 한 그대로 표기하였지만, 조판의 사정 때문에 부득이 IS 9081의 글자체로 바꾼 예도 있다.

○ 산문의 원문에는 구두 부호를 붙이고, 압운을 하였을 경우에는 운자를 고딕체로 표시하였다. 원문의 이체자는 가능한 한 그대로 표기하였지만, 조판의 사정 때문에 필요한 경우에는 IS 9081의 자체로 바꾸었다.

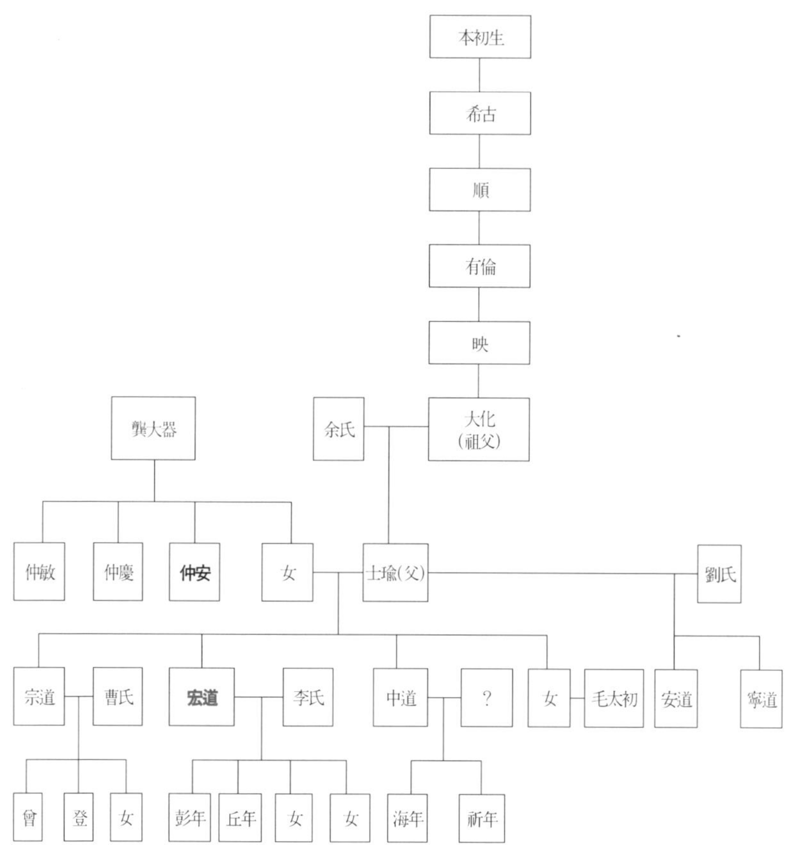

1) 이리야 요시타카(入矢義高), 『원굉도(袁宏道)』(岩波書店, 東京, 1963), 162면을 참조. 한편, 전백성(錢伯城)의 『원굉도집전교(袁宏道集箋校)』(上海古籍出版社, 1981)는 원굉도의 가계와 관련하여 잘못 기록한 것이 있다. 특히 원이도(袁履道)를 원굉도의 이복동생이라고 곳곳에서 언급하였으나, 원이도는 증조가 다른 족형제이다. 이리야 요시타카의 표가 정확하다.

원굉도(袁宏道) 연보[1]

年 代	年齡	事 跡	尺牘 作品
隆慶2年(1568)	1	12月 6日, 湖北 公安縣 長安里에서 태어남. 이때 袁宗道의 나이 9歲.	
隆慶3年(1569)	2		
隆慶4年(1570)	3	袁中道가 태어남.	
隆慶5年(1571)	4		
隆慶6年(1572)	5		
萬曆1年(1573)	6		
萬曆2年(1574)	7		
萬曆3年(1575)	8	母親 龔氏 사망. 庶祖母인 詹氏와 余氏가 袁氏 三兄弟를 양육함.	
萬曆4年(1576)	9		
萬曆5年(1577)	10		
萬曆6年(1578)	11		
萬曆7年(1579)	12	袁宗道 湖廣鄕試에 及第	
萬曆8年(1580)	13	袁宗道 妻의 질병으로 會試에 응시하지 못하고 歸鄕함	
萬曆9年(1581)	14		
萬曆10年(1582)	15	諸生이 되어 沙市의 鄕校에 入學. 縣城의 남쪽에서 文社를 결성하여 社長이 됨. 鄕試 준비를 위해 詩와 古文辭를 짓기 시작함.	
萬曆11年(1583)	16	袁宗道 會試를 보러 上京하다 黃河가 넘쳐 되돌아 옴. 袁宗道의 妻인 曹氏 死亡.	
萬曆12年(1584)	17		
萬曆13年(1585)	18	袁中道와 함께 鄕試에 應試하였다가 함께 떨어짐. 李氏와 結婚함.	
萬曆14年(1586)	19	袁宗道 南京 會試에서 會元으로 합격하고 翰林院庶吉士에 除授됨.	
萬曆15年(1587)	20		

---

1) 본 「원굉도연보」의 사적은 이리야 요시타카(入失義高)의 『원굉도(袁宏道)』(岩波書店, 東京, 1963), 163~168면의 연보를 참고하였다. 척독은 전백성(錢伯城)의 『원굉도집전교(袁宏道集箋校)』 및 송태명(宋泰明), 「원굉도 척독 연구」(고려대학교 대학원 중어중문학과 석사논문, 2001.12)에 의거하였다.

연대	나이	사항	작품
萬曆16年(1588)	21	鄕試에 及第함. 이때 主考官인 馮琦를 만남. 10月에 袁宗道가 翰林院編修가 됨.	
萬曆17年(1589)	22	會試에 떨어짐. 袁宗道가 太史가 되어 공무를 이유로 고향으로 돌아와 '性命之學'을 들려줌.	
萬曆18年(1590)	23	袁氏 三兄弟가 公安을 방문한 李贄를 만나 會談함.	
萬曆19年(1591)	24	袁中道 재차 鄕試에서 떨어짐. 袁氏 三兄弟가 다시 李贄를 麻城의 龍湖에서 만남. 이때 『金屑』을 보여줌	
萬曆20年(1592)	25	3月 禮部會試에 及第. 袁宗道와 함께 휴가를 얻어 귀향. 5月 袁中道와 李贄를 武昌에서 만남. 病으로 7月 公安에 돌아옴	
萬曆21年(1593)	26	4月 袁氏 三兄弟가 李贄를 麻城의 龍湖에서 만남.	
萬曆22年(1594)	27	10月 上京하여 12月 吳縣의 知縣에 除授됨. 袁中道 다시 鄕試에 떨어짐	
萬曆23年(1595)	28	3月 吳縣에 縣令으로 부임. 10月 袁中道가 吳縣에 있는 袁宏道를 찾아 옴.	〈寄同社〉〈寄散木〉〈家報〉〈龔惟長先生〉〈丘長孺〉〈毛太初〉〈王子聲〉〈蘭澤・雲澤叔〉〈江長州進之〉〈龐丹徒〉〈楊安福〉〈吳因之〉〈湯義仍〉〈徐漢明〉〈沈博士〉〈瞿太虛〉〈李宏甫〉〈龔惟長先生〉〈王以明〉〈湯義仍〉〈屠長卿〉〈答人〉
萬曆24年(1596)	29	3月부터 일곱 차례에 걸쳐 사직을 구하였으나 무산됨. 8月 瘧疾이 일어남.	〈陳志寰〉〈羅隱南〉〈龔惟長先生〉〈管寧初〉〈梅客生〉〈伯修〉〈湯義仍〉〈管東溟〉〈沈學博〉〈王百穀〉〈龔惟長先生〉〈王以明〉〈李子髥〉〈沈廣乘〉〈劉子威〉〈潘去華〉〈徐少府〉〈朱虞言司理〉〈曹以新・王百穀〉〈方子公〉〈王東白〉〈小修〉〈家報〉〈朱司理〉
萬曆24年(1596)	29	9月・10月 陶望齡과 洞庭湖를 유람함. 袁宗道 翰林院編修가 됨.	〈曹魯川〉〈張幼于〉〈江進之〉〈李本建〉〈吳曲羅司理〉〈伯修〉〈皇甫二泉〉〈晶化南〉〈陶石簣〉〈陳志寰〉〈孫太府〉〈陶石簣〉〈吳曲羅〉〈朱司理〉〈沈何山〉〈何湘潭〉〈董思白〉〈朱司理〉〈龔惟長先生〉〈欽叔陽秀才〉〈張幼于〉〈伯修〉〈李健翁〉〈羅郢南〉〈張幼于〉〈馮琢菴師〉〈丘長孺〉〈湯郎陸〉〈陶石簣〉〈王聞溪〉〈江進之〉〈董思白〉〈屠長卿〉〈華之臺〉〈管東溟〉〈孫心易〉〈王孟夙〉〈顧紹芾秀才〉〈何常熟〉〈朱司理〉〈又〉〈張幼于〉〈諸學博〉〈曹以新〉〈王瀛橋〉〈錢象先〉〈王百穀〉 『去吳七牘』

萬曆25年(1597)	30	2月 辭職을 허락 받아 江南의 山水를 유람함. 袁宗道가 司經局洗馬·直講讀이 됨. 袁中道가 재차 順天府鄉試(京兆試)에 떨어짐. 잠시 眞州에 머뭄.	〈朱司理〉〈徐漁浦〉〈范長白〉〈江進之〉〈倪崧山〉〈江進之〉〈黃綺石〉〈李本建〉〈晶化南〉〈張幼于〉〈馮秀才其盛〉〈陶石簣〉〈湯郎陸〉〈朱司理〉〈江進之〉〈梅客生〉〈虞長孺·僧孺〉〈孫心易〉〈羅澄溪〉〈與仙人論性書〉〈陳正甫〉〈伯修〉〈趙無錫〉〈沈廣乘〉〈徐崇白〉〈王百穀〉〈錢象先〉〈華中翰〉〈王百穀〉〈徐囧卿〉〈張幼于〉〈吳敦之〉〈朱司理〉〈管東溟〉〈江進之〉〈李季宣〉〈桑武進〉〈錢象先〉〈江進之〉
萬曆26年(1598)	31	4月 上京, 順天府教授를 맡음. 7월 袁宗道가 左春坊左中允으로 昇任됨. 袁中道가 上京하여 太學에 입학함. 崇國寺에서 葡萄社를 결성함. 袁氏 三兄弟가 그의 知友와 함께 研學하였으며 詩酒를 즐김. 후에 公安派結成에 영향을 줌	〈答陶石簣編修〉〈答梅客生開府〉〈答梅客生〉〈又〉〈又〉〈與陳正甫提學〉〈答王則之檢討〉〈答吳敦之司理〉〈答朱虞言司理〉〈答陶石簣〉〈答范光父水部〉〈答梅客生〉〈孫司季〉〈蘭澤·雲澤兩叔〉〈答梅客生〉
萬曆27年(1599)	32	3月 國子監助教로 昇進.	〈與陶石簣〉〈答樂之律〉〈與李龍湖〉〈與無念〉〈答楊鳥棲〉〈答張東阿〉
萬曆27年(1599)	32	5月 袁宗道가 左春坊左諭德 兼 侍講으로 승진함.	〈又〉〈答梅客生〉〈又〉〈又〉〈又〉〈與沈伯函水部〉〈與李子髥〉〈與江進之延尉〉〈答謝在杭司理〉〈答李元善〉〈答毛太初〉〈答王百穀〉〈答梅客生〉〈與郝仲輿〉〈答沈伯函〉〈馮侍郎座主〉〈龔惟長先生〉〈李龍湖〉〈答王以明〉〈焦弱侯座主〉〈又〉〈李龍湖〉〈答陳正甫〉〈家報〉〈答無念〉〈答陶石簣〉〈答劉光州〉〈馮琢菴師〉〈又〉〈答謝在杭〉〈答王繼津大司馬〉〈答陶石簣〉〈答李元善〉〈答王百穀〉〈答顧秀才帯〉〈答吳觀我編修〉〈陶石簣〉〈答陶石簣〉
萬曆28年(1600)	33	3月 禮部儀制司主事가 됨. 6月 廬山을 유람함. 8月 병을 이유로 휴가를 얻어 袁中道와 함께 公安縣으로 돌아옴. 袁宗道가 11月, 左春坊右庶子 兼 翰林院侍讀으로 승진하였으나 11月 40歲로 病死함. 겨울 祖母인 余씨가 사망함. 袁中道가 또 順天府鄉試에 떨어짐.	〈李龍湖〉〈答黃無淨祠部〉〈答平倩庶子〉〈答升伯修譔〉〈李湘洲編修〉〈龔惟學先生〉〈又〉
萬曆29年(1601)	34	이미 관직에 오를 뜻을 버리고 柳浪湖에 별채를 짓고 禪僧들과 담론함. 袁中道가 通州에서 李贄를 만남	〈何客部本江〉〈雷元亮郡丞〉〈黃平倩〉〈陶周望宮諭〉〈蕭允升庶子〉〈馮尙書座主〉〈答王以明〉〈答陶石簣〉
萬曆30年(1602)	35	庶祖母 詹氏 사망.	〈王則之宮諭〉〈王伯穀〉〈答徐見可太府〉〈又〉〈與耿中丞叔臺〉〈王百穀〉〈袁無涯〉
萬曆31年(1603)	36	袁中道가 34歲의 나이로 順天府鄉試에 합격.	〈答陶周望〉〈蕭允升祭酒〉〈顧升伯宮允〉〈金給諫〉
萬曆32年(1604)	37	가을 桃花源·德山을 유람함. 袁中道가 會試에 떨어짐	〈羅雲連〉〈陶孝若〉〈黃平倩〉

萬曆33年(1605)	38	淸溪·紫蓋 등의 명승지를 돌아봄	〈與友人〉〈答沈何山儀部〉〈答吳本如儀部〉〈劉行素儀部〉〈李湘洲司業〉〈曾退如編修〉〈答費太府〉〈答董玄宰太史〉
萬曆34年(1606)	39	가을 袁中道와 함께 上京함.	〈答薛左轄〉〈答李西卿〉〈與李杭州〉〈與王百穀〉〈潘茂碩〉
萬曆34年(1606)	39	禮部儀制司主事에 除授됨.	〈蘇潛夫〉〈陶周望祭酒〉〈答錢雲門邑侯〉〈與蔡嘉興〉〈答陶周望〉〈與曹進士平子〉〈答曾退如〉〈錢邑侯〉〈王觀察〉〈袁無涯〉〈與劉雲嶠祭酒〉〈與謝在杭〉〈與潘景升〉〈與張日觀少參〉
萬曆35年(1607)	40	가을 아내 李氏가 病死함. 2月 吏部驗封主事에 轉任됨. 袁中道가 재차 會試에 실패함.	〈與陶祭酒〉〈與黃平倩〉〈答劉雲嶠祭酒〉〈與無念〉〈與死心〉〈與夏徐州〉〈答臧參知〉〈與沈銘縉司業〉〈與段靑園憲副〉〈答孟曹縣〉〈答李本寧〉〈與黃平倩〉〈答郭靑螺中丞〉〈答黃竹實〉〈答蹇督撫〉〈答小修〉
萬曆36年(1608)	41	3月 上京하여 관직에 오르고 곧이어 吏部考功員外郎으로 승진함.	
萬曆37年(1609)	42	가을 陝西鄕試의 主考官으로 長安에 부임하여 임무를 마친 후 秦中의 명승지를 돌아봄. 돌아오는 길에 嵩山에 올랐다가 華山의 勝景을 유람함.	〈與于念東開府〉〈答友人〉〈答汪右轄以虛〉〈答段學使徹之〉〈與楊長安〉〈答郭美命〉
萬曆38年(1610)	43	吏部稽勳郎中으로 승진. 휴가를 얻어 袁中道와 함께 귀향, 3月 公安에 도착. 9月 6日 沙市의 新邸에서 질병으로 일생을 마침.	〈上孫立亭太宰書〉〈與王給事〉〈與梅長公〉〈與朱玉槎〉〈與沈冰壺〉

역주 원중랑집 3

역주 원중랑집 1

차례

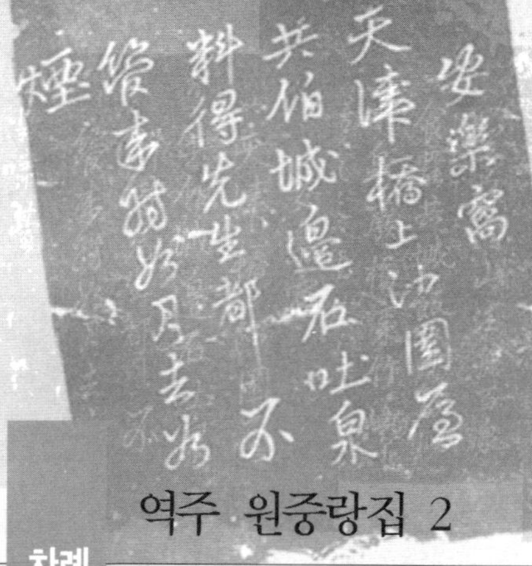

역주 원중랑집 2

역주 원중랑집 4

차례

역주 원중랑집 5

차례

역주 원중랑집 6

역주 원중랑집 7

차례

역주 원중랑집 8

차례

역주 원중랑집 9

역주 원중랑집 10

차례

『원중랑집』 제7권

오현을 떠나면서 쓴 일곱통의 간독(去吳七牘)

29세 되던 1596년(만력 24년 병신)에 쓴 편지를 모았다.

고향으로 돌아가기를 청하는 글, 첫째(乞歸稿·一)

본직(本職)은 임진(만력 20, 1592)년 3월 과거에 급제하고 두 달이 못되어 고향으로 돌아갈 것을 청합니다. 갑오(만력 22, 1594)년 12월 선발되어 오현(吳縣)의 수령을 제수받아서, 일년 남짓 관직에 있으면서,1) 본직이 저지른 죄상은 이루다 열거할 수 없을 정도입니다. 그러나 본직이 일념으

---

1) 대죄(待罪) : 벼슬을 맡아 직무를 수행함을 겸손하게 일컫는 말.

로 스스로의 뜻을 지키려는 마음은 일찍이 밤낮으로 다짐하지 않은 적이 하루도 없었으며, 벼슬아치와 백성들도 또한 다행히 편안하여 별탈이 없었습니다. 하늘은 높고 땅은 두터우니, 본직이 어찌 하루라도 조정이 선비를 기르려 하는 은혜를 잊은 적이 있겠습니까?

그러나 본직의 사사로운 마음에 만부득이(萬不得已)한 것이 있습니다.

본직이 강보(襁褓)를 미처 벗어나지도 못하였을 때 어머니 공씨(龔氏)께서 병이 있어, 서조모(庶祖母) 첨씨(詹氏)에게 아이들을 부탁하여, 서조모는 아이들을 기르고 보살피시기를 친자식처럼 사랑하셨습니다. 본직이 겨우 네 살 때 어머니께서 세상을 떠나고 본직 또한 잔병이 많아 서조모는 놀라고 두근거리길 만단으로 하셨습니다. 그래서 서조모 첨씨가 근심하고 위태롭게 여김이 심하여, 본직이 한 번 병이 나면 하늘과 땅을 부르며, 마치 더 이상 살 뜻이 없는 듯이 하여, 겉으로는 모발이 다 타고 안으로는 골수가 다하였습니다. 본직이 거의 죽었다가 다시 살아나면 조모 첨씨 역시 거의 죽었다가 다시 살아나니, 서로 의지함이 몸과 그림자와도 같았습니다.

임진년 여름에 본직의 과거 응시 기한이 장차 이르러 오려고 할 때에, 그 무렵 조모 첨씨는 건강하고 병이 없었습니다. 그러나 본직이 한 번 조모의 일에 생각이 미치기만 하면, 저도 모르게 마음이 흔들려서, 돌아가길 자주 청하여, 조모를 가까이 모시고 즐거움을 누리길 2년 남짓하였습니다. 조모의 자애로움은 강과 바다보다 훨씬 크거늘, 효성은 먼지나 물방울과 같았을 뿐이었으므로, 스스로 생각하기를, '산 하나와 골짜기 하나를 얻어 장차 내 삶을 거기에서 마치련다.'라고 하였습니다. 그러나 본직의 아버지께서는 본직의 나이가 바야흐로 한창이니 힘써 관직에 나아가라고 하였습니다. 그래서 마음은 곤궁한 원숭이가 나무에 의탁함과 같았지만, 벼슬살이는 원숭이가 관을 쓴 것[2]처럼 우스웠으니, 나아가려

---

2) 목후지관(沐猴之冠): 원숭이가 관을 쓴 것처럼 외모는 사람이지만 마음은 원숭이같이 미련스러움을 스스로 냉소하는 말이다. 조폭(躁暴)한 성격의 사람이 겉모습만 번드

하여도 물러나려 하여도 골짜기 속에 갇힌 듯하여 정말로 애처로울 뿐이었습니다. 그러나 처음의 뜻은, 하남(河南)이나 강서(江西)와 같이 가까운 곳으로 나가게 되면 집에서 멀지 않으므로 조모를 모셔와서 봉양할 수 있을 것이라고 생각하였습니다. 하지만 뜻하지 않게 삼천리 밖 고소대(姑蘇臺 : 즉 吳縣)3)로 나오게 되니, 마치 하늘이 가로막힌 듯하였습니다.

  서조모 첨씨는 늙고 병들어 구부정하며 함께 할 자식도 없으므로 늘 그막의 신세가 처량하니, 그 서러움을 어찌하겠습니까? 두 달 전쯤 집안의 종복 원동(袁東)이 집으로부터 와서 서조모 첨씨께서 옛날보다 기력이 많이 쇠약하시다 하고, 밤낮으로 슬퍼하며 울기를 쉬지 않으니, 두 눈이 모두 짓무를 정도라고 하였습니다. 심부름꾼이 떠남에 이르러서는 우시면서 이르시길, "내 이제 나이 여든 한 살이다. 살고 죽는 것이 단지 조석간에 달렸다. 내가 죽어서라도 네 주인을 볼 수 있다면, 비록 구천(九泉)4)에 이르더라도 눈을 감지 않을 것이다"라고 하였다고 합니다. 본직이 이 말을 듣고 애통함에 거의 기절할 듯하였고, 처자 모두 하도 울어서 소리를 내지 못할 정도였습니다.

  이로써 생각건대 구구한 헛 명성이 어찌 사람의 혈육간의 일에 보탬이 될 것이며, 칠, 팔십 세의 노인을 외진 곳에서 울게 한다면 어찌 그 마음이 편안하겠습니까? 만약 만에 하나라도 끝내 풀 길 없는 한5)을 품

르르 차린 것을 말한다. 본래는 『사기』 「항우본기(項羽本紀)」에서, 진나라 왕궁이 모두 불타버린 것을 보고 항우가 관중에 머물지 않고 금의환향(錦衣還鄉)할 뜻을 내비치자 어떤 사람이 "초땅 사람이 원숭이인 주제에 의관을 차려 입었다는 말이 있더니 그 말이 과연 옳구나(人言楚人沐猴而冠耳, 果然)"하였다는 데서 나온 말이다. 항우는 그 말을 한 사람을 죽였다. 목후관이란 성격이 조급하여 한 군데 오래 머물러 있지 못한다는 뜻도 겸한다. 원굉도는 초 땅 사람으로 고향으로 돌아갈 마음이 가득하였으므로 이렇게 말한 것이다.

3) 고소대(姑蘇臺) : 오현(吳縣)의 서문(胥門) 성 위에 작은 석정(石亭)이 한 칸 있어, 서문에서부터 서너 무(武) 떨어져 있다. 그것이 고소대의 구지(舊址)라고 한다. 여기서는 오현(吳縣)을 대신 가리키는 말이다.

4) 구천(九泉) : 구원(九原)이라고도 한다. 구중(九重)의 땅 밑이라는 뜻이다. 죽은 뒤에 넋이 돌아간다는 곳으로 곧 저승이다.

게 된다면, 또한 무슨 얼굴로 다시 인간 세상에 자리할 수 있겠습니까? 천지에는 신령이 있으니 반드시 응당 벌을 내릴 것입니다.

본직이 이 때문에 가슴에 맺혀 그것이 병이 되어, 천 번 생각하고 만 번 상상하더라도, 오로지 벼슬을 그만두고 고향으로 돌아가리라는 것만이, 조모께서 조석으로 멀리서 그리워하는 마음을 위로할 길일 따름입니다. 본직이 조정에서 인재를 기르는 은혜와 아버지께서 가르치신 뜻을 모르는 것은 아니지만, 본직의 재주와 식견은 보잘 것 없어, 끝내는 풀덤불 사이에서나 지낼 자6)이오라, 백성과 사직을 책임지는 일은 본래 본직의 소임이 아닙니다.

그리고 아버지께서도 형님(원종도)이 사국(史局)의 벼슬을 맡은 덕에 한림원편수(翰林院編修)에 봉해져 이미 일명(一命)7)의 은총을 입었으므로, 본직도 그 덕에 손수 부친의 은덕에 보답할 수 있게 되었기에, 달리 바라는 바가 없습니다. 다만 조모 첨씨께서 의지하여 기댈 사람은 오직 본직뿐이므로, 본직이 하루를 돌아가지 못하면 조모는 하루가 즐겁지 아니하고 하루가 즐겁지 않으면 병이 하루 낫지를 못합니다. 본직으로서는 이 벼슬을 떠나서 조모의 눈앞에 닥친 성명(性命)의 위급함을 구하는 일이 무어 어려운 점이 있겠습니까? 서서(徐庶)8)가 이르기를 "마음이 어지럽다"9)고 하였으니, 지금 본직의 마음은 어지럽기가 이미 극심합니다.

---

5) 종천지한(終天之恨) : 하늘이 다 할 때까지 씻을 수 없는 한. 조모가 죽어 임종을 지키지 못하는 한을 말한다.

6) 임망중물(林莽中物) : 풀덤불 사이에서나 지낼 비루한 인물.

7) 일명(一命) : 벼슬길에 들어가 얻는 초직(初職).

8) 서서(徐庶) : 삼국시대의 인물. 『삼국지연의』에 보면, 유비의 부하로 있다가, 조조가 자신의 어머니를 인질로 삼은 것을 알고 유비의 휘하를 떠나 조조에게 가는 것으로 되어 있다. 앞에 나왔다.

9) 방촌난의(方寸亂矣) : 『후한기(後漢記)』「효헌황제기(孝獻皇帝紀)」 '13년 봄'에 서서가 자신의 모친이 조조에게 붙잡힌 것을 알고 유비에게 사직을 하면서, 자기 마음을 가리키며 "본래 장군과 더불어 왕패의 업을 도모하려고 하였던 것은 방촌의 땅 때문이었습니다(以方寸之地). 지금 노모를 잃고 나니 방촌이 어지러워졌으므로 일에 무익하게 되었습니다(今失老母, 方寸亂矣. 無益於事). 부디 이 사직의 바람을 이루게 하여 주십

하물며 다시 기운이 막혀 펴지 못하고 쌓여 점차 병으로 되어, 정신과 생각이 어질어질하니, 곧바로 죽지 못함이 원망스러울 지경입니다. 오 땅은 사무가 많은 곳인데 어찌 하루라도 그 자리에 있을 수 있겠습니까?

엎드려 바라건대 태대(台臺)[10]께서는 본직 조모의 늘그막 여생을 불쌍히 여기고, 본직의 말래야 말 수 없는[11] 지극한 마음을 다시 살펴, 소청하여 올린 글을 굽어보시고, 예에 따라 벼슬을 그만둘 수 있게 하소서! 그리고 관장의 임무[12]일랑은 따로 어질고 재능 있는 한 사람에게 맡겨 관장케 하소서. 먼저 이임(離任)의 기약을 보이시어, 본직으로 하여금 일찍 고향으로 돌아갈 수 있게 한다면, 비록 그날 당장 죽는다고 하여도 그것이 곧 새로 태어나는 날이 될 것입니다.

본직은 너무도 감정이 북받쳐 견디지 못할 지경입니다.

職以壬辰三月登第, 未兩月內請告還鄉. 以甲午之十二月謁選, 授吳縣知縣. 待罪一年有餘, 職之罪狀殆不可枚擧. 然職一念自守之心, 未嘗不晝日自矢, 而士民亦幸相安無事. 天高地厚, 職何敢一日忘朝廷養士之恩. 然職之私衷, 有萬分不得已者. 職未離襁褓, 母龔氏有疾, 卽託命于庶寡祖母詹氏. 鞠育顧復, 愛類親生. 甫四歲而母卽世, 職復多病, 驚悸萬狀. 祖母詹憂危甚, 每一病作, 呼天號地, 殆不欲生, 毛髮外焦, 骨髓內竭. 職幾死而復生, 祖母詹亦幾死而復生, 相依相靠, 有如形影. 壬辰之夏, 職選期將及, 比時祖母詹健無恙也. 然職一念及, 不覺心動, 亟請告歸, 承歡二載有餘. 慈踰河海, 孝比涓塵, 自謂一丘一壑, 若將終焉. 而職之父, 謂職年方壯, 勉令就職. 心同窮猿之木, 官比沐猴之冠, 進退維谷, 實可哀憐. 然初意亦謂河南·江西近地, 去家不遠, 可迎養耳. 不意走姑蘇三千里外, 有若隔天. 老病龍鍾, 子女俱無, 暮景淒涼, 傷如之何! 前二月內, 有家僮袁東自家中來, 云祖母詹尫羸逾昔, 日夜悲號不休, 兩眼盡腫. 臨行泣謂使者曰："身今年八十有一矣, 存亡尺在旦夕. 我死能見爾主, 縱到九泉不閉目也." 職聞此言, 一痛幾絶, 妻孥皆號失聲. 因思區區浮名, 何益人毛髮事, 而使七八十老人, 有向隅之泣, 其若良心何? 假令萬一抱終天之恨, 亦何顏更立于人世? 天地有靈, 必當誅之. 職以此鬱結成疾, 千思萬想, 惟有乞休歸田一節, 可以慰此朝夕懸望之情而已耳. 職非不知朝廷作養之恩, 與嚴親敎育之義, 然職才識迂疎, 終是林莽中物, 責以民社, 原非其任. 而嚴親以兄官史局, 得封翰林院編修, 已霑一命之榮, 職亦可藉手報, 無他冀望. 獨祖母詹所倚靠者惟職, 職一日不回, 則一日不樂, 一日不樂, 則病一日不痊. 職何難去此官, 以救此垂危之性命哉! 徐庶有言："方寸亂矣." 今職方寸亂已甚矣! 況復氣結不伸, 積漸成病, 神思恍惚. 恨不卽死. 吳中煩劇之地, 可使一日居乎其位哉? 伏乞台臺憐職祖母垂白之餘生, 更察職不容已之至情, 俯賜題請, 俾得照例休致. 仍將印務, 另委賢能官一員署掌. 先示以離任之期, 使職得早還鄉里, 雖死之日, 猶生之年. 職無任感激之至.

「걸귀고(乞歸稿)」 2편과 「걸개고(乞改稿)」 5편은 모두 원굉도가 1596년 오현(吳縣)에 있을 때 지은 것이다. 원굉도는 벼슬을 그만두고자 하여, 서조모의 병을 핑계로 삼았다.

○ 官比沐猴之冠 : 比는 패란거본에서는 此이지만 서종당본·소수본에 따른다.

○ 亦何顏更立於人世 : 立은 이운관본에는 生으로 되어 있다.

○ 職以此鬱結成疾 : 패란거본에는 此자가 없지만 서종당본·소수본·이운관본에 의거하여 고쳤다.

○ 惟有乞休歸田一節 : 田은 패란거본에 由이지만 서종당본·소수본을 따른다.

○ 慰此朝夕懸望之情而已耳 : 耳는 서종당본·소수본·이운관본에 矣로 하였다.

○ 得封翰林院編修 : 패란거본에는 院자가 없지만 서종당본·소수본·이운관본에

의거하여 보충한다.

○祖母垂白之餘生 : 白은 이운관본에 危로 되어 있다.

고향으로 돌아가기를 청하는 글, 둘째(乞歸稿·二)

본직이 3월 3일 글을 갖춰 귀향을 청하고서 태대(台臺)의 가르침을 받았는데, 말씀이 간곡하고 절실하여 마치 부자(父子) 사이의 타이름보다 더 한 것 같았습니다. 또한 사생(師生)[13]으로 하여금 속히 나올 것을 거듭 촉구하셨으니, 본직이 고목과 같더라도 어찌 은혜에 감격하지 않겠습니까? 다만 본직이 귀향을 청한 뜻은 본래 조모 첨씨(詹氏)의 목숨이 실낱에 매달린 듯 위태하기 때문이었는데, 이미 조모에 관계된 문제이고 하니, 또한 양친(養親)의 예를 끌어대어 부득불 걸휴(乞休)의 한 길로 따라나가지 않을 수 없습니다.

무릇 선비가 고향에 돌아갈 뜻을 끊고 자기 어버이가 돌아가시는 것도 참아 견디며 돌아볼 겨를이 없는 경우는 세 가지입니다. 하나는 몸이 국가의 막중한 일에 관련된 경우이고, 하나는 변방의 외딴 곳에 나가 있어 지체하는 경우이며, 하나는 사면 받을 수 없는 죄를 지어 먼 지방으로 귀양간 경우입니다. 이 세 가지 경우에는 돌아가려 하지 않는 것이 아니지만 돌아갈 수 없어, 신산(辛酸)을 참으며 한을 머금은 채이지만, 형세가 어찌할 수 없는 것이니, 그 실정은 참혹하되 의리는 손상을 입지 않는 것입니다.

이제 성명(聖明)하신 천자께서 자리에 계셔서 하늘 아래에 깔려 있던 그물을 젖혀 두시니, 이미 선비로 하여금 반드시 벼슬에 나가도록 금고

---

13) 사생(師生) : 회시(會試)와 향시(鄕試)에서 시험관(試驗管)인 동고관(同考官)과 수험자로서 급제한 사람을 말한다. 여기서는 동고관이었던 상대방에 대하여 자신을 가리키는 말로 사용하였다.

(禁錮)하시지 않았거늘, 변변치 못한 현령들의 경우에는 아침에 임명되고 저녁에 당장 교체된다고 하더라도 또한 하나라도 이룬 것이 있으면 떠날 수 없는 의리가 없는 것이 아닙니다. 이러한 때에 백발이 생명에 위태함을 당하고 있고 고당(高堂 : 어버이)이 피를 흘린다면, 이것이 어떠한 일이요 어떠한 실정이라고 한낱 벼슬 때문에 질곡(桎梏)에 묶여 있을 수가 있겠습니까?

더구나 본직은 관직을 사랑하지 않는 것은 아니지만, 지난 가을 이후 이미 이러한 뜻이 싹터서, 일찍이 동년(同年)과 동사(同事)14)에게 모두 말하였습니다만, 사악한 생각이 얽어매고 의리의 문제가 끌어당겨서, 오늘날에 이르기까지 지체하다가 이제야 결단을 내리니, 본직의 탐매(貪昧)와 은인(隱忍)이 도리어 너무 심하다고 하겠습니다.

인정상 조모를 보는 것은 조금 소원하고, 서조모를 보는 것은 더 소원한 법이라고들 합니다. 하지만 사람들은 모릅니다. 본직은 강보(襁褓)를 떠난 이후로 어머니가 계신 줄을 알지 못하다가, 십여 세에 이르러 몰래 형님과 누이의 말을 듣고 비로소 알았지만, 끝내 내 어버이의 은혜가 어찌 내 조모의 은혜보다 더하리라고는 믿지 않았습니다. 이런 까닭에 이제 어머니를 생각하는 마음에 이르러서는 반드시 감촉(感觸)한 이후에야 일어나지만, 조모 첨씨를 생각하는 마음으로 말하면, 하루에도 아홉 번 돌이키지 않은 적이 없습니다. 이십 년 동안 조모를 의지하였으니, 그 은혜는 천지15)와 한가지라는 것입니다. 80세로서 늙고 병이 드셨으니, 그 위급하기가 바람 앞의 등불과 같습니다. 말이 이에 이르니 오장이 칼로 베이는 듯하니, 한 글자라도 속임이 있다면 신명이 벌을 줄 것입니다.

무릇 조정이 선비에게 기대하는 것과 선비가 스스로 기대하는 것은 효(孝)이며 염(廉)입니다. 만약 이러한 정경(情景)에 처하고서도 덤덤하여

---

14) 동년동사(同年同事) : 동년은 같은 방(榜)의 과거에 합격한 동료. 동사(同事)는 같은 관서나 같은 직위의 같은 일을 하는 사람들.
15) 부재(覆載) : 위에서 덮어주는 하늘과 아래에서 실어주는 땅. 하늘과 땅.

아무 마음의 움직임도 없다고 한다면, 이것은 역(逆)입니다. 임금께 영예를 얻을 것만 생각하여 낳아 기른 큰 은혜를 잊는다면 이것은 탐(貪)입니다. 탐과 역의 존재는 세상이 크게 죽여 없애고자 하는 바이니, 조정이 장차 어찌 이러한 사람을 신뢰하여 등용할 수 있겠습니까? 본직의 뜻은 결정되었습니다.

엎드려 청하건대 태대(台臺)께서는 본직의 지극한 실정을 살피셔서, 빨리 소청을 허락하시어, 헛되이 본직으로 하여금 눈이 파이고 마음이 죽도록 내버려두지 않으신다면, 본직이 그 덕을 입음은, 바다라 해도 그 깊은 은혜보다 깊지 못할 것이고 태산이라 해도 그 높은 덕보다 높지 못할 것입니다.

본직은 너무도 간절하여 이기지 못할 지경입니다.

職於三月初三日具文乞歸, 蒙台臺訓誨, 辭意惓切, 不啻父子. 又令師生趨出再三, 職卽枯木, 寧不感恩. 但職求歸之意, 原爲祖母詹一線垂危之命, 旣係祖母, 又不得復援養親之例, 不得不從乞休一途. 夫士之絶意鄕井, 忍死其親而不暇顧者有三. 或身關軍國之重, 或旅滯絶域之外, 或罪在不原, 流竄殊方. 三者非不欲歸, 而歸不可得, 含酸茹恨, 勢出無奈, 情則慘而義不傷. 今聖明在上, 彌天啓網, 旣不錮士以必進, 而區區縣令, 朝更夕換, 又無一成而不可去之義. 當此之時, 白髮垂危, 高堂隕血, 此何等事何等情, 而以一官爲桎梏乎? 且職非不愛官者, 自去秋來, 已萌此志, 曾與同年同事皆言及, 而邪慮糾纏, 義以欲牽, 遷延至今日而後決, 則職之貪昧隱忍, 抑已甚矣. 人情視祖母若稍疎, 視庶祖母則尤疎. 不知職襁褓來不識有母, 至十餘歲, 竊聽兄若姊言, 始知之, 然終不信吾母之恩, 何以能加於吾祖母. 以故至於今思母之心, 必有觸然後發, 而思祖母詹之心, 則無一日而不九迴也. 二十年之怙恃, 恩同覆載. 八十歲之老病, 危若風燈. 興言及此, 五內如割, 一字若欺, 神明殛之. 夫朝廷所以待士, 與士所以自待者, 曰孝曰廉. 有如當此情景, 恬不動念, 是逆也. 戀一命之榮, 而忘生育之大恩, 是貪也. 貪且逆, 世之大戮, 朝廷將何賴於若人而用之? 職志決矣. 伏乞台臺鑒職至情, 早賜題請, 無徒使職眼穿心死, 則職之受而德, 河海莫踰其深, 泰山莫踰其高矣. 無任懇切之至.

관장을 바꿔주기를 청하는 글, 첫째(乞改稿·一)

본직이 올해 3월쯤 조모 첨씨(詹氏)가 병이 들었다는 소식을 듣고 여러 차례 글을 올려 걸휴(乞休)하였으나 아직 허락을 받지 못했습니다. 본직은 임금을 섬기는 신하로서 의리상 사(私) 때문에 공(公)을 폐할 수 없다고 생각하고, 또 일의 형세가 어찌할 수 없기에, 억지로 관청에 나가 일을 보며, 일념으로 직책을 제대로 수행하니, 앞서의 생각은 순식간에 없어지고, 다시 달리 바라는 것이 없었습니다. 그러다가 뜻밖에도 울화와 분심(憤心)이 점차 내장을 상하게까지 만들었으므로, 약석(藥石)을 억지로 투여하고 음식을 갑자기 줄였습니다.

그런데 지난달 14일에 이르러 병이 갑자기 크게 일어나, 열흘 사이에 피를 토하길 서너 되나 하고 머리가 어지럽고 뼈가 쑤셔 안팎이 모두 상하니, 마땅히 휴가를 청하여 조리해야만 할 형편이 되었습니다. 의원 세 사람을 불러왔습니다만, 발병한 때가 이미 서너 개월을 넘겨, 털끝만치도 효과가 없이 정혈(精血)은 소진하고 앙상한 뼈는 창과 같으며, 정력을 보강하면 할수록 더욱 허해지고 병은 다스리면 다스릴수록 더욱 극성할 뿐입니다. 세 의원이 팔짱을 끼고16) 모두 말하길, 이 병은 약이나 침으로 낳게 할 수 있는 것이 아니라고 했습니다. 그 가운데 한 사람은 단연코 사무를 끊고 고요히 서너 달 조섭(調攝)하여야 겨우 차도가 있을 것이라 하였습니다.

무릇 본직은 거들먹거리고 노둔한 재주이거늘, 우사(牛瀉)와 마발(馬渤)[17]의 쓰임에 충당하고 있으니, 비록 정신을 백 배로 집중하더라도 장차 일을 그르칠까 오로지 걱정됩니다. 하물며 지금 침상의 대자리 위에서 신음하면서 낫기를 기대할 수 없어, 죽고자 하는 마음은 있어도 살고자 하는 즐거움은 없거늘, 어찌 이 사무가 번잡한 고을을 맡아, 먼지 덮인 책상 위에 수북하게 쌓인 일을 처리하고 심하게 뒤얽힌 어지러운 실타래를 풀어낼 수 있겠습니까? 이것은 아무리 하여도 그럴 리가 없을 것입니다. 지금 잠시 석 달간 문을 닫아걸고, 사무를 폐기한 지 이미 오래되니, 만약 다시 관망(觀望)한다면 자잘자잘해서 계통을 세우지 못한 것[18]이 더욱 심하리니, 관직의 임무를 비워두고 제대로 처리하지 못한 죄는 본직의 몸뚱이가 백 개라도 속죄할 수가 없을 것입니다.

엎드려 바라옵건대 태대께서는 본직의 만부득이한 실정을 살피시고, 소청한 글을 굽어보시어, 본직의 병이 낫는 날에 교직(敎職)으로 바꾸어 주시고, 따로 청렴하면서 능력 있는 관리에게 맡기어, 먼저 고을의 사무를 서리(署理)하게 하여 주신다면, 어찌 못난 이 사람의 여생이 조금 연장되기를 기대하는 데 그치겠습니까? 만일 그렇다면 본직은, 이밀(李密)이 조모 유씨를 위해 은혜를 갚으려 한 것과 같이 조모에게 보답하려는 일념[19]이 또한 만에 하나라도 조금이나마 갚을 수 있을 것입니다.

---

16) 공수(拱手) : 공손하다는 뜻이 아니라, 어쩔 도리가 없어 손을 끼고 있다는 뜻이다.

17) 우사(牛瀉)와 마발(馬渤) : 본래는 저급한 약재(藥材)를 말함. 여기서는 백성을 다스리는 직책 가운데 하찮은 직책에 있음을 뜻함.

18) 총좌(叢挫) : 총좌(叢脞). 자잘자잘하기만 할 뿐 계통을 세우지 못함. 『서경』「익직(益稷)」에 "원수가 총좌하도다[元首叢脞哉]"라는 말이 있는데, 「위공전(僞孔傳)」에 보면, "총좌는 세세하여 경개[체계, 줄기]가 없음이다[叢脞, 細碎無大略也]"라고 하였다.

19) 보류일념(報劉一念) : 서조모의 은혜에 보답하려는 일념을 이밀(李密)이 조모 유씨의 은혜를 갚으려고 하였던 일념에 견주어 한 말. 이밀은 촉한에서 벼슬을 살다가 촉이 망

하늘처럼 높고 땅처럼 넓으니, 그 은혜가 어찌 한량이 있겠습니까? 본직은 너무도 간절히 하소연하는 바입니다.

職今年三月內, 聞祖母詹病, 屢牘乞休, 未蒙賜允. 職惟人臣事君, 義不得以私廢公, 又事勢無可奈何, 强出視事, 一意供職, 前念頓息, 無復他望矣. 不料鬱火焚心, 漸至傷脾, 藥石强投, 飲食頓減. 至前月十四日, 病遂大作. 旬日之內, 嘔血數升, 頭眩骨痛, 表裏俱傷, 當卽請假調理. 醫延三人, 時踰數月, 秋毫莫效, 精血耗損, 瘦骨如戟, 愈補愈虛, 轉攻轉盛. 三醫拱手, 俱云此非藥餌鍼石之所能及也, 或者斷緣謝事, 靜攝數月, 庶其有瘳. 夫職以偃蹇駑弱之才, 充此牛溲馬渤之用, 縱令精神倍百, 將敗績是虞. 矧今呻吟牀第, 痊可無期, 有死之心, 無生之樂, 尚安能任玆劇邑, 消塵案之積牘, 理已棼之亂絲哉? 此萬萬必無之理也. 且也杜門三月, 廢事已久, 若復觀望, 叢挫益甚, 曠官之罪, 職百身莫贖矣. 伏乞台臺鑒職萬不得已之情, 俯賜題請, 容職病痊之日, 改授敎職, 別委廉能官, 先期署掌縣務. 則豈惟狗馬餘生, 冀得少延, 而職報劉一念, 亦可少酬萬一矣. 天高地厚, 恩豈有極, 職不任激切控訴之至.

職不任激切控訴之至 : 任이 서종당본과 소수본에는 勝으로 되어 있다.

관장을 바꿔주기를 청하는 글, 둘째(乞改稿·二)

본직이 8월 13일 학질에 걸린 이래로 이제 5개월이 지났습니다. 이에

한 뒤 진(晉) 무제가 그를 징소하여 태자세마(太子洗馬)를 시키려 하자, 「진정표(陳情表)」를 올려 사정을 진술하여 사양하고 소집에 응하지 않았는데, 이밀은 유년 때에 고독하고 병약하다가 조모 유씨(劉氏)의 보살핌으로 성인이 되었으며, 조모가 늙고 병들어 공양할 사람이 없는 고충을 차례로 서술하였다.

앞서 관장을 바꿔줄 것을 청하고서, 태대의 진실하고 절실한 가르침을 받았으나, 본직은 벌레나 새같이 못난 사람이오라 감히 명을 받들 수가 없었습니다. 그 뒤로, 식은 재와 같은 마음을 일념으로 지녀, 백방으로 섭양(攝養)하니 10월 2, 3일에 이르러서야 비로소 조금 차도가 있었습니다.

본직이 생각건대 고을의 일이 황폐하여 오래 동안 누워있을 처지가 아니라고 여겨, 10일에 억지로 후당으로 나가 쌓인 공문서를 처리하였습니다. 그런데 갈옷을 풀어헤치고 맥없이 앉아 있자니, 앉아서 사무보기를 얼마 하지도 않아서[20] 한기가 곧 일었습니다. 억지로 조금 참으려니까, 문득 화기가 배꼽 위에서 일어나 실처럼 솟구치는 것을 느끼겠더니, 가래와 기침이 심해져서, 관리와 아전들[21]들 가운데 보고 있던 사람들이 모두다 불쌍히 여기고 걱정을 하였습니다. 본직은 한 마디 말도 못하고 안건 하나 처리하지 못한 데다가, 다시 좌우의 부축을 받아 방으로 떼밀려 돌아왔습니다. 이 모든 것은 여러 사람들이 목격한 것이고, 막료(幕僚)들이 함께 본 것이므로, 대질하여 물어보실 수 있을 것입니다. 본직이 어찌 감히 한 글자라도 거짓말을 하겠습니까?

그러나 본직은 갑작스레 출근하여 익숙지 않아 그런 것이고, 오래되면 저절로 익숙해지려니 생각하였습니다. 그런데 뜻밖에도 이 달 21일에, 서현승(徐縣丞)과 첨주부(詹主簿)와 함께 후당에서 창고를 점검하여[22] 수량을 헤아리고 장부를 정리하기를 한참 동안 하다가, 몸을 마침내 지탱할 수 없게 되었습니다. 본직은 곧 은(銀)을 봉해서 통(筒)에 넣게 하고, 가까스로 아실(衙室)로 들어갔는데, 오한과 열기가 크게 일어나고 코피가 나와 그치지를 않았으며, 조금 나았다는 것이 지금도 탑에 누워 가까스로 숨을 헐떡이고 있을[23] 뿐입니다.

---

20) 좌불이귀(坐不移晷) : 앉아서 사무 보기를 불과 얼마 하지 않아서. 이귀(移晷)는 시간이 흐르는 것을 말한다.

21) 참조검하(參曹鈐下) : 지방관의 하위 관리와 아전을 말한다. 검(鈐)은 송대 지방관을 가리키는 검할(鈐轄)이란 말과 관련이 있다.

22) 반고(盤庫) : 창고를 점검함. 『관장현형기(官場現形記)』 제6회에 용례가 있다.

본직은 스스로 생각하기를, 기체(氣體)가 이처럼 약해져 있고, 또한 조세(漕稅)와 태세(兌稅)의 회계가 당장 급한 일인데, 힘없는 몸뚱이를 하나 지니고 분방한 온갖 일을 어떻게 감당하랴 하여, 죽을 수밖에 없다고 여기고 있습니다. 비록 약물로 지탱할 수 있다고 하지만, 사무가 번잡한 고을은 병을 조리할 곳이 아니니, 혹여 느긋하게 지내면서 그저 책임이나 때운다면,24) 지방관으로서의 직무를 제대로 하지 못한다는 죄를 누가 감당하겠습니까?

태대께서 본직을 위해 근심하지 않으신다면 그만이지만, 유독 십만 백성을 걱정하지 않으신다는 말입니까? 속임수를 쓰는 것은 회계보다 더한 것이 없기에, 지난 해 본직이 석 달이나 공을 들여 비로소 장부를 만들었지만, 지금은 본직이 계산하고 헤아리려고 하여도 할 수가 없습니다. 화급한 것은 국과(國課)25)보다 급한 것이 없기에, 지난 해 본직이 징수를 시작하고서 밤낮으로 노심초사(勞心焦思)하고 비바람을 맞으며 고생해서, 겨우 벌을 면할 지경이 되었지만, 지금 본직으로 하여금 눈과 서리를 무릅쓰고 백성들26)을 닥달하려 하여도 할 수가 없습니다.

이 두 가지는 본직을 책망하여 반드시 해내라고 하면, 본직은 비록 뼈가 부서지더라도 할 수 없는 것이며, 만약 관직을 맡아 느긋하게 지낸다면, 조정에서 관직을 설치한 의리가 어떻게 되겠습니까? 태대께서는 본직을 책망하는 바가 어떻다고 하겠습니까? 필경에는 고을의 일은 무너지고 사직의 일은 백 갈래로 의문이 생기며, 명성도 이미 무너지고 죄에 따른 벌만 뒤따를 것이니, 결국 관직에서 해직되는 것으로 끝날 따름입니다.

무릇 경관(京官)27)은 삼 개월 동안 병석에 있으면 교체를 청하는 것이

---

23) 엄엄(奄奄) : 목숨이 겨우 붙어 세월만 흘려보내고 있다는 뜻.
24) 색책(塞責) : 맡은 바 임무를 때우기만 함.
25) 국과(國課) : 나라의 세금.
26) 여서(黎庶) : 많은 백성들. 여민(黎民).
27) 경관(京官) : 조정 안의 신하. 내직(內職). 지방관에 대비하여 하는 말.

관례입니다. 지금 본직은 병든 지 다섯 달이고, 또 외관(外官)입니다. 본직이 만약 추호라도 기만하는 것이라고 여기신다면, 의원에게 물어보시거나 관졸들을 심문하여 보시면 되니, 만약 조금이라도 사실이 아닌 것이 있으면, 태대께서 분명히 사실을 밝혀, 신하된 자로서 사사로이 물러가고자 하는 자의 경계를 삼기 바랍니다.

전 진강부(鎭江府) 오추관(吳推官 : 吳化)[28]도 또한 본직이 거짓으로 병을 핑계 댄다고 의심하여 몸소 제가 누워 있는 탑(榻) 앞에 오셔서는, 본직이 파리하여 감당할 수 없는 형편을 보고서는, 자신도 모르는 사이에 눈물을 흘리면서, "당신같이 건강하던 사람이 몸이 망가져 병이 난 것이 이 지경에 이르리라고는 생각지도 못하였소! 응당 조리하도록 힘쓰시오 관청에 나올 수 있으면 나오되, 돌아가야 하겠으면 돌아가시오 생명에 관계된 것을 어린아이 장난처럼 장난할 수 없으니, 주저하지 마시오"[29]라고 하였습니다. 이런 말이 있게 하고 보니, 본직이 얼마나 낭패한 형편에 처해 있는 지는 잘 알 수 있을 것입니다.

엎드려 바라건대 태대께서는 오추관(吳推官) 합하(閤下)[30]의 백성들을 불쌍히 여기시고, 본직의 끊어질 듯한 나머지 삶을 이어주시기 바랍니다. 조세의 회계는 잠시라도 늦출 수 없음을 생각하여, 빨리 서원(署員)[31]에 대하여 비답(批答)해 주십시오 들판의 여우가 죽을 때 머리를 고향으로 향하는 마음을 애처롭게 여기셔서, 아뢰는 바를 빨리 허락하소서. 만약 태대의 은혜로 교임(敎任)의 관직으로 교체해 받는다면,[32] 이 이후로

---

28) 진강부(鎭江府) 오추관(吳推官) : 오화(吳化). 진강부 추관의 관직에 있었다. 권6 「오곡라사리(吳曲羅司理)」의 전교(箋校)를 참조

29) 무지양단(無持兩端) : 이럴까 저럴까 망설이지 말라. 수서양단(首鼠兩端)하지 말라.

30) 오합(吳閤) : 위에 나온 진강부(鎭江府) 오추관(吳推官) 합하(閤下).

31) 서원(署員) : 관원의 임명.

32) 개교(改敎) : 교관(敎官)으로 고쳐 임명함. 명나라 때 교관은 세 등급으로 나뉘었다. 즉, 부학(府學)을 담당하는 교관은 교수(敎授)라 하였고, 주학(州學)을 담당하는 교관은 학정(學正)이라 하였으며, 현학(縣學)을 담당하는 교관은 교유(敎諭)라고 하였다. 원굉도는 진사 출신이므로, 자격상 부학의 교수에 임명될 수 있었다.

죽지 않고 살아 있게 되는 것이 전부다 태대의 은혜일 것입니다. 혹 다시 조리(調理)하도록 허용하신다면, 이 세상에 현관(縣官)의 직위에 있으면서 한 해의 반을 병석에 누워있는 자가 이제까지 저 말고 또 없었습니다. 본직은 차라리 얼굴을 감추고 도망해서, 체직을 당하고 폐서인(廢庶人)이 될 것입니다. 저는 타향에서 시들어 죽어가서 의지할 데 없는 귀신이 되기를 바라지 않습니다.

이제까지 본직의 폐간(肺肝)을 전부 토하여 드러내 보였습니다. 본직은 눈이 파이고 마음이 죽어 없어질 지경입니다.

職自八月十三日病瘧來, 經今五月. 前此乞恩改授, 蒙台臺誨諭眞切, 職卽蟲鳥, 敢不聽命. 嗣是灰心一念, 百計攝養, 延至十月初二三日, 始得小差. 職思縣務荒廢, 久臥非體, 于初十日勉出後堂, 料理積牘. 披褐龍鍾, 坐不移晷, 寒漸卽作. 勉强少時, 便覺火起臍上, 騰騰如縷, 痰嗽轉盛, 參曹鈐下, 見者無不悽惶. 未出一語, 未僉一案, 又已左扶右擁, 推入衙室矣. 此皆大衆所目睹, 僚佐所共見, 可質而問者, 職寧敢謊一字耶? 然職猶謂暫出未慣, 久當自習. 不料于本月二十一日, 同徐縣丞・詹主簿至後堂盤庫, 籌算移時, 體遂不支. 職卽令封銀入筒, 纔入私衙, 寒熱大作, 鼻血流不止, 小愈之人, 至此又奄奄一榻矣. 職自念氣體之弱如此, 又且會計漕兌在卽, 一握微軀, 百事紛厖, 如何可當, 有死而已. 縱使藥餌可扶, 劇縣非調病之所, 倘令優游塞責, 曠官將誰罪之歸? 台臺不爲職慮, 獨不爲十萬生靈慮乎? 詭莫詭于會計, 去歲職研精三月, 始成一比簿, 今欲使職持籌而算, 不能矣. 急莫急於國課, 去年職開徵之始, 晝夜焦蒿, 呑風飮雨, 僅得免于參罰, 今欲使職冒霜雪而撻黎庶, 不能矣. 此兩者欲責職以必辦, 則職雖粉骨不能辦, 如任職優游, 則朝廷設官謂何? 台臺所以責職者謂何? 究也縣事隙裂, 狐社百端, 聲名旣壞, 參罰隨之, 亦終於去而已矣. 夫京官病三月卽請告, 此例也. 今職病五月, 又外官也. 職若一毫欺罔, 則醫生可勘問, 隸卒可提審, 倘有纖毫不實, 乞台臺明賜參糾, 以爲人臣而懷私退託者之戒. 前鎭江府吳推官亦疑職僞疾, 親至榻前, 見職羸弱不堪之狀, 不覺潸然淚下. 乃曰: "不意爾一强壯人, 委敝至此, 當加意調理. 可出則出, 當歸則歸, 性命不可兒戲, 無持兩端也." 興言若此, 則職狼狽之狀可知矣. 伏乞台臺憫吳閤縣之生民, 續職垂絶之殘命. 念漕計無緩須臾, 早批署員. 哀野狐死當首丘, 亟賜題奏. 若得乞台恩俯容改敎, 則自玆以後, 未死之身, 皆台臺之賜. 倘謂再容調理, 則世未有縣官可以大半年寢疾者. 職寧抱頭逃遁, 爲褫職之廢民. 不願悴死他鄕, 作無依之餒鬼也. 職之肝肺, 至此吐盡矣. 職無任眼穿心死之至.

회계조태(會計漕兌) : 회계는 전부(田賦)를 징수하는 수목(數目)을 가리킨다. 조태는 양태(糧兌)를 해송(解送)하는 군운(軍運)을 말한다. 명나라 때 전부(田賦)는 여름과 가을 두 계절로 나누어 징수하였다. 여름에는 쌀과 보리를 징수하며, 하세(夏稅)라 이름하고, 가을에는 쌀을 징수하며, 추량(秋糧)이라고 하였다. 하세는 팔월을 넘기지 않고, 추량은 다음해 2월을 넘기지 않았다. 소주(蘇州)에서 조태를 해송한 것은, 규정상 매년 정월에 서주(徐州)의 창(倉)으로 운반하여 가서 교납(交納)하여야 했다. 이에 대하여는 『명회요(明會要)』 권56에 나와 있다. 회계와 조태는 지현(知縣)의 중요한 임무였다. 『명사』 「소언전(蕭彦傳)」에는 소언이 만력 연간에 올린 주소(奏疏)가 수록되어 있는데, 거기에 보면 다음과 같은 말이 있다. "관리의 고과(考課)를 살피는 도리는, 최과(催科)를 보아 전최(殿最)로 삼아서는 안 됩니다. 지난 융경 5년의 조칙(詔勅)에 '부세를 징수하는 것이 팔분에 미치지 못하는 자는 해당관리의 봉급을 정지한다'라고 하였습니다. 또 만력 4년에 이르러서는 다시 9분을 합격으로 하였고, 그와 더불어 숙부(宿負)의 2분을 징수하도록 하였습니다. 이렇게 되면 백성은 해마다 십분 이상을 바친다는 것이 됩니다. 해당관리는 고성(考成)을 두려워하여 반드시 백성들에게 심한 채찍질을 가하게 되지만, 백성들의 힘이 감당하지를 못해서 산업지를 떠나 유랑하는 일이 발생합니다. 저는 9분의 징수와 숙부 2분을 한꺼번에 징수하자는 안을 병행해서는 안 된다고 생각합니다. 이른바 1분을 느슨하게 해주면 백성은 1분의 은사(恩賜)를 입게 된다는 것이 바로 이것을 두고 하는 말입니다." 이것을 보면, 현관(縣官)이 징수의 임무를 다 하기 위해서, 빈궁한 농민들에게 가차없이 독촉과 채찍질을 해대었음을 알 수 있다. 그래서 원굉도는 이 글에서 "지난 해 본직이 징수를 시작하고서 밤낮으로 노심초사(勞心焦思)하고 비바람을 맞으며 고생해서, 겨우 벌을 면할 지경이 되었지만, 지금 본직으로 하여금 눈과 서리를 무릅쓰고 백성들을 닥달하려 하여도 할 수가 없습니다"라고 말한 것이다.

○비부(比簿) : 고을 전체에 징수하면서 전부(田賦)를 추비(追比)한 청책(淸冊). 『명사』「갈수례전(葛守禮傳)」에 보면, "국가 회계의 부식(簿式)을 상주하여 정하고, 천하에 반포하였다. 가정 36년 이후로 완흠(完欠 : 완비와 포흠)과 기해(起解 : 징수의 시작과 말소)를 추징(追徵)한 수, 그리고 빈민이어서 수납(輸納)할 수 없는 자의 명단을 장부에 모두 기록하였다. 부·주·현에서부터 포정(布政)에 이르기까지 호부(戶部)에 장부를 보내어 계고(稽考)하여, 은루(隱漏)·나계(那稽)·침기(侵欺)의 폐단을 씻어 없앴다"라고 하였다.

○不意爾一强壯人 : 强이 서종당본과 소수본에는 肥로 되어 있다.

○職之肝肺 : 肝肺는 서종당본과 소수본에 肺肝으로 되어 있다.

관장을 바꿔주기를 청하는 글, 셋째(乞改稿·三)

본직이 태대의 지우(知遇)를 가장 두텁게 입어서, 마치 벌레가 하늘을 이고 물고기가 바다를 이고 있는 듯하니, 제 마음에 새겨두고 이루 다 표현할 수가 없을 정도입니다. 혹 태대의 관아의 섬돌 아래를 분주히 오가며 새벽부터 밤까지 일하게 된다고 하더라도, 그것이 곧 본직의 직분이며 또한 본직의 바람이기도 합니다.

그런데 뜻밖에도 본직이 머무적거리는 마장[慳障]33)에 막한 것이 심하여, 병든 지 다섯 달에 마침내 낭패에 이르렀습니다. 그래서 동료로 저를 보는 자들이 애처로이 여기지 않는 자가 없었으며, 오추관(吳推官 : 吳化)은 한 번보고는 가슴이 메었으며 강지현(江知縣 : 江盈科)34)은 거듭

---

33) 간장(慳障) : 머뭇거리고 주저하는 마장(魔障).
34) 강지현(江知縣) : 강영과(江盈科). 당시 장주(長洲) 지현(知縣)으로 있었다.

눈물을 흘렸습니다. 이 모두 태대께서 따져 사실을 알 수 있을 것이니, 본직이 어찌 감히 꾸미겠습니까?

하지만 일월의 밝음은 사물을 빠뜨리고 비추지 않을 리가 없으시거늘, 못난 저의 병은 가을과 겨울이 지나도록 어찌 모르시며, 또한 어찌 본직의 군더더기 말을 기다리신다는 말입니까? 본직은 이전에도 병이 깊어 한 번 사직(辭職)을 고하려 하였으나 문득 그만 둔 것은 밝으신 명령이 있었기 때문이었습니다. 또한 잘못 생각하길, 당분간 조리(調理)하면 혹 완전히 낳아서 태대의 심려를 허비하는 것을 면할 수 있을지 모른다고 여겼습니다. 그러는 중에 뜻밖에도 원기가 이미 쇠잔하여, 갑자기 회복할 수 없을 뿐만 아니라, 시험삼아 며칠 동안 처방을 써보았으나, 곧바로 다시 심해졌으니, 본직은 아무래도 이곳과는 인연이 없는 듯합니다.

본직의 아버지께서 일전에 병의 증상을 전해 들으시고 너무도 크게 놀라고 걱정하셔서, 두 번이나 사람을 보내 급히 돌아올 것을 재촉하시니, 가만히 만자(萬子)35)의 살찜을 생각하시고 연릉(延陵)36)의 고통을 헤아리셔서, 고통을 참고 슬픔을 머금으시고 집 문밖과 동네 어구를 뚫어져라 바라보고 계실 것입니다. 지금 조모와 마주하셔서, 얼마나 서글픈 심정이실지 모르겠습니다.

말이 여기에 미치매 오장(五臟)이 찢어지는 듯합니다. 태대께서는 어찌, 한 번 손을 들고 발을 내디시어, 꺼져 가는 식은 재에 입김을 불어주

---

35) 만자(萬子) : 한나라 때 만석군(萬石君)이었던 석분(石奮) 일족을 가리키는 듯함.

36) 연릉(延陵) : 계자찰(季子札, 기원전 575~기원전 485). 춘추시대 오나라의 현자로 오나라 수몽(壽夢)의 아들인데, 재덕(才德)을 인정받아 수몽과 그의 세 형이 왕위를 그에게 물려주려고 하였으나 사양하였다. 연릉(延陵)에 봉해져 연릉계자(延陵季子)라고 불린다. 『춘추공양전(春秋公羊傳)』·『춘추좌씨전(春秋左氏傳)』 등에 그에 관한 기록이 있다. 『춘추좌씨전』에 의하면, 양공(襄公) 29년에 그가 노(魯)나라에 와서 주나라의 음악인 '주남(周南)'·'소남(召南)'을 듣고 평하였다고 한다. 또 노나라로 가는 길에 서(徐)나라를 지나게 되었는데 서나라 임금이 그의 검(劍)을 좋아하였으므로, 사신의 임무를 마치고 돌아가는 길에 주겠다고 약속하고는, 돌아오는 길에 서나라 임금이 죽은 것을 알고 그의 묘에 칼을 올려놓아 그 약속을 지켰다고 한다.

고 축 늘어진 마른 가지에 웃음을 보내주셔서, 본직으로 하여금 살아서 고향으로 돌아가, 앙상한 뼈를 골짜기에 버려지게 만들고 시신을 길거리에 팽개쳐지게 만드는 지경에 이르지 않도록 해주시지 않으신다는 말입니까? 다른 사람들 가운데 어찌 관장을 할 만한 인물이 없을 것이며, 관장이라고 해도 사람이 아닐 수가 없습니다. 오 땅에 지현(知縣)이 없을 수 없습니다만, 지현이라고 해도 결코 목숨이 없을 수 없습니다.

　　본직은 나이가 익을 대로 익었으니, 다시 헤아려 볼 필요가 없습니다. 만약 총애하심과 영령(英靈)하심에 힘입어, 겨울 담요를 깔 수 있는 은혜를 입는다면,37) 거의 죽어가던 사람의 마음이 그나마 관직에 나갈 기대를 갖게 될 것이니, 그 은혜는 만물을 낳고 기르는 조물주에 비할 정도이므로, 감격이 어찌 한량이 있겠습니까? 그렇지 않다면 본직은 목숨을 중히 여겨, 반드시 관직보다도 목숨을 중히 여길 것이므로, 사슴이 죽을 때는 몸 숨길 곳을 선택할 겨를이 없는 법이듯이38) 재주 없는 이 신하에게는 관복을 벗기는 일은 있을지언정 그보다 더한 것은 없을 것이오니, 태대께서는 반드시 크게 차마하지 못하는 마음이 있으실 것입니다.

　　창고 장부의 인수에 한 번 응하는 일과 같은 것은, 이전에 이미 병을 무릅쓰고 두 아관(衙官 : 아전)39)과 함께 재고(在庫)의 물품을 분명하게 조

---

37) 요혜한전(邀惠寒旃) : 겨울에 자리에 담요를 깔고 교임(敎任)의 직책을 수행할 수 있는 은혜를 입는다면. 교임의 직위로 교체하여 줄 것을 청하여, 이러한 말을 한 것임.

38) 녹사불택음(鹿死不擇廕) : 사슴이 죽을 때는 몸 숨길 곳을 선택할 겨를이 없음. 鹿死不擇音은, 사슴처럼 우아한 동물도 죽음에 내몰릴 때는 좋은 음을 선택하여 낼 겨를이 없다는 말. 단, 이때의 音은 蔭의 가차(假借)라는 설이 있음. 『춘추좌씨전(春秋左氏傳)』 '문공(文公) 17년'조에 보면, 정(鄭)나라 자가(子家)가 진(晉)나라 조선자(趙宣子)에게 자국의 처지를 이해 받기 위해 사신에게 들려 보낸 서한 가운데, "사슴이 궁지에 몰렸을 때는 미성을 낼 수가 없이 슬프게 소리를 내는 법이라고 합니다. 작은 나라가 큰 나라를 섬길 때는, 큰 나라가 작은 나라에 은혜를 베풀어주면 작은 나라도 인도(人道)를 다하여 섬기는 법이고, 그렇지 않다면 작은 나라는 사슴과 마찬가지입니다. 사슴이 쇠몽둥이에 쫓겨서 험한 곳으로 도망하는 경우, 위급하면 미성을 내기는커녕 그때야말로 비명을 울리는 법입니다(又曰 : 鹿死不擇音. 小國之事大國也, 德則其人也. 不德則其鹿也. 鋌而走險, 急何能擇)"라는 말이 있다.

39) 아관(衙官) : 본래는 자사(刺史)의 속관을 가리키지만, 하급관리를 두루 가리킴.

사하고[40] 봉인하여 표시한 바 있으므로, 삼가 행장을 꾸리고 배를 묶어둔 채로, 태대의 명을 기다릴 따름입니다.

본직은 간절한 마음을 이기지 못하겠습니다.

職荷台臺知遇最厚, 如蟲戴天, 如魚戴海. 私心刻鏤. 不可名狀. 倘得奔走墀下, 效晨夜之役, 此職之分, 亦職之願. 不料職緣慳障深, 一病五月, 遂至狼狽. 同僚看者, 莫不憫惻, 吳推官一見塡膺, 江知縣屢爲下淚. 此皆台臺可質而問者, 職何敢飾. 然日月之明, 理無遺照, 狗馬之病, 業經秋冬, 安得不知, 又安俟職贅言哉! 職前此病甚, 一告輒停者, 以有明命在. 又謬謂調理數時, 或得痊可, 免致費累台心耳. 不意元氣旣耗, 不可頓復, 稍試數日, 便爾委頓, 則職萬萬無緣于此地矣. 職父前一聞病狀, 驚悸不已, 兩遣人屬職急歸, 私念萬子之肥, 慮有延陵之痛, 含酸茹悲, 眼穿門閭. 今者與職祖母相對, 不知作何凄涼. 興言及此, 五內如割. 台臺何惜一擧手投足, 噓將滅之寒灰, 莞垂折之枯條, 使得生入鄕里, 免至委骸溝壑, 流棄道路耶? 人可無官, 官不可無人. 吳可無知縣, 知縣決不可無命. 職籌之已熟, 不再計矣. 倘得憑藉寵靈, 邀惠寒旃, 近死之心, 有官之望, 恩比生成, 感何有極? 不則, 職之重命, 必且重於官, 鹿死不擇廕, 微臣有褫, 無以加焉, 在台臺必有大不忍者. 至若一應庫藏之類, 前已力疾同兩衙官盤明封識在庫, 謹束裝維舟, 以待台命, 職無任懇切之至.

 稍試數日 : 日은 패란거본에 月로 되어 있으나, 서종당본·소수본·이운관본에 의거하여 고쳤다.

---

40) 반명(盤明) : 조사하여 밝힘. 반(盤)은 반사(盤査)로, 점검한다는 뜻이다. 반사라는 말은 『수호전』에 나온다.

관장을 바꿔주기를 청하는 글, 넷째(乞改稿·四)

본직은 이미 이 달 11일에, 처자와 행리를 먼저 길떠나게 하고, 혼자 집에 있으면서 오로지 명이 내리기를 기다리고 있습니다. 그런데 뜻밖에도 지금까지 지연되어 소식이 전혀 없으니, 본직의 마음은 더욱 답답하고 본직의 바람은 되려 쓸쓸하여, 마침내 병의 불길에 더욱 화염을 지핀 듯하여 추위와 더위가 다시 번갈아 갈마들게 되었습니다. 본직은 지금 솥 안의 물고기와 같아 살려해도 살 수 없고 죽으려해도 죽을 수가 없어 뒹굴뒹굴 이리저리 생각하여 보니, 오직 도망을 하여 달아나야만 일신을 보전할 수 있을 따름입니다.

태대께서는 반드시 본직으로 하여금 관인(官印)을 버리고 의관(衣冠)을 벗어버린 채 폐인이 되게 하려 하십니까? 그렇지 않으면 본직의 명절(名節)을 온전히 하여 뒷날의 한 가닥 길이 남아 있도록 하시겠습니까? 뒷날 한 가닥 길이 남아 있게 하려고 하신다면 빨리 처결하여주십시오. 그렇지 않다면, 고을의 일이 황폐해지는 것은 더 말할 것이 없고, 태대께서도 편안하지 않으실 것이니, 본직으로 하여금 병으로 도망하도록 하고 도망하였다고 해서 벼슬이 갈리게 된다면, 그것은 어진 이로서의 마음 씀씀이에 있어서 반드시 크게 차마 하지 못할 바가 있을 것입니다. 종이를 펼쳐 놓고 글을 쓰려 한 것이 여러 차례이지만, 붓을 잡으면 저 자신도 모르게 얼굴에 땀이 흐르고는 합니다.

본직은 격하고 간절한 심정을 이기지 못하겠습니다.

職已于本月十一日, 將妻孥行李, 移至前途, 單身在宅. 專候命下. 不意遷延至今, 消息全無, 職心益鬱, 職望轉孤, 遂至火益加炎, 寒熱復作. 職此時如釜中之魚, 欲活不能, 欲死不可, 展轉思之, 惟有逃遁而走, 可以保身全軀耳. 台臺必欲使職爲棄印襚衣冠之廢人耶? 抑欲全職名節, 爲後日留一線之路耶? 如欲留一線之路, 則乞早賜裁決, 不然, 無論縣事荒蕪, 台臺不安, 卽使職以病而遁, 以遁革職, 仁人用心, 必有大不忍者矣. 陳牘太數, 把筆不覺汗顔. 職無任激切之至.

관장을 바꿔주기를 청하는 글, 다섯(乞改稿 · 五)

본직이 8월에 한바탕 앓은 병이 지금까지 이르러, 시간상으로는 6개월이 넘었습니다. 숨이 끊길 듯 말듯, 목숨이 다하려고 하면서, 오로지 한 번 관직을 개수하여 주시면 조용히 조섭(調攝)하려고 기다리고 있었습니다.

그런데 뜻밖에도 정성(精誠)은 하늘의 뜻에 이르지를 못하고, 태대에게서도 신뢰를 받지 못하여, 네 번이나 반복하여 간절히 구하였으나, 확실한 지시를 내리시지 않으셨습니다. 그래서 울화가 활활 뻗쳐올라 마음은 전쟁터의 말 같아, 잠을 이루려 하여도 자리에 눕지 못하고, 앉으려 하여도 의자에 가만히 있을 수 없습니다. 기침과 가래에는 핏기가 어렸고, 비장의 기운이 오랫동안 허(虛)한 상태입니다. 비록 병이 들게 된 이유가 따로 있다고는 하지만, 또한 속사정을 풀어내지 못하기 때문에, 병이 날로 쌓이게 된 지경에 이르게 된 것입니다.

대저 본직은 한산(閑散)하고 소광(疎曠)한 사람입니다. 뼈와 몸이 허약하여 본래 세상일을 감당하지 못할 형편이었는데, 한 번 울타리와 조롱(鳥籠)[41]에 들어간 뒤로는, 조심하고 조심하였지만, 조심하여도 어쩔 수 없어서, 결핵의 병[42]이 마침내 일어나고 말았습니다. 이는 본직의 병이 답

---

41) 번롱(樊籠) : 울타리와 조롱(鳥籠). 세상의 굴레를 말함.
42) 노채(癆瘵) : 결핵.

답함에서 일어났고, 답답함의 원인은 벼슬에서 생긴 것이니, 만약 벼슬을 하루 빨리 버리지 못한다면, 병이 어찌 하루라도 나을 수 있겠습니까?

약물은 모두가 병의 끄트머리와 바깥을 치료하는 것이고, 오직 벼슬을 그만두는 것만이 병의 뿌리를 다스리는 방법입니다. 만약 일단 조섭하라고 말씀하신다면 이것은 본직의 울화병을 가중시키는 것이기에, 저로서는 이제라도 곧 죽게 될 것입니다.

옛 말에, "군주는 명령을 행하고 신하는 자신의 의지대로 행한다"[43] 라는 말이 있습니다. 지금 태대께서는 스스로의 의지를 정말로 반드시 실행하고자 하십니다만, 본직의 마음을 어찌 얽매고 형구(刑具)를 들씌우듯 옥죌 수 있겠습니까? 장차 관인(官印)을 찍은 내외 봉지(封識)를 가지고 부(府)에 나아가 반납한 뒤에는, 본직은 팔을 흔들면서 떠나갈 것입니다. 간절히 바라건대, 본직의 청한 바를 허락해주셔서, 빨리 새 관원의 임명을 비준해 주십시오.

본직은 간절하고 절박함을 이루 견디지 못하겠습니다.

職自八月中一病至今, 時踰六月矣. 奄奄待盡, 惟候一改, 以俟從容調養. 不意誠不足以格天, 致台臺不見信諒, 再四懇求, 殊無確示. 以致鬱火延升, 心如戰馬, 睡不貼席, 坐不支床, 痰嗽帶血, 脾氣久虛. 雖云病有自來, 亦因下情未遂, 致令沉疴日積耳. 夫職閑散疎曠人也. 骨體脆薄, 本不堪世務, 一入樊籠, 便爾抑抑, 抑而不已, 癆瘵遂作. 是職之病起于鬱, 鬱之因起于官, 若官一日不去, 病何得一日痊哉? 一切藥餌,

---

43) 군행령, 신행의(君行令, 臣行意): 군주가 법령을 실행하더라도 신하는 자신의 의지대로 일을 해나간다는 뜻. '君行令'은 '君行制'이어야 할 듯하다. 『국어(國語)』「월어 하(越語 下)」에 나오는 범여(范蠡)의 말이다. 구천(句踐)이 범여(范蠡)에게 "네가 내 말을 들으면 너에게 나라를 나누어주겠지만 내 말을 듣지 않으면 네 몸도 죽고 처자도 살해될 것이다"라고 하였는데, 범여는 "잘 알았습니다. 왕께서 법령대로 실행하더라도 신하는 자신의 의지대로 일을 해나갈 따름입니다(臣聞命矣. 君行制, 臣行意)"라고 답하였다. 위소(韋昭)의 주는, "制는 法이고, 意는 志이다"라고 하였다.

皆爲治標, 唯有解官, 是攻病本. 若云在假調攝, 則是重職之鬱, 死無日矣. 語有之 : "君行令, 臣行意." 今台臺令固在必行矣, 職之意寧可繫絆枷柤之耶? 除將印篆內外封識赴府交投外, 職掉臂行矣. 懇乞卽賜題請, 早批署官, 職無任懇切之至.

원굉도는 위의 일곱 간독(簡牘)을 연달아 올려 사직을 청원하여, 마침내 허가를 받았다. 『오현지(吳縣志)』 권4 「직관표(職官表)」에 의하면, 원굉도의 후임자는 맹습공(孟習孔)이다. 이 사람은 1592년(만력 20년)의 진사로, 원굉도와 동년(同年)이었다.

『원중랑집』 제8권

해탈집(解脫集) 권1 시(詩)

30세 되던 1597년(만력 25년 정유)에 지은 시를 수록하였다.

강남자(江南子)[1]

첫째(其一)

앵무의 꿈을 새벽 까마귀 소리에 깨었나니
여인은 눈이 가을 물 같고[2] 얼굴도 물 같이 맑구나.

---

1) 강남자(江南子) : 강남녀(江南女)와 같다. 악부제(樂府題)이다.

하얀 팔은 흰 연뿌리가 길게 자란 듯하고

몸 돌리는 모습은 난새가 꼬리를 거두는 듯.3)

이별한 사람만 애간장 끊는다 말을 마오

거울 볼 때마다 절로 혼이 녹아4) 죽을 지경이라오

비단옷에 백마 탄 이는 어느 분인가

낭군은 그대만 못하니 내 마음 어쩌나.

鸚鵡夢殘曉鴉起, 女眼如秋面似水.

皓腕生生白藕長, 回身自約靑鸞尾.

不道別人看斷腸, 鏡前每自銷魂死.

錦衣白馬阿誰哥, 郎不如卿奈妾何?

전校 1597년(만력 25년 정유) 오현에서 지은 시. 이때 이미 사직원이 허가 나서, 권속은 먼저 무석(無錫)으로 가고, 원굉도만 아직 오 땅을 떠나지 않았다.
○ 錦衣白馬阿誰哥 : 소수본에는 哥가 過로 되어 있다.

둘째(其二)

백옥이 모래를 쓰고 있어도 꽃은 진흙에서 나오는 법.5)

동쪽 집 늙은이가 아리따운 아내를 얻었구나.

소년은 첩의 괴로운 마음 모르고

밤마다 문 앞에서 까마귀 소리 시끄럽게 흉내내네.

---

2) 여안여추(女眼如秋) : 여인의 눈이 가을 물 같이 맑음.
3) 회신자약청난미(回身自約靑鸞尾) : 몸을 돌려 스스로를 다잡는 모습은 마치 청란이 꼬리를 수습하는 듯하다는 뜻. 청란(靑鸞)은 봉황(鳳凰)의 일종으로, 봉황 중에서 푸른 빛을 띤 것을 말한다.
4) 소혼(銷魂) : 깊이 느껴서 혼이 흩어져 달아남.
5) 백옥몽사화출니(白玉蒙沙花出泥) : 연꽃이 피어나는 모습을 노래하여 미인의 형상을 빗댄 것이다.

첩의 마음은 달갑게 우물 밑 물6)이 되겠지만

낭군은 잘못하여 갓길로 들어가셨네.

어느 집 문 앞인들 새매가 없겠어요?7)

돌아와서 다시 한 번 집에 닭8)을 보세요

白玉蒙沙花出泥, 東家老漢得嬌妻.

少年不道妾心苦, 夜夜門前烏亂啼.

妾心甘作井底水, 郎君錯走路旁蹊.

誰家門前無鷂子, 歸去且自看家雞.

 夜夜門前烏亂啼 : 서종당본·소수본에는 烏亂이 亂烏로 되어 있다.

셋째(其三)

거미는 나면서부터 그물을 짤 줄 알고

오 땅 아이는 열다섯이면 아리따운 노래를 부르네.

옛 노래는 상성(商聲)의 긴박한 소리라 구슬프고9)

---

6) 정저수(井底水) : 속마음이 굳건하여 움직이지 않음. 당나라 맹교(孟郊)의 「열녀조(列
女操)」에 보면, "첩의 마음은 옛 우물의 물과 같아, 맹세코 파란이 일어나지 않으리(妾
心古井水, 波瀾誓不起)"라고 하였다.

7) 수가문전무요자(誰家門前無鷂子) : 다른 집의 여인을 기웃거리지만 그 문에는 그 여
인을 노리거나 지키는 새매 같은 존재가 없지 않을 것이라는 뜻.

8) 가계(家雞) : 집에서 기르는 닭. 집에 있는 좋은 것. 여기서는 집안의 아내가 자신을
가리킨 말. 염가계애야치(厭家鷄愛野雉)라고 하면 늘상 보는 것을 싫어하고 새것을 좋
아한다는 뜻[厭常喜新]으로, 본처를 박대하고 새 첩을 좋아한다는 뜻으로 사용된다.
본래는 진(晉)나라 때 유익(庾翼)이 젊어서 왕희지(王羲之)와 함께 글씨로 이름이 났지
만, 도하의 젊은이들이 모두 왕희지의 글씨를 좋아하므로, 유익이 형주(荊州)에 있을
때 도하인에게 편지를 내어 "지금 젊은이들이 집 닭은 싫어하고 들의 꿩만 사랑하지만,
내가 돌아가면 마땅히 그 글씨에 견줄 수 있을 것이다"라고 하였다는 데서 나온 말이
다. 이 고사는 『진중흥서(晉中興書)』에 나왔다.

새 곡조는 정채가 많아 느긋하고 완만하여라.10)

판박(板拍)과 젓대와 피리로

호구(虎丘)11)에서는 밤바다 돌이끼가 따스하군.

집집마다 연회에서 노래 연주를12) 좋아하매

베 짜는 소녀13)는 북 멈추고 농사꾼14)은 게으르다오

蜘蛛生來解織羅, 吳兒十五能嬌歌.

舊曲嘹厲商聲緊, 新腔嘽緩務頭多.

一拍一簫一寸管, 虎丘夜夜石苔暖.

家家宴喜串歌兒, 紅女停梭田畯懶.

舊曲嘹厲商聲緊, 新腔嘽緩務頭多 : 서종당본·소수본에서는 이 두 구가
"游絮拍空絲繞戶, 飛泉落坂丸注城"으로 되어 있다.

---

9) 구곡요려상성긴(舊曲嘹厲商聲緊) : 요려(嘹厲)는 嘹唳로도 적는데, 울림이 맑고 처량
한 것을 말한다. 『악부시집(樂府詩集)』에 수록된 남조의 도홍경(陶弘景)의 「한야원(寒
夜怨)」에 보면 "밤 구름이 일어나고, 밤 새 소리 처량하여, 처절하고 구슬퍼서 한 밤의
마음이 상하노라(夜雲生, 夜鳴惊, 凄切嘹唳傷夜情)"라고 하였다. 상성(商聲)은 처창(凄
愴)한 성음(聲音)이다. 『문선(文選)』에 진(晉)나라 완적(阮籍)의 「영회시(詠懷詩)」가 실
려 있는데, 그 제10수에 "소질은 상성을 잘 내어, 처창하게 나의 마음을 서글프게 하네
(素質游商聲, 凄愴傷我心)"라고 하였다.
10) 신강탄완무두다(新腔嘽緩務頭多) : 탄완(嘽緩)은 현의 율이 느긋하고 느릿느릿한 것
을 말한다. 무두(務頭)는 곡(曲)의 용어로, 곡 가운데 가장 긴요한 자구를 가리키거나
한 곡 가운데 음과 가사가 둘 다 아름다워 감동을 가장 짙게 주는 부분을 가리킨다.
11) 호구(虎丘) : 지금의 강소성(江蘇省) 소주시(蘇州市) 창문(閶門) 밖 산당가(山塘街)에
있다. 오왕 부차(夫差)가 그의 부친을 여기에 장사지냈다. 장례 후 3일에 백호가 나타나
그 바위 위에 걸터앉았으므로 호구라고 이름하였다 한다. 호구의 중앙에는 천인석(千
人石)이 있어, 너비가 근 2무(畝)는 되며, 남쪽에서 북쪽으로 비스듬히 기울어져 있다고
한다.
12) 관가아(串歌兒) : 노래를 연주함. 관(串)은 분연(扮演)의 뜻이다.
13) 공녀(紅女) : 직녀(織女). 방직, 자수, 바느질에 종사하는 여성을 말한다. 紅은 공으로
읽는다. 공녀(工女)로도 적는다.
14) 전준(田畯) : 권농관(勸農官). 그러나 뒤에는 널리 농민을 가리킨다.

넷째(其四)

호잠(湖蠶)[15]이 비단실 토하니 강물처럼 반짝이고

상낭(桑娘)은 한밤에도 금창(金閶)[16]에서 비단을 짜네.

능라와 융단은 익히 만들고 깁은 처음 만들어[17]

새, 물고기, 꽃, 꽃술을 예쁘게 새겼구나.[18]

"해마다 궁정 양식 따라서 새 틀로 바꿔야 하니[19]

한 마리 고치로 얼마나 실을 만들겠어요?

아빠는 세금 대신 부역하고[20] 오라비는 역참에서 일해요[21]

관가에선 첫 조운[22]을 오월에 한다네요."

湖蠶吐練光如水, 桑娘夜織金閶裏.

熟作綾絨生作紗, 挑盡蟲魚與花蘂.

年年宮樣換新機, 一蟲能作幾般絲?

父當解戶兄塘長, 官家頭運五月時.

桑娘夜織金閶裏 : 서종당본・소수본에서는 桑이 吳로 되어 있다.

---

15) 호잠(湖蠶) : 오호(五湖) 지방에서 자라는 누에.

16) 금창(金閶) : 오현(吳縣) 창문(閶門)의 안. 옛날에는 금창정(金閶亭)이 있었다. 서쪽에
   있으면서 창문에 가까웠으므로 이렇게 이름한다. 오현(吳縣)의 대칭(代稱)이다.

17) 숙작능융생작사(熟作綾絨生作紗) : 능(綾)은 아주 얇은 사직물(絲織物). 융(絨)은 자수
   용의 세사선(細絲線).

18) 도(挑) : 자수(刺繡).

19) 연년궁양환신기(年年宮樣換新機) : 궁정에서 매년 장속(裝束)과 복구(服具)의 식양(式
   樣)을 새로 요구하므로, 해마다 직기(織機) 방법을 새로 바꾸어야 한다는 뜻.

20) 해호(解戶) : 명나라 때 전량(錢糧)을 교납(交納)하는 차역(差役).

21) 당장(塘長) : 제방을 지키는 역.

22) 두운(頭運) : 매년 첫 조운(漕運). 명나라 세종(世宗) 때, 경성(京城)으로 전량(錢糧)을
   납부할 때 수로로 운수해서 회수(淮水)를 통과하는 기한을 규정하였는데, 강남은 정월
   이었다. 신종(神宗) 때는 다시 경성에 이르는 기한을 5월로 개정하였다. 『명사』「식화
   지(食貨志)」에 나와 있다.

다섯째(其五)

흰 얼굴에 검푸른 수염의 미소년이
아침에 윷23) 던지고 저녁엔 금전을 거네.
백 냥, 천 냥 다 쏟고도 손 씻지 않고
이기면 도박으로 미녀24)를 얻어 끼고 잠자네.
남아라면 일 벌려 오만하게 굴지25) 말아야지
황금을 다 잃으면 결국 다른 곳으로 갈 터인데.
말하지 말라, 허리춤에 돈 한 푼 없더라도
규방의 첩26)을 저당 잡힐 수 있다고
내가 오현에 있을 때, 아내를 저당 잡힌 자가 있었다.

白面靑髭美少年, 朝投五木暮攤錢.
百千一注不洗手, 贏來賭取少娃眠.
男兒作事勿偃蹇, 黃金博盡終當轉.
莫道腰間無一文, 閨中少婦猶堪典.
余在吳見有典妻者.

패란거본에는 주가 없으나, 서종당본·소수본·이운관본에 의거하여 보충한다.

---

23) 오목(五木): 전백성 씨의 『전교』에 '五水'로 되어 있으나, 水는 木의 오자이다. 오목
은 도박의 도구이다. 송나라 정대창(程大昌)의 『연번로(演繁露)』6 「투(投)」에 보면, 옛
날에는 나무를 깎아서 자(子)를 만들어 한 놀이기구에 다섯 개의 자가 있었으므로 오목
이라고 불렀다고 하였으며, 뒤에는 나무 대신 돌, 옥, 상아, 뼈로 만들었다고 하였다.
24) 소왜(少娃): 젊은 미녀. 오 지방에서는 젊은 여인을 왜(娃)라고 불렀다.
25) 언건(偃蹇): 오만하고 고집을 부림. 뜻이 높고 성한 모양을 가리키는 말. 때로는 고생
스럽다는 뜻으로도 사용된다. 하지만 여기서는 전자의 뜻이다.
26) 소부(少婦): 첩. 여기서는 아내를 저당 잡힌 사람을 보고, 원굉도가 스스로에게, 돈 없
으면 첩을 저당 잡히면 된다는 식으로 생각하지 말라고 한 것이다.

횡당도(橫塘渡)

횡당[27] 나루여,
선창[28]에 임했어라.
낭군은 서쪽에서 오고
저는 동쪽으로 가오.
저는 창가 여자가 아니라,
부유하고 귀한 집 여식이라오.
꽃을 불려다가 낭군에게 침이 튀어
낭군의 천 금 같은 눈길과 마주쳤죠.
저의 집은 홍교[29] 근처
붉은 대문 늘어선 십자로에 있으니,
신이화(辛夷花 : 백목련)[30]를 잘 보시고
버드나무 매화 집은 들르지 말아요[31]

橫塘渡, 臨水步.
郎西來, 妾東去.
妾非倡家人, 紅樓大姓婦.

---

27) 횡당(橫塘) : 당나라 시인 독고급(獨孤及)의 시(「同皇甫齊年春望」)에 "어찌 차마 보랴 새 풀이 횡당에 가득한 것을(忍看新草遍橫塘)"이라는 구절이 있다.

28) 수보(水步) : 수부(水埠). 선창.

29) 홍교(紅橋) : 하북성 창평현(昌平縣) 서남쪽에 있는 다리인 듯함.

30) 신이화(辛夷花) : 신이는 낙엽교목으로, 늦봄에 흰 꽃을 피운다. 일반적으로 신이(辛夷)라고 하면 연꽃을 말하는데, 이것은 높은 나뭇가지에 피는 부용의 꽃. 즉 신이의 꽃이다. 왕유(王維)가 이 꽃을 좋아하여 망천장(輞川莊)에 신이오(辛夷塢)를 두었으며, 자신의 실명(室名)으로 '신이오'를 사용하였다. 왕유의 「신이오(辛夷塢)」 시는 이러하다. "나무 가지 끝의 부용꽃이, 산 속에서 붉은 꽃을 피웠구나. 계곡 어귀는 인기척 없이 적막한데, 분분하게 피었다간 또 떨어지누나(木末芙蓉花, 山中發紅蕚. 澗戶寂無人, 紛紛開且落)."

31) 막과양매수(莫過楊梅樹) : 버드나무와 매화나무를 심은 집은 들리지 말라. 버드나무와 매화를 심은 집은 창가(娼家)를 말한다.

吹花誤唾郞, 感郞千金顧.

妾家住虹橋, 朱門十字路.

認取辛夷花, 莫過楊梅樹.

 1597년(만력 25년 정유) 오현에서 지은 시.
○莫過楊梅樹 : 서종당본·소수본에서는 梅가 柳로 되어 있다.

염가(豔歌)

까치 꼬리 모양 화로가 난초 연기를 뱉어

차갑게 재가 되어도 연기는 사그라지지 않아라.

몹시 근심스러운 건 동풍이어요

사표(謝豹) 붉은 피(두견화 꽃잎)를 떨궈버리니.

낭군이 창어(鯧魚 : 병어)32)를 부쳐오시면

저는 서시설(西施舌 : 대합조개)33)을 드리죠

꽃은 피어선 사람을 기다리지 않고 지니

청춘(봄날)을 어이 이별한다죠!

鵲尾唾蘭煙, 灰冷烟不滅.

東風多少愁, 吹落謝豹血.

郞寄鯧魚子, 妾寄西施舌.

花開不待人, 靑春忍相別!

---

32) 창어(鯧魚) : 병어. 이 고기가 물 속에서 헤엄을 치면 여러 물고기들이 따라 다니며 그 물고기의 침 거품[涎沫]을 먹으므로, 그 모습이 마치 창기(娼妓)와 같다고 해서 이런 이름을 붙였다고 한다. 『본초(本草)』에 나온다.

33) 서시설(西施舌) : 대합조개. 사흡(沙蛤). 해변의 모래사장에서 나며, 합리(蛤蜊)와 비슷하되 조금 길쭉하다. 본명은 차합(車蛤)으로 혀 모양이다.

 1597년(만력 25년 정유) 오현에서 지은 시.

미인이 잠에서 일어나는[34] 형상을 노래한 가사(美人睡起詞)

꾀꼬리는 재잘재잘 사람 말을 흉내내어
춘정에 노곤한 여인을 시내 너머에서 불러 깨우네.
보침의 꽃무늬에는 용뇌향 구름이 감돌고
고운 향불 무리[暈]에는 성홍색 비가 투과하누나.
꽃 앞에 한들한들 다가가 앵무에게 묻나니
낭군은 거나하게 취해서 어느 때나 돌아오겠니?
화장 고치고 붉은 입술 다시 칠할 때[35]
주렴 밖에 밝은 달은 금모래를 쏟누나.

鶯舌般般學人語, 隔溪喚醒厭春女.
寶枕花酣龍腦雲, 粉香暈透猩紅雨.
花前頓步詢鸚鵡, 歡醉歸來時幾許?
開粧重點聖檀心, 夜明簾外金沙吐.

 1597년(만력 25년 정유) 오현에서 지은 시.
○ 隔溪喚醒厭春女 : 서종당본·소수본에서는 溪가 紗로 되어 있다.

---

34) 미인수기(美人睡起) : 송나라 주방(周昉)이 기지개를 켜는 내인[欠伸內人]의 그림이
있어 이중모(李仲謀)의 집에 있었다. 소식(蘇軾)이 그것을 보고 「속여인행(續麗人行)」
을 지어 "미인이 잠에서 일어나 엷게 화장하고 빗질하니, 제비는 춤추고 꾀꼬리 울어
속절없이 애간장을 끊누나(美人睡起薄梳洗, 燕舞鶯啼空斷腸)"라고 하였다.
35) 중점성단심(重點聖檀心) : 단(檀)은 붉은 흙빛인 자색(赭色)을 말하며, 여인의 붉은 입
술을 단순(檀脣)이라고 한다. 『도화선(桃花扇)』 「전가(傳歌)」에, "단순에 다시 칠하고
연지가 곱구나(重點檀脣臙脂膩)"라고 하였다.

○ 花前頓步詢鸚鵡 : 서종당본 · 소수본에서는 頓步가 小立으로 되어 있다.

난주 노래(蘭舟引)

동풍은 강물을 남꽃으로 물들이고
십 촌 길이 갈치36)는 푸른 새끼를 데리고 노네.
해오라기는 모자초(母子草) 머금고 여울 아래 졸다가
노랫소리 듣곤 날개 짓쳐 아지랑이 속으로 솟구치네.
백지(白芷) 향기는 바람에 실려 부채에 들어오고
미양(迷陽)37)의 짧은 가시는 옷섶을 잡아당기네.
화려한 누선[층배]은 물결을 쭈그리며 오고
미인은 새우수염 같이 늘어진 주렴38) 속에서 깔깔 웃누나.

東風染就藍花水, 刀鰶十寸靑帶子.
鴇鶋銜母下灘眠, 聞歌一翅衝烟起.
入扇風香白芷苗, 鈎衫刺短迷陽藥.
畫船樓櫓蹙波來, 美人一笑蝦鬚裏.

1597년(만력 25년 정유) 오현에서 지은 시.

---

36) 도제(刀鰶) : 갈치.
37) 미양(迷陽) : 본래 『장자』 「인간세(人間世)」편에 이 말이 나오는데, 그 풀이는 여러 가
  지이다. 식물의 경우에는 산야에 나는 가시풀을 말한다.
38) 하수(蝦鬚) : 발, 주렴의 이칭(異稱). 육창(陸暢)의 「염(簾)」 시에, "흰 손으로 하수(발)
  을 걷어올리니, 아름다운 방안에 흐르는 달빛이 옥구슬 꿰어 있는 듯 하네(勞將素手捲
  蝦鬚, 瓊室流光更綴珠)"라고 하였다.

서창여아 노래(西閶女兒歌)

오 땅 남녀가 재합한 것을 두고 지음(爲吳郞姬再合賦)

서창39) 여아가 초봄의 방초 같아
만개한 꽃나무40)가 그대 때문에 늙었네.
뿌리가 시들해서 애처롭기에
원왕초41)를 가지 채 꺾었지.
밤새 동풍이 누수(婁水)42) 물을 구기고
왕가(王家) 쌍 제비도 내쫓고 말았구나.
버들 꽃(유서)이 자취 일정치 않다 말게나
바람 따라 다시 옛 둥지 속으로 들어가는 걸.

西閶女兒芳菲早, 穠華一樹爲君老.
根株憔悴可惜人, 和枝生折鴛鴦草.
東風一夜蹙婁水, 又逐王家雙燕子.
莫道楊花無定踪, 吹來還入舊窠裏.

1597년(만력 25년 정유) 오현에서 지은 시.
○ 오랑(吳郞) : 혜산(惠山)에 함께 노닐었던 오평중(吳平仲)인 듯하다.

---

39) 서창(西閶) : 소주부(蘇州府) 성의 창문(閶門) 밖 서쪽.
40) 농화(穠華) : 만개한 꽃. 여기서는 본처(本妻)를 비유한 말.
41) 원앙초(鴛鴦草) : 『촉중방물기(蜀中方物記)』에 의하면, 늦봄에 잎이 나는데, 어린 꽃이 잎 속에 들어 있으며, 꽃이 둘씩 서로 마주하고 있어서 마치 날아가는 새가 날개를 나란히 하고 있는 형상이라고 한다.
42) 누수(婁水) : 누강(婁江). 강소성(江蘇省) 오현(吳縣)의 동쪽에 있는 강. 태호(太湖)의 지류로, 남산(嵐山)·태창(太倉) 등의 지역을 거쳐 장강(長江)으로 들어간다. 장강으로 들어가는 곳을 유하구(劉河口)라고 한다. 강의 이름을 하강(下江)·유가하(劉家河)·유하(劉河)라고도 한다.

한가한 생활에 생각나는 대로 쓰다(閒居雜題)

첫째(其一)

나무 늙어 꽃 없이도 봄빛이 새롭고
붉은 산다(山茶)는 계집애 입술 같구나.
서너 줄기 백발은 봄 이전에 이미 길었고
한 점 푸른 산은 비 뒤에 참 면목을 드러내네.
꾀꼬리는 가지에서 내리려고 먼저 재잘거리고
까치는 풍년을 점칠 줄 알아 사람과 같구나.
비단 언치 금 걸개로 귀공자들 분분히 지나가서
비 갠 교외의 십리 먼지를 죄다 날려보냈군.

樹老無花也自新, 山茶紅似女兒脣.
數莖白髮春前長, 一點靑巒雨後眞.
鶯欲下枝先作語, 鵲能占歲亦如人.
錦韉金絡紛紛去, 飛盡晴郊十里塵.

1597년(만력 25년 정유) 오현에서 지은 시.

둘째(其二)

유자(儒者)의 옷을 벗고 금선(金仙 : 부처)[43]을 예불하며
서른 살에 짬을 내니[44] 청년의 마음이네.

---

43) 금선(金仙) : 부처. 잠삼(岑參)의 시(「登總持閣」)에, "청정의 이치를 일찌감치 알았기
 에, 늘 금선(부처)을 받들고자 원하였네(早知淸淨理, 常願奉金仙)"라고 하였다.
44) 투한(偸閒) : 바쁜 가운데 짬을 냄.

풀은 깔개같이 성하고 꽃은 춤추려는 듯하며

아지랑이 장막 속에 버드나무는 높이 잠들었다.

흥 일기에 봄 산의 그림을 한 번 그려보고

병석에서 일어나 「추수(秋水)」편45)에 거듭 주석한다.

주장(酒障)46)과 시마(詩魔)47)가 모두 쇠하지 않았으니

어찌 노방(老龐)48)의 선(禪)에 들 수 있으랴.

儒衣脫却禮金仙, 三十偸閒也少年.

---

45) 추수편(秋水篇):『장자』의 편명. '망양이탄(望洋而歎)'의 고사도 여기에 들어 있다. '망양이탄'은 다른 사람의 위대함을 보고 자기 자신이 매우 작음을 개탄하거나 혹은 하나의 사건을 처리함에 있어서 역량이 부족함을 개탄함을 비유하는 말로 사용된다.『장자』「추수」에 다음과 같은 말이 나온다. "하백이 흔연히 스스로 기뻐하여, 천하의 미관이 모두 자기에게 갖추어져 있다고 여겨, 득의하여 물 흐름을 따라서 동쪽으로 나아가, 마침내 북해에 이르렀다. 거기서 동쪽을 향하여 바라보니 바다가 멀리까지 끝없이 펼쳐져 있어 끝이 보이지 않았다. 이에 하백이 비로소 고개를 돌려 북해의 신 약(若)을 우러러보면서 탄식하여 말하였다. '세속의 속담에 도리를 들은 것이 만 분의 일에 불과한 백이면서 자신에게 미칠 자가 없다고 생각한다는 말이 있는데 그것은 나 자신을 두고 하는 말이로다'(河伯欣然自喜, 以天下之美爲盡在己. 順流而東行, 至于北海, 東面而視, 不見水端. 于是焉, 河伯始旋其面目, 望洋向若而歎曰 : 野語有之, 曰 : 聞道百以爲莫己若者, 我之謂也)." 또 다음과 같은 구절도 이어진다. "북해 약이 말하였다. 우물 안의 개구리와는 바다의 넓고 큼을 말할 수 없으니, 본 공간이 한정되어 있기 때문이다. 여름 한철 벌레와는 얼음의 차가움을 말할 수 없으니, 시간적인 제한을 받기 때문이다(北海若曰 : 井蠅不可以語於海者, 拘於處也. 夏蟲不可以語於氷者, 篤於時也)." 사람이 시간과 공간의 제약 때문에 식견이 넓지 못함을 비유한 것이다 그리고 「추수」편에는 장자(莊子)와 혜자(惠子)가 호수(濠水)의 다리에서 물고기가 즐거움을 아느냐 모르느냐를 두고 철학적 토론을 벌이는 대목도 나온다.

46) 주장(酒障) : 술을 즐기는 습벽.

47) 시마(詩魔) : 시를 즐기는 병. 작시의 생각을 일으키는 기이한 힘. 백거이(白居易)의 「한음(閒吟)」 시에 "오직 시마를 아직 항복시키지 못하여, 번번이 풍월을 만나면 한바탕 한음을 하노라(惟有詩魔降未得, 每逢風月一閒吟)"라고 하였다.

48) 노방(老龐) : 방도현(龐道玄) 즉, 당나라 방온(龐蘊). 원화(元和) 연간에 북쪽 양양(襄陽)에 노닐고, 배에 보물 수만 점을 싣고 가서 상수(湘水)에 가라앉히고는 집안 사람과 함께 도를 닦았다. 일찍이 강서(江西)의 마조(馬祖)를 알현하고, 선종을 통달하였다. 임종에, 양양자사 우적(于頔)이 병 문안을 오자, 답하기를 "다만 소유한 모든 것을 공으로 돌리기를 원하니, 삼가 본디 없는 것을 채우려고 하지 말아 주시오(但願空諸所有, 愼勿實諸所無)"라고 하였다. 세칭 방거사(龐居士)라고 하며, 어록(語錄)이 세상에 전한다.

芊草如氈花欲舞, 淡烟垂幨柳高眠.
興來學作春山畫, 病起重箋秋水篇.
酒障詩魔都不减, 何曾參得老龐禪.

셋째(其三)

비 개인 동산은 춘경(春景)을 한껏 쏟아내고
관왜궁(館娃宮)49)에서는 향진(香塵)을 줍네.
정에 무른 마음은 원앙 빚을 갚지 못해서요50)
숙명 탓인지 앵무의 몸에 부끄럼 많아라.
버들은 풍류를 사랑하지만 병 때문에 졸고
까치는 환희를 탐내면서도 남을 꾸짖는 꼴.
복사꽃은 반랑(潘郞)51)이 떠나는 줄 모르고
또 동군(東君 : 봄)을 쫓아 면목을 일신하였군.

晴日園林放好春, 館娃宮裏拾香塵.
癡心未了鴛鴦債, 宿命多慙鸚鵡身.
柳愛風流因病睡, 鵲貪歡喜也嗔人.
桃花不識潘郞去, 又逐東君一面新.

---

49) 관왜궁(館娃宮) : 여왜궁(麗娃宮)이라고도 한다. 오왕 부차(夫差)가 서시(西施)를 위해
   쌓았다는 피서궁. 오현(吳縣)에 있다.
50) 치심미료원앙채(癡心未了鴛鴦債) : 죽은 이를 생각하여 쓸쓸한 마음이 되는 것은 아
   내 이안인(李安仁)과 해로하지 못했기 때문에 더욱 그렇게 된다는 뜻인 듯하다. 치심은
   진(晉)의 임첨(任瞻)이 집 앞을 지나가는 장례 행렬을 보고 그 관 뒤를 따라 걸어가면서
   눈물을 펑펑 쏟았다는 말을 듣고, 승상 왕도(王導)가 말하길, "이것은 유정(有情)의 치
   (癡)라 하는 것이다"라고 한 고사에 근거한다. 이 고사는 앞에 나왔다.
51) 반랑(潘郞) : 진나라 때 반악(潘岳). 반악은 하양현(河陽縣)의 현령에 임명되어 있었을
   때, 고을 가득히 도리(桃李)를 심어 '하양현의 온통 꽃(河陽一縣花)'라는 칭호가 있었
   다. 여기서는 오현 현령으로 있다가 사직한 원굉도 자신을 빗댄 말이다.

넷째(其四)

한 번은 붉은 꽃술 한 번은 진흙

어느 수양버들 가에든 말이 울지 않는 곳이 있는가.

작약은 향기에 태깔까지 지녔고

산닭은 춤 잘 추고 울기도 잘 우네.52)

흐릴지 갤지 비 올지 가물지 점 쳐서 물어보고

구름에 가린 달과 바람에 스치는 꽃의 품격을 세세히 따지네.

칠원리(漆園吏 : 장자)의 가르침을 열에 다섯 배웠으나

소요(逍遙)는 하여도 제물(齊物)은 어려워라.53)

一番丹藥一番泥, 何處垂楊無馬嘶.

芍藥有香兼有態, 山鷄能舞亦能啼.

陰晴雨旱勞占問, 雲月風花細品題.

十分漆園學得五, 逍遙猶可物難齊.

다섯째(其五)

그윽한 창54) 아래 구레나룻 흰털을 족집게로 집어내고

푸른 머리칼만 남겨두면 소년인 줄 오해하리.

박산로(博山鑪) 연기는 전자(篆字) 모양으로 나오고55)

---

52) 산계능무역능제(山鷄能舞亦能啼) : 산닭은 곧 꿩의 일종으로 자기 모습이 물에 비치면 울고 춤춘다고 한다. 이 구절은 남조 송나라 유경숙(劉敬叔)의 『이원(異苑)』에 나오는 고사를 이용하였다. 위나라 무제, 즉 조조(曹操) 때에 남방에서 산닭을 헌상하였는데, 무제는 그것이 울며 춤추는 것을 보고 싶었으나 방도가 없었다. 이때 공자 창서(蒼舒), 즉 조충(曹冲)이 그 앞에 큰 거울을 두게 하였다. 그러자 산닭은 자기 모습이 거울에 비친 것을 보고는 춤을 추어 그칠 줄 몰라서 마침내 죽고 말았다고 한다.

53) 소요유가물난제(逍遙猶可物難齊) : 『장자』에 「소요유(逍遙遊)」편과 「제물론(齊物論)」이 있는데서 이러한 표현을 하였다.

54) 유창(幽窓) : 은거하는 집의 창.

석자강(石子岡)56)의 모래 뜨거워 바둑판이 따스하다.

단장하다 말고 화미조(畫眉鳥)57)를 생각하고

교묘한 울음의 백설아(百舌兒)58) 소리에 근심하네.

우습구나 도연명 집의 다섯 버드나무59)여

봄 들어선 예전처럼 허리를 꺾다니.60)

幽窗重鎝鬢邊絲, 嬴得靑鬖誤少時.

罏合博山烟吐篆, 沙烘石子煖圍棋.

靚粧却念畫眉鳥, 佞巧愁聽百舌兒.

笑殺陶家五楊柳, 春來依舊折腰肢.

여섯째(其六)

비록 복사꽃 오양꽃은 아무 말 없어도61)

---

55) 노합박산연토전(罏合博山烟吐篆): 이백(李白)의 「양반아(陽叛兒)」에서 시상을 취하여 왔다. "그대는 양반아를 노래하세요, 저일랑은 신풍주를 권하리다. 어디가 가장 사람을 염려케 하는가. 까마귀는 백문 버드나무에서 울고, 까마귀는 버들 꽃 속에 숨고, 그대 취하여선 저의 집에 머무르오. 박산로 안에는 침향의 불꽃, 쌍 지핀 연기가 한 가닥이 되어 자하(紫霞)를 범한다오(君歌陽叛兒, 妾勸新豐酒. 何許最關人, 烏啼白門柳. 烏啼隱楊花, 君醉留妾家, 博山爐中沈香火, 雙煙一氣凌紫霞)"라고 하였다.

56) 석자(石子): 석자강(石子岡). 강소성(江蘇省) 강녕현(江寧縣)의 남쪽에 있는 지명. 일명 장릉(長陵).

57) 화미(畫眉): 산까치처럼 생겼으면서 그것보다 큰 새. 털빛은 창황(蒼黃)색이며, 양 볼에 눈썹 같은 모양의 흰색이 있다. 속칭 협백조(頰白鳥).

58) 백설아(百舌兒): 두견새. 견(鵑), 백설조(百舌鳥), 백설(百舌), 반설(反舌), 백로(伯勞). 털은 다갈색(茶褐色)이고, 머리가 비교적 크다. 부리는 갈고리모양으로 날카롭다.

59) 도가오양류(陶家五楊柳): 도연명(陶淵明)의 자전(自傳)인 「오류선생전(五柳先生傳)」에 집 앞에 다섯 그루 버드나무를 심었다는 말이 나온다.

60) 춘내의구절요지(春來依舊折腰肢): 도연명은 독우(督郵)에게 허리 꺾어 절할 수 없다고 귀거래를 하였지만, 그의 은둔하는 집 문 앞에 심은 다섯 그루 버드나무는 주인의 뜻을 아는지 모르는지 봄바람에 허리를 꺾으리라는 뜻이다. 해학적인 뜻으로 은둔의 풍류를 노래하였다.

61) 종다도리야무언(縱多桃李也無言): 비록 도리화는 아무 말이 없다 하여도 종다(縱多)

다만 울타리를 불태우고[62] 문을 환하게 하네.

따스한 햇볕은 앵무장(鸚鵡瘴)[63]을 보호하고

부드러운 바람은 자고온(鷓鴣瘟)[64]을 불어 없애지.

고향 서신[65] 다 쓰자 햇무리가 쌍으로 돋고

향로의 훈기(薰氣)는 한 가닥 남아 따스하다.

꿈속에서 또렷이 상수(湘水)를 건넜건만

그곳이 선원(仙源) 같았던가 아니던가.

縱多桃李也無言, 只是然籬與映門.

暖日護將鸚鵡瘴, 和風吹却鷓鴣瘟.

鄕書題就雙重暈, 鑪氣薰殘一縷溫.

夢裏明明渡湘水, 不知若箇似仙源.

취향조소인(醉鄕調笑引)

무회씨(無懷氏)[66] 등 열여섯 전(傳)[67]과

는 '비록 ~라 하여도'의 뜻. "도리화는 아무 말을 하지 않지만, 그 아래 길이 이루어진다(桃李不言, 下自成蹊)"는 표현을 이용하였다.

62) 연(然) : 태울 연(燃)의 고자(古字).

63) 앵무장(鸚鵡瘴) : 풍토병의 일종. 앵무의 등짝에 접촉하여 생기는 병. 『북호록(北戶錄)』에 보면, 광동(廣東) 광서(廣西)의 남쪽을 남도(南道)라고 하는데, 그곳에는 앵무가 많으며, 풍속에 손으로 앵무의 등을 만지는 것을 꺼린다고 하였다. 그 지방 사람들은 앵무의 등을 손으로 만지면 수족이 떨리는 병을 앓다가 죽는다고 여겼으며, 그 병을 앵무장이라 한다고 하였다.

64) 자고온(鷓鴣瘟) : 자고반(鷓鴣斑)의 반점이 생기는 염병을 말하는 듯하지만, 불확실함.

65) 향서(鄕書) : 보통은 고향에서 오는 편지를 말하지만, 여기서는 고향으로 부치는 편지를 말한다.

66) 무회(無懷) : 전설의 상고 시대 제왕. 도연명(陶淵明)의 「오류선생전(五柳先生傳)」에 "기분 좋게 술에 취하여 시를 짓고, 자신의 마음을 기쁘게 한다. 어쩌면 태고의 무회씨 시절 사람인가, 갈천씨 세상의 사람인가(酣觴賦詩, 以樂其志, 無懷氏之民歟, 葛天氏

주성(酒聖)68)에 이르기까지

그 도는 청정(淸淨)을 숭상하고

무위(無爲)로써 교화를 이루었지.

주공(周公)69)이 주고(酒誥)70)를 지은 것은

유언비어 때문에 몸을 해칠 뻔했기 때문이요,71)

선왕(宣王)은 부득이하여

주경(酒經)을 조술했네.

경에 이르길, 하늘에 술이 있으면 기울어지지 않고

나라에 술이 있으면 다투지 않는다 했지.

왕도를 펴는 이가 나와도

반드시 한 세대가 지나서야 교화가 흡족하다 했으니72)

之民歟)"라 하였다. 무회씨와 갈천씨는 유가 경전에는 나오지 않지만, 둘 다 태고의 전설상의 왕으로, 그 치하의 사람들은 만족스러운 생활을 구가하였다고 전한다. 도연명은 "오뉴월에 북창 아래 누워 시원한 바람이 잠시 이르러 오매 스스로 생각하기를 희황시대의 사람[羲皇上人]이라고 여긴다"(「與子儼等疏」)라고도 하였다.

67) 십육전(十六傳) : 당나라 초의 왕적(王績)이 두강(杜康)·의적(儀狄) 이래로 술을 잘하였던 사람들을 가려서 보(譜)를 만든 것을 가리키는 듯하다.

68) 주성(酒聖) : 흔히 청주(淸酒)를 말함. 탁주를 현인(賢人)이라 하는 것에 상대하여 하는 말. 이백(李白)의 「월하독작(月下獨酌)」 시에 나온다. 여기서는 이백을 가리키는 듯하다.

69) 주공(周公) : 중국 주(周)나라의 정치가. 이름은 단(旦)이다. 문왕(文王)의 아들이고 무왕(武王)의 동생으로, 무왕을 도와 은(殷)나라를 멸망시키고, 무왕(武王)이 죽은 뒤에 성왕을 왕위에 앉히고 7년 동안 섭정을 하면서 주나라 왕실의 기초를 튼튼히 닦았다.

70) 주고(酒誥) : 『상서』 「주서(周書)」의 편명. 강숙(康叔)이 은나라 옛 도읍에 봉해졌는데, 당시 인민들은 은나라의 주(紂)에 동화되어 술을 즐겼으므로, 주공(周公)이 성왕(成王)의 명을 받아 그들을 경계한 글. 복생(伏生)이 전한 금문(今文)이므로, 진고문이다.

71) 유언기화신(流言幾禍身) : 주공은 은 유민의 유언비어로 해를 입을 뻔하였고, 그 때문에 관숙(管叔)과 채숙(蔡叔)을 정벌하게 된다. 그런데 『상서』의 「서(序)」에 보면, "성왕이 관숙과 채숙을 정벌하고 은나라 유민과 토지를 강숙에게 봉하였으며, 「강고(康誥)」·「주고(酒誥)」·「재재(梓材)」가 지어졌다(成王旣伐管叔蔡叔, 以殷餘民封康叔, 作康誥酒誥梓材)"라고 하였다. 따라서 「주고」는 결국 유언비어 사건이 있은 뒤에 지은 것이다.

72) 필세이후인(必世而後仁) : 한 세대를 지난 뒤에 비로소 교화가 흡족하게 퍼진다는 뜻. 『논어』 「자로(子路)」에 보면, "공자께서 말씀하시길, 비록 왕도정치를 펴는 자가 있다

어찌 덕으로 인도하고 형벌로 다스릴 것인가?73)

다만 술을 끌어들여 강을 만들고

누룩을 포개어 성을 만들면 될 일.

해와 달이 내리 쬐고 서리 이슬은 떨어지니,74)

무릇 혈기 있는 사람 치고 곤두래 취하지 않는 이 없는 법.75)

죽음에 임하여도 죽음의 두려움을 모르고

살아 있다 하여도 특별히 삶이 즐거운 줄을 모른다네.

풍요와 곤궁에 교귀(巧鬼)의 작용이 있음을 안다면76)

태평하지 않다고 무엇을 근심하랴!

無懷十六傳, 乃至酒聖人.

其道尙淸淨, 無爲而化成.

周公作酒誥, 流言幾禍身.

宣王不得已, 乃爲述酒經.

經曰天有酒則不傾, 國有酒則不爭,

有王者起, 必世而後仁, 何用導以德齊以刑?

고 하여도, 반드시 한 세대가 지난 뒤에 교화가 흡족해진다고 하였다(子曰 : 如有王者, 必世而後仁)"는 구절이 있다. 주희(朱熹)의 『집주(集注)』는 "교화가 흡족하다는 뜻이다(謂敎化洽也)"라고 하였다.

73) 하용도이덕제이형(何用導以德齊以刑) : 『논어』 「위정(爲政)」에 "공자께서 말씀하시길, 정령(政令)으로 이끌고 형벌로 다스리면 백성들은 법망을 면하려고만 하지 부끄러움을 모르지만, 덕으로 인도하고 예로 다스리면 백성들은 부끄러움을 알고 선한 데로 이르러 간다(子曰 : 道之以政, 齊之以刑, 民免而無恥. 道之以德, 齊之以禮, 有恥且格)"고 하였다.

74) 일월소조, 상로소추(日月所照, 霜露所墜) : 해와 달이 내리 쬐고, 서리와 이슬이 떨어진다. 『중용(中庸)』에 보면, "하늘이 덮어주고, 땅이 실어주며, 해와 달이 비추고, 서리와 이슬이 떨어진다. 무릇 혈기 있는 것치고, 어버이를 존경하지 않는 것은 없다(天之所覆, 地之所載, 日月所照, 霜露所墜, 凡有血氣者, 莫不尊親)"고 하였다.

75) 범유혈기자, 막불취정정(凡有血氣者, 莫不醉酲酲) : 『중용』의 구절을 비틀어 사용한 표현이다. 앞의 주를 참조.

76) 옥쇄지교귀(沃殺知巧鬼) : 비옥(肥沃)하였다가 감쇄(減殺)하였다가 하는 데 있어 교묘한 귀신의 작용이 있음을 안다. 풍요와 곤궁에 교귀(巧鬼)의 작용이 있음을 안다는 뜻.

但當引酒爲河, 累麴爲城.

日月所照, 霜露所墜, 凡有血氣者, 莫不醉酲酲.

死兮不知死, 生兮不知生.

沃殺知巧鬼, 何愁不太平!

전
筆校교

1597년(만력 25년 정유) 오현에서 지은 시.

낭가(浪歌)

아침엔 붉은 대문[77] 늘어선 큰길에 들어갔다가
저녁에는 녹수(綠水)의 다리 가에 노니네.
가루(歌樓)에서 한 열흘쯤 취하고
무녀(舞女) 위해 단번에 천 냥을 날려버리지.
앵무는 잠꼬대하는지 재잘거리고
청총마[78]는 채찍 대지 않아도 잘 달리누나.
무산(巫山)[79]에서 하룻밤 자길 원하지
구령(緱嶺)[80]에서 천년 살기를 바라지 않는다오

---

77) 주문(朱門) : 붉게 칠한 대문. 권세가의 집을 말함.
78) 화총(花驄) : 청총마(靑驄馬).
79) 무봉(巫峰) : 초(楚)나라 때 신녀가 나왔다는 무산(巫山). 즉 고당(高唐)을 말한다. 신녀
   는 초나라 회왕(懷王)과 하룻밤을 자고 떠나가면서 자신은 아침에는 구름이 되고 저녁
   에는 비가 되어 늘 양대의 아래에 있겠다고 하였다. 남녀가 합환하는 곳을 가리키는 말
   로 쓰인다. 『문선』에 수록된 송옥(宋玉)의 「고당부(高唐賦)」에 나오는 고사이다.
80) 구령(緱嶺) : 하남성 언사현(偃師縣)에 있는 산. 전설에 의하면, 신선 왕자교(王子喬)가
   환량(桓良)에게 7월 7일에 구씨산(緱氏山)에서 만나자고 말하였다고 하는데, 구씨산이
   곧 이 산이라고 한다. 『태평환우기(太平寰宇記)』에 보인다.

朝入朱門大道, 暮遊綠水橋邊.

歌樓少醉十日, 舞女一破千錢.

鸚鵡睡殘欲語, 花驄蹄健無鞭.

願爲巫峰一夜, 不願緱嶺千年.

전校校　1597년(만력 25년 정유) 오현에서 지은 시.
○ 서종당본·소수본에는 「浪歌辭」라는 제목으로 되어 있다.

검천 위(劍泉上)

검천 위
산은 미인의 분대(눈썹 먹) 같고
검천 아래
물은 패옥 같구나.
한 조각 푸름이
세상 변화를 지켜보았으려니
귀신은 아무 자취 없고[81]
산은 어슴푸레하여라.
생공(生公)[82]의 설법을
지금 어디에서 들으랴?
진낭(眞娘)[83]의 묘가

---

81) 요조(窈窕) : 아무 자취 없이 조용함.
82) 생공(生公) : 남조 때 송(宋)의 명승 축도생(竺道生). 소주(蘇州) 호구(虎丘)에는 생공석
　　(生公石)이 있는데, 생공설법석(生公說法石), 혹은 천인석(千人石)이라고 한다. 축도생
　　(竺道生)이 이 바위 위에서 설법할 때 1,000명이 들었다고 해서 생공설법석이라는 이름
　　이 붙은 것이다.
83) 진낭(眞娘) : 당나라 때 오국(吳國)의 기녀. 그 묘가 강소성(江蘇省) 오현(吳縣) 호구산
　　(虎丘山) 검지(劍池) 부근에 있다. 『낭야대취편(琅琊代醉編)』 권37에 보인다.

멀리 마주하고 있네.
하루에 일천 척의 배를 꾀하고
한 배마다 일만 전을 꾀하다니.
차라리 나라 세금을 내지 못할지언정
청춘의 나이를 저버리지 말아라.
딸은 팔 수도 있고
처도 남에게 줄 수 있지만,
바위 위 이 노래는
그칠 수 없네.

劍泉上, 山如黛.
劍泉下, 水如珮.
一片靑, 閱人代.
鬼窈窕, 山靉靆.
生公法, 今何在?
眞娘墓, 遙相對.」
一日計千舟, 一舟計萬錢.
寧負公家稅, 莫負少年年.」
女可鬻, 妻可徙.
石上歌, 應不止.」

 1597년(만력 25년 정유)에 오현(吳縣)에서 지은 시.

항문가(巷門歌)

묘죽(貓竹)84)으로 담쌓고 삼나무로 성 만들어도
한 낮 붉은 탄환(태양)85) 아래 도적이 횡행하니,
관군이 방어할 계책 없으매
집집마다 문 밀치며 지방 병졸86)을 호출해서,
위위(衛尉)87)는 호랑이처럼 매섭게 꾸짖어
노약자 열 집을 한 오(伍)로 편성하였네.
본시 저자의 고용살이 신세라
관부(官府)의 군적88)에 들어있지 않건만.
동쪽 집은 하늘보다 높이 황금을 쌓고
일천 식지(食指)89)가 모두다 청년이지만,
우리 집은 아침마다 자모전(子母錢)을 독촉하러 오니90)
돈이 반푼이나마 남아 있겠는가?
부자는 재물 쌓고 가난뱅이는 그나마 돈을 지킨다만
늙은이는 한 번도 지니지 못해 울음을 삼키네.

---

84) 묘죽(貓竹) : 모죽(茅竹), 모죽(毛竹). 크고 두터운 대나무.
85) 적환(赤丸) : 적홍색의 태양. 오언고시 「경태화(經太和)」에 보면, "홍몽한 아지랑이로
   씻고, 일월환으로 비춘다(抹以鴻濛烟, 照以日月丸)"라고 하였다.
86) 토병(土兵) : 지방의 장정을 차출하여 병졸로 삼은 것을 말한다.
87) 위위(衛尉) : 진한(秦漢) 때 관문을 지키는 관리. 여기서는 위소(衛所)의 군관(軍官)을
   말한다. 명나라 때 군대의 편제를 보면, 경사(京師)와 각지의 요해처에 위소를 설치하
   여 군대를 주둔시켜 방비를 하였다.
88) 척적(尺籍) : 군적(軍籍). 한(漢)나라 때 적을 죽이고 공을 세운 사람의 성적을 한 자
   길이의 죽판(竹板)에 썼으므로 그것을 척적이라고 하였다. 뒤에는 일반적으로 군적을
   가리키는 말로 사용되었다.
89) 식지(食指) : 집안의 인구. 명나라 전자정(錢子正)의 「계상소견(溪上所見)」에 보면,
   "집은 가난하고 식구는 많은데, 생계 벌이가 남보다 졸렬하네(家貧食指衆, 謀生拙于
   人)"라고 하였다.
90) 과자모(科子母) : 본전(本錢)에 따른 이잣돈을 채족함. 본전을 모(母)라고 하고 이식(利
   息)을 자(子)라고 한다.

貓竹爲墻杉作城, 白日赤丸盗公行.
官軍防禦無計策, 逐戶排門呼士兵.
衛尉呵持急如虎, 老弱十家充一伍.
本是市上傭工兒, 身無尺籍在官府.
東家黃金高于天, 食指盈千皆少年.
朝朝門前科子母, 何曾饒得半文錢.
富兒積財貧兒守, 父老吞聲嘆未有.

1597년(만력 25년 정유) 오현에서 지은 시.

춘강인(春江引)

시냇물은 넘실넘실, 풀은 우줄우줄
들 복사꽃은 이슬방울 떨구며 산호같이 붉어라.
꽃기운은 새벽의 어자랑(魚子浪)91)에 비리고
버드나무 가지는 갠 날 맥묘풍(麥苗風)92)에 날리네.
무희의 비단 소매는 향기로운 꽃술을 치고
올챙이93)는 쇠못 모양 꼬리로 돌고 도네.
백설조(때까치)는 머물려다가 인기척에 다시 날아오르니
그 울음소리에 이슬방울이 꽃길에 떨어지네.

---

91) 어자랑(魚子浪) : 물고기가 봄 물결을 일으켜 비단 직조처럼 만드는 것을 말한다. 물
    고기가 일으키는 물살 무늬의 비단을 어자힐(魚子纈)이라고 한다.
92) 맥묘풍(麥苗風) : 보리싹이 패기 시작할 때 부는 바람.
93) 과두(科頭) : 시냇물 속에 사는 청개구리의 유충, 그 꼬리는 정자(釘子) 모습이다. 정자
    (丁子)는 정자(釘子)이다.

溪瀿瀿, 草茇茇, 野桃露滴珊瑚紅.
花氣曉腥魚子浪, 柳枝晴扇麥苗風.」
美人羅袖撲香蘂, 科斗旋旋丁子尾.
百舌欲止復衝人, 一聲滴溜芳蹊裏.」

 1597년(만력 25년 정유) 오현에서 지은 시.

춘효곡(春曉曲)

난등(蘭燈)94)이 꽃봉오리 터져 흰 빛만 남은 때
꽃 너머로 불러 노래하는 난새(기녀)를 깨우네.
비파 타는 모습이 연약한 듯 아리땁기에
박산로의 식은 용뇌향95)을 다시 사르려 하였더니
눈썹 가 지워진 분대를 정성스레 칠하고
이마에 담황색 화장을 똑바로 앉힌다.
여종은 잠잠한데 꾀꼬리는 날며 말하고
해당화는 붉은 난간 앞에 깊이 잠들었군.

蘭燈藥綻白光殘, 隔花呼起夜歌鸞.
琵琶轉捩嬌無力, 博山欲炷龍腦寒.
眉梢散黛重重撥, 額角輕黃正正安.
侍兒不語流鶯語, 海棠沉睡赤欄杆.

---

94) 난등(蘭燈) : 난향의 심지로 만든 등잔.
95) 용뇌(龍腦) : 용뇌향(龍腦香).

1597년(만력 25년 정유) 오현에서 지은 시.

포부요(逋賦謠)

미납 세금[96]을 토색하지만

세금 안 낸 자를 끝내 못 찾네.

고을 관아[97]에서 징수를 괴롭게 재촉해서가 아니라

조정에서 새 조례로 본색(本色)[98]을 제거해서라네.

일본 왕을 봉한다, 달단과 강화한다, 변방에 일 많기에

강회(江淮)[99]와 육지에 해일 같은 큰 난리가 일어났구나.

내고(內庫)의 마가(馬價)[100]는 저축이 다해 가고

백성은 정말 무력하니 관가인들 어이 하랴?

소주(蘇州)의 묵은 미납 세금이 70만 냥

금화은(金花銀)으로 조절(漕折)하는 것이 그 반이네.

어찌하면 온 하늘 아래에 모두 금 비가 내려

성군께서 정무의 괴로움[101]을 더실 수 있을까?

아아! 백성은 나날이 어렵고

관은 나날이 괴로워라.

---

96) 포부(逋賦) : 포흠(逋欠).

97) 현가(縣家) : 현(縣)의 관아.

98) 본색(本色) : 명나라 때 전부(田賦)에서 쌀과 보리를 '본색'이라고 하고, 세량(稅量)을
전(錢)·초(鈔)·사(絲)·견(絹) 등으로 절납(折納)하는 것을 '절색(折色)'이라고 하였다.
『명사』「식화지(食貨志)」 참조.

99) 강회(江淮) : 양자강과 회수(淮水). 하남성 동백산(桐柏山)에서 발원하여 안휘성(安徽
省)·강소성(江蘇省)을 거쳐 황하로 흘러 들어가는 강.

100) 마가(馬價) : 고은(庫銀).

101) 소간(宵旰) : 소의간식(宵衣旰食). 아침이 밝기 전에 기상하여 옷을 입고, 밤이 깜깜해
져서야 밥을 먹음. 정무(政務)로 신근(辛勤)함을 말함.

열매 없이 대나무는 꽃만 피우고[102]

금은 없는 광산에선 흙만 나오네.

索逋賦, 逋賦索不得.

不是縣家苦催徵, 朝廷新例除本色.」

東封西款邊功多, 江淮陸地生洪波.

內庫馬價支垂盡, 民固無力官奈何?」

蘇州舊逋七十萬, 漕折金花居其半.

安得普天盡雨金, 上爲明君舒宵旰.」

嗟乎! 民日難, 官日苦.

竹開花, 鑛生土..」

1597년(만력 25년 정유) 오현에서 지은 시.

○ 동봉서관(東封西款) : 1592년(만력 20년), 일본 관백(關白) 평수길(平水吉)이 조선을 침략하였다. 1593년(만력 21년)부터 1596년(만력 24년)까지 명나라 조정은 봉공(封貢)의 계책을 정하여, 평수길을 일본 왕에 봉하려고 의논하였다. 1596년(만력 25년)에 봉공의 일이 깨어지자 일본이 다시 조선을 침략하였다.[103] 이것을 '동봉(東封)'이라 한다. '서관(西款)'은 달단(韃靼)의 봉건주(封建主) 엄답(俺答)이 융경(隆慶) 연간에 관새(款塞)하여 강화(講和)를 요구하였으므로 순의왕(順義王)에 봉한 일을 말한다. 만력 시대가 끝날 때까지 서부 변경은 안전하였다.

○ 내고마가지수진(內庫馬價支垂盡) : 『용당소품(湧幢小品)』 권2 '마가(馬價)'조에 다음과 같은 기록이 있다. "태복시(太僕寺)의 말 값은 융경 연간에 1천여 만 냥이나 저축되었는데, 만력 연간에는 절차에 따라 군량미로 제공하여 9백 53만 냥을 빌려 갔으며, 또 대례(大禮) 대혼(大婚) 때 광록시(光祿寺)에서 38만 냥을 빌어갔으며, 작은 연회의 비용으로 빌려간 것은 여기에 계산하지 않았다. 1613년(만력 41년)에 이

---

102) 죽개화(竹開花) : 대나무는 꽃만 피우고 열매를 맺지 못한 채 말라죽음. 당시의 곤경을 비유한 말이다.

103) 전백성 씨는 이 전쟁을 일본과 명나라의 전쟁이라고 하여, 조선을 전쟁의 당사자로 보지 않았다. 정정한다. 연도도 조정하였다.

르러 노고(老庫)에는 고작 8만 냥이 남아 있었다. 매년 세입(歲入)이 98만여 냥이되, 수입할 때마다 수시로 방출하여, 각 변(邊)의 연례 비용을 지탱하는데도 부족하였으며, 게다가 변방의 공에 대하여 수시로 상을 내려야 하였다. 텅텅 빈 것이 이와 같았으니, 정말 한심하다." 이 뒤에 1597년(만력 25년) 이후의 일도 겸해서 기록하였으나, 사정은 이 경우와 같다.

○ 소주구포칠십판(蘇州舊逋七十萬) : 명나라 태조는 소(蘇)·송(松)·가(嘉)·호(湖)는 장사성(張士誠)이 거점을 삼아 반항하였던 지구라는 이유에서 오(吳) 지방을 평정한 이후에 전부(田賦)를 특히 무겁게 배정하였다. 소주(蘇州) 한 부의 관량(官糧) 세액(稅額)은 절강성(浙江省) 전체와 비슷하였다. 선덕(宣德) 말년에 이르러 소주의 포량(逋糧)은 7백 9십만 석에 이르렀고, 농민은 곤궁함을 감내할 수 없었다. 『명사』 「식화지(食貨志)」 참조

○ 조절금화(漕折金花) : 명나라 조정의 규정에 따르면 전부(田賦)는 스스로 운반하는 태군(兌軍) 이외에는 모두 전초(錢鈔)로 절수(折收)할 수 있었는데, 양곡 4석 당 은(銀) 1냥으로 절수하였다. 이것을 '조절(漕折)'이라 한다. 조절 가운데 승운고(承運庫)에 납입하여 황제가 직접 사용하는 것을 '금화은(金花銀)'이라 한다. 『명사』 「식화지(食貨志)」 참조 금화은은 정덕(正德) 연간에 시작되어, 매년 백여 만 냥이었다. 만력 때 이르러 해마다 20만 냥씩 증가하였다. 『명사』 권222 「장학안전(張學顔傳)」, 권220 「조세경전(趙世卿傳)」 참조

병이 낫다(病痊)

병들었기에 마땅히 사직해야 하겠으나
벼슬살이 뜻이 다 한 것은 아니었네.
관리 노릇하여 병들기보다는
차라리 관직 없이 사는 것이 낫고말고
허리와 무릎이 모두 축하하고
처와 자식도 역시 기뻐하네.
고당(高堂)104)이 만리 밖에 계시니

누구에게 평안하단 근황을 말씀드릴까.

病合當求去, 宦情非是闌.
與其官作病, 寧可活無官.
腰膝皆相賀, 妻兒亦自歡.
高堂垂萬里, 誰與說平安.

 1597년(만력 25년 정유) 오현에서 지은 시.

고우(苦雨)

차츰 구름이 무겁게 내려앉아
되려 하늘이 괴로운가 의심되더니,
뜻밖에 지겨운 비를 가져다가
유정한 봄을 후줄근하게 만들어,
산은 초라한 모습105)을 이루고
꽃은 실의한 사람 같이 되었다.
일백 냥과 한 말 쌀을
누가 가난한 관리에게 대여할까.

轉覺雲沉重, 翻疑天苦辛.
橫將無厭雨, 淹殺有情春.

---

104) 고당(高堂): 부친. 본래 고당은 부모를 뜻하지만, 당시 원굉도는 모친을 여읜 뒤였으
    므로, 여기서는 부친을 뜻한다.
105) 용종모(龍種貌): 초라한 모습. 늙어서 수족이 부자유스럽고 지척거림. 실의하고 영락
    한 모양. 혹은 볼품 없는 모습.

山作龍鍾貌, 花如失意人.

百錢一斗米, 誰與貸官貧.

1597년(만력 25년 정유) 오현에서 지은 시.

혜산[106] 승방에 묵다(宿惠山僧房)

첫째(其一)

작은 누각에서 찬 재 뒤져 불지피매
맑은 향이 오래된 불상 얼굴에 서린다.
조수 밀려와 비는 나뭇잎에 불어오고
구름 일어나매 첩첩 산은 쪽 머리 모양.
흰 모자[107]가 손가락 가리키는 곳에 보이나니
푸른 봉우리로 손님을 전송하고 돌아오는군.
붉은 먼지가 곳곳에 이르러 오기에
긴긴 날 문을 닫아걸었도다.[108]

小閣寒灰火, 清香古佛顔.

潮來吹雨葉, 雲起疊山鬟.

白帢隨人指, 青峰送客還.

紅塵觸處到, 長日下幽關.

---

106) 혜산(惠山): 무석현(無錫縣) 서쪽에 있는 산. 혜산 백석오(白石塢) 아래에서 나는 샘
  물을 혜산천(慧山泉), 혜천(惠泉)이라고 하며, 찻물로 유명하였다.
107) 백갑(白帢): 흰 모자. 벼슬하지 않는 사람이 쓰는 모자.
108) 하유관(下幽關): 은둔자의 집이나 산사의 문을 닫아걸다.

 1597년(만력 25년 정유), 사직한 뒤 무석(無錫)에 처음 도착하여 지은 시.
○ 서종당본·소수본은 이 수의 제목을 「宿惠山」이라 하였고, 앞의 4구를
"官與病皆去, 無家也破顔. 扣門多衲子, 夢語亦湖山"이라 하였다.
○ 紅塵觸處到 : 서종당본·소수본에서는 塵緣觸處謝라고 하였다.

둘째(其二)

갑갑증을 어떻게 시원히 떨어버리랴[109]

생각하는 것이 역시 티끌이거늘.

병은 도리어 즐거움의 과(果)이되

머리털은 바로 근심의 인(因)이네.

솔 나무는 늙어서 모두다 성불하고[110]

꽃도 맑아 사람을 피하네.

선방[111]은 항아리 구멍 만해도

모든 것이 다[112] 정신을 즐겁게 하누나.

排遣何曾達, 思惟亦是塵.
病飜爲樂果, 髮在是愁因.
松老皆成佛, 花淸亦避人.
禪棲如甕許, 色色可怡神.

 서종당본·소수본에서는 뒤의 4구를 "竹粉遺天女, 松脂食道人. 南能休借
問, 卽汝是前身"이라 하였다.

---

109) 배견하증달(排遣何曾達) : 갑갑증 떨어버리는 일이 어디 일찍이 통달한 적이 있는가
  라는 뜻. 배견(排遣)은 소견(消遣), 즉 갑갑증을 풀어 버림.
110) 송로개성불(松老皆成佛) : 소나무가 늙어서 솔방울을 맺은 것을 두고, 불과(佛果)를
  이룬 것에 비유한 말.
111) 선서(禪棲) : 선방(禪房).
112) 색색(色色) : 갖가지. 모든 것.

황보중장[113]이 초빙하여 혜산에서 술을 마시며(皇甫仲璋邀飮惠山上)

첫째(其一)

동풍이 강물을 불어 보내 모래밭을 적시고

물새와 가마우지는 낚시 배에 가득하다.

지난날 적공(翟公)[114]에게는 다시 손님 있었지만

지금 반악(潘岳)[115]에게는 고을의 꽃이 없구나.

층층 이는 골짝 물결 속에서 물고기는 비를 마시고

곳곳마다 집에선 물방아로 구름을 찧누나.[116]

흰 바위와 푸른 솔이 그림 같은 속

물가에 임하여 혜천 차[117]를 청하여 마시노라.

東風吹水浴平沙, 鸂鶒鸕鷀滿釣槎.

去日翟公猶有客, 到來潘岳已無花.

---

113) 황보중장(皇甫仲璋) : 권3 「황보중장」 참조.
114) 적공(翟公) : 한나라 때 인물. 『사기』 「급·정열전(汲鄭列傳)」의 '태사공이 말하길'에, 하규(下邽)의 적공(翟公)이 한 말이 적혀 있다. 즉, 적공이 법무대신이었던 무렵에는 문객들이 문에 가득 넘쳤다. 그가 실직하자 문 밖에 참새 잡을 새 그물을 펼쳐둘 수 있을 정도로 사람들의 왕래가 뚝 끊어졌다. 적공이 복직하자 다시 문객들이 오려고 하였다. 그러자 적공은 그 문에다 "죽을 지경에 처하였다가 살아 돌아와서 비로소 사귀는 사람들의 진정한 마음을 알 수 있다. 부자가 되었다가 가난하게 되었다가 하고서 비로소 교분이 깊은지 옅은지를 알 수 있다. 고귀하게 되었다가 실각하였다가 하고서 비로소 사귀는 사람들의 마음 속이 보이는 법이다"라고 써 두었다고 한다.
115) 반악(潘岳) : 진나라 때 인물. 하양현(河陽縣)의 현령에 임명되어 있었을 때, 고을 가득히 도리(桃李)를 심어 '하양현의 온통 꽃(河陽一縣花)'라는 칭호가 있었다.
116) 수대용운처처가(水碓春雲處處家) : 곳곳마다 집에선 물방아로 구름을 찧는다는 말인데, 구름은 실제 구름을 가리킨다고도 볼 수 있고, 쌀겨의 먼지를 가리키기도 한다.
117) 혜천(惠泉) : 혜산천(惠山泉). 무석현(無錫縣) 서쪽 혜산 백석오(白石塢) 아래에 있다. 일명 혜산천(慧山泉). 당나라 육우(陸羽)는 샘물 20여 종을 차례로 이름하였는데, 여산(廬山) 강왕곡동(康王谷洞)의 염수(簾水)를 제일로 쳤다. 혜산천은 제2이다. 『가경일통지(嘉慶一統志)』「상주부(常州府)」 1 참조.

谿鱗唧雨層層浪, 水碓春雲處處家.

白石靑松如畫裏, 臨流乞得惠泉茶.

1597년(만력 25년 정유) 무석(無錫)에서 지은 시.

○ 水碓春雲處處家 : 서종당본·소수본에서는 水가 山으로 되어 있다.

둘째(其二)

부평의 자취를 그나마 수향(水鄕)에 머물러 기쁘구나

갓끈 씻는 이들 많은 이곳이 바로 창랑(滄浪)[118]이기에,

신선 고을 낭관(郎官)의 도장 끈을 풀어버린 뒤

청계(靑谿) 도사의 복장으로 갈아입었도다.

백사장 새는 낯이 익어 인기척에도 잠을 깨지 않고

기슭의 꽃은 비 온 뒤 꺾였어도 향기롭구나.

이별 뒤 그리워함은 쓸모 없음을 알겠으니

춘풍에 한 바탕 취하여 보십시다.

萍跡猶憐滯水鄕, 濯纓滿地是滄浪.

罷來僊縣郎官綬, 扮作靑谿道士裝.

沙鳥慣人眠不醒, 岸花經雨折還香.

相思別後知無益, 爛向春風醉一場.

---

118) 창랑(滄浪) : 굴원(屈原)의 「어부사(漁夫辭)」에 나오는 강. 「어부사」는 『맹자』「이루 상(離婁 上)」에 '창랑가(滄浪歌)'로 나온다. 「어부사」는 "창랑의 물이 맑으면, 나의 갓 끈을 씻을 수 있고, 창랑의 물이 흐리면 나의 발을 씻을 수 있도다(滄浪之水淸兮, 可以 濯吾纓, 滄浪之水濁兮, 可以濯吾足)"라고 하여 인생사는 모두 돌아가는 대로 맡겨두 라는 뜻을 말하였다. 한편 『맹자』에서는 '吾'의 자리에 '我'가 쓰였으며 '깨끗한 갓끈을 빨게 하는 것도 더러운 발이 씻기는 것도 모두 물이 맑은가 흐린가 하는 데서 자초한 것'이라 하여 길흉화복(吉凶禍福)은 모두 자초한 것임을 의미하였다.

岸花經雨折還香 : 소수본에서는 香이 鄕으로 되어 있다.

원단 밤에 화중비[119]의 댁에서 술을 마시며(元宵飮華中祕宅上)

첫째(其一)

거문고와 피리 연주[120]로 느긋한 밤
객의 흥취 무르익고 술기운도 거나하다.
당상에서 등 구경하니 연꽃 모양이 제각각이고
술 동이 앞에서 그림자 돌아보매 얼굴이 겹겹이다.
거울 같은 달에 맹세코 일천 번 취하겠으니[121]
나에게 구름 긴 산 몇 번째 봉우리를 빌려주려나.
떨이채[122] 힘껏 휘둘러 털이 다 빠지려 하는데
술자리에 비바람 들이치기에 담봉(譚鋒)을 생략하네.

靑絲華管夜從容, 客正闌時酒正濃.
堂上觀燈蓮品品, 尊前顧影面重重.
博他鏡月千回醉, 假我雲山第幾峯.
麈尾奮來毛欲盡, 當筵風雨約譚鋒.

---

119) 화중비(華中祕) : 화사표(華士標). 권6 「화지대(華之臺)」 참조. 원굉도는 무석(無錫)에 있을 때 화사표의 집에 묵었다.
120) 청사화관(靑絲華管) : 거문고와 피리. 화관(華管)은 화려한 무늬를 새긴 피리.
121) 천회취(千回醉) : 삼 년에 일천 번, 즉 삼 년 동안 매일 술을 마시겠다는 말이라고도 할 수 있으나, 많이 취한다는 뜻을 숫자로 표현하였다고 보는 것이 옳을 듯하다.
122) 주미(麈尾) : 사슴꼬리로 만든 떨이. 청담(淸談)을 하는 사람들이 즐겨 사용하였다.

1597년(만력 25년 정유) 무석(無錫)에서 지은 시.

둘째(其二)

일백 척 장대에 바퀴 같은 등을 달아두고
탁주 일천 순배에 의기가 더욱 참되네.
서리가 잔가지를 눌러[123] 꽃 조각이 늙었고
구름이 가벼운 그림자를 끌어 달 흔적이 새로워라.
흰 바위를 친구로 삼겠다고 마음먹고
오사모 내던졌으니 이제는 야인(농부) 신분.
경루(更漏)[124] 다했어도 술잔이 아직 남았고
누헌 앞의 앵무새도 손님을 만류하네.

長竿百尺擁燈輪, 濁酒千巡意轉眞.
霜亞殘枝花片老, 雲拖輕影月痕新.
訂將白石成知己, 擲却烏紗是野人.
漏水銷來杯不盡, 當軒鸚鵡亦留賓.

濁酒千巡意轉眞 : 서종당본・소수본에서는 이 구를 '鑿落如飛泛幾巡'이
라 하였다.

---

123) 아(亞) : 누르다. 압(壓)과 같은 뜻임. 두보(杜甫)의 시에 "꽃술이 붉게 작은 가지를 누
르네(花蕊亞枝紅)"라고 하였다.
124) 누수(漏水) : 경루(更漏)의 물. 누수가 다하였다는 것은 밤을 표시하는 경루(更漏)가
다 하였다는 뜻.

화중비[125]의 원정에서 술을 마시며(飮華中祕園亭上)

동풍에 양류는 가지가 씻긴 듯 푸르고
따스한 날 연못가 누대는 자태가 곱디곱다.
교묘한 바위와 성근 꽃은 마주하여 술 들만하고
무늬 창의 향기로운 누각에선 바둑두기 좋구나.
배고프매 들판 학은 사람처럼 게으르고
술 마신 뒤 스스로 하돈(河豚 : 복어)인가 의심하네.[126]
죽리(竹里)의 신이화(辛夷花)는 그럴싸하여
천연으로 한 폭의 망천(輞川 : 왕유) 시[127]를 이루었군.

東風楊柳濯靑枝, 暖日池臺豔豔姿.
巧石疎花宜對酒, 文窗香閣好彈棋.
飢來野鶴如人懶, 飮去河豚亦自疑.
竹里辛夷差得似, 天然一幅輞川詩.

1597년(만력 25년 정유) 무석(無錫)에서 지은 시. 앞의 「원단 밤에 화중비의 댁에서 술을 마시며(元宵飮華中祕宅上)」와 같은 때 지은 듯하다.

---

125) 화중비(華中祕) : 화사표(華士標). 위에 나왔다.
126) 음거하돈역자의(飮去河豚亦自疑) : 술 마시고는 배가 볼록하여 스스로 하돈(河豚 : 복어)이 아닌가 의심된다는 뜻.
127) 망천시(輞川詩) : 당나라 시인 왕유(王維, 699~759)가 자신의 별업(別業)이 있던 산서성(山西省)의 망천 부근을 그림으로 그리고 시로 쓴 것이 있다. 왕유는 중국 당나라의 궁정시인, 화가. 자는 마힐(摩詰)로, 태원(太原) 출생이다. 시화에 모두 우수하여 남종문인화의 시조이다. 벼슬은 상서우승(尙書右丞)까지 지냈다. 왕유는 신이화(辛夷花)를 좋아하여 망천장(輞川莊)에 신이오(辛夷塢)를 두었으며, 자신의 실명(室名)으로 '신이오'를 사용하였다.

파직 소식을 듣고(得罷官報)

장차 심사를 오등(烏藤 : 지팡이)128)에 기탁하려네
전생에 노승이었음을 알았기에.
병석에서 귀향 허락을 사면처럼 고대하다가
객지에서 파직 소식을 승진 소식 듣는 듯하네.
술 동이 앞에 두고 탁주로 얼근하게 취하고
배부른 뒤 푸른 산을 어슬렁어슬렁 오른다.
남종·북종129)을 모두 닦아보건대
방가(龐家)130)에겐 별도로 한 개의 등(燈)131)이 있구나.

擬將心事寄烏藤, 料得前身是老僧.
病裏望歸如望赦, 客中聞去似聞陞.
尊前濁酒憨憨醉, 飽後靑山慢慢登.
南北宗乘參取盡, 龐家別有一枝燈.

 1597년(만력 25년 정유) 무석(無錫)에서 지은 시.
○ 客中聞去似聞陞 : 패란거본에는 陞이 陛로 되어 있으나 서종당본·소수본에 따라 고친다.
○ 飽後靑山慢慢登 : 서종당본·소수본에서는 慢慢이 處處로 되어 있다.

---

128) 오등(烏藤) : 까만 등나무의 지팡이.
129) 남북종승(南北宗乘) : 중국의 선종은 정토염불(淨土念佛)의 수행과정, 중국인의 사유
    방법에 들어맞는 종파이다. 백장회해선사(百丈懷海禪師, 720~814)가 선원(禪院)을 만
    들고 청규(淸規)를 확립한 뒤, 통쾌한 임제종(臨濟宗), 근엄한 위앙종(僞仰宗), 세밀한
    조동종(曺洞宗), 기특한 운문종(雲門宗), 상세한 법안종(法眼宗)들이 각각 종풍을 드날
    렸다. 원나라 때는 라마교가 유행하였지만, 선종 세력이 다시 커졌다.
130) 방가(龐家) : 방도현(龐道玄) 즉, 당나라 방온(龐蘊). 앞에 나왔다.
131) 일지등(一枝燈) : 한 개의 등. 불교의 참 진리의 전등(傳燈)이 남종과 북종 이외에 또
    달리 이루어졌다는 뜻.

갓 개다(初晴)

아침해는 더디더디 그림자를 드리우고
온화한 바람은 담담하게 새로워라.
산은 자그마하여 태도를 느긋하게 해주고
버들은 키 작아 정신을 풍족하게 해주네.
종측(宗測)132)을 마땅히 조사(祖師)로 삼아야 하리
양홍(梁鴻)133)은 끝내 곁 사람134)에 불과하네.
유람객과 함께 술을 마시고 싶어져
뜰에서 사건(紗巾)135)을 찾는다.

曔日遲遲影, 和風淡淡新.
山微舒態度, 柳小足精神.
宗測當如祖, 梁鴻竟傍人.
欲從遊客飮, 除裏覓紗巾.

1597년(만력 25년 정유) 무석(無錫)에서 지은 시.

---

132) 종측(宗測) : 남제(南齊) 때 사람. 종병(宗炳)의 손자. 자는 경미(敬微)·무심(茂深). 효
　　자로, 일생 벼슬을 살지 않았고, 『주역』과 『노자』에 깊었다. 저서에 『속고사전(續高士
　　傳)』과 『형산여산기(衡山廬山記)』가 있다. 『남제서(南齊書)』와 『남사(南史)』에 입전(立
　　傳)되어 있다.
133) 양홍(梁鴻) : 형차(荊釵) 고사의 여인. 아내를 말한다.
134) 방인(傍人) : 곁 사람. 올바른 도를 닦아나가는 사람이 아닌 사람.
135) 사건(紗巾) : 비단으로 만든 두건. 술을 거르는 데 사용하기 때문에 사건을 찾는다고
　　한 것이다. 도연명이 갈건(葛巾)으로 술을 거른 고사를 이용하였다.

우연히 이루다(偶成)

첫째(其一)

세간사는 그저 먹이 탐냄이 가련하고
무리에서 홀로 비상함도 괴이하다.
책을 펼쳐 때때로 꿈을 꾸고
강물에 임하여 혹 고향을 생각한다.
형제가 모두 연소하기에
산림에서 지낸 날이 길구나.
출처행장(出處行藏)136)을 자세히 점검하매
태반의 뜻이 양양(襄陽)137)에 있었군.

世事憐貪餌, 同群怪獨翔.
攤書時引夢, 臨水或思鄉.
兄弟皆年小, 山林之日長.
行藏細檢點, 多半是襄陽.

1597년(만력 25년 정유) 무석(無錫)에서 지은 시.

---

136) 행장(行藏) : 용사행장(用舍行藏). 세상에 나아가서 도를 행하는 것과 세상에서 물러
　　나 숨는 일. 즉, 출사(出仕)와 은둔(隱遁). 『논어』 「술이(述而)」에 "세상에서 쓰면 도를
　　행하고, 버리면 숨는다(用之則行, 舍之則藏)"라고 하였다.
137) 양양(襄陽) : 지금의 호북성(湖北省) 양양현(襄陽縣). 이백(李白)의 「양양가(襄陽歌)」
　　를 의식한 표현이다. 이백의 「양양가」는 양양의 땅에서 호탕(浩蕩)한 소요(逍遙)의 회
　　포를 서술한 시이다.

둘째(其二)

불상은 고작 한 자 크기다만
산 높기에 먼지를 피할 수 있네.
때때로 계정(戒定)의 설법을 듣지만[138]
일마다[139] 탐진(貪嗔)[140]을 만났었네.
죽분(竹粉)[141]은 천녀에게 남겨주고
송지(松脂)[142]는 도인을 먹이네.
남능(南能)[143]이 누군지 묻지를 마오
내가 곧 그 전신(前身)이니.

佛大剛盈尺, 山高也避塵.
時時聞戒定, 法法遇貪嗔.
竹粉遺天女, 松脂食道人.
南能休借問, 卽汝是前身.

전校교　서종당본·소수본에는 둘째 수가 없다.

---

138) 문계정(聞戒定) : '계정'은 '계정혜(戒定慧)'의 준말. 계율(戒律)과 선정(禪定)과 지혜(智慧). 이 세 법을 배워서 열반에 드는 것을 삼학(三學)이라고 한다. 여기서는 불교의 설법을 듣는다는 뜻.

139) 법(法) : 범어 dharma. 유형·무형의 일체만유(一切萬有)의 총칭.

140) 탐진(貪嗔) : 탐진(貪瞋). 삼독(三毒) 가운데 하나로, 탐욕과 진에(瞋恚)를 말함. 탐욕과 분노와 적대심을 말한다. 즉 탐진과 진에와 우치(愚癡)를 3독이라 하며, 그것을 줄여서 탐진치(貪瞋癡)라고도 한다. 癡는 痴와 같다.

141) 죽분(竹粉) : 죽순의 껍질이 벗겨질 때 대나무 줄기 곁에 붙어 있는 백색의 분말.

142) 송지(松脂) : 소나무 종류의 나무 줄기에서 분비되는 수지(樹脂). 공기출에서 점액이나 고체 형태를 띤다. 송고(松膏), 송방(松肪), 송향(松香)이라고도 한다.

143) 남능(南能) : 선종(禪宗) 남종(南宗)의 조사(祖師)인 혜능(慧能). 북쪽인 낙양(洛陽)에서 포교한 북종의 조사인 신수(神秀)와 함께, 남능북수(南能北秀)라고 병칭함.

셋째(其三)

나그네[144]는 흉도(胸度)가 작아
하늘 끝에[145] 반려가 드물다만,
홀로 서 있음을 근심할 것 없이
결국 날 듯이 돌아갈 일만 생각하리라.
구름 오자 강물에는 잎이 바람에 불리고
썰물 밀려간 뒤 모래밭에는 흰옷[물새]이 떨어지네.[146]
못내 그리워라 상강(湘江)[147]이여
매화가 낚시 바위 곁에 피었던 것이.

羈客胸懷少, 天涯侶伴稀.
未須愁獨立, 終是念歸飛.
雲來吹水葉, 潮去落沙衣.
酷憶湘江上, 梅花伴釣磯.

---

144) 기객(羈客) : 여행객. 당나라 온정균(溫庭筠)의 시(「春日將欲東歸新寄及第苗紳先輩」)에 "친구가 먼저 계수나무 가지 꺾은 것이 기쁘다만, 스스로는 기객의 신세로 여전히 쑥대마냥 떠돌아 가련해라(猶喜故人先折桂, 自憐羈客尙飄蓬)"라고 하였다.

145) 천애(天涯) : 고향을 떠난 타향 하늘의 아래. 당나라 맹교(孟郊)의 「강 마을 봄 장마에 진시어에게 바치다(江邑春霖奉贈陳侍御)」 시에, "하늘 끝에서 고향 떠난 한이 많아, 꽃 시절에 맑은 눈물 가득하구나(天涯多遠恨, 雪涕盈芳辰)"라고 하였다.

146) 조거낙사의(潮去落沙衣) : 썰물이 밀려간 뒤 모래밭에 흰옷 같은 물새가 날아 떨어지는 것을 말한다. 완적(阮籍)의 「수양산부(首陽山賦)」에서는 "사의를 떨치고 문을 나서네(振沙衣而出門兮)"라고 하여 沙衣를 紗衣 곧 깁옷의 뜻으로 사용한 예가 있다. 하지만 여기서는 그것과 관계가 없다.

147) 상강(湘江) : 상수(湘水). 소수(瀟水)와 합하여 소상강(瀟湘江)이라 한다. 상수는 광서성(廣西省) 흥안현(興安縣)에서 흘러나와 호남성(湖南省) 동정호(洞庭湖)로 빠지고, 영릉(零陵) 부근에서 소수와 만난다. 이 근처는 경치가 매우 좋아서 소상팔경(瀟湘八景)이 있다. 전설에 의하면 순임금이 남쪽 지방을 순력(巡歷)하다가 죽자 그의 두 비(妃) 아황(娥皇)과 여영(女英)이 이곳에서 울었다고 한다. 아황과 여영은 모두 요임금의 딸로서 순임금의 아내가 되었는데, 순임금이 죽자 상강(湘江)에 투신하여 죽었으며, 그녀들이 흘린 피눈물이 소상강 가의 대나무를 점점이 핏빛으로 물들였다고 한다. 이른바 소상반죽(瀟湘斑竹)이 이것이다.

혜산[148]에 노닐며 짓다(遊惠山作)

같이 노닌 사람은 심비하·장영석·오평중149)·조평자150)이다
(同遊爲沈飛霞·張靈石·吳平仲·曹平子)

첫째(其一)

버들 빛 차츰 펴지고 가지도 점점 가지런해 지는데

날아가는 꾀꼬리는 떠듬떠듬 봄 울음을 시험하네.

시냇물은 꽃 흘러서 붉고 잔 물고기 향기로우며

들판 잡초는 삐죽이 푸르고 권태로운 말은 울어댄다.

자고새151)는 반려를 그리워하여 끝내 떠나지 않고

발구(비둘기)152)는 게을리 처를 부르나 지붕도 마련 않네.

한 병 가득히 혜천 술을 따끈하게 저장하고

솟을 봉우리 지나자 해가 또 나직하다.153)

---

148) 혜산(惠山) : 무석현(無錫縣) 서쪽에 있는 산. 혜산 백석오(白石塢) 아래에서 나는 샘
　　물을 혜산천(慧山泉), 혜천(惠泉)이라고 하며, 찻물로 유명하였다.
149) 심비하(沈飛霞)·장영석(張靈石)·오평중(吳平仲) : 모두 미상이다.
150) 조평자(曹平子) : 조징보(曹徵甫). 자는 원생(遠生), 또 다른 자는 평자이다. 평호(平湖)
　　사람이다. 1598년(만력 26년) 진사로, 연안 추관(延安推官)을 제수받았고, 들어가 대리
　　평사(代理評事)가 되었다가 형부주사로 옮기고, 원외(員外)·낭중(郎中)을 거쳐, 분주
　　지부(汾州知府)로 마쳤다. 『빙설헌시집(冰雪軒詩集)』이 있다. 『정지거시화(靜志居詩
　　話)』 권16에 전이 있다. 주이준(朱彝尊)은 그의 시를 평하여 "시품이 초일(超逸)하여,
　　낭송하면 마치 애(哀)의 벼와 연약한 대추를 먹는 것과 같아 아주 상쾌하고 빼어나다"
　　라고 하였다. 당시는 아직 거인(擧人)이었다.
151) 자조(鷓鳥) : 자고(鷓鴣). 메추라기 비슷한 새. 등은 회창색(灰蒼色)으로, 감색(柿色)의
　　반점이 있다. 배 부분은 회색이다. 중국 남방에 난다. 일명 월치(越雉). 본성이 이슬과
　　서리를 두려워하여 아침과 저녁에는 잘 나다니지 않으며, 밤에는 나뭇잎 사이에 서식
　　하여 몸을 숨긴다. 대부분 짝을 이루어 울며, 세속에서는 그 울음소리를 '형, 가지 말아
　　요(行不得也哥哥)'로 취음한다. 『본초(本草)』에 나온다.
152) 발구(鵓鳩) : 축구(祝鳩). 비둘기의 일종. 회색으로, 수항(繡項)이 없다. 발고(勃鴣)와는
　　다른 것이라고 한다. 발구는 하늘이 구물구물해지면 짝을 내쫓고 맑으면 짝을 되부른
　　다고 한다. 『모시초목조수충어소(毛詩草木鳥獸蟲魚疏)』에 나와 있다.

柳色漸舒枝漸齊, 流鶯澀澀弄春啼.

花溪水赤香魚子, 荒草牙靑倦馬啼.

鷓鳥不行終戀侶, 鵓鳩無屋懶呼妻.

一瓶煖貯惠泉酒, 過得層巒日又低.

1597년(만력 25년 정유) 무석(無錫)에서 지은 시.
○ 패란거본에는 제목 아래 주가 없으나, 서종당본·소수본에 의거하여 보충한다.
○ 花溪水赤香魚子, 荒草牙靑倦馬啼 : 서종당본·소수본에서는 이 두 구가 "靑山何意成相識, 流水公然似故溪"라고 되어 있다.

둘째(其二)

눈 온 뒤 청산은 따스하고 또 또렷하여

연노랑과 옅은 녹색 어우러져 사랑스럽네.

고승은 불경 쥐고 함께 불법을 논하고

첩은 곱게 화장하고 불전에 돈을 바친다.

상자(向子)154)는 무단히 아이와 딸뿐이고

화양(華陽)155)은 일 많아 도교에 선을 겸하였지.

부생(浮生)156)은 하찮은 이름157)을 잘못 받고

---

153) 과득층만일우저(過得層巒日又低) : 층층 진 높은 봉우리를 하나 또 지나니, 높이 올라와 하늘의 해가 다시 낮게 보인다는 뜻.
154) 상자(向子) : 진(晉)나라 회(懷) 땅 사람 상수(尙秀). 상수는 죽림칠현의 한 사람으로, 『장자』에 주를 하였다. 자는 자기(子期)이다.
155) 화양(華陽) : 양(梁)나라 도홍경(陶弘景). 구용(句容)의 구곡산(九曲山)에 은거하였는데, 그 산의 제8동궁(洞宮)을 금단화양지천(金壇華陽之天)이라고 하며, 둘레가 150리이라고 한다. 한(漢)나라 때 함양(咸陽)의 세 모군(茅君)이 이곳에 와서 도를 닦았으며, 도홍경이 이곳에 와서 집을 짓고 살면서 스스로 화양은거(華陽隱居)라고 이름하였다.
156) 부생(浮生) : 자신의 뜬 인생을 가리키는 말.
157) 미명(微名) : 낮은 관직의 허명(虛名)을 말함.

인간 세계에서 다섯 해를 취하여 살았네.158)

雪後靑山暖復鮮, 疎黃淺綠也堪憐.
高僧執卷供談柄, 少婦明粧送佛錢.
向子無端兒與女, 華陽多事道兼禪.
浮生早被微名誤, 遲向人間醉五年.

강진지¹⁵⁹⁾에게 부치다(寄江進之)

늙은 관리라서 마음 더욱 괴롭고
맑은 재주라 음조가 갈수록 외로우리.
흩날리는 꽃잎은 늘 어지럽게 달라붙고160)
매화 기운은 침투하여 들러붙을 듯한데,
지난 봉급은 붙여 왔는지
새 세량(稅糧)은 걷었는지?
정치를 잘 하시려면 부지런히 힘써야 하리
한 걸음 한 자가 모두 험준한 길이기에.

吏老心尤苦, 才淸調轉孤.
花飛常亂押, 梅氣欲侵符.
舊俸開來否, 新糧勾也無?
政成須勉强, 尺步是崎途.

---

158) 지향인간취오년(遲向人間醉五年) : 그래서 인간세계에서 다섯 해를 취중에 살았다는
　　뜻. 지(遲)는 '즉, 그래서'의 뜻. 向은 '에서'의 뜻.
159) 강진지(江進之) : 강영과(江盈科). 장주 지현(長洲知縣).
　160) 난압(亂押) : 押은 狎의 오자인 듯하다. 꽃잎이 어지럽게 들러붙는다는 뜻이다.

1597년(만력 25년 정유) 무석(無錫)에서 지은 시.

○ 才淸調轉孤 : 서종당본에서는 轉이 亦으로 되어 있다.

심비하[161]가 늙은 첩을 대신하여 이별한 시에 화운하다. 원운을 사용하였다(和沈飛霞代老姬別, 用原韻)

쌍룡과 봉황[162]이 모두 시대와 어긋난 듯

비파 십리 거리를 죄다 쓸어 없앴구나.

제비는 다정하여 끝내 주인을 연모하고

계피(鷄皮)는 색태 없건만 억지로 왜(娃)[163]라 하네.

반씨(班氏)[164]의 가을 부채 같이 될까 걱정이니

원컨대 양가(楊家)[165]의 저녁 형차(荊釵)[166]가 되고파라.

---

161) 심비하(沈飛霞) : 미상. 앞의 시에 의하면 원굉도와 함께 혜산을 유람하였다.

162) 모우(毛羽) : 보통은 새와 짐승을 가리키지만, 여기서는 쌍룡과 대를 이루는 봉황(鳳凰)을 가리키는 듯하다.

163) 왜(娃) : 오 지방에서 미녀를 부르는 말.

164) 반씨(班氏) : 반첩여(班婕妤). 한나라 성제(成帝) 때 총애를 받았지만, 뒤에 조비연(趙飛燕)에게 총애를 빼앗기고 그녀를 원망하였다는 참언을 입어 태후(太后)의 장신궁(長信宮)에 시중들게 되었다. 성제가 죽은 뒤에 반첩여는 성제의 능에서 시봉하였다. 「원가행(怨歌行)」을 지어, 가을철이 되면 버려지는 둥근 부채(團扇)에 자신의 처지를 비유하여 원망의 뜻을 표시하였다고 하며, 그 노래에 "갓 찢어낸 제나라 산 흰 비단은, 희고 맑은 것이 서리・눈과 같아라. 마름질하여 합환선을 만드니, 둥글기가 밝은 달과 같네(新裂齊紈素, 皎潔如霜雪. 裁爲合歡扇, 團圓似明月)"라고 하였다.

165) 양가(楊家) : 동한(東漢) 때 양홍(楊鴻). 자(字)는 백란(伯鸞)으로, 부풍(扶風) 평릉(平陵) 사람이다. 같은 고을의 맹광(孟光)이란 여성을 아내로 맞아, 함께 패릉(覇陵)의 산속에 들어가 밭 갈고 길쌈하며 살았다. 장제(章帝)가 그를 만나보려 하였으나 뜻을 이루지 못하였다. 마침내 양홍은 성명을 바꾸고 오 땅으로 가서, 부호였던 고백통(皐伯通)에게 의지하여, 행랑 아래 거처하면서 남을 위해 쌀을 찧는 일을 하였다. 일에서 돌아올 때면 아내 맹광이 먹을 것을 차려 내왔는데, 눈썹 높이까지 소반을 들어 올렸다[擧案齊眉]. 고백통이 기이하게 여겨, 그를 자기 집에 머물게 하였더니, 양홍은 방문을 닫아걸고 10여 편의 책을 저술하였다.

166) 형차(荊釵) : 모형나무로 만든 비녀. 맹광(孟光)이 가난하여 옥비녀를 쓰지 않고 모형나무 비녀를 쓴 데서 나온 말.

도엽(桃葉)·도근(桃根)167)의 일을 그대는 기억하는지?
손수 가리키며 회수(淮水)처럼 띠겠다고 하였지.

雙龍毛羽若爲乖, 銷盡琵琶十里街.
燕子有情終戀主, 鷄皮無色强名娃.
愁同班氏秋來扇, 願作楊家夕後釵.
桃葉桃根君記否? 當年親指帶如淮.

1597년(만력 25년 정유) 무석(無錫)에서 지은 시.
○燕子有情終戀主, 鷄皮無色强名娃 : 서종당본·소수본에서는 이 두 구
가 "燕子祗知尋舊壘, 鷄皮焉敢望仙娃"로 되어 있다.
○願作楊家夕後釵 : 서종당본·소수본에서는 夕이 死로 되어 있고, 이운관본에서
는 多로 되어 있다.

혜산 승방 단가(惠山僧房短歌)

산 뼈[바위]는 담에 이어지고 푸른 대도 붙었고
동굴 이끼는 길상초(吉祥草)를 심어둔 듯 하네.
차도 세 종지를 마시니 사람을 취케 하고168)

---

167) 도엽도근(桃葉桃根) : 진(晉)나라 왕헌지(王獻之)의 애첩(愛妾)인 도엽(桃葉)과 그 동
생인 도근(桃根)의 이름. 여기서는 큰 첩과 작은 첩을 비유하여 한 말인 듯함. 악부(樂
府) 「청상곡(淸商曲)」 '오성곡사(吳聲曲辭)'에 「도엽가(桃葉歌)」가 있는데, 왕헌지가 애
첩 도엽을 너무 사랑하여 이 곡을 지었다고 한다. 그 노래에 "도엽아 도엽아, 복사나무
가 도근에 이어져, 서로 사랑하여 즐거워하면서, 유독 내게만 은근하게 만드네. 도엽아
도엽아, 강을 건너는데 노를 쓰지 않아도 되네. 강을 건너는데 괴로움이 없으리. 내가
가서 맞이하리니(桃葉復桃葉, 桃樹連桃根. 相憐兩樂事, 獨使我殷勤. 桃葉復桃葉, 渡江
江不用檝. 但渡無所苦, 我自來迎接)"라고 하였다.
168) 차도삼종야취인(茶到三鍾也醉人) : 이백(李白)의 「월하독작(月下獨酌)」 시에서 "술
석 잔에 큰 도에 통한다(三盃通大道)"란 말을 뒤집어 사용한 것이다.

꽃나무는 가지가 일백은 아니어도 새를 숨기네.

소년과 장로는 자태가 맑고

죽로(竹鑪)[169]와 연권(蓮卷)[170]은 옛 선생 것.

동풍은 선심(禪心)의 입정(入定)을 방해하여[171]

산머리에 환패(環珮) 소리를 들여 넣는군.

山骨連墻黏碧篠, 穴苔自種吉祥草.

茶到三鍾也醉人, 花無百枝亦藏鳥.

少年長老姿格淸, 竹鑪蓮卷古先生.

東風不道禪心定, 吹入山頭環珮聲.

전校筆校 1597년(만력 25년 정유) 무석(無錫)에서 지은 시.

소부[첩]를 이별하며 준 시(小婦別詩)

첫째(其一)

여러 가을[해]을 일신이 낭패하여

자매와 사람들이 내 흰머리를 탄식하네.

집에 있은 지 겨우 사흘

---

169) 죽로(竹鑪) : 죽로(竹爐). 대나무로 만든 다로(茶爐). 두보(杜甫)의 시(「觀李固請司馬弟
山水圖」)에 "고상한 은자는 마음이 간이하여, 평상에 대 화로를 설치하였군(簡易高人
意, 匡床竹火爐)"이라고 하였다.

170) 연권(蓮卷) : 『연화경(蓮華經)』, 즉 『묘법연화경(妙法蓮華經)』을 뜻하며, 불경을 두루
가리키는 듯하다.

171) 동풍부도선심정(東風不道禪心定) : 동풍이 무도하여 선승이 입정에 드는 것을 방해한
다는 뜻.

내일 아침에는 행리 꾸려 또 항주로 향하리.

一身狼狽踰多秋, 姊妹人人嘆白頭.
剛得在家三日好, 明朝行李又杭州.

1597년(만력 25년 정유) 무석(無錫)에서 지은 시. 당시 무석을 떠나 항주(杭州)로 가려 하였다. 권11 「백수(伯修)」 '서한'에 보면 "아우는 2월 10일에 무석을 떠났습니다"라고 하였으니, 이것이 2월 상순의 작임을 알 수 있다.

둘째(其二)

어린 버들[172]과 가벼운 돛이 쾌히 사람을 보내네
무산(巫山)[173]의 신은 본시 젊은 여신이었던 것.
청명절 발화우(潑火雨)[174]를 가져다
전당(錢塘)의 십리 먼지를 씻고 싶구나.

弱柳輕帆快送人, 巫山原是女兒神.
願隨潑火淸明雨, 洗却錢塘十里塵.

셋째(其三)

조금 춥다 조금 더워 꽃이 잘 자라는 날씨
이 즈음 전당(錢塘)이 너무도 어여쁘다.
청총마가 울려다가 울지 못하니
백공제[175] 버드나무 가지를 채찍으로 삼으리라.[176]

---

172) 약류(弱柳) : 연약한 버들. 여성을 비유한다. 여기서는 소부(少婦)를 가리킨다.
173) 무산(巫山) : 고당(高塘) 신녀(神女)의 고사를 말함.
174) 발화(潑火) : 발화우(潑火雨). 청명절 무렵에 내리는 도화우(桃花雨).

輕寒輕熱養花天, 箇日錢塘更可憐.
驄馬欲嘶嘶不得, 白公堤畔柳如鞭.

넷째(其四)

용금문(湧金門) 밖 버들가지는 실 같이 늘어지고
새 악비(岳飛)[177] 사당에는 흰 빗돌이 서있네.
한 마디 간곡한 부탁을 그대여 기억해두오
서릉(西陵)[178]에선 소소(小蘇)[179] 시를 짓지 마시게.

---

175) 백공제(白公堤) : 서호(西湖)에 백거이(白居易)가 쌓았다는 둑. 단교(斷橋), 즉 보우교 (寶祐橋)라는 다리가 걸쳐져 있다.

176) 백공제반유여편(白公堤畔柳如鞭) : 당나라 최국보(崔國輔)의 「장락소년행(長樂少年 行)」의 "산호 채찍을 잊어버리고 나니, 흰 말이 교만스레 나가려 않네. 장대의 버드나 무 가지를 꺾으니, 봄날 기리의 풍정이 밋들어지네(遺却珊瑚鞭, 白馬驕不行. 章臺折楊 柳, 春日路傍情)"라고 한 것에서 시상을 빌어 왔다.

177) 악비(岳飛) : 송(宋)나라 충신. 금(金)나라 군사를 격파하여 여러 차례 공을 세웠다. 조 정의 화의론을 반대하다 간신 진회(秦檜)의 참소로 옥중에서 살해되었다.

178) 서릉(西陵) : 서릉교(西陵橋). 영교(泠橋), 서림교(西林橋)라고도 한다. 항주(杭州)의 고 산(孤山)에서 북산(北山)으로 가려면 반드시 거쳐야 하는 다리였다. 원굉도의 시문에 따르면, 이 부근에 창가(娼家)가 있었다.

179) 소소(小蘇) : 소소소(蘇小小). 전당(錢塘)의 명기. 두 사람이 있는데 하나는 남제(南齊) 때 사람이고, 하나는 남송(南宋)의 사람이다. 북제 때 소소의 이야기는 『악부시집(樂府 詩集)』「잡가요사(雜歌謠辭)」의 '소소소가(蘇小小歌)'에 나와 있다. 남송의 소소는 그 누이가 태학생 조불민(趙不敏)의 괴임을 받았는데, 조불민이 그 아우에게 소소소를 아 내로 맞도록 하였다고 한다. 남송 때 소소소의 묘가 절강성(浙江省) 항현(杭縣)의 서호 (西湖)의 서냉교(西冷橋) 곁에 있다. 여기서의 '소소'는 혹 '소소매(蘇小妹)'를 가리키는 지 알 수 없다. 소소매는 소순(蘇洵)의 딸이자 소식(蘇軾)의 누이동생으로서 시문에 정 통하였는데, 진소유(秦少游)와 결혼하는 날 밤에 일부러 시가와 연구(聯句)로 진소유를 시험하였더니, 진소유가 절절 매었다고 하며, 뒤에 소식(蘇軾)이 암암리에 도와주어서 비로소 작품을 다 이룰 수가 있었다고 한다. '소소매'라고 하면 재녀(才女)의 전형으로 꼽히는데, 이 인물은 소설과 희곡의 허구적 인물로 자주 나오게 된다. 백거이(白居易) 의 「단교(斷橋)」 시에, "버들 빛이 봄에 소소의 집을 감추었네(柳色春藏蘇小家)"라는 구절이 있다.

湧金門外柳條絲, 岳有新祠白有碑.
一句叮嚀君記取, 西陵莫作小蘇詩.

아내의 말을 대신 서술하다(述內)

세간 사람 모두 오사모[180]가 좋다 하거늘

당신만 유독 머리 숙이고 풀덤불[181]에 묻힐 걸 생각하네요

영화를 못 이루면 어찌 대인(장부)이라 하겠어요

쑥대밭[182]에 오래 엎뎌 있다 보면 결국 범상한 새[183]가 될 걸요

부귀가 오려 하는데 관직을 그만두시고

자식들이 열 짓건만 전답이 역시 없어요

상자 속을 세어봐도 동전 천 개가 안 되고

옷을 짜려 해도 어디서 명주실 한 치[184]를 얻죠?

도잠(陶潛)도 걸인의 인연을 마치지 못하였고[185]

---

180) 오사(烏紗) : 오사모(烏紗帽). 수(隋)·당(唐) 때 귀족들이 쓰던 모자인데, 뒤에는 관직
(官職)을 가리키게 되었다.

181) 풍초(豊草) : 무성한 들풀. 『시경』「소아(小雅)」「담로(湛露)」편에 "흠씬한 이슬이여,
저 풍초에 있도다(湛湛露斯, 在彼豐草)"라고 하였다.

182) 봉호(蓬蒿) : 쑥대밭, 쑥덤불. 이백(李白)의 시(「南陵別兒童入京」)에 "하늘을 쳐다보며
껄껄 웃으며 문밖을 나서서 떠나니, 우리들이 어찌 봉호 속 사람이랴(仰天大笑出門去,
我輩豈是蓬蒿人)라고 하였다.

183) 범조(凡鳥) : 평범한 새. 鳳의 글자를 파자(破字)하면 凡鳥가 되므로 남을 욕할 때 鳳
이라고 하는 예가 있다. 속인(俗人)을 가리킨다.

184) 호(縞) : 가늘고 흰 생견(生絹). 일반적으로 사백(絲白)을 가리킨다.

185) 도잠미료걸아연(陶潛未了乞兒緣) : 도연명은 29세에 비로소 벼슬길에 나아갔으나 사
안(謝安)과 사현(謝玄)이 죽고 정치가 어지러웠던 진(晉)의 효무제(孝武帝)의 치하에서
관료생활에 안주하지 못하고 대단히 곤궁하였던 듯하다. 이때 그는 「걸식(乞食)」이라는
시를 지었다. 그가 실제로 구걸을 하였다고는 보기 어렵지만, 벼슬길에 들어간 전후의
심경을 반영하고 있는 것이라고 말할 수 있다. 그 시에, "주림이 나를 내몰지만, 모르겠
군 어디로 가야 할지. 가고 가서 이 마을에 이르러, 문을 두드리지만 말을 제대로 못하
는데, 주인이 내 뜻을 알아, 곡식을 주니 어이 내 기대에 어긋나랴(飢來驅我去, 不知竟

방공(龐公)186)은 집안에 보물을 쌓지 않았죠

옥처럼 희고 얼음처럼 맑은 들 무얼 하나요

옷 없어 우의(牛衣)187) 속에 울 일을 생각하지 않나요?

世人共道烏紗好, 君獨垂頭思豊草.

不能榮華豈大人, 長伏蓬蒿終凡鳥.

富貴欲來官已休, 兒女成行田又少.

盈篋算無千個銅, 編衣那得一寸縞.

陶潛未了乞兒緣, 龐公不是治家寶.」

玉白冰清欲何爲, 不記牛衣對泣時?」

전
교
1597년(만력 25년 정유) 무석(無錫)에서 지은 시.

○世人共道烏紗好 : 서종당본·소수본에서는 共이 盡으로 되어 있다.

○玉白冰淸欲何爲 : 서종당본·소수본에서는 冰이 水로 되어 있다.

안사람에게 답하다(答內)

소년 시절 글 읽어 부귀를 구하여

맨 손188)으로 청운189)을 내 것 만들 수 있다 여겼소만

何之. 行行至斯里, 叩門拙言辭. 主人解余意, 遺贈豈虛來)"라고 하였다.

186) 방공(龐公) : 당나라 방온(龐蘊). 자는 도현(道玄)이다. 원화(元和) 연간에 북쪽 양양(襄陽)에 노닐고, 배에 보물 수만 점을 싣고 가서 상수(湘水)에 가라앉히고는 집안 사람 모두 수행을 하였다. 앞에 나왔다.

187) 우의(牛衣) : 한나라 때 왕장(王章)이 제생(諸生)으로서 장안에 있을 때 처와 단 둘이 어렵게 살았다. 왕장이 병들었을 때 이불이 없어서 우의(牛衣) 속에 들어가 누워, 아내와 결별하며 눈물을 흘리자, 아내가 노하여 욕하면서 그치게 하였다. 뒤에 왕장이 경조윤(京兆尹)이 되어 봉사(封事)를 올리려고 하자, 아내는 그만두게 하면서, "사람은 만족을 알아야 합니다. 지난날 우의 속에서 울던 일을 기억하지 못하십니까?" 하였다. 『한서』「왕장전(王章傳)」에 나온다. 소식(蘇軾)도 「시과(示過)」 시에서 이 고사를 이용하였다.

이제는 고개 숙이고[190] 부질없이 "다 끝났다" 말하니

결국[191] 점점 더 관리 생활이 무미하다 느끼게 될 뿐.

하지만 나는 강철 내장[192]을 지닌 다섯 척의 사내

아녀자 아니니 어찌 남에게 굽실댄단 말이오?

노래자(老萊子)[193]는 아내와 함께 은둔으로 생을 마쳤고

원헌(原憲)[194]은 무병하였기에 가난을 걱정하지 않았소

내 팔은 비단 같이 부드럽고 얼굴은 종이처럼 희니

뇌물 한 푼 얻기 전에 먼저 부끄러워 죽을 지경이오

서생으로 재주 없으니 탐학도 할 수 없구려.

이 몸이 가을 물[195]처럼 맑다고 자만이야 할 수 없지만.

---

188) 백수(白手) : 속어로, 빈 손. 맨 손.

189) 청운(靑雲) : 높은 관직을 비유함. 뒤에는 과거 급제를 평보청운(平步靑雲)이라 하였다. 『사기』「범수전(范睢傳)」에 보면, 수고(須賈)가 돈수(頓首)하며 사죄(死罪)를 말하며, "고는 그대가 능히 청운 위에 오르리라고는 전혀 생각하지 못하였습니다(賈不意君能自致于靑雲之上)"라고 하였다.

190) 굴수(屈首) : 고개 숙임. 보통 미관의 직에 있는 것을 말함.

191) 도두(到頭) : 결국.

192) 강장(剛腸) : 강철 내장, 강직한 성격. 진(晉)나라 혜강(嵇康)의 「여산거원절교서(與山巨源絶交書)」에 "강철 내장이라 미워하고 싫어하여, 가볍게 직언을 내뱉어서, 일마다 곧 그런 식이었습니다(剛腸疾惡, 輕肆直言, 遇事便發)"라고 하였다.

193) 내자(萊子) : 노래자(老萊子). 춘추시대 초나라 사람. 나이 일흔이 되어 아이 재롱을 부려 부모님을 즐겁게 해주었다는 인물. 아내와 함께 몽산(蒙山) 남쪽에 은둔하여 경작하면서 살았는데, 초나라 왕이 사신을 보내어 출사를 권하였다. 그러자 그 아내는 "술과 고기를 먹여줄 수 있는 사람은 뒤이어 회초리와 몽둥이로 마구 때릴 수가 있고, 관직과 봉록을 줄 수 있는 사람은 뒤이어 도끼와 손도끼로 해칠 수가 있습니다. 지금 선생은 남의 술과 고기를 얻어먹고 남의 관직과 봉록을 받고 있으므로, 남에게 제압을 당하는 것이거늘, 어찌 능히 우환을 면할 수 있겠습니까?(可食以酒肉者, 可隨以鞭捶, 可授以官祿者, 可隨以鈇鉞. 今先生食人酒肉, 受人官祿, 爲人所制也, 能免于患乎)"라고 하였다. 그리고는 노래자와 아내는 그곳을 떠나 강남으로 갔다. 그와 그녀의 사적은 『열녀전(列女傳)』의 「초노래처(楚老萊妻)」에 나온다.

194) 원헌(原憲) : 공자의 제자. 노나라 사람이라고도 하고 송(宋)나라 사람이라고도 한다. 자는 자사(子思), 또는 원사(原思)로 불린다. 너무도 가난하여 봉호(蓬戶)에서 갈의(褐衣)를 입고 지냈지만 도를 즐기고 절조를 지켰다. 공자가 죽은 뒤 위(衛)나라에 은둔하였다. 그의 사적은 『장자』「양왕(讓王)」과 『사기』「중니제자열전(仲尼弟子列傳)」에 나온다.

195) 추수(秋水) : 맑은 가을 물. 두보(杜甫)의 시(「徐淸卿二子歌」)에 "추수를 정신으로 삼

少年讀書求富貴, 白手靑雲能自致.
屈首空云事已成, 到頭轉覺官無味.
一尺剛腸五尺身, 我非兒女寧拜人.
萊子有妻終是隱, 原憲無病莫憂貧.
我腕如綿面似紙, 未得一錢先羞死.
書生無才不解貪, 不是將身比秋水.

 1597년(만력 25년 정유) 무석(無錫)에서 지은 시. 앞의 「안사람에게 적어보이다(述內)」와 같은 시기에 지었다.

가흥 길에서 옛 절에 들러(嘉興道上過古寺)

사금 다하고 모래밭이 땅으로 되었고
대나무 말라서 물이 울타리로 지나간다.
용지(龍池)에는 개구리가 올챙이 데리고 놀고
불정(佛頂)에는 까치가 새끼를 먹이네.
옛 자취는 전왕(錢王)196)이 쓴 것인 듯
남은 불경은 유송(劉宋)197) 것이 아닐까.
길 가 거북(비)은 여기저기 떨어져 나가고
풀 속에는 풍비(豊碑 : 공덕비)198)가 누워 있구나.

金盡沙爲地, 竹枯水過籬.
龍池蛙帶子, 佛頂雀喞兒.

고 옥을 뼈로 삼았네(秋水爲神玉爲骨)"라는 표현이 있다.
196) 전왕(錢王) : 오월(吳越) 때 전씨(錢氏) 광릉왕(廣陵王) 원료(元璙).
197) 유송(劉宋) : 위진남북조 시대의 송나라.
198) 풍비(豊碑) : 공덕비. 공덕을 칭송하여 표현한 큰 비석.

古迹錢王是, 殘經宋代疑.

道旁龜剝落, 草裏臥豊碑.

 1597년(만력 25년 정유) 무석(無錫)에서 항주(杭州)로 가는 길에 지은 시.

가흥 길에서(嘉興道中)

들판 가득 뽕나무가 저자를 이루고
시내 끼고 버드나무들이 관아를 이룬 듯하군.
향기로운 나물은 일제히 싹을 틔우고
따스한 나무들은 꽃을 물씬 찌려는 듯.
하늘빛은 계란처럼 매끄럽고
강 모습은 깁처럼 반들반들.
주막 깃발 푸른 띠 가에
삼삼오오 촌가가 모여 있구나.

彌野桑成市, 排溪柳作衙.

荼香齊吐甲, 樹煖欲蒸花.

天色滑如卵, 江容潤似紗.

酒帘靑帶上, 三五聚邨家.

 1597년(만력 25년 정유) 무석에서 항주(杭州)로 가는 길에 지은 시. 앞서의
「가흥 길에서 옛절에 들러(嘉興道上過古寺)」와 같은 시기에 쓴 시이다.
○酒帘靑帶上 : 서종당본・소수본에서는 上이 日로 되어 있다.

서호에 막 이르러(初至西湖)

첫째(其一)

산에는 맑은 물결, 물에는 티끌이 가득
전왕(錢王)[199] 때의 화조월석(花朝月夕), 송나라 봄 풍경.
내 보니, 관리는 항주 말을 몰라서
그저 북인(北人)을 만났으면 말하는군.

山上淸波水上塵, 錢時花月宋時春.
看官不識杭州語, 只道相逢有北人.

1597년(만력 25년 정유) 항주(杭州)에서 지은 시.

둘째(其二)

한 줄기 향기로운 바람이 부는 십리 둑길
만 그루 버드나무가 가지런히 줄지었다.[200]
소주(蘇州)는 부질없이 아름다운 이름을 얻었으니
어디 한 번 호수와 산을 가지고 비교해 보세.

一絡香風十里堤, 萬株楊柳着行齊.

---

199) 전왕(錢王): 오월(吳越) 때 전씨(錢氏) 광릉왕(廣陵王) 원료(元璙).
200) 일락향풍십이제, 만주양류착행제(一絡香風十里堤, 萬株楊柳着行齊): 당나라 때 위
　　장(韋莊)의 「금릉도(金陵圖)」에서 "강비는 부슬부슬 강풀은 가지런하고, 육조가 꿈과
　　같아 새만 괜스레 우느나. 무정키는 대성의 버들이 가장 무정해라, 변함 없이 아지랑이
　　긴 듯한 십리 긴 둑방에(江雨霏霏江草齊, 六朝如夢鳥空啼. 無情最是臺城柳, 依舊烟
　　籠十里堤)"라고 하는 것과 시상(詩想)을 견줄 만하다.

蘇州浪得佳名字, 試把湖山共品題.

一絡香風十里堤 : 一絡은 아마도 마땅히 一路이어야 할 것이다.

용정²⁰¹⁾을 지나며(過龍井)

서너 개 쟁반이 우물 위에 설치되어
갖은 방식으로 샘물을 허공으로 끌어왔군.
그림 벽에는 구름 무리가 뭉쳐 있고
붉은 난간은 수의(水衣 : 이끼)202)가 침식하였다.
향기 가득한 길에 차 잎이 길게 자라 있고
작은 밭두둑엔 약초 싹이 살져 있다.
굉(宏 : 원굉도 자신)은 소자(蘇子)203)를 본받나니

---

201) 용정(龍井) : 전당(錢塘)의 지명. 좋은 샘이 있어, 명차(名茶)의 산지로 유명하다. 허차서(許次紓)의 「차소(茶疏)」에 이런 말이 있다. "근일에 높이 치는 것으로는, 장흥(長興)의 나개(羅岕)가 있는데, 아마도 옛사람이 말한 고저(顧渚)의 자순(紫筍)인 듯합니다. 산속에 끼어 있는 것을 개(岕)라고 하는데 나씨(羅氏)가 숨겨두었으므로 나(羅)라고 이름합니다. 그런데 개(岕)는 여러 곳에 있으나, 지금은 오직 동산(洞山)이 가장 좋습니다. 고저(顧渚)에 있는 것으로 말하면 역시 좋은 것이 있지만, 사람들은 다만 수구(水口)의 차로 이름을 하여 개(岕)와 완전히 구별합니다. 흡(歙)의 송라(松羅), 오(吳)의 호구(虎丘), 전당(錢塘)의 용정(龍井)의 경우에는 향기가 물씬 일어나서, 나란히 개(岕)와 힐항할 수 있습니다."
202) 수의(水衣) : 물이끼. 수조(水藻). 청록색을 띠며, 종이를 만들거나 식용으로도 사용한다. 수태(水苔), 수금(水錦), 석발(石髮), 척리(陟釐)라고도 한다.
203) 소자(蘇子) : 소진(蘇秦). 자(字)는 계자(季子). 여섯 나라와 합종(合從)의 맹약을 맺고 조(趙)로 돌아가 무안후(武安侯)에 봉해져, 15년이나 그 작위로 있었다. 진(秦)나라의 획책으로 제(齊)와 위(魏)가 조나라를 치자 조왕은 소진을 꾸짖었으므로 소진은 조나라를 떠나 연나라로 갔으며, 이에 합종의 약정은 와해되었다. 처음에 소진이 진(秦)나라에 가서 유세할 때 열 번이나 글을 올렸지만 받아들여지지 않았으므로, 흑초(黑貂)의 옷이 다 떨어지고 황금 백 근이 다 없어졌으며 자용(資用)이 완전히 끊어져 할 수 없이 고향으로 돌아갔는데, "아내는 베틀에서 내려오지 않고, 형수는 밥을 지어주지 않았으며,

변재(辨才)204)인가 아닌가 그대는?

數盤行井上, 百計引泉飛.
畫壁屯雲族, 紅欄蝕水衣.
路香茶葉長, 畦小藥苗肥.
宏也學蘇子, 辨才君是非?

 1597년(만력 25년 정유) 항주(杭州)에서 지은 시.
○ 서종당본·소수본은 제목 아래에 示德舟禪人 다섯 글자가 있다.
○ 數盤行井上 : 서종당본·소수본에서는 井上이 木末로 되어 있다.
○ 畫壁屯雲族, 紅欄蝕水衣 : 서종당본·소수본에서는 "石石雲留樣, 山山翠釀衣"
로 되어 있다.

비래봉205)에 대하여 장난삼아 쓰다(戲題飛來峰)

첫째(其一)

어디 한 번 비래봉에게 물어보자
날아오기 전에는 어디 있었나?

부모는 함께 말을 하려고 하지 않았다(妻不下紅, 嫂不爲炊, 父母不與言)"고 한다(『戰
國策』秦策.「蘇秦以連橫說秦」). 뒤에 소진이 성공하자, 곤제(昆弟)와 아내와 형수는
"감히 눈길을 흘릴 뿐 쳐다보지 못하였고(側目不敢仰視), 엎디어서 음식 먹는 것을 곁
에서 시중들었다(俯伏侍取食)"고 한다. 여기서는 영락한 모습으로 고향으로 돌아가는
자신의 신세를 소진에게 비유한 것이다.
204) 변재(辨才) : 변설의 재주. 합종연횡가의 변설을 두고 한 말이다.
205) 비래봉(飛來峰) : 절강성(浙江省) 항주시(杭州市)의 영은산(靈隱山) 동남쪽에 있는 봉
　우리. 진(晉)나라 함화(咸和) 연간에 서역승 혜리(慧理)가 이 산에 올라 탄식하면서 "이
　것은 중천축국(中天竺國) 영취산(靈鷲山)의 작은 산마루인데, 어느 해에 날아왔는지 모
　르겠다"고 말하였다고 해서 이름을 비래봉이라고 하고, 또 다른 이름을 영취산(靈鷲山)
　이라고 한다. 『여지기(輿地記)』에 나온다.

인간 세상의 하 많은 티끌들은

어인 일로 날아가 없어지지 않는가?

고고(高古)하고도 아리따워서

양웅(楊雄)206)도 글로 짓지 못하였으리.

試問飛來峰, 未飛在何處?

人世多少塵, 何事不飛去?

高古而鮮姸, 楊雄不能賦.

 1597년(만력 25년 정유) 항주(杭州)에서 지은 시.

둘째(其二)

백옥(구름)이 꼭대기에 떨기 지고

푸른 연꽃도 그 색(산색)을 빌어 왔군.

다만 공허(空虛)의 마음을

한 조각도 묘사해내지 못하겠네.

평소 매도인(梅道人)207)은

단청 칠 줄 몰랐으리.208)

---

206) 양웅(楊雄) : 서한(西漢) 말년의 학자. 성을 揚으로 표기하기도 한다. 자는 자운(子雲)
이며, 촉군(蜀郡) 성도(成都) 사람이다. 사부(辭賦)에 뛰어났으며, 『주역(周易)』과 『논어
(論語)』를 모방하여 각각 『태현(太玄)』과 『법언(法言)』을 지었다.
207) 매도인(梅道人) : 원나라 오진(吳鎭)의 호. 그림을 잘 그려, 황공망(黃公望)·왕몽(王
蒙)·예찬(倪瓚)과 더불어 원말 4대가의 한사람으로 꼽힌다. 매화를 사랑하여 스스로
매화도인(梅花道人)이라 자칭하였다. 원굉도가 스스로를 매도인에게 비긴 말이다.
208) 단청여불식(丹靑如不識) : 비래봉의 수묵화를 그렸을 뿐이고 알록달록하게 단청을 베
풀지 않았음을 두고 한 말인 듯하다.

白玉簇其巓, 靑蓮借其色.

唯有虛空心, 一片描不得.

平生梅道人, 丹靑如不識.

중춘 열 여드레 날에 상천축에 묵으며(仲春十八日宿上天竺)

첫째(其一)

세 걸음마다 한 번 외쳐 부르고

열 걸음에 한 번씩 예배한다.

만 사람이 일제히 우러러 쳐다보나니

보살은 지금 어디에 있나?

참 대사(大士 : 부처)209)를 찾으려 하거든

중생계(衆生界)210)에 들어가야지.

한 번 해조음(海潮音)211)을 보시게

절강(浙江) 바같으로 벗어나지 않는 것을.

三步一號呼, 十步一禮拜.

萬人齊仰瞻, 菩薩今何在?

欲尋眞大士, 當入衆生界.

試觀海潮音, 不離浙江外.

---

209) 진대사(眞大士) : 부처를 가리킴.

210) 중생계(衆生界) : 불계(佛界)에 대비시켜 이르는 말. 십계(十界) 가운데 불계를 제외한 기타 9계를 아울러 중생계라고 한다.

211) 해조음(海潮音) : 소리가 큰 것을 조수(潮水)에 비유한 것. 또는 해조(海潮)는 생각이 없으나 그때를 어기지 않음과 같이 부처의 대비(大悲)하신 음성이 때에 따르고 근기(根機)에 맞추어 설법함을 말한다. 『법화경(法華經)』「보문품(普門品)」에 "부처님의 음성은 해조음 같다"라고 하였다. 범음(梵音)이라고도 한다.

 1597년(만력 25년 정유) 항주(杭州)에서 지은 시.

둘째(其二)

만약 색(色)의 관점에서 나를 본다면

이 사람은 사도(邪道)를 행하는 것이리.212)

아무리 자금(紫金)213)의 몸뚱이라 하여도

다만 진흙과 풀일 뿐.

아침나절 스스로 얼굴을 비쳐보니

서른 두 표상214)이 좋더니만,

종일토록215) 허덕허덕216) 바빠서

스스로의 보물을 잊었군.217)

---

212) 야이색견아, 시인행사도(若以色見我, 是人行邪道) :『금강경(金剛經)』에 보면, "만약 색(色)으로써 아(我)를 보고 음성(音聲)으로써 아(我)를 구하면 이 사람은 사도(邪道)를 행하여 능히 여래(如來)를 보지 못한다"고 하였다. 사도(邪道)는 비리(非理)의 행법(行法)이란 뜻이다.

213) 자금(紫金) : 자마금(紫磨金), 자마황금(紫磨黃金). 자마금은 자색을 띤 금색으로 부처의 몸을 두고 하는 말이다. 범어 jambūnada의 역어로 알려져 있으나, 자마란 말이 이미 중국에도 있어서, 공융(孔融)의 「성인우열론(聖人優劣論)」에 "금(金)의 정(精)한 것을 자마(紫磨)라 하며, 마치 사람에게 성(聖)이 있음과 같다"고 하였다. 자마금색을 띤 불신(佛身)을 자마금신(紫磨金身)이라고 한다.

214) 삼십이종(三十二種) : 삼십이상(三十二相). 삼십이대인상(三十二大人相), 또는 삼십이 대장부상(三十二大丈夫相)이라고도 한다. 부처님 몸에 갖춘 32표상(標相). 이 상을 갖춘 이는 세속에 있으면 전륜왕(轉輪王)이 되고 출가하면 부처가 된다고 한다.

215) 종일(終日) : 하루 종일. 일생동안을 비유하는 말.

216) 파파(波波) : 분주하고 시끄러운 모양.『육조단경(六祖壇經)』에 보면, "도(道)를 버리고 다른 도를 찾는다면 몸이 마치도록 도를 보지 못한다. 파파(波波)로 일생을 지내며 머리를 돌려서 자오(自懊 : 스스로 괴로워 함)한다"고 하였다.

217) 종일망파파, 망각자가보(終日忙波波, 忘却自家寶) : 불성(佛性) 곧 자성심(自性心)을 보물에 비유하여, 성불의 방도는 바깥에 있는 것이 아님을 말한 것임.『법화경(法華經)』「화성유품(化城喩品)」은 조화를 부려서 만든 성곽에 대한 비유를 들어서, 3승은 1승에 도달하기 위한 수단이라고 설교하였는데, 거기서도 3승을 보물산에 비유하였다. 어떤 사람이 많은 사람을 이끌고 보물산을 향하여 가는데, 길이 멀고 사람들이 지쳐서

若以色見我, 是人行邪道.

饒他紫金身, 只是泥與草.

朝來自照面, 三十二種好.

終日忙波波, 忘却自家寶.

답제곡(踏堤曲)

첫째(其一)

녹색풀과 담황색 꽃 모두가 새롭고

육교(六橋)[218]의 바람과 햇빛[219] 너무도 상쾌하다.

버들 허리는 마치 기생과 다투려는 듯

꾀꼬리 혀 놀림은 분명 취객을 깨우려는 듯.

따스한 골짝에 향내 일어 비가 내리려나 의심되고

꽃길의 바람이 땀을 식혀도 티끌은 붙지 않네.

낙비(洛妃)[220]가 물결 위로 솟구치려 하였다니

더 갈 수 없었다. 그러자 길잡이가 조화를 부려 화려한 성을 만들어놓고 그 성까지만 가면 모든 피로가 풀린다고 타일렀다. 사람들이 힘을 내어 그 성에 도달하자, 길잡이는 보물산이 지척에 있으니 따라 나서라고 하였다. 이렇게 해서 길잡이는 사람들을 이끌고 보물산에 닿았다. 이 비유에서 조화로 만든 성은 소승의 경지이고, 보물산은 부처의 경지, 길잡이는 부처를 뜻한다. 그런데 김시습(金時習)은 「화성유품찬(化城喩品贊)」을 지어 물 넘고 산 넘어 보물산을 찾아 나서지만 사실 보물산은 길잡이가 거짓으로 만든 성, 바로 이 현실 공간에서 조금도 옮겨간 적이 없다는 점을 강조하였다.

218) 육교(六橋) : 서호(西湖)에 걸쳐 있는 다리.

219) 풍일(風日) : 바람과 햇빛. 즉 풍경(風景).

220) 낙비(洛妃) : 전설의 황제 복희(伏羲)의 딸인 복비(宓妃)가 이곳에서 빠져 죽어 신녀(神女)가 되었다고 한다. 삼국시대 위(魏)나라 조식(曹植)의 「낙신부서(洛神賦序)」에 보면, "황초(黃初) 3년에 내가 경사(京師)로 올라가는데, 돌아서 낙천(洛川)을 건너게 되었다. 옛사람이 말하길, 이 강물의 신은 이름을 복비(宓妃)라고 하였다. 송옥(宋玉)이 초왕에게 신녀(神女)의 일을 이야기한 것에 감동하여, 마침내 이 부를 짓는다"라고 하였다. 뒷날, 낙수라고 하면, 배필을 잃고 홀로 있는 곳을 가리키게 되었다.

조식(曹植)의 말221)은 황당하군, 사실이 아니려니.

濃綠疏黃總占新, 六橋風日更精神.
柳腰似欲爭遊妓, 鶯舌分明喚醉人.
暖谷蒸香疑作雨, 芳蹊吹汗不沾塵.
洛妃謾欲淩波出, 曹植荒唐恐未眞.

전교
箋校 1597년(만력 25년 정유) 항주(杭州)에서 지은 시.

둘째(其二)

화려한 층 누각은 새벽 물결 위로 솟아낫고
동풍 부는 호수 면은 비단보다 부드럽네.
가인(佳人)은 활짝 핀 오얏 모습에 산꽃 같이 머리를 올렸고
탕자(蕩子)222)는 버들 같은 자태로 수조가(水調歌)223)를 부르네.
한가로운 나비는 꿈 따라 사라지고
열정 지닌 원앙은 이 봄을 어이하랴.
소공(蘇公)224)은 본디 잘 안다고 하지만
부질없이 서시(西施)225)와 나란하니 부끄럽구나.

---

221) 조식(曹植) : 조식(曹植)의 「낙신부(洛神賦)」에 나오는 말을 가리킨다.
222) 탕자(蕩子) : 먼 길 가서 돌아오지 않는 사람. 두보(杜甫)의 시(「冬晩送長孫漸舍人」)
    에 보면 "먼 길 떠난 이는 고향으로 돌아오지 않네(蕩子不還鄕)"라는 구절이 있다.
223) 수조가(水調歌) : 악부 상조곡(商調曲)의 명칭. 전하는 말에 수(隋)나라 양제(煬帝)가
    변하(汴河)를 개간하고 스스로 지었다고 한다. 당나라 곡은 모두 11첩(疊)으로 구성된
    대곡이다. 여기서는 아마도 뱃노래와 같은 것을 말하였거나 사패(詞牌)인 수조가두(水
    調歌頭)의 곡에 맞춘 노래를 가리키는지 모른다.
224) 소공(蘇公) : 서호(西湖)에 소공제(蘇公堤)가 있기 때문에 한 말이다.
225) 서시(西施) : 범여(范蠡)가 서시(西施)를 데리고 오호(五湖)에 배를 띄워 석호(石湖)로
    부터 태호(太湖)로 들어갔다고 전하므로 한 말인 듯하다. 석호(石湖)는 태호(太湖)의 한

畵閣層層出曉波, 東風湖面軟於羅.
佳人穠李山花髻, 蕩子垂楊水調歌.
蝴蝶意閒隨夢去, 鴛鴦情熱奈春何.
蘇公雅亦稱相識, 浪比西施愧已多.

셋째(其三)

복숭아나무 잎 아래 길이 나고 버들이 줄지어 선 곳
동풍이 불어와. 청년들 모임 터를 뜨겁게 달구네.
조가(趙家)226)의 자매는 모두다 단정하고
사족(謝族)227) 아이들은 장점도 있고 단점도 있군.
큰길에 떠드는 소리는 변어(汴語)228)가 대부분
목로 앞의 몸단장은 모두가 당장(唐裝).229)
오가(吳歌)와 월무(越舞)230)는 도무지 꿈만 같구나
그 날의 호수와 산 아니기에 애간상 끊어지네.

桃葉成蹊柳作行, 東風吹熱少年場.
趙家姊妹皆端正, 謝族兒郎有短長.
陌上口聲多汴語, 墟頭結束盡唐裝.
吳歌越舞顚如夢, 不是湖山也斷腸.

구역으로 태호와 통하며, 소주(蘇州) 서남 10리 지점에 있다.
226) 조가(趙家): 한나라 성제(成帝)의 황후 조비연(趙飛燕)과 여동생 합덕(合德). 여기서
　　는 그 후예라고 할 여인들을 말함.
227) 사족(謝族): 사씨(謝氏) 가문.
228) 변어(汴語): 하남성(河南省) 개봉현(開封縣) 지역의 방언. 변(汴)은 오대(五代) 때 양
　　(梁)과 북송의 수도였던 하남성 개봉현의 옛 이름.
229) 당장(唐裝): 당나라 시대의 복색(服色).
230) 오가월무(吳歌越舞): 오가(吳歌)와 월무(越舞). 전국시대 오나라와 월나라 때 가무(歌舞).

넷째(其四)

달 같이 아름답고 봄빛 같이 고와라[231]
둑 위 누대에는 모두가 미인.
버드나무 잎의 즙은 핫옷을 곱게 물들일 만하고[232]
배꽃은 바람에 떨어져 백분 흔적이 새로운데,
옥구슬 발을 걷고 신선의 말을 들으려 하고
보석 신발로 걸음 옮겨 비취 먼지를 줍는다.
송옥(宋玉)은 괜히 부(賦)[233]를 지었군
월희(越姬)가 동쪽 이웃 여자보다 열 배나 나은 것을.

亭亭如月婉如春,　堤上樓邊總麗人.
柳汁染將袍色嫩,　梨花吹落粉痕新.
珠簾欲度聞仙語,　寶屧初移拾翠塵.
宋玉也知空作賦,　越姬十倍勝東隣.

 珠簾欲度聞仙語, 寶屧初移拾翠塵 : 서종당본·소수본에는 이 두 구를 "石橋碧草千回坐, 霧屧風紞幾簇塵"으로 하였다.

---

231) 정정여월완여춘(亭亭如月婉如春) : 정정(亭亭)은 아름다운 모습. 심약(沈約)의 「여인부(麗人賦)」에 "아름답기는 달과 같고 곱기는 봄빛과 같아라(亭亭似月, 嬿婉如春)"라고 하였다.
232) 유즙염장포색눈(柳汁染將袍色嫩) : 유신(柳神)인 구열군(九烈君)이 당나라 이고언(李固言)의 옷을 물들여 남포(藍袍)를 만들어준 뒤 조고(棗糕)로 자신을 제사지내면 급제를 시켜주겠다고 하였는데, 이고언이 그 말대로 하자, 과거에 급제하였다는 고사가 있다. 『삼봉집(三峰集)』에 나온다.
233) 송옥(宋玉) : 송옥의 「등도자호색부(登徒子好色賦)」를 말한다. 그 서문에 보면, 송옥의 동쪽 집 여자가 송옥을 사모하여 삼년 간 그를 엿보았으나 송옥이 허락하지 않았다는 고사에서 규송(窺宋)이라는 성어가 나왔다. 이선(李善)의 주는 『자림(字林)』을 인용하여, "규는 머리를 기울여 문안을 본다는 뜻이다(窺, 傾頭門內視也)"라고 하였다.

태호에서 도석궤[234]를 기다리면서 장난삼아 쓰다(湖上遲陶石簣戲題)

첫째(其一)

목난주(木蘭舟)[235) 맨 곳에 청총마 우나니
복사나무 아랫길, 버드나무 늘어선 길.
산색과 호수 빛은 판연히 끊어지고
화초만 남아 표시하길[236) 기다리네.

蘭舟繫處一驄嘶, 箇是桃蹊箇柳蹊.
山色湖光判斷盡, 只留花草待標題.

1597년(만력 25년 정유) 항주(杭州)에서 지은 시.

둘째(其二)

춤추는 꽃 떨기 속에 지낼 만하군
육교(六橋)[237) 곳곳에서 향기로운 티끌 내 맡으니.
서쪽 이웃의 꽃 같은 여인이여
객 살이 나그네를 위로해 줄 건지?

歌舞叢中可度身, 六橋隨處嗅香塵.

---

234) 도석궤(陶石簣) : 도망령(陶望齡). 권3 「도석궤 형제가 멀리서 방문하였다. 시로 이별
　　의 증표로 준다(陶石簣兄弟遠來見訪, 詩以別之)」 참조
235) 난주(蘭舟) : 목난주(木蘭舟). 목란으로 만든 배.
236) 표제(標題) : 원래는 표시하여 기록하는 일을 말하지만, 여기서는 시 지어 표현해 주
　　는 일을 뜻한다.
237) 육교(六橋) : 서호의 소제(蘇堤) 위에 있는 여섯 개의 다리. 앞에 나왔다.

西家有個如花女, 可得將來侑遠人?

可得將來侑遠人 : 이운관본에는 侑가 有로 되어 있다.

태호에서(湖上)

꾀꼬리는 혀 고단하자 재잘거림 멈추고
그림 같은 봉우리는 작은 점 같고 배꽃은 눈처럼 희구나.
찻잎은 희게 뽑혀 나서 너댓 개 깃발238)같고
죽손239)은 반점 얽혀 두서너 마디 자랐도다.
비단 같은 방초는 돌아가는 수레바퀴를 묻고
꽃기운은 사람에게 엄습하여 취하게 만드네.
비 뒤에 지는 붉은 꽃잎이 사람을 근심케 하누나
육교(六橋) 십리가 붉고 붉은 피240)로 덮인 듯.

流鶯舌倦語初歇, 畫巒微點梨花雪.
茶葉白抽四五旗, 竹孫斑裹兩三節.
芳草如綿陷歸轍, 花氣熏人醒不得.
落紅雨過更愁人, 六橋十里猩猩血.

---

238) 기(旗) : 갓 나오는 다엽(茶葉).
239) 죽손(竹孫) : 손죽(孫竹)이라고도 하며, 죽근 위에 나오는 새 가지를 말한다.
240) 성성혈(猩猩血) : 홍색(紅色). 송나라 육유(陸游)의 시(「雨霽春色粲然喜而有賦」)에 "푸
　　른 양류는 일천 갈래로 구부러지고, 붉은 해당은 만가지에 성혈 빛이네(千縷曲塵楊柳
　　綠, 萬枝猩血海棠紅)"라고 하였다.

 1597년(만력 25년 정유) 항주(杭州)에서 지은 시.
○茶葉白抽四五旗 :『옹정서호지(雍正西湖志)』는 이 시를 수록하면서 葉
을 槍, 四를 三으로 적었다.
○花氣熏人醒不得 : 서종당본은 이 구를 露骨雲魂冷蒼箋로 적었다.
○落紅雨過更愁人 :『옹정서호지』는 紅을 花로 적었다.
○六橋十里猩猩血 :『옹정서호지』는 猩猩을 臟脂로 적었다.

비를 축원하며(祝雨)

구름은 실같이 가늘고
산은 솜처럼 엉겨 있다.
추위가 오려 하니
따스한 곳을 먼저 점유해야지.
산을 씻어 산 골(바위)이 새롭고
꽃을 씻어 꽃 빛이 옛 그대로다.
내리는 비에게 말 전하나니[241]
산머리를 내려가지 말아다오

雲縷縷, 山絮絮.
寒欲來, 煖先據.
洗山山骨新, 洗花花色故.
寄言行雨兒, 莫下山頭去.

---

241) 기언행우아(寄言行雨兒) : 내리는 비에게 말을 전하나니. 행우아(行雨兒)는 행우(行
雨), 곧 내리는 비. 좌사(左思)의 「위도부(魏都賦)」에 "먹장구름을 모으더니, 내리는 비
로 쏟아지네(蓄爲屯雲, 泄爲行雨)"라고 하였다.

 1597년(만력 25년 정유) 항주(杭州)에서 지은 시.

서릉교(西陵橋)

서릉교242) 아래로

물이 늘 흐르는데,

솔잎은 바늘 마냥 가늘고

비단 띠일랑 묶으려 하지 않네.243)

꾀꼬리 빛깔은 적삼 같고

제비는 비녀 같은 모양.

기름 바른 장막의 수레244)도 가고

도끼로 나무를 찍어 땔감을 만드는 자도 있네.245)

청총마가

서쪽에서 오매.

---

242) 서릉(西陵) : 서릉교(西陵橋). 영교(泠橋), 서림교(西林橋)라고도 한다. 항주(杭州)의 고
    산(孤山)에서 북산(北山)으로 가려면 반드시 거쳐야 하는 다리였다.
243) 불긍결나대(不肯結羅帶) : 비단 띠 같은 버드나무 가지는 띠처럼 묶이지 않았다는 말
    이다. 또한 비단 띠 맨 이들과는 교분을 맺으려 하지 않는 뜻을 함축한다. 후자의 경우,
    나내(羅帶)는 비단 띠. 귀인의 복식(服飾)을 말한다.
244) 유벽차(油壁車) : 『악부』「소소소가(蘇小小歌)」에 "나는 유막 두른 수레를 타고, 낭군
    은 청총마를 타고 가네(我乘油壁車, 郎乘靑驄馬)"라 하였고, 당나라 나은(羅隱)의 「강남
    행(江南行)」에 "서릉교 길가의 달빛이 고요할 때, 유막 두른 경쾌한 수레로 소소소가
    가네(西陵路邊月悄悄, 油壁輕車蘇小小)"라고 하였다. 서릉교와 남조 제(齊)나라 때 전
    당(錢塘)의 명기 소소소(蘇小小)의 고사가 일찍부터 연결되어 있었기 때문에 이러한 표
    현을 한 것이다. 원굉도의 「서호(西湖) 4」 참조
245) 작위시(斫爲柴) : 도끼로 나무를 찍어 땔감을 만드는 자도 있다는 뜻. 완선(阮宣)의 아
    내 진씨(秦氏)의 고사를 끌어온 것이다. 진씨는 질투가 심해서, 완선이 도화의 아름다
    움과 성대함을 칭찬하자 화를 내어 나무를 찍어버리고 꽃을 꺾어버렸다는 고사가 『잠
    확유서(潛確類書)』에 있다. '작수최화(斫樹摧花)'라는 고사이다.

어제의 나무 위 꽃이

오늘 아침엔 큰길 진흙에 섞여 버렸고,

한 맺힌 피울음 맺힌 혼(魂 : 두견)은246)

반나마 비바람 따라 사라졌구나.

西陵橋, 水長在.

松葉細如鍼, 不肯結羅帶.

鶯如衫, 燕如釵.

油壁車, 斫爲柴.

靑驄馬, 自西來.」

昨日樹頭花, 今朝陌上土.

恨血與啼魂, 一半逐風雨.」

1597년(만력 25년 정유) 항주(杭州)에서 지은 시.

도화우(桃花雨)247)

연초록 잎과 심홍 꽃 태반이 지고 말았군

모진 바람 거센 비248)가 전도(剪刀)같이 차가워서.

도화를 만약 항주 여인에 비유한다면

연지를 지운 모습, 차마 볼 수 없구나.

---

246) 한혈여제혼(恨血與啼魂) : 한 맺힌 피울음 우는 혼(魂), 즉 두견(杜鵑)을 말함.

247) 도화우(桃花雨) : 모춘에 날리는 도화, 혹은 도화가 날리는 때에 내리는 봄비. 이하(李
賀)의 「장진주(將進酒)」에 "하물며 청춘(봄날)의 날이 저물려 하고, 도화는 붉은 비처럼
어지러이 떨어지는 것을(況是靑春日將暮, 桃花亂落如紅雨)"이라고 하였다.

248) 최우(催雨) : 꽃을 떨구고 봄기운을 가버리게 재촉하는 비.

淺碧深紅大半殘, 惡風催雨剪刀寒.

桃花若比杭州女, 洗却臙脂不耐看.

 1597년(만력 25년 정유) 항주(杭州)에서 지은 시.
○桃花若比杭州女 : 패란거본에 若은 不로 되어 있으나 서종당본·소수
본에 의거하여 고친다.

제6교 주점에서 술을 마시며(飮第六橋酒墟上)

흐르던 꽃잎 멈춘 곁에 풀은 기름같이 윤기 나고
떨어진 꽃이 향기 전한 것이 몇 년이나 되었더냐.
악국(鄂國) 사당(악비 사당)249) 앞에선 다투어 말에서 내리고
서릉교250)에는 주인 없어 함부로 누대에 오른다.
잘 빚은 옥룡양(玉龍釀)251)은 대부분 값나가고
살진 토포어(土哺魚)252)는 낚시에 쉬이 걸리네.
남북 여러 봉우리를 다 보지 못하고
아침마다 배를 풀어 계곡 머리를 찾아본다.

流芳停畔草如油, 墮粉吹香歷幾秋.

鄂國有祠爭下馬, 西陵無主漫登樓.

玉龍釀熟多酬直, 土哺魚肥易上鉤.

---

249) 악국(鄂國) : 여기서는 악공(鄂公), 즉 악비(岳飛)가 봉해진 곳. 본래 춘추시대 초나라
    악왕(鄂王)의 옛 수도 지금의 호북성(湖北省) 악성현(鄂城縣) 지역과 무창부(武昌府) 무
    창현(武昌縣) 일대. 남송 영종(寧宗) 때 악비(岳飛)를 악공(鄂公)으로 추봉(追封)하였다.
250) 서릉(西陵) : 서릉교(西陵橋). 영교(泠橋), 서림교(西林橋)라고도 한다. 항주(杭州)의 고
    산(孤山)에서 북산(北山)으로 가려면 반드시 거쳐야 하는 다리였다.
251) 옥룡양(玉龍釀) : 술의 이름.
252) 토포어(土哺魚) : 물고기 이름.

南北諸峯收不盡, 朝朝放艇過谿頭.

전校
筆교   1597년(만력 25년 정유) 항주(杭州)에서 지은 시.
○ 玉龍釀熟多酧直 : 서종당본·소수본에서는 玉龍釀이 梨花酒로 되어
있다.

호포천[253]에 노닐다(遊虎跑泉)

솔 시냇가 대 평상은 티끌이 없이 정갈하고
승려들 나이 많으니 절이 가난함을 알겠구나.
굶주린 새는 향적(香積 : 절간부엌)의 쌀[254]을 함께 나누고
떨어진 꽃은 늘 도인(道人)의 땔나무로 충당된다.
빗돌 머리에선 개산조사(開山祖師)[255]의 게(偈)를 식별하고
화로 속은 호법신(護法神)[256] 앞에 찬 재만 가득하다.
서너 잔 분량의 맑은 샘을 길어 올려
차 싹[257] 끓여 함께 새로 맛본다.

---

253) 호포천(虎跑泉) : 절강성(浙江省) 항현(杭縣) 대자산(大慈山)의 호포사(虎跑寺). 당나
라 원화(元和) 연간에 승려 성공(性空)이 이곳에 거주하였다. 성공은 이곳에 물이 없는
것을 괴롭게 여기던 차에, 홀연 두 마리의 호랑이가 땅을 발로 긁어파더니, 샘물이 용
솟음쳐 나왔다고 한다.
254) 향적미(香積米) : 향적여래(香積如來)의 쌀, 향적지반(香積之飯). 향적은 중향세계(衆
香世界)의 부처. 전하여 사원(寺院)의 승주(僧廚)를 말함. 향적여래의 밥은 향기가 널리
물씬 일어나 삼천대천세계(三千大天世界)에 미친다고 한다. 『유마경(維摩經)』 「향적품
(香積品)」에 나온다.
255) 개산조사(開山祖師) : 여기서는 당나라 승려 성공(性空)을 말한다.
256) 호법신(護法神) : 사천왕(四天王)·견뢰(堅牢)·지기(地祇) 등 불법을 호지(護持)하는
신. 각각 부처 앞에서 호법(護法)의 맹세를 한 존재들이다. 호법선신(護法善神)이라고
도 한다.
257) 아다(芽茶) : 차 싹 가운데 연하고 가장 좋은 것. 다아(茶芽)라고도 한다.

竹床松澗淨無塵, 僧老當知寺亦貧.

飢鳥共分香積米, 落花常足道人薪.

碑頭字識開山偈, 鑪裏灰寒護法神.

汲取淸泉三四盞, 芽茶烹得與嘗新.

 1597년(만력 25년 정유) 항주(杭州)에서 지은 시.

호심정[258]에서 술을 마시면서 두 도씨[259]·황도원[260]·방자공[261]과 함께 짓다(飮湖心亭, 同兩陶·黃道元·方子公賦)

방장산(方丈山)[262]도 하찮게 여길 만하거늘

동정(洞庭)[263]은 말해서 무엇하랴.

비록 산수는 의구하다 말하지만

결국 살아 있는 단청(丹靑)이로다.

짙고 옅게 화장한 모습이 늘 변화하고

---

258) 호심정(湖心亭) : 서호(西湖)의 가운데 있는 정자.

259) 양도(兩陶) : 도망령(陶望齡), 석령(奭齡) 형제. 권3 「도석궤 형제가 멀리서 방문하였다. 시로 이별의 증표를 준다(陶石簣兄弟遠來見訪, 詩以別之)」 참조.

260) 황도원(黃道元) : 황국신(黃國信). 권3 「병중에 황도원의 〈일선사에서 이른 꿈을 꾸고 수심에 젖어〉 시에 화운하다(病中和黃道元至日禪寺夢愁詩)」 참조.

261) 방자공(方子公) : 방문선(方文譔). 권3 「현재(縣齋)에서 쓸쓸하던 참에 마침 조이신·왕백곡·황도원·방자공이 방문하였으므로 시를 지었다(縣齋孤寂, 時曹以新·王百穀·黃道元·方子公見過, 有賦)」 참조.

262) 방장(方丈) : 방장산(方丈山). 삼신산(三神山) 가운데 하나.

263) 동정(洞庭) : 동정호(洞庭湖). 남성 북부와 장강 남쪽에 있는 호수로 면적은 2,820평방미터로 중국에서 두 번째로 큰 호수이며 '八百里洞庭'이라고 불렀다 한다. 湘·資·沅·澧 4개의 강물이 이곳으로 흘러 악양현(岳陽縣) 성릉기(城陵磯)에서 장강(長江)으로 흘러든다. 호숫가에는 작은 산들이 많이 있지만 그 중에서 군산(君山)이 가장 유명하다. 호수를 따라 악양루(岳陽樓) 등 유명한 고적이 있다.

무성하고 우줄우줄하여264) 본성이 신령하다.
흰 파도가 천 장(丈) 높이로 일어나니
가장 좋아라 호심정.

便可無方丈, 何須說洞庭.
雖云舊山水, 終是活丹靑.
濃淡粧常變, 夭喬性亦靈.
白波千丈許, 最好湖心亭.

 1597년(만력 25년 정유) 항주(杭州)에서 지은 시.
○ 패란거본에는 '飮湖心亭' 이하 열 글자가 없으나 서종당본·소수본에
의거하여 보완한다.

 명말의 장대(張岱)에게 「호심정간설(湖心亭看雪)」이란 소품이 있다. 장대
는 명말 항주의 부호가에서 태어나 사치스런 생활을 즐기다가, 명이 멸망
한 뒤에는 청조에서 벼슬하지 않고 한산(閑散)한 생활을 즐기면서 저술을 하였다.
이 글은 과거의 호화로운 생활을 추억한 단편 기록집인 『도암몽억(陶庵夢憶)』에 들
어 있는데, 국파가망(國破家亡)의 감개를 담았다. 우선 엄동설한에 서호(西湖) 가운
데로 눈 구경을 나간다고 하는 기상(奇想)으로 글을 일으켜서, 적막한 서호의 천지
일백(天地一白) 풍경을 혼자 감상하는 모습을 그렸다. 그 글은 다음과 같다.
"숭정 5년(1632) 12월에 나는 서호에 있었다. 큰 눈이 사흘이나 계속되어, 서호 안에
는 사람소리도 새소리도 들리지 않았다. 이날 한밤의 시각을 알리는 북소리가 멎은
뒤, 나는 작은 배를 끌고, 가죽옷을 입고 관솔불을 가지고는 홀로 호심정으로 가서
눈 구경을 하였다. 무빙(霧氷)이 희끄무레한데, 하늘은 구름과, 산과, 물과 상하로
온통 희다. 호수 위의 그림자라고는 오직 긴 둑의 가늘고 긴 그림자와 호심정의 둥
근 점 하나, 그리고 나의 가라지 같이 작은 배와 배에 타고 있는 쌀알 만한 사람 두
셋뿐이다. 정자에 오르자 다만 두 사람이 모포를 깔고 마주 앉았고 동자 하나가 술

---

264) 요교(夭喬): 초목이 무성한 모습. 『서경』 「우공(禹貢)」에 "회해에서도 양주는 그 풀이
우줄우줄하고 그 나무가 무성하다(淮海惟揚州, 厥草惟夭, 厥木惟喬)"라고 하였다.

을 데우고 있고, 화로의 물이 막 끓고 있다. 그들은 나를 보고 기뻐하면서, "호수에서 어찌 당신 같은 분을 또 얻을 수 있겠습니까!" 하고는, 나를 끌어당겨 같이 마시게 한다. 나는 억지로 커다란 술잔으로 삼배를 마시고 헤어졌다. 그 성씨를 물어보니 금릉 사람인데 여기에 여행 왔다고 한다. 배에 돌아가자, 사공은 주절주절 말하였다. "어르신네가 어리석다고는 말하지 못하겠군. 어르신네처럼 어리석은 사람이 또 있으니."(崇禎五年十二月, 余住西湖. 大雪三日, 湖中人鳥聲倶絶. 是日, 更定矣, 余挐一小舟, 擁毳衣爐火, 獨往湖心亭看雪. 霧淞沆碭, 天與雲, 與山, 與水, 上下一白. 湖上影子, 惟長堤一痕, 湖心亭一点, 與余舟一芥, 舟中人兩三粒而已! 到亭上, 有兩人鋪氈對坐, 一童子燒酒, 爐正沸. 見余大喜, 曰 : "湖中焉得更有此人!" 拉余同飮. 余强飮三大白而別. 問其姓氏, 是金陵人, 客此. 及下船, 舟子喃喃曰 : "莫說相公癡, 更有癡似相公者.")."

영은(靈隱)[265] 길에서(靈隱路上)

첫째(其一)

버드나무 실가지는 늘 얽혀있고
꽃은 시내에 끝없이 날리네.
산골 물을 찾아 나섰다가
홀연 나무 곁의 사립문에 들러,
낯익은 승려를 만나 인사를 하자
마음 한가하려고 손님을 돌아가라 꾸짖네.
시내 곁에 석지(石趾)가 많아
모두 낚시 바위로 삼을 만하군.

---

265) 영은(靈隱) : 산 이름. 인도 고승 혜리(慧理)가 이 산을 두고 천축 영취봉이 날아 온 것이라고 말한 데서 이런 이름이 있게 되었다. 영산(靈山), 즉 영취산(靈鷲山)이 여기에 숨어 있다는 뜻이다. 또 무림(武林), 영원(靈苑), 선거(仙居)라고도 부른다. 지금 항주(杭州) 시 서쪽에 있다.

柳縷時常罥, 花溪不斷飛.

因尋澗底水, 忽過樹傍扉.

面熟逢僧問, 心閑數客歸.

沿流多石趾, 儘可作漁磯.

1597년(만력 25년 정유) 항주(杭州)에서 지은 시.

둘째(其二)

버들 빛은 초록 불꽃을 불어오는 듯하고
시내 비는 붉은 아지랑이를 이룬다.
꽃기운은 구름 하늘을 물씬 찌고
바위 무늬는 우유 빛을 선명하게 띠었네.
향내 맡으면 무슨 풀인지 알겠고
관례에 따라 다전(茶錢)266)을 준다.
담박하고 고운 경치는 응당 비할 바 없지만
그윽하고 기이해서 더욱 어여쁘구나.

柳光吹綠焰, 溪雨作紅烟.

花氣蒸雲熟, 石紋帶乳鮮.

聞香知草性, 隨例與茶錢.

淡冶應無比, 幽奇亦可憐.

---

266) 다전(茶錢) : 찻값. 『고항몽유록(古杭夢遊錄)』에 "다전을 많이 내린다(多下茶錢)"라는
표현이 있다. 혹은 관극료(觀劇料)를 말하는지 모르겠다.

셋째(其三)

어린 새는 상심하여 울부짖고
한가한 꽃은 멋대로 나는구나.
꽃길에는 진홍 비가 내리고
옛 골 물은 녹색 빛을 옷에 들이네.
어여쁜 여인은 승려 마주쳐 절하고
유람객은 고삐 느슨히 하여 돌아가네.
다행히 진실한 벗을 따르니
다시 망기(忘機)267)할 것도 없어라.

細鳥傷心叫, 閑花作意飛.
芳蹊紅茜雨, 古澗綠沈衣.
豔女逢僧拜, 游人緩騎歸.
幸隨眞實友, 無復可忘機.

영봉268)을 지나며(過靈峯)

컴컴한269) 아지랑이는 취한 듯 흔들리고
흐릿한 해는 푸른빛을 띠었다.
산도 있고 산골 물도 있고
큰 정자에도 알맞고 또 작은 정자에도 알맞네.
객을 피하여 뜨거운 구름을 걱정하고
승려에게 절하며 신령한 부처를 외경하네.

---

267) 망기(忘機) : 기심(機心)을 잊음. 세간의 명리나 욕심을 잊어버림.
268) 영봉(靈峰) : 즉 영은봉(靈隱峰)을 말한다.
269) 명막(冥漠) : 어두컴컴하여 보이지 않음. 멀어서 확실하지 않음.

무심히 불자(拂子 : 떨이)를 드리우고
내키는 대로 『연화경(蓮花經)』270)을 들어보네.

冥漠烟如醉, 空濛日帶青.
有山兼有澗, 宜榭復宜亭.
避客愁雲熱, 拜僧怕佛靈.
無心豎拂子, 隨意擧蓮經.

 1597년(만력 25년 정유) 항주(杭州)에서 지은 시.

---

270) 연화경(蓮花輕) : 즉 『법화경(法華經)』. 『화엄경』・『금강경』과 함께 대승 삼부경(三部
經) 중의 하나이다. 서진 때 축법호의 『정법화경(正法華經)』 10권 27품(276년), 구마라지
바의 『묘법연화경(妙法蓮華經)』 7권 28품(406년), 수나라 때 사나굴다(Jnanagupta)의 『첨
품묘법연화경』 7권 27품(601년) 등 3종의 번역본이 있는데, 그 가운데 『묘법연화경』이
제일 유명하다. '묘법연화경'은 '삿다르마분다리카 스트라(Saddharma-puṇḍarīka-sūtra)'의
번역어로, '백련(白蓮)과 같은 올바른 가르침'이란 뜻이다. 28품으로 이루어진 이 경전
은 석존의 지혜를 열어[開] 보이려는[示] 목적으로 편찬된 것으로, 악인이나 여인까지
도 성불이 가능하다고 설하고 있다. 수나라의 천태대사 지의는 이 경의 교리를 체계적
으로 정립함으로써 천태종을 수립하였다. 7권 28품 가운데 1품부터 14품까지를 적문(迹
門), 그 이하를 본문(本門)이라고 한다. 적문이란 현세의 모습을 나타낸 부처님(석가모니
불)은 그 근원불(법신 비로자나불)이 중생을 제도하기 위하여 본지(本地)로부터 흔적을
드리운 것이라는 뜻이다. 이 경은 삼승(三乘)이 결국은 일승(一乘)으로 귀일한다는 회삼
귀일(會三歸一) 사상을 담고 있다. 부처의 가르침은 대기설법(對機說法), 혹은 수기설법
(隨機說法)이라고 하여, 중생의 기근(機根)에 대응하여 설해진 것이어서, 실제의 가르침
은 천차만별(千差萬別)이며 때로는 서로 모순이 발생하기도 한다. 그런데 『법화경』은
석존의 가르침을 일승 → 삼승 → 일승이라는 구도로 분석 정리하였다. 즉, 부처는 처음
에 『화엄경』으로 일승을 설하였으나, 중생의 이해를 넘어서 있어 중생이 알아들을 수
없자, 방편(方便)의 삼승의 가르침을 설하였고, 마지막으로 『법화경』으로 일승을 설하
였다고 한다. 따라서 『법화경』은 순수한 원교(圓敎 : 완전한 가르침)임을 선언한다.

용정[271]을 지나며, 도석궤·도공망·왕정허·황도원·방자공[272]과 함께 짓다(過龍井, 同陶石簣·公望·王靜虛·黃道元·方子公賦)

모두 지금 용정이
지난날보다 그윽하고 기이하다 말하네.
길은 굽어 돌아 옛 곳을 못 찾겠고
나무 늙어서 이름을 알 수 없다.
갈증나서 계소(雞蘇) 부처[273]를 우러르고
굶주리매 옥판(玉版)[274] 선사를 참예한다.
그냥 골짝 어구에 앉아 쉬다가
떠나려 하다간 다시 돌아와 머뭇거린다.

都說今龍井, 幽奇踰昔時.

---

271) 용정(龍井) : 차의 산지로 유명한 곳이다. 앞에 나왔다.

272) 도석궤(陶石簣)·공망(公望)·왕정허(王靜虛)·황도원(黃道元)·방자공(方子公) : 도망령(陶望齡)과 석령(奭齡) 형제, 왕찬화(王贊化), 황국신(黃國信), 방문선(方文僎). 왕찬화는 자가 정허이고, 산음(山陰) 사람이다. 부처를 공부한 거사이다. 도망령의 『헐암집(歇菴集)』 권2 참조.

273) 계소불(雞蘇佛) : 식물로, 잎이 쓰면서 향기로워 먹을 수 있다. 차는 아니지만 차를 끓일 때 보조격으로 넣는다. 수소(水蘇), 거승(巨勝), 호마(胡麻)라고도 한다. 그런데 계소불(雞蘇佛)은 계소엽차(雞蘇葉茶)로, 계소를 끓여서 차를 만든 것이다. 도곡(陶穀)의 『청이록(清異錄)』 하 「명천(茗荈)」에, "유자(猶子) 이지(彝之)는 나이 열두 살인데, 내가 호교(胡嶠)의 시를 읽고 그에게 따라서 해보라고 하였더니 저녁나절에 시편을 이루었는데, '서늘함이 일어나니 계소 부처를 되뇌기 좋고, 입맛이 돌아오니 감람 신선을 칭송할 만하네(生涼好喚雞蘇佛, 回味宜稱橄欖仙)'라고 하였다"라고 하였다. 원굉도는 이것을 전고로 사용한 것이다. 『지의』에 의한다.

274) 옥판(玉版) : 죽순(竹筍). 『본초(本草)』에 보면, "남쪽 사람들은 담박하고 마른 것을 옥판순(玉板筍)이라 한다"고 하였다. 『냉재야화(冷齋夜話)』에 보면 "소자첨(蘇子瞻 : 소식)이 유기지(劉器之)를 초청하여 옥판화상(玉板和尚)을 참예하려고 염천사(廉泉寺)에 이르러 죽순을 익혀서 먹었다. 유기지는 죽순의 맛이 아주 좋은 것을 느껴서 이름이 무엇인가 물었다. 소자첨은 '옥판이다. 이 노사(老師)는 설법을 잘하니, 요컨대 그대로 하여금 선열(禪悅)의 맛을 얻게 해줄 것이다'라고 하였다. 유기지는 그 말이 희언임을 깨달았다."

路迂迷舊處, 樹古失名兒.
渴仰雞蘇佛, 飢參玉版師.
因循坐谷口, 欲去復還疑.

 1597년(만력 25년 정유) 항주(杭州)에서 지은 시.

서호로 가다(去湖上)

서호로 한가한 발걸음을 옮기니
아동에게 물어도 모두다 거길 알아,
가는 길을 말해 줄 뿐 아니라
함께 갈 기약까지 하네.
귀(歸) 자는 차마 쓰지 못하겠으나
한참 머물기는 끝내 어렵기에,
당장에 이별하여 떠나지만
상사병을 앓지나 않을지.

浪迹西湖上, 兒童問總知.
能言出入處, 及與往來期.
不忍題歸字, 終難滯許時.
眼前雖別去, 只恐病相思.

 1597년(만력 25년 정유) 항주(杭州)에서 지은 시.

우덕원 형제[275]에게 올리다(贈虞德園兄弟)

서리 내린 뜰에 오엽초(五葉草)[276] 늦게 돋았네
그나마 한줄기 빛[277]과 통할 수 있어 기뻐라.
지계(持戒)[278]하느라 매번 무미(無味)한 물을 맛보고
한정(閒情)[279]을 하느라 낙화 시를 많이 짓네.
천태종(天台宗)[280]과 현교(賢敎)[281]를 누가 구별하랴만
하윤(何胤)이 고기 먹고 주옹(周顒)이 아내 둔 일[282] 의심스럽군.
이렇게 만나서 간담을 토로하지 않는다면
다시 어디에서 지기(知己)를 찾을까?

霜庭五葉晚抽枝, 喜得猶通一線兒.
持戒每嘗無味水, 閒情多賦落花詩.
台宗賢敎誰能識, 何肉周妻到底疑.
若使相逢不吐胆, 更於何處覓相知?

---

275) 우덕원형제(虞德園兄弟) : 우순희(虞淳熙), 순정(淳貞) 형제. 권6「심하산」참조.
276) 오엽(五葉) : 오엽초(五葉草) 혹은 오엽매(五葉莓)를 말하는 듯하다.
277) 일선아(一線兒) : 일선천(一線天). 가늘게 멀리서부터 동중(洞中)으로 새어드는 빛. 강
  소성(江蘇省) 오현(吳縣)의 서쪽, 동정산(洞庭山)의 석공산(石公山), 절강성(浙江省) 항
  현(杭縣)의 영은산(靈隱山), 복건성(福建省) 숭안현(崇安縣)의 무이산(武夷山) 속의 창
  기령(倉基嶺)의 서쪽 등에 이러한 경색의 명칭이 있다.『금화유록(金華遊錄)』에 나온다.
278) 지계(持戒) : 육도(六度)의 하나. 계율을 수지(受持)하여 범촉(犯觸)하지 않음.
279) 한정(閒情) : 감정의 흐름을 막음. 閑은 막는다는 뜻.
280) 태종(台宗) : 천태종(天台宗). 당나라 지자대사(智者大師)가 천태산에서 입적했으므로
  천태대사라고 부르고 천태대사가 세운 종파를 천태종이라고 한다. 이 종파는『법화경
  (法華經)』을 본경(本經)으로 하고『지도론(智度論)』을 지표(指標)로 삼으며『열반경(涅
  槃經)』을 부소(扶疏)로 삼고『대품경(大品經)』을 관법(觀法)으로 삼아서 일심삼관(一心
  三觀)의 묘리(妙理)를 밝혔다.
281) 현교(賢敎) : 유교를 가리키는 듯하다.
282) 하육주처(何肉周妻) : 주처하육(周妻何肉). 남제(南齊)의 주옹(周顒)이 처를 둔 일과 양
  (梁)의 하윤(何胤)이 육식한 일. 수행(修行)이 아직 충분하지 않아, 처자나 음식 때문에
  마음에 걸림이 있는 것을 비유하는 말이다.『남사(南史)』「주옹전(周顒傳)」에 나온다.

1597년(만력 25년 정유) 항주(杭州)에서 지은 시.

천진서원[283]의 왕양명[284] 강학처(天眞書院陽明講學處)

일백 자 무너진 담이 여전히 남아

삼천 제자의 일화[285]를 듣는다.

들꽃은 회칠한 벽에 들러붙고

산새는 화로의 불을 부채질한다.

강(江)도 역시 학(學)의 글자요

밭(田)은 획괘(畵卦)[286]의 무늬로다.

아이 손자만 부질없이 눈에 가득하니

누구에게 조촐한 예물[287]을 올린단 말인가?

---

283) 천진서원(天眞書院) : 전당현(錢塘縣) 천진산(天眞山) 기슭에 있으며, 왕수인(王守仁)을 제사지낸다. 만력 연간에 건립되었다. 『가경일통지(嘉慶一統志)』에 보인다.

284) 양명(陽明) : 왕수인(王守仁, 1472~1528). 명(明)의 철학가 겸 문학가. 자는 백안(伯安), 호가 양명으로, 세칭 양명선생이다. 여요(餘姚) 사람. 홍치(洪治) 12년(1499)에 진사가 되어 형부(刑部)·병부주사(兵部主事)를 맡았다. 상소하여 환관 유근(劉瑾)을 탄핵하고 대선(戴銑)·박언징(薄彦徽)을 구하려다 귀주(貴州) 용장역승(龍場驛丞)에 좌천되어 귀주 수문현(修文縣) 양명동(陽明洞)에서 강의했다. 유근이 주살되자, 여릉 지현(廬陵知懸)에 기용되었고 뒤에 좌첨도어사(左僉都御史)로서 남공(南贛)을 순시했으며, 농민봉기를 진압하고 명의 종실 주신호(朱宸濠)의 반란을 평정하는데 공이 있어 신건백(新建伯)에 책봉되었다. 관직이 남경(南京) 병부상서(兵部尙書)에 이르렀으며, 죽은 뒤의 시호는 문성(文成)이었다. 『왕문성공문집(王文成公文集)』 38권이 있다. 왕수인은 "양지(良知)에 이를 것"과 "지행합일"을 주장하였다. 문학에서는 복고를 반대하며 창신을 주장하여 독자적인 탁월한 견해로 일가를 이루었다. 곡(曲)도 잘 지었으나 보전하는 작품은 많지 않고 남곡(南曲)「쌍조보보교(雙調步步嬌)·귀은(歸隱)」한 편만이 남아 있는데, 분노로 끓는 정감을 격렬하게 표현했다.

285) 삼천구사(三千舊事) : 제자 삼천을 거느리고 강학하였던 일화. 공자의 제자가 삼천이었다는 데서, 왕양명을 공자에 비겨서 한 말이다.

286) 획괘(畵卦) :『주역』의 팔괘, 혹은 64괘를 말한다.『주역』의 내용은 크게 부호와 문자두 부분으로 나뉘고, 문자 부분은 다시 경(經 : 卦辭·爻辭)과 전(傳 : 十翼)으로 나뉜다.

百尺頹墻在, 三千舊事聞.

野花黏壁粉, 山鳥煽爐熅.

江亦學之字, 田猶畫卦文.

兒孫空滿眼, 誰與薦荒芹?

전
箋校 교

1597년(만력 25년 정유) 항주(杭州)에서 지은 시.

상호(湘湖)

그런데 내가 상호에 와보니

호수치고는 좀 작은 듯하네.

상호는 예부터 이름이 났으니

감히 호수가 아름답지 않다고야 말하랴.

저것을 비유하면 화인(花人: 미인)288)과 같아

아름다운 눈썹 화장이 필요하다 하겠다만,289)

하루아침에 홍수가 터지면

산이 어찌 시들어 늙지 않을까.

흰 잉어는 지느러미와 비늘을 드러내고

어도(漁刀)290)는 깊은 풀 속에 숨는다.

---

287) 황근(荒芹): 조촐한 근헌(芹獻). 근헌은 남에게 물건을 올리는 것을 겸손하게 이르는
말. 본래 혜강(嵇康)의 「여산거원절교서(與山巨源絶交書)」에서 나왔다.

288) 화인(花人): 미인. 살도랄(薩都剌)의 시(「如夢曲, 哀燕將軍」)에 보면, "화인의 앵도
입술과 같아라(如花人櫻桃脣)"라고 하였다.

289) 필수미대교(必須眉黛姣): 여인의 분대(粉黛)한 아미(蛾眉)와 같이 아름다운 산이 있
어야 한다는 뜻.

290) 어도(漁刀): 진(晉)나라 범문(范文)이 두 마리 잉어(鯉魚)를 얻었으나, 그것이 화하여
돌로 되고, 돌에 쇠가 있었으므로 그것을 단련(鍛鍊)하여 두 개의 칼을 만들어 전국(傳

물이 적어 견디기 어려운 데다
하물며 술까지 모자람에랴.

而我遊湘湖, 恰値湖水小.
湘湖舊有名, 敢道湖不好.
辟彼如花人, 必須眉黛姣.
一旦決洪流, 山寧不枯老.
白鯉曝腮鱗, 漁刀蔽深草.
水少已不堪, 何況酒更少.

1597년(만력 25년 정유), 소산(蕭山)에서 지은 시. 원굉도가 월(越) 지역을
유람한 행적은 권1의 「백수(伯修)에게 올린 서한」에 나와 있다. "다시 도석
궤와 강(江)을 건너 상호(湘湖)의 순채(蓴菜)를 먹고, 우혈(禹穴)을 찾고 육릉(六陵)
을 조문하고 하감호(賀監湖)에서 열흘 동안 머물렀다. 또 다시 산음(山陰)의 길로
제기(諸暨)를 거치고 오설(五洩)을 보고, 수일간 머물렀으며, 비로소 옥경동(玉京洞)
에서부터 돌아왔다."
○ 상호(湘湖) : 소산현(蕭山縣) 서쪽 2리에 있으며, 둘레는 80리이며, 본래 민전(民
田)이었다. 사면이 산으로 막혀 있으며, 밭은 모두 낮고 움푹 들어가 있으며, 산수가
사방에서 넘쳐 하나의 골짝을 이루었다. 송나라 정화(政和) 연간에 현령 양시(楊時)
가 호수로 만들어, 산록이 없는 곳에는 둑을 쌓아 물을 막아, 그것으로 밭 천여 이
랑을 관개하였다. 백성들은 대부분 고기 잡아 판매하는 것으로 생업을 삼았으며, 마
침내 이익을 얻게 되었다. 『소산현지(蕭山縣志)』에 보인다.
○ 而我遊湘湖 : 서종당본에는 而我遊를 一葉破로 적었다.
○ 湘湖舊有名, 敢道湖不好 : 서종당본에는 이 두 구를 "白波夾靑山, 湖光豈不好"
라고 하였다.

____

國)의 검으로 삼았다고 한다. 『수경(水經)』 「온수주(溫水注)」에 나온다. 여기서는 잉어
를 가리키는 듯하다.

상호의 순채(湘湖蓴菜)

뿌리를 서호(西湖)에 박고

몸을 상수(湘水)에 가라앉혀,

옥을 다듬어 지방(脂肪)으로 삼고

얼음을 볶아서 골수를 내었네.

송강(松江) 사람도 소주(蘇州) 사람도

이것에 비길 것이 없다 말하지.

성춘(盛春)이면 생겨나

바야흐로 여름이면 그치거늘

어째서 계응(季鷹)[291]은

가을 바람 분 뒤에야 생각했던가?[292]

---

291) 계응(季鷹) : 장한(張翰). 서진(西晉)나라 때 오군(吳郡) 사람. 제왕(齊王) 사마경(司馬冏)이 집정할 때 대사마동조연(大司馬東曹掾)으로 있었는데, 가을 바람이 불자 홀연히 고향인 오중(吳中)의 송강(松江)에서 나는 농어(鱸魚)의 회, 고채(菰菜), 순갱(蓴羹)의 맛을 생각하고, "사람이 태어나 귀하게 되어 뜻을 얻었더라도 고향 떠나 수천 리 밖에서 벼슬에 얽매여 있으면서 높은 작위를 구할 것이 무어 있나?"라고 말하고는, 즉시로 돌아갔다고 한다.

292) 하고계응, 대추풍기(何故季鷹, 待秋風起) : 원굉도는 「상호(湘湖)」(권10 수록)에서도 순채와 장한의 관계에 대하여 같은 논조로 논하였다. "순채는 서호(西湖)에서부터 가져와 상호(湘湖)에 하룻밤 담궈 둔 뒤에 맛있으니, 만약 다른 호숫물에 담그면 맛이 없다. 담그는 곳도 역시 많지 않으니, 네모나거나 둥글게 겨우 수십 장(丈)쯤 밖에 안 된다. 그 뿌리는 부신(符信)같고, 그 잎은 갓 물 밖으로 나온 하전(荷錢)과 약간 비슷하며, 그 가지는 산호 같되 가늘기는 마치 녹각채(鹿角菜) 같으며, 얼면 얼음 같고 흰 아교 같은 것이 가지와 잎 사이에 붙어 있으면서 맑은 액이 뚝뚝 떨어질 듯하다. …… 안타까워라, 이것이 동으로는 소흥(紹興)을 넘지 않고 서쪽으로는 전당강(錢塘江)을 지나지 않아서 멀리까지 갈 수 없기 때문에 세상에 알아주는 이가 없다. 내가 지난날 오(吳) 땅에 벼슬하면서, 오 땅 사람에게, 장한(張翰)의 순채가 어떤 모양이었느냐고 물었더니, 오 땅 사람 가운데 대답하는 자가 없었다. 과연 이러하다면 계응(季鷹)이 벼슬을 버린 것은 절본(折本)이 아니다. 하지만 순채는 봄에 늦게 나와 여름 들어 서너 날 지나면 다 하고, 가을 바람 불고 농어(鱸魚)가 살찔 때는 없어지니 이것이 있지 않다. 아니면, 천 리 넓은 서호 속에 별도로 다른 순채가 있는 것일까?"

托根西湖, 沉質湘水.

錬玉爲脂, 熬冰出髓.

松及蘇人, 皆云無此.

盛春而生, 方夏而止.

何故季鷹, 待秋風起?

1597년(만력 25년 정유) 소산(蕭山)에서 지은 시.
○ 패란거본에는 제목 아래에 附자가 있으나, 서종당본·소수본을 따른다.
○ 松及蘇人 : 서종당본·소수본에는 松及이 我問으로 되어 있다.

.

소흥에 갓 도착하여(初至紹興)

산음현 소문을 그토록 들었건만
지금 처음으로 지나가누나.
배는 가죽신보다 작고
인물들은 붕어보다 많구나.
모여 살아 산 마을은 저자 같고
빛이 교차하여 물은 비단 같아라.
집집마다 묵은 술 동이 열어 즐기건만
다만 오가(吳歌)가 없구나.

聞說山陰縣, 今來始一過.
船方革履小, 士比鯽魚多.
聚集山如市, 交光水似羅.
家家開老酒, 只少唱吳歌.

 1597년(만력 25년 정유) 산음(山陰)에서 지은 시.

후산에서 석벽을 보고(吼山觀石壁)

천연으로 만들어진 것이 아니라면

양공(良工)이 멋지게 설계하였으리.

천년의 구름 기운이 늙어서

일곱 날만에 혼돈(渾沌)293)에서 생겨났으리.

정령(精靈)294)은 텅 빈 계곡에서 나오고

원숭이는 탄식하며 가네.

길가 사람에게 물어보니

월왕의 성이었던 것 같다네.

知不是天造, 良工匠意成.

千年雲氣老, 七日渾沌生.

精祟虛無出, 猿猱嘆息行.

---

293) 혼돈(渾沌) : 천지가 아직 열리기 이전, 음양이 아직 분리되지 않은 상태. 또, 중앙제
(中央帝)를 가리킨다. 『장자』「응제왕(應帝王)」에 보면, "중앙의 천제를 혼돈이라 한다
(中央之帝爲渾沌)"고 하였다. 여기서는 앞의 뜻이다. 混沌으로 표기하기도 한다. 『장
자』「응제왕」에 보면, "남해의 제왕을 숙이라 하고, 북해의 제왕을 홀이라 하며, 중앙의
제왕을 혼돈이라고 한다. 숙과 홀이 이때에 혼돈의 땅에서 서로 만났는데, 혼돈이 그들
을 아주 잘 대우하여 주었으므로, 숙과 홀은 혼돈의 덕에 보답하기로 꾀하여, 말하길,
'사람에게는 모두 일곱 개의 구멍이 있어서 보고 듣고 먹고 쉬고 하는데, 이것에는 유독
그런 것이 없으니, 한 번 시험삼아 뚫어주기로 합시다'라고 하였다. 그래서 매일 한 구멍
씩 뚫어주었더니, 일곱째 날에 혼돈이 죽고 말았다(南海之帝爲儵, 北海之帝爲忽, 中央
之帝爲混沌. 儵與忽時相與遇於混沌之地, 混沌待之甚善. 儵與忽謀報混沌之德, 曰 :
'人皆有七竅以視聽食息, 此獨無有, 嘗試鑿之.' 日鑿一竅, 七日而混沌死)"고 하였다.
294) 정수(精祟) : 산신령과 같은 정령(精靈)을 말하는 듯하다.

道傍因借問, 恐是越王城.

전교 1597년(만력 25년 정유) 회계(會稽)에서 지은 시.
○ 후산(吼山) : 즉 견정산(犬亭山). 전설에 월왕 구천(句踐)이 개를 길러 남
산의 백록을 사냥하던 곳이라고 한다. 일명 견산(犬山), 혹은 구산(狗山), 혹은 후산
이다. 회계현(會稽縣) 동남 30리에 있다. 석벽은 1백여 인(仞)에 달하여 깎아지른 듯
가파르고, 또 높이 수십 장(丈) 되는 석순(石笋)이 있다. 『소흥부지(紹興府志)』 참조
○ 知不是天造 : 서종당본·소수본에서는 刻露非烟雪로 되어 있다.

우혈(禹穴)

빗돌이 사람처럼 서 있어
코가 뚫리고 허리가 반 꺾였네.
비두(碑頭)의 글자를 보지 않으면
이것이 우혈인지 어찌 알랴.
변란(邊欄)은 반나마 꺾여 없어지고
고문(古文)295)은 전부 마멸되었다.
높은 산은 수척한 모습처럼 우러러 보이고
늙은 소나무에는 손자 수염296)이 붙어 있다.
낡은 집은 여우 귀신을 가두어 두었고
향대(香臺)297)에는 범 웅크렸던 자취 남았네.

窪石立如人, 鼻穿腰半折.

---

295) 고문(古文) : 옛 글자체. 진시황 때 통용된 소전(小篆) 이전의 상고시대 글자체를 가리
키는 듯하다.
296) 손렵(孫鬣) : 늙은 소나무에 붙어 있는 잔 실.
297) 향대(香臺) : 보통을 불전(佛殿)을 가리키지만, 여기서는 향불을 피우는 대를 가리키는
듯하다.

不看碑頭字, 那知是禹穴.

欄楯半摧殘, 古文盡磨滅.

山高仰瘦容, 松老添孫鬚.

古屋閉狐妖, 香臺蹲豹跡.

1597년(만력 25년 정유) 회계(會稽)에서 지은 시.

○ 우혈(禹穴) : 회계현(會稽縣) 완위산(宛委山)에 있는데, 우임금이 서적을 감추었다고 하는 곳이다. 당나라 정방(鄭魴)이 월주(越州)에 종사하면서, 크게 '우혈(禹穴)'이라고 써서 돌을 세우고 서를 썼다. 원진(元稹)이 거기에 명(銘)을 썼다. 『회계현지(會稽縣志)』참조

○ 不看碑頭字, 那知是禹穴 : 서종당본·소수본에는 "一壑閉衣冠, 雲巒織紫鐵"로 되어 있다.

○ 古文盡磨滅 : 서종당본·소수본에는 古字漸磨滅로 되어 있다.

○ 山高仰瘦容 : 소수본에서는 仰이 似로 되어 있다.

○ 松老添孫鬚 : 서종당본·소수본에는 孫鬚이 生緪로 되어 있다. ,

○ 古屋閉狐妖, 香臺蹲豹跡 : 서종당본·소수본에서는 "朝宗走百靈, 秋高鳴夜徹"로 되어 있다.

서시산(西施山)

일명 토성. 서시가 가무를 배운 곳이다(一名土城, 西施敎歌舞處)

서시산
한 조각 흙이로군.
금을 아끼지 않고 성을 만들어
여기에 꽃 같은 여인을 저장하여선,
월왕이 무릎 꿇고 옷을 바치고

부인이 친히 북을 쳤다네.

죽기를 각오하고 온 성을 기울일 마음에서

하늘을 미혹시킬 춤을 가르쳐,

한 번 춤에 금창(金閶)298)이 무너지고

두 번 춤에 고소대(姑蘇臺)299) 깨졌도다.

산을 망치로 쳐 관왜궁(館娃宮)300)을 만들고도

춤옷 소매가 좁을까 혐의하였더니,

춤을 추어 부차(夫差)의 수심을 깨뜨릴 때

월나라 군사는 월래계(越來溪)301)를 몰래 건넜다네.

西施山, 一片土.

不惜金作城, 貯此如花女.

越王跪進衣, 夫人親蹋鼓.

買死傾城心, 敎出迷天舞」.

一舞金閶崩, 再舞蘇臺坼.

槌山作館娃, 舞袖猶嫌窄」.

舞到夫差愁破時,

越兵潛渡越來溪」.

---

298) 금창(金閶) : 오현(吳縣) 창문(閶門)의 안. 옛날에는 금창정(金閶亭)이 있었다. 서쪽에
　　있으면서 창문에 가까웠으므로 이렇게 이름한다. 오현(吳縣)의 대칭(代稱)이다.

299) 고소대(姑蘇臺) : 강소성 오현(吳縣)에 있는 명소. 오현 서문(胥門) 성 위에 작은 석정
　　(石亭)이 한 칸 있어, 문에서 서너 무(武) 떨어져 있는데, 속설에 고소대(姑蘇臺)의 구지
　　(舊址)가 여기에 있었다고 한다. 『오월춘추(吳越春秋)』에는 "합려(闔閭)가 봄과 여름에
　　고소의 누대에서 정치를 하면서, 아침에는 항산(鮖山)에서 먹고, 낮에는 소대(蘇臺)에서
　　노닐었다"고 하였다.

300) 관왜(館娃) : 관왜궁(館娃宮). 오왕 부차(夫差)가 서시(西施)를 위해 쌓았다는 피서궁.
　　오현(吳縣) 서남쪽 영암산(靈巖山)에 있다.

301) 월래계(越來溪) : 강소성(江蘇省) 오현(吳縣)의 서남쪽에 있는 강으로 석호(石湖)와 통
　　한다. 『오군지(吳郡志)』에 따르면, 월나라 군사가 이 강을 건너서 오나라로 침입하였으
　　므로 그러한 이름이 붙었다고 하였다.

 1597년(만력 25년 정유) 회계(會稽)에서 지은 시.

○ 서시산(西施山) : 즉 토성산(土城山). 회계현(會稽縣) 동쪽 6리에 있다. 월왕이 서시를 얻어 북단(北壇) 이구리(利邱里) 토성(土城)에서 춤을 익히게 하여, 3년이 지난 뒤에 오왕에게 헌정하였다. 『소흥부지(紹興府志)』에 보인다.

○ 再舞蘇臺坼 : 坼은 패란거본에는 拆으로 되어 있으나, 『명시초(明詩鈔)』에 의거하여 고친다.

송나라 황제의 여섯 능(宋帝六陵)[302]

동청(冬靑) 나무여
어디에 있나?
사람들은 몰라도
귀신은 응당 말하리.
두견화여
어이 차마 꺾으랴.
혼백은 비록 갔어도
피를 토하여 울음을 그치네.[303]

---

302) 송제육릉(宋帝六陵) : 소흥(紹興)에 있던 남송 왕조의 여섯 능. 즉 남송 고종(高宗)의 영사릉(永思陵), 효종(孝宗)의 영부릉(永阜陵), 광종(光宗)의 영숭전(永崇陵), 영종(寧宗)의 영무릉(永茂陵), 이종(理宗)의 영목릉(永穆陵), 도종(度宗)의 영소릉(永紹陵). 남송이 멸망된 뒤, 원나라 승려 양련진가(楊璉眞伽)가 소흥에 있던 송 왕조의 능을 전부 도굴하였다. 1278년(남송 祥興 원년)에 산음(山陰) 사람 당각(唐珏)이 유해를 수습하여 여섯 개의 석함을 만들어 산음현(山陰縣) 서남쪽 27리에 있는 난저산(蘭渚山 : 蘭亭山)에 장사지내고, 송나라 고궁에 있던 동청수(冬靑樹)를 그 위에 옮겨다 심었으며, 스스로 「동청행(冬靑行)」 2수를 지었다. 지금은 절강성(浙江省) 소흥시 동쪽 80킬로 지점의 보산(寶山)에 송왕조의 능이 있다.

303) 두견화, 나인절. 혼수거, 종제혈(杜鵑花, 那忍折. 魂雖去, 終啼血) : 전설에 의하면 주나라 말년에 촉주(蜀主) 망제(望帝)가 신하에게 양위한 뒤 은거하였는데, 그 뒤에 그의 혼백이 두견새가 되어 밤낮으로 울었다고 한다. 두견새는 피가 나와야 울음을 그친다는 뜻이 있으므로, 뒤에 이것을 빌어다 비분불굴(悲憤不屈)의 정신을 비유하는 말로 사용한다. 원굉도는 소품 「육릉(六陵)」(권10 수록)에서도 두견화에 대하여 다름과 같이 적

신령이 죽고

온 천지에 누린내.304)

서글픈 일은

개 해[戌年]의 일.305)

전당강(錢塘江)아

건널 수 없구나.

변경수(汴京水)306)여

종남산(終南山)307)으로 가는구나.

애산(厓山)308) 벼랑에 묻힌다 하여도

었다. "비갈(碑碣)은 모두 황폐하고 끊어져 있어 읽을 수가 없다. 산의 형세는 빙둘러 서로 합하였는데, 몇몇 무너진 집만이 그 사이에 설치되어 있고, 오직 늙은 소나무만 길에 비끼고, 두견화(杜鵑花)는 온 산에 피를 뚝뚝 흘리고 있을 따름이다. 서로 슬픈 노래를 부르며 감개하여 서너 줄 눈물을 떨군다. 그러다가는 웃어서, 귀신은 마치 모르듯 하면, 뼈를 드러내고 입에 옥을 문 시신들이며 높게 세워진 비석과 허물어진 밭두둑이 한결같이 하나의 언덕을 이루고 있다."

304) 천지전(天地羶) : 몽고가 중국 본토를 점령한 것을 가리켜 한 말이다. 남송 때 진량(陳亮)의 수조가두(水調歌頭) 사(「送章德茂大卿使虜」)에 "만리에 비린내 이토록 가득하다니, 천고 영령은 어디에 있는가, 충만한 기운이 언제나 통할까(萬里腥膻如許, 千古英靈安在, 磅礴幾時通)"라고 하였다.

305) 견아년(犬兒年) : 개 띠 해. 즉 술(戌)의 해. 그런데 남송이 임안(臨安)을 잃고 망국한 해는 술년이 아니므로, 여기서 원굉도가 상심사(傷心事)라고 한 것은 무엇을 가리키는지 잘 알 수 없다.

306) 변경수(汴京水) : 즉 변수(汴水). 위진(魏晉) 시대에는 형양(榮陽)에서부터서 지금의 개봉(開封) 시, 서주(徐州) 시를 경유하여 사수(泗水)로 흘러들어갔다. 수나라 때 통제거(通濟渠)를 뚫었는데, 그 중간의 형양에서 개봉까지는 원래의 변수 물줄기를 이용하였다. 그래서 당나라, 송나라 때 사람들은 통제거의 동쪽 전체를 변수, 변하(汴河), 변거(汴渠)라고 불렀다. 하도(河道)는 오래 전에 막혔다.

307) 종남(終南) : 종남산(終南山). 장안(長安)의 남산. 섬서성(陝西省), 하남성(河南省), 감숙성(甘肅省)의 경계에 걸쳐 있으며, 주봉(主峯)이 섬서성 장안현(長安縣)의 남쪽에 있다. 남산(南山), 중남(中南), 지폐(地肺), 진령(秦嶺)으로도 불린다.

308) 애산(厓山) : 애문산(厓門山). 탕병취(湯瓶嘴)와 문처럼 대치하고 있으며, 산세가 험하다. 이 산은 남해(南海)를 방어하는 문호로, 남송 말년에는 원나라에 대항하는 최후의 거점이 되었다. 남송의 마지막 황제인 단종(端宗)이 죽자, 문천상(文天祥) 등이 단종의 동생 병(昺 : 帝昺)을 옹립하여 연호를 상흥(祥興)으로 바꾸고 도읍을 정하였던 곳이다. 1279년에 송나라 군사가 몽고 군대에게 패전한 뒤, 육수부(陸秀夫)가 제왕 병(昺)을 업

백골도 피할 곳 없음을 알리라.

冬靑樹, 在何許?

人不知, 鬼當語.」

杜鵑花, 那忍折.

魂雖去, 終啼血.」

神靈死, 天地殲.

傷心事, 犬兒年.」

錢塘江, 不可渡.

汴京水, 終南去.

縱使埋到厓山厓, 白骨也知無避處.」

1597년(만력 25년 정유) 산음(山陰)에서 지은 시. 이 시는 청나라에서 기휘(忌諱)에 걸려 '편류어(偏謬語)'가 있다고 하여 '추훼(抽毀)'되었다. 『청대금훼서목(淸代禁毀書目)』 '추훼서목(抽毀書目)' 조항 참조
○ 終南去 : 서종당본·소수본에 終南은 北流로 되어 있다.

이 작품은 이동양(李東陽)의 『의고악부(擬古樂府)』 가운데 「동청행(冬靑行)」과 관련이 있다. 이동양은 다릉시파(茶陵詩派)를 형성하여 대각체(臺閣體)를 해체시켰고, 성당시(盛唐詩)를 추숭하여 전후칠자(前後七子)를 계발하였다. 또한 명대 최초의 본격 시화집인 『회록당시화(懷麓堂詩話)』에서는 시의 법도(法度)와 음조(音調)를 중시하는 격조론(格調論)을 주장하였다. 고대 시가의 각가(各家)의 각체(各體)를 두루 학습할 것을 주장하였으며, 스스로도 원나라 양유정(楊維楨, 1296~1370, 字 廉夫, 號 鐵崖)의 「고악부」를 본떠 『의고악부』 102수를 지었다(弘治甲子, 즉 1504년의 정월 3일에 序를 지었다). 그 가운데 하나인 「동청행(冬靑行)」은 남송 멸망 후 티베트 승려가 송 황제의 능을 도굴한 뒤에 유민(遺民)인 당각(唐珏, 아니면 林景熙)이 동청(冬靑)을 심은 일과, 남송 이종(理宗)의 능묘인 목릉(穆

고 이곳에서 바다에 빠져 죽었다.

陵)이 도굴되어 황제의 두개골이 음기(飮器)로 사용되었던 것을, 명태조가 위소(危素)의 진언(進言)에 따라 소흥(紹興)의 본래 능묘[江南一抔土]에 안장(安葬)해 준 일을 대조하여 '본조(本朝)', 즉 명 왕조의 성사(盛事)를 찬미하였다. 한족(漢族)의 민족주의적 의식이 드러나 있다. 원시는 이러하다. "고가릉과 효가릉, 기린의 해골이 죄다 드러나 용은 신령함이 없구나. 당의사인지, 임의사인지, 야사의 기록이 의심스러우니 정녕 누구란 말인가. 옥어와 금속은 모두 먼지가 되었나니, 어이 다시 동청화를 물을 것이 있으랴. 휘종과 흠종은 돌아오지 않고 재궁은 드러나서, 이백년 이래 부질없이 썩은 나무가 되었구나. 목릉의 유해를 그대여 슬퍼 마오, 강남의 한 움큼 흙을 얻어 장사지내면 족하리라(高家陵, 孝家陵, 麟骨盡蛻龍無靈. 唐義士, 林義士, 野史傳疑定是誰. 玉魚金粟俱塵沙, 何須更問冬靑花. 徽欽不歸梓宮復, 二百年來空朽木. 穆陵遺骼君莫悲, 得葬江南一抔足)."

하가지(賀家池)

지난날 팔백 리라 들었더니
이제 보니 팔백 무(畝)일세.
묻나니 원아굉(袁阿宏 : 원굉도 자신)은
하감(賀監 : 賀知章)309)과 어떠한지?
황관(黃冠)310)을 나는 배우고자 하지만
여덟 식구가 딸렸기에,
육체의 노예가 되어
예법이 그 족쇄 되었네.
요행히 조금 견식이 있어
도연명을 본받아 오두미(五斗米)를 사절하고는,

---

309) 하감(賀監) : 당나라 개원(開元) 연간에 비서감(秘書監)을 지낸 하지장(賀知章). 그가 은퇴하여 돌아와 방생지(放生池)로 삼은 호수를 하감호(賀鑑湖)라고 부른다.
310) 황관(黃冠) : 풀로 만든 모자. 야인, 즉 농부가 쓰는 모자. 혹은 도사가 쓰는 모자. 여기서는 후자의 뜻. 황관자(黃冠子)라고도 한다.

억지로 눈썹 펴는311) 시를 짓고

속 푸는312) 술 마시는 걸 배웠다네.

그러나 느긋하지313) 못하나니

몸뚱이가 내 소유 아니라서.

은애(恩愛)는 몸뚱이에 독을 주고

부모는 팔을 잡아끄네.

옛 사람에게 부끄럽기에

청산을 보며 고개만 곧추 세운다.

昔聞八百里, 今來八百畝.

爲問袁阿宏, 何如賀監不?

黃冠吾願學, 其如多八口.

形體作僕奴, 禮法成枷鈕.

幸爾畧知識, 效顰辭五斗.

強作舒眉詩, 學飮寬腸酒.

所以不脫然, 爲身非我有.

恩愛毒其躬, 父毋掣其肘.

未免愧古人, 青山空矯首.

 1597년(만력 25년 정유) 회계(會稽)에서 지은 시.

○ 하가지(賀家池) : 당나라 하지장(賀知章)이 방생(放生)한 연못. 소흥부(紹興府) 치소에서 동으로 20리에 있다. 연못의 둘레는 47리로, 남으로는 감호(鑑湖)에 통하고 북으로는 해당(海塘)에 이른다. 『소흥부지(紹興府志)』 참조

---

311) 서미(舒眉) : 눈썹을 가만히 폄. 근심을 잊고 즐기는 것을 말함. 신미(伸眉), 서빈(舒矉).

312) 관장(寬腸) : 속을 품. 해장(解腸) 술을 가리킴.

313) 탈연(脫然) : 느긋하고 기가 뻗어나가는 모습. 『회남자(淮南子)』 「정신훈(精神訓)」에 "탈연하여 기쁘게 웃는다(脫然而喜笑)"라는 표현이 있는데, 그 주(注)에 보면, '脫은 舒'라고 하였다.

○爲問遠阿宏 : 서종당본·소수본에서는 阿宏이 大令으로 되어 있다.

○何如賀監不 : 서종당본·소수본에서는 何가 可로 되어 있다.

난정(蘭亭)

정무(定武)314)의 바위만 괜스레 남고

난정(蘭亭)의 자취는 거짓이 되었다.

맑은 흐름이라더니 대개 그러하고

험준한 고개는 과연 많지만,315)

옛 집은 낙숫물이 뚫고 들어가고

푸른 솔은 늙은 가지가 야위었다.

묵지(墨池)316)에는 물 저장을 막아

그나마 시골 거위를 놓아기를 수 있다만.317)

定武石空在, 蘭亭蹟已譌.

淸流大槩是, 峻嶺果然多.

古屋穿新霤, 蒼松瘦老柯.

---

314) 정무(定武) : 난정(蘭亭)이 있던 곳은 정무군(定武軍)이 진주하였던 곳이므로 이렇게 말함.

315) 청류대개시, 준령과연다(淸流大槩是, 峻嶺果然多) : 왕희지(王羲之)의 「난정집시서(蘭亭集詩序)」에 '청류'와 '준령'의 표현이 나오기 때문에 한 말이다.

316) 묵지(墨池) : 왕희지가 연못가에서 글씨공부를 하자 못물이 검어졌다고 한다. 증공(曾鞏)에게 「묵지기(墨池記)」가 있다. 묵지 전설은 한(漢)나라 때 장지(張芝)에게도 있다.

317) 유득방촌아(猶得放村鵝) : 왕희지가 절강성(浙江省) 소홍현(紹興縣) 현치의 동북쪽 즙산 계주사(戢山戒珠寺) 앞의 연못에 거위를 놓아길렀다고 하여 그곳을 아지(鵝池)라고 부르는데서 따온 말이다. 왕희지는 거위를 사랑하여 자신의 글씨를 거위와 바꾸었다는 고사가 있다. 즉 『진서(晉書)』 「왕희지전(王羲之傳)」에 보면, 산릉(山隆)의 한 도사가 좋은 거위를 기르는 것을 알고서, 왕희지가 가서 그것을 사고자 하였더니, 도사는 『도덕경』을 써 주면 여러 마리를 주겠다고 하였으므로, 왕희지는 흔연히 글씨를 써주고는 거위를 조롱(烏籠)에 넣어 가지고 오면서 무척 즐거워하였다고 한다.

墨池閑貯水, 猶得放村鵞.

1597년(만력 25년 정유) 산음(山陰)에서 지은 시.
○ 난정(蘭亭) : 절강성(浙江省) 소흥현(紹興縣)의 서남 쪽에 있는 정자. 산음현(山陰縣) 서남쪽 27리에 있다. 진(晉)의 왕희지(王羲之) 등이 수계(修禊)하던 곳이다. 즉 왕희지 등 명사 42명이 모여 주연(酒宴)을 베풀고 시로 화창(和唱)한 곳이다. 『소흥부지(紹興府志)』에 나온다. 왕희지(王羲之, 307~365)는 진(晉)나라 임기(臨沂) 사람이다. 자(字)는 일소(逸少). 우군장군(右軍將軍)이라는 벼슬을 하였으므로 왕우군(王右軍)이라고도 부른다. 뒤에 남천(南遷)하여 회계(會稽) 사람이 되었다. 중국 고금의 첫째가는 서성(書聖)으로 불린다. 일곱째 아들 왕헌지(王獻之)와 함께 이왕(二王), 또는 희헌(羲獻)이라고 불린다. 해서(楷書)·행서(行書)·초서(草書)의 각 서체를 완성하였다. 『진서』 권80에 전이 있다.
○ 蒼松瘦老柯 : 소수본에 瘦자가 贅로 되어 있다.
○ 猶得放村鵞 : 서종당본·소수본에는 村이 春으로 되어 있다.

산음도(山陰道)

전당(錢塘)은 고와서 꽃과 같고
산음(山陰)은 싱싱하기 풀과 같네.
육조(六朝) 이상 사람들은
서호(西湖)가 좋다는 걸 몰라서,
평생 왕헌지(王獻之)[318]는
산음 길을 혹애하였지.
이것도 저것도 모두 맑고 기이하거늘
산음이 이름 일찍 얻은 것에 지고 말다니.

---

318) 왕헌지(王獻之) : 왕희지(王羲之)의 아들. 『세설신어』 「언어(言語)」편에 보면, 왕자경(王子敬), 즉 왕헌지가 말하길, "산음(山陰)에서부터 길을 가다보면 산천이 서로 영발(映發)하여, 사람으로 하여금 응접하느라 겨를이 없도록 한다"고 하였다.

錢塘豔若花, 山陰芊如草.
六朝以上人, 不聞西湖好.
平生王獻之, 酷愛山陰道.
彼此俱淸奇, 輸他得名早.

 1597년(만력 25년 정유) 산음(山陰)에서 제기(諸曁)로 가는 길에 지은 시.

안개 속에 산을 바라보며(霧中望山)

안개는 산을 취하게 만드는 술
안개 무거우면 산은 취한 듯하다.
이런 날은 높이 올라도 공기가 맑지 않고
만상이 다투어 규피(規避)319)하네.
해는 빛이 없고 털이 나 있으며
하늘은 저녁이 아닌데도 잠을 잔다.
구름 그림자는 튀는 모래 따라 중첩하고
바람 앞에서 꽃잎은 공연히 눈물 뿌리네.

霧是醒山酒, 霧重山如醉.
登高氣不淸, 萬象爭規避.
日無光而毛, 天不昏而睡.
雲影疊飛沙, 風花灑空淚.

---

319) 규피(規避) : 본래는 위법의 일을 하여 교묘하게 죄를 벗어나는 것을 말한다. 여기서
　　는 만상이 제 모습을 드러내지 않는다는 뜻.

 1597년(만력 25년 정유) 산음(山陰)에서 제기(諸暨)로 가는 길에 지은 시.

제기현(諸暨縣)

물 가까이 벼320)가 많고
산에 의지하여 시전(市廛)이 늘어섰군.
농부는 아침에 문을 닫아걸고
여인은 밤에 시내의 배를 끌어오네.
풍속이 거칠어 소송을 좋아하고
밭이 널찍하여 돈 저축을 힘쓴다.
외진 곳이라 손님 수레 드물어
객이 오면 떠들썩하게 전하누나.

近水多魚稻, 依山卽市廛.
野人朝閉戶, 溪女夜牽船.
俗健惟貪訟, 田寬務積錢.
僻居游轍少, 客到也喧傳.

 1597년(만력 25년 정유) 제기(諸暨)에서 지은 시.
○近水多魚稻 : 서종당본에 水는 郭으로 되어 있다.
○野人朝閉戶~田寬務積錢 : 서종당본·소수본에는 이 네 구절이 "過雲常沒縣,
飛溜自澆田. 嵐彩蛾眉國, 溪紋紗縠天"으로 되어 있다.

---

320) 어도(魚稻) : 본래는 물고기와 벼. 소식(蘇軾)의 시(「乘舟過賈收水閣 收不在見其子」)
   에 "시주 모임에서 득의하고, 어도의 고향에서 몸을 마치네(得意詩酒社, 終身魚稻鄕)"
   라고 하였다. 여기서는 '벼'를 강조하는 듯하다.

청구에 들어서다(入靑口)

오설에서 십리 떨어져 있다. 산 이름이다(去五泄十里, 山名也)

첫째(其一)

청구에 들어서니

청구산은 어이 그리 곧은지!

구름은 유리[321] 하늘에 늙어 있고

귀신은 푸른 벼랑에서 내려오는 듯.

한 줄기 강풍(罡風)[322]이 땅에서 일어나네

우(禹)의 공이 아니었다면 거령(하신)은 죽었으리.[323]

入靑口, 靑口山何直!

雲老玻瓈天, 鬼下空靑壁」

一絡罡風吹地起, 神禹無功巨靈死.」

---

321) 파리(玻瓈) : 유리(琉璃).

322) 강풍(罡風) : 거센 바람. 보통 북풍을 가리킨다. 그런데 강(罡)은 강철(罡鐵)을 가리키
는 경우가 있다. 강철은 초목을 말라 죽인다는 가상의 독룡(毒龍)을 말한다. 『지봉유설
(芝峰類説)』 권16 「언어부(言語部)」 '속언(俗言)'에 강철(强鐵 : 罡鐵·江鐵 등으로도
표기)이란 말의 뜻에 대하여 시골 노인에게 물은 내용이 있다. 시골노인은, 강철은 짐
승의 이름인데, 이 짐승이 있는 곳에는 서너 리 안의 풀, 나무, 곡식이 모두 타고 죽는
다고 하였다. 『산해경(山海經)』에 나오는 '비(蜚)'와 비슷하다. '비'는 소처럼 생겼는데,
물 속에 있으면 물이 마르고, 풀 속에 있으면 풀이 탄다고 한다. 이것이 나타나면 전쟁
과 역질이 발생한다고 하였다. "강철이 지난 곳은 가을도 봄이다(罡鐵去處, 秋亦爲春)"
는 속담이 있는데, 운이 나쁘면 잘 되던 일도 뜻밖에 방해자가 나타나서 실패하게 된다
는 뜻이다(송재선 편 『우리말 속담 큰사전』, 서문당, 1983). 『학산한언(鶴山閒言)』에는
강철(江鐵)은 한발(旱魃)이라고 하는 혹설을 부기하여 두었다.

323) 신우무공거령사(神禹無功巨靈死) : 거령(巨靈)은 하신(河神)이다. 우 임금의 치수(治
水) 공적이 헛되어서 강물이 말랐다는 뜻인 듯하다.

 1597년(만력 25년 정유) 제기(諸暨)에서 지은 시.

○ 오설(五泄) : 오설산은 제기현(諸暨縣) 서쪽 50리에 있다. 모두 오설이 있는데, 즉 다섯 개 폭포를 말한다. 이 지방 사람들은 폭포를 설(泄)이라 한다. 『제기현지(諸暨縣志)』에 나와 있다.

○ 제목 아래 소주(小注)는 서종당본·소수본에 의거하여 보충한다.

둘째(其二)

청구에 들어서니
청구산은 어이 그리 비탈진지!
바위는 사람처럼 서서 울부짖고
구름은 아우성치며 가까이 몰려온다.
감청색 바위에 활짝 핀 침향(沉香)[324] 꽃 향기에
신선도 길을 잃고 범도 집 없이 떠도네.

入青口, 青口山何仄!
石人立而啼, 雲吼吼相逼.」
紺巖開老沉香花, 飛仙失路虎無家.」

셋째(其三)

청구에 들어서니
청구산은 어이 그리 푸른지!
산골 물은 유리 빛으로 짖어대고

---

324) 침향(沉香) : 향목. 서향과(瑞香科)에 속하는 상록아교목(常綠亞喬木). 열대에 난다. 그 나무를 여러 해 물에 가라앉혀 두면, 피간(皮幹)이 썩고 가운데의 딱딱한 부분이 물 속에 가라앉는데, 그것을 침향이라 하고, 향료로 사용한다. 침수향(沈水香), 밀향(蜜香)이라 한다.

산 꽃은 대모(玳瑁)325)처럼 붉구나.
하늘 거칠고 땅 군색하여 나갈 곳 없어
산머리 도깨비들 어지러이 오가네.

入靑口, 靑口山何翠!
澗色吠琉璃, 山花紅玳瑁.」
天荒地窘無行處, 山頭魍魎紛來去.」

제일설(第一泄)

사람 어깨를 밟고 가서
가까스로326) 마침내 통과하였다.
눈을 쏘면서 풍사(風絲)327)가 날고
발을 놓으면 산모(山毛)328)가 부서진다.
몸 웅크리고 매달린 덩굴 풀 사이로 이동하여
숨 고르며 평평한 진흙 밭329)에 앉는다.

---

325) 대모(玳瑁) : 대모로 장식한 침상. 대모는 거북이와 비슷하면서, 등딱지에 갈색과 담황
　　색이 섞인 색깔의 꽃무늬가 있는 것으로, 그 껍데기를 이용하여 장식품을 만든다.
326) 차제(次第) : 조금씩 조금씩 나아가는 모양.
327) 풍사(風絲) : 본래는 미풍. 원진(元稹)의 시(「冬夜懷李待御王太祝段丞」)에 "섬운은 잎
　　모양을 이루지 않고, 맥맥히 풍사가 풀어지네(纖雲不成葉, 脈脈風絲舒)"라고 하였다.
　　그런데 여기서는 바람에 실 같이 날리는 물줄기를 말하는 듯하다.
328) 산모(山毛) : 산 속에 있는 식용의 풀을 말하는 듯하다. 남조(南朝) 때 양(梁)나라의 심
　　약(沈約)의 글(「究竟慈悲論」)에 보면, "가을의 짐승과 여름의 알은 비유하자면 뜬구름
　　과 같고, 산모와 해착은 그 일이 썩은 쥐와 같다(秋禽夏卵, 比之如浮雲. 山毛海錯, 事
　　同於腐鼠)"라고 하였다. 일본의 『대한화사전(大漢和辭典)』이 이것을 산의 괴물이라고
　　풀이한 것은 착오인 듯하다. 송나라 매요신(梅堯臣)의 시(「寄光化退去李晉卿」)에는
　　"강의 고기는 조반 감으로 삼을 수 있고, 산모는 덤불로 삼을 수 있네(川鱗可爲饔, 山
　　毛可爲藪)"라고 하였다.
329) 반니(盤泥) : 평평한 진흙밭.

다섯 물이 기세가 각기 달라

일천 뫼가 그 때문에 몸을 꺾었군.330)

길 거칠고 빗 기운 비린데

나무 늙어 얼룩 껍질331)이 싸고 있네.

고개 넘으며 걸음 잰 원숭이를 선망하고

벼랑에 묵으며 굶주린 호랑이를 걱정한다.

늘 목숨332)이 끝장날까 두렵다가

돌아와 비로소 축하하네.

踏人肩而行, 次第乃得過.

射眼風絲飛, 置足山毛破.

跼身縋草移, 定喘盤泥坐.

五水勢高低, 千峰身頓挫.

路荒雨氣腥, 樹老班皮裹.

渡嶺羨猿輕, 投崖愁虎餓.

常恐決性命, 歸來始相賀.

 1597년(만력 25년 정유) 제기(諸曁)에서 지은 시.

○ 소수본은 이 수를 삼사언 장단구 체(三四言長短句體)에 넣고, 제목 아래에 "마땅히 오칠언 고시 속에 넣어야 하겠지만, 시의 분위기를 분별할 수 없으므로 여기에 넣는다(應入五七言古中, 以詩氣不可分, 故入此)"라고 주를 달았다.

---

330) 돈좌(頓挫) : 갑자기 꺾음.

331) 반피(班皮) : 斑皮. 얼룩 껍질.

332) 성명(性命) : 목숨.

제오설(第五泄)

하늘에 걸린 긴 은하(銀河)의 둑이 터져,
공중에 유리(琉璃)의 변고가 현출하였네.
번개 치고 구름 치달려 한 줄기 물이 드리워져
산도(山都 : 범)가 백룡과 싸우며 울부짖는 듯.
사방 벽은 음침하여 빗발을 불어오고
그림 같은 산은 영롱한 옥이 살아 춤추는 듯.
천손(天孫)은 밤마다 답가(踏歌)하며 오고
한 굽이 나는 구슬[비폭]333)은 삼만 휘[斛].

銀河夜長天隄綻, 空中現出琉璃變.
電布雲奔一泒垂, 山都畫吼白龍戰.
四壁陰陰吹雨足, 畵巒活舞玲瓏玉.
天孫夜夜踏歌來, 一曲飛珠三萬斛.

전校교　1597년(만력 25년 정유) 제기(諸曁)에서 지은 시. 도망령(陶望齡)『헐암집(歇菴集)』권2에 있는 「제오설(第五泄)」 첫째 수의 주에 보면, "만력 정유년 3월 20일, 공안 원굉도, 흡(歙) 방문선(方文僎), 산음 왕찬화(王贊化), 회계 도망령, 석령(奭齡)이 함께 노닐었다"고 하였다. 이 시와 같은 때 지은 것이다.
○ 패란거본에서는 제목에 第자가 없으나, 서종당본·소수본에 의거하여 보충한다.
○ 一曲飛珠三萬斛 : 서종당본·소수본에서는 三이 二로 되어 있다.

---

333) 비주(飛珠) : 비폭(飛瀑)을 나는 옥에 비유한 것임.

요숙예(姚叔乂)

지난 날 내가 오문(吳門)334)에 관리였을 때
관대(冠帶) 두른 사람들이 문 앞을 메웠다만
백발의 늙은 선인은
이름만 듣고 얼굴은 몰랐다가,
하루아침에 벼슬 버리고 떠난 뒤
빈 산에서 도리어 그 자취를 보네.
어째서 열관(熱官)335)에게 숨을 불어주시지 않고
한회객(寒灰客)336)에게 온기를 주시는 건지.

昔我吏吳門, 冠帶塡門閾.
白髮老山人, 聞名面不識.
一朝棄官去, 空山翻見跡.
何不噓熱官, 而煨寒灰客.

1597년(만력 25년 정유) 제기(諸暨)에서 지은 시.
○ 요숙예(姚叔乂) : 요사린(姚士粦). 자는 숙상(叔祥), 혹은 숙예(叔乂)이다.
해염(海鹽) 사람이다. 동리의 호진형(胡震亨)과 동학하여, 심오하고 박학한 것으로
서로 존중하였다. 『비책휘함(秘冊彙函)』을 편집하고, 발미(跋尾)에서 각각 고거(考
據)하였다. 서생으로 일생을 마쳤다. 시집 4권이 있다. 호진형은 그의 시를 칭하여,
"당시(唐詩)에서 능히 변체를 회복시키고, 남의 발뒤꿈치를 따르지 않고 활기를 만
들어내었다(于唐詩, 能爲變爲復, 不隨人脚跟生活)"고 하였다. 요사린은 자서(自敍)
에서 "즐거움을 생각하고 경지를 묘사하는데 있어 재주가 음에 부합하지 않고, 입
은 소리를 쫓아가는 것을 분개하였으며, 구는 반드시 두찬하였다(念樂寫境, 才不副

---

334) 오문(吳門) : 오현(吳縣).
335) 열관(熱官) : 대단히 바쁜 관직. 권세 있는 관직. 냉관(冷官)의 반대.
336) 한회객(寒灰客) : 식은 재 같이 명리의 장에서 떠난 길손.

흠, 口憤趁聲, 句必杜撰"라고 하였다. 진기(振奇)에 뜻을 두어 당시의 음조를 즐겨 짓지 않았던 것이다. 『열조시집소전』「정집 하」에 전(傳)이 있다.

왕정허[337]가 이탁사[338]를 방문하러 가는 것을 전송하며(送王靜虛訪李卓師)

온 천지 사람들은 동지(同志)[339]를 걱정하고

성현은 가족[340]을 걱정하네.

눈 들면 모두 바늘 침 같거늘

어느 곳에 발을 디디랴?

유생에겐 결점[341]이 있으니

도리(道理)가 궁한 뱃속을 채워서,

온갖 사려가 쌓여 성을 이루고

만가지 상상이 뭉쳐 감옥을 이룬다는 점.

돌연 대망인(大妄人)이 있어

손에는 깃발도 화살촉도 잡지 않고,

대지의 그물을 풀려 하여

먼저 힘껏 쏘아서 하늘까지 독을 뻗치고

바다를 부채질하여 홍려(洪鑪)[342]로 삼고

---

337) 왕정허(王靜虛) : 왕찬화(王贊化). 산음(山陰) 사람. 거사(居士)이다.
338) 이탁사(李卓師) : 이지(李贄). 이 해에 이미 마성(麻城)을 떠나, 심수(沁水) 유동성(劉東星) 집에 거처하였다.
339) 결성(結成) : 동지를 맺는 일. 여기서는 동지.
340) 권속(眷屬) : 가족.
341) 모병(毛病) : 원래는 말의 털에 성벽(性癖)이 있는 것을 말하는데, 사람의 성벽(性癖), 결점(缺點)을 가리키는 말로 사용한다. 서함(徐咸)의 『상마서(相馬書)』에 보면, "말의 선모(旋毛)에서 좋은 선모가 다섯이고 나쁜 선모가 열 넷이라면 가장 모병(毛病)이 해로운 것이다"라는 말이 있다. 말의 털에 관한 이야기를 사람에게 사용한 것은 황정견(黃庭堅)의 『도필(刀筆)』에서 비롯된다고 한다.
342) 홍려(洪鑪) : 큰 용광로. 조물의 도구.

산을 불태워 수정 옥을 구웠도다.

어찌 그의 성난 부르짖음에 접하여

벼랑에서 손을 놓듯 바라는 바를 추구하지 않으라.343)

天地愁結成, 聖賢愁眷屬.

擧眼皆鍼鋒, 何處可容足?

儒生有毛病, 道理充窮腹.

百慮堆作城, 萬想鍛成獄.

突有大妄人, 手持無羽鏃.

欲解大地羅, 先肆彌天毒.

扇海作洪鑪, 燎山煮精玉.

何不觸其嗔, 懸崖求所欲.

 1597년(만력 25년 정유) 제기(諸暨)에서 지은 시.

○서종당본 · 소수본에서는 제목에 卓자가 없다.

○儒生有毛病 : 서종당본 · 소수본에서는 毛病이 沉疴로 되어 있다.

○道理充窮腹 : 서종당본 · 소수본에서는 窮이 閑으로 되어 있다.

○百慮堆作城 : 城은 패란거본에 成으로 되어 있으나 서종당본 · 소수본 · 이운관
본에 의거하여 고친다.

---

343) 현애구소욕(懸崖求所欲) : 깎아지른 벼랑에서 손을 떼듯 용맹심을 발휘하여 자신이
진정으로 바라는 바를 추구한다는 뜻. 현애(懸崖)는 단애(斷崖)와 같은 말로, 높이 솟아
있는 벼랑이란 뜻이다. 그런데 현애철수(懸崖撤手)라고 하면, 높이 솟은 벼랑에서 손을
놓듯이 용맹심을 일으켜서 결연히 일을 행하는 것을 비유하는 말이다. 『무문관(無門
關)』의 「외도문불(外道問佛)」에 "계단으로 오르지 않고, 벼랑에서 손을 놓는다(不陟階
梯, 懸崖撤手)"라고 하는 말이 있다.

종산각의 이별을 기록하여 짓다(志別種山閣作)

초 땅의 한 조각 구름이

뿌리도 꼭지³⁴⁴⁾도 없이 땅에 떨어지다가,

우연히 누린 바람³⁴⁵⁾을 놓아

먼지 섞인 흙비를 불어 일으켰네.

길에서 세 마리 원추리를 만났더니

나를 입에 물어 구름 가로 들어가서는,

내 손 이끌고 신선산에 올라

길게 휘파람 불어³⁴⁶⁾ 하늘의 잠을 깨웠다.

작용(作用)은 삼가(三家)³⁴⁷⁾가 우습고

공덕(功德)은 요·순을 낮춰 보며,

몸을 정(淨)·축(丑)³⁴⁸⁾의 연극에 끼워 넣어

천마(天魔)의 연희³⁴⁹⁾를 연기한다.

---

344) 근체(根蒂) : 뿌리와 꼭지.

345) 단풍(膻風) : 누린내 나는 바람.

346) 장소(長嘯) : 휘파람은 입을 오므려 소리내는 발성법으로, 『시경』에서부터 나타난다. 특히 위진시대에 이르면, 당시의 철인들이 자연과 일체화된 거슬림 없는 자유로운 정신의 모습을 표현하는 특별한 의미를 띠게 되었다. 완적(阮籍)의 「대인선생전(大人先生傳)」에 보면, "적(籍)이 일찍이 소문산(蘇門山)에서 손등(孫登)을 만나, 함께 종고(終古) 및 서신도기(棲身導氣)의 술을 토론하려고 하였으나 손등은 모두 응하지 않았다. 그래서 적(籍)은 길게 휘파람을 불고 물러났다. 반령(半嶺)에 이르렀을 때 난봉(鸞鳳)이 우는 듯한 소리가 바위 골짝에 울려나는 것을 들었다. 그것은 바로 손등의 휘파람 소리였다. 마침내 돌아와서 「대인선생전」을 지었다"라고 하였다. 단, 『삼국지』 권21 「왕찬전(王粲傳)」의 주석에 배송지(裴松之)가 인용한 『위씨춘추』에서는, 완적이 휘파람을 불자 소문산의 은자 소문생도 그것에 답하였다는 식으로 되어 있다. 어쨌든 손등은, 언어에 의한 의론이 불가능하다고 여겨 휘파람으로 일체의 질문에 답하였던 것이다. 곧, 손등과 완적의 사이에는 휘파람을 통한 커뮤니케이션이 이루어졌던 것이다.

347) 삼가(三家) : 유·불·도의 삼가.

348) 정(淨)·축(丑) : 원곡(元曲)과 명곡(明曲) 등 중국 연극의 각색(脚色)을 말한다.

349) 천마희(天魔戲) : 불교에서 말하는 사마(四魔) 가운데 하나인 천마들이 노는 연회를 상상으로 표현한 것이다. 천마는 욕계(欲界) 제6천(第六天)의 천자파순(天子波旬)을 말하는데, 천상에 있는 악귀이다. 사람 마음을 미혹시켜 사람을 사도(邪道)로 유혹한다.

동서남북의 사람들이여

은혜의 정이 형제 같으니,

이것이 전생 인연 아니라면

어찌 이 기이함을 얻었으랴?

재회가 어느 때이고

이별 뒤에 무슨 계획이 있나?

마음이 얼음이었다 불꽃이었다 함을 알기에

앞길은 마치 수수께끼350) 같아라.

그대 이슬 덮인 가지를 보라

무심하여도 눈물 떨구는 것을.

楚國一段雲, 落地無根蒂.

偶爾罥膻風, 吹作塵霾氣.

道逢三鵁鶄, 唧我入雲際.

攜手上仙山, 長嘯起天寐.

作用笑三家, 功德卑二帝.

挿身淨丑場, 演作天魔戲.

東西南北人, 恩情若兄弟.

若不是前因, 焉得此奇異?

再會是何時, 別後有何計?

知心如冰焰, 前程若神謎.

君看露上枝, 無心也垂淚.

1597년(만력 25년 정유) 제기(諸暨)에서 지은 시.

○作用 이하 10구 : 서종당본·소수본에서는 이 10구를 8구로 하였고, 글

악귀(惡鬼), 악마(惡魔).

350) 신미(神謎) : 신묘한 수수께끼.

자도 전혀 다르다. "蒼竿(소수본은 竿)畵古雲, 踏破春巒翠. 迂谷訪長眉, 空山頓龍鬐. 胥潮隔湘祠, 路滿一鵬翅. 天長吳楚波, 羈影入遙睞."

고봉에게 올리다(贈高峯)

소나무 가지를 붙잡아 손잡이로 삼고
(밤에는) 종이를 붙여 이불을 만든다.
산엣 눈은 늙은 태깔이 아리땁고
계곡 물은 무심히 흐르네.
침향수(沉香樹)351)에 석장(錫杖)을 걸고352)
천죽림(天竹林)353)에서 참선에 들어갔다가,
서쪽에서 와서 한가히 모여
빈 자취를 날아가는 새에 기탁하네.354)

捉得松爲柄, 黏來紙作衾.
山雪嬌老態, 谿水有無心.
掛錫沉香樹, 安禪天竹林.
西來閑會取, 空跡寄飛禽.

1597년(만력 25년 정유) 제기(諸暨)에서 지은 시.

---

351) 침향수(沉香樹) : 침향(沉香). 앞에 나왔음.
352) 괘석(掛錫) : 승려가 자신이 짚고 다니던 지팡이를 쉰다는 뜻으로 한 곳에 머묾을 말함.
353) 천죽림(天竹林) : 천죽의 숲. 천죽은 남천(南天), 혹은 남촉초(南蜀草)라 부르는 식물.
354) 공적기비금(空跡寄飛禽) : 마치 새장에서 놓여 하늘 높이 날아가는 새처럼 자취를 자
　유롭게 한다는 뜻.

옥경동(玉京洞)

동굴은 계곡처럼 깊고
천정은 지붕처럼 높으니
구름 속을 파고들고
땅의 배를 뚫은 듯.
길이 황당(荒唐)355)하여
이빨처럼 삐죽삐죽하고,
바위는 병든 듯하고
하늘은 멍한 듯하여라.
누런 것은 장(漿) 빛깔이고
흰 것은 골수(骨髓)356)가 나온 듯.
구름은 솜처럼 풀풀
신발 밑에서 나오네.
흰 박쥐가
닭보다 더 커서
부딪히면 불꽃이 일어나고
사람을 치며 나누나.
돌연 높아지는 것은
봉우리가 사이에 있어서요,
홀연 평평해지는 것은
계곡이 막아서라네.
용(龍)이 두런두런 말하려다
사람 소리 듣고 멈추어선,

---

355) 황당(荒唐) : 본래는 언설이 들쑥날쑥하고 조리가 없는 것을 말하지만, 여기서는 길이
　　높았다 낮았다 하면서 들쑥날쑥한 것을 말함.
356) 백자수(白者髓) : 흰 것은 산의 뼈라고 할 바위라는 뜻.

침을 줄줄 흘리매

비린 바람이 일어나네.

귀신인가 신선인가?

아지랑이인가 안개인가?

횃불에 빛이 다 하였으니

장차 어디로 가랴?

바다로도 통하고

강도 건널 수 있다만

영위장인(靈威丈人)357)은 다시 보기 어려워라.

深如谷, 高如屋.

穴雲心, 穿地腹.」

路荒唐, 齒嶮巇.

石如病, 天似癡.」

黃者漿, 白者髓.

雲絮絮, 出韈底.」

白蝙蝠, 大于雞,

衝焱起, 撲人飛.」

突而高, 嶺間之.

忽而平, 谿限之.」

龍欲言, 聞人止.

---

357) 영위장인(靈威丈人) : 영위앙(靈威仰). 청제신(靑帝神)의 이름. 본래 주나라 감생제(感
生帝). 한나라 때 제왕신권설(帝王神權說)이 대두되어, 왕자의 지위존엄을 절대적인 것
으로 포장하기 위하여 만들어진 신혼전설(神婚傳說)이다. 전한 말기의 각 위서(緯書)에
서 완전한 형태를 갖게 되었다. 왕자의 선조는 모두 대미오제(大微五帝)의 정(精)이라
고 보는 설인데, 즉 영위앙(靈威仰)·적표노(赤嫖怒)·함추뉴(含樞紐)·백초거(白招
拒)·즙광기(汁光紀)의 어느 것인가에 감응하여 왕의 선조가 태어났다고 보는 것이다.
청제신은 봄에 해당하므로, 여기서는 봄을 가리킨다.

涎沫流, 腥風起.」

鬼邪仙? 烟歟霧?

炬無光, 將安去?」

海可通, 江可涉,

靈威丈人難再得.」

 1597년(만력 25년 정유) 제기(諸暨)에서 지은 시.

○ 옥경동(玉京洞) : 오설(五泄)에서 20여 리 떨어져 동암산(洞巖山)에 있다. 옥경동은 십수 겹으로 되어 있고, 십여 리 정도 깊다. 비슷한 곳이 많으므로 반드시 관솔불을 가지고 들어가 곳곳에 표시를 해두어야 한다고 하였다. 『어월신편(於越新編)』에 보인다.

○ 靈威丈人難再得 : 서종당본・소수본은 '靈威逝矣仙衢滅'이라고 하였다.

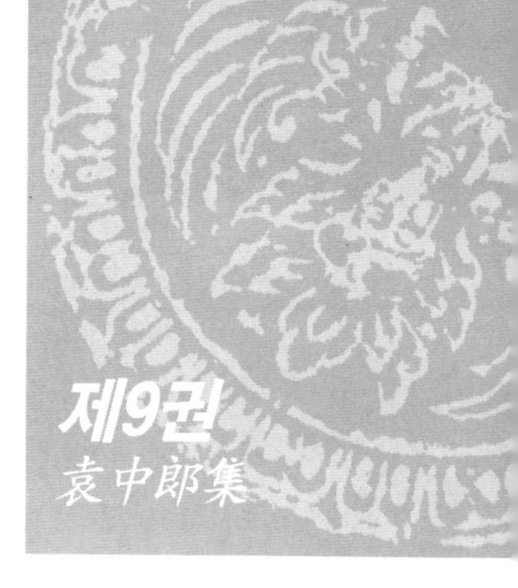

해탈집(解脫集) 권2 시(詩)

30세 때인 1597년(만력 25년 정유)에 지은 시를 수록하였다.

여항의 비(餘杭雨)

첫째(其一)

오늘의 비는 한스럽지 않다만
지난날 맑았던 것이 한스럽네.
무단히 구름 새로 빛을 뿜어내어

나의 여항 행을 유혹하였지.
여항에 무슨 흥취가 있나?
폐허 된 절과 늙은 중뿐인 걸.
만약 서호(西湖)에 있다면
한가하게 조망할 수 있을 것을.
문을 나서도 딱히 갈 곳이 없어
팔짱 끼고 이리저리 둘러본다.
뽕나무 아래 뽕따는 소녀를 보다가
진흙이 옷과 바지에 묻었구나.
임안(臨安)으로 떠나는 일도
걸음마다 어려운 것 알겠나니,
하물며 경산(徑山) 길은
천 번 서리고 만 번 서리는 것을.

不恨今日雨, 却恨前日晴.
無端放隙光, 誘我餘杭行.」
餘杭有何趣? 敗寺老和尙.
若使在西湖, 亦得閑眺望.」
出門無去處, 袖手東西顧.
桑下見蠶娘, 泥滓沾衣袴.」
只是去臨安, 已覺步步難.
何況徑山路, 千盤與萬盤.」

전교 1597년(만력 25년 정유) 여항에 있을 때 지은 시, 장차 천목산(天目山)을 유람하려 하였으므로 우선 여항에 도착하였다.

○ 경산(徑山) : 여항현(餘杭縣) 서북에 있으니, 곧 천목산(天目山)의 동북쪽 봉우리이다. 산이 곧바로 천목산으로 통하기 때문에 그런 이름이 붙었다. 동쪽과 서쪽의

두 길이 있어서, 굽어 서리고 꺾이면서 올라가, 각각 십 리쯤 올라간다. 『가경일통지(嘉慶一統志)』에 보인다.

○ 餘杭有何趣 : 杭은 패란거본에 行으로 되어 있다. 서종당본에 따른다.

○ 泥滓沾衣袴 : 滓는 서종당본에 濘로 되어 있다.

둘째(其二)

마음 한가한 곳에서 도리어 바빠
사지가 산행(山行)으로 야위었다.
거센 바람은 즐거운 꿈을 깨고
외론 베개머리는 처마의 낙수 소리 밀려온다.
산신령이 좋은 감정 품지 않아서
매화 계절에 이상 기후 많구나.
주지는 손님들 머문다고 성내고
종복은 하늘이 물 샌다고 소리치네.
구름은 십 장(丈)도 안 되는 높이이고
진흙은 보통 한 자 남짓 두터우니,
힘센 말과 노새 있다 하여도
채찍 휘두른다고 빨리 내달리랴.

一心閑處忙, 四體山行瘦.
荒吹破夢歡, 孤枕逼簷霤.
山靈無好情, 梅天多異候.
主僧嗔客留, 僕子呼天漏.
雲不十丈高, 泥凡尺餘厚.
縱有健馬驢, 揮鞭豈能驟.

어잠(於潛) 길에서 우연히 이루다(於潛道中偶成)

문을 나선 지 두세 달
행리(行李)는 늘 질박함을 벗어난다.
내게 물어도 알지 못하니
분주하게 사는1) 나는 누구인가?
월 땅의 새도 조롱하면서
'노인장, 돌아가지 않으슈(야귀불: 爹歸弗)' 묻고
늙은이가 어찌 돌아가려 하지 않으랴만
산 좋아하는 병이 고질로 되었구나.
백 리마다 명산이 하나씩
산 하나마다 열흘은 필요하기에,
동남방의 반벽(半壁) 강산2)을
열에 하나도 다 못 보았네.
구름과 노을은 아침이면 눈썹에 이르고
산도깨비는 한 밤에 방으로 들어온다.
불승과 마주치면 정방(定方)3)을 찾고
신선을 만나면 비술(飛術)을 이야기하지.
형체와 육신은 마디마디 쑤셔도
마음과 정신은 여러모로4) 평안하기에,
명승 유람은 끝이 있어도
유람객 흥취는 다하기 어려워라.

---

1) 분파(奔波) : 분주함. 경쟁하여 쫓아감.
2) 반벽(半壁) : 반벽강산(半壁江山). 절벽으로 둘러싸인 산수를 말함. 장사전(蔣士銓)의 「임천몽전기(臨川夢傳奇)」에 보면, "이 반벽강산을 노인이 끊어보내 왔군(這半壁江山, 却被老夫斷送了)"이라고 하였다.
3) 정방(定方) : 불과(佛果)를 이루는 방법.
4) 반반(般般) : 종종(種種), 색색(色色).

'歸'는 '居'의 발음이다. 월 땅 사람은 자규(子規)를 '야귀불(爹歸弗 : 어르신, 돌아가지 않으시우)'이라고 부른다.

出門二三月, 客行常踰質.
問我亦不知, 奔波爲何物.
越鳥也嘲人, 解問爹歸弗?
爹豈不思歸, 山淫成痼疾.
百里一名山, 一山須十日.
東南半壁地, 十分未了一.
雲霞朝到眉, 魈鬼夜入室.
遇佛覓定方, 逢仙談飛術.
形體節節勞, 心神般般逸.
名勝尙可窮, 遊子興難畢.

歸讀作居. 越人呼子規爲爹歸弗.

전교(箋校) 1597년(만력 25년 정유) 어잠(於潛)에서 지은 시.
○ 爹豈不思歸 : 爹는 서종당본에 人으로 되어 있다
○ 遇佛覓定方 : 佛은 이운관본에 伴으로 되어 있다.

천목산[5] 가는 길에 도석궤의 시운에 화운하여(天目道中和陶石簣韻)

일만 산은 색태가 곱고 아름다우며
일천 솔은 운치가 고색창연하다.[6]
시내는 새로 짠 비단 같고
구름은 막 탈고한 글 같네.[7]

---

5) 천목(天目) : 천목산(天目山), 어잠현(於潛縣) 북쪽에 있다.
6) 천송운창로(千松韻蒼老) : 많은 소나무들은 창로(蒼老)한 운치가 있다는 뜻.

옛 큰집에는 용아(龍兒: 말)를 매어두고
그윽한 벼랑에는 선녀8)들이 모여 있다.
담담하고 고운 것은 작은 천성(天醒)이다만9)
어둡고 으슥한 안개는 질릴 정도이지만,
산신령이 다정한 듯하기에
유람객은 잠시 번뇌를 벗어난다.
바위를 사다리로 올라가 차츰 높아가고
고개를 넘어서매 하늘이 작아라.
흐릿하게10) 일대(一帶)11)가 푸르고
아주 멀리 산 끝이 조금 솟아나 있는데,
흰 구름이 그 반을 가둬두어
황홀하기가 가벼운 명주옷 걸친 듯하군.
산승은 내게 말하길
이것이 모든 산의 아버지라나.
사방 산들은 모두 그 아이요 손자로
연달아 이어져 다투어 에워싸고 있네.
종유(種乳) 하나마다 봉황의 나는 형세를 짓고
지맥 하나마다 용의 곧추선 모습을 본떠,
만가지로 얽히고 일천 개 지맥을 내어
지맥과 지맥이 서로 얽히고 뒤섞였네.
산의 형태는 혼연히 이루어졌지만

---

7) 계금신직성, 운문초탈고(溪錦新織成, 雲文初脫稿) : 시내는 갓 짜서 이룬 비단같이 화
  려하고, 구름은 막 탈고한 문장같이 생동적이라는 뜻.
8) 선녀[仙嬺] : 仙嬺은 韻이 맞지 않는다. 착오가 있는 듯하다.
9) 담야천미성(淡冶天微醒) : 천미성은 미미한 천성(天醒)이란 뜻. 천성은 서성(瑞星)이다.
10) 미망(微茫) : 흐릿한 모습. 이백(李白)의 「석여춘부(惜餘春賦)」에 "한 번 높이 올라 멀
  라, 운해의 흐릿한 모습 끝까지 바라본다(試登高望遠, 極雲海之微茫)"라고 하였다.
11) 일대(一帶) : 부근 전체라는 뜻이지만, 띠 하나로 연결된 듯이란 의미도 포함한다.

바위 모습은 실로 예쁘고 교묘하여,
처음 볼 때는 어둑하였으나12)
채찍질로 달리면서 차츰 분간하게 되었네.
하물며 그 꼭대기에 올라
길을 따라 나가니 더욱 좋구나.

萬嶺色嬌榮, 千松韻蒼老.
溪錦新織成, 雲文初脫稿.
古屋繫龍兒, 幽崖聚仙媼.
淡冶天微醒, 昏沉霧尙飽.
山靈如有情, 遊子暫舒惱.
梯石路漸高, 跤嶺天乍小.
微茫一帶靑, 遠遠出山杪.
白雲封其半, 恍若衣輕縞.
山僧向我言, 此是諸山考.
四顧盡兒孫, 纍纍爭圍繞.
一乳作鳳飛, 一支學龍矯.
萬絡與千支, 支支相縈攪.
山形雖渾成, 石貌實姸巧.
初視尙冥迷, 策騎漸分曉.
何況陟其顚, 遵途亦已好.

전校교 1597년(만력 25년 정유) 어잠(於潛)에서 천목산(天目山)으로 가는 길에 지은 시. 도망령(陶望齡) 『헐암집(歇菴集)』 권13 「연봉상인창암소(聯峯上人創菴疏)」에, "만력 정유년에 나는 오(吳)의 수령 원중랑과 함께 천목산에 노닐어, 삼조사탑(三祖師塔)에 예배하고 환주(幻住)·개산(開山)의 사이에 배회하다가, 하룻밤

---

12) 명미(冥迷) : 헷갈릴 정도로 어둑함.

을 묵고 떠났다”라고 하였다.

천목산에서 본 바를 적다(天目書所見)

보살(菩薩)과 범부(凡夫)13)

모르겠구나 누가 바르고 누가 거꾸론지.14)

말과 소는 솔직하고 참되며

외관도 절로 좋구나.

유독 지견(知見)15) 있다는 사람만이

본분의 풀16)을 먹지 않고

별다른 분소(糞掃)의 더미17)를 주위 모아

비밀스레 무한히 비싼 보물18)로 삼기에,

---

13) 범용(凡庸) : 범부(凡夫)를 말함. 범부는 범어(梵語) 파라(波羅). 옛적에는 범부라 하고
　　지금은 이생(異生)이라고 함. 단혹(斷惑)과 증리(證理)가 없는 것을 말한다. 범(凡)은 상
　　(常)이거나, 또는 일(一)이 아니라는 뜻이다. 범상하여 차류(遮類)가 많으므로 범부라고
　　한다. 『법화경』에 보면, “범부의 천식(淺識)이 깊어 오욕(五欲)에 집착하였다”고 하였다.
　　범부의 자리, 곧 보통 사람의 지위를 범부지(凡夫地)라고 한다.
14) 보살여범용, 부지수정도(菩薩與凡庸, 不知誰正倒) : 범성일여(凡聖一如)의 사상을 말
　　한다. 범성불이(凡聖不二)라고도 한다. 종사(從事)하는 상(相)으로 말하면 육범(六凡)과
　　사성(四聖)의 십계(十界)의 차별이 있지만, 그 이성(理性)에 따라 말하면 무차별하고 평
　　등하다. 『보장론(寶藏論)』에 “범성(凡聖)이 둘이 아니고 일체가 원만(圓滿)하다”라고 하
　　였다.
15) 지견(知見) : 지견(智見), 정지견(正知見). 의식(意識)에 따르는 것을 지(智)라 하고 안
　　식(眼識)에 따르거나 추구(推求)하는 것을 견(見)이라고 하는데, 모두 혜(慧)의 작용이
　　다. 본래는 인과(因果)의 이법(理法)에 대한 바른 인식을 말한다.
16) 본분초(本分草) : 본본초료(本分草料). 우리의 천진(天眞)한 본분이 마치 마초(馬草),
　　즉 사료(飼料)와 같이 담담무미(淡淡無味)하므로 그렇게 말함. 혹은 선종에서는 사가
　　(師家), 즉 사장(師匠)이 학인(學人)에게 불자(拂子), 권(拳), 봉(棒), 갈(喝)을 쓰는데, 그
　　것을 비유적으로 본분초료라고 하기도 한다. 여기서는 후자를 가리키는 듯하다.
17) 분소퇴(糞掃堆) : 분소퇴두(糞掃堆頭). 똥을 쓸어모아 둔 거름 무더기. 우리의 오음(五
　　陰), 즉 색신(色身)의 번뇌(煩惱)를 말한다.
18) 무가보(無價寶) : 무가대보(無價大寶), 무가보주(無價寶珠). 사람들이 본래 구유(具有)

낯짝에는 곡절(曲折)¹⁹⁾이 많고
뱃속에는 안온(安穩)²⁰⁾함 적어라.
앉거나 서거나 문장을 이루고
등한한 이야기도 원고로 만들어,
살아 있는 법총(法聰)²¹⁾인양 연출한다만
위대한 염로(閻老 : 염라왕)를 속이기는 정령 어려우리.

菩薩與凡庸, 不知誰正倒.
牛馬若率眞, 形貌亦自好.
獨有知見人, 不食本分草.
拾他糞掃堆, 秘作無價寶.
面上曲折多, 腹內安穩少.
坐立皆成文, 閑話亦打稿.
演出活法聰, 難瞞俊閻老.

[전교] 1597년(만력 25년 정유) 천목산(天目山)에서 지은 시.
○ 題 : 서종당본에는 書 위에 戲 자가 있다.
○ 閑話亦打稿 : 稿는 패란거본에 槀로 되어 있으나, 서종당본에 근거하여 고친다.

한 심성(心性)을 말함. 마니보주(摩尼寶珠)라고도 한다. 또한 지극히 귀중한 보석이어서 정당한 가치를 붙일 수 없는 귀중한 여의보주(如意寶珠)를 말하며, 여래장(如來藏)을 가리킨다.

19) 곡절(曲折) : 여러 가지 복잡한 사연(事緣)이란 뜻과 주름의 굴곡지고 꺾인 모습을 동시에 가리키는 중의(重義)의 표현이다.

20) 안온(安穩) : 몸이 편하고 마음이 평온한 것. 『법화경』 「비유품(譬喩品)」에 "신의(身意)가 태연(泰然)하여 쾌(快)하고 안온하다"라고 하였다. 문구(文句) 14에 "오탁(五濁)과 팔고(八苦)의 위태로움이 없으므로 안(安)이라 하고, 하루 종일 부는 폭풍에도 능히 움직이지 않음으로 온(穩)이라 한다"고 하였다.

21) 활법총(活法聰) : 살아 있는 법총. 법총은 후위(後魏)의 승려로, 처음으로 사분(四分)의 종(宗)을 천명하여 후대에 전하였다. 『속고승전(續高僧傳)』에 나온다.

크게 노래하며 천목산 정상에 오르다(浩歌登天目峯頂)

새장 같던 하늘이 툭 트여 껄껄 웃나니

아득하여라 어이 이리도 공활한가!

일천 산이 마름 풀처럼

흰 물결 위에 점점이로군.

세계에는 안치할 곳 없어도

허공에는 등량(等量)22)이 있네.

망망하게 이와 서캐 같은 인간아

곱고 추하고를 어이 구분하랴.

공구(孔丘)와 묵적(墨翟)23)은 말끝마다 지(知)라 하고24)

순(舜)25)과 자쾌(子噲)26)는 선양(禪讓)하였지.27)

잠방이 속에서 한가하게 시비(是非)하고28)

---

22) 등량(等量) : 같은 분량. 대등한 분량.

23) 묵적(墨翟) : 전국시대 노(魯)나라의 사람으로 겸애(兼愛)와 숭검(崇儉)을 주장하였다. 당시 유가(儒家)와 병칭(竝稱)하여 유묵(儒墨)이라 일컬었으며, 저서로『묵자(墨子)』63 편 15권이 있다.

24) 구적어왈지(丘翟語曰知) : 공자와 묵적은 유가의 관점에서 보면 전자는 성인이고 후자는 이단이지만 둘 다 똑같이 지(知)를 강조하였다는 뜻. 과연 어느 것이 옳고 어느 것이 그르다고 말할 수 있는가 하는 회의의 기분을 담았다.

25) 순(舜) : 요(堯)의 선양(禪讓)으로 제위(帝位)에 올랐는데, 자신도 아들 상균(商均)이 불초한 것을 알고 우(禹)에게 선양하였다.

26) 자쾌(子噲) : 연왕쾌(燕王噲). 전국시대 연나라 왕. 역왕(易王)의 아들로, 소대(蘇代)의 계략에 걸려서 자지(子之)를 신임하여 나라를 그에게 맡기고 스스로 신하가 되어, 나라가 크게 혼란해졌다. 시피(市被), 태자평(太子平)과 계획하여 자지(子之)를 공격하였으나 패하였다. 제(齊)나라가 연나라를 칠 때 쾌(噲)는 죽고, 자지(子之)는 혜(醢)로 만들었다. 2년 뒤에 연나라 사람들이 태자 평을 즉위시켰다.『사기』에 나온다.

27) 순쾌선위양(舜噲禪爲讓) : 순임금은 우(禹)에게 선양하여 천하를 안정시키고, 연왕쾌(燕王噲)는 자지(子之)에게 나라를 맡겨 나라를 혼란에 빠뜨렸다. 유가의 관점에서 보면 전자는 성인의 행사이고 후자는 잘못된 일이지만, 둘 다 똑같이 선양하였다는 점은 같다. 과연 어느 것이 옳고 어느 것이 그르다고 말할 수 있는가 하는 회의의 기분을 담았다.

28) 곤중한시비(褌中閒是非) : 완적(阮籍)은 「대인선생전(大人先生傳)」을 지어, 세속에서

단지 안에서 파랑을 일으키는 격.29)

십 년 동안 자만30)을 배웠다만

하루아침에 기색이 꺾이는 걸.

一笑廓天籠, 邈矣何空曠.

千山如藻萍, 點點白波上.

世界無安置, 虛空有等量.

茫茫蟻虱人, 姸醜分何狀.

丘翟語曰知, 舜噲禪爲讓.

褌中鬧是非, 甕裏狂波浪.

十年學貢高, 一朝色沮喪.

초탈한 자유인의 이상을 펼쳤는데, '잠방이 속의 이[褌中之虱]'라는 우언을 이용하여
예법에 구애되어 있는 세속의 지식인을 풍자하였다. "너는 아직 '이'가 잠방이 속에 거
처하는 것을 보지 못했는가? 깊은 곳의 재봉선으로 도망을 가서 해진 솜 사이에 숨어
서는 안전한 길택이라 스스로 여긴다. 그래서 나다녀도 봉제선을 감히 떠나지 못하고
아무리 움직여도 잠방이 속곳을 벗어나지 않으면서, 법도를 얻었다고 스스로 여긴다.
배고프면 사람을 깨물어서는, 무궁히 먹을 수 있다고 스스로 여긴다. 그러나 화염이 언
덕처럼 일어나고 불길이 물처럼 흘러, 도읍을 바싹 태워 멸하면, '이'들은 잠방이 속에
거처하고 있어 나오지를 못한다. 너희 군자가 나라의 구역 내에 거처하는 것이, '이'가
잠방이 속에 거처하는 일과 무어 다를 게 있는가(汝獨不見夫虱之處于褌之中乎? 逃乎
深縫, 匿乎壞絮, 自以爲吉宅也. 行不敢離縫際, 動不敢出褌襠, 自以爲得繩墨也. 飢則
嚙人, 自以爲無窮食也. 然炎丘火流, 焦邑滅都, 群虱處于褌中而不能出也. 汝君子之
處于區內, 亦何異夫虱之處褌中乎)"

29) 옹리광파랑(甕裏狂波浪) : 술, 간장, 된장 등에 꼬이는 기생충인 혜계(醯鷄)는 술단지
속에서 술지게미를 하늘로 여기고 살아, 견식이 좁다. 『장자』「전자방(田子方)」에 "공
자는 도와의 관계에서 마치 술지게미와 같다(丘之於道也, 其猶醯鷄與)"라고 하였다.
황정견(黃庭堅)의 「연아(演雅)」 시에 "늙은 조개에게는 태 속의 진주가 적고, 혜계는
단지 속에서 하늘이 얼마나 크랴(老蚌胎中珠是賊, 醯鷄甕裏天幾大)"라고 하였다. 여
기서는 그 뜻을 뒤집어썼다.

30) 공고(貢高) : 불교어. 교오(驕傲)하고 스스로 자만함. 『백유경(百喩經)』「마대석유(磨大
石喩)」에 "바야흐로 명예를 구하여, 교만하고 공고(貢高)해서, 과실과 환란을 증대시킨
다(方求名譽, 憍慢貢高, 增長過患)"라고 하였다.

환주암에 묵고 아침에 일어나 장난삼아 짓다(宿幻住, 曉起戲題)

쯧쯧 원중랑아

어찌 새벽 일찍 일어나지 않느냐?

수백 수천의 대 세계가

영해(瀛海)31)의 물에서 바람에 불려 일어나거늘.

옷 입고 일어나서 바라보니

과연 구름은 저 아래 있고

하늘에 닿도록 유리(琉璃)를 깔아 놓았으니32)

산신령은 정녕 저리도 신성하여라.

咄哉袁中郞, 胡不侵晨起?

百千大世界, 吹作瀛海水.

披衣起視之, 果然雲在底.

彌天布琉璃, 山神聖乃爾.

---

31) 영해(瀛海) : 대해(大海), 대양(大洋). 『사기』 「맹자순경열전(孟子荀卿列傳)」에 보면, 추연(鄒衍)이 천하의 지리에 대하여 논하여, 적현신주(赤縣神州)라 불리는 중국은 천하의 81분이 1이며, 온 천하를 둘러싼 대영해(大瀛海)가 다시 있다고 하였다.

32) 미천포류리(彌天布琉璃) : 불교 성어 '일수사견(一水四見)'의 의미를 배후에 깔고 있다. 본래 '일수사견'은, 같은 물이라도 천상의 사람이 보면 유리로 장식된 보배로 보이고 인간이 보면 마시는 물로 보이며 물고기가 보면 사는 집으로 보이고 아귀가 보면 피고름으로 보인다는 것이다.

 1596년(만력 25년 정유), 천목산(天目山)에서 지은 시.

해선에게 주다(贈海禪)

해공(海公)은 도를 아는 사람

한아(閑雅)하고 위의(威儀)도 좋다.

손님에게 구름 일천 휘(斛)를 공양하고

마음을 논할 때는 한 가닥 봉(棒)[33]을 사용하네.

어이 참된 법우(法友)가 없으랴만

필경 의지할 바는 누구인가?

나도 불법(佛法)을 탐내어

그대 통해 성사(聖師)[34]에게 청하려오.

海公知道者, 閑雅好威儀.

餉客雲千斛, 論心棒一枝.

豈無眞法友, 畢竟所依誰?

余亦貪佛去, 因君乞聖師.

 1596년(만력 25년 정유), 천목산(天目山)에서 지은 시.
○困君乞聖師 : 因이 서종당본에는 同으로 되어 있다.

---

33) 봉일지(棒一枝) : 선종에서 봉(棒)과 갈(喝)을 이용하는 것을 두고 한 말이다.
34) 성사(聖師) : 부처.

쌍청장[35]에 묵으면서 인상인에게 주다(宿雙淸莊贈印上人)

일백 번 꺾이며[36] 유리(琉璃)[37]는 끓어오르고

일천 봉우리는 상제가 그물처럼 깔았구나.

티끌세계 작은 것이 다시 근심되네

산마루 많은 구름 때문에 되려 장애를 입기에.

설법하면 까마귀[烏]가 말[馬]이 되고,

근원을 따져보면 물이 곧 물결.[38]

---

35) 쌍청장(雙淸莊) : 원굉도의 「천목산 쌍청장에 막 도착하여 쓰다(初至天目雙淸莊記)」라는 글에 의하면 천목산 산각(山脚)에 있다. 여러 승려들이 장(莊)에 묵고 있었다고 하며, 계곡 물이 흘러 바위를 치면서 소리를 이루었다고도 하였다.

36) 백절(百折) : 일백 번 꺾이며 산을 오르는 것을 말함.

37) 유리(琉璃) : 하늘을 말함. 불교의 일수사견(一水四見)의 뜻을 취해 왔다. 일수사견은 '일경사심(一境四心)'이라고도 한다. 하나의 사물은 고정된 것이 아니라 인식 주관과 객관 사이의 관계, 곧 인연에 의하여 다르게 나타날 수 있다는 뜻이다. 이 성어는 널리 알려진 불경에는 나오지 않는다. 당나라 때 번역된 『섭대승논석(攝大乘論釋)』과 명나라 때 나온 『대명삼장법수(大明三藏法數)』에 나온다.

38) 궁원수시파(窮源水是波) : 화엄(華嚴) 사상에서 말하는 '리편어사문(理遍於事門)'과 '사편어리문(事遍於理門)'을 가리킨다. 사는 연(緣)에 따라 일어나므로 자성이 없는 공(空)이다. 그렇기에 사(事)는 분한이 있으면서도 그 실체를 부정하여 서로 융입(融入)한다. 반면 리(理)는 허적(虛寂)의 상(相)에 틀어박혀 있지 않고 분한이 없으면서도 유분한의 사에 두루 침투한다. 이에 따라 리편어사문(理遍於事門)과 사편어리문(事遍於理門)이 동시에 성립하게 된다. 리가 사에 편재한다는 것은 작은 먼지 하나하나에도 리가 원만구족하다는 것이고, 사가 리에 편재한다는 것은 작은 먼지 하나라 해도 모두 법계에 편재해 있다는 것이다. 정견(情見)에 집착해서 본다면, 먼지가 법계에 편재한다고 했으니 그 먼지는 작지 않을 터이고, 리가 모든 사에 편재한다고 했으니 그 리는 작은 먼지 같이 될 터이다. 이와 같다면 유분한과 무분한의 질적 차별이 해소되는 것이 아닌가 하는 의문을 품게 될지도 모른다. 그러나 리가 사에 완전히 편재한다는 것은 허공에 가득한 뜬구름이 여기저기 흩어지는 듯한 분량적인 나뉨이 아니다. 각기 다른 분위(分位, 時分과 地位)의 사(事)들이 자기를 한정하는 그곳은 바로 전 법계를 관철하는 리가 자기를 한정하는 장이다. 리의 자기 한정을 벗어나서 사가 직접 자기를 한정하는 일은 있을 수 없다. 결국 개별자가 자기를 한정한다는 것은 전 법계에 가득한 리를 뒤흔드는 것이며, 리는 아무리 작은 먼지와 같다고 해도 그 무분한의 실질을 상실하지 않는다. 징관(澄觀)은 『화엄경소(華嚴經疏)』에서 이렇게 말하였다. "이것은 분명히 사事와 리理가 같은 것도 아니고 다른 것도 아니기 때문이다. 다르지 않으므로 완전히 같으며, 같지 않으므로 분·무분의 구별을 어지럽히지 않는다. 즉 사와 리가 둘로 나뉘는 것은

사관(死關)39)에서 진정으로 죽는다면

너 법손(法孫)40)을 어이 속이랴!

百折琉璃沸, 千峯帝網羅.

更憂塵界少, 却礙嶺雲多.

說法烏成馬, 窮源水是波.

死關眞箇死, 賺爾兒孫何!

 1596년(만력 25년 정유), 천목산(天目山)에서 지은 시.

○ 却礙嶺雲多 : 礙는 서종당본·소수본에 厭으로 되어 있다.

어린 연사에게 주다(贈蓮小師)

불법(佛法)을 깨달음은 살아 있는 명본(明本)이요41)

'바다와 물결의 관계'(『演義鈔』 권10, 72b)와 같다. 물결 하나가 전체 큰 바다에 편재하여 바다와 같고 큰 바다가 전부 작은 물결에 있어서 물결과 바다가 둘이 아니다. 모두가 한 물결에 있고, 또 모두가 모든 물결에 있으며, 바다 하나를 같이한다."

39) 사관(死關) : 사문(死門). 죽음은 이 세상에서 타세(他世)의 문관(門關)에 이르므로 사관이라고 함.

40) 아손(兒孫) : 법손(法孫). 불법(佛法)을 계승하는 자손.

41) 해법생명본(解法生明本) : 불법(佛法)을 어린 나이에 깨달은 것이, 천목산에서 수도한 명본(明本)과 같다는 뜻. 명본(明本)은 항주(杭州) 전당(錢塘) 사람으로, 속성은 손(孫)씨, 자는 중봉(中峰). 호는 환주도인(幻住道人). 남송 경정(景定) 4년(1263)에 출생하여, 일찍 어머니를 잃고 15세에 출가할 뜻을 품고 오계(五戒)를 경지(敬持)하며 법화(法華)·원각(圓覺)·금강(金剛) 등을 배웠다. 원나라 지원(至元) 23년(1286)에 천목산(天目山) 사자원(獅子院)에서 고봉원묘(高峰原妙)에게 사사(師事)하여 24년에 스님이 되어, 이듬해에 구족계(具足戒)를 받아, 26년에 심인(心印)을 전수받았다. 대덕(大德) 2년(1298)에 호주(湖州) 변산(辨山)에 환주암(幻住庵)을 짓고 거처하매 학도가 날로 늘어났으므로 대덕 4년에 평강(平江) 안탕산(雁蕩山)으로 옮겼다. 그곳에 다시 환주암을 짓고 거처하였는데, 오는 자가 많아 법석(法席)을 이루었다. 지대(至大) 원년(1308)에 황태자가 도행(道行)을 흠모하여 법혜선사(法慧禪師)라는 호를 내렸다. 연우(延祐) 5년(1318) 9월에 인종(仁宗)이 불자원조광혜선사(佛慈圓照廣慧禪師)의 호와 금란가사(金蘭裂裟)

산을 오름은 성숙한 도사(導師)[42]로다.

문 닫아 걸고 늘 예배와 참회를 해도

시적 경지를 만나면 시를 짓는군.

돌밭 갈아 향초(香草)를 나눠 심고

꽃 달여서 차죽[茗糜]을 공양하면서.

인천(人天)의 일척안(一隻眼)을[43]

너 작은 아이에게 기대하노라.

解法生明本, 登山熟導師.

閉門常禮懺, 會境也題詩.

耘石分香草, 煎花供茗糜.

人天一隻眼, 望汝小廝兒.

1596년(만력 25년 정유), 천목산(天目山)에서 지은 시.

모상인에게 주다(贈模上人)

두발은 서리 같이 희어도 기운은 범과 같아

를 하사하였다. 지치(至治) 3년(1322)에 61세로 입적(入寂)하니, 절의 서쪽 망강석(望江石)에 탑을 세우고 전신을 봉안하였다.

42) 숙도사(熟導師) : 성숙한 도사. 익었다는 것은 불과(佛果)가 익었음을 말함. 도사(導師)는 많은 승려의 중심이 되어 법요(法要)를 집행하는 승려. 법사를 주관하는 승려를 말한다.

43) 인천일척안(人天一隻眼) : 인천(人天)은 인간계와 천상계의 일체 중생을 말함. '인천안목(人天眼目)'이라 하면, 인간계와 천생계의 일체 중생의 안목(眼目)이라는 뜻. 일척안(一隻眼)은 진정으로 사물을 보는 눈은 한 개라는데서 나온 말. 정문안(頂門眼)·정안(正眼)·명안(明眼)과 같다. 오묘한 경지에 도달한 사람의 눈, 탁월한 식견을 가지고 시방세계를 관파(觀破)하는 명안(明眼)을 말한다.

열 곳 길에 함정을 두고 산 짐승을 때려잡네.
바리때[44]를 손에 잡고 있으면 온갖 낱알[45]이 돌아오니
반 알도 관청의 곡식을 먹은 일이 없다네.
이제부턴 늙어서 기력이 없겠지만
현가(縣家)[46]에선 법문 밝혀 광적(鑛賊)[47]을 방지하리.
밤비가 내려 빈방은 추위가 칼로 도리는 듯한데
교만하고 어리석은 법손(法孫)은 떠나질 않누나.

頭髮如霜氣如虎, 欄杆十路撻生虜.
手挈頭顱百顆歸, 不曾半粒食官府.
而今老來無氣力, 縣家明文防鑛賊.
空房夜雨刀瘕寒, 兒孫驕呆去不得.

전
筆校교 1596년(만력 25년 정유), 천목산(天目山)에서 지은 시.
　　　　○ 而今老來無氣力 : 來는 서종당본·소수본에 嬴으로 되어 있다.

옥상인(玉上人)

산 아래에서 노승을 만났더니
나를 위해 재(齋)를 베풀어 공양하네.
살아서는 활매관(活埋關)[48]을 끊고

---

44) 두로(頭顱) : 머리의 골. 두개골. 바리때[鉢]를 가리킨다.
45) 백과(百顆) : 온갖 낱알.
46) 현가(縣家) : 현의 관아.
47) 광적(鑛賊) : 은광을 몰래 캐는 도적을 말하는 듯함.
48) 활매관(活埋關) : 산채로 묻히는 관문. 세간사에 사로잡혀 살아 있어도 죽어 있는 처
　　지를 말함.

깨어서는 고봉(高峯)의 꿈⁴⁹⁾을 물리치네.

괜스레 모공(毛孔)⁵⁰⁾ 많은 것이 싫고

마른 몸이라 염주가 무거운 듯 느껴지네.

기러기 나는 걸 돌아보다가

돌아와 보니 코 머리가 아프군.

승려에게는 코에 병이 있었다.

山下逢老僧, 爲我設齋供.

生斷活埋關, 醒却高峯夢.

空嫌毛孔多, 瘦覺數珠重.

回首鴨子飛, 歸來鼻頭痛.

僧有鼻疾.

1596년(만력 25년 정유), 천목산(天目山)에서 지은 시.
○ 生斷活埋關 : 生이 서종당본에는 坐로 되어 있다.
○ 歸來句注 : 패란거본에는 이 주가 없으나, 서종당본에 의거하여 보충한다.

운상인(雲上人)

일갈(一喝)로 사흘 귀가 먹게 하여⁵¹⁾

---

49) 고봉몽(高峯夢) : 높은 봉우리에 잠들어 있는 꿈. 고봉독숙(高峰獨宿). 향상(向上)의
절정에 죽어 있으며 향하(向下)의 자유가 없음을 말하는 것으로, 곧 자오자증(自悟自
證)만을 높이고 화하중생(化下衆生)할 분이 없음을 경계하는 말이다. 혹은 고봉관삼매
(高峰觀三昧)를 가리키는지 모른다. 고봉관삼매란 부처님이 들어가는 삼매(三昧)의 이
름. 고봉에 올라가서 시방(十方)을 바라보면 고저(高低)가 없는 것과 같아. 고봉관삼매
에 들어가 십계중생(十界衆生)의 일상일매(一相一昧)를 관하는 것을 말함.
50) 모공(毛孔) : 몸의 털. 『화엄경(華嚴經)』에 보면, 하나의 모공에서 불사의불찰무장애해
탈문(不思議佛刹無障碍解脫門)이 현현한다고 하였다.
51) 심일롱(三日聾) : 심일이롱(三日耳聾). 『오등회원(五燈會元)』에 보면, 회해대사(懷海

마조도일은 종풍을 세웠다 하더니,[52]

스님은 귀머거리로 있는 그 사이에

관자재(觀自在)[53]를 증득(證得)하였네.

시끄럽고 고요한 티끌 세계를 견디지 못하고

튀어서 성문계(聲聞界)[54]를 벗어났지.

관세음(觀世音)[55]이여 너무 우습구나

귓부리가 원통(圓通)하여[56] 도리어 장애가 되다니.

一喝三日聾, 江西立宗派.

師聵多少時, 證得觀自在.

大師)가 대중에게 말하길, "불법(佛法)은 작은 일이 아니다. 노승이 옛적에 마조대사(馬
祖大師)의 일갈(一喝)에 바로 사흘 동안 귀가 먹어 있었다"라고 하였다.
52) 강서입종파(江西立宗派) : 당나라 강서(江西) 도일(道一, 709~789)선사가 선종을 세운
일. 도일은 남악회해(南嶽懷海)의 법사(法嗣)이며, 성이 마씨이기 때문에 마조(馬祖)라
고 일컬으며, 강서는 그의 자(字)이다. 혹은 강서 마조산(馬祖山)에서 교화하였으므로
강서마조라고 부른다. 원화(元和) 연간(806~820)에 대적(大寂)의 시호를 받았다. 호남
(湖南)의 석두(石頭)와 나란히 선계(禪界)의 쌍벽(雙璧)이라고 일컬어졌다.
53) 관자재(觀自在) : 관세음(觀世音)의 이칭. 관음의 본지(本地)는 이미 정각(正覺)을 깨
친 정법명불(正法明佛)로 중생을 제도(濟度)하기 위하여 보살신(菩薩身)을 시현(示現)
하고 또는 미래에 성불(成佛)의 상(相)을 나타내는 것을 말한다.
54) 성문계(聲聞界) : 불도(佛道)의 최하근(最下根)인 성문(聲聞)의 세계. 부처의 소리를
듣고 깨닫는 자들이 생존하는 경지라는 뜻. 십지(十地)의 하나.
55) 관세음(觀世音) : Avalokitesvara. 관자재(觀自在), 광세음(光世音), 관세자재(觀世自在),
관세음자재(觀世音自在), 관음(觀音)이라 함. 대자대비(大慈大悲)를 근본 서원(誓願)으
로 하는 보살의 이름. 대자대비하여 중생이 괴로울 때 그 이름을 외우면 그 음성을 듣
고 곧 구제(救濟)한다고 함. 관세음은 세간의 음성을 관한다는 뜻, 관자재는 지혜로 관
조하므로 자재한 묘과(妙果)를 얻는다는 뜻이다.
56) 원통(圓通) : 부처와 보살이 깨달은 경계(境界)로, 묘지(妙智)를 증득(證得)한 리(理)를
원통이라 한다. 성체(性體)가 주편(周徧)한 것을 원(圓)이라 하고, 묘용(妙用)이 무애(無
碍)한 것을 통(通)이라 한다. 또 관음(觀音)을 원통대사(圓通大士)라고 한다. 능엄(楞嚴)
회상(會上)에 대소(大小) 이십오성(二十五聖)이 각자 증득한 원통방편(圓通方便)을 설
하니, 부처가 문수(文殊)에게 명하여 시비를 가리게 하였는데, 최후에 관세음의 이근(耳
根)이 가장 원통(圓通)하다고 하였다. 즉 이 땅의 중생의 육근(六根) 가운데 이근(耳根)
이 가장 이로우므로 이근이 원통의 방편에 최상이 된다는 것이다.

不受喧寂塵, 跳出聲聞界.

笑殺觀世音, 圓通却成礙.

 1596년(만력 25년 정유), 천목산(天目山)에서 지은 시.

심모편. 소산 수령 심광승[57] 형을 위해 짓다(沈母篇, 爲蕭山令沈廣乘年兄賦)

오월에 서리[58]가 빈 난간에 흐르고

벽해에는 파도 잠자고 백일은 빛을 거두었네.

유편(遺編)[59]를 구하여 고생고생 아이를 가르치느라

눈물이 필화(筆花)[60]를 이루고 핏방울은 점을 이루었지.

머리 희고 눈이 시매 아드님은 맹가(孟軻)[61]같이 이름이 서고

소(疏)를 지어 비답(批答) 받아 온(溫)[62]의 윤음(綸音)이 내렸도다.

---

57) 심광승(沈廣乘) : 심봉익(沈鳳翔). 소산 지현(蕭山知縣)이다. 권5 「심광승(沈廣乘)」의
전교(箋校)를 참조.

58) 여상(女霜) : 서리를 말하는 듯한데, 정확한 의미는 미상.

59) 유편(遺編) : 여기서는 유가의 경전과 같은 서적을 말함.

60) 필화(筆花) : 붓 머리에 생겨난 꽃. 문필에 뛰어날 조짐. 당나라 이백(李白)이 어릴 적
에 필두에 꽃이 생겨나는 꿈을 꾸고서 문학적 재능이 크게 진보하였다는 고사가 있다.
필생화(筆生花)라고 한다. 『운선잡기(雲仙雜記)』에 나온다.

61) 맹가(孟軻) : 자(字)는 자여(子輿)로, 공자의 계승자이다. 일설에는 자가 자거(子車)라
고도 한다. 『사기』「맹가·순경열전(孟軻荀卿列傳)」에서는 맹자의 이름은 가(軻)이고
추(騶, 騶는 鄒와 통한다) 사람이라고 하였다. 그런데 『공총자(孔叢子)』(孔鮒) 「잡훈(雜
訓)」편에는 '맹자거(孟子車)'라는 말이 있고, 주석에서는 그를 맹자라 하고는 자가 자거
(子居)이고 '가난하게 살아 세상에 쓰이지 않았으므로[居貧坎軻]' 이름을 가(軻)라고
했다고 하였다. 또 자를 자여(子輿)라고도 한다고 하였다. 『곤학기문(困學紀聞)』(송 王
應麟 찬)은 이 설이 견강부회라고 하였다. 『사기』에서는 맹자가 "子思의 문인에게서
수업했다"라 하였는데, 다른 책들의 기록에서는 모두 맹자를 자사의 제자라고 하였다.
그러나 자사와 맹자의 생졸년을 고증하여 맹자는 결코 자사에게서 수업을 받을 수 없
었다고 논증한 설도 있다(毛奇齡, 『四書賸言』; 崔述, 『孟子事實錄』). 맹자는 기원전
372년에 나서 기원전 289년에 향년 84세로 죽었다는 설이 있으나, 정확하지는 않다.

깊은 고통을 아이들이 알까 두려워

대면하여선 활짝 웃고 돌아서선 우셨네.

상호(湘湖)63)의 물은 희고 소산(蕭山)은 푸른데

꽃 빛과 구름 조각이 공정(公庭)에 가득하여라.64)

나는 모친 공양할 돈이 한 푼도 없어 부끄러워

문 닫고 스스로 법왕의 경전65)을 베낀다오

女霜五月流空檻, 碧海無波白日斂.

贖得遺編苦教兒, 淚作筆花血作點.

頭白眼酸軻名立, 部疏得報溫綸及.

轉將深痛畏兒知, 當面堆歡背面泣.

湘湖水白蕭山靑, 花光雲片滿公庭.

慙無一錢將供母, 閉門親寫法王經.

1596년(만력 25년 정유), 소산(蕭山)에서 지은 시.

---

62) 온(溫): 진(晉) 나라 정서대장군(征西大將軍) 환온(桓溫). 환온의 참군(參軍)이었던 맹가(孟嘉)나 환온(桓溫)의 사마(司馬)였던 사안(謝安)이 남다른 풍류와 문장으로 그의 사랑을 받은 것을 말하여, 심광승이 군주의 각별한 은총을 받은 것을 견준 듯하다. 맹가는 진(晉) 나라 강하(江夏) 사람으로 자는 만년(萬年)인데, 젊었을 때 재명(才名)이 있어 태위(太尉) 유량(庾亮)이 강주(江州)를 다스릴 때 그의 종사관(從事官)이 되었고, 나중에 환온의 참군이 되었다. 사안(謝安)은 좌저작랑(左著作郎)을 사직하고 동산 즉 회계산(會稽山)에 은둔하였는데, 조정에서 여러 번 징소하였으나 나가지 않았다. 그러다가 나이 마흔 살에 산을 나와 환온의 사마(司馬)가 되고, 중서령(中書令)으로 옮겼다가, 사도(司徒) 벼슬에까지 이르렀다.

63) 상호(湘湖): 소산현(蕭山縣) 서쪽 2리에 있으며, 둘레는 80리이며, 본래 민전(民田)이었다. 사면이 산으로 막혀 있으며, 밭은 모두 낮고 움푹 들어가 있으며, 산수가 사방에서 넘쳐나서 하나의 골짝을 이루었다.

64) 화광운편만공정(花光雲片滿公庭): 고을 관아의 뜰에 화사한 꽃과 구름 조각이 가득하다. 관아의 정치가 잘 이루어짐을 찬미한 표현.

65) 법왕경(法王經): 부처님의 경전. 불경. 법왕은 부처를 예찬하여 부르는 말.

휘주 노래. 진정보⁶⁶⁾에게 장난삼아 서신으로 보내다(徽謠·戲柬陳正甫)

지조와 행실은 푸른 구름 같고

속마음은 밝고 높은 태양 같은 분.

위엄 있는 얼굴로⁶⁷⁾ 동헌⁶⁸⁾에 앉아

간사하고 완악한 자를 쓸어버리려,

서리 무릅쓰고 한 밤중에 문서에 서명하고⁶⁹⁾

별을 이고 새벽부터 아전을 점호하네.⁷⁰⁾

회람용 공문⁷¹⁾은 네 다섯 장

금지한 규약은 두 세 조항뿐.

가슴 치며 백성의 곤궁상을 말하고

눈썹 찌푸리며 금은보화를 흘시한다.

여름에는 반 필 베옷을 입고

겨울에는 한 벌 겹저고리를 꿰네.

문하의 종자들은 맨 다리⁷²⁾가 많고

관아 관속들은 흰 공문⁷³⁾이 적다네.

세인은 눈이 콩알만하여

태야(太爺)⁷⁴⁾라 좋겠다고 말하지만

---

66) 진정보(陳正甫) : 진소학(陳所學). 휘주지부(徽州知府), 권5 「진지환(陳志寰)」 전교(箋校) 참조.

67) 타검(打臉) : 원래는 화검(花臉)을 그리는 것을 말하며, 화검괘수(花臉挂鬚)라고 하면 화검을 그리고 수염을 달아 분장하는 것을 말한다. 또한 화검괘수는 본래 면목을 감추는 것을 말한다.

68) 황당(黃堂) : 태수(太守)가 집무하는 청사(廳事).

69) 서첨(書僉) : 첨압(僉押). 연명(連名)으로 화압(花押)하는 일.

70) 획묘(畵卯) : 관아에서 소리(小吏)가 출근의 점검을 받는 일을 말한다.

71) 이문(移文) : 관아의 공문서.

72) 적각(赤脚) : 붉은 다리를 그대로 내놓는 부류의 사람. 종복.

73) 백패(白牌) : 백첩(白牒)의 잘못이 아닌가 한다. 백첩은 아직 관인(官印)을 누르지 않은 공문을 말한다.

74) 태야(太爺) : 지사(知事)의 존칭. 『홍루몽(紅樓夢)』 1회에 "뭇사람이 모두 말하길, 새

누가 알랴 대부의 마음은

똥거름 싫어하듯 관직을 싫어함을.

본시 뛰어난 남아이거늘

가난하고 추운 노인으로 분(扮)하더니,

자비롭던 마음은 오히려 독해지고

호방75)하던 간담이 돌연 작아져서,

문 닫아걸고 고사전(高士傳)76)을 기록하고

객을 머물게 하여 수심77)을 펼쳐 보이네.

하는 일은 모두다 밝고 분명하며

어느 법(法)이든 정통하다만,

다만 사방 한 치 마음에 대해선

참입(參入)78)할수록 더욱 깨닫지 못하니,

인품은 고매함에 이르기 어렵고

불법(佛法)은 근사하게 탐구하기 어렵기에,

기름진 곳에 있어도 윤택하지 못하고

쓸데없이 고생해서 몸만 야위었구려.79)

태야가 도임하였다고 하네(衆人都說, 新太爺到任.)”라고 하였다.

75) 추호(麤豪) : 예법에 성글고 호방함.

76) 고사전(高士傳) : 은둔자의 전기집. 혜강(嵇康)의 「성현고사전찬(聖賢高士傳贊)」을 비
    롯한 여러 고사전이 전한다. 『수서』 경적지 사부(史部) 잡전(雜傳)의 조항에는 「해내선
    생전(海內先生傳)」・「사해기구전(四海耆舊傳)」・「선현집(先賢集)」과 같이 전국 범위
    의 것과 「연주선현전(兗州先賢傳)」・「서주선현전(徐州先賢傳)」과 같이 지방에 한정된
    것 등, 저자를 알 수 없는 ‘선현전’들을 먼저 열거하고 고사전으로 옮겨가, 혜강 찬・주
    속지(周續之) 주『성현고사전찬』 3권, 황보밀(皇甫謐) 찬『고사전』, 황보밀 찬『일사전
    (逸士傳)』 따위를 나열하였다. 앞서 나왔다.

77) 수장(愁腸) : 근심스런 마음. 애수에 가득한 마음. 우심(憂心), 수사(愁思). 부현(傅玄)
    의 「운가(雲歌)」에 “청운이 배회하여, 나의 수장을 위로하네(青雲徘徊, 爲我愁腸)”라고
    하였다. 장설(張說)이 「강상수심부(江上愁心賦)」에 “수장을 교묘한 붓에 꿰고, 이별의
    꿈을 슬픈 거문고 줄에 젓는다(貫愁腸於巧筆, 紡離夢於哀絃)”라고 하였다.

78) 참(參) : 참입(參入), 참득(參得). 참여하여 체득함.

79) 고고(枯槁) : 야윔. 굴원(屈原)이 지은 「어부사(漁父辭)」에 보면, 굴원이 방축되어 강담
    (江潭)을 떠돌고 못 가에서 서성이며 시를 읊었는데 안색이 초췌하고 형용이 메말랐다

操履若雲靑, 肝腸如日杲.

打臉坐黃堂, 要把奸頑掃.

披霜夜書僉, 戴星朝畫卯.

移文四五張, 禁約三兩道.

拊心談民窮, 攢眉視金寶.

夏衣半疋葛, 冬穿一領襖.

門子赤脚多, 皂隷白牌少.

世人眼如豆, 便道太爺好.

誰知大夫心, 厭之如糞草.

本是雋男兒, 扮作酸寒老.

慈悲心愈毒, 麤豪胆乍小.

閉門錄高士, 留客抒愁抱.

所事皆明暢, 無法不精曉.

只在一寸心, 愈參愈不了.

人品高難扮, 佛法近難討.

處脂不能潤, 徒勞傷枯槁.

전校

1597년(만력 25년 정유), 흡현(歙縣)에서 지은 시.
○打臉坐黃堂 : 打臉은 서종당본에 掀髯으로 되어 있다.
○便道太爺好 : 爺는 서종당본에 守로 되어 있다.
○所事皆明暢 : 所事는 서종당본에 是法으로 되어 있다.
○無法不精曉 : 法은 서종당본에 幽로 되어 있고, 精은 洞으로 되어 있다.
○只在一寸心 : 在는 서종당본에 此로 되어 있다.
○人品高難扮 : 扮은 서종당본에 判으로 되어 있다.
○徒勞傷枯槁 : 槁는 패란거본에 稿로 되어 있으나 서종당본에 의거하여 고친다.

고 하는 묘사가 있다(屈原旣放, 游於江潭, 行吟澤畔, 顔色憔悴, 形容枯槁).

반경승에게 주다(贈潘景升)

천애(天涯)의 곳에 나그네 되어
닿는 곳마다 권속(眷屬)의 생계를 도모하는데,
새로 사귄 이와 전부터 즐겁게 지내던 이들이
한데 모이길 구름 같이 하였네.
당 위에는 초 땅 음식을 벌려 놓고
당 아래서는 오 땅 노래를 연주하며,
동쪽 계단은 노복들이 줄지어 있고
서쪽 계단에는 수레바퀴를 매달아 두었다.
면발[麵縷]은 기둥처럼 굵고
소반의 생선은 지붕보다 높이 괴었다.
수레 몰 듯 빨리 술잔을 돌리되
그것도 환락이 부족할까 염려할 정도
토해내는 것은 마디마디 심장(心腸)이요80)
붓 휘두르면 글자마다 주옥.
심(沈)81)·송(宋)82)의 문(門)을 지나지 않았거늘

---

80) 해토촌촌장(咳吐寸寸腸) : 이상은(李商隱)이 지은 「이장길소전(李長吉小傳)」에 보면, 이하(李賀)가 "늘 어린 해노(종복)를 따르게 하고, 노새를 타고는, 낡고 해진 비단 주머니를 해노의 등에 지워 다니다가, 시를 얻는 것이 있을 때면 즉시 주머니 속에 던져 넣었다. 저녁이 되어 돌아오면, 태부인(모친)이 여종을 시켜 주머니를 가져와 꺼내게 하였는데, 적어 넣은 시가 많은 것을 보면 곧 '우리 아이가 심장을 토해내어야 그만 두겠구나!'라고 하였다(恒從小奚奴, 騎距驢, 背一古破錦囊, 遇有所得, 卽投書囊中. 及暮歸, 太夫人使婢受囊出之, 見所書多, 輒曰 : '是兒要當嘔出心乃而已')"라고 되어 있다.
81) 심(沈) : 심전기(沈佺期, 대략 650~713?).
82) 송(宋) : 송지문(宋之問, ?~712). 심전기와 함께 상원(上元) 2(675)년의 시험에 급제하였다. 두 사람은 칠언율시의 정형을 만들어낸 시인들로 알려져 있다. 실제의 작품 수는 적었지만, 그 운율이 뒷날의 모범으로 되었다. 심전기와 송지문 두 사람은 정치적인 사건에 연좌되어 남방에 유배되었다. 그 여행중에 지은 시에서 또한 별스런 새로움이 희미하게 보이기 시작하였다.

어찌 이(李)83) · 왕(王)84)의 부림을 당하랴.

세인은 눈이 장님이라

서로 이끌고 함정과 지옥에 빠지네.

어찌 단지 속의 초바구니85)를

구름 밖 고니86)와 바꿀 것인가.

만사가 그대를 어찌 하지 못한다만

그대를 어렵게 하는 건 가난뿐.

하지만 가난할수록 객이 더욱 많으니

---

83) 이(李) : 이반룡(李攀龍, 1514~1570). 명의 문학가. 자는 우린(于麟), 호 창명(滄冥), 역
　　성(歷城 : 지금의 山東) 사람. 이선방(李先芳) · 사진(謝榛) · 오악(吳岳) 등과 시사(詩社)
　　를 조직하고 복고(復古)를 내걸었다. 그러다가 후에는 왕세정(王世貞) · 종신(宗臣) · 양
　　유예(梁有譽) · 서중행(徐中行) · 오국륜(吳國倫) 등이 차례로 입사하여 이선방 · 오유악
　　등과 함께 '칠자(七子)'가 되었다. 이들이 곧 '후칠자(後七子)'들이다. 그는 왕세정과 더
　　불어 '칠자'의 영수가 되어 일시를 풍미했다. 저서로는『창명집(滄冥集)』30권이 있다.
　　"서경(西京) 이하로는 이렇다 할 산문이 없으며, 중당 이하로는 좋은 시가 없다"고 하
　　면서 유독 이몽양(李夢陽)을 받들어 모방과 복고의 문학을 제창했다.
84) 왕(王) : 왕세정(王世貞, 1526~1590). 자(字)는 원미(元美)이며, 명나라 중 · 후엽의 문
　　인. 호는 봉주(鳳州) · 엄주산인(弇州山人)으로, 강소성(江蘇省) 대창(大倉) 사람이다. 남
　　경(南京)의 형부상서(刑部尙書)를 마지막으로 관직에서 물러났다. 젊었을 때부터 문명
　　이 높아 가정칠재자(嘉情七才子), 즉 후칠자(後七子)의 한사람으로 꼽혔고, 학식은 그
　　중에서도 제1인자였다. 후칠자의 맹주격인 이반룡(李攀龍)과 함께 이왕(李王)이라고 불
　　렸으며, 명대 후기 고문사(古文辭)의 지도자가 되었고, 이반룡이 죽은 뒤에는 그 자리
　　를 독점하였다. 격식을 소중히 여기는 의고주의(擬古主義)를 주장하였으나, 이반룡이
　　진한(秦漢)의 문장과 성당(盛唐) 이전의 시를 그대로 모방한데 비해, 왕세정은 유연한
　　태도를 보였다. 만년에는 당나라의 백거이(白居易) · 한유(韓愈) · 유종원(柳宗元)과 송
　　나라의 소동파(蘇東坡) 등의 작품에도 심취하였다. 문집으로『엄주산인사부고(弇州山
　　人四部考)』(174권)와『속고(續稿)』(207권)를 남겼고, 문학예술논집으로『예원치언藝苑
　　巵言)』을 남겼다.
85) 옹중계(甕中雞) : 단지 속의 혜계(醯鷄). 술, 간장, 된장 등에 꼬이는 기생충인 혜계(醯
　　鷄)는 술 단지 속에서 술지게미를 하늘로 여기고 살아, 견식이 좁다.『장자』「전자방(田
　　子方)」에 "공자는 도와의 관계에서 마치 술지게미와 같다(丘之於道也, 其猶醯鷄與)"라
　　고 하였다.
86) 곡(鵠) : 황곡(黃鵠).『상자(商子)』「획책(畵策)」에 "황곡이 나는 것은, 단번에 천리이다
　　(黃鵠之飛, 一擧千里)"라고 하였다. 황곡은 고결한 인사를 가리킨다.『초사(楚辭)』「복
　　거(卜居)」에 "차라리 황곡과 날개를 나란히 할지언정, 어찌 닭이나 오리와 함께 먹을
　　것을 다투랴(寧與黃鵠比翼乎, 將與鷄鶩爭食乎)"라고 하였다.

가난이 그대를 어찌 하랴!

彌天作旅人, 着處爲眷屬.
新知與舊歡, 湊集如雲族.
堂上羅楚羞, 堂下度吳曲.
東階串僕奴, 西階懸馬轂.
麵縷大如柱, 盤鮮高於屋.
鞭車行酒盃, 猶恐歡不足.
咳吐寸寸腸, 揮毫字字玉.
不過沈宋門, 寧作李王役.
世人眼如盲, 相牽入穽獄.
豈以甕中雞, 而易雲外鵠.
萬事無奈君, 難君只有貧.
轉貧客轉多, 貧豈奈君何!

1597년(만력 25년 정유), 흡현(歙縣)에서 지은 시.
○ 반경승(潘景升) : 반지항(潘之恒). 자가 경승(景升)으로, 또 다른 자는 경생(庚生)이다. 흡현(歙縣) 사람이다. 수염이 창처럼 삐죽삐죽하고 손님과 사귀는 것을 좋아하였다. 척당기위(倜儻奇偉)함을 자부하였으며, 젊어서 시의 명성이 있었다. 왕도곤(汪道昆)의 백유사(白楡社)에 들어갔다가, 또 왕세정(王世貞)을 사사하였다. 원굉도를 알고 난 뒤로는 공안파에 경심(傾心)하여, 공안파의 후경(後勁)이 되었다. 시는 수천편이 있으며, 책으로 묶은 것도 아주 많다. 『금창초(金昌草)』 등이 있다. 『열조시집소전(列朝詩集小傳)』 「정집 하(丁集 下)」에 전(傳)이 있다.
○ 題 : 서종당본·소수본에는 景升이 庚生으로 되어 있다.

반경생[87]의 집에서 여러분과 함께 시를 지었는데 전(錢) 자를 뽑았다
(潘庚生館同諸公得錢字)

산은 겹겹으로 빛이 곱고

구름은 조각조각 선명하다.

꽃바람은 향기로운 물 기운을 띠고

매우(梅雨 : 장마)는 동전 모양 이끼를 윤택하게 하네.

차(茶)는 새삼[88]의 맛처럼 별스럽고

난향(蘭香)은 꿩 꼬리 모양의 연기로 사그러드네.

번번이 시 밖의 지취(旨趣)에서

구중선(句中禪)[89]을 깨닫노라.

---

87) 반경생(潘庚生) : 반지항(潘之恒). 자가 경승(景升) 혹은 경생(庚生)이다. 위에 나왔다.
88) 송라(松蘿) : 소나무 위에 붙어사는 겨우살이.
89) 구중선(句中禪) : 시선(詩禪). 선종(禪宗)에서는 '불립문자(不立文字)'의 입장을 취하여 경전에 얽매어서는 안 된다고 하지만, 결코 문자를 쓰지 않는 것은 아니었다. 특히 시를 통해서 오경(悟境)을 담아내는 일이 많았다. 그것을 시선(詩禪)이라고 한다. 『육조단경』에 보면 '직지인심(直指人心)'과 '견성성불(見性成佛)'을 중시하였는데, 깨달음을 중시하는 이 전통은 송대에 이르러 『창랑시화(滄浪詩話)』의 저자 엄우(嚴羽)가 '오묘한 깨달음(妙悟)'을 주장한 것과 기식이 통한다. 엄우는 선불교의 이론에 입각하여 한・위진・성당(盛唐)의 시를 평론해서, "대저 선을 하는 바른 길은 오직 오묘한 깨침에 있고, 시를 짓는 바른 길도 역시 오묘한 깨달음에 있다. …… 생각건대 깨달음이란 당사자가 해야 하는 것이고, 꾸밈없이 해야 한다(大抵禪道惟在妙悟, 詩道亦在妙悟. …… 惟悟乃爲當行, 乃爲本色)"고 하였다. 특히 선시(禪詩)는 깨달음의 풍광을 시적으로 표현하는 방법을 발전시켜 왔다. 이를테면 조주(趙州, 787~897)는 「십이시가(十二時歌)」에서, 불교에서 보는 하루의 시작은 축시(丑時)에서부터 하루의 끝에 해당하는 자시(子時)에 이르기까지 일상의 시간을 노래하였다. 즉 축시의 노래에서 조주(趙州)는 다음과 같이 말하였다. "닭이 우는 것을 보니 축시로구나. 우울한 마음으로 일어나 앉아, 또 새고 또 지지부진함을 보게 된다. 군자(裙子) 편삼은 하나도 없고, 가사의 형상은 조금 남아 있다. 잠방이에는 허리가 없고, 바지에는 발 넣을 구멍이 없다. 머리에는 비듬이 서너 말. 전에는 수행을 통해, 사람들을 제도하고 이롭게 하려 했건만, 그 누가 알겠는가 변화 속에 멍청한 짓을 할 줄이야." 자시(子時)의 노래는 이렇다. "밤의 한 가운데 자시로구나. 마음의 경계를 어떻게 금방 얻어서, 순식간에 멈출 수 있겠는가. 온 세상의 출가자들을 생각해 보니, 나처럼 살아가는 자 그 몇이나 될 것인고 흙으로 된 방바닥 자리는 다 해지고, 느릅나무 목침에 이불이라고는 전혀 없어. 존엄한 부처님 앞에, 안식향도 피

山色重重冶, 雲容片片鮮.

花風香水氣, 梅雨潤苔錢.

茶別松蘿味, 蘭銷鵲尾烟.

每于詩外旨, 悟得句中禪.

1597년(만력 25년 정유), 흡현(歙縣)에서 지은 시. 권11 「백수(伯修)」에 보면, "반경승(潘景升) 집에 손님이 되었는데, 동서남북의 명사로 한 데 모인 자가 십여 명보다 적지 않았다. 조석으로 오아(吳兒)를 시켜 노래를 불러 주흥을 돋우게 하였다"라고 하였다.

○ 茶別二句 : 서종당본·소수본에는 '轄聚鄭莊驛, 茶銷陸羽泉'으로 되어 있다.

경승[90]에게 주다(贈景升)

떨이채 운치[91]는 옥 가루 떨어지듯 하고[92]

편안한 평상에 앉은[93] 맛은 선(禪)과 같아라.

한가롭기에 술 동무 쫓아다니고

바쁘더라도 시편(詩編)을 검토한다.

여기 객들이 수레를 머물었으니

우지 못해, 재[灰] 속에서 오로지, 소똥의 기운만을 들을 수 있다." 조주는 이러한 노래를 통하여, 일상사 그 자체가 진리라고 생각하며 일상성을 있는 그대로 받아들이는 자세를 드러내었다. 평범한 일상을 노래하는 속에 진리를 담아내었다.

90) 경승(潘景升) : 반지항(潘之恒), 자가 경승(景升)으로, 또 다른 자는 경생(庚生)이다. 흡현(歙縣) 사람이다. 위에 나왔다.

91) 주병(麈柄) : 떨이의 손잡이. 떨이는 청담(淸談)을 즐기는 고사(高士)들이 사용하던 것이다. 여기서는 떨이채를 흔들며 청담을 하는 운치를 말한다.

92) 운여설(韻如屑) : 서로 나누는 이야기의 운치가 마치 옥설(玉屑)이 떨어지듯 한다는 뜻임.

93) 광상(匡牀) : 편안한 평상. 광(匡)은 편안하다는 뜻. 일설에, 모양이 방정하다는 뜻이라고 한다. 筐牀이라고도 표기한다. 『장자』 「제물론(齊物論)」에 보면, "왕과 광상을 함께 하고, 추환을 먹는다(與王匡牀, 食芻豢)"라고 하였다.

어느 누구라고 어질지 않으랴?
총명함은 일마다 발휘하지만
대저 문제는 돈이 없다는 것.

塵柄韻如屑, 匡牀味似禪.
閑惟追酒伴, 忙亦檢詩編.
是客皆停轍, 何人不道賢.
聰明事事有, 大抵只無錢.

 1597년(만력 25년 정유), 흡현(歙縣)에서 지은 시.
○ 題 : 서종당본에서는 「用韻贈庚生」이라 되어 있다.

꿈속에서 존경각에 글을 쓰고, 깨어난 뒤 그것을 서술하여 웃음의 재료로 삼는다(夢中題尊經閣, 醒後述之博笑)

존경각은 휴녕현 유학에 있다(閣在休寧縣儒學).

장하다 존경각이여
아스라하게 연무(烟霧) 속에 솟아 있구나.
일천 산에 노나라 유학자 같은 이들이 열을 지어
공읍(拱揖)하는 사람의 수를 알 수 없을 정도
세속은 형가(形家)94)의 술(術)을 다투어
두 탑을 멀리 바라보도록 세웠으니,
흙을 쌓아 뾰족한 봉우리를 만들고
하늘에 높이 솟도록 나무를 심었다.

---

94) 형가(形家) : 감여가(堪輿家). 지형을 관상하여 택지나 묘지를 점치는 자. 풍수지리가.

해양(海陽)95)에는 상인이 많아서

잘게 아껴서 넉넉히 쌓고 모아,

재물을 잡아 계산한지96) 십 년도 안 되어

대대적으로 곳간을 채운 것97)보다 더욱 풍성하다.

"부(富)라는 것을 구할 수만 있다면

집편(執鞭)하더라도 달게 흠모하리라."98)

이 금언을 친히 전하고 선포하셔서

그 말씀이 「술이(述而)」의 곳에 있나니

사(師)99)와 상(商)100)은 누가 더 어질었나

사(賜 : 端木賜)101)와 회(回 : 顔回)102)는 누가 부유하였나?103)

---

95) 해양(海陽) : 안휘성(安徽省) 휴녕현(休寧縣)의 동쪽 지역.

96) 악산(握算) : 재물을 잡아 계산함.

97) 대영고(大盈庫) : 당나라 천보(天寶) 연간의 뒤에, 태부경(太府卿) 양숭례(楊崇禮) 부
자가 가혹하게 인민의 재산을 가렴주구(苛斂誅求)하고, 또 왕홍(王鉷)이 호구색역사(戶
口色役使)가 되어 해마다 전(錢) 수백 억 민(緡)을 바치게 해서, 조조(租調) 이외의 세를
모아 천자의 부고(府庫)를 대대적으로 채우고 연사(燕私)의 비용으로 충당한 것을 두고
하는 말.『구당서』「식화지(食貨志)」에 나온다.

98) 부야이가구, 집편소흔모(富也而可求, 執鞭所忻慕) :『논어』「술이(述而)」에 기록된 공
자의 말을 약간 바꾸어 쓴 것이다.「술이」편에는 "부라는 것을 구할 수가 있다고 한다
면 남의 말채찍을 잡는 천한 일이라도 나는 할 것이다. 만일 구할 수 없다고 한다면 내
가 좋아하는 바를 따라 행할 것이다(富而可求也, 雖執鞭之士, 吾亦爲之. 如不可求, 從
吾所好)"라고 되어 있다.

99) 사(師) : 공자의 제자 자장(子張). 성(姓)은 전손(顓孫)이다.『논어』「위정(爲政)」에 "자
장이 녹봉을 구하는 방법을 배웠다(子張學干祿)"라는 말이 나온다.

100) 상(商) : 공자의 제자 복상(卜商). 즉 자하(子夏)이다.『논어』「학이(學而)」에, "자하가
말하길 남의 어짊을 어질게 여기고 색을 좋아하던 마음을 바꾸며, 부모를 섬김에 그 가
진 힘을 다하고, 군주를 섬김에 자기 몸을 다 바치며, 친구와 사귐에 말을 하여 신용이
있을 것 같으면, 비록 학문을 하지 않았다고 하더라도 나는 그를 두고 학문을 하였다고
말할 것이다(子夏曰, 賢賢易色. 事父母, 能竭其力. 事君, 能致其身. 與朋友交, 言而有
信. 雖曰未學, 吾必謂之學矣)"라고 하였다.

101) 사(賜) : 단목사(端沐賜). 위(衛)나라 사람으로 자는 자공(子貢)이다. 공자보다 나이가
31세 어리다. 외교에 대한 능력이 뛰어난 것으로 알려져 있으며, 경제적인 면에서도 성
공을 거두었다. 공자는 그의 현명함을 칭찬하였고 그를 사리에 통달한 사람으로 계씨
에게 추천하기도 하였다. 하지만 그 말재주에 대해서는 공자가 꾸지람을 한 적도 있다.
공자 사후 자공이 주가 되어 공자 상례에 있어서 주재자가 되며 다른 제자들과는 달리

몇몇 곤궁한 '오사모(烏紗帽) 쓴 관리들은
공자로부터 '잘못'이라고 야단 맞으리.

壯哉尊經閣, 縹緲入烟霧.
千山列魯儒, 拱揖不知數.
俗競形家言, 兩塔遙相顧.

6년 상을 치르게 된다.

102) 회(回) : 안회(顔回). 노나라 사람으로 자(字)는 자연(子淵)이다. 공자보다는 서른 살 어
리다. 공자가 가장 사랑하였던 제자로, 가난하였지만 나이 29세에 머리털이 모두 희어
질 정도로 학문에 열중했다. 서른 하나의 나이로 요절하자, 공자는 매우 슬퍼하여, "하
늘이 나를 버리는구나!(天喪子, 天喪子)"라고 말하였다(『논어』 「先進」). 성균관 대성전
에 봉안된 4성(聖) 가운데 한 사람이다. 안회에 관한 기록에는 다음과 같은 것들이 있
다. "안연이 인에 관해 공자에게 묻자 공자가 말하길 '제 몸을 이겨서 예에 돌아오면,
천하가 인을 더불어 할 것이니라. 인을 행하는 것은 자기에게서 말미암는 것이니, 어찌
남에게서 말미암겠는가?(顔淵問仁. 子曰, 克己復禮爲仁. 一日克己復禮, 天下歸仁焉.
爲仁由己而由人乎哉.─「顔淵」)" "어질구나, 회(回)여. 한 그릇 밥과 한 표주박 물을 마
시며, 좁고 누추한 거리에 사는 것을, 남들은 그 근심을 견디지 못하거늘, 회(回)는 그
도(道)의 즐거움을 고치지 않는구나(子曰. "賢哉, 回也! 一簞食一瓢飮, 在陋巷, 人不堪
其憂, 回也不改其樂. 賢哉, 回也!)"(「雍也」), "내가 안회와 종일 이야기해도 그는 한 번
도 나를 반대하는 일이 없으니, 마치 바보처럼 보인다. 그러나 그가 물러가서 하는 일
을 살펴보면 내가 가르친 것을 완전히 터득한 것처럼 행동하므로 안회는 결코 바보가
아니다(吾與回言, 終日不違如愚. 退而省其私, 亦足以信. 回也不愚)"(「爲政」), "노나라
애공이, 제자들 중에서 누가 학문을 좋아하는가? 라고 묻자 공자가 대답하길, 안회라는
자가 있어 배우기를 좋아하며, 노염을 옮기지 아니하며, 허물을 다시하지 아니하더니
불행하게도 명이 짧아 죽었습니다. 지금은 좋아하는 사람이 없습니다(哀公問, 弟子孰
爲好學? 孔子對曰, 有顔回者, 好學, 不遷怒, 不貳過. 不幸短命死矣. 今也則亡. 未聞
好學者也)."(「雍也」)

103) 사여회숙부(賜與回孰富) : 이 비교의 어법은 『논어』 「공야장(公冶長)」편에서 공자가
자공과 안회를 비교한 고사에서 따왔다. 「공야장」편에 "자공에게 공자가 말하길, '너와
안회 중에 누가 더 나으냐?'라고 하자, 자공이 대답하길, '사(賜)가 어찌 감히 회(回)와
같기를 바라겠습니까? 회(回)는 하나를 들으면 열을 알고 사(賜)는 하나를 들어 겨우 둘
을 압니다(子謂子貢曰 : 與女回也孰愈? 對曰 : 賜也何敢望回? 回也聞一以之十, 賜也
聞一以之二)"라는 일화가 있고, 역시 「공야장」편에, "자공이 물어 보기를 '사(賜)는 어
떤 사람입니까?'라고 하자, 공자가 대답하기를 '너는 그릇이니라'라고 대답하고, 다시,
'무슨 그릇입니까?'라고 묻자, '호그릇과 연그릇이니라'라고 답하였다(子貢問曰 : 賜也
何如? 子曰 : 女, 器也. 曰 : 何器也? 曰 : 瑚璉也)"라는 일화도 있다.

纍土作尖峯, 上有參天樹.

海陽多賈人, 纖嗇饒積聚.

握算不十年, 豐於大盈庫.

富也而可求, 執鞭所忻慕.

金口親傳宣, 語在述而處.

師與商孰賢, 賜與回孰富?

多少窮烏紗, 皆被子曰誤.

전교 1597년(만력 25년 정유), 휴녕현(休寧縣)에서 지은 시.
○ 金口四句 : 서종당본은 '讀書師端木, 馴馬光道路, 子淵豈不賢, 翻被空空誤'이라 하였다.
○ 多少二句 : 서종당본에는 이 두 구절이 없다.

매계표를 만나 기뻐서(喜逢梅季豹)

서시(西施)의 찡그린 모습을 본뜨는 마을에는 세련된 모습이 없고[104]
한단(邯鄲)의 걸음을 흉내내는 사람에게는 고상한 걸음이 없는 법.[105]

---

104) 빈리소야용(矉里少冶容) : 『장자』「천운(天運)」에 "서시가 가슴(심장)이 아파서 그 마을에서 찡그리고 있자, 그 마을의 추한 여인이 그것을 보고 아름답다고 여겨 돌아가 가슴을 부여잡고 그 마을에서 찡그렸다. 그러자 그 마을의 부자는 보고서 굳게 문을 닫아걸고 나가지 않았고, 가난한 사람은 그것을 보고서 처자식을 이끌고 달아났다. 저 추한 사람은 찡그리는 표정이 아름다운 것만 알았지, 그 찡그리는 것이 아름다운 이유가 무엇인지를 몰랐던 것이다(西施病心而矉其里, 其里之醜人見之而美之, 歸亦捧心而矉其里. 其里之富人見之, 堅閉門而不出. 貧人見之, 挈妻子而去之走. 彼知矉美而不知矉之所以美)"라고 하였다.
105) 한단무고보(邯鄲無高步) : 『장자』「추수(秋水)」에 보면, "더구나 그대는 유독 저 수릉 여자가 한단(조나라 수도)으로 걸음걸이를 배우러 갔던 일을 알지 못하는가? 한단 도성의 걸음걸이를 배우지도 못하였을 뿐만 아니라 이전의 자기 걸음걸이도 잃어버렸으므로, 다만 엉금엉금 기어서 돌아왔을 따름이다(且子獨不聞大壽陵余子之學于邯鄲與? 未得國能, 又失其故行矣, 直匍匐而歸耳)"라고 하였다. 이 구절은 처음 구절과 함께,

일만 사람 귀가 한결같이 귀머거리 꼴이기에[106]

활불(活佛)이어도 제도(濟度)할 수가 없구나.

모의(摹擬)가 둔적(鈍賊)[107]을 이루어

선비들이 돌려가며 오류를 범하였으니,

누린내 나는 뼈에 개미들이 선회하고

나귀 등뼈에 쉬파리가 모여든 격.

서위(徐渭)[108]는 용맹스런 재주가 넉넉하지만

신분 낮아 도리어 대우받지 못하였다.

근래에 탕현조(湯顯祖)[109]는

명나라 문단에서 모방을 일삼았던 복고파에 대하여 말한 것이다. 당나라 때 이백(李白)도 육조 이래의 시풍이 형식주의로 흐른 폐풍을 비판할 때 이 두 고사를 이용하였다. 즉 이백의 「고풍(古風)」 제35수에서 "추녀는 효빈을 하였으나, 집으로 돌아가서 사방 이웃을 놀래켰고, 수릉여자는 본래의 걸음걸이를 잃어버려, 한단 사람들을 웃게 만들었지(醜女來效矉, 還家驚四隣. 壽陵失本步, 笑殺邯鄲人)"라고 하였다.

106) 만이동일외(萬耳同一聵) : 석존이 설법할 때 제8회에서 『화엄경』을 들은 이승, 삼승의 무리가 '귀머거리 같고 벙어리 같았다'고 하는 것을 이용한 표현이다. 『법화경』이 비로소 이승·삼승의 무리들에게 구제를 보증하였다고 한다.

107) 둔적(鈍賊) : 작가를 우둔하게 만드는 큰 폐해.

108) 서위(徐渭, 1521~1593) : 명나라 말기의 문학가. 산음(山陰)사람. 자는 문장(文長), 문청(文淸). 호는 천지산인(天池山人), 청등도사(靑藤道士) 등. 과거에 여러 차례 낙방하였다. 일찍이 호종헌(胡宗憲, ?~1565)의 병사가 되어 병법과 계책을 건의하였고, 호종헌이 서해(徐海, ?~1556)와 왕직(王直, ?~1560)을 토벌하는데 공을 세웠다. 그러나 호종헌이 하옥되자, 화가 미칠까 두려워 자살을 시도하였으나 이루지 못하고, 후처를 죽이고 옥에 7년 간 있었다. 장원변(張元忭, 1538~1588)의 도움으로 석방되었다. 초서(草書)와 화초죽석(花草竹石) 그림에 능하였다. 희곡으로『남사서록(南詞叙錄)』, 잡극으로『사성원(四聲猿)』을 남겼으며,『노사분석(路史分釋)』,『모현요지(毛玄要旨)』,『사서해(四書解)』,『서문장집(徐文長集)』 30권,『일고(逸稿)』 24권 등을 남겼다. 공안파 문학에 큰 영향을 주었으며 원굉도가 지은 「서문장전(徐文長傳)」이 있다.

109) 탕현조(湯顯祖) : 자(字)는 의잉(義仍)이다. 지금의 강서성에 속하는 임천(臨川) 사람. 희곡가로서 저명하다. 만력 11년의 진사로 남경 태상박사(太常博士)에 임명되었고, 남경 예부사제사주사(禮部祠祭司主事)로 옮겼다. 집정 대신을 논핵하여, 서문 전사(徐聞 典史)로 유배되었다. 만력 21년에 수창(遂昌) 지현(知縣)으로 양이(量移)되었다. 만력 23년 2월, 상계(上計)의 일을 마친 뒤, 원굉도와 함께 북경을 출발하였다. 만력 26년에 비로소 수창의 직임을 떠났다. 탕현조는 희곡『사몽(四夢)』으로 천하에 명성을 날렸다. 그는 전후칠자를 '안문(贋文)'이라고 비난하였다. 『열조시집소전(列朝詩集小傳)』에 "왕

늠름하고 힘차서 가구(佳句)가 있고,

빈(賓 : 원중도)은 광탕(曠蕩)한 선비라서

물이 동쪽으로 쏟듯 쾌활하다.

구탄(丘坦)은 살지고[110] 반지항(潘之恒)은 수염 길러[111]

둘 다 형제의 수에 끼일 만하다.

월(越) 땅에는 두 령(齡)[112]이 있어

시인의 취향[113]을 해탈하여,

입의(立意)는 신 기틀을 내고

스스로 야금(冶金)하고 스스로 도주(陶鑄)하나니,

온 세상 사람들은 다 종놈일 뿐인걸

누가 입을 벌려 험담하랴.

내가 독(毒) 바른 북을 쳐서[114]

그대를 성원하리니 두려워 마시게.

눈 씻고 그대의 시를 읽으매

하늘을 젖혀 구름 안개를 씻어내는 듯.

그대의 시만 사랑하는 것이 아니라

(왕세정)·이(이반룡)가 홍기한 이후 백여 년, 탕의잉은 안개가 자욱한 시기에 그 사이에 구멍을 뚫어 힘껏 풀어 없애었다"고 하였다.『명사』권230에 전(傳)이 있다. 원굉도는 탕현조와 서위(徐渭)를 병칭하여, 그의 시를 칭송하여 "힘차게 치솟아 시구가 아름답다(凌厲有佳句)"고 하였다(권9「喜逢梅季豹」). 탕현조는 스스로 말하길, "초(楚)의 재주에 극히 복종하여, 감당할 수 없다고 여긴다"고 말하였다.

110) 구비(丘肥) : 구탄(丘坦)을 가리켜 한 말.

111) 반염(潘髯) : 반지항(潘之恒)을 가리켜 한 말이다.

112) 이령(二齡) : 도망령(陶望齡)과 도석령(陶奭齡) 형제.

113) 시인취(詩人趣) : 복고를 일삼으면서 시인인 체하는 취향.

114) 아격도독고(我擊塗毒鼓) : 독을 바른 북을 쳐서 듣는 사람들로 하여금 즉사하게 만든다는 뜻.『전등록(傳燈錄)』에 보면, "전활선사가 상당하자, 한 승려가 나와서 예배하면서 설법을 청하였다. 전활선사는, '나는 마음을 마치 북에 독을 바르듯이 하여, 그 북을한 번 치면 가까이서 듣는 사람이나 멀리서 듣는 사람들이 모두 죽게 만들 듯이 하여야 한다고 가르치노라'라고 말하였다(全豁禪師上堂, 一僧出禮拜請, 師曰, 吾敎意猶如塗毒鼓, 擊一聲, 遠近聞者皆喪)"고 하였다. 여기서는 복고파로 하여금 혼백이 달아나게 만들겠다는 뜻이다.

그대를 사랑하여 마음으로 돌아본다오

뭇사람은 내가 좋아하는 바를 꾸짖고

온 천하가 그대의 흠모하는 바를 미워하네.

닭을 바치는 단(壇)115)에서 맹세한다면

기치(旗幟)를 그대 위해 세우겠소

빈(賓)은 소수(小修)의 어릴 적 자(字)이다.

瞼里少冶容, 邯鄲無高步.

萬耳同一瞶, 活佛不能度.

摹擬成鈍賊, 士子遞相誤.

羶骨螗迴旋, 驢脊蒼蠅聚.

徐渭饒梟才, 身卑道不遇.

近來湯顯祖, 凌厲有佳句.

賓也曠蕩士, 快若水東注.

丘肥與潘髯, 俱置兄弟數.

越中有二齡, 解脫詩人趣.

立意出新機, 自冶自陶鑄.

擧世盡奴兒, 誰是開口處.

我擊塗毒鼓, 多君無恐怖.

洗眼讀君詩, 披天抉雲霧.

不獨愛君詩, 愛君心相顧.

衆人嗔我喜, 天下憎君慕.

---

115) 계단(鷄壇): 당나라 단공로(段公路)의 『북로록(北虜錄)』에 월나라 사람은 남과 교제
할 때는 단을 만들고 백견(白犬)이나 단계(丹鷄)로 제사지내는데, 맹세의 말에 "그대
가 수레를 타면 나는 갓을 쓰고 있다가, 뒷날 상봉한다면 수레에서 내려 읍을 하시오
내가 만약 보행하고 그대가 말을 타고 가다가, 뒷날 상봉한다면 마땅히 말에서 내리리
다(卿若乘車我戴笠, 後日相逢下車揖. 我若步行君乘馬, 後日相逢馬當下)"라고 하
였다.

鷄壇如可盟, 旗幟爲君樹.

賓, 小修小字.

전교筆校 1597년(만력 25년 정유), 휴녕현(休寧縣)에서 지은 시.

○ 매계표(梅季豹) : 매수기(梅守箕), 자는 계표(季豹). 선성(宣城) 사람이다. 수재(秀才)로, 급제하지 못하여 실의하여 스스로 방탕하였다. 시는 금체(今體)를 짓지 않았다. 『거저전집(居諸前集)』과 『거저후집(居諸後集)』이 있다. 『열조시집소전(列朝詩集小傳)』「정집 하(丁集 下)」에 전(傳)이 있다.

○ 身卑道不遇 : 遇는 서종당본·소수본에서 附로 되어 있다.

○ 丘肥二句 : 서종당본·소수본은 이 두 구를 ‘丘郞發孤峭, 髯也淸而露’라 하였다.

○ 越中有二齡 : 二는 패란거본에 一로 되어 있다. 서종당본·소수본에 따른다.

오로봉[116] 바위에 함부로 쓰는 것을 경계하다(戒五老峯題石)

일찍이 괴이하게 여겼지, 양진가(楊眞珈)가

비래봉(飛來峯)[117] 모양을 그대로 본떠 모형을 만든 일을.

명산에 신령이 있다면

부디 환(丸) 하나로 봉(封)해 주오.[118]

제운산(齊雲山)[119]은 기괴한 벽이 풍부하여

글 쓴 것이 허공의 비취 벽에 널렸구나.

---

116) 오로봉(五老峯) : 제운산(齊雲) 사신암(捨身巖) 서쪽에 있다. 『가경일통지(嘉慶一統志)』에 나와 있다.

117) 비래봉(飛來峰) : 절강성(浙江省) 항주시(杭州市)의 영은산(靈隱山) 동남쪽에 있는 봉우리. 진(晉)나라 함화(咸和) 연간에 서역승 혜리(慧理)가 이 산에 올라 탄식하면서 “이것은 중천축국(中天竺國) 영취산(靈鷲山)의 작은 산마루인데, 어느 해에 날아왔는지 모르겠다”라고 말하였다고 해서 이름을 비래봉이라고 하고, 또 다른 이름을 영취산(靈鷲山)이라고 한다고 한다. 『여지기(輿地記)』에 나온다.

118) 청이일환봉(請以一丸封) : 하나의 환(丸) 모양으로 완전히 봉해달라는 뜻.

119) 제운(齊雲) : 제운산(齊雲山). 휴녕현(休寧縣) 서쪽 40리에 있다.

주먹 돌[120] 하나라도 그래서는 안 되거늘
산악의 신에게 무슨 죄가 있다고 그러나?
비문(碑文)에는 아첨의 말 많고
금벽(金壁)은 썩은 기운을 더한다.
다행히 오로봉(五老峯)은
붓의 재앙이 아직 이르지 않았군.
부디[121] 후래인들은
삼가 함부로 글자를 쓰지 말기를.
산신령이 이미 증명하였으니
후생은 경홀히 여기지 마오
그렇지 않고서 호사(好事)를 부린다면
두개골이 즉각 채찍으로 부서질게요

嘗怪楊眞珈, 作俑飛來峯.
名山如有靈, 請以一丸封.」
齊雲富奇壁, 題識徧空翠.
卷石亦不容, 嶽神有何罪?」
碑文多諛辭, 金壁增腐氣.
所幸五老峯, 筆災尙未至.」
珍重後來人, 愼勿妄題字.
山神已證明, 後生毋輕易.
好事倘不然, 頭骨隨鞭碎.」

---

120) 권석(卷石) : 뭉쳐진 작은 돌. 卷은 구(區)의 뜻이다. 『중용(中庸)』에, "지금 무릇 산은
     하나의 뭉쳐진 작은 돌이 많이 모인 것이다(今夫山一卷石之多)"라고 하였다. 卷은 拳
     과 통하니, 卷石은 곧 拳石으로, 주먹돌이라는 뜻이 된다.
121) 진중(珍重) : 부디.

1597년(만력 25년 정유), 휴녕현(休寧縣)에서 지은 시.

○ 金壁增腐氣 : 壁은 서종당본·소수본에 璧로 되어 있다.

전백성 씨의 『전교』는 제목의 계(戒)를 "계산(戒山). 즉 제운산(齊雲山)"이라고 해설하였으나, 이것은 제목을 오해한 것이다. 『전교』의 해설에 따르면 이 시의 제목은 "계산 오로봉에서 바위에 쓰다"가 된다. 그러나 이 시는 사람들이 산의 바위에 함부로 이름이나 시를 새기는 일을 경계한 것이다.

제운암(齊雲巖)

강가에 이상한 돌이 있어
호사가들이 가져다 공양하니,
산호·목난주122)와
비슷하다고 존중한다.
제운암은 천하에 둘도 없는 암석으로
깊은 벼랑에 감색 동굴이 연이었으며,
산마다 마노(瑪瑙)처럼 붉고
고고(高古)하면서 날아갈 듯하다.
이것은 바로 분(盆)에 꾸민 경물 같으니
곱고 어여뻐서 가지고 놀 만하지.
대 광주리에 담는다 하여도
어찌 기이한 공물(貢物)로 충당하지 못하랴.
그윽한 벼랑은 귀신의 도끼가 솜씨를 다해 만들었고
어두운 골짝에는 신선이 통곡하네.
주렴 사이로 보이는 비123)는 만 갈래로 날고

---

122) 목난주(木難珠) : 막난(莫難). 목난주(木難). 보주(寶珠)의 이름으로, 누런 색이다.

채운(彩雲)124)은 일천 년을 얼어붙은 채로구나.

江濱有異石, 好事持作供.

珊瑚木難珠, 似者卽矜重.

齊雲天下巖, 深壁連紺洞.

山山瑪瑙紅, 高古復飛動.

只是作盆景, 鮮姸已堪弄.

假饒置筐筐, 豈不充奇貢.

幽崖鬼斧窮, 玄壑飛仙慟.

簾雨萬絲飛, 雲彩千年凍.

전
校교 1597년(만력 25년 정유), 휴녕현(休寧縣)에서 지은 시.
○ 齊雲巖 : 즉 제운산(齊雲山). 명나라 가정(嘉靖) 11년에 칙령을 내려 암
(巖)을 산(山)이라 고쳤다. 『가경일통지(嘉慶一統志)』에 보인다.
○ 只是 4구 : 서종당본·소수본은 '天然置盆景, 供彼高眞弄. 常恐巨靈如, 筐筐充
天貢'으로 하였다.

석교암(石橋巖)

천문산(天門山)은 앞대문

석교암125)은 뒷문.

두 문이 얼마나 떨어졌나

오오는 이십오 리.

---

123) 염우(簾雨) : 발 사이로 보이는 비. 혹은 가랑비를 뜻하는 염우(廉雨)의 오기인 듯하다.

124) 운채(雲彩) : 채운(彩雲).

125) 석교(石橋) : 원굉도의 「석교암(石橋巖)」에 따르면 대략 천문(天門) 일대와 유사하되
문이 조금 널찍하며, 제운(齊雲)에서 25리 떨어져 있다고 한다.

바위 늙어 구름 잘 생겨나고

산은 민둥이라 범을 숨기지 않는다만,

산악 신은 객정(客情)이 풍부하여

돌연 일천 봉우리에 비를 일으키누나.

天門卽前闔, 石橋卽後戶.

兩門去幾何, 五五二十五.

石老易生雲, 山髡不藏虎.

嶽神饒客情, 闔起千峯雨.

 1597년(만력 25년 정유), 휴녕현(休寧縣)에서 지은 시.

낙석대 산방에서 묵다(宿落石臺山房)

첫째(其一)

푸른 비취빛 소나무126)가 세 이랑 드리워 있어

시원한 그늘이 뜰 하나 너비로구나.

차 연기는 안개와 어울려 피어나고

등불 그림자는 계곡 물에 들어가 푸르다.

유쾌한 시선127)에 산 모습이 익고

증기 일어나는 바위에 빗 기운이 비리다.

---

126) 창취(蒼翠) : 창취빛의 소나무.

127) 쾌안(快眼) : 본래는 날카로운 눈매란 뜻으로 쓰인다. 오래(吳萊)의 「흑해청가(黑海靑歌)」에 "월산에는 산마다 흑해청이 있어, 긴 주먹과 날카로운 눈매에 건장한 날개를 갖추었네(越山山有黑海靑, 長拳快眼健羽翮)"라고 하였다.

계곡물 소리가 베개머리에 차갑게 이르러오는 때
문 닫아걸고 경전 독송을 마치네.

蒼翠垂三畝, 涼陰可一庭.
茶烟和霧出, 燈影入流靑.
快眼山容熟, 蒸巖雨氣腥.
谿聲寒到枕, 闔戶了遺經.

둘째(其二)

수풀과 동산만 경승이 아니라
숙사(절간)[128]도 좋구나.
구름은 땅에 누운 바위에서 생겨나고
산은 담 곁의 가지를 짓누른다.
자모(字母 : 범어)[129]는 승려 만나 굴려보고
문심(文心)[130]은 물에 물어 알게 되네.
그대 거업(擧業 : 과거 공부)을 잘 닦았으니
갈림길에서 의심할 것이 없으리.

不獨林園勝, 居停更可兒.
雲生臥地石, 山壓傍墻枝.
字母逢僧轉, 文心問水知.
看君擧業好, 歧路不須疑.

---

128) 거정(居停) : 숙사(宿舍). 여기서는 절간.
129) 자모(字母) : 범어(梵語), 산스크리트어. 여기서는 불경의 말.
130) 문심(文心) : 문장, 문학의 본질.

1597년(만력 25년 정유), 흡현(歙縣)에서 지은 시.

범계(泛溪)

작은 뗏목이 거룻배 마냥 평평하고
무늬 깊은 붉은 난간을 덮었다.
물살 따라 내려가기 쉬운 것만 탐하지
누가 여울을 거스르기 어려움을 알랴.
고사리 빻아 찬에 버무리고
석반어(石斑魚)[131]는 회(膾) 쳐서 반찬으로 삼네.
매우(梅雨) 계절에는 소낙비 많아
옷을 껴입어도 저녁에는 춥구나.

小筏平如舫, 文紗蔽赤欄.
只貪下水易, 誰識上灘難.
蕨粉和爲饌, 石斑鱠作盤.
梅天多驟雨, 重衣晚亦寒.

1597년(만력 25년 정유), 흡현(歙縣)에서 지은 시.
○只貪 2구 : 서종당본·소수본에는 이 두 구가 '千場談快事, 一笑出層灘'으로 되어 있다.

---

131) 석반(石斑) : 석반어(石斑魚). 여흘치. 담수어의 일종. 몸이 좁고 길며 측편(側扁)의 형태이다. 석복어(石伏魚), 석반어(石縼魚)라고도 한다.

장자에게 주다(贈章子)

월 땅 습속이 형가(形家 : 풍수지리)를 높이 쳐서

귀천(貴賤)을 운명 탓으로 여기고,

곽박(郭璞)132)같은 자가 머리카락보다 많아서

담명자(譚命者)133)가 제 스스로 신성한 척하네.

근래 도석궤(陶石簣)는

선령(先令)134)을 따르지 않고

유독 친척135) 장씨(章氏)를 좋아하니

의론(議論)이 올바르기에 그렇다네.

초(楚) 땅 사람은 먼 계획136)이 없어

살 곳을 점치되137) 제 본성에 내맡기고,

두룡(頭龍)138)에 이를 줄을 몰라서

---

132) 곽박(郭璞) : 곽박이 환이(桓彝)에게 말하길, '그대가 온다면, 다른 곳이라면 그냥 곧장 앞으로 나갈 수 있지만, 측간에서는 곧장 만나볼 수가 없으니, 필시 주인과 손님 사이에 재앙이 있게 될 것이오(卿來, 他處自可徑前, 但不可厠上相尋耳. 必客主有殃)'라고 하였다. 환이는 뒤에 취한 김에 곽박의 집으로 갔는데, 바로 곽박이 측간에 있을 때였다. 그가 숨어서 보니, 곽박은 벌거벗고 머리를 풀어헤치고, 칼을 입에 머금고 제를 올리고 있었다(裸身被髮, 銜刀設醮). 곽박은 환이를 보더니, 마음을 쓸어 내리면서 크게 놀라, '나는 번번이 그대에게 오지 말라고 하였거늘, 도리어 이와 같이 하시다니! 비단 내게만 재앙이 되는 것이 아니라 그대도 역시 면하지 못할 것이오. 하늘이 실로 재앙을 내린다면 장차 누구를 원망하겠소!(吾每屬卿勿來, 反更如是! 非但禍吾, 卿亦不免矣. 天實爲之, 將以誰咎!)'라고 하였다. 『진서』「곽박전(郭璞傳)」에 나온다.

133) 담명자(譚命者) : 운명을 점쳐주는 사람들.

134) 선령(先令) : 사후(死後)의 일에 관한 명령을 적은 글. 유령(遺令).

135) 영친(令親) : 남의 친척을 가리키는 말.

136) 원모(遠謀) : 먼 계획. 앞을 멀리 내다보는 생각. 『좌전』 '장공(莊公) 10년'에 보면 조귀(曹劌)가 "고기를 먹는 사람(봉급을 많이 받아 맛있는 음식을 먹는 관리나 부자)은 비루하여 앞길을 멀리 내다보지 못한다(肉食者鄙, 不遠謀)"라는 말이 있다. 여기서는 부귀현달의 장대한 계획이 없다는 말임.

137) 상지(相地) : 땅을 점치다. 있어야 할 장소, 상황을 점친다는 뜻이다.

138) 두룡(頭龍) : 용두(龍頭). 과거(科擧)에서 제1위의 급제자를 용두라고 하는데, 여기서는 과거 급제를 뜻하는 듯함.

태평성세를 글로 적으려 욕심내지 않누나.
금 별 찍힌 벼루[139]를 얻기 바라지
사석 인장은 바라지 않기에.[140]

越俗上形家, 貴賤倚爲命.
郭璞多於毛, 譚者自神聖.
近來陶石簣, 頗不遵先令.
獨喜令親章, 議論能持正.
楚人無遠謀, 相地多任性.
不識到頭龍, 休貪書世盛」.
願得星如金, 不願砂如印.」

1597년(만력 25년 정유), 흡현(歙縣)에서 지은 시.

○ 장자(章子) : 아마도 함께 제운(齊雲)과 신안강(新安江)에 노닐었던 것 같다. 『회계현지(會稽縣志)』 권24에 보면, 장중(章重)의 자는 원발(爰發)인데, 문장으로 세상에 이름이 났으며, 평소 도망령(陶望齡)·유종주(劉宗周)로부터 그릇 감이라고 존중되었다고 하며, 숭정(崇禎) 10년의 진사로 복안 지현(福安知縣)을 제수받았다고 한다. 어쩌면 이 사람일지 모르겠다,

○ 近來陶石簣 : 石簣는 서종당본에 學士로 되어 있다.

○ 獨喜令親章 : 令親은 서종당본에 鄕人으로 되어 있다.

○ 休貪書世盛 : 書는 서종당본에 十으로 되어 있다.

---

139) 원득성여금(願得星如金) : 금같은 별이 찍힌 벼루를 얻기 원한다는 뜻. 절강성(浙江省) 낙청현(樂淸縣)의 금성계(金星溪)와 안휘성(安徽省) 흡현(歙縣)의 용호계(龍虎溪)에서 산출하는 금성석(金星石)은 벼루의 재료로 유명한데, 짙은 청색 속에 담황색 반점이 있다.
140) 불원사여인(不願砂如印) : 사석(沙石)으로 만든 인장은 원하지 않는다. 인장은 관리가 사용하는 인장, 즉 관인(官印)을 말한다.

신안강(新安江)[141]

첫째(其一)

한 리(里)마다 천 번 꺾이고
한 산이 일만 번을 서리네.
화상(和尚) 고개는 풀이 없어 민머리이고
수재(秀才) 여울은 돌이 썩었구나.[142]
협곡에 들어가자 작은 하늘에 마주치고
벼랑을 디디며 새도 날기 어렵다 탄식한다.[143]
가벼운 배가 종이처럼 얇으니
익숙지 않아서 마음이 섬뜩하네.

一里垂千折, 一山近萬盤.
草髡和尙嶺, 石腐秀才灘.
入峽逢天小, 投厓歎鳥難.
輕舟薄似紙, 未慣也心寒.

전
筆校교　1597년(만력 25년 정유)에 지은 시.

---

141) 신안강(新安江) : 원굉도의 「신안강에 노닌 기록(遊新安江記)」에 의하면, 신안강(新安
江)은 너무나 맑아서 밑바닥이 보일 정도이며, 봉우리와 둥근 봉우리가 비춰빛으로 겹
쳐 이어진 것이 은은하게 물 속에 보이고, 때때로 물결 이는 수면 위로 돌출하여 보이
는 것은 하늘을 아로새겨 마치 호수의 바위와 같다고 하였다. "강은 양옆으로 산이 끼
고 있어, 물의 흐름을 일천 리에 이르도록 묶어서, 바위에 부딪혀 여울을 이루고 쏜살
같이 흘러가므로, 눈으로 주시(注視)하는 일을 문득 그만 둘 수가 없다. 그리고 산은 회
합(回合)하기를 좋아하여, 서너 걸음마다 한 번씩 강물이 돌아나가므로, 뱃전의 앞에서
망망(莽莽)한데, 배가 홀연히 벽으로 들어가므로 꺾여서 따라나가니, 곧 이것이 물길[
竇]임을 알 수가 있다"라고 원굉도는 적었다.
142) 석부수재탄(石腐秀才灘) : 시큼한 유학자를 부유(腐儒)라고 하는데서, 수재탄 부근의
돌이 마치 썩은 것처럼 생기가 없고 푸석한 것을 두고 한 말임.
143) 탄조난(歎鳥難) : 너무도 험하여 새도 날아 건너지 못할 정도라는 것을 탄식한다는 뜻.

둘째(其二)

지척에 계곡이 다하여 근심스럽고
구불구불 돌아가기에 길 잃었나 의심한다.
작은 배는 신발 코 마냥 뾰족하고
가는 닻줄은 실처럼 조밀하다.
물길 따라 가며 기이한 준봉(峻峰)을 탐냈다가
돌아오는 배에선 너무도 험준함을 탄식하네.
승경을 만나도 선망할 것 없어라[144]
때론 그냥 흘려 보내야지.

咫尺愁溪盡, 縈迴覺路疑.
小舟尖似履, 細纜密如絲.
下水貪奇峻, 歸舟歎嶮巇.
相逢不用羨, 亦有放流時.

셋째(其三)

괴석 사이로 강이 뚫고 나가매
강이 추워 바위도 춥구나.
혹은 배 밑에 비쳐 보이고
혹은 가산(假山)[145]처럼 보이네.
다점(茶店)에는 모인 손님 많고
미탄(米灘)을 오르다 사람들을 만나네.
계곡 물은 험한 편이지만

---

144) 상봉불용선(相逢不用羨) : 승경을 만나도 선망할 필요가 없다, 선망해서는 안 된다.
145) 가산(假山) : 관상용(觀賞用)으로 산 모형을 만든 것.

물 따라 내려감은 평안하구나.

怪石穿江出, 江寒石亦寒.
或從舟底見, 或作假山看.
聚客多茶店, 逢人上米灘.
溪流雖較險, 下水也平安.

 江寒石亦寒 : 위의 寒 자는 서종당본·소수본에 淸이라 되어 있다.
　○ 逢人上米灘 : 逢은 서종당본·소수본에 徼라고 되어 있다.

넷째(其四)

물살 거칠고 바위 더욱 험악하다
피부[나무]도 푸르지만 뼈[바위]도 푸르네.146)
바위굴 어둑하여 귀신의 말을 듣는 듯하고
들에 불이 타니 용을 구워 깨우겠네.
늙은 나무는 당나라 때 것인 듯하고
비스듬 누운 묘비는 송나라 때 것인 듯해라.
알겠네, 태백 늙은이[李白]가
성성(猩猩)이 있다 한 말147)이 낭설임을.

---

146) 부청골역청(膚靑骨亦靑) : 나무와 바위가 모두 푸르다는 뜻. 나무는 산의 피부이고,
바위는 나무의 골이기 때문에 이렇게 말함.

147) 유성성(有猩猩) : 이백의 「청계행(淸溪行)」(혹은 「宣州淸溪」로도 되어 있음)에 보면
"맑은 시내는 나의 마음을 맑게 해주니, 물빛이 다른 물과는 다르네. 묻나니 신안강은
보기에 이것과 어떠한지. 사람은 맑은 거울 속으로 가고, 새는 병풍 속으로 건너간다지.
저녁나절에는 성성이 울어, 멀리 유람하는 사람을 속절없이 슬프게 한다지(淸溪淸我
心, 水色異諸水. 借問新安江, 見底何如此. 人行明鏡中, 鳥度屏風里. 向晚猩猩啼, 空
悲遠游子)"라고 하였다.

浪惡石尤惡, 膚靑骨亦靑.
玄巖聽鬼語, 野燒炙龍醒.
樹古疑唐族, 碑欹或宋銘.
可知太白老, 浪說有猩猩.

　可知句 : 서종당본·소수본에는 이 구를 '過崖逢父老'라고 하였다.
○ 浪說有猩猩 : 浪은 서종당본·소수본에 傳이라 되어 있다.

다섯째(其五)

시곽(市郭)이 전혀 드물고
벼랑 가 촌락은 대개 비슷하구나.
계곡 구름은 일천 조각으로 검고
산의 불은 한 개의 실낱으로 붉더니,
폭우는 모래밭 공기를 푹푹 찌도록 만들고
높은 바위는 바람을 되돌려 보낸다.
갑작스레 왔기에 응당 갑작스레 흩어지리라
지난 밤 달이 궁현(弓弦) 같이 휘었지.[148]

市郭全然少, 崖邨大底同.
谿雲千片黑, 山火一絲紅.
暴雨蒸沙氣, 高巖返去風.
驟來應驟解, 昨夜月如弓.

---

148) 월여궁(月如弓) : 달이 궁현(弓弦) 같이 휘었다. 상현이나 하현의 달임을 말한다.

여섯째(其六)

산도(山都 : 비비)[149]는 읊다가 또 웃고
성성이 말은 시비를 따지듯 하네.
호수의 수면은 쉬이 검어지고
나그네 옷은 순일한 청색이다.[150]
풀뿌리에는 물고기 새끼 자라고
백사장 끝에는 제비 새끼 나누나.
집 편지가 구름 저편으로 가면
아내는 낭군 돌아올 날을 헤아리리.

山都吟復笑, 猩語是邪非.
易黑江湖面, 純靑客旅衣.
草根魚子長, 沙末燕兒飛.
家信雲梢去, 郎歸計日歸.

家信雲梢去 : 梢는 서종당본·소수본에 揹로 되어 있다.

일곱째(其七)

가는 구름은 푹푹 찌는 산에서 나오고
맑은 시내는 허공을 바닥에 비춘다.
소금 파는 사람들 가운데는 부녀들이 많고
물에 헤엄치는 자들은 모두가 아이들이네.

---

149) 산도(山都) : 비비(狒狒). 『이아(爾雅)』에 보면, 비비는 사람처럼 머리를 풀어헤치고 내
달리면서 사람을 잡아먹는다고 하였다.
150) 순청객여의(純靑客旅衣) : 객의 옷이 화려한 관복(官服)이 아니라는 뜻.

강에는 오는 물결, 가는 물결이 있지만
신(神)에게는 남풍과 북풍이 따로 없네.
급류에다 바위 또한 날카로우니[151]
득실이 우두머리 뱃사공에게 달렸구나.[152]

雲細蒸山出, 溪澄見底空.
買鹽多婦女, 沒水盡兒童.
江有往來浪, 神無南北風.
暴流皆石齒, 得失在頭工.

江有往來浪 : 浪은 서종당본·소수본에 賽로 되어 있다.

여덟째(其八)

풀이 무성하여 나무를 분간하지 못하겠고
산이 숨으니 안개 끼어서인가 의심되네.
객선은 여울 옅은 곳으로 나아가고
배 끄는 잡부는 들소 곁에서 잠자네.
어느 누가 조정의 일로 봉사(奉事) 가서
청년의 나이로 돌아오더냐.
나는야 강의 여러 물을 다 보고도
합자(盒子)에 돈을 두둑이 남겼다만.[153]

---

151) 폭류개석치(暴流皆石齒) : 급류인 데다가, 바위는 모두 이빨처럼 뾰족하다는 뜻.
152) 득실재두공(得失在頭工) : 우두머리 뱃사공이 어떻게 배를 지휘하느냐에 따라 배가
  안전할지 전복될지 하는 것이 결정된다는 뜻.
153) 영래합자전(贏來合子錢) : 합자(合子)는 곧 합자(盒子). 합자에 돈을 남겼다는 뜻으로,
  여기서의 돈은 시문을 말한다.

草豐不辨樹, 山隱却如烟.

客舫因灘淺, 牽夫傍兒眠.

誰家朝奉去, 幾得少年還.

歷盡江兒水, 贏來合子錢.

誰家四句 : 서종당본·소수본은 "家世風濤上, 生涯茶鹵邊. 歷盡川湖水,
歸來尙少年"이라 하였다.

아홉째(其九)

떠도는 이는 원래가 괴롭고

길가는 이는 대개 고생하기 마련.

산 구름은 나지막이 모자를 누르고

계곡의 비는 짓궂게 도포에 침범한다.

마음내키는 대로 살아가려면

머리털을 깎을 수밖에.154)

갈매기와 집오리를 비교한다면

필경 누가 더 높이 날랴?155)

---

154) 제비벌정모(除非伐頂毛) : 정수리의 털, 즉 머리카락을 깎아 중이 될 수밖에 없다는 뜻.

155) 장구여목비, 필경시수고(將鷗與鶩比, 畢竟是誰高) : 갈매기나 집오리나 똑같이 난다
고 할 수 있지만 그 나는 것을 비교한다면 필경 누가 더 높이 날랴, 라는 뜻이다. 『장
자』「소요유(逍遙遊)」에서, 구만리를 올라 바람을 날개 밑에 받아 도남(圖南)을 하는
대붕(大鵬)에 대하여 매미[蜩]와 비둘기[學鳩]가 비웃었다는 우언(寓言)의 뜻을 이용
하였다. "매미와 비둘기가 웃으면서 말하길, 나는 한껏 힘을 내어 날아서 느릅나무가
있는 곳을 뚫고가서 그치는데, 때로는 목표한 곳에 이르지도 못하고 땅에 떨어질 따름
이거늘, 구만리를 남쪽으로 가서 무엇을 하자는 것인가라고 하였다. 하지만 교외로 가
는 사람은 세끼를 먹고 갔다가 오더라도 배가 그득하고, 백 리를 가는 사람은 하루 전
에 양곡을 찧어서 가며, 천리를 가는 자는 삼개월 동안 양곡을 모으는 법이다. 저 두 미
충이 어찌 알랴(蜩與學鳩笑之曰 : '我決起而飛, 搶楡枋而止, 時則不至而控於地而已
矣, 奚以之九萬里而南爲?' 適莽蒼者, 三飱而反, 腹猶果然. 適百里者, 宿舂糧. 適千里
者, 三月聚糧. 之二蟲又何知!)"

浪子由來苦, 行人大抵勞.
山雲低壓帽, 谿雨惡侵袍.
欲得恣心意, 除非伐頂毛.
將鷗與鶩比, 畢竟是誰高.

열째(其十)

서늘한 바람은 석골(石骨)에 스미고
상쾌한 비는 산머리를 지나간다.
뗏목 위로 모래밭 쥐가 다니고
구름 속에서 늙은 원숭이 휘파람 부네.
압록(鴨綠)156)의 물 위로 하늘이 길고
청한(靑翰)157)의 배는 한 휘[斛] 들이 크기.
만리를 거의 다 노닐었으니
육휴(六休)158)야 너는 즐거우냐 안 즐거우냐?

---

156) 압록(鴨綠) : 오리의 눈빛처럼 푸른 것을 말함.
157) 한청(翰靑) : 한청(翰靑). 배의 이름. 새 모양을 새기고 청색으로 칠한 배. 『설원(說苑)』
「선설(善說)」에 보면, 장신(莊辛)이 양성군(襄成君)에게 하는 말 가운데, 악군(鄂君) 자
석(子晳)이 신파(新波)에 배를 띄울 때, 청한(靑翰)의 배에 만비(蒲芘)를 다 하고 취개
(翠蓋)를 펼쳐두며 서미(犀尾)를 봉함하고 반려(班麗) 계임(桂衽)과 함께 종고(鐘鼓)의
음악을 연주하는 것을 듣고 그것이 끝난 뒤에는 배 젓는 월 땅 사람이 노를 끼고 노래
하는 것을 들었다고 하였다.
158) 육휴(六休) : 여기서는 원굉도 자신을 가리킨다. 본래는 당나라 사공도(司空圖)와 송
나라 문인 손방(孫昉)의 고사에서 나온 말이다. 당나라 사공도(司空圖)는 만년에 다리
병이 나서 퇴직하고는 중조산(中條山) 왕관곡(王官谷)에 살면서 정자를 지어 '삼휴'라
고 하였다. 그는 자기 재능을 헤아려보건대 쉴 만한 이유가 한 가지 있고, 자신의 분수
를 따져보건대 쉴 만한 이유가 또 한 가지 있으며, 늙어 귀먹었으므로 쉴 만한 이유가
다시 한 가지 더 있다고 하였다. 한편 송나라 문인 손방(孫昉)은, 품질 낮은 차와 거친
밥이지만 실컷 먹을 수 있으므로 좋고, 떨어진 옷과 이불을 기워 따스하므로 좋으며,
엄벙덤벙 평온하게[三平二滿] 날짜가 지나가므로 좋고, 탐욕 부리지도 않고 질투하지
도 않으면서 늙었으므로 좋다고 하여, 스스로 '사휴거사'라 하였다.

涼風沁石骨, 快雨過山頭.

筏上行沙鼠, 雲中嘯老猴.

天長鴨綠水, 斛許翰靑舟.

萬里遊垂盡, 六休休未休?

雲中嘯老猴 : 老는 서종당본・소수본에 野로 되어 있다.
○六休休未休 : 六은 패란거본에 欲으로 되어 있으나 잘못이다. 서종당
본・소수본・이운관본에 의거하여 고친다. 六休는 원굉도의 호이다.

엄릉(嚴陵)[159]

첫째(其一)

계곡은 예닐곱 심(尋) 깊이
산은 사, 오 리 높이.[160]

---

159) 엄릉(嚴陵) : 엄자릉(嚴子陵), 즉 엄광(嚴光). 자(字)가 자릉인데, 줄여서 엄릉이라고 말
한다. 본성은 장(莊)인데, 명제(明帝)의 휘(諱)를 피하여 성을 바꾸었다고 한다. 또다른
이름은 준(遵)이다. 동한 때 회계(會稽) 사람. 어려서 후한 광무제(光武帝) 유수(劉秀)와
함께 노닐고 공부하였다. 광무제가 즉위하자 성명을 바꾸고 숨었다. 광무제는 사람을
시켜서 두루 찾아보게 하였는데, 양피 옷을 입고 못에서 낚시하고 있던 그를 찾아내자,
그를 징소하여 서울로 불렀다. 엄광이 궁중에 들어가서 광무제가 함께 누워 잠을 자다
가, 발을 광무제의 배에 걸쳤는데, 다음날 천문을 맡아보는 태사(太史)가, 지난 밤 천상
(天象)을 보니, 한 객성(客星)이 자미성(紫微星)의 자리를 침범하였다고 보고하였다. 광
무제는 웃으면서, 친구 엄광과 함께 잠을 잤을 뿐이라고 하였다고 한다. 광무제는 엄광
에게 간의대부(諫議大夫) 벼슬을 주었으나, 엄광은 관직을 받지 않고 부춘산(富春山)에
숨었다. 엄광이 은둔한 곳의 지명을 엄릉산(嚴陵山), 엄릉뢰(嚴陵瀨), 엄릉조대(嚴陵釣
臺)라고 부른다. 『후한서』 「일민전(逸民傳)」의 '엄광(嚴光)'조에 일화가 실려 있다. 북
송 때 범중엄(范仲淹)이 절강성(浙江省) 엄주(嚴州), 즉 지금의 동려현(桐廬縣)에 엄광
의 사당을 세우고, 그 후손을 불러 제사를 지내게 하였다. 범중엄은 그때 「엄선생사당
기(嚴先生祠堂記)」를 세웠다.
160) 산고사오리(山高四五里) : 산이 높다는 것은 실경(實景)을 말한 것이다. 그런데 이 표
현은 북송 때 범중엄(范仲淹)이 지은 「엄선생사당기(嚴先生祠堂記)」의 사(辭)의 표현을

일백 척 낚시가 있다 한들

어찌 저 아래 못까지 닿았으랴?161)

谿深六七尋, 山高四五里.

縱有百尺鉤, 豈能到潭底?

1597년(만력 25년 정유)에 지은 시.

둘째(其二)

유문숙(劉文叔 : 광무제)162)은 유위(有爲)163)의 인물이고

선생은 진실로 무용(無用)164)하였다만

의식하여 그것을 뒤틀어 쓴 듯하다. 범중엄은 엄광(嚴光) 사당을 세우고 스스로 기(記)를 지었는데, 그 사(辭)에 "구름 산은 푸르고, 강물은 넘실대네. 선생의 덕은, 산이 높고 물이 길어라(雲山蒼蒼, 江水泱泱, 先生之德, 山高水長)"라고 하였다. 이태백(李泰伯)은 그 글을 보고 감탄하면서도 한 글자가 온당하지 못하다고 하였다. 그는 '운산(雲山)'이니 '강수(江水)'니 하는 말은 뜻이 너무 크고 표현도 광대한데 덕(德)이라는 글자로 잇는 것은 국축(局促)한 듯하니 '풍(風)'이란 글자로 고치는 것만 못하다고 하였다. 그래서 범중엄이 탄복하였다는 이야기가 『용재수필(容齋隨筆)·오필(五筆)』에 전한다. 범중엄의 「엄선생사당기」에 "탐욕스런 사내는 청렴해지고 겁쟁이 사내는 떨쳐 일어섰다(貪夫廉, 懦夫立)"는 말이 있기 때문에, 『맹자』의 "백이·유하혜의 풍모를 알고(聞伯夷柳下惠之風)"라는 구절을 생각하여 '풍'이란 글자를 놓아야 한다고 말한 것이다(『文章軌範』).

161) 기능도담저(豈能到潭底) : 어찌 저 아래 못까지 닿았으랴? 본래 엄자릉은 물고기를 낚을 뜻이 아니었다는 말이다.

162) 유문숙(劉文叔) : 후한의 광무제 유수(劉秀).

163) 유위(有爲) : 세상을 위하여 책무를 지니고 실행에 옮김.

164) 무용(無用) : 『장자』에서 말하는 '무용지용(無用之用)'의 뜻을 가리킨다. 즉 『장자』「소요유(逍遙遊)」에 보면, 혜자(惠子)가 자신에게 엄청나게 큰 포(匏)와 저(樗)가 있다는 우언을 통하여 무용(無用)에 문제를 던지자, 장자는 "지금 그대에게 큰 나무가 있어서 그것이 쓸모 없다고 염려하고 있는데, 어찌 그 나무를 무하유의 곳, 광막한 들판에 심어 두고, 그 곁에서 아무 하는 일 없이 어슬렁거리고, 그 아래서 누워 자면서 소요하지를 않는가? 그렇게 한다면 도끼에 요절할 일이 없고 다른 사물이 해치는 일이 없을 것이

완(宛)·낙(洛)의 도읍165)에 물어보오
어느 것이 엄탄(嚴灘)166)만큼 중한지?

文叔眞有爲, 先生眞無用.
試問宛洛都, 誰似嚴灘重?

셋째(其三)

온 세상이 가난167)을 경멸하거늘
곤궁한 골상을 누가 공경하랴?
어찌하여 엄주성(嚴州城)168)은
그래도 엄(嚴)을 성(姓)으로 하였나?

擧世輕寒酸, 窮骨誰相敬?
如何嚴州城, 亦以嚴爲姓?

니, 쓸 만한 곳이 없기에 어디 재액을 당하고 괴롭힘을 당하랴(今子·有大樹, 患其无用,
何不樹之於无何有之鄕, 廣莫之野, 彷徨乎无爲其側, 逍遙乎寢臥其下. 不夭斤斧, 物
无害者, 无所可用, 安所困苦哉!)"라고 하였다.
165) 완락도(宛洛都): 완(宛)은 지금의 하남성(河南省) 남양시(南陽市) 일대이고, 낙(洛)은
    하남부(河南省) 낙양시(洛陽市) 일대이다.
166) 엄탄(嚴灘): 즉 뒤에 나오는 엄자릉탄(嚴子陵灘)으로, 곧 엄릉뢰(嚴陵瀨)를 말한다.
    엄자뢰(嚴子瀨)라고도 한다. 동려현(桐廬縣)에서부터 어잠(於潛)까지 16뢰(瀨)가 있는
    데, 엄릉뢰는 그 두 번째 여울이다.
167) 한산(寒酸): 가난함. 가난하여 생활이 괴롭고 체면이 서지 않음. 당나라 두순학(杜荀
    鶴)의 시(「秋日懷九華舊居」)에 "촛불은 가난한 그림자를 함께 하고, 귀뚜라미는 고초
    의 읊조림을 더하네(燭共寒酸影, 蛩添苦楚吟)"라고 하였다.
168) 엄주성(嚴州城): 절강성(浙江省) 건덕현(建德縣) 일대에 있었던 성.

넷째(其四)

어떤 이는 엄(嚴)이 본디 장(莊)이어서[169]
몽장(蒙莊 : 장자)[170]의 후예라 하고,
어떤 이는 한나라 매복(梅福)[171]이
엄 선생의 처부(妻父 : 장인)라고 하네.

或言嚴本莊, 蒙莊之後者.
或言漢梅福, 君之妻父也.

評 주이준(朱彝尊)은 제4수를 이렇게 평하였다. "「嚴陵釣臺」에 '人言漢梅福, 君之妻父也'라 하였으나, 이것은 본디 골계담(滑稽談)으로 광언(狂言)에 속하는 것이니, 스스로 시로 되었다고 여긴 것이 아니다. 석산(錫山) 화문수(華聞修)는 명나라 시를 선(選)할 때, 격상탄절(擊賞歎絶)하였으니, 이것은 소합향(蘇合香)을 버리고 쇠똥구리의 쇠똥(結蜣之轉)을 취한 것과 무엇이 다른가!"(『靜志居詩話』). 이 시는 원굉도의 '교왕(矯枉)'의 작품인 듯하다. 권11 「장유우(張幼于)」에서 스스로 「서호에서 쓴 여러 시편(湖上諸作)」의 지취(旨趣)를 서술한 것을 참조하라.

---

169) 엄본장(嚴本莊) : 엄광은 본성이 장(莊)인데 명제(明帝)의 휘(諱)를 피하여 성을 엄으로 바꾸었다고 한다.
170) 몽장(蒙莊) : 장자, 즉 장주(莊周). 몽현(蒙縣) 사람이므로 이렇게 부른다. 몽수(蒙叟)라고도 한다. 『사기』 「장자전(莊子傳)」에 "장자는 몽인이다(莊子, 蒙人也)"라 되어 있는 것에 근거하여, 유종원(柳宗元)은 「몽귀부(夢歸賦)」에서 "몽장의 황당하고 괴이함이여, 대붕이 멀리 가는 것에 우탁하였네(夢莊之恢怪兮, 寓大鵬之遠去)"라고 하였다.
171) 매복(梅福) : 한(漢)나라 때 구강(九江) 수춘(壽春) 사람. 자는 자진(子眞). 어려서 장안에서 공부하였고, 뒤에 군문학(郡文學)이 되었으며, 남창(南昌)의 위(尉)에 보해졌으나, 왕망(王莽)이 정권을 잡자 구강을 떠났다. 뒤에 신선이 되었다는 전설이 파다하다.

엄자릉탄. 운을 제한하여 도석궤 · 방자공[172]과 함께 짓다(嚴子陵灘,
限韻, 同陶石簣 · 方子公賦)

첫째(其一)

한 고을 수백 리

산수의 대부분에 엄(嚴) 이름을 붙였네.[173]

선생은 고결한 사람이니

어이 명성을 널리 취하려 했으랴?

굉(宏)[174]이야 기이한 기질을 자부하여

기세는 높다만 마음은 하 여리니,[175]

괜스레 솜 같이 연약한 허리만 지녔을 뿐[176]

창 끝 같은 수염이 전혀 없구나.[177]

선생의 사당에 머리 조아리며

자포자기(自暴自棄)의 혐의 있어 부끄러워라.[178]

---

172) 방자공(方子公) : 방문선(方文僎). 권3 「현재(縣齋)에서 쓸쓸하던 참에 마침 조이신 ·
왕백곡 · 황도원 · 방자공이 방문하였으므로 시를 지었다(縣齋孤寂, 時曹以新 · 王百
穀 · 黃道元 · 方子公見過, 有賦)」 참조.

173) 산수반호엄(山水半呼嚴) : 엄릉(嚴陵)이 은둔한 곳의 지명을 엄릉산(嚴陵山), 엄릉뢰
(嚴陵瀨), 엄릉조대(嚴陵釣臺)라고 부르는 것을 두고 하는 말.

174) 굉(宏) : 원굉도 자신.

175) 염섬(廉纖) : 가늘고 여림. 한유(韓愈)의 「만우(晚雨)」에 "가늘다가는 저녁 비가 갤 줄
을 모르고, 못 기슭 풀 사이에서는 지렁이가 우네(廉纖晚雨不能晴, 池岸草間蚯蚓鳴)"
라고 하였다.

176) 공유여면요(空有如綿腰) : 공연히 백면 같이 부드러워 잘 꺾이는 허리만 있다는 뜻.
벼슬을 위해 허리를 꺾어 남에게 굴복하는 것을 말함.

177) 요무사극염(了無似戟髥) : 창끝같이 삐쭉삐쭉 나온 수염이 전혀 없다. 창끝 같은 수염
이란 용사(勇士)의 상징이니, 대장부로서 매섭고 단호한 맛이 없다는 뜻.

178) 자수자기혐(自羞自棄嫌) : 자포자기(自暴自棄)하는 혐의가 있어 스스로 부끄럽다. 자
포자기(自暴自棄)는 자기 자신을 존중하지 않고 스스로의 몸을 해치고 버리는 일. 『맹
자』 「이루 상(離婁 上)」에 "스스로를 함부로 하여 해치는 자와는 더불어 말할 것이 없
다. 스스로를 버리는 자와는 함께 일을 도모할 수가 없다. 예의가 아닌 것을 말하는 자
를 두고, 스스로를 함부로 한다고 하고, 내 몸은 인(仁)에 거처하고 의(義)를 따라 나아

선생의 높은 자취를 따르려 하니
나에게 최고의 비기(秘記)[179]를 내리소서.

一州數百里, 山水半呼嚴.
先生高潔人, 取名胡不廉?
宏也負奇氣, 氣高心廉纖.
空有如綿腰, 了無似戟髥.
稽首先生祠, 自羞自棄嫌.
高跡如可履, 乞我上上籤.

1597년(만력 25년 정유)에 지은 시. 도망령(陶望齡)의 『헐암집(歇菴集)』권 2에 「조대를 지나다가 〈엄자릉탄〉의 운자를 이용하여 원중랑과 함께 4수를 지어 두 수를 얻었다(過釣台用嚴子陵灘韻同袁中郎賦四首得二)」가 있다.

둘째(其二)

유문숙(劉文叔 : 劉秀)이 아니라면
누가 엄노자(嚴老子)를 평할 수 있으랴.
양가죽 옷 입고 여울에서 낚시하여
한낮 어부에 불과하였을 따름인걸.
세상에 무용(無用)하니 물러나 숨는 것이 마땅하였지
물러나 숨음이 옳은 것은 아니었네.
누가 알았으랴, 잘못 명성이 알려져
구경꾼이 저자를 이룰 만큼 성하게 될 줄을.

갈 수 없다고 말하는 자를 두고, 스스로를 버리는 것이라고 한다(自暴者不可與有言也, 自棄者不可與有爲也. 言非禮義, 謂之自暴也. 吾身不能居仁由義, 謂之自棄也)"고 하였다.

179) 상상첨(上上籤) : 상상(上上)의 첨(籤). 최고의 비법을 적은 종이.

말세의 사람들은 명성을 다투어서

추악함을 숨기고는 그것을 겉치장한다만,

거짓 용이 되는 것은

참된 개미가 됨과 어느 것이 더 나은가?

不是劉文叔, 詎說嚴老子.

羊裘釣灘下, 一漁戶而已.

無用合退藏, 非是退藏是.

誰知誤得名, 來者趨如市.

末世競聲稱, 藏醜翻成美.

與其作假龍, 孰若眞蟲蟻?

셋째(其三)

군주의 정치를 도우려 하지 않았다니

쯧쯧 엄자릉(嚴子陵)이여.

고요(皐陶)[180]·기(夔)[181]와 관자(管子)[182]·상앙(商鞅)[183]처럼

---

180) 고요(皐陶) : 순(舜)임금 때의 법관. 사사(師士), 즉 옥관(獄官)의 수장(首長)이었다고
한다.

181) 기(夔) : 순(舜) 임금의 신하. 음악을 담당하는 악정(樂正)의 벼슬이었다.

182) 관자(管子) : 제(齊)나라를 패국(覇國)으로 만들었던 재상 관중(管仲). 즉 관이오(管夷
吾). 『관자』24권이 전하는데, 이 책에서는 관중(管仲)이 죽은 후의 일을 많이 말하고
있으니, 관중 자신이 짓지 않은 것은 분명하다. 그러나 『한비자』「오두(五蠹)」편에서는
"상·관(商·管)의 법을 저장한 자가 있었다"라 하였으니 전국시대에 이미 이런 책이
있었으며, 다만 그 편목은 지금의 판본과는 꼭 같지는 않았을 것이다. 호적은 곧 후인
이 전국 말년에 법가의 의논과 유가의 의논, 도가의 의논 및 기타의 말을 한 책으로 합
병하였으며, 또한 환공(桓公)과 관중이 문답한 여러 편을 위조하고 관중의 공업을 몇
편을 섞어 기록하여 마침내 관중이 지은 것으로 부회하였다고 하였다(『中國哲學史大
綱』 상권에 보임). 양계초(『諸子略考釋』)와 나근택(羅根澤, 『管子探源』)은 모두 그 책
을 곧 전국에서 서한에 이르는 시대의 사람의 작품일 것으로 보았다.

183) 상앙(商鞅) : 상군(商君, 기원전 390~기원전 338년). 공손앙(公孫鞅). 위(衛)나라 사람.

그대도 그럴 수 있었는지 없었는지?

뭇 개는 비린 양을 쫓아가

빠른 자가 본시 선등(先登)184)하는 법.

내 재주는 개만도 못하니

어찌 억지고 달리고 뛰랴.

명월이 비록 환히 비춘다고 하지만

외론 등불을 결코 비웃을 수 없지.

그대는 모르는가, 동양(東陽) 은호(殷浩)185)가

억지로 겨울 파리186)처럼 나왔던 일을.

오줌 속에 허우적거렸음187)을 스스로 거울삼아

비둘기를 본받지, 붕새를 본받지 말아라.188)

진효공(秦孝公)을 도와 변법(變法)을 실행하였고, 진(秦)나라가 부강하게 되는 기초를 다졌다. 전공(戰功)으로 상(商), 즉 지금의 섬서성(陝西省) 상현(商縣) 동남쪽에 봉해져서 상군(商君)이라고 불렀다. 상앙(商鞅)이라고도 한다. 『상군서(商君書)』를 지었다고 한다.

184) 선등(先登): 맨 먼저 적의 성으로 공격해 들어감. 첫 번째가 됨.

185) 은(殷): 은호(殷浩). 진(晉)나라 진군(陳君) 장평(長平, 河南省 華縣 동북) 사람. 선(羨)의 아들. 자(字)는 연원(深源). 『노자』·『주역』을 좋아하여 청담(淸談)의 인사들 사이에서 존경을 받았으며, "연원이 일어나지 않으면 창생을 어찌 할 것인가(淵源不起, 當다如蒼生何)"라는 말이 있을 정도였다. 건원(建元) 연간 초에 징소되어 건무장군(建武將軍)이 되고, 영화(永和) 6년에 중군장군(中軍將軍)이 되어 양(揚)·예(豫)·서(徐)·연(兗)·청(靑) 다섯 주(州)의 군사를 도독(都督)하였다. 요양(姚襄)의 반란에 장수를 보내어 격파하려 하였으나 패하여, 폐위되어 서인으로 되었다. 서인이 되어서도 전혀 원한의 말이 없었고, 오로지 종일토록 허공에 '돌돌괴사(咄咄怪事)' 네 글자만 쓰고 있을 뿐이었다. 영화(永和) 연간에 죽었다. 『진서(晉書)』에 입전되어 있다.

186) 동승(凍蠅): 겨울 파리. 육유(陸游)의 시에 "여전히 호방하고 굳세기를 서리철 매와 같이 할 수 있기에, 갑작스레 쇠잔하길 겨울 파리같이 하지는 않네(尙能豪健如霜鶻, 未遽衰殘似凍蠅)"라고 하였다.

187) 적뇨(積溺): 쌓인 오줌. 겨울 파리가 오줌통에 빠져 허우적거림을 가리킴.

188) 효구물효붕(效鳩勿效鵬): 『금경(禽經)』에 보면, "비둘기는 졸렬하지만 평안하다(鳩拙而安)"라고 하였는데, 진(晉)나라 장화(張華)는 거기에 『방언(方言)』을 인용해서 주를 하여, "촉나라 사람들은 졸조(拙鳥)라고 부르는데, 그것은 그 새가 둥지를 잘 만들지 못하고 다른 새의 둥지를 취하여 거처하기 때문에, 비록 졸렬하기는 하지만 평안하게 거처한다는 말이다"라고 하였다. 뒤에는 자신의 어리석음을 비유하는 말로 '비둘기'를 인

不肯助爲理, 咄咄嚴子陵.

皇虁與管商, 問君能不能?

衆狗逐羶羊, 疾者業先登.

我才不如狗, 安用强奔騰.

明月雖有照, 終不笑孤燈.

不見東陽殷, 强出如凍蠅.

積溺以自監, 效鳩勿效鵬.

넷째(其四)

산에 인하여 조대(釣臺)189)를 삼고

물에 인하여 여울190)을 삼았네.

풀을 가지고 줄을 만들고

나무 가지고 낚싯대를 만들었지.

졸(拙)하기에 세상을 사절하고

오만(傲慢)하기에 관직을 버렸다.

엄옹(嚴翁)의 일은 정말로 잘 알겠지만

유숙문(劉叔文)의 처사도 속이기 어려워라.

엄옹은 어째서 간과 흉격처럼 그와 가까웠으면서

우한(羽翰)191)을 달고 날아오르지 못한 걸까?

용한다. 한편 봉새는 전설상 가장 큰 새로, 곤(鯤)이 변화하여 이 새가 된다고 한다. 『장자』 「소요유(逍遙遊)」에 언급된 이후, 붕곤(鵬鯤)은 비상하게 걸출한 인물을 가리키는 말로 사용된다.

189) 대(臺) : 조대(釣臺). 즉 엄릉조대(嚴陵釣臺)를 말함.

190) 탄(灘) : 엄탄(嚴灘). 즉 엄릉뢰(嚴陵瀨)를 말함.

191) 우한(羽翰) : 깃. 조정에 나아가 벼슬함. 즉 우의명정(羽儀明廷). 홍(鴻)의 진퇴거동(進退擧動)이 매우 아름다운 것으로, 남의 모범이 되거나 조정에 나가 벼슬함을 이른다. 『주역』의 「점괘(漸卦)」와 한유(韓愈)의 「연희정기(燕喜亭記)」에 보인다.

因山以爲臺, 因水以爲灘.

因草以爲絲, 因木以爲竿.

因拙而辭世, 因傲而棄官.

嚴翁誠自知, 劉叔亦難瞞.

寧有同肝膈, 而不可羽翰?

이별에 임해 한탄하여 지은 노래. 방자공[192]을 위해 짓다(別恨篇, 爲方子公賦)

참깨 심어 미처 크지 않았거늘

자두 열매 쳐내다니 무어 편안하랴.

보배로운 금침에 원앙 떠나자[193] 붉은 실[194] 끊기고

금동 화로에 거위 모양 흐려지자[195] 재만 남았네.

울음 참으며 한마디 두 마디 겨우 하는데

애간장이 천 갈래 만 갈래로 뒤얽히누나.

총각(總角)과 어리석은 아이와 철없는 계집

조반과 저녁밥으로 연명하는 신세.

---

192) 방자공(方子公) : 방문선(方文僎). 자는 자공. 신안(新安) 사람이다. 반지항(潘之恒)에
　　게서 시를 배웠다. 곤궁하고 실의하여 9월에도 얇은 옷을 입었다. 만력 22년에 원중도
　　는 무창(武昌)에서 응시하였을 때 반지항의 집에서 방문선을 알았는데, 그의 문아(文雅)
　　를 사랑해서 원굉도와 함께 교유하였다.
193) 보침원리(寶枕鴛離) : 원앙침(鴛鴦枕)을 같이 베던 상대가 떠났다는 뜻.
194) 홍사(紅絲) : 전설에 의하면 월로(月老), 즉 월하노인(月下老人)이라는 신인(神人)이,
　　부부의 인연을 붉은 실로 맺어준다고 한다. 당나라 때 위고(韋固)가 송성(宋城)의 남점
　　(南占)을 지나다가 노인이 달빛 아래 책을 뒤적이는 것을 보았다. 그것이 무슨 책이냐
　　고 묻자, 노인은 천하의 혼인부(婚姻簿)라 하였다고 한다. 또한 월하노인은 붉은 끈[紅
　　繩]으로 남녀의 다리를 묶어주어 비록 원수 집안이거나 이역에 떨어져 있더라도 결합
　　하게 만든다고 전한다.
195) 금로압사(金爐鴨死) : 금압로(金鴨爐)에 그려져 있는 거위 모양이 일그러졌다는 뜻.

홀로 제 몸뚱이를 애도하고 그림자를 애도하니[196]

따스한지 누가 알고 추운지 누가 알랴.

천상과 인간세계와 지하에서

죽은 자도 어렵고 귀신도 어렵고 첩도 어려워라.

種得油麻未長, 撇他李子何安.

寶枕鴛離絲斷, 金爐鴨死灰殘.

忍啼一語兩語, 纏腸千端萬端.

總角癡兒騃女, 接命朝饔晚餐.

獨自弔形弔影, 誰人知煖知寒.

天上人間地下, 死難鬼難妾難.

1597년(만력 25년 정유), 흡현(歙縣)에서 지은 시.

이운봉에게 주다(贈李雲峯)

첫째(其一)

서호(西湖)에는 기이한 산이 많아

피부가 곧 물에 있네.[197]

항(杭) 사람은 여인을 동반하여 노니는데

---

196) 독자조형조영(獨自弔形弔影) : 형영상조(形影相弔)의 뜻을 풀어 쓴 것이다. 형영상조
는 자기의 몸과 그림자가 서로 불쌍히 여긴다는 뜻으로 매우 외로워 의지할 곳이 없음
을 가리킨다.

197) 기부내재수(其膚乃在水) : 산의 피부라고 할 만한 것이 곧 물이라는 뜻이다. 또한 그
아름다움의 비결은 물에 있다는 뜻이기도 하다. 부(膚)는 아름답다는 뜻. 『시경』「빈풍
(豳風)」「낭발(狼跋)」에 "공손이 너무도 아름답네(公孫碩膚)"라고 하였다.

기름진 피부198)만 좋아하지 골수199)를 좋아하지 않누나.

선생은 번번이 뒤쫓아와서

발에 물집 잡히면서까지 전부 유람하였네.

어디서 늙은 수염을 처음 알아보았던가

호포천(虎跑泉)200)에서 시작되었지.

西湖多奇山, 其膚乃在水.

杭人伴婦遊, 嗜肉不嗜髓.

先生每追隨, 繭足窮其底.

何處識老髥, 自虎跑泉始.

1597년(만력 25년 정유), 휴녕현(休寧縣)에서 지은 시.
○ 이운봉(李雲峯) : 이름과 관향을 알 수 없다.

둘째(其二)

천목산(天目山)201)에서부터 나를 쫓아와서는

그 길로 백악(白嶽)에 올랐네.

갈 적삼에 망혜(芒鞋)로

높은 곳에 앉아 하늘의 즐거움을 향유하였지.

깨어진 바위는 신발의 귀를 깎아먹고

강풍(罡風)202)은 옷 귀퉁이를 베어갔네.

---

198) 육(肉) : 풍만한 육질. 기름진 피부.

199) 수(髓) : 골수. 정수(精髓). 곧 산의 바위를 말한다.

200) 호포천(虎跑泉) : 절강성(浙江省) 항현(杭縣) 대자산(大慈山)의 호포사(虎跑寺). 당나
라 원화(元和) 연간에 승려 성공(性空)이 이곳에 거주하였다. 성공은 이곳에 물이 없는
것을 괴롭게 여기던 차에, 홀연 두 마리의 호랑이가 땅을 발로 긁어파더니, 샘물이 용
솟음쳐 나왔다고 한다.

201) 천목(天目) : 천목산(天目山), 어잠현(於潛縣) 북쪽에 있다.

똑같이203) 하늘의 고니를 연모하였지
어디 비둘기나 메까치를 동무한 적 있었던가.

追我於天目, 因而上白嶽.
葛衫芒草鞋, 高坐享天樂.
敗石齧鞋耳, 罡風剪衣角.
一味戀冥鴻, 何曾伴鳩鷽.

백악(白嶽) : 백악산(白嶽山). 휴녕현(休寧縣) 서쪽에 있다. 『가경일통지(嘉
慶一統志)』에 보면 "기이한 봉우리가 사방에서 일어나, 바위벽은 오색 빛
이고 모양은 누대 같다"고 하였다.

맹생이 모친을 위하여 시를 청하기에, 붓 가는 대로 4운시를 적었다
(孟生爲尊慈索詩, 信筆題四韻)

소년시절에 『맹자』를 읽고
장대해서는 더욱 총명해졌네.
다른 날 등(滕)나라 제후를 만난다면204)
정전(井田)을 실행할지 안 할지?
십 년 동안 모친의 가르침을 받았으니
아들을 독려하길 스승처럼 하였네.
훤당(萱堂)을 맹가(孟軻) 어머니에게 비유하려 하니
그대는 평이 가볍다고 혐의하지 마시길.

---

202) 강풍(罡風) : 강한 바람. 앞에 나왔다.
203) 일미(一味) : 함께 같이.
204) 타일봉등자(他日逢滕子) : 맹자가 등문공(滕文公)을 만나 정전법을 강론하였던 일을
　　두고 한 말이다.

少年讀孟書, 長大更聰明.

他日逢滕子, 井田行不行?

十年奉慈敎, 督子若先生.

將萱比軻母, 知君未嫌輕.

1597년(만력 25년 정유)에 지은 시. 맹생(孟生)은 미상이다.

서호에서 전당의 탕령[205]에게 주다(湖上贈錢塘湯令)

첫째(其一)

온 주렴에 가을빛이고 온 청사에 구름 가득한데
흰 바위 여울 머리에 사군(使君)[206]이 앉으셨네.
판에 박힌 듯 도화(桃花)를 소재로 시를 짓고[207]
산수를 판결하여 이문(移文)[208]을 짓누나.

一簾秋色一堂雲, 白石灘頭坐使君.

---

205) 탕령(湯令) : 탕목(湯沐). 전당 지현(錢塘知縣). 권6 「탕운륙(湯鄖陸)」의 전교(箋校) 참조.
206) 사군(使君) : 지방의 수령을 가리키는 말.
207) 압자(押字) : 압운하여 시를 짓는다는 뜻.
208) 이문(移文) : 이첩(移牒). 공문서. 산수를 평한 시문을 두고 이문이라고 해학적으로 말한 것이다. 혹은 「북산이문(北山移文)」을 의식하여 쓴 표현인지 모른다. 남제(南齊) 때 공치규(孔稚珪)는 「북산이문」에서 산신령의 뜻을 빌어, 은둔지를 벗어났던 주옹(周顒)으로 하여금 다시는 종산(鍾山)으로 오지 못하게 꾸짖었다. 북산은 곧 종산인데, 회계군(會稽郡) 북부에 있으므로 북산이라고 하며, 지금의 강소성(江蘇省) 강녕현(江寧縣)의 동북에 있는 장산(蔣山)이다. 주옹(周顒)은 처음에 이 북산(종산)에 은둔하였으나, 뒤에 징소에 응하여 해염현(海鹽縣, 지금의 浙江省 海鹽縣)의 현령이 되어서, 이 산을 지나가려고 하였다. 공치규는 그것을 비루하게 여겨서 이 글을 지었다. 글은 『문선(文選)』 등에 실려 있다.

套取桃花爲押字, 判來山水作移文.

전교 1597년(만력 25년 정유), 항주(杭州)에서 지은 시.

둘째(其二)

꽃에 마음 두고 사랑하여 긴밀하게 보호해서
한 가지도 해치거나 죽인 일 없으니,
화신(花神)이 청렴한 수령에게 감사하려고
원랑(袁郎: 원굉도 자신)에게 시 지으라 분부하네.

着意憐花緊護持, 不曾殘殺一枝枝.
花神欲謝廉明宰, 分付袁郎好作詩.

셋째(其三)

비단 꽃이 아지랑이 같고 화분(花粉)은 언덕을 이루어
청아국(靑娥國)209)의 작은 제후 같아라.
하양(河陽) 현령도 꽃 이야기 못할 정도니210)
천당(天堂)도 역시 손색 있으리라.211)

羅綺如烟粉作丘, 靑娥國裏小諸侯.

---

209) 청아국(靑娥國) : 젊은 여인들이 모여 사는 나라.
210) 하양불감담화사(河陽不敢談花事) : 하양의 수령도 이것을 보면 꽃이야기를 하지 못할
  정도로 이것이 아름답다는 뜻이다. 진나라 때 반악(潘岳)이 하양현(河陽縣)의 현령에
  임명되어 있었을 때, 고을 가득히 도리(桃李)를 심어 '하양현의 온통 꽃(河陽一縣花)'라
  는 칭호가 있었다. 여기서는 전당의 탕령, 곧 탕목을 하양 현령 반악에 비긴 것이다.
211) 견역수(見亦羞) : 본다면 부끄러울 것이라는 말. 손색이 있다는 뜻.

河陽不敢談花事, 只是天堂見亦羞.

河陽不敢談花事 : 河陽은 서종당본·소수본에 吳宮으로 되어 있다.
○ 只是天堂見亦羞 : 是天堂이 서종당본·소수본에서는 恐河陽으로 되어 있다.

넷째(其四)

한낱 곤궁한 관리로서는 어찌할 길 없어서
저 진홍색 잎과 푸른 가지를 탐내노라.
올 때 꽃 피더니 갈 때 벌써 열매 맺으니
사람이 어찌 그 광치(狂癡)를 꾸짖지 않으랴.

一箇窮官不解爲, 貪他絳葉與靑枝.
來時開花去結子, 敎人怎不罵狂癡.

一箇窮官不解爲 : 一簡窮官이 서종당본·소수본에서는 白面烏紗로 되어 있다.
○ 敎人怎不罵 : 서종당본·소수본에서는 使君何事不로 되어 있다.

운서사[212]에 들러 연지상인을 만났더니 '구·추·구·주·뉴' 시가 있기에 장난삼아 짓다(過雲棲見蓮池上人有狗醜韭酒紐詩戲作)

전당(錢塘)의 강 구름은 개 모양
한 조각 완악한 바위는 추악한 모습

---

212) 운서(雲棲) : 운서사(雲棲寺). 전당현(錢塘縣) 오운산(五雲山) 서쪽에 있다. 오대(五代) 때 건립되었다.

고죽(苦竹) 총총한 산마루에는 아지랑이 끼었고
모송(毛松)은 축축 늘어져 일천 줄기 부추[韭] 같네.
길가에는 때때로 조주차(趙州茶)213) 방(榜)이 걸렸고
방안에선 성문주(聖聞酒)214)를 금하지 않네.
이러하면 어떠한가 다시 묻는다면
그게 곧 목덜미에 끈을 칭칭 감는 꼴.

錢塘江上雲如狗, 一片頑石露黀醜.
苦竹叢叢一嶺烟, 毛松落落千行韭.
道旁時榜趙州茶, 室中不戒聖聞酒.
更問如之與如何, 便是頸上重加紐.

 1597년(만력 25년 정유), 항주(杭州)에서 지은 시.
○ 서종당본에는 이 시가 없다.

---

213) 조주차(趙州茶) : 조주(趙州)의 차. 조주는 곧 조주 관음원(觀音院)의 종심(從諗)으로,
남전보원(南泉普願)의 법사(法嗣)이다. 당나라 조주 사람으로 성은 학(郝)이며, 어려서
조주 호통원(扈通院)에서 머리는 깎았으나 계(戒)를 받지 않고, 지양(池陽)에 가서 남전
(南泉)을 참방(參訪)하였다. 뒤에 대중이 조주의 관음원에 주지하기를 청하였으므로, 그
곳에서 도화(道化)를 크게 드날리고 소종(昭宗) 건녕(乾寧) 4년(897) 11월에 시적(示寂)
하였다. 120세를 살았으며, 시호를 진제대사(眞際大師)라 하였다. 조주는 어느 납자(衲
子)에게 "일찍 이곳에 와 보았는가?" 물어서 그 납자가 "와 본 일이 있습니다"라고 하
자 "차나 마셔라(喫茶去)"라고 하였고, 또 다른 납자에게도 같은 질문을 하여 그 납자
가 "와 본 적이 없습니다"라고 답하자 역시 "차나 마셔라(喫茶去)"라고 하였다. 원주(院
主)가 어째서 와보았거나 와 본 일이 없거나 모두 "차나 마셔라"라고 대답하시느냐고
묻자, 조주는 원주를 불렀다. 원주가 대답하자, 조주는 "차나 마셔라"라고 말하였다.
214) 성문주(聖聞酒) : 소승(小乘) 성문(聲聞)의 법(法)을 술에 비유한 말. 왕유(王維)의 시
(「胡居士臥病」)에 "이미 향적반을 배불리 먹었으니, 성문주에 취하지 않네(旣飽香積
飯, 不醉聲聞酒)"라고 하였다. 백거이(白居易)의 시에도 "어느 해에 성문주를 마셨기
에, 지금까지도 취해서 깨지 못하나(何年飮著聲聞酒, 直到如今醉未醒)"라고 하였다.

앞의 제목으로 또 짓다(又)

소년은 일찍이 개처럼 숨어드는 도둑이었기에215)

부모는 용서 않고 친척은 추하게 여겼지.

승방에 이를 때마다 포의(布衣)216)를 찾고

다시 불두(佛頭) 있는 곳에 파와 부추를 심네.

십 년을 글 읽어도 글자 모르고

삼생해탈(三生解脫) 계율 지키되217) 술은 끊지 않누나.

이렇게 우스꽝스런 사람이건만

유학자218) 만나면 곧 끈을 푼다오219)

少年曾盜子胡狗, 父母不容親戚醜.

每到僧房索布衣, 更向佛頭種葱韭.

讀書十年未識字, 持戒三生不斷酒.

恁有一般可笑人, 逢着師尼便解紐.

　題 : 이운관본에는 ‘又’ 아래에 ‘用前韻’이란 주가 있다. 서종당본에는 「和
雲棲韻」이라 하였다.

○ 每到僧房索布衣 : 索은 서종당본에 施로 되어 있다.

○ 恁有句 : 서종당본은 ‘出家世世學童眞’이라 되어 있다.

○ 逢着師尼便解紐 : 便은 서종당본에 盡으로 되어 있다.

---

215) 도자호구(盜子胡狗) : 개와 같이 몸을 굽혀 슬그머니 들어가 물건을 훔치는 도둑이라
　　는 뜻. 계명구도(鷄鳴狗盜)의 구도(狗盜)에서 뜻을 취하였다.

216) 포의(布衣) : 일반 서민이 입는 옷. 서민.

217) 지계삼생(持戒三生) : 삼생해탈(三生解脫)의 계율을 지킴. 삼생해탈은 삼생을 지나 해
　　탈을 이루는 것으로, 초생(初生)에 해탈의 종자인 순해탈분(順解脫分)을 심고 차생(次
　　生)에 성숙(成熟)하고 제삼생(第三生)에 순결택분(順決擇分)을 얻어 성도(聖道)에 들어
　　감을 말한다.

218) 사니(師尼) : 중니(仲尼)를 스승삼는 사람. 유학자.

219) 해뉴(解紐) : 끈을 풀다. 마음의 경계를 푼다는 뜻인 듯하다.

도석궤를 이별하며(別石簣)

열 수인데, 나누어 둘 수 없으므로 모두 잡체에 넣는다
(十首, 不容分折, 故總入雜體).

첫째(其一)

석궤를 이별하려 하나
석궤를 어이 차마 이별하랴.
서로 아는 것은 서로 아는 것이고
처지를 알기에 차마 입에 담지 못하네.
간장(肝腸)은 같은 등급220)이지만
생사의 절박함은 그대 처지에 뒤지네.
뜨거운 불이 허공을 태운다 하여도
불은 꺼져도 허공은 불멸하리라.

別石簣, 石簣何忍別.
相知是相知, 知處難容舌.
一等是肝腸, 輸君生死切.
烈火燎虛空, 火盡空不滅.

1597년(만력 25년 정유), 항주(杭州)에서 지은 시. 도망령(陶望齡)『헐암집(歇菴集)』권2에 「원육휴를 이별하는 일곱 장(別袁六休七章)」이 있는데, 그 두 번째 수에 "같이 노닌 지 석 달 남짓에 어찌 일시 이별이 없으랴(從遊三月餘, 豈無一時別)"라 하였다. 또 「보내온 시편을 장난스레 본받아 9언 3언의 두 수를 짓다(又戱效來篇九言三言二首)」가 있다. 모두 이때에 지은 시들이다.

○ 題 : 서종당본·소수본에는 別자 위에 '雜詩八首' 4자가 있다. 소수본에는 제1수

---

220) 일등(一等) : 등급이 같음.

가 없다.

○別石賞二句 : 서종당본은 이 두 구를 "一笑白雲來, 一慟靑山別"이라고 하였다.

○相知是相知 : 是는 서종당본에 實로 되어 있다.

○烈火燎虛空 : 燎는 패란거본에 潦로 되어 있으나 서종당본·이운관본에 의거하여 고친다.

둘째(其二)

고금에 다만 사륜(四倫)[221]뿐이고

대개 붕우(朋友)의 윤리가 빠졌구나.

뉘 알았으랴 초 사람과 월 사람이

만리 밖에서 기이하게 만날 줄을.

내 간장은 그대 마음에 부치고

그대 말은 내 입에서 나온 말이네.

같음을 찾으면 같음이란 본디 없나니

다름이 어느 곳에 있으랴?[222]

古今只四倫, 大抵缺朋友.

誰識楚越人, 萬里爲奇偶.

我腸寄君心, 君言出我口.

覓同本自無, 異于何處有?

大抵缺朋友 : 朋은 패란거본에 明으로 되어 있으나 서종당본·소수본에 의거하여 고친다.

---

221) 사륜(四倫) : 당시의 세태를 보면 오륜(五倫) 가운데서 붕우유신(朋友有信)이 빠져 사륜(四倫)만 중시된다는 뜻.

222) 멱동본자무, 이우하처유(覓同本自無, 異于何處有) : 같고 다름의 차별상을 완전히 떠났다는 뜻.

○君言出我口 : 言은 패란거본에 心으로 되어 있으나 서종당본·소수본에 의거하여 고친다.

원굉도에게 사상적 영향을 준 이지(李贄)는 교우의 도리를 매우 중시하였다. 이지(李贄)는 『분서(焚書)』 권5에 「붕우(朋友)」편을 남겨, "천하에 붕우가 없어진 지 오래다. 왜냐하면 세상 모두가 이(利)를 탐하지 의(義)를 탐하지 않기 때문이다. 의를 탐한다면 죽음을 마치 삶처럼 여길 것이니, 설사 어린 가족이나 제 몸, 제 가족의 기탁도 사양할 줄 모르게 된다. 이(利)를 탐한다면 삶도 오히려 죽은 것과 마찬가지다. …… 요즈음 천하가 붕우라고 부르는 것은 모두 살아 있기는 하지만 죽은 자이다. 이것은 다름 아니라 이(利)를 탐하지, 붕우를 탐하지 않기 때문이다. 지금 천하에는 붕의의 의(義)가 어찌 있을 수 있겠는가? 이미 의(義)를 탐하는 붕우가 없으니, 붕우가 없다고 해도 될 것이다"라고 하였다. 또한 이지는 사(師)와 우(友)가 분리될 수 없다고 하여, 『분서(焚書)』 권2에 수록된 「황상인과 안상인에게 부친 세 수(爲黃安二上人三首)」에서 "나는 사(師)와 우(友)가 본래 하나이되 둘로 간주될 뿐이라고 여긴다. 그러나 세간 사람들은 우(友)가 곧 사(師)인 줄을 모르고 자기가 절하며 수업 받는 자만을 사(師)라고 하며, 또한 사(師)가 곧 우(友)인 줄을 모르고 자기가 교유하며 친밀한 자만을 우(友)라고 부른다. …… 옛날 사람들은 붕우 관계의 중요성을 알았기에 우(友)자에 특별히 사(師)자를 더하여, 벗삼는 바 없이는 스승일 수 없음을 보여 주었다. 만일 스승으로 모실 수 없으면 곧 벗이 될 수 없기 때문에 대개 우(友) 한 글자로 표현했을 뿐이다. 그러므로 벗이라고 하면 곧 스승이라는 말이 그 가운데 있는 것이다." 물론 교우론은 담교(淡交)를 중시한 노장(老莊) 사상에도 있고, 붕우 사이의 신뢰를 강조한 『논어』에도 나오며, 사우(師友)의 학맥을 중시한 주자학 사상에서도 제시된 것이다. 하지만 명나라 중엽에 이르러 양명학은 강학(講學)을 중시하고 교우 관계를 매우 중시하였다. 또한 이탈리아 선교사 마테오 리치(Matteo Ricci, 1552~1610)가 남창(南昌)의 건안왕(建安王)과 사귀며 한자로 2000여자의 『교우론』을 저술한 것도 일정한 영향을 주었을 것이다(마테오 리치 저, 송영배 역주, 『교우론』, 서울대 출판부, 2000 참조). 마테오 리치는 이지(李贄)와 세 차례 만나 깊이 대화하였는데, 이지는 마테오 리치의 『교우론』을 여러 부 복사해서 제자들에게 널리 읽도록 하였다고 한다. 하지만 이미 왕수인(王守仁)은 자사(自私)·자리(自利)의 폐단을 버리고 상안(相安)·상양(相養)의 대동사회(大同社會)를 이룰 것을 제창하였으며, 양명 일파의 강학 확대와 평등사상 등을 기조로 교우론이 더욱 강하게 주장되기에 이르렀다고 말할 수 있다. 즉 왕수인은『전습록(傳習錄)』의「섭문울에게 답함(答聶文蔚)」에서 "이제 진실로 호걸 동지의 인사를 얻어 서로 돕고 보충하며 함께 양지(良知)의 학을 천하에 밝혀 천하 사람으로 하여금 모두 양지를 이루게 해서, 상안(相安)·상양(相養)함으로써 자사(自私)·자리(自利)의 폐단을 버리고 시가하고 질투하는 습성을 모두 없애어 마침내 대동(大同)을 실현하게 된다면, 나의 광병(狂病)과 상심(喪心)이 씻은 듯 완치될 것이니 어찌 쾌(快)하지 않겠는가?"라고 하였다. 양명학, 즉 양지학을 전파하는 데 공이 컸으며 태주학파(泰州學派)를 개창한 왕심재(王心齋, 1483~1540)는 사대부가 실천해야 할 윤리로 사도(師道)를 중시하였으며, 왕심재와 함께 왕수인의 문하에서 수학한 왕용계(王龍溪, 1498~1583)는 사도(師道)와 우도(友道)를 함께 강조하였다. 태주학파의 하심은(何心隱, 1517~1579)도「논우(論友)」라는 글(『何心隱集』 수록)을 지어 붕우의 설을 제시하였다. 하심은은 그 글에서 "천지의 교(交)를 태(泰)라 한다(『주역』「泰卦」)고 하였으니, 교(交)는 우(友)에서 다하며 우(友)는 교(交)에서 취한다. 따라 배운다는 것은 우(友)의 교(交)에서 다한다. 곤제(昆弟)가 교(交) 아님이 아니라 교(交)에 가깝지만 아직 천지의 교(交)에 이르지 못한다. 어찌 교(交)하지 않고 태(泰)하겠는가? 부부·부자·군신도 교(交) 아님이 아니지만 혹은 교(交)이지만 짝이고 혹은 교(交)이지만 친하며 혹은 교(交)이지만 능멸하고 원조한다. 팔구의 천지나 백성의 천지가 교(交) 아님이 아니지만, 저 (붕우의) 교보다 작다"라고 하였다. 하심은은 오륜에서 붕우의 윤리를 군신의 윤리와 함께 매우 중시하였다. 이러한 관점을 이어 이지(李贄)는 교우의 관계를 매우 중시하게 된 것이며, 이지의 영향을 받은 원굉도 역시 교우의 관계를 매우 중시하게 되었다고 말할 수 있다. (유동환 정리)

셋째(其三)

일엽편주로 동풍을 쫓아
표박하길 이미 반년.
층층 눈 쌓인[223] 깊은 산을 넘자니
한기(寒氣)는 외로운 지팡이를 녹일 듯하네.
세 번이나 정사(淨寺)[224]의 문에 들매

---

223) 제설(梯雪) : 층층이 쌓인 눈. 층설(層雪)과 같음.

승려는 미치고 어리석음을 비웃누나.
비난을 받지 않으려면
관자재(觀自在)[225]말고 달리 없지.
이 사람이 신선인지 범인(凡人)인지
그대여 잘 지휘하여 풀어주시게.

一葉隨東風, 飄泊已半載.
梯雪度深山, 寒氣鑠孤拐.
三入淨寺門, 寺僧笑狂騃.
欲得不相譏, 除非觀自在.
是仙是凡人, 請君自揮解.

 欲得不相譏, 除非觀自在 : 서종당본·소수본에는 이 두 구가 없다.
○ 請君自揮解 : 自는 이운관본에 是로 되어 있다.

넷째(其四)

그대는 몸의 머리처럼 나를 이끌고
나는 마치 꼬리처럼 그대를 따르네.
서쪽에서 산을 보지 않으면
동쪽으로 물을 건너면서.
어느 박복한 집에서
이 두 미치광이를 낳은 것일까?
즐거움이 얼마나 갈지 모르겠군.

---

224) 정사(淨寺) : 정자사(淨慈寺). 서호(西湖)의 남쪽 기슭에 있다.
225) 관자재(觀自在) : 관세음(觀世音)의 이칭. 관음의 본지(本地)는 이미 정각(正覺)을 깨
    친 정법명불(正法明佛)로 중생을 제도(濟度)하기 위하여 보살신(菩薩身)을 시현(示現)
    하고 또는 미래에 성불(成佛)의 상(相)을 나타내는 것을 말한다. 앞에 나왔다.

저 두 발바닥이 고달프니.

君擥我如頭, 我從君若尾.
不是西看山, 便是東涉水.
誰家薄福緣, 生此兩狂子?
受用能幾何, 苦他雙脚底.

다섯째(其五)

도(道)를 배우지 선(禪)을 배우지 않으며

별을 이야기하지 의리를 이야기하지 않네.

곡조를 사랑하되 음을 사랑하지 않고226)

책을 읽되 글자를 읽지 않네.227)

인간과 하늘의 모든 중생을 올바로 보지 못한다면228)

현명하고 지혜로움도 빌미[祟]가 되는 법.

모르겠군, 무슨 인연으로

---

226) 애곡불애음(愛曲不愛音) : 음악을 좋아하지만 표면적인 음조를 좋아하는 것이 아니라 악곡의 정신을 사랑한다는 뜻인 듯하다.

227) 독서부독자(讀書不讀字) : 책을 읽되 문면(文面)의 글자를 읽지 않는다는 뜻. 도연명(陶淵明)의 「오류선생전(五柳先生傳)」에서 "서적을 읽는 것은 좋아하였지만 깊숙한 데까지 파고들지는 않았다. 자신의 마음과 딱 부합하면 기뻐하여 식사도 잊었다(好讀書, 不求甚解, 每有意會, 便欣然忘食)"라고 하였던 정신 경계와 통하는 듯하다. 이 부분을 장구(章句)·훈고(訓詁)에 구애되었던 당시의 학문 풍조에 대한 비판 혹은 야유라고 읽는 사람도 있다(청나라 方宗誠의 『陶市眞詮』). 하지만 적어도 표면적으로는 성근 독서를 한다는 사실을 말한 데 지나지 않는다. 자기 자신에게 결부시켜서 책을 읽고, 자기 자신이 즐거우면 그것으로 좋다고 하는 독서 태도, 그것은 위의 '영광과 이익을 흠모하지 않았다'에 이어지는 것으로, 책을 읽는 일이 학문을 몸에 붙이고 세간에서의 명성과 이익을 얻으려고 하는, 독서 이외의 것을 목적으로 삼는 것이 아니었다고 말한 것이다.

228) 인천수부득(人天收不得) : 인천(人天)은 인간계와 천상계의 일체 중생을 말함. 여기서는 인간계와 천상계의 일체 중생을 진정으로 바라보는 눈이란 뜻의 '인천안목(人天眼目)'을 가리킨다. 오묘한 경지에 도달한 사람의 눈, 탁월한 식견을 가지고 시방세계를 관파(觀破)하는 명안(明眼)을 말한다.

외곬으로 같은 취미 가졌는지.
번번이 우스워라, 유생(儒生)의 선(禪)은
미치고 취한 듯 뒤죽박죽하기에.
원중랑 나를 제외한다면
천하 일은 모두다 아이들 장난일 뿐.

學道不學禪, 談星不談義.
愛曲不愛音, 讀書不讀字.
人天收不得, 賢智亦爲祟.
不知何因緣, 偏得同臭味.
每笑儒生禪, 顚倒若狂醉.
除却袁中郎, 天下盡兒戱.

談星不談義 : 星은 서종당본·소수본에 理로 되어 있다.
○ 人天收不得~偏得同臭味 : 서종당본·소수본에는 이 4구가 없다.
○ 除却袁中郎 : 袁中郎은 서종당본·소수본에 龐道玄으로 되어 있다.

여섯째(其六)

남산에 짐승이 있으니, 그의 자(字)는 희유(希有).229)
북산에 새가 있으니, 그 이름은 봉황.
두 새가 구름 뚫고 안개 헤치며 허공으로 들어갔더니
허공은 아득히 넓고 사방에는 벼와 기장이 없더라.
아래 세상에 어찌 일곱 치 메벼가 없으랴만
촘촘한 그물이 늘 높이 깔려 있으니 어이하랴.

---

229) 희유(希有) : 희유조(希有鳥). 곤륜산(崑崙山)에 사는 큰 새의 이름. 『신이경(神異經)』
「중황경(中荒經)」에 나온다. 希有는 곧 稀有이다.

南山有禽, 其字曰希有; 北山有鳥, 其名曰鳳凰.

兩鳥排雲抉霧入虛空, 虛空莽莽四顧絶稻粱.

下界豈無七寸之粳米, 爭奈網羅繗繗常高張.

일곱째(其七)

범(凡)에 즉하지 않으면
성(聖)을 구하지 못하나니,230)
무엇에 의지하여
성명(性命 : 목숨)을 추구하랴?
세 번 서호(西湖)에 들어가고
두 번 수령 직을 바꾸었으니
어린 아이 어른 할 것 없이
성명을 아네.
호숫가의 꽃을
명증(明證)으로 삼았나니,
이별할 때는 쇠해 있지만
여기 올 때는 성하였지.
장래의 기약은
감히 묻지 못하겠네,
나는 색(色)을 좋아하고
그대는 병이 많으니.

不卽凡, 不求聖.

---

230) 부즉범, 불구성(不卽凡, 不求聖) : 범(凡), 즉 일상 현실계에 즉하지 않고서는 성(聖),
   즉 본래성(本來性)을 추구할 수 없다는 뜻. 성범일여(聖凡一如)의 사상을 말한 것이다.
   불성(佛性)은 바로 지금의 현실의 나말고 다른 것에서 찾을 수가 없다는 뜻이다.

相依何, 覓性命?

三入湖, 兩易令.

無少長, 知名姓.

湖上花, 作明證.

別時衰, 到時盛.

後來期, 不敢問.

我好色, 公多病.

여덟째(其八)

귀거래하여 아빈(阿賓 : 도석궤)을 찾으니

아빈(阿賓)도 역시 괜찮은 사람.

공경 집안의 스물한 번째 아우

무리에서 초탈하였지.

하늘은 품물을 내매 홀로 내지 않아231)

수레에 끌채232) 있으면 반드시 바퀴 있는 법.

미친 짓은 정말 취할 만하군

마치 머리에 쓰는 두건과 같이.

歸去尋阿賓, 阿賓亦可人.

公家卄一弟, 超脫是其倫.

天不孤生物, 有輈必有輪.

狂態誠可取, 其若頭上巾.

---

231) 천불고생물(天不孤生物) : 하늘은 품물을 낼 때 고립되게 하지 않고 반드시 그 짝과
    동료를 낸다는 뜻. 『논어』에 보면 "덕 있는 사람은 외롭지 않으니, 반드시 이웃이 있다
    (德不孤, 必有隣)"고 하였다.

232) 주(輈) : 작은 수레에 메는 한 개로 된 끌채.

其八 : 서종당본・소수본에는 이 수가 없다.

아홉째(其九)

기를 뿜어내어 바람이 되고
구름이 흘러 물이 된다.
사람 가운데 소인이
하늘의 군자로다.
거위는 날 수 없고
지렁이는 뛰어오를 수 없어라.
올빼미가 곡하는 것은 슬퍼서가 아니요
난새가 노래하는 것은 즐거워서가 아니네.
하늘로 오른다 말하지 말라
하늘은 못보다 낮은 것을.
연못을 들여다본다 말하지 말라.
연못은 하늘보다 높거늘.
부처가 곧 성인이며233)
유(儒)도 아니고 선(禪)도 아니네.234)

氣噓爲風, 雲流爲水.
人之小人, 天之君子.」
鴨不能飛, 蚓不能躍.
梟哭非愁, 鸞歌非樂.」

---

233) 즉불즉성(卽佛卽聖) : 부처가 곧 유가의 성인이다. 부처와 성은 구분이 되지 않는다는 뜻. 즉(卽)은 화융(和融), 불이(不二), 불리(不離)의 뜻이다.
234) 비유비선(非儒非禪) : 유학도 아니고 선불교도 아니다. 유학자도 아니고 선사도 아니다. 유학자가 곧 선이면서 동시에 유학자도 아니고 선도 아니라는 뜻이다.

無曰升天, 天卑于淵.

無曰瞰淵, 淵高于天.

卽佛卽聖, 非儒非禪.」

　其九 : 서종당본 · 소수본에는 이 수가 없다.

열째(其十)

우리 다시 만날 수 있겠소?
그리움의 수레에 멍에 맨다면
백문(白門)[235]의 버들을 물으시구려.

能再相從否?
若駕相思車, 當問白門柳.

　其十 : 서종당본 · 소수본은 '八'이라 하였다.

편허(偏虛)

정수리 머리털을 밀어 없애고 몸뚱이만 남기곤
납의(納衣)나 핫옷 · 모자 입어 세상 먼지를 묻히지 않네.
그대에게 고하나니, 부처도 자식이 많지 않았지만
한쪽 변방(邊旁)에 붙인 것은 곧 사람 인(人) 자라오

---

235) 백문(白門) : 공안현 성의 두호제(陡湖堤)의 서남문. 서남방의 문을 백문이라고 한다.

剃却顚毛剩却身, 衲衣袍帽不沾塵.

告君古佛無多子, 着了邊旁亦是人.

 1597년(만력 25년 정유), 항주(杭州)에서 지은 시.

어린 심담일사에게 주다(贈心湛一小師)

납의는 아지랑이와 안개로 마름질하고

포단(蒲團)은 향부자236)를 깔아 만들었네.

선정(禪定)237) 속에서 뇌봉(雷峰)238)의 타는 노을을 보고

정관(正觀)239)하여 호수(湖水)의 물결을 보네.

모근(毛根)이 남을까 협의하여 머리를 밀었고240)

혀 놀림 많음이 한스러워 말을 잊었네.

소년은 색력(色力)241)이 건강하니

---

236) 초사(草莎) : 사초(莎草). 향부자. 사립(蓑笠)을 만들 수 있는 풀.

237) 정(定) : 선정(禪定). 마음이 일경(一境)에 정지(定止)하여 흩어지거나 움직이지 않게 하
　는 것을 정(定)이라고 한다. 심성(心性)의 작용으로 두 종류가 있는데, 첫째는 태어나면
　서 얻는 산정(散定)과 닦아서 얻는 선정(禪定)이라고 한다. 태어나면서 얻은 산정은 욕계
　(欲界)의 유정(有情)도 낳을 수 있는데, 마음과 상응하여 일어나서 소대(所對)의 경계(境
　界)에 전주(專注)하는 작용이다. 이에 비하여 닦아서 얻는 선정은 색계(色界)와 무색계
　(無色界)의 심지(心地)의 작용으로, 부지런히 수습(修習)하여 행하여야만 얻을 수 있다.

238) 뇌봉(雷峰) : 절강성(浙江省) 항현(杭縣)의 남병산(南屛山) 정자사(淨慈寺) 북쪽에 있는
　산. 즉, 서호 남안의 석조산(夕照山) 산봉. 도인(道人) 뇌취(雷就)가 암자를 쌓았다. 오월
　국왕(吳越國王) 전홍숙(錢弘俶)의 왕비 황씨(黃氏)가 그 위에 탑을 쌓았는데, 그것을 황
　비탑(黃妃塔)이라고 한다. 단, 이 탑은 민국(民國) 초 1924년 9월에 무너졌다. 청나라 때
　작자미상의 희곡『백사전(白蛇傳)』은 이 탑의 연기(緣起)를 부연하여 만든 것이다.

239) 관(觀) : 정관(正觀). 어리석음을 버리고 법(法)을 보는 것을 말한다. 정념(正念)이라고
　도 한다.

240) 삭발혐근재(削髮嫌根在) : 모근이 남을까 염려하여 머리를 아예 밀어버렸다는 뜻. 모
　근(毛根)은 여기서는 세속에 대한 미련의 의미를 함께 지닌다.

천마(天魔)가 그를 어찌 하랴.242)

布衲裁烟霧, 蒲團藉草莎.
雷峰定裏火, 湖水觀中波.
削髮嫌根在, 忘言恨舌多.
少年色力健, 魔佛奈他何.

전校 1597년(만력 25년 정유), 항주(杭州)에서 지은 시.

장이화상 육신243)에 절하다(拜長耳和尙肉身)

윤상(輪相)244)은 그대로245) 족하고

---

241) 색력(色力): 몸의 힘. 힘이 몸에 가득한 것을 색력증장(色力增長)이라고 한다.
242) 마불내타하(魔佛奈他何): 천마(天魔)가 그를 어찌하랴. 마불(魔佛)은 본래 천마(天魔)
　　와 불타(佛陀), 즉 극히 선한 것과 극히 악한 것을 대거(對擧)한 것이지만, 여기서는 천
　　마만을 말한다. 천마는 천자마(天子魔)의 약칭이다. 4마의 하나로 제6천의 마왕이다. 그
　　이름은 파순(波旬)이며, 무량수의 권속(眷屬)이 있어서 항상 불도(佛道)를 장애한다. 천
　　마는 귀(鬼)와 다르지 않지만, 귀(鬼)는 다만 몸을 병들게 하고 몸을 죽게 하는 데 반해,
　　마(魔)는 환심(歡心)을 파(破)하고 법신(法身)과 혜명(慧命)을 파(破)하며 사(邪)된 생각
　　을 일으켜서 사람의 공덕(功德)을 빼앗으므로 귀(鬼)와 다르다고 한다. 천마가 사람을
　　병들게 하는 것을 마병(魔病)이라고 한다. 『지관(止觀)』에 나온다.
243) 육신(肉身): 여기서는 불상(佛像)을 말하는데, 시의 내용으로 보아 건칠(乾漆)의 수법
　　으로 조성한 불상인 듯하다. 건칠에는 탈건칠(脫乾漆)과 목심건칠(木心乾漆)의 두가지
　　가 있다. 탈건칠은 소상(塑像)과 마찬가지로 대체적인 형태를 점토(粘土)로 만들고 그
　　위에 칠(漆)과 마포(麻布)를 교대로 바르고 붙여서 세부 형태를 갖추고서, 칠과 마포가
　　딱딱하게 굳어지면 원형으로 만든 내부의 점토를 깨어서 빼내는 수법이다. 목심건칠은
　　원형을 나무 조각으로 대충 만들어 두고 그 위에 마포와 칠을 겹쳐서 끝마감을 하되,
　　목심은 그대로 두는 수법이다.
244) 윤상(輪相): 보통 탑(塔)의 꼭대기에 장식하여 둔 바퀴 모양의 것을 말하며, 상륜(相
　　輪)·공륜(空輪)·구륜(九輪)·영반(靈盤)이라고도 한다. 하지만 여기서는 윤보(輪寶)를
　　말하는 듯하다. 윤보는 전륜왕(轉輪王)이 감득(感得)한 보기(寶器)로, 왕이 유행(遊行)하

250　　역주 원중랑집 3

옻칠 광택은 거울처럼 새롭다.

신령한 혼백은 지각이 있는지 없는지

손톱과 이빨은 환망인지 진짜인지?

하나의 장엄(莊嚴)한 부처요

천년 오래된 골동(骨董) 사람이라.

그 많던 동(銅)이나 철(鐵)도

지금에는 티끌로 되었나니.

輪相居然足, 漆光與鑑新.

神魂知也未, 爪齒幻邪眞?

一個莊嚴佛, 千年骨董人.

饒他銅與鐵, 到此亦成塵.

1597년(만력 25년 정유), 항주(杭州)에서 지은 시.
○ 장이화상(長耳和尙) : 오대(五代) 때 오월(吳越) 화상. 호는 법진(法眞).
귀의 길이가 9치로, 위로 정수리보다 더 길고 아래로 턱을 묶을 정도였다. 오월의
왕이 빈객의 예로 대우하였다. 정광원(定光院)에 거주하였다. 입적한 뒤에 원(院)을
절로 삼았다. 정전(正殿)이 그 가운데 있는데, 감태(龕蛻)가 왼 켠에 있으며, 누(樓)
로 덮었다. 『용당소품(湧幢小品)』 권28 「장이화상(長耳和尙)」조를 참조
○ 서종당본에는 이 시가 없다.

여 가는 곳에 반드시 스스로 전진하여 사방을 제복(制伏)하는데, 금·은·동·철의 4종
이 있으므로 금륜왕(金輪王) 이하 철륜(鐵輪)까지 4등급이 있다. 아마도 불상의 후배로
전륜의 모습을 한 것을 가리키는 듯하다.
245) 거연(居然) : 그 모양 그대로 편안한 모습.

황도원²⁴⁶⁾을 이별하다(別黃道元)

역로의 버드나무 가지는 채찍과 같고
강 위로 달리는 돛배는 말과 같구나.
서호(西湖)에서 잠시 머리 맞대었다가
흥이 다하여 각자 돌아간다만,
다음 해 봄에는 천태산(天台山)²⁴⁷⁾에 일 있어
용추(龍湫)²⁴⁸⁾에 들러 여름을 지내리.
그대 집안은 반은 벼슬아치요 반은 유학자
성안에도 집이 있고 야외에도 집이 있네.
안탕산(雁蕩山)²⁴⁹⁾에서 한 사람은 동쪽으로 한 사람은 서쪽
쌍문(雙門)에서는 혹은 위로 가고 혹은 아래로 가네.

驛路柳條如鞭, 江上奔帆似馬.
西湖聚首許時, 興闌各自歸也.

---

246) 황도원(黃道元) : 황국신(黃國信). 권3 「병중에 황도원의 〈일선사에서 이른 꿈을 꾸고
　　수심에 젖어〉 시에 화운하다(病中和黃道元至日禪寺夢愁詩)」 참조.
247) 천태산(天台山) : 절강성(浙江省) 태주(台州) 천태현(天台縣) 서쪽에 있는 선하령맥(仙
　　霞嶺脈)의 동쪽 가지. 형세가 높고 크며 서남쪽으로는 괄창산(括蒼山) · 안탕산(雁蕩山)
　　에, 서북쪽으로는 사명산(四明山)과 금화산(金華山)에 이어진다. 동해변으로 굼벵이 기
　　듯 뻗어나가서 옷의 푸른 산과 같다. 수(隋)나라 지자대사(智者大師)가 이 산에 주지하
　　여 한 종파를 열었으므로 이 산 이름을 따라 천태종(天台宗)이라 불렀다. 태(台)는 별의
　　이름으로 그 땅의 분야가 삼태(三台)에 응하므로 그렇게 이름하였다고 한다. 『대명일통
　　지(大明一統志)』에 나와 있다.
248) 용추(龍湫) : 절강성(浙江省) 낙청현(樂淸縣)의 안탕산(雁蕩山)에 있는 못.
249) 안탕산(雁蕩山) : 절강성(浙江省) 낙청현(樂淸縣)과 평양현(平陽縣)의 경계에 있는 산.
　　괄창산맥(括蒼山脈)에 속한다. 송나라 태평흥국(太平興國) 연간의 초기에 승려 전료(全
　　了)가 이곳에 거처하면서 영암사(靈巖寺)를 세웠다. 102개 봉우리, 10개의 곡(谷), 8개의
　　동(洞), 30개의 암(巖)으로 이루어진 승경지이다. 남안탕과 북안탕으로 나뉜다. 절정에
　　는 호수가 있어, 사방 10여 리에 달하며 결코 마르지 않으며, 봄이면 기러기가 돌아와
　　묵으므로 '안탕'이라 이름하였다고 한다. 『독사방여기요(讀史方輿紀要)』의 「절강 · 온
　　주부(溫州府) · 낙청현」에 나와 있다.

明春有事天台, 便過龍湫度夏.

公家半宦半儒, 卜居在城在野.

雁蕩或東或西, 雙門之上之下.

 1597년(만력 25년 정유), 항주(杭州)에서 지은 시.
○ 雁蕩或東或西 : 蕩은 패란거본에 場으로 되어 있으나, 서종당본·소수본·이운관본에 의거하여 고친다.

법상사에서 쉬면서(憩法相)

산기슭250)은 미미하게 기울었고
대나무 끝은 하나하나 맑아라.
용도 종소리 듣고 참회하고
호랑이도 방에 들어 불경을 읽을 정도251).
편순(鞭笋 : 竹根)252)은 진흙과 섞여 무겁고
두차(頭茶)253)는 종이에 싸서 가볍다.
산승은 지난 일을 이야기하며
곱절 더 진세의 일을 애석해 하네.

峰脚微微仄, 篁稍箇箇清.

聽鍾龍懺悔, 入室虎經行.

---

250) 봉각(峰脚) : 산봉우리의 아랫부분. 산각(山脚), 산족(山足).
251) 경행(經行) : 본래 경행(經行)은 Vihara의 역어로, 행도(行道)라고도 하며, 좌선 중에 졸음이 오면 졸음을 이기기 위해, 혹은 신병을 요양하기 위하여 일정한 장소를 도는 일을 가리킨다. 여기서는 불경의 경문을 노래로 읊는 경패(經唄)를 말하는 듯하다.
252) 편순(鞭笋) : 죽근(竹根). 『본초(本草)』에 따르면, 죽근을 채취할 때 채찍으로 치고 다니면서 부드러운 것을 취한다고 하였다.
253) 두차(頭茶) : 처음 따는 찻잎.

鞭笋和泥重, 頭茶帶紙輕.

山僧談往事, 一倍惜塵情.

1597년(만력 25년 정유), 항주(杭州)에서 지은 시.
○법상(法相) : 법상사(法相寺). 전당현(錢塘縣) 남쪽 고봉 아래에 있다. 옛 이름은 장이원(長耳院)이다. 『가경일통지(嘉慶一統志)』에 보인다.

황도원[254]을 이별하면서 남겨주다(留別黃道元)

발걸음이 자주 오다보니
이웃 승려도 하나하나 알겠네.
자주 만나는 건 대화 적음을 혐의해서고
오래 앉았노라니 노새 굶주릴까 염려되네.
범 이야기 한 뒤라 돌아갈 길이 두렵고
원앙을 그리워하더니 밤 꿈이 유치하다.
외로운 등불 선탑(禪榻) 아래에
어린 사미승 졸고 있군.

踪跡頻頻至, 鄰僧箇箇知.

會多嫌話少, 坐久畏驢飢.

說虎歸途怯, 懷鴛夜夢癡.

一燈禪榻下, 睡着小沙彌.

1597년(만력 25년 정유), 항주(杭州)에서 지은 시.
○題 : 서종당본에는 別자가 없다.

---

254) 황도원(黃道元) : 황국신(黃國信). 앞에 나왔다.

○鄰僧䇳䇳知 : 서종당본에서는 위의 䇳자가 若으로 되어 있다.

○懷鴛夜夢癡 : 鴛은 서종당본에 人으로 되어 있다.

○睡着小沙彌 : 睡는 서종당본에 傍으로 되어 있다.

서호의 이별, 방자공[255]과 함께 짓다(湖上別, 同方子公賦)

'무저양류루심월'을 운자로 사용하였다(舞低楊柳樓心月爲韻).

첫째(其一)

차라리 서호(西湖)의 노비가 될지언정[256]

오궁(吳宮)의 주인[257]이 되지 말라.

죽으면 마땅히 여기에 묻힐 것이니

분향(粉香)이 봉분에 스미리.

한 번 머물면 두세 달

하늘 음식[258]이 곤궁한 이를 먹여주네.

일만 오천 나무의 꽃

일백 이십 회의 춤.

꽃은 씨앗 맺기 바쁜데

---

255) 방자공(方子公) : 방문선(方文僎).

256) 서호노(西湖奴) : 매복(梅福)의 고사를 말한 것이다. 매복은 한(漢)나라 때 구강(九江) 수춘(壽春) 사람인데, 뒤에 군문학(郡文學)이 되었으며, 남창(南昌)의 위(尉)에 보해졌으나, 왕망(王莽)이 정권을 잡자 관직을 버리고 고향으로 돌아갔다. 한때 서호에서 다른 사람 집의 종노릇을 하기도 하였다. 뒤에 매복이 신선이 되었다는 전설이 파다하다.

257) 오궁주(吳宮主) : 오나라 부차(夫差). 서시(西施)와 향락을 즐긴 일을 의식하여 한 말이다.

258) 천식(天食) : 욕계천(欲界天)의 음식물인 수타미(須陀味). 『기세경(起世經)』에 보면, 사천왕천(四天王天)이 모든 천중(天衆)과 함께 모두 그 천(天)의 수타(須陀)의 맛을 쓴다고 하였다. 그 음식은 색이 아주 정백(淨白)하다고 한다. 여기서는 자연 경물을 천상의 음식에 비유한 것이다.

사람은 꽃과의 이별에 괴롭구나.

하늘 가득한 구름을 열어 젖혀

특별히 비를 뿌리니,

피차 모두 검은머리에

밤새 서리 같은 실이 더하였구려.

寧作西湖奴, 不作吳宮主.

死亦當埋玆, 粉香漬丘土.

一住二三月, 天食供窮窶.

萬五千樹花, 百二十回舞.

花爲結子忙, 人爲別花苦.

辟彼一天雲, 特地吹作雨.

彼此俱黑頭, 一夜添霜縷.

 1597년(만력 25년 정유), 항주(杭州)에서 지은 시.

○題 : 서종당본·소수본에서는 別 아래에 限韻 두 자가 있고, 제목 밑에 주가 없다.

○其一 : 서종당본·소수본의 편 말에 '得舞字'라는 주가 있다.

둘째(其二)

악공(鄂公 : 악비)259) 무덤을 돌아보고 또 돌아보니260)

---

259) 악공(鄂公) : 악비(岳飛). 송(宋)나라 충신으로, 금(金)나라 군사를 격파하여 여러 차례 공을 세웠다. 조정의 화의론을 반대하다가 간신 진회(秦檜)의 참소로 옥중에서 살해되었다. 악국은 본래 춘추시대 초나라 악왕(鄂王)의 옛 수도 지금의 호북성(湖北省) 악성현(鄂城縣) 지역과 무창부(武昌府) 무창현(武昌縣) 일대. 남송 영종(寧宗) 때 악비(岳飛)를 악공(鄂公)으로 추봉(追封)하였다.

260) 망망(望望) : 떠나면서 돌아보고 돌아보는 모습. 깊이 흠모하는 모습. 『예기(禮記)』「문상(問喪)」에 "떠나보낼 때에 깊이 사모하는 듯하고 급급한 듯하여, 마치 아무리 쫓아가

돌 거북261)이 사람의 키 높이인데,

무덤 앞 방장(方丈) 너비의 흙에

술을 뿌려 질펀하게 진흙을 이루었다.

비록 산 자의 즐거움을 안다 해도

죽은 자를 위해 우는 것은 무익하리라.

저 분묘 앞의 말은

입을 크게 벌려도 히힝 울 수 없구나.

천지가 회겁(晦劫)262)으로 들어갔으니

지사(志士)는 난학(鸞鶴)과 함께 함이 옳건만,263)

어이하여 끓는 물과 타는 불264)을 가까이 하여

저 양과 닭처럼 되었단 말인가.

고산(孤山)의 매처사(梅處士)는265)

사업이 결코 저급하지 않았구나.

서릉교(西陵橋)266)에는 창가(倡家)가 있고

도 못 미침이 있는 듯이 한다(其往送也, 望望然, 汲汲然, 如有追而不及也)"라 하였고, 그 주에 "망망(望望)은 첨망(瞻望)하는 모습이다"라고 하였다.

261) 석귀(石龜) : 거북 모양의 바위. 빗돌을 올려놓는 대(臺).

262) 회겁(晦劫) : 괴겁(壞劫). 삼천대천세계(三千大天世界)가 파괴되는 기간. 즉 주겁(住劫)에서 공겁(空劫)에 이르는 이십중겁(二十中劫) 사이. 천지가 암흑의 재난 속에 진입한 것을 말함. 겁(劫)은 겁수(劫數)로, 재난을 속칭한다. 불교 경전에 따르면 성겁(成劫) 이후에 괴겁(壞劫)이 있고, 괴겁의 마지막에 불, 바람, 물의 삼재(三災)가 있어서 세계를 다 쓸어버린다고 한다.

263) 지사합난서(志士合鸞棲) : 지사는 응당 난새나 학의 서식처에 있는 것이 마땅함. 즉, 응당 세간을 벗어나 은퇴하여야 함. 난(鸞)은 난학(鸞鶴)의 준말. 난학은 난조(鸞鳥)와 선학(仙鶴)으로, 모두 신선이 타는 새이다.

264) 탕화(湯火) : 끓는 물과 타는 불. 도탄(塗炭)을 말함. 『한시외전(韓詩外傳)』에 보면 "조정에 들라고 명하는 것은 끓는 물과 타는 불로 나아가는 것과 같다(命入朝廷, 如赴湯火)"라고 하였다.

265) 고산매처사(孤山梅處士) : 북송의 시인 임포(林逋)가 서호(西湖)의 고산(孤山)에 은둔하면서 20년 간 성시(城市)로 발을 들이지 않았다. 그는 일생 결혼을 하지 않고, 매화를 심고 학을 기르면서 즐겨, 마침내 '매처학자(梅妻鶴子)'라는 말이 있게 되었다.

266) 서릉(西陵) : 서릉교(西陵橋). 영교(泠橋), 서림교(西林橋)라고도 한다. 항주(杭州)의 고산(孤山)에서 북산(北山)으로 가려면 반드시 거쳐야 하는 다리였다.

소나무 잣나무는 너른 길 양쪽에 늘어졌으니,
홍분(紅粉 : 미인)을 가까이 함이 활계(活計)요
산 꽃은 품평하기에 족하기에,
웃으며 소공제(蘇公堤) 버드나무267)를 꺾어
말에 채찍질하여 꽃 둑을 건너가노라.268)

望望鄂公墳, 石龜與人齊.

塚前方丈土, 澆酒渥成泥.

雖知生者樂, 無益死者啼.

如彼墳前馬, 張吻不能嘶.

天地入晦劫, 志士合鸞棲.

曷爲近湯火, 爲他羊與雞.

孤山梅處士, 事業未曾低.

西陵倡家女, 松柏夾廣蹊.

紅粉是活計, 山花足品題.

笑折蘇公柳, 策馬度花堤.

西陵 2구 : 서종당본·소수본에는 '夜絃招鶴侶, 曉詠託梅妻'로 되어 있다.
○紅粉是活計 : 紅粉是가 서종당본·소수본에는 竿水饒로 되어 있다.
○山花足品題 : 山花가 서종당본·소수본에는 雲嵐으로 되어 있다.
○제2편 끝에 서종당본·소수본에서는 '得低字'라는 주가 있다.

---

267) 소공류(蘇公柳) : 북송 때 소식(蘇軾)이 항주지사(杭州知事)로 있을 때 서호(西湖)를
준설한 뒤 둑방, 즉 소제(蘇堤)를 쌓고 그 둑에 심은 버드나무를 말한다. 소제(蘇堤)는
소공제(蘇公堤)라고도 한다.
268) 소절소공류, 책마도화제(笑折蘇公柳, 策馬度花堤) : 당나라 최국보(崔國輔)의 「장락
소년행(長樂少年行)」의 "산호 채찍을 잊어버리고 나니, 흰 말이 교만스레 나가려 않네.
장대의 버드나무 가지를 꺾나니, 봄날 거리의 풍정이 멋들어지네(遺却珊瑚鞭, 白馬驕
不行. 章臺折楊柳, 春日路傍情)"라고 한 것에서 시상을 빌어 왔다.

셋째(其三)

내가 총자산에 집을 두고 있으므로 이렇게 말한 것이다(余家塚子山, 故云).

한 단(段)의 푸른 돌 둑에
하늘거리는 수양버들 일천 그루.
십여 가지 명화가
홍색 자색 백색으로 줄지었네.
묻나니 이것을 누가 심었나?
감중랑(監中郎 : 賀知章)이 심었다네.
깁 무늬처럼 짜서 물결을 이루고
무늬 옥 섬돌을 쌓아 당(堂)을 만들었지.
어찌하면 총자산을
날려서 이 곁에 가져다 두랴?
취중에 미친 생각이 발하더니
술 깬 뒤 더욱 생각이 번져가네.
내 몸을 옮기면 되거늘
하필 고향을 옮길 게 무어 있나?269)

一段靑石堤, 嬝娜千垂楊.
十許種名花, 紅紫白成行.
借問此誰種? 云是監中郎.
紗紋織作浪, 文玉砌爲堂.
安得塚子山, 吹來置此傍.
醉中發狂思, 醒後盆周張.

---

269) 하필이오향(何必移吾鄕) : 하필 내 고향을 옮게 올 것이 무어 있나? 앞서 총자산을 옮
　　거다 두려던 생각을 할 필요 없이, 술에 취한 뒤 호기가 발동하여 고향으로 날아갈 듯
　　하다는 뜻.

吾身自可移, 何必移吾鄕?

 제3편 끝에 서종당본·소수본에서는 '得楊字'라는 주가 있다.

넷째(其四)

갈건(葛巾) 차림에 머리는 묶지 않고
비단 동구래깃 옷은 늘 팔뚝을 드러내네.
하루라도 꽃 아래 취하지 않는 날이 없고
때때로 마른 버드나무 아래 앉기도 한다.
천지는 하나의 연극장[270]
누가 단(旦)이다 축(丑)이다[271] 나누었는가.
신선의 이야기는 이미 황당하지만
부귀의 일도 또한 짝하기 어려워라.[272]
항(杭) 땅 사람에게 속담이 있으니
"낮은 소원 말하고 뜻을 지니면 이루게 된다"[273]고.
뇌봉(雷峯)[274]이 변하여 술지게미 되고
서호(西湖)가 화하여 술이 되어라.
연꽃을 미인 삼아

---

270) 배장(排場) : 연극의 무대.
271) 단(旦) 축(丑) : 원나라 및 명나라 연극에서의 각색(脚色). 앞에 나왔다.
272) 신선기황당, 부귀부난우(神仙旣荒唐, 富貴復難偶) : 도연명(陶淵明)의 「귀거래사(歸去來辭)」에 "부귀는 내가 원하는 바가 아니오, 제향은 기약할 수 없도다(富貴非我願, 帝鄕不可期)"라고 하였다.
273) 언비취칙유(言卑趣則有) : 낮은 것을 소원하고 뜻을 가지면 소원을 이루게 된다는 뜻.
274) 뇌봉(雷峰) : 절강성(浙江省) 항현(杭縣)의 남병산(南屛山) 정자사(淨慈寺) 북쪽에 있는 산. 즉, 서호 남안의 석조산(夕照山) 산봉. 도인(道人) 뇌취(雷就)가 암자를 쌓았으며, 오월국왕(吳越國王) 전홍숙(錢弘俶)의 왕비 황씨(黃氏)가 그 위에 탑을 쌓았다. 앞서 나왔다.

노래 하나마다 한 입 씩 마셔서

삼만 육천 회[275]

일회마다 삼백 말[斗].[276]

葛巾不束毛, 紗袷常見肘.

無日不醒花, 有時坐枯柳.

天地一排場, 誰分旦與丑.

神仙旣荒唐, 富貴復難偶.

杭人有諺言, 言卑趣則有.

雷峯變作糟, 西湖化爲酒.

藕花作美人, 一歌了一口.

三萬六千回, 一回三百斗.

 제4편 끝에 서종당본·소수본에서는 '得柳字'라는 주가 있다.

다섯째(其五)

천지는 매달아놓은 과녁[277]

성현의 글은 장구(藏鬮)[278] 같아라.

---

275) 삼만 육천회(三萬六千回) : 1백년을 가리킨다.

276) 삼만 육천회, 일회삼백두(三萬六千回, 一回三百斗) : 이백(李白) 「양양가(襄陽歌)」의
"백년 삼만 육천 일, 하루마다 모름지기 삼백 잔을 기울이리. …… 이 강이 만일 변하여
봄 술로 된다면, 술지게미로 다시 조구대를 쌓으리(百年三萬六千日, 一日須傾三百回.
…… 此江若變作春酒, 壘麴便築糟丘臺)"라고 한 표현을 빌어 왔다.

277) 현곡(懸鵠) : 매달아놓은 과녁. 곡(鵠)은 활쏘는 목표. 전파자(箭靶子).

278) 장구(藏鬮) : 즉 장구(藏鉤). 진(晉)나라 주처(周處)의 『풍토기(風土記)』에 따르면, 섣달
그믐날에 제사를 지낸 뒤 늙은 사람이 아동을 두 패로 갈라 서로 승부를 겨루게 시켰
다고 한다. 여기서는 놀이판이라는 뜻으로 쓰였다. 한(漢)나라 때 소제(昭帝)의 모친 구
익부인(鉤弋夫人)의 고사에서 비롯되었다고 한다. 앞에 나왔다.

만고에 수심만 아득하니

누가 앞길을 명시해주랴?

벼슬아치는 이익에 얽매이고

은둔자는 명성에 사로잡힌다.

현도(玄道 : 노장학)에는 점화(點化 : 교화)의 술법이 없고[279]

선도(禪道)에는 지견(知見)[280]의 근심이 있도다.

몸 곁의 그림자[281]를 소멸코자 한다면

끝내 물밑 누각(달)[282] 속에서 길을 잃고야 말리.

십 년마다 한 이파리[283]씩

헛되이 조각(彫刻 : 판각)[284]하는 짓을 하였군.

天地如懸鶉, 聖賢若藏䨨.

---

279) 현무점화술(玄無點化術) : 현(玄)은 노장학을 말한다. 『노자』에 보면, "현하고 또 현하니, 온갖 오묘함의 문이다(玄之又玄, 衆妙之門)"라고 하였으므로, 노자의 도를 현도(玄道)라고 한다. 점화(點化)는 감화(感化)의 뜻이다. 『국로담원(國老談苑)』에 보면, 송나라 진종(眞宗)이 귀진(歸眞)을 불러 점화지술(點化之術)을 묻자, 귀진은 아뢰길, "저는 제왕지술(帝王之術)을 말하고자 하오니, 요순지도(堯舜之道)로 천하를 점화(點化)하고 싶습니다"라고 하였다.

280) 지견(知見) : 지견(智見), 정지견(正知見). 인과(因果)의 이법(理法)에 대한 바른 인식. 의식(意識)에 따르는 것을 지(智)라 하고 안식(眼識)에 따르거나 추구(推求)하는 것을 견(見)이라고 하는데, 모두 혜(慧)의 작용이다. 앞에 나왔다.

281) 영(影) : 그림자. 그림자는 실체에 의하여 생겨나는 것으로서 실성(實性)이 없다. 불교에서는 세상 일체의 사물이 그림자와 마찬가지로 허환(虛幻)하다고 본다. 여기서는 세속을 지칭하니, 그림자를 멸한다는 말은 세속과 허환 속에서 초탈한다는 뜻이다.

282) 수저루(水底樓) : 수중의 달이란 뜻. 수중월(水中月), 수월(水月). 제법(諸法)의 실체가 없음을 두고 하는 말. 꿈이나 환영과도 같은 티끌세상의 부귀영화를 가리킨다. 『지도론(知度論)』에 보면, 제법(諸法)을 해료(解了)하면 환(幻)과 같고 염(焰)과 같으며 수중의 달[水中月]과 같고 거울 속의 상[鏡中像]과 같으며 화(化)와 같다.

283) 엽(葉) : 패엽(貝葉), 패다라엽(貝多羅葉). 원래는 인도 다라수(多羅樹)의 잎인데, 인도인은 그 잎에 경문(經文)을 적었으므로, 경문을 뜻한다. 불경을 패엽경(貝葉經)이라고 한다. 『자은사전(慈恩寺傳)』에 보면 "삼월 안거(安居)를 지내면서 삼장(三藏)을 모아서 끝마치고 패엽에 써서 널리 유통시켰다"라고 하였다.

284) 조수(雕鎪) : 조각(彫刻), 판각(板刻). 서적을 목판에 인쇄하는 것을 말함.

萬古愁茫茫, 誰是的路頭?

官者爲利縛, 隱者爲名囚.

玄無點化術, 禪有知見憂.

欲滅身旁影, 終迷水底樓.

十年而一葉, 枉自費雕鎪.

 제5편 끝에 서종당본·소수본에서는 '得樓字'라는 주가 있다.

여섯째(其六)

해마다 빈 상자 지고 가서

채워오는 것이 십금(十金)이 안 되네.

스스로 알리라, 연 잎의 운명이란

물 채움을 끝내 담임하기 어려움을.

공문서 끌어안고285) 처리 못해 끙끙대고

물 단지 끌어안아도286) 깊이 물대지 못하여 괴롭네.

어찌하면 정신을 맑게 하는 약을 얻어

내 광화(狂華)287)의 마음을 그치게 하랴.

---

285) 포독(抱牘) : 문안(文案)을 끌어안음. 하급관리 일을 하는 것을 말함.

286) 포옹(抱甕) : 『장자』 「천지(天地)」에 보면, 자공(子貢)이 남쪽으로 초나라에 노닐다가 진(晉)나라로 돌아오는 중에 한음(漢陰)을 지나다가 한 장인(丈人)이 표휴(圃畦)에 물대고 있는 것을 보았다는 우화가 있다. 그 장인은 수도(隧道)를 파고 우물로 들어가 물독을 끌어안고 나와 밭에 물을 콸콸 쏟아 부어 대단히 공력을 들였지만 끝내 실효가 적었다. 자공은 여기에다 기계를 설치한다면 하루에 백 이랑에라도 물을 댈 수 있을 터인데 어째서 그렇게 하지 않느냐고 물었더니, 그 장인은 기계를 사용하는 사람은 반드시 기심(機心)을 갖게 되므로 나는 그렇게 하는 것을 수치로 여겨 그렇게 하지 않는다고 하였다. 이백(李白)의 시(「贈張公洲革處士」)에 "물독 끼고 가을 채소에 관개하니, 마음이 한가하여 하늘의 구름처럼 노니누나(抱甕灌秋蔬, 心閑游天雲)"라고 하였다.

287) 광화(狂華) : 광화(狂花). 시절에 맞지 않게 피어난 꽃. 현실에 절실하지 못하고 분 밖에 벗어난 생각을 비유함. 눈동자에 병이 걸려 현화(玄花)가 난무하는 것을 광화라고도

고음(苦吟)288)은 끝내 병이 된다만

괴롭지 않으면 시를 읊지를 못하네.

날아가는 상상은 구연(九淵)289)으로 들어가고

시어를 주워 벌레와 짐승에까지 미치네.290)

듣자니 삼천(三天)의 꼭대기에는

무우(無憂) 나무291)가 달리 있다지.

어느 날에나 그 꼭대기에 올라

귀 씻고 신선 거문고를 들으랴?

年年負空篋, 滿貯不十金.

自知荷葉命, 蓄水終難任.

抱牘苦不治, 抱甕苦不深.

安得淸神藥, 止我狂華心.

苦吟終爲病, 不苦不成吟.

飛思入九淵, 捃拾到蟲禽.

聞說三天頂, 別有無憂林.

何日陟其巓, 洗耳聽仙琴?

한다.

288) 고음(苦吟) : 반복하여 음송(吟誦)함. 시구(詩句)를 조탁(彫琢)함을 말함. 당나라 두목(杜牧)의 시(「殘春獨來南亭因寄張祜」)에 "중울이 어느 곳에 있는지 알려 하였더니, 수풀 아래 고음하며 시 먼지를 떨어내고 있도다(仲蔚欲知何處在, 苦吟林下拂詩塵)"라고 하였다.

289) 구연(九淵) : 깊은 못. 구중(九重)의 못. 『장자』에 보면, 천금 값나가는 보물은 반드시 구중의 못[九重之淵]의 여룡(驪龍)의 턱 밑에 있다고 하였으며, 『사기』「가의전(賈誼傳)」에 보면 "구연의 신룡을 엄습하노라(襲九淵之神龍兮)"라고 하였다. 여기서는 구연으로 들어가 옥구슬을 찾듯이 아름답고 보배스러운 것을 상상한다는 뜻.

290) 군습도충금(捃拾到蟲禽) : 세세한 고훈을 캐고 옛 전장을 고증하는 데 쏠려, 충어지학(蟲魚之學)의 테를 벗어나지 못하는 것을 말한 것이다.

291) 무우림(無憂林) : 무우수(無憂樹). 아수가(阿輸迦), 아술가(阿述迦), 아수가수(阿輸伽樹). 부처가 이 나무 아래에서 태어났고, 과거의 비파시불(毘婆尸佛)은 이 나무 아래에서 성도(成道)하였다고 한다.

일곱째(其七)

용정(龍井)²⁹²⁾에는 단 샘이 넉넉하고

비래봉(飛來峯)²⁹³⁾에는 석골(石骨)이 풍부하다.

소교(蘇橋)²⁹⁴⁾에는 십 리의 바람

승과사(勝果寺)²⁹⁵⁾에는 하늘 가득한 달.

전왕사(錢王祠)²⁹⁶⁾는 멋진 곳 하나 없고²⁹⁷⁾

---

292) 용정(龍井) : 전당(錢塘)의 지명, 좋은 샘이 있어, 명차(名茶)의 산지로 유명하다. 허차서(許次紓)의 「차소(茶疏)」에 이런 말이 있다. "근일에 높이 치는 것으로는, 장흥(長興)의 나개(羅岕)가 있는데, 아마도 옛사람이 말한 고저(顧渚)의 자순(紫筍)인 듯합니다. 산속에 끼어 있는 것을 개(岕)라고 하는데 나씨(羅氏)가 숨겨두었으므로 나(羅)라고 이름합니다. 그런데 개(岕)는 여러 곳에 있으나, 지금은 오직 동산(洞山)이 가장 좋습니다. 고저(顧渚)에 있는 것으로 말하면 역시 좋은 것이 있지만, 사람들은 다만 수구(水口)의 차로 이름을 하여 전혀 개(岕)와 구별합니다. 흡(歙)의 송라(松羅), 오(吳)의 호구(虎丘), 전당(錢塘)의 용정(龍井)의 경우에는 향기가 물씬 일어나서, 나란히 개(岕)와 힐항할 수 있습니다."

293) 비래(飛來) : 비래봉(飛來峰), 영취산(靈鷲山). 절강성(浙江省) 항주시(杭州市)의 영은산(靈隱山) 동남쪽에 있는 봉우리. 진(晉)나라 함화(咸和) 연간에 서역승 혜리(慧理)가 이 산에 올라 탄식하면서 "이것은 중천축국(中天竺國) 영취산(靈鷲山)의 작은 산마루인데, 어느 해에 날아왔는지 모르겠다"라고 말하였다고 해서 이름을 비래봉이라고 하고, 또 다른 이름을 영취산(靈鷲山)이라고 한다고 한다.

294) 소교(蘇橋) : 서호(西湖)의 남쪽을 횡단하는 소공제(蘇公堤)에 모두 여섯 개의 다리가 있는데, 그것을 소교(蘇橋) 혹은 육교(六橋)라고 한다.

295) 승과(勝果) : 승과사(勝果寺). 항주시(杭州市) 동남방 봉황산(鳳凰山) 오른쪽에 있는 절.

296) 전사(錢祠) : 전왕사(錢王寺). 항주시 청파문(淸波門) 북쪽에 있다. 무숙왕(武肅王) 전류(錢鏐) 등 다섯 사람의 오월국왕(吳越國王)을 제사지내는 사당. 원래 이름은 표충관(表忠觀)이며, 지금은 취경원(聚景園)으로 고쳤다. 전류(錢鏐, 853~932)는 임안(臨安)의 사람이며, 염상인(鹽商人)이었지만 전공(戰功)이 있어서 절도사(節度使)로 승진한 뒤, 오월국을 세워, 항주(杭州)를 도읍으로 삼았다. 전류와 대대적으로 수리(水利)를 일으켜, 서호(西湖)를 준설하고, 전당강(錢塘江)에 방파제(防波堤)를 쌓았다. 그 치적을 기념하기 위해 뒷날 사당이 세워진 것이다.

297) 전사무가처(錢祠無佳處) : 그러나 후대에는 남송 때의 취경원(聚景園)이 있었던 곳에

한 조각 석갈(石碣)만 훌륭하구나.
고산(孤山)298) 옛 정자에는
서늘한 그늘이 수풀에 가득하다.
일 년에 복사꽃 하나
한 해에 백발 하나.
남고봉299)에서는 물씬 이는 구름을 보고
북고봉300)에서는 지는 해를 본다.
초 땅 사람301)은 깃털이 없거늘
몇 번이나 월 땅에 노닐 수 있을지?

龍井饒甘泉, 飛來富石骨.
蘇橋十里風, 勝果一天月.
錢祠無佳處, 一片好石碣.
孤山舊亭子, 涼蔭滿林檄.
一年一桃花, 一歲一白髮.
南高看雲生, 北高見日沒.
楚人無羽毛, 能得幾遊越?

 제7편의 끝에 서종당본·소수본에서는 '得月字'라는 주가 있다.

세워진 전왕사(錢王祠)의 부근에는 양류가 늘어서 3월에는 그 가지들이 바람에 물살을
일으키듯 하여, '유랑문앵(柳浪聞鶯)'이라는 풍광이 유명하게 되었으며, '유랑문앵'은
서호 십경(西湖十景) 가운데 하나였다.
298) 고산(孤山) : 매치(梅峙)라고도 한다. 서호(西湖)의 이호(裏湖)와 외호(外湖) 사이에 위
    치한다. 해발 38미터에 불과하지만, 서호의 승경지로 꼽힌다.
299) 남고(南高) : 남고봉(南高峯). 항주(杭州) 연하령(煙霞嶺) 서북쪽에 위치하며, 해발
    256.9미터이다.
300) 북고(北高) : 북고봉(北高峯). 항주 영은사(靈隱寺) 뒤에 있으며, 남고봉과 대치(對峙)
    하고 있다. 해발 314미터이다.
301) 초인(楚人) : 원굉도 자신을 가리키는 말이다.

배 안에서 강진지[302]에게 부치다. 주렴이란 글자를 뽑아 쓴다(舟中寄
江進之, 得珠簾字)

첫째(其一)

정월에 회계(會稽)[303]를 탐방하고

이월에 서호(西湖) 구경을 마치고는,

닷새 간 서천목(西天目)[304]에 오르고

열흘 간 천도(天都)[305]를 부감(俯瞰)하였지.

취중에 산신령을 만나

껄껄 웃으며 그 수염을 뽑았고,

갈증나면 신선의 장(漿)을 마시고

추워서 옥녀(玉女)의 저고리[306]를 나눠 입었네.

해낭(奚囊)[307]은 비록 작고 좁지만

---

302) 강진지(江進之) : 강영과(江盈科). 장주 지현(長洲知縣)이다.
303) 회계(會稽) : 회계산(會稽山). 지금의 절강성(浙江省) 소흥시(紹興市) 동남쪽에 있는 산.
    월왕 구천(句踐)이 오왕 부차(夫差)에게 패한 후 권토중래(捲土重來)를 꾀하였던 곳이다.
304) 서천목(西天目) : 천목산(天目山)의 두 목(目) 가운데 서쪽에 있는 목(目). 천목산은 절
    강성(浙江省) 서북부의 안휘성(安徽省)과 접경한 절서산맥(浙西山脈) 가운데 있는 산으
    로, 임안현(臨安縣)의 서북 50리 지점에 어잠현(於潛縣)과 지경을 접하고 있다. 구릉에
    두 목(目)이 있어서, 임안에 있는 것을 동천목(東天目), 잠현에 있는 것을 서천목(西天目)
    이라고 한다. 천목산은 곧 옛날의 부옥산(浮玉山)을 말한다.『대청일통지(大淸一統志)』
    권216에 나와 있다. 현재는 임안현의 잠진(潛鎭)에서 북쪽으로 20킬로미터 지점에 있다.
305) 천도(天都) : 안휘성(安徽省) 황산(黃山)의 3대 주봉(主峰) 가운데 하나. 신선이 도읍을 하
    였다는 전설이 있어서, 천상의 도회라는 뜻의 이름을 갖게 되었다. 봉우리의 꼭대기는 손
    바닥마냥 평평하며, 중간에는 천연의 석실이 있어서 백 사람 정도 들어갈 수 있다고 한다.
306) 옥녀유(玉女襦) : 선녀의 저고리, 속옷.
307) 해낭(奚囊) : 시낭(詩囊). 당나라의 이하(李賀)가 지은 시를 해노(奚奴)가 가지고 다니는
    주머니에 넣은 고사(故事)에서 나와, 시초(詩草)를 넣어두는 주머니, 시초를 뜻한다. 이상
    은(李商隱)의「이하소전(李賀小傳)」은 이하(이장길)가 "심장을 토해내어 시를 읊는(嘔心
    苦吟)" 기이한 모습을 묘사하였는데, 이장길의 외관이 특이하다는 점을 "홀쭉하고 야위
    었으며, 눈썹이 길게 붙었고 손가락과 손톱이 길었다"고 묘사하였으며, "매일 아침에 해
    가 뜨면 여러 공들과 노닐면서, 항상 작은 종복을 따르게 해서 노새를 타고 등에는 해진

저축한 것은 모두 기이한 구슬.

세상에 옥구슬을 사려는 사람 없으니

열어 보이려다가 다시 주저한다오

지난번 신안강(新安江)308) 길로 접어들었다가

꼭 호인(胡人 : 달마)309) 같은 손님이 있기에,

상자를 열어 사흘 동안 감상하여

대략 아름다운 것을 보물로 삼았으니,

구안자(具眼者)310)가 없을 리 없겠지만

요컨대 혜안(慧眼)311)과는 다르리.

이것을 가져다 강랑(江郞 : 江進之)에게 시험하려 하나니

강랑은 사시겠소 안 사시겠소?

一月探會稽, 二月了西湖.

五日登西目, 十日瞰天都.

醉中逢山神, 長笑捋其鬚.

渴飮仙人漿, 寒分玉女襦.

奚囊雖小狹, 所貯盡奇珠.

世無售珠人, 欲開復蜘躕.

前者道新安, 有客貌類胡.

비단주머니를 지고 다니게 해서, 시를 얻으면 즉시 주머니 안에 던져 넣었다(每旦日出,
與諸公游, 恒從小奚奴, 騎距驢, 背一古破錦囊, 遇有所得, 卽書投囊中)"라고 적었다.

308) 신안(新安) : 신안강(新安江). 절강성(浙江省) 서북부에 있으며 전당강(錢塘江)의 지류
이다. 원굉도의 「신안강에 노닌 기록(遊新安江記)」에 의하면, 너무 맑아서 밑바닥이 보
일 정도이며, 봉우리와 둥근 봉우리가 비춰빛으로 겹쳐 이어진 것이 은은하게 물 속에
보이고, 때때로 물결 이는 수면 위로 돌출하여 보이는 것은 하늘을 아로새겨 마치 호수
의 바위와 같다고 하였다.

309) 호인(胡人) : 달마(達摩)를 가리키는 말인데, 여기서는 달마와 같은 고승(高僧)을 말한다.

310) 구안(具眼) : 구안자(具眼者). 사물을 감별(鑑別)하는 안광(眼光)을 갖춘 사람.

311) 혜안(慧眼) : 혜목(慧目). 지혜의 눈. 지혜를 밝히는 작용. 불교에서 말하는 다섯가지
눈 가운데 하나. 진공(眞空)을 볼 수 있는 눈.

發篋玩三日, 略以寶其膚.

具眼非無人, 要與慧眼殊.

持此試江郎, 江郎售也無?

 1597년(만력 25년 정유), 항주에서 무석으로 돌아가는 도중에 지은 시.
○ 서종당본・소수본에서는 제목의 得珠簾字가 限韻으로 되어 있다.
○ 略以寶其膚 : 以는 서종당본・소수본에 亦으로 되어 있다.
○ 제1편 끝에 서종당본・소수본에서는 '得珠字'라는 주가 있다.

둘째(其二)

한 번 병에 걸린 원(袁), 조금 안정되어[312]

다섯 해나 강(江)에 그대로 머무르니,[313]

벼슬살이 맛은 아침마다 시들하고

고향 생각은 매 시각 더한다.

수심 있어 눈썹 서슬에 드러나고

재주 없어도 손톱을 뾰족하게 깎으며,[314]

---

312) 일병원소안(一病袁小安) : 한 번 병에 걸린 원(袁), 조금 안정이 되었다는 뜻인데, 원안(袁安)이란 이름을 쪼개어 쓴 것이다.

313) 오재강유엄(五載江猶淹) : 오년이나 강(江)에 그대로 머물렀다는 뜻인데, 강엄(江淹)이란 이름을 쪼개어 쓴 것이다.

314) 무공삭조첨(無工削爪尖) : 자신은 재주가 없어서 당나라 시인 이하(李賀)에게 견줄 수가 없거늘, 손톱을 뾰족하게 깎아서 이하의 흉내를 내어본다는 뜻. 이상은(李商隱)의 「이하소전(李賀小傳)」에 보면, "이장길은 홀쭉하고 야위었으며, 눈썹이 길게 붙었고 손가락과 손톱이 길었다. 능히 고음(苦吟)하고 빨리 써내려 가서, 제일 먼저 창려 한유의 지우(知遇)를 입었다. 함께 교유한 자들로는 왕삼원・양경지・권거・최식 등이 가장 친밀하여, 매일 아침 낮이면 나가서 여러 공들과 함께 노닐되, 결코 제(題)를 얻은 뒤에 시를 짓는 법이 없었으며, 다른 사람의 생각에 억지로 끌어 붙이거나 형식이나 시간을 한정하는 것을 일삼지 않았다(長吉細瘦, 通眉, 長指爪. 能苦吟疾書, 最先爲昌黎韓愈所知. 所與游者, 王參元・楊敬之・權璩・崔植輩爲密, 每旦日出與諸公游, 未嘗得題然後爲詩, 與他人思量牽合以及程限爲意)"라고 하였다.

침중서(枕中書)315) 보며 졸린 눈을 조섭하고

거울에 비춰 서리 물든 수염을 족집게로 뽑네.316)

동재(東齋)에는 풀이 길에 가득하고

서당(西堂)에는 재가 주렴을 온통 덮었으며,

쥐새끼는 책 상자에 오줌을 누고

시종은 상아 찌317)를 훔쳐갔군.

소부(少婦 : 첩)가 눈썹을 그려318) 달라고 하니

양팔이 꽃다운 뺨 때문에 아프구나.

관성(管城 : 붓)319)은 머리가 점점 벗겨지고

빈 규방 지키는 무염(無鹽) 같은 아내320)가 우스워라.

속리(俗吏)는 겉꾸밈을 교묘히 잘하고

---

315) 침서(枕書) : 침중서(枕中書). 신선(神仙) 도술(道術)에 관한 서적. 『한서』「유향전(劉
    向傳)」에 나온다.

316) 섭상염(鑷霜髥) : 서리 같이 하얗게 된 수염을 족집게로 뽑는다. 족집게를 각로선생
    (却老先生)이라고도 하는데, 왕승건(王僧虔)이 구리로 만든 족집게를 '각로선생'이라
    부른 데서 비롯한다.

317) 아첨(牙籤) : 상아로 만든 장서 표지(藏書標志)로, 책갈피에 끼워 참고하기 편하게 하
    는 것. 한유(韓愈)의 시(「送諸葛覺往隨州讀書」)에 "업후(鄴侯, 李泌)는 집에 서적이 많
    아, 서가에 삼만 축의 책을 꽂아 두고, 일일이 아첨(牙籤)을 매달았는데, 그것들이 모두
    새로워 손을 아직 대지 않았구나(鄴侯家多書, 揷架三萬軸, 一一懸牙籤, 新若手未觸)"
    라고 하였다.

318) 화미(畵眉) : 눈썹을 그림. 『한서』「장창전(張敞傳)」에 보면, 장창(張敞)은 아무 위의
    (威儀)가 없어서 부녀를 위해 눈썹을 그려주었다. 해당 관리가 그 사실을 아뢰자, 상이
    물으매, 장창은 말하길, "저는 규방의 사사로운 일 가운데 눈썹 그리는 일보다 심한 것
    도 들어 알고 있습니다"라고 하였다고 한다.

319) 관성(管城) : 붓. 관성자(管城子). 한유(韓愈)의 「모영전(毛穎傳)」에 보면, "그 족속을
    모아 속박을 가하고는, 진시황이 몽염으로 하여금 그들에게 탕목의 읍을 내리게 하고,
    관성에 봉하였으니, 그래서 호하기를 관성자라 하였다(聚其族而加束縛焉, 秦始皇使恬
    賜之湯沐, 而封諸管城, 號曰管城子)"라고 하였다.

320) 무염(無鹽) : 즉 종리춘(鍾離春). 전국시대 제나라 무염(無鹽)읍의 추녀로, 40세가 되어
    도 시집을 가지 못하였으므로, 스스로 제선왕(齊宣王)을 알현하고 네 가지 위태한 뜻을
    진술하였다. 이에 제선왕은 그녀를 후비로 받아들이고는, 점대(漸臺)를 부수고 여악(女
    樂)을 폐지하였으며 아첨하는 자들을 물리치고 병마(兵馬)를 선발하고 부고(府庫)를 실
    하게 채웠다. 이에 제나라가 크게 안정되었다.

말세에는 예법이 엄한 법.

저 반악(潘岳)321)과 도연명322)인들323)

풍류를 어찌 아울렀으랴?

一病袁小安, 五載江猶淹.

宦味朝朝盡, 鄕思刻刻添.

有愁到眉稜, 無工削爪尖.

枕書調倦眼, 照影鑷霜髥.

東齋草滿徑, 西堂灰一簾.

鼠子溺書篋, 侍兒匿牙籤.

少婦乞畫眉, 雙腕痛花奩.

管城頭轉禿, 空閨笑無鹽.

俗吏貌態工, 末世禮法嚴.

饒他潘與陶, 風流豈得兼?

 ○ 제2편 끝에 서종당본·소수본에서는 '得簾字'라는 주가 있다.

---

321) 반(潘) : 반악(潘岳). 진(晉)나라 때 중모(中牟) 사람. 자는 안인(安仁). 용모가 아름다워 그가 협탄(挾彈)하여 낙양 거리로 나가면 부녀자들이 그를 둘러싸고 과실을 던졌다고 한다. 수재에 천거되어 태시(泰始) 연간에 무제(武帝)가 적전(籍田)에서 궁경(躬耕)하는 것을 부(賦)로 지어서 재명이 높았다. 하양령(河陽令)에 임명되어 공적이 있었으며, 급사황문시랑(給事黃門侍郎)에 발탁되었다. 뒤에 가밀(賈謐)에게 아첨하여 가밀의 24우(友) 가운데 으뜸이 되었고, 손수(孫秀)의 무고(誣告)로 죽임을 당하였다. 『진서』에 입전(立傳)되어 있다.

322) 도(陶) : 도연명(陶淵明).

323) 요(饒) : 아무리 ～인들.

빗속에 소주를 지나다(雨中過蘇)

첫째(其一)

두 해 전 일이 어제 아침 일 같은데
돌이켜보니 붉은 얼굴이 그 새 사그라졌네.
비와 비, 바람과 바람으로 진택(震澤)324)의 경관이 새롭고
수레와 수레, 말과 말은 홍교(虹橋)325)에 이전 그대로
티끌도 두 발 위에는 올라붙지 않고
앓고 난 이후에는 비틀린 허리만 남았구나.
이곳은 내가 만반으로 고생하였던 곳
지금은 한가하게 이야기하며 소요하노라.

二年前事似前朝, 記得朱顔箇裏銷.
雨雨風風新震澤, 車車馬馬舊虹橋.
塵來不上雙行脚, 病後猶存一捻腰.
是我萬般辛苦地, 如今閒話儘逍遙.

1597년(만력 25년 정유), 소주(蘇州)에서 지은 시.
○題 : 소수본에서는 蘇가 吳門으로 되어 있다.
○病後猶存一捻腰 : 捻이 서종당본・소수본에 握으로 되어 있다.

둘째(其二)

관직 없이 객이 되어 오 땅에 남아 있으니
설마 도잠(陶潛)326)이 썩은 유자(儒者)327)란 말인가?

---

324) 진택(震澤) : 오 땅 남방에 있는 태호(太湖)를 말함.
325) 홍교(紅橋) : 하북성 창평현(昌平縣) 서남쪽에 있는 다리인 듯함.

혼(魂)은 나비처럼 꽃을 찾고

꿈은 오로지 사다새처럼 물결을 쫓아간다.

한산사(寒山寺)328)의 외론 등은 야윈 그림자를 만들고

하가호(夏駕湖)329)엔 거친 풀이 푸른빛을 흘려보낸다.

도학 공부에도 참선(參禪)에도 모두 밝지 못하기에

터럭 하나 차이 나면 양주(楊朱)330)에게 견주어지리.

無官有客尙留吳, 難道陶潛不腐儒?

魂亦尋花如蛺蝶, 夢惟逐浪似鵁鶄.

孤燈影瘦寒山寺, 荒草流靑夏駕湖.

學道參禪都未澈, 一毛聊得比楊朱.

學道句 : 吳部本・소수본은 이 구를 '事佛求仙渾未解'라고 하였다.
○一毛聊得比楊朱 : 得이 서종당본・소수본에 欲으로 되어 있다.

---

326) 도잠(陶潛) : 즉 도연명(陶淵明). 여기서는 귀거래를 감행한 자기 자신을 빗대어 한 말.

327) 부유(腐儒) : 쓸모 없는 선비. 『관자(管子)』「비상(非相)」에 보면, "『주역』에 괄낭(括囊) 하여 아무런 자긍도 영예도 없다고 한 것은 부유(腐儒)를 두고 하는 말이다"라고 하였다. 앞에 나왔다.

328) 한산사(寒山寺) : 한산은 강소성(江蘇省) 오현(吳縣)의 서쪽에 있는 산. 풍교(楓橋)가 가까이 있으며 한산사라는 절이 있다. 당나라 때 장계(張繼)의 「풍교야박(楓橋夜泊)」에 "달 지고 까마귀 우는 하늘에 서리가 가득한 때, 강 단풍과 고기잡이 불을 마주하고 잠 을 청하였더니, 고소산 밖 한산사에서, 한 밤 종소리가 객선에 보내 오네(月落烏啼霜滿 天, 江楓漁火對秋眠, 姑蘇城外寒山寺, 夜半鐘聲到客船)"라고 하였다.

329) 하가호(夏駕湖) : 오현(吳縣) 성안에 있는 호수, 원굉도의 「원정기략(園亭紀略)」에 의 하면, 왕문각(王文恪)의 동산이 합문(閤門)과 서문(胥門) 사이에 있고, 곁으로 하가호(夏 駕湖)를 베고 있다고 하였다.

330) 양주(楊朱) : 쾌락적 인생관과 극단적 개인주의를 주장한 중국 전국시대의 사상가. 묵 적(墨翟)과 함께 이단(異端)의 대표로 손꼽혀 비판을 받았다.

오 땅에 들러 장난삼아 강진지에게 편지하다(過吳戲柬江進之)

소년으로서 객이었을 때는

점점331) 그대의 어른스러움을 흠모하였고,

일천 깃발이 뒤얽힌 큰 거리에서

한 번 만나 껄껄 웃곤 이미 사모하였구요.332)

지난날 오 땅 수령이 되어선

비로소 다시 유람객을 선망하였다오

저 흰 적삼이 느슨한 것을 알고

내 허리띠(관대)333)가 옥죄는 것을 한스러워 하였죠

오늘 오 땅을 찾은 것은

객으로서 왔지 관직은 이미 그만둔 뒤라오

애초부터 자세히 헤아려보매

객이 관리보다 훨씬 좋군요

객은 곧 한 자 흰 눈이라면

관리는 한 굴헐의 먼지와 같은 신세.

객이면서 위세를 얻으려면

동년(同年)334)이 주인335)이어야죠

少年作客時, 浸浸慕若長.

千旄絡長衢, 一呵已神往.」

前者爲吳令, 始復羨遊客.

覺彼白衫寬, 恨我腰帶窄.」

---

331) 침침(浸浸) : 점점 나아가는 모습.
332) 신왕(神往) : 마음이 향하여 감. 사모(思慕)함.
333) 요대(腰帶) : 허리띠. 관직에 있는 사람이 관복을 입을 때 허리에 띠는 띠.
334) 동년(同年) : 같은 과거방(科擧榜)에 합격한 사람을 가리키는 말.
335) 주인(主人) : 한 고을의 수령을 두고 하는 말.

今日過吳下, 客來官已了.

從頭細忖量, 客比官較好.」

客是一尺雪, 官是一窟塵.

欲得客兼勢, 同年作主人.」

 1597년(만력 25년 정유), 소주(蘇州)에서 지은 시.
○浸浸慕若長 : 若은 서종당본에 官으로 되어 있다.
○欲得客兼勢 : 兼勢가 서종당본에 如歸로 되어 있다.

환취루. 조평자[336]·오평중·심비하가 이별을 고하기에, 분운(分韻)하여 '송'자를 얻어 짓다(環翠樓. 曹平子·吳平仲·沈飛霞言別, 得送字)

초봄에 여러 공들과 회동하여 여기에 노닐었다(春初會同諸公遊此).

한 번 이별한 뒤 얼마 만인가?

꽃길은 골짝에 빽빽한 숲을 이루었구나.

흰 바위와 붉은 난간이

고개 들어보니[337] 문득 꿈.

한가지 좋은 심정이

모두 수심 때문에 없어졌네.

이별의 마음은 물처럼 차가와

유월(六月)에도 계수의 구름이 얼어붙은 듯하네.

함께 모이는 것[338]이 다시 언제일까

---

336) 조평자(曹平子) : 조징용(曹徵庸). 권8 「혜산에 노닐며 짓다(遊惠山作)」의 '전교(箋校)' 참조.
337) 거수(擧首) : 고개를 들어보면 문득.
338) 취수(聚首) : 머리를 한데 모음. 모임을 가짐.

그 생각에 한바탕 통곡하지 않을 수 없구나!

一別能幾何? 花蹊密成洞.
白石與朱欄, 擧首卽成夢.
一種好心情, 都爲愁所送.
別意如水寒, 六月溪雲凍.
聚首復何時, 思來當一慟!

 1597년(만력 25년 정유), 무석(無錫)에서 지은 시. 이때 장차 무석을 떠나
의징(儀徵)으로 가려 하였다.
○ 題注 : 서종당본·소수본에 의거하여 보완한다.

앞의 운으로 또 짓다(又)

돌아가고픈 생각은 튀는 말과 같아
일 천명 사내라도 막지 못하리.
계곡 물 날고 조수(潮水)의 비가 서늘한데
버드나무 가지들 얼크러져 안개에 싸여 늘어졌군.
올 때는 검은 수레 덮개로 맞아주고
갈 때는 흰 구름이 전송하네.
동장(銅章)339)은 짐짓 한 바탕 연극
그 꿈을 깨었으니 다시는 꾸지 않으리라.
숨어 있는 용340)이거늘

---

339) 동장(銅章) : 동으로 만든 도장. 『한관의(漢官儀)』에 보면 영윤(令尹)은 동장에 묵수
   (墨綬)를 매단다고 하였다. 여기서는 관리가 사용하는 관인(官印).
340) 잠지룡(潛之龍) : 『주역』「건괘(乾卦)」「효사」에 "숨어 있는 용이니 쓰지 말라(潛龍勿
   用)"고 하였다.

덕이 쇠한 봉황으로 바뀌지 말기를.341)

歸思如奔馬, 千夫不能控.

溪飛潮雨涼, 柳絡煙條重.

來時皀蓋迎, 去惟白雲送.

銅章聊一戲, 已醒不重夢.

莫以潛之龍, 而易衰兮鳳.

서백윤에게 답하다(答徐伯潤)

나그네길에 풀이 저리도 자란 것은

대개 그대가 잊지 않았기 때문이리.

진중하게 품자봉(品字封) 적어342)

비스듬히 석 자 흰 비단343)을 봉하였네.

내게 어느 곳의 객이었느냐고 묻기에

어제는 서흥(西興)을 건넜다고 답하오

---

341) 막이잠지룡, 이역쇠혜봉(莫以潛之龍, 而易衰兮鳳) : 잠룡(潛龍)이면서 쇠한 봉황으로 바
꿔지 말라는 뜻. 잠룡(潛龍)은 『주역』「건괘(乾卦)」「초구(初九)」의 '효사(爻辭)'에서 "숨어
있는 용이니 쓰지 말라(潛龍勿用)"라는 말에서 나왔다. 쇠혜봉(衰兮鳳), 즉 '쇠한 봉황'이
란 말은 『논어』「미자(微子)」편에 나온다. 즉, 공자가 초나라에 갔을 때, 초광(楚狂) 접여
(接興)가 공자가 있는 곳을 지나면서, 공자를 풍자하여 "봉황이여 봉황이여, 어찌 덕이 쇠
퇴하였나, 지난 일은 어쩔 수가 없다만, 앞날의 일은 그래도 쫓아갈 수가 있도다. 어쩔 수
없도다 어쩔 수 없도다, 지금 정치하는 것은 목숨이 위태롭도다(鳳兮鳳兮, 何德之衰. 往
者不可諫, 來者猶可追. 已而已而, 今之從政者殆而)"라고 노래를 불렀다고 한다.
342) 품자서(品字書) : 품자봉(品字封). 송나라 때 윗사람에게 문서를 바칠 때 병려체(騈儷體)
로 정문(正文)을 짓고, 덧붙여서 친필로 작은 서간을 붙이는데, 그것을 쌍서(雙書)라고 한
다. 그 뒤에 간단히 홑 종이에 청하는 내용을 직접 서술하였다. 그 셋을 합하여 하나의
봉함으로 하였는데, 그것을 품자봉이라 하였다. 육유(陸游)의 『노학암필기(老學庵筆記)』
권3에 나온다. 여기서는 서백윤이 원굉도에게 정중하게 보낸 서한을 가리키는 듯하다.
343) 삼척소(三尺素) : 석 자 길이의 흰 비단에 적은 서한을 말한다.

내게 친구가 누구냐고 물으니
태반이 갈매기와 집오리라 답하리라.
동서남북으로 나다닌 사람
표락(飄落)한 신세가 버들 솜과 같구려.
잎 하나가 회오리바람344)을 만난 셈이니
다시 물어도 어느 곳으로 갈지 알겠소?

客徑草許長, 多君不忘故.
珍重品字書, 斜封三尺素.
問我客何方, 昨日西興渡.
問我友朋誰, 多牛鷗與鶩.
東西南北人, 飄落等飛絮.
一葉會衝風, 再問知何處?

 1597년(만력 25년 정유), 무석(無錫)에서 지은 시.
○ 서백윤(徐伯潤) : 미상.
○ 問我友朋誰 : 友朋은 서종당본·소수본에 朋友로 되어 있다.

심비하345)에게 주다(贈沈飛霞)

강에서 노인을 만났더니
유월(六月)에도 겹 베옷 차림인데,
남을 보는 시선은 전광(電光)을 걷었고

---

344) 충풍(衝風) : 회오리 바람.
345) 심비하(沈飛霞) : 미상이다. 권7에 「심비하가 늙은 첩을 대신하여 이별한 시에 화운하
　　다. 원운을 사용하였다(和沈飛霞代老姬別, 用原韻)」 시가 있다.

비백(飛白)346)의 글씨는 가벼운 안개를 쏟듯 하네.

입으론 시 읊기를 그치지 않아서

주절주절 마치 호소하는 듯하다.

모르겠군, 장(腸)347)이 얼마나 넓어서

얼마나 좋은 시구를 허용하는지.

황금은 원수와 같아서

죽을 때까지 만나지를 못하니,

문장을 저당 잡힐 수 있다면

그대 위해 시의 창고를 지으련만.

江上逢老郎, 六月雙重布.

瞳人戩電光, 飛白寫輕霧.

口不絶吟哦, 喃喃若有訴.

不知腸幾寬, 容得許佳句.

黃金類讐人, 抵死不相遇.

文章如可典, 爲君作詩庫.

전
筆校교

1597년(만력 25년 정유), 무석(無錫)에서 지은 시.

---

346) 비백(飛白) : 서체(書體)의 하나. 후한(後漢) 때 채옹(蔡邕)이 시작하였다고 하는데, 스
   치듯이 쓰는 필체이다. 본래 궁전(宮殿)의 제서(題署)는 기세가 이미 억센데, 글자는 경
   미(輕微)하고 가득 차서는 안되므로, 이름을 비백이라고 한다고 하였다. 팔분(八分), 즉
   예서(隸書)의 가벼운 서체라고 말할 수 있다.
347) 장(腸) : 시장(詩腸), 시심(詩心).

주생이 『수호전』을 설창하는 것을 듣고(聽朱生說水滸傳)

소년 시절에는 해학이 뛰어나서
자못 골계전(滑稽傳)348)에 탐닉하였지.
뒤에는 『수호(水滸)』를 읽고
문자가 더욱 기변(奇變)하게 되었네.
이것과 비교하면 육경(六經)349)은 지극한 글이 아니며
사마천(司馬遷)도 광채가 떨어지네.350)
한 줄기 비가 서풍에 상쾌하여라
그대가 한창 설전(舌戰)하는 것을 들었더니.

少年工諧謔, 頗溺滑稽傳.

---

348) 골계전(滑稽傳) : 『사기』의 「골계전」을 말한다.
349) 육경(六經) : 한나라 때는 유가의 경전을 육경(六經)이라고 불렀다. 육경은 '육예(六藝)'라고도 하는데, 『시(詩)』·『서(書)』·『예(禮)』·『악(樂)』·『역(易)』·『춘추(春秋)』의 여섯 가지를 가리키는 말이다. '악'은 존재하지 않기 때문에 이것을 빼고 '오경'이라고도 한다. 오경은 전한 때 국학(國學)의 교과목으로 채택되었다. 그 뒤 『역』·『서』·『시』에 『주례(周禮)』·『의례(儀禮)』·『예기(禮記)』(이상 三禮), 『좌씨전(左氏傳)』·『곡량전(穀梁傳)』·『공양전(公羊傳)』(이상 三傳)을 합쳐 구경(九經)이라고 불렀고, 다시 『논어』·『효경』을 더하여 십일경이라고 하였다. 당나라 때 개성의 석경(石經)에서는 『이아(爾雅)』를 더하여 십이경이라고 하였으며, 송나라 때에 『맹자』를 더하여 십삼경이라고 하였다.
350) 실조련(失組練) : 광채(光彩)가 떨어진다는 말. 조련(組練)은 비단 띠와 흰 비단을 말하는데, 군용(軍容)이 정제(整齊)되어 광채가 사람의 시선을 빼앗는 것을 말한다. 『좌전(左傳)』 '양공(襄公) 3년'에, 초나라 자중(子重)이 등료(鄧廖)로 하여금 조갑(組甲) 3백과 피련(被練) 3천을 인솔하고 오나라로 침략하게 하였다는 기록이 있다. 홍량길(洪良吉)의 『좌전고(左傳詁)』는 가규(賈逵)의 설을 인용하여, 조갑(組甲)은 비단 띠로 갑옷을 묶은 것으로 거사(車士)가 입는다고 하였다. 또 피련(被練)은 곧 백(帛)으로 갑옷을 묶은 것으로 보졸(步卒)이 사용하였다고 하였다. 당나라 두목(杜牧)의 「동병장구십운(東兵長句十韻)」에서 "우림군이 동쪽으로 내려가매 우레와 벼락이 노한 듯 소리나고, 초나라 갑병이 남에서 오매 조련이 분명하다(羽林東下雷霆怒, 楚甲南來組練明)"라고 하였다. 장설(張說)의 시(「送趙二尙書北伐」)에는 "태양빛이 조련을 빛내네(日華光組練)"라고 하였다. 원중랑은 군용이 정제되어 시선을 빼앗을 만하다는 뜻의 '조련'이란 표현을 빌어 와서, 『사기』는 『수호』와 비교할 때 실색(失色)하고 만다고 말하였다.

後來讀水滸, 文字盒奇變.

六經非至文, 馬遷失組練.

一雨快西風, 聽君酣舌戰.

1597년(만력 25년 정유), 무석(無錫)에서 지은 시.
○ 이지(李贄)에게 「충의수호전서(忠義水滸傳序)」가 있어, 『분서(焚書)』에
나온다. 그 글에 보면, 『수호전』을 '발분지작(發憤之作)'이라 하였다. 원굉도의 이 시
는 '기변(奇變)'이라 하고 '지문(至文)'이라 칭하였으니, 이지(탁오)와 일맥상통한다.
전희언(錢希言)의 『희하(戲瑕)』 권1 '수호전(水滸傳)' 조에 보면, "문대조(文待詔: 徵
明) 등 여러분이 휴일에 남이 송강(宋江)을 설창하는 것을 좋아하였는데, 먼저 탄두
(攤頭)를 반나절 강창하였다. 공부(功父: 希言의 자, 자칭한 말임)도 함께 끼어서 들
었다"라고 하였다. 오 땅에서는 『수호전』을 강설하는 예인이 오래 전부터 있었다.
○ 주생(朱生) : 또는 주수(朱叟)라고 한다. 무석(無錫)의 설서(說書) 예인이다. 『원중
랑집』 권10 「혜산에 노닌 기록(遊惠山記)」에 다음과 같은 말이 있다. "이웃에 주수
(朱叟)란 자가 있는데 설서(說書)를 잘하였다. 세속의 설서와는 완전히 달랐으므로,
그것을 들으면 사람으로 하여금 비건(脾健)하게 만든다. 책을 보는 여가에 번번이
주수(朱叟)로 하여금 등당(登堂)하게 하였는데, 미미(娓娓)하게 일만 언을 그치지 않
고 강설하였다."

이지(李贄)는 「충의수호전서(忠義水滸傳序)」에서 다음과 같이 논하였다.
"태사공(太史公, 司馬遷)은 '(『韓非子』의) 「세난(說難)」·「고분(孤憤)」은
성현의 분(憤)한 마음이 발휘되어서 지어진 것이다.'라고 말했다. 이로 보건대, 옛
성현들은 분한 마음이 생기지 않으면 글을 짓지 않았음을 알 수 있다. 분한 마음이
없으면서도 글을 짓는 것은 마치 춥지도 않은데 몸을 떨고, 병에 걸리지 않았으면서
도 신음(呻吟)을 하는 것과 같으니 비록 글을 지었다 할지라도 어디 볼만한 데가 있
겠는가? 『수호전』은 분한 마음이 발휘되어서 지어진 것이다. …… 이제 무릇 작은
덕(德)을 가진 사람이 큰 덕을 가진 사람을 위해 노역을 하고, 별로 현명하지 못한
사람이 매우 현명한 사람을 위해 노역을 한다면, 이것은 이치에 맞는 일이다. 그러
나 만약 별로 현명하지 못한 사람이 다른 사람을 부리고, 매우 현명한 사람이 다른
사람의 부림을 받는다면, 그 현명한 사람이 기꺼이 복종하여 노역을 하면서 부끄럽

게 여기지 않을 수 있겠는가? 이것은 마치 힘이 약한 사람이 남을 속박하고, 힘이 센 사람이 남에게 속박을 당하는 것과 마찬가지인데, 과연 그 힘이 센 사람이 순순히 속박을 당하면서 반항하지 않고 있겠는가? 시세(時勢)가 그렇게 전도(顚倒)되어 있다면, 온 세상의 매우 힘세고 매우 현명한 사람들은 어쩔 수 없이 내몰려서 수호에 몰려들 의적(義賊)들처럼 될 수밖에 없을 것이다(「忠義水滸傳序」: "太史公曰 : 說難孤憤. 賢聖發憤之所作也. 由此觀之, 古之賢聖, 不憤卽不作矣. 不憤而作, 譬如不寒而顫, 不病而呻吟也, 雖作何觀乎? 水滸傳者, 發憤之所作也, …… 今夫小德役大德, 小賢役大賢, 理也. 若以小賢役人, 而以大賢役於人, 其肯甘心服役而不恥乎? 是猶以小力縛人, 而使大力縛於人, 其肯束手就縛而不辭乎? 其勢必至驅天下大力大賢而盡納之水滸矣)."351)

이지는 문학창작의 동기 가운데 가장 중요한 것은 작가의 '분(憤)한 마음'인데, 그것은 현실의 삶이 당연한 하늘의 이치에 어긋나 있음으로써 생기는 갖가지 모순에서 비롯되는 것이라고 보았다. 한편, 만력 38년(1610)에 간행된 『용여당본수호전(容與堂本水滸傳)』에는 회림(懷林)352)이 쓴 「수호전일백회문자우열(水滸傳一百回文字優劣)」이라는 논평(論評)이 들어 있다.

"세상에 먼저 『수호전』이라는 한 권의 책이 존재하고 나서야 비로소 시내암(施耐庵)이나 나관중(羅貫中)같은 사람들이 글로 써 낼 수 있는 것이다. 주인공들의 성(性)이 뭐니 이름이 뭐니 하는 것은 상상적으로 지어내서 그 사건을 실제화한 것일 따름이다. 예를 들면, 세상에 우선 음란한 아낙네가 있어야 나중에 양웅(楊雄)의 아내나 무송(武松)의 형수 같은 소설적 주인공을 통해 그 사실을 실제화하는 것이다. …… 세상에 우선 이런 일이 없다면, 문인으로 하여금 9년 동안 면벽(面壁)을 하여

---

351) 『분서(焚書)』 권3 「충의수호전서(忠義水滸傳序)」를 참조.
352) 회림(懷林) : 이지(李贄)의 시종(侍從)으로, 이지의 『분서(焚書)』의 「삼대사상의(三大士象議)」와 「곡회림(哭懷林)」에 그에 대한 언급이 있다. 그러나 그는 일찍이 만력 25년(1597)에 세상을 떠났고, 이지의 이름으로 된 「비평수호전술어(批評水滸傳述語)」의 내용이 실제 사실과 다르므로, 용여당본(容與堂本)의 앞에 쓰여진 글은 모두 다른 사람이 탁명(托名)해서 쓴 글로 여겨진다. 오늘날 연구가들의 결론에 따르면, 이지의 이름으로 비점(批點)이 되어 있는 『사서(四書)』의 「제일평(第一評)」 및 「제이평(第二評)」, 그리고 『수호전(水滸傳)』·『삼국지(三國志)』·『서유기(西遊記)』·『황명영렬전(皇明英列傳)』·『비파기(琵琶記)』·『배월정(拜月亭)』·『홍불기(紅拂記)』·『명주기(明珠記)』·『옥합기(玉合記)』 등은 모두 섭주(葉晝)라는 사람의 손에 의해서 이루어진 것이라고 한다. 섭주(葉晝)는 무석(無錫) 사람으로, 자(字)가 문통(文通)인데, 금옹(錦翁)·불야(不夜)·양개(陽開)·섭오엽(葉五葉)·양무지(梁無知) 등의 자호(自號)를 썼다.

피를 10석이나 토해 내도록 수련하게 만든다한들 어떻게 이러한 사건을 만들어 낼 수 있겠는가? 이러한 이유 때문에 『수호전』이 온 세상과 더불어 시작과 끝을 함께 할 수 있는 것이다(『水滸傳一百回文字優劣』: "世上先有『水滸傳』一部, 然後施耐庵·羅貫中借筆墨拈出若夫姓某名某, 不過劈空捏造, 以實其事耳, 如世上先有淫婦人, 然後以楊雄之妻, 武松之嫂實之. …… 非世上先有是事, 卽令文人面壁九年, 吐血十石, 亦何能至此哉? 此『水滸傳』之所以與天地相終始也)."

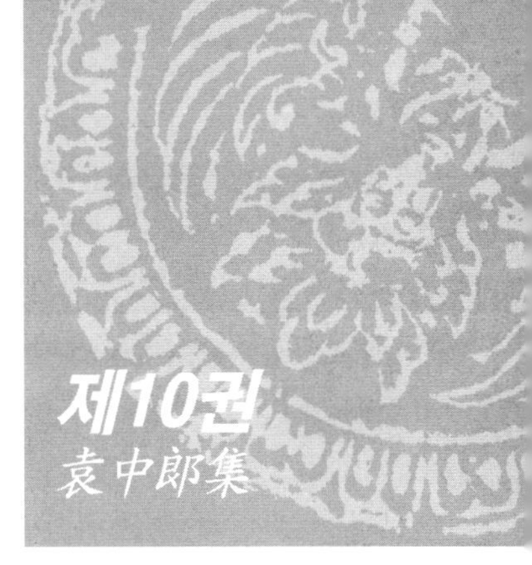

해탈집(解脫集) 권3 유기(遊記) 잡저(雜著)

30세 되던 1597년(만력 25년 정유)에 쓴 글을 수록하였다.

혜산[1]에 노닌 기록(遊惠山記)

내 성격은 소탈해서 얽매이고 갇히는 것을 참지 못한다. 그런데 불행히도 동파(東坡 : 蘇軾)와 반산(半山 : 王安石)[2]의 습벽(習癖)을 범하여, 번번

---

1) 혜산(惠山) : 즉 혜산(慧山). 일명 구룡산(九龍山). 전하는 말에 서역의 승려 혜조(慧照)가 여기에 살았다고 한다. 산은 지금의 무석(無錫) 시 서쪽에 있다.
2) 반산(半山) : 왕안석(王安石, 1021~1086). 자는 개보(介甫)이고, 호가 반산(半山)이다. 무주(撫州) 임천(臨川) 사람으로, 어려서부터 시문에 탁월한 재능을 보였고, 경력 2년

이 하루 종일 두문(杜門)하고 있다보면, 온 몸이 뜨거운 화로에 앉아 있는 것 같았다. 그렇기 때문에 상천(霜天)과 흑월(黑月)3)에 자잘한 일로 번잡하기 짝이 없을 때에는 어느 일각(一刻)도 마음 속으로 산수의 손님이 되고 싶다고 생각하지 않은 적이 없었다.

나는 병이 다 나은 뒤 석성(錫城)4)에 거처하면서 손님들의 발걸음을 사절하고 하루종일 오로지 독서를 일삼았다. 하지만 책 가운데 천근하고 쉬운 것은 볼만하지 못하였고, 난해하고 깊은 것은 보더라도 사람을 결코 유쾌하게 하지 못하였다. 그밖에 『사기(史記)』·『두시(杜詩)』·『수호전(水滸傳)』·원인잡극(元人雜劇)과5) 같이 마음을 통창하게 하는 책들은 모

(1042)에 진사에 급제했다. 첨서회남판관(簽書淮南判官)에 임명되면서 관계에 첫발을 내디뎠지만, 중앙에서 활약하기보다는 주로 지방관을 역임했다. 인종 3년(1058)에 정치적 의견을 올려 지제고(知制誥)를 겸임했다. 인종 말년인 1063년에 어머니가 세상을 떠나자 수년 동안 강녕(江寧)에서 지냈는데 신종(神宗)이 즉위하면서 요직에 등용되었다. 희녕 2년(1069)에 참지정사가 되었고, 이듬해 예부시랑에 취임하면서 청묘법(靑苗法)·균륜법(均輪法) 등 신법을 시행하였다. 1076년에 정계에서 물러난 뒤, 남경(南京)과 종산(鍾山)의 중간에 은둔하였으므로 그곳을 반산(半山)이라고 하였다. 신종의 사후 정권이 구법당(舊法黨)의 손으로 옮겨져 심혈을 기울인 신법이 차례로 폐지되어 가는 것을 목도하면서 1086년 66세의 일기로 생을 마감하였다. 유학자, 시문가로서도 뛰어나 당송팔대가(唐宋八大家)의 한 사람으로 꼽혔으며, 『임천문집(臨川文集)』, 『주관신의(周官新義)』, 『당백가시선(唐百家詩選)』 등의 저서를 남겼다. 왕안석은 평생 주색이나 잡기를 가까이 하지 않았다. 그래서인지, 원풍 연간에 두보(杜甫)·구양수(歐陽修)·한유(韓愈)·이백(李白)의 시를 뽑아 『사가시선(四家詩選)』을 편찬할 때, 이백이 협기가 있다고 하여 그의 시에 대하여 못마땅한 태도를 취했는가 하면, 편집원칙을 정할 때에도 이백보다 구양수를 앞에 두었다. 또한 그는 개시(改詩)하기를 좋아하여 같은 시대 사람인 유공보(劉貢父)·왕중지(王仲至) 등의 시뿐만 아니라 옛 사람의 시도 고쳤으며 자신의 작품도 끊임없이 고쳤다고 한다. 지제고(知制誥) 시절에 부인 오씨(吳氏)가 그의 시중을 들게 하려고 첩을 샀으나, 그는 가재를 털어서 되돌려보냈다는 일화가 있다.
3) 흑월(黑月) : 대회일(大晦日)의 달. 즉, 섣달. 혹은 박암(薄暗)의 달. 소식(蘇軾)의 시(「留別蹇道士拱辰」)에 "흑월이 탁수에 비쳐 있다만, 어느 때인가는 청명한 적이 없었으랴(黑月在濁水, 何曾不淸明)"라는 구절이 있다.
4) 석성(錫城) : 즉 무석(無錫)의 현성(縣城). 현의 서쪽에 석산(錫山)이 있다. 진나라 때 주석의 산지였으나, 한나라 때 주석이 다하였으므로 무석(無錫)이라 하게 되었다.
5) 원인잡극(元人雜劇) : 잡극은 본래 송나라 궁정에서 춘추세시의 향연 때 여흥으로 개최되던 소극(笑劇)에서 시작하여, 남송에 이르러 창곡(唱曲)과 설백(說白)으로 고사를 연기하였으며, 금·원을 거치면서 더욱 발전하였다. 원에서는 북곡(北曲)이 성립하고

두 평소에 이미 싫증날 만큼 본 데다가, 병석에서 일어난 사람으로서 정신과 시력이 얼마나 된다고, 어찌 올올(兀兀)[6]하게 한 편(編)을 오랫동안 손에 들고 있을 수 있겠는가?

이웃에 주수(朱叟)[7]란 자가 있는데 설서(說書)[8]를 잘하였다. 세속의 설서와는 완전히 달랐으므로, 그것을 들으면 사람으로 하여금 비장(脾臟)을 튼튼하게 만든다. 책을 보는 여가에 번번이 주수(朱叟)로 하여금 당에 올라 공연을 하게 하였는데, 자근자근하게[9] 일만 언(言)을 그치지 않고 강설하였다. 하지만 오래 듣다보니 그것 역시 싫증이 났다.

내가 방자공(方子公)[10]에게 말하길, "지금이 날씨가 조금 따뜻하고, 높은 곳에 올라 멀리 바라보는 것[11]이 가장 좋은 때인 데다가, 이 땅이 혜

명나라에 들어와 남곡(南曲)이 성립하였다.

6) 올올(兀兀) : 혼혼침침(昏昏沈沈)의 뜻.

7) 주수(朱叟) : 주생(朱生). 무석(無錫)의 설서(說書). 『원중랑집』 제9권에 「주생이 『수호전』을 설창하는 것을 듣고(聽朱生說水滸傳)」라는 시가 있다.

8) 설서(說書) : 중국 송원 시대에 발달한 구연(口演) 예술의 하나로, 강담(講談)에서 발전되어 나온 것이다. 강담은 '설화(說話)'라고 불려진 점에서 알 수 있듯이 단지 이야기를 구연할 뿐이었으나, 『평화(評話)』 같은 서적이 나돌게 되자 그 서적을 구연하는 '설서'로 변하였다. 뒷날 청나라 때가 되면 '평서(評書)'라는 연예도 생겨났다. 원나라 연우(延祐) 2(1315)년의 진사(進士)로 한림대제(翰林待制) 등의 요직을 역임한 왕기(王沂)에게 「호뢰관(虎牢關)」이라는 시가 있는데, 그 중에 "그대는 보지 못했나, 삼분서(三分書) 속에서 호뢰관을 이야기하는 것을. 일찍이 전골(戰骨 : 싸움에서 죽은 시신의 뼈)로 하여금 산처럼 높게 하였도다", 또 "삼분서 안의 일로 머리를 돌리면, 구차하게 오랏줄에 묶인 호랑이(여포)는 유랑(劉郞 : 유비)을 비웃는다"라는 따위의 구절이 있다. 호뢰관 싸움은 『삼국지』에는 없는 픽션이므로, 여기서 말하는 「삼분서(三分書)」라는 것이 강담이나 소설임에는 틀림없다고 추정된다. 또 하나 원나라 말기의 시인 양유정(楊維禎)은 항주의 여자연예인으로서 삼국이나 오대의 「연사(演史)」를 장기로 하였던 주계영(朱桂英)에 관해서, '그 복사(腹笥 : 뱃속 상자)에 문사(文史)가 있다'고 하고, '어찌 오래도록 와시(瓦市 : 민간의 연희장)의 사이에 있으랴'라고 하였다(「送朱女士桂英演史序」『東維子文集』권6).

9) 미미(娓娓) : 자근자근함. 이야기가 끊이지 않고 진진하게 이어짐.

10) 방자공(方子公) : 방문선(方文僎). 자는 자공. 신안(新安) 사람이다. 반지항(潘之恒)에게서 시를 배웠다. 곤궁하고 실의하여 9월에도 얇은 옷을 입었다. 만력 22년에 원중도는 무창(武昌)에서 응시하였을 때 반지항의 집에서 방문선을 알았는데, 그의 문아(文雅)를 사랑해서 원굉도와 함께 교유하였다.

11) 등림(登臨) : 산이나 높은 누대에 올라 멀리 바라봄.

산(惠山)에서 가장 가까이 위치하고 있소"라고 하였다. 그래서 작은 배를 불러서, 아이 개(開)를 싣고 함께 갔다. 차당(茶鐺)12)이 아직 뜨거워지지도 않았는데, 이미 산밑에 이르렀다. 산 속의 승방은 아주 정갈하고 그윽하였으며, 빙 돌아가고 굽어나가 깊은 골짝처럼 심원하였으며, 추성각(秋聲閣)에서 멀리 조망하는 것이 더욱 멋졌다. 그래서 침침하던 안목과 꽉 맺혔던 심비(心脾)13)가 일시에 다 해소되었다.

추성각에 머물면서 하룻밤을 묵고서야 떠났다. 비로소, 정말로 병을 낫게 하는 것은 산수보다 나은 것이 없으며, 서호(西湖)의 흥취가 여기에 이르러 더욱 물씬 넘쳐 남14)을 알게 되었다.

余性疎脫, 不耐羈鎖, 不幸犯東坡・半山之癖, 每杜門一日, 擧身如坐熱爐. 以故雖霜天黑月, 紛厖宂雜, 意未嘗一刻不在賓客山水. 余旣病痊, 居錫城, 門絶履跡, 盡日惟以讀書爲事. 然書淺易者, 旣不足觀, 艱深者觀之復不快人. 其他如史記・杜詩・水滸傳, 元人雜劇暢心之書, 又皆素所屬厭, 且病餘之人, 精神眼力幾何, 焉能兀兀長手一編? 鄰有朱叟者, 善說書, 與俗說絶異, 聽之令人脾健. 每看書之暇, 則令朱叟登堂, 娓娓萬言不絶, 然久聽亦易厭.

余語方子公, 此時天氣稍暖, 登臨最佳, 而此地去惠山最近. 因呼小舟, 載兒子開與俱行. 茶鐺未熱, 已至山下. 山中僧房極精邃, 周迴曲折, 窈若深洞, 秋聲閣遠眺尤佳. 眼目之昏瞶, 心脾之困結, 一時遣盡. 流連閣中, 信宿始去. 始知眞愈病者, 無踰山水, 西湖之興, 至是益勃勃矣.

1597년(만력 25년 정유), 무석(無錫)에서 지은 글.
○ 패란거본에는 이 편이 없지만, 서종당본・소수본에 의거하여 보충한다.

---

12) 차당(茶鐺) : 차를 덥히는 기물.

13) 심비(心脾) : 심장과 비장, 오장. 곧 마음속을 가리킴.

14) 발발(勃勃) : 넘쳐남. 성(盛)함. 『광아(廣雅)』「석훈(釋訓)」에 "발발은 성대함이다(勃勃, 盛也)"라고 하였다.

차(茶)와 술은 한가지다. 혜산천(惠山泉)15)의 샘물로 점다(點茶)16)하는 것은 특이하고, 술맛도 북쪽의 양조와 대단히 다르다. 어떤 사람은 말하길, 남쪽 물은 달고 북쪽 물은 찬데[冽], 단 맛은 술에 적당하지 않기 때문에 그래서 차이가 있다고 한다.

나는 젊어서 차벽(茶癖)이 있는데다가, 본성상 술을 좋아하지 않았으므로, 이로써 차만을 오로지 즐길 수 있었다. 강(江)이 있는 고장의 궁벽한 곳에 멀리 거처하면서 날마다 신화(新化)·안화(安化)17)의 니즙(泥汁)·삼황(滲潢)18)과 짝이 되었다. 마치 호색인(好色人)이 완(宛)·등(鄧)19)에 거처하여 혹부리 여인들20)이 방안에 가득하거늘 자기 자신은 왼쪽에는 왕장(王嬙), 오른쪽에는 서시(西施)21)를 끼고 있다고 여기면서, 식자(識者)가 곁에서 구토를 하려고 한다는 사실을 모르는 듯이 하였다.

오(吳) 땅에 관리가 되어 온 이래로, 번번이 호사자가 차(茶) 공양을 해주는 것을 만날 때마다, 미상불 손을 들어 스스로 웃지 않은 적이 없다. 하지만 업무가 번다하고 마음이 게으르게 되자 차벽(茶癖)도 모두 없어졌다. 비록 다시 경국(傾國)의 미색이 앞에 있다고 하더라도 주인은 늙어빠지고 눈이 흐릿하게 된 것과 같아서, 저 혹부리를 좋아하던 것과 비교하

---

15) 혜산천(惠山泉): 혜산(慧山) 백석오(白石塢) 아래에 있으며, 상·중·하 세 못이 있다. 물이 맑고 맛이 진하다. 당나라의 육우(陸羽)와 원나라의 조자앙(趙子昻)은 천하의 두 번째 샘이라고 칭하였다.

16) 점다(點茶): 차를 넣는 일. 말차(抹茶)에 뜨거운 물을 넣어 거품을 일으키는 것. 『다록(茶錄)』에 보면 "무릇 점다를 하려면 먼저 뚜껑을 지져서 뜨겁게 하여야 하니, 뚜껑이 차가우면 차 거품이 뜨지 않는다(凡欲點茶, 先須燴令熱, 冷則茶不浮)"고 하였다.

17) 신화(新化)·안화(安化): 호남성(湖南省)의 두 현. 자수(資水)의 중류에 위치하고 있다.

18) 니즙(泥汁)·삼황(滲潢): 찻물이 걸쭉한 것이 마치 진흙의 즙이 지면의 적우(積雨)로 삼입(滲入)한 것과 같은 것을 말함.

19) 완(宛)·등(鄧): 지금의 하남성(河南省) 남양(南陽)과 등현(鄧縣) 일대.

20) 영류(癭瘤): 혹부리. 여기서는 추녀를 비유한 말.

21) 장(嬙), 시(施): 왕장(王嬙)과 서시(西施). 둘다 고대의 미녀.

면 십분의 일도 미치지 못한다.

그러다가 내가 석성(錫城)에 거처하게 되어 혜산(惠山)을 왕래하면서 비로소 이 도(道)에 온 힘을 쏟게 되었다. 때로는 시대빈(時大彬) 제작의 병과 단잔(壇盞)을 들고 가서, 그 자리를 얼른 떠날 수가 없었다. 친구들의 의론 가운데 철저하게 밝히지 못한 곳이라든가, 고인의 시문 가운데 창달하지 못한 곳이라든가, 선가(禪家) 공안(公案)22) 가운데 석연하지 않은 곳이라든가 하는 것들을 일체 이 맛으로 제거하였으니, 비단 번다함을 제거하고 엉킨 것을 씻어버리는데 그쳤을 뿐이 아니다.

하루는 천지투품(天池鬪品)23)을 지니고, 여러 벗과 함께 샘물을 길어서 이곳에서 차 맛을 시험하였는데, 한 친구가 돌연히 묻기를, "공은 지금 벼슬을 그만두었는데, 그렇다면 무슨 바람이 있소?"라고 하였다.

나는 이렇게 말하였다. "혜산(惠山)을 얻어 탕목(湯沐)24)을 하면서, 분(盆)에다 고저(顧渚)·천지(天池)·호구(虎丘)·나개(羅岕)의 차들을 심고, 육우(陸羽)25)·채양(蔡襄)26) 등 여러분과 그 가운데서 공양을 하며, 우리들이 거기서 치의(緇衣 : 승복)를 걸치고 늙어간다면, 주천(酒泉)27)·취향(醉鄉)28)

---

22) 선가(禪家) 공안(公案) : 선가에서 수행할 때 수행자의 깨달음을 촉발하기 위하여 몇 가지 문제를 내어서 수행자로 하여금 참구(參究)하게 하는 것. 이때 내는 문제는 주로 조사(祖師)의 언어나 행동에 관한 기록이다.

23) 천지투품(天池鬪品) : 천지(天池)에서 생산되는 고품질의 차. 투품(鬪品)은 최상등의 차를 말한다.

24) 탕목(湯沐) : 탕목읍(湯沐邑). 천자가 제후에게 내리는 봉지(封地). 봉지 안의 부세(賦稅)로 세발(洗髮) 조신(澡身)의 비용에 충당하게 한다는 데서 나온 말.

25) 육(陸) : 당나라 육우(陸羽). 『다경(茶經)』을 지었다.

26) 채(蔡) : 송나라 때 채양(蔡襄). 『다록(茶錄)』을 지었다.

27) 주천(酒泉) : 원래 이름은 금천(金泉)이다. 지금의 감숙성(甘肅省) 주천시(酒泉市) 동관(東關)의 주천공원(酒泉公園) 안에 있다. 한나라 때 곽거병(霍去病)이 하서(河西) 일대에 군대를 주둔하였는데, 한무제가 술 한 동이를 하사하자, 곽거병이 그 술을 주천에 쏟아부어 여러 사람들과 함께 마셨다고 한다. 그래서 후에 사람들이 금천을 주천이라고 고쳤다고 한다. 두보(杜甫)의 「음중팔선가(飮中八仙歌)」에 "여양왕(汝陽王) 이진(李璡)은 술 세 말을 들이킨 뒤에 비로소 조정에 나아갔으되, 길에서 술 실은 수레를 보면 침을 흘렸고, 주천으로 봉지(封地)를 옮겨 받지 못함을 한하였네(汝陽三斗始朝天 道逢麴車口流涎 恨不移封向酒泉)"라는 구절이 나온다.

의 여러 공자들보다 훨씬 멋들어질 게요."

　茶與酒一也. 惠山泉點茶特異, 而酒味殊不如北釀. 或者謂南水甘, 北水冽, 甘與酒不相宜, 以是有異. 余少有茶癖, 又性不嗜酒, 用是得專其嗜於茶. 僻居江鄕, 日與新化·安化泥汁滲瀢爲偶, 如好色人身處宛·鄧, 癭瘤滿室, 自以爲左嬌右施, 不知有識者之從旁欲嘔也. 吏吳以來, 每逢好事者設茶供, 未嘗不擧以自笑. 然務煩心懶, 茶癖盡蠲, 雖復傾國在前, 而主人耄且瞶, 較之癭瘤之嗜, 十分未得一也. 及余居錫城, 往來惠山, 始得專力此道. 時甁壇盞, 未能斯須去身. 凡朋友議論不徹處, 古人詩文未暢處, 禪家公案未釋然處, 一以此味銷之, 不獨除煩雪滯已也.
　一日, 攜天池鬪品, 偕數友汲泉試茶於此. 一友突然問曰 : "公今解官, 亦有何願?" 余曰 : "願得惠山爲湯沐, 盆以顧渚·天池·虎丘·羅岕, 陸·蔡諸公供事其中, 余輩披緇衣老焉, 勝於酒泉醉鄕諸公子遠矣."

---

28) 취향(醉鄕) : 취한 기분을 일종의 별천지에 비유한 말. 수나라 왕적(王績, 590~644)이 「취향기(醉鄕記)」를 지어, 유령(劉伶)의 「주덕송(酒德頌)」의 취지를 이은 것이 있다. 당나라 백거이(白居易)도 개성 3년(838)에 67세로 태자빈객 분사동도가 되어 지은 「취음선생전(醉吟先生傳)」에서, 왕적의 '취향'에 대하여 다음과 같이 언급하였다. "도대체 인간의 성질이란 것은 적당한 때에 그치는 법이란 결코 없고, 아무래도 푹 빠져드는 법이야. 나도 중용을 지켜 멈출 수가 없소. 하지만 만일 불행히도 내가 돈을 좋아하고 이식을 하여, 재산을 늘리고 집을 윤택하게 하다가, 화를 초래하고 몸을 위태롭게 하였더라면 어찌했을까? 혹은 만일 불행히도 도박을 좋아하여 수만 금의 돈을 걸어 재산을 기울게 하고 처자를 거리 맡에 헤매게 하였더라면 어찌했을까? 혹은 만일 불행히도 단약을 좋아하여 의식의 비용을 덜어서 연단을 만들거나 수은을 태운다거나 해서 아무것도 성취하지 못하고 몸을 망쳤더라면 어찌했을까? 지금 다행히도 나는 그러한 것을 좋아하지 않고, 술과 시로 유유자적하고 있지. 방종이라고 한다면 방종이겠지만, 아무것도 손상 입히는 것이 없어. 저 세 가지를 좋아하는 것보다는 훨씬 낫지 않은가! 그렇기에 유령은 아내의 충고를 받아들이지 않았고, 왕적은 취향에서 노닐며 돌아오지 않은 게지!(凡人之性鮮得中, 必有所偏好. 吾非中者也. 設不幸吾好利而貨殖焉, 以至于多藏潤屋, 賈禍危身, 奈何! 設不幸吾好博弈, 一擲數萬, 傾財破産, 以至于妻子凍餒, 奈吾何! 設不幸吾好藥, 損衣削食, 煉鉛燒汞, 以至于無所成, 有所誤, 吾奈何! 今吾幸不好彼, 而自适于杯觴諷詠之間. 放則放矣, 庸何傷乎! 不猶愈于好彼三者乎! 此劉伯倫[劉伶]所以聞婦言而不聽, 王無功[王績]所以遊醉鄕而不還也)."

1597년(만력 25년 정유), 무석(無錫)에서 지은 글.

○ 시병(時瓶) : 만력 때 시대빈(時大彬)이 만든 의흥(宜興) 사관(砂罐)으로 명품으로 이름이 높았다. 『도암몽억(陶菴夢憶)』 권2 「사관석주(砂罐錫注)」조에 보면, "의흥의 관(罐)은 공춘(龔春)을 상품으로 하고 시대빈(時大彬)이 그 다음이고, 진용경(陳用卿)이 또 그 다음이다. 한 주(注) 당 가격이 오, 육 금(金)이나 하여, 곧바로 상(商)의 이(彝), 주(周)의 정(鼎)의 열(列)로 올려놓아도 조금도 손색이 없으니, 이것이 그 품지(品地)이다"라고 하였다.

○ 천지투품(天池鬪品) : 황산(黃山) 천지(天池)에서 나는 차의 이름. 이것은 송나라 채양(蔡襄)이 사람들과 차의 품질을 가지고 다투어 이긴 데서 이름을 얻었다. 강휴복(江休復)의 『가우현지(嘉祐縣志)』 참조

○ 고저(顧渚)・천지(天池)・호구(虎丘)・나개(羅岕) : 모두 차가 생산되는 이름난 곳. 허차서(許次紓)의 「차소(茶疏)」에 이런 말이 있다. "근일에 높이 치는 것으로는 장흥(長興)의 나개(羅岕)가 있는데, 아마도 옛사람이 말한 고저(顧渚)의 자순(紫筍)인 듯합니다. 산 속에 끼어 있는 것을 개(岕)라고 하는데 나씨(羅氏)가 숨겨두었으므로 나(羅)라고 이름합니다. 그런데 개(岕)는 여러 곳에 있으나, 지금은 오직 동산(洞山) 것이 가장 좋습니다. 고저(顧渚)에 있는 것으로 말하면 역시 좋은 것이 있지만, 사람들은 다만 수구(水口)의 차로 이름을 하여 전혀 개(岕)와 구별합니다. 흡(歙)의 송라(松羅), 오(吳)의 호구(虎丘), 전당(錢塘)의 용정(龍井)의 경우에는 향기가 물씬 일어나서, 개(岕)와 나란히 힐항할 수 있습니다. 지난날 곽차보(郭次甫)는 황산(黃山)을 자주 칭송하였는데, 황산도 역시 흡(歙) 속에 있으나, 하지만 송라와는 아주 거리가 멉니다. 지난날 사인(士人)들은 모두 천지(天池)를 귀하게 여겼으나, 천지에서 나는 것은 조금 많이 마시게 되면 사람의 장(腸)을 가득하게 하므로, 제가 처음 그것을 낮게 평가하였더니, 전에는 많은 사람들이 저를 잘못이라고 하였습니다만, 근래에 상음(賞音)하는 사람들은 비로소 저의 말을 믿기 시작하였습니다." 허차서는 만력 연간의 사람으로, 그의 말을 통해서, 당시에 차를 마시는 풍속이 어떠하였는지를 잘 알 수가 있다.

○ 패란거본에는 이 편이 없으나, 서종당본・소수본에 의거하여 보충한다.

서호, 첫 번째 글(西湖一)

　무림문(武林門)29)에서 서쪽으로 가면 보숙탑(保叔塔)30)이 높은 벼랑 속에 우뚝 솟아 있는 것이 보이는데, 그러면 이미 마음은 서호(西湖)로 날아가게 된다. 오각(午刻)에 소경사(昭慶寺)31)에 들어가 차를 마시고 난 뒤, 즉시 작은 배를 노 저어 서호로 들어갔다. 산 빛은 소녀의 아미32) 같고, 꽃 빛은 미녀의 붉은 볼과 같으며, 따스한 바람은 술 같고, 물결의 무늬는 능라(綾羅) 같으니, 한 번 고개를 들기만 하면, 나도 모르게 눈과 정신이 취하게 된다.

　이러한 때에는 한 마디 말을 써서 묘사하려고 하지만 묘사해내지 못한다. 대개 마치 동아왕(東阿王)33)이 꿈속에 처음 낙신(洛神)34)을 만났을 때와 같다. 내가 서호(西湖)에 노닐게 된 것은 이때부터 시작되었으니, 때는 만력 정유년(1597) 2월 14일이다.

　저녁에 방자공(方子公)35)과 함께 정사(淨寺)36)로 건너가 아빈(阿賓 : 원중도)이 옛날에 거주하던 승방(僧房)을 찾아보려 하였다. 길을 취하길 육교(六橋)37)·악분(岳墳)38)·석경당(石徑塘)39)으로 해서 돌아왔다. 초초(草草)

---

29) 무림문(武林門) : 항주(杭州) 성 서쪽의 문.
30) 보숙탑(保叔塔) : 보숙탑(保俶塔). 서호 북쪽 기슭 보석산(寶石山) 위에 있다.
31) 소경(昭慶) : 보숙탑 근처에 있는 절.
32) 아(娥) : 소녀의 아미(蛾眉).
33) 동아왕(東阿王) : 조식(曹植).
34) 낙신(洛神) : 복희씨(伏羲氏)의 딸 복비(宓妃)가 낙수(洛水)에 빠져 낙수의 신이 되었다고 전한다. 이수(伊水)와 낙수(洛水)의 수신(水神)이라고도 한다. 조식(曹植)은 「낙신부(洛神賦)」를 지어, 처음 낙신을 만났을 때 "정신이 놀라고 홀연히 마음이 흩어지는 듯하였다(精移神駭, 忽焉思散)"고 하였으며 "내 마음에 낙비의 정숙하고 아름다움을 사랑하여 마음이 뒤흔들려 기쁘지 않았다(余情悅其淑美兮, 心振蕩而不怡)"라고 적었다.
35) 방자공(方子公) : 방문선(方文僎). 자는 자공. 신안(新安) 사람이다. 반지항(潘之恒)에게서 시를 배웠다. 곤궁하고 실의하여 9월에도 얇은 옷을 입었다. 만력 22년에 원중도는 무창(武昌)에서 응시하였을 때 반지항의 집에서 방문선을 알았는데, 그의 문아(文雅)를 사랑해서 원굉도와 함께 교유하였다.
36) 정사(淨寺) : 정자사(淨慈寺). 서호(西湖)의 남쪽 기슭에 있다.
37) 육교(六橋) : 서호의 소제(蘇堤) 위에 있는 여섯 개의 다리.

하게 대충 살펴보았으므로, 두루 감상하지는 못하였다.

다음날 아침 일찍 도석궤(陶石簣)40)의 첩자(帖子)를 받았는데, 19일에 석궤 형제41)가 학불인(學佛人)42) 왕정허(王靜虛)43)와 함께 이르러 왔으니, 호산(湖山)과 좋은 친구가 일시에 한데 모이게 되었다.

從武林門而西, 望保叔塔突兀層崖中, 則已心飛湖上也. 午刻入昭慶, 茶畢, 卽棹小舟入湖. 山色如娥, 花光如頰, 溫風如酒, 波紋如綾, 纔一擧頭, 已不覺目酣神醉. 此時欲下一語描寫不得, 大約如東阿王夢中初遇洛神時也. 余遊西湖始此, 時萬曆丁酉二月十四日也.

晚同子公渡淨寺, 覓阿賓舊住僧房. 取道由六橋・岳墳・石徑塘而歸. 草草領略, 未及徧賞. 次早得陶石簣帖子, 至十九日, 石簣兄弟同學佛人王靜虛至, 湖山好友, 一時湊集矣.

1597년(만력 25년 정유), 항주(杭州)에서 지은 글.
○ 서종당본・소수본에는 제목이 初至西湖記로 되어 있다.
○ 阿賓 : 서종당본・소수본에는 小修로 되어 있다.
○ 取道由六橋・岳墳・石徑塘而歸 : 서종당본・소수본에는 石徑塘而 4자가 없다.
○ 次早得陶石簣帖子～同學佛人王靜虛至 : 서종당본・소수본에서는 이 3구가 "閱數日, 陶周望兄弟至"로 되어 있다.

---

38) 악분(岳墳) : 악비(岳飛)의 묘 소제(蘇堤) 북쪽 끝 곡원(曲院) 풍하(風河)의 북쪽에 있다.
39) 석경당(石徑塘) : 서호 북쪽 기슭의 당(塘).
40) 도석궤(陶石簣) : 도망령(陶望齡). 자는 주망(周望)이고, 호가 석궤이다. 회계(會稽) 사람이다. 만력 17년 회시(會試)에서 일등을 하였고 정시(廷試)에서 3등을 하였다. 처음에 한림원 편수를 제수받았고, 뒤에 국자감 제주(國子監祭酒)로 관직 생활을 마쳤다. 강학으로 이름이 있었다. 『헐암집(歇菴集)』이 있다. 『명사』 권216에 전(傳)이 있다.
41) 석궤 형제(石簣兄弟) : 도망령(陶望齡)과 석령(奭齡).
42) 학불인(學佛人) : 불경을 공부하는 사람. 학인(學人)이라 줄여 말한다.
43) 왕정허(王靜虛) : 왕찬화(王贊化).

서호, 두 번째 글(西湖二)

서호가 가장 아름다운[44] 것은, 봄이고 달이 떴을 때이다. 하루 가운데 가장 아름다운 것은 아침 안개가 끼고, 저녁 남기(嵐氣)[45]가 덮였을 때이다. 금년에는 봄에 눈이 아주 많이 와서, 매화가 추위에 억제되어 늦게 피고 살구·복사꽃과 차례로 피어나 더욱 기관(奇觀)이다.

도석궤(陶石簣)[46]가 여러 차례 내게 말하길, 부금오(傅金吾)[47] 동산의 매화는 장공보(張功甫)[48] 집안에 있던 옛 나무이니, 급히 가서 보라고 하였다. 하지만 나는 당시 복사꽃에 미련을 두어 끝내 차마 떠나지를 못하였다. 서호의 위에서 단교(斷橋)[49]로부터 소제(蘇堤)[50] 일대에 이르니, 푸른 아지랑이와 붉은 안개가 이십여 리에 가득 들어차 있었다. 노랫소리와 악기 소리는 바람에 실려 오고, 분단장 한 여인들의 고운 땀이 비가되어 떨어졌으며, 비단옷 입은 무리가 성황을 이루어 둑 곁의 풀보다 더많았으니, 곱고 아리땁기가 극에 달하였다.

하지만 항주(杭州) 사람들이 서호에 노니는 것은 오(午)·미(未)·신(申)[51]의 세 시간에 그친다. 사실은 호수와 빛이 비취빛으로 물 드는 공

---

44) 성(盛) : 성하다. 아름답다.

45) 석람(夕嵐) : 햇빛이 산에 떨어질 때 산중에서 일어나는 안개 기운.

46) 도석궤(陶石簣) : 도망령(陶望齡). 자는 주망(周望)이고, 호가 석궤이다. 회계(會稽) 사람이다. 진사로서 처음에 한림원 편수를 제수받았고, 뒤에 국자감 제주(國子監祭酒)로 관직 생활을 마쳤다. 강학으로 이름이 있었다. 『헐암집(歇菴集)』이 있다. 『명사』 권216에 전(傳)이 있다. 앞에 나왔다.

47) 부금오(傅金吾) : 금오랑의 벼슬을 지낸 부씨. 항주(杭州) 성내의 신사(紳士). 서호(西湖)의 소영주(小瀛州) 구석에 매원(梅園)을 가지고 있었다.

48) 장공보(張功甫) : 남송 때 장자(張鎡), 자가 공보이다. 관직은 봉의랑(奉儀郎), 직비각(直秘閣)에 이르렀다. 매화 심기를 잘하였으며, 『매품(梅品)』이라는 책을 저술하였다.

49) 단교(斷橋) : 서호(西湖) 백제(白堤) 위에 이은 다리, 보우교(寶祐橋)라고도 한다. 당나라 때 단교 혹은 단가교(斷家橋)라 칭하였다.

50) 소제(蘇堤) : 소공제(蘇公堤). 북송 때 소식(蘇軾)이 항주 지사(杭州知事)로 있을 때 서호(西湖)를 준설한 뒤 쌓은 둑으로, 소식은 그 둑에 버드나무를 심었다.

51) 오(午) 미(未) 신(申) : 중오(中午). 하오(下午) 한 시에서 세 시까지와, 하오 세시부터 다섯시에 해당한다.

교함과 산람(山嵐)이 색조를 드리우는 오묘함은 모두 아침해가 처음 나올 때에 일어나며, 석용(夕舂)[52]이 아직 떨어지지 않았을 때에 비로소 그 농염한 아리따움을 극도로 드러낸다. 달빛 아래 경치도 또한 말로 표현할 길이 없다. 꽃의 태깔과 버드나무의 정취, 산의 모습과 물의 정감은 그와는 별도로 아취와 맛이 있다.

이 즐거움은 산승(山僧)과 유람객의 소유로 남겨져 있으니, 어찌 속된 선비에게 말할 수 있으랴!

西湖最盛, 爲春爲月. 一日之盛, 爲朝烟, 爲夕嵐. 今歲春雪甚盛, 梅花爲寒所勒, 與杏桃相次開發, 尤爲奇觀. 石簣數爲余言, 傅金吾園中梅, 張功甫家故物也, 急往觀之. 余時爲桃花所戀, 竟不忍去. 湖上由斷橋至蘇堤一帶, 綠烟紅霧, 彌漫二十餘里. 歌吹爲風, 粉汗爲雨, 羅紈之盛, 多于堤畔之草, 豔冶極矣.

然杭人遊湖, 止午未申三時, 其實湖光染翠之工, 山嵐設色之妙, 皆在朝日始出, 夕舂未下, 始極其濃媚. 月景尤不可言, 花態柳情, 山容水意, 別是一種趣味. 此樂留與山僧遊客受用, 安可爲俗士道哉!

1597년(만력 25년 정유), 항주(杭州)에서 지은 글.
○題: 서종당본·소수본에서는 「晚遊六橋待月記」로 되어 있다.
○與杏桃相次開發: 杏桃는 서종당본·소수본에 桃杏으로 되어 있다.
○石簣數爲余言: 石簣는 서종당본·소수본에 周望으로 되어 있다.
○張功甫家故物也: 家는 서종당본·소수본에 玉照堂으로 되어 있다.
○由斷橋至蘇堤一帶: 蘇堤는 서종당본·소수본에 蘇公堤로 되어 있다.
○多于堤畔之草: 草는 서종당본·소수본에 柳로 되어 있다.
○月景尤不可言: 不可言은 서종당본·소수본에 爲淸絶로 되어 있다.

---

52) 석용(夕舂): 석양용(夕陽舂). 해가 막 떨어지려고 하는 시각. 여기서는 석양을 말한다.

서호, 세 번째 글(西湖三)

망호정(望湖亭)은 즉 단교(斷橋) 일대로, 제방의 축조가 아주 공교롭고 치밀하여, 소제(蘇堤)53)보다 훨씬 아름답다. 길을 끼고 양옆에 비도(緋桃 : 붉은 복숭아), 수양(垂楊), 부용(芙蓉), 산다(山茶) 따위 스무 남짓의 종류를 심었으며, 둑 가에는 흰 돌로 섬돌을 만들어 옥과 같으며, 땅에 깐 것은 모두 부드러운 모래이다.

항주(杭州) 사람은 말하길, "이것은 내사(內使) 손공(孫公)이 다듬고 꾸민 것이다"라고 한다. 이 분은 정말로 대단한 서호(西湖)의 공덕주(功德主)이시다. 소경(昭慶)54)·정자(淨慈)55)·용정(龍井)56)으로부터 산 속의 암자와 사원 따위에 이르기까지, 시주한 것이 일백 만 냥보다 결코 적지 않다. 내 생각에, 백거이(白居易)·소식(蘇軾) 두 분은 서호의 개산고불(開山古佛)이라면, 이 분(손공)은 미래의 가람(伽藍)이다.

"썩은 유자가 이 어른의 일을 거의 망가뜨리고 말았다(腐儒幾敗乃公事)." 짜증난다, 짜증난다!

望湖亭, 卽斷橋一帶, 堤甚工緻, 比蘇堤尤美. 夾道種緋桃·垂楊·芙蓉·山茶之屬二十餘種, 堤邊白石砌如玉, 布地皆軟沙. 杭人曰 : "此內使孫公所修飾也." 此公大是西湖功德主. 自昭慶·淨慈·龍井及山中菴院之屬, 所施不下百萬. 余謂白·蘇二公, 西湖開山古佛, 此公異日伽藍也. "腐儒幾敗乃公事", 可厭, 可厭!

---

53) 소제(蘇堤) : 소공제(蘇公堤). 북송 때 소식(蘇軾)이 항주 지사(杭州知事)로 있을 때 서호(西湖)를 준설한 뒤 쌓은 둑. 앞에 나왔다.
54) 소경(昭慶) : 보숙탑 근처에 있는 절. 앞에 나왔다.
55) 정자(淨慈) : 정자사(淨慈寺). 서호(西湖)의 남쪽 기슭에 있다. 원굉도는 앞의 글에서 정사(淨寺)라고 표기하였다.
56) 용정(龍井) : 전당(錢塘)의 지명, 좋은 샘이 있어, 명차(名茶)의 산지로 유명하다. 앞에 나왔다.

 1597년(만력 25년 정유), 항주(杭州)에서 지은 글.

○ 내사손공(內使孫公) : 태감(太監) 손륭(孫隆). 당시 소항 직조(蘇杭織造)에 임명되어 있었다. 즉 서종당본·소수본에서 말하는 '지금 시중(今侍中)'이 이 사람이다. 아래의 교감기를 참조

○ 望湖亭, 卽斷橋一帶 : 卽은 이운관본에 接으로 되어 있다.

○ 서종당본·소수본에서는 이 글의 제목이 「단교(斷橋)」로 되어 있고, 글자도 완전히 다르다. 아래에 수록하여 둔다.

"호상(湖上)의 성대함은 육교(六橋)와 단교(斷橋)의 두 둑에 있다. 단교는 옛날에는 둑이 있어서 아주 좁았는데, 지금의 시중이 증축하고 장식하여, 공교함과 정치함이 마침내 육교보다 낫게 되었다. 길을 끼고 비도(緋桃)·수양(垂楊)·옥란(玉蘭)·산다(山茶) 따위 20여종을 심었고, 그 가장자리에 백석으로 섬돌을 쌓아 옥과 같으며, 땅에 깐 것도 모두 부드러운 모래이다. 곁에는 작은 둑을 덧붙여, 갖가지 꽃을 더하였다. 그래서 그 위를 걸을 때마다, 곧 즐거워져서 돌아갈 것을 잊어버리며, 십여 차례 왕복을 하지 않으면 그만두지를 않는다. 듣자니, 작년에 둑 위에 꽃이 피어, 서너 날도 되지 않아서 여러 사람들이 따 꺾어갔으므로, 금년 봄에는 꺾어가지 못하도록 엄히 금하여, 꽃이 피어 있는 기간이 아주 길다고 한다. 내키는 대로 노닐며 아름다운 경치를 만나는 기이한 운수 가운데 하나가 바로 여기다(湖上之盛, 在六橋及斷橋兩堤. 斷橋舊有堤甚狹, 爲今侍中所增飾, 工緻逐在六橋之上. 夾道種緋桃·垂楊·玉蘭·山茶之屬二十餘種. 白石砌其邊如玉, 布地皆軟沙. 旁附小堤, 益以雜花, 每步其上, 卽樂而忘歸, 不十餘往還不止. 聞往年堤上花開, 不數日多被人折去. 今春禁嚴, 花開最久. 浪遊遭遇之奇, 此其一矣)."

서호, 네 번째 글(西湖四)

서릉교(西陵橋)는 일명 서림(西林)이라고도 하고, 일명 서령(西泠)이라고도 하는데, 어떤 사람은 말하길, 소소(蘇小)[57]가 동심(同心)을 맺은 곳이라고 한다. 그래서 내가 시를 지어 조문하였다.

---

57) 소소(小蘇) : 소소소(蘇小小). 전당(錢塘)의 명기. 앞에 나왔다.

방자공58)이 말하였다. "'어부의 서너 가락 피리 소리 어디에서 나오나? 아마도 서령 제일교에서이리(數聲漁笛知何處, 疑在西泠第一橋)'라는 시구를 보면 능(陵)을 령(泠)으로 하였으니, 소소(蘇小)의 고사와 연결시킨 것은 아마 잘못인 듯하오."

내가 말하였다. "상관없어요. 다만 서릉이면 좋겠군요. 더구나 백공(白公: 白居易)59)의 단교(斷橋)60) 시에 '봄 버들 빛이 소소의 집을 감추었네(柳色春藏蘇小家)'라고 하였으니, 단교가 여기에서 그리 멀지 않지요. 그렇다면 어찌 서릉의 고사를 빌어다 쓸 수가 없겠어요?"

西陵橋一名西林, 一名西泠, 或曰卽蘇小結同心處也. 余因作詩弔之. 方子公曰 : "'數聲漁笛知何處, 疑在西泠第一橋'. 陵作泠, 蘇小恐誤." 余曰 : "管不得, 只是西陵便好. 且白公斷橋詩有云 : '柳色春藏蘇小家.' 斷橋去此不遠, 豈不可借作西陵故實邪?"

 1597년(만력 25년 정유), 항주(杭州)에서 지은 글.
○ 題 : 서종당본·소수본에는 「서릉교(西陵橋)」로 되어 있다.

비 온 뒤 육교에 노닐고 쓰다(雨後遊六橋記)

한식(寒食)61) 뒤에 비가 왔다. 나는 말하길, "이 비는 서호(西湖)에 붉게 핀 꽃들을 씻어줄 것이므로, 마땅히 급히 도화(桃花)와 작별하여야 하지, 지체해서는 안 된다"라고 하였다.

---

58) 방자공(方子公) : 방문선(方文僎). 앞에 나왔다.
59) 백공(白公) : 백거이(白居易).
60) 단교(斷橋) : 서호(西湖)에 백거이(白居易)가 쌓았다는 둑인 백공제(白公堤)에 걸쳐 있는 다리. 즉 보우교(寶祐橋).
61) 한식(寒食) : 청명(淸明) 하루 전의 절기.

정오에 비가 개자, 여러 친구들과 함께 제3교[62]에 이르렀는데, 떨어진 꽃잎이 땅에 한 치 남짓 쌓여 있는데, 유람객이 적었으므로 도리어 유쾌하였다. 홀연히 말을 탄 사람이 흰 비단 옷을 입고 지나가는데, 빛이 옷에 번득여, 선명하고 고운 것이 평상시의 곱절이나 되었다.

친구들 가운데 안에 흰 비단옷을 입은 사람들은 모두 겉옷을 벗었다. 조금 권태로워, 땅에 누워서 술을 마시면서 얼굴로 꽃잎을 받았다. 많은 사람들은 술을 마셨고[63] 소수의 사람들은 노래를 불러서 즐거움으로 삼았다.

마침 작은 배가 꽃 사이에서 나오므로, 불러 보았더니, 바로 절의 승려가 차를 싣고 오는 것이었다. 각자 한 잔씩 후루룩 마시고, 배를 흔들흔들 움직이면서[64] 큰 소리로 노래하며 돌아왔다.

寒食後雨, 予曰 : "此雨爲西湖洗紅, 當急與桃花作別, 勿滯也." 午霽, 偕諸友至第三橋, 落花積地寸餘, 遊人少, 翻以爲快. 忽騎者白紈而過, 光晃衣, 鮮麗倍常, 諸友白其內者皆去表. 少倦, 臥地上飮, 以面受花, 多者浮, 少者歌, 以爲樂. 偶艇子出花間, 呼之, 乃寺僧載茶來者. 各啜一杯, 蕩舟浩歌而返.

1597년(만력 25년 정유), 항주(杭州)에서 지은 글.
○ 패란거본에는 이 편이 없으나, 서종당본·소수본에 의거하여 보완한다.

---

62) 제삼교(第三橋) : 육교의 하나. 서호의 소제(蘇堤)에 있는 여섯 개의 다리는 차례로, 쇄란(鎖瀾)·망산(望山)·압제(壓堤)·동포(東浦)·과홍(跨虹)이다.
63) 부(浮) : 부백(浮白). 술을 마시다.
64) 탕주(蕩舟) : 배를 흔들리게 함. 제(齊)나라 환공(桓公)이 아내 채녀(蔡女)와 배를 타고 노니는데, 평소 물에 익숙한 채녀가 배를 흔들리게 하여 놀래켰으므로 그것을 기회로 제나라가 초나라에 침략한 일이 있다. 『사기』「관채세가(管蔡世家)」에 나온다.

고산(孤山)[65]

고산 처사(孤山處士 : 林逋)[66]는 매화를 아내로 삼고 학을 자식으로 삼았으니, 이는 세간에서 제일종의 편의인(便宜人 : 유유자적하는 사람)[67]이다. 우리들은 그저 처자가 있기만 하면 곧 허다한 쓸 데 없는 일을 야기하여 쳐버릴 수도 없고 곁에 두자니 짜증이 나서, 마치 해진 솜옷을 입고 가시나무 숲 사이를 가는 것과 같아 걸음걸음 끌리고 걸리고 하는 것과 같다.

근일 뇌봉(雷峰)[68] 아래에 우승유(虞僧孺)[69]가 있어, 역시 아내가 없으니, 아마도 고산(孤山)의 후신(後身)[70]인 듯하다. 그가 지은 「계상낙화(溪上落花)」시는 비록 임화정(林和靖 : 林逋)에게 비교하여 그 수준이 어떤지 알 수는 없으나, 하룻밤에 일백오십 수를 얻었다고 하니, 가히 신속하고 민첩하기가 극에 달하였다고 말할 수 있다. 더구나 식담(食淡)[71]과 참선(參禪)까지 한다고 하니, 그렇다면 고산(孤山)[72]보다 한 등급 더 높다.

어느 시대 치고 기인(奇人)이 없으랴!

---

65) 고산(孤山) : 서호(西湖)의 이호(裏湖)와 외호(外湖) 사이에 홀로 서있는 산.

66) 고산처사(孤山處士) : 북송 때 은사 임포(林逋), 자는 화정(和靖). 고산(孤山)에 은거하여 매화를 아내로 삼고 학을 자식으로 삼았다.

67) 편의인(便宜人) : 편의를 점유한 사람. 유유자적하는 사람.

68) 뇌봉(雷峰) : 서호(西湖)의 남쪽 병산(屛山) 정자사(淨慈寺) 앞에 위치한 봉우리. 중봉(中峰)이라고도 한다. 고을에 뇌(雷)씨가 살았다고 하여 뇌봉이라는 이름이 붙었다고 한다.

69) 우승유(虞僧孺) : 우순정(虞淳貞). 전당(錢塘) 사람. 형 우순희(虞淳熙)와 함께 은거하여 부처를 섬겼다. 원중랑은 그 두 사람을 '이발승(二髮僧)'이라 불렀다.

70) 후신(後身) : 내세에 태어난 몸.

71) 식담(食淡) : 극히 빈한한 음식을 먹는 일. 식담(食啖)과 같다. 『사기』 「숙손통전(叔孫通傳)」에 보면, 여후(呂后)가 한고조와 '괴로움을 참고 빈한한 음식을 먹었다(攻苦食啖)'고 숙손통이 말한 구절이 있는데, 그것에 대한 『집해(集解)』의 주에 啖은 淡과 같다고 하였다. 『송사』 은일전 하(隱逸傳 下)의 「서중행전(徐中行傳)」에 보면, 서중행이 '괴로움을 참고 빈한한 음식을 먹었다(攻苦食啖)'라고 한 말이 있다. 식담은 은일자의 빈한한 생활을 의미하게 되었음을 알 수 있다.

72) 고산(孤山) : 여기서는 고산처사 임화정을 말한다.

孤山處士, 妻梅子鶴, 是世間第一種便宜人. 我輩只爲有了妻子, 便惹許多閒事, 撇之不得, 傍之可厭, 如衣敗絮行荊棘中, 步步牽掛. 近日雷峰下, 有虞僧孺, 亦無妻室, 殆是孤山後身. 所著溪上落花詩, 雖不知于和靖如何, 然一夜得百五十首, 可謂迅捷之極. 至于食淡參禪, 則又加孤山一等矣. 何代無奇人哉!

전校교 1597년(만력 25년 정유), 항주(杭州)에서 지은 글.

○ 서종당본·소수본에서는 이 편의 문자가 다르다. 아래에 수록한다. "고산이 주먹 모양으로 서호 가운데 솟아 있고, 임화정의 묘는 산 뒤에 있다. 야생의 매화 서너 그루가 규룡 모양으로 암학 사이에 굽어 있으니, 일사(逸士)의 풍모를 가히 생각할 수 있다. 서호에 노니는 사람들은 정오에 모두 악비 묘에 모이고, 정오가 지나면 대부분 임화정의 묘 아래에 배를 매고는 투호를 하고 도박을 하여 즐거움을 삼는다. 항주 사람이 내게 말하는데, 지난날 처사의 묘도 역시 도굴이 되었다고 한다. 저 홀아비 인사에게 어찌 최이(崔姨)73)의 금완(金盌)74)이 있었으랴? 도적이 정말 무지하였도다(孤山拳峙湖中, 和靖墓在山後. 荒梅數株, 虯曲巖壑間, 逸士風標可念也. 凡遊湖者, 午刻皆積岳墳, 過午多繫舟和靖墓下, 投壺博塞, 以爲樂. 杭人爲余言, 往時處士墓亦曾被伐, 彼鰥士豈有崔姨金盌哉? 盜亦不智矣)."

---

73) 최이(崔姨) : 당나라 가기(歌妓) 최휘(崔徽)를 가리키는 듯하다. 최휘는 배경중(裴敬中)과 사랑하다가 이별을 한 후, 화가에게 부탁하여 자기의 초상을 그려달라고 하여 배경중에게 부치고는 "최휘는 하루아침에 그림 속 사람만도 못하게 되었으니, 낭군 때문에 죽으렵니다"라고 하고는, 원한을 품고 죽었다고 한다. 당나라 원진(元稹)의 「최휘가서(崔徽歌序)」에 나와 있다.

74) 금완(金盌) : 순장한 물품을 말한다. 순장한 물품이 신표로 사용되는 예는 간보(干寶) 『수신기』에 실려 있는 「신도도(辛道度)」의 이야기에 나온다. 「신도도」는 진(秦)나라 민왕(閔王)의 딸이 사흘 동안 신도도와 동거하고 헤어지면서 금침(金枕)을 주었는데, 신도도가 저자에서 그것을 팔려다가 순장물이란 사실이 드러나 봉변을 당한다는 이야기이다. 또 『수신기』 「노충유혼(盧充幽魂)」에서는 노충이 원귀와 동침하고 난 뒤 금 주발[金梡]을 받아, 그것을 팔려다가 봉변을 당하는 것으로 되어 있다. 『금오신화』의 「이생규장전」도 이러한 모티브를 사용하였다.

비래봉(飛來峯)[75]

　서호(西湖)의 여러 봉우리 가운데 마땅히 비래봉(飛來峯)을 제일로 삼아야 할 것이다. 이 산은 높이가 수십 장(丈)에 지나지 않지만, 푸른 비취빛의 벽이 옥처럼 서 있다.

　목마른 범과 내달리는 사자라는 표현을 끌어와도 그 노한 형상을 제대로 표현할 수가 없다. 신(神)이 외치고 귀신이 서 있다는 표현을 끌어와도 그 괴이한 형상을 제대로 표현할 수가 없다. 가을 물과 저녁 아지랑이라는 표현을 끌어와도 그 색태를 제대로 표현할 수가 없다. 전(顚)[76]의 글씨, 오(吳)[77]의 그림이라는 표현을 끌어와도 그 변화무쌍하고 꾸불꾸불한 형상을 제대로 표현할 수가 없다.

　바위 위에는 기이한 나무가 많아, 흙을 둘 겨를이 없는데, 뿌리는 바위 바깥에서 뻗어나 있다. 앞뒤의 크고 작은 동굴이 네, 다섯 개인데, 조용하면서도 통명(通明)하며, 낙수 지어 생긴 종유석(鐘乳石)이 꽃 모양을 이루어 마치 칼로 새기고 쇠로 아로새긴 듯하다. 벽 사이의 불상(佛像)은 모두 양독(楊禿)[78]이 만든 것으로, 마치 미인의 면상에 흉터가 있는 것과

---

75) 비래봉(飛來峯) : 일명 영취봉(靈鷲峯). 서호(西湖) 영은사(靈隱寺) 앞에 위치한다. 동진(東晉) 때 인도의 고승 혜리(慧理)가 말하길, "이곳은 천축 영취산의 작은 산인데, 어느때 날아왔는지 모르겠네"라고 하였다고 해서 비래봉이라는 이름이 붙었다고 한다.
76) 전(顚) : 당나라 때 장욱(張旭). 초서를 잘 쓴 것으로 유명하다. 당시 사람들이 장전(張顚)이라고 불렀다. 두보의 「음중팔선가(飲中八仙歌)」에 "장욱은 술 석잔에 초성이라 전하였으니, 귀한 분들 앞에서 모자 벗어 맨 머리 드러낸 채, 붓을 휘둘러 종이에 쓰면 마치 구름과 아지랑이가 이는 듯하였네(張旭三杯草聖傳, 脫帽露頂王公前, 揮毫落紙如雲煙)"라고 하였다.
77) 오(吳) : 오도현(吳道玄). 오도자(吳道子)라는 별명으로 더 알려져 있으며, 회화를 잘 그렸다. 당나라 양적(陽翟)의 사람으로, 처음에는 하구위(瑕丘尉)를 제수받았으나, 현종 때에 징소되어 공봉(供奉)이 되었다. 필법이 초절(超絶)하여, 서성(畵聖)이라고 일컬어졌으며, 공자상(孔子像)을 그린 것이 있다. 『당조명화록(唐朝名畵錄)』에 관련 기록이 있다.
78) 양독(楊禿) : 원나라 세조(世祖)가 임명하여 강남 불교를 총괄하였던 양련진가(楊璉眞伽)이다. 그는 전당(錢塘) 일대에 송대 군신의 능묘를 일백 곳이나 도굴하였다.

같아 기괴하고 추악하여 보기 안 좋다.

내가 그간에 비래봉에 오른 것이 다섯 번이다. 처음에는 황도원(黃道元)79)·방자공(方子公)80)과 함께 올랐는데, 홑적삼의 뒤끝을 짧게 자른 옷차림을 하고서, 곧바로 연화봉(蓮花峯) 정상까지 다 올라가 보았다. 바위 하나를 마주칠 때마다 발광하여 크게 외치지 않은 적이 없었다. 다음은 왕문계(王聞溪)81)와 함께 올랐다. 다음은 도석궤(陶石簣)82)·주해녕(周海寧)83)을 위해서였다. 그 다음은 왕정허(王靜虛)84)와 도석궤 형제를 위해서였다. 또 다음은 노휴녕(魯休寧)85)을 위해서였다.

매번 한 번씩 유람할 때마다 문득 시 한 수씩을 지으려고 생각하였으나, 끝내 그러지 못하였다.

湖上諸峯, 當以飛來爲第一, 高不餘數十丈, 而蒼翠玉立. 渴虎奔猊, 不足爲其怒也. 神呼鬼立, 不足爲其怪也. 秋水暮烟, 不足爲其色也. 顚書吳畫, 不足爲其變幻詰曲也. 石上多異木, 不假土壤, 根生石外. 前後大小洞四五, 窈窕通明, 溜乳作花, 若刻若鏤. 壁間佛像, 皆楊禿所爲, 如美人面上瘢痕, 奇醜可厭.

---

79) 황도원(黃道元) : 황국신(黃國信). 자가 도원이다. 영가(永嘉) 사람이다. 저서에 『졸지집(拙遲集)』과 『합부재집(合缶齋集)』이 있다. 권3 「병중에 황도원의 '일선사에서 이른 꿈을 꾸고 수심에 젖어' 시에 화운하다(病中和黃道元至日禪寺夢愁詩)」 참조

80) 방자공(方子公) : 방문선(方文僎). 앞에 나왔다.

81) 왕문계(王聞溪) : 왕우성(王禹聲). 자는 문계(文溪) 혹은 문계(聞溪)이다. 오현(吳縣) 사람. 만력 7년(1589)에 진사에 급제하고, 관직은 호광 승천부 지부(湖廣承天府知府)에 올랐다. 권6 「왕문계」 참조.

82) 도석궤(陶石簣) : 도망령(陶望齡).

83) 주해녕(周海寧) : 주정삼(周廷參). 다릉(茶陵) 사람이다. 만력 23년에 진사에 급제하고 다음해 해녕 지현(海寧知縣)을 제수받았다. 『해녕현지(海寧縣志)』 「직관표」 참조

84) 왕정허(王靜虛) : 왕찬화(王贊化).

85) 노휴녕(魯休寧) : 노점(魯點). 자는 자여(子與), 호는 낙동(樂同)이다. 남창(南彰) 사람이다. 만력 11(1583)년에 진사에 급제하고, 처음에는 광중 사리(廣中司理)가 되었다가, 잘못을 저질러 주판(州判)으로 폄적(貶謫)되었다. 만력 24년에는 휴녕 지현(休寧知縣)으로 부임하였다가, 27년에 발탁되어 떠났다. 『휴녕현지(休寧縣志)』에 전(傳)이 있다.

余前後登飛來者五. 初次與黃道元・方子公同登, 單衫短後, 直窮蓮
花峯頂, 每遇一石, 無不發狂大叫. 次與王聞溪同登. 次爲陶石簀・周
海寧. 次爲王靜虛・石簀兄弟. 次爲魯休寧. 每遊一次, 輒思作一詩, 卒
不可得.

1597년(만력 25년 정유), 항주(杭州)에서 지은 글.
○ 題 : 서종당본・소수본에서는 「비래봉에 노닐다가 북고봉에 이른 기록
(遊飛萊峯至北高峯記)」라고 되어 있다.

○ 서종당본・소수본에서는 이 편의 글자에 출입이 있다. 아래에 수록하여 둔다.
"서호의 여러 봉우리 가운데 마땅히 비래봉을 제일로 삼아야 할 것이다. 그 남쪽의
가파른 벼랑은 잘 깎아둔 것 같아서 곱고도 풍성하다. 그 북쪽의 툭 트인 전망은 그
윽하면서도 밝고 시원하다. 나는 전에 미남궁(米南宮 : 米芾)이 바위에 지나치게 집
착하는 것을 괴이하게 여겨, 그가 그렇게 닉애(溺愛 : 푹 빠짐)하고 장부로까지 여겼
던 이유를 알려고 하였으나 이해하지 못하였다. 그러다가 넝쿨을 헤치고 산꼭대기
를 거치면서 바위의 모습을 모두 다 살펴보게 되면서, 그 씩씩하고 빼어난 취향과
각로(刻露 : 걸리는 것 없이 시원하게 드러난 모습)하게 생성되어 있는 교묘함을 완
상(玩賞)하였으며, 그런 뒤에 미남궁의 취향이 심원하다는 사실을 알게 되었다.
영은사는 봉우리에서 일백 보쯤 떨어진 곳에 있는데, 계곡물을 거슬러 가면, 푸른
바위가 그 앞에 병풍처럼 서 있고, 푸른 물 흐름이 띠처럼 흐르고 있다. 물 흐름이
조금 너른해지는가 싶더니, 풍성하게 고여서 못이 되고, 바위가 조금 가팔라지는가
싶더니 말려서 작은 섬[坻]을 이루었다. 물이 쏜살같이 흐르고 바위는 꺾이어, 서로
부딪혀서 거문고 타는 소리를 내었으며, 물이 떨어져서는 비단 띠 모양을 이루었다.
백향산(백거이)은 「냉천기(冷泉記)」를 적었지만, 그 그윽하고 아름다움을 전부다 묘
사해지는 못하였다는 사실을 분명히 깨달을 수 있었다.
도광(韜光)은 산허리에 있어서, 영은사에서 나와서 두, 세 리를 더 갔는데, 오솔길이
아주 사랑스러웠다. 고목이 휘늘어지고 향초가 시냇물에 적셔져 있으며, 종종(淙淙)
하는 물소리가 울려났다. 길이 이리저리 갈라졌다가는 다시 얼크러지고는 하면서,
산사의 부엌[山廚]에까지 이어져 있었다. 암자 안에서는 전당강이 바라다 보였는
데, 물결의 무늬를 하나하나 셀 수 있을 정도였다.
나는 처음에 영은사에 들어가면서, 송지문(宋之問)[86]의 시에서 묘사한 광경이 흡사

하지 않다고 의심하여, 옛사람은 경물을 묘사할 때 혹은 근대의 군습(捃拾 : 이리저리 적당히 그러모음)과 같이 하였구나 하고 생각하였다. 그러다가 도광에 올라보고는 비로소, '창해(滄海)'와 '절강(浙江)'이니, '문라(捫蘿)'와 '고목(刳木)'과 같은 표현들이 글자 하나 하나가 다 그림과 같은 경지여서 옛 사람을 도저히 따라갈 수 없다는 사실을 비로소 알게 되었다. 도광에서 하룻밤 묵은 다음날, 도석궤와 함께 북고봉의 절정에 올랐다가 내려왔다.

(湖上諸峯, 當以飛來爲甲. 其陽巘, 秀削而冶且潤. 其陰敞, 窈窕通明. 嘗怪南宮癖石, 求所以溺而丈者不可得, 及披蘿歷巓, 窮觀石態, 玩其遒逸之趣, 與夫刻露生成之巧, 然後知南宮之致遠也. 靈隱寺去峯可百步許, 派澗而行, 青壁屏其前, 碧流帶之. 流稍闊則泓而爲潭, 石稍岌則卷而爲坻. 水迅而石折, 則相觸爲鳴琴, 而落爲紳帶. 白香山記冷泉, 殊覺未盡其幽麗也.

韜光在山之腰, 出靈隱後二三里, 路徑甚可愛. 古木婆娑, 草香泉漬. 淙淙之聲, 四分五絡, 達于山廚. 菴內望錢塘江, 浪紋可數.

余始入靈隱, 疑宋之問詩不似, 意古人取景, 或亦如近代捃拾. 及登韜光, 始如'滄海折江' '捫蘿刳木'數語, 字字入畫, 古人眞不可及矣. 宿韜光之攻日, 與石簣同登北高峯絶頂而下.)"

영은(靈隱)[87]

영은사(靈隱寺)는 북고봉(北高峯)[88] 아래에 있는데, 절은 아주 기승(奇勝)

---

86) 송지문(宋之問) : 당나라 시인. 괵주(虢州) 홍농(弘農) 사람. 일설에는 분주(汾州) 사람. 일찍이 죄를 지어 월주 장사(越州長史)로 폄적되었다. 그가 지은 「영은사(靈隱寺)」 시에 "취령이 아스라이 높고, 용궁은 쓸쓸하게 닫혀 있네. 누대는 창해의 해를 보고, 문은 절강의 조수를 마주 대하였다. 계수나무 열매가 달 속에서 떨어지고, 하늘의 향기는 구름 밖에 날린다. 등넝쿨 부여잡고 탑을 멀리 오르고, 나무를 베며 샘물을 멀리서 길어온다(鷲嶺鬱岧嶢, 龍宮鎖寂寥. 樓觀滄海日, 門對浙江潮. 桂子月中落, 天香雲外飄. 捫蘿登塔遠, 刳木取泉遙)"라고 하였다.

87) 영은(靈隱) : 산 이름. 인도 고승 혜리(慧理)가 이 산을 두고 천축 영취봉이 날아 온 것이라고 말한 데서 이런 이름이 있게 되었다. 영산(靈山), 즉 영취산(靈鷲山)이 여기에 숨어 있다는 뜻이다. 또 무림(武林), 영원(靈苑), 선거(仙居)라고도 부른다. 지금 항주(杭州) 시 서쪽에 있다.

이며, 문의 경치가 더욱 좋다. 비래봉(飛來峯)에서부터 냉천정(冷泉亭)에 이르는 일대는 산골 물이 구슬처럼 뚝뚝 떨어지고, 그림 벽에 푸른색이 흐르니, 이 산에서도 극히 경승이 아름다운 곳이다.

정자는 산문(山門) 바깥에 있다. 그런데 일찍이 백낙천(白樂天)의 기(記)[89]를 읽어보니 이렇게 적혀 있었다. "정자는 산 아래 물 속에 있으며, 절의 서남쪽 구석은 높이가 두 심(尋 : 8척의 길이)이 되지 않고 너비는 서너 장(丈)이 되지 않는데, 기이한 경승을 따고 찾으면 사물이 형체를 감추지 않고 있는 그대로 드러낸다. 봄날에 풀이 무성하고 나무가 우줄우줄하여, 가히 화기(和氣)를 인도하고 정화(精華)를 흡입하여 받아들일 수가 있다. 여름날에, 바람이 맑고 샘물이 가만히 괴면, 가히 번뇌를 덜고 숙취를 풀어버릴 수 있다. 산의 나무는 덮개가 되고 벼랑의 바위는 병풍이 되며, 구름은 정자의 기둥에서 생겨나고 물은 정자의 계단과 가지런하니, 앉아서 감상하노라면 평상 아래로 발을 씻을 수 있고, 누워서 장난하노라면 베개 머리에서 낚시를 드리울 수가 있으니, 지즐지즐 흐르고 찰랑찰랑 대어, 달고 순수하며 부드럽고 매끄러워, 눈앞의 시끄러움과 마음과 혀의 때를 굳이 양치하고 씻어내지 않더라도 그것을 보면 당장에 제거된다."

이 기(記)를 보면 정자는 마땅히 물 속에 있어야 한다. 그런데 지금은 산골 물에 의지하여 서 있고, 그 산골 물이라는 것도 장(丈) 정도도 되지 않아 정자를 둘 수가 없다. 그렇다면 냉천(冷泉)의 풍경은 옛날에 비하여 대개 십 분의 칠은 감쇄하였다고 할 것이다.

도광사(韜光寺)는 산허리에 있는데, 영은사보다 뒤로 1, 2리 벗어나 있

---

88) 북고봉(北高峯) : 영은산에는 남고봉과 북고봉의 두 봉우리가 있다. 북고봉이 주봉(主峰)이다.

89) 낙천기(樂天記) : 백낙천(白樂天), 즉 백거이(白居易)의 기(記)인 「냉천정기(冷泉亭記)」. 그 글 가운데 "봄의 낮에는, 풀이 향긋하고 나무들이 활기에 차서, 화평하고 순수한 기를 끌어들여 사람의 혈기를 툭 틔워주는 것을 사랑한다. 여름의 밤에는, 샘물이 찰랑거리고 바람이 선선하여 번잡한 생각을 덜어 맑게 해주어 사람의 심정을 깨우치는 것을 사랑한다(春之日, 我愛其草薰薰, 木欣欣, 可以導和納粹, 暢人血氣. 夏之夜, 我愛其泉淳淳, 風冷冷, 可以蠲煩析醒, 起人心情)"라는 구절이 유명하다.

고, 오솔길은 대단히 사랑스럽다. 고목이 너울너울 춤추고 풀 향기가 샘물에 잠기어 쫄쫄거리는 소리가 네, 다섯으로 갈라져 뻗어나가 산중의 부엌에 이른다. 암자 안에서는 전당강(錢塘江)이 바라다 보이는데, 물결의 파문을 셀 수 있을 정도이다.

내가 처음에 영은사에 들어갔을 때는 송지문(宋之問)[90]의 시가 풍경과 흡사하지 않다고 의심하여, 옛사람들의 경치 묘사는 혹 근대의 사객(詞客)이나 마찬가지로 미사여구(美辭麗句)를 따서 한데 모은 것이 아닌가 생각하였다. 그러다가 도광사에 올라보고는 비로소 '창해(滄海)'·'절강(浙江)'이라든가 '문라(捫蘿)'·'고목(刳木)'이라든가 하는 여러 표현들이 글자마다 그 광경을 그림에 넣을 만큼 묘사가 정밀하여, 옛사람은 정말 뒤미칠 수가 없다는 사실을 알게 되었다.

도광사에 묵고 난 다음날, 나는 도석궤(陶石簣)·방자공(方子公)과 함께 북고봉 절정에 올랐다가 내려왔다.

靈隱寺在北高峯下, 寺最奇勝, 門景尤好. 由飛來峯至冷泉亭一帶, 澗水溜玉, 畫壁流靑, 是山之極勝處, 亭在山門外, 嘗讀樂天記有云: "亭在山下水中, 寺西南隅, 高不倍尋, 廣不累丈, 撮奇搜勝, 物無遁形. 春之日, 草薰木欣, 可以導和納粹. 夏之日, 風冷泉亭, 可以蠲煩析酲. 山樹爲蓋, 巖石爲屛, 雲從棟生, 水與階平, 坐而翫之, 可濯足於床下, 臥而狎之, 可垂釣于枕上, 潺湲潔澈, 甘粹柔滑, 眼目之囂, 心舌之垢, 不待盥滌, 見輒除去." 觀此記, 亭當在水中, 今依澗而立, 澗闊不丈餘, 無可置亭者, 然則冷泉之景, 比舊蓋減十分之七矣.

---

90) 송지문(宋之問) : 앞에 나왔다. 앞에서 말하였듯이, 여기서는 송지문이 지은 「영은사(靈隱寺)」 시에 "취령이 아스라이 높고, 용궁은 쓸쓸하게 닫혀 있네. 누대는 창해의 해를 보고, 문은 절강의 조수를 마주 대하였다. 계수나무 열매가 달 속에서 떨어지고, 하늘의 향기는 구름 밖에 날린다. 등넝쿨 부여잡고 탑을 멀리 오르고, 나무를 베며 샘물을 멀리서 길어온다(鷲嶺鬱岧嶢, 龍宮鎖寂寥. 樓觀滄海日, 門對浙江潮. 桂子月中落, 天香雲外飄. 捫蘿登塔遠, 刳木取泉遙)"라고 하였던 표현을 문제로 삼았다.

韜光在山之腰, 出靈隱後一二里, 路徑甚可愛. 古木婆娑, 草香泉漬, 淙淙之聲, 四分五路, 達于山廚. 菴內望錢塘江, 浪紋可數.

余始入靈隱, 疑宋之問詩不似. 意古人取景, 或亦如近代詞客, 捃拾幫湊. 及登韜光, 始知'滄海浙江' '捫蘿刳木'數語, 字字入畫, 古人眞不可及矣. 宿韜光之次日, 余與石簣・子公同登北高峯絶頂而下.

1597년(만력 25년 정유), 항주(杭州)에서 지은 글.
○ 서종당본・소수본에는 없다. 다만 끝의 두 단락은 전편인 서종당본・소수본의 「비래봉에 노닐다가 북고봉에 이른 기록(遊飛來峯至北高峯記)」의 끝 두 단과 동일하고 몇 글자만 차이가 있다.

용정(龍井)

용정(龍井)은 샘물이 달고 맑은 데다가, 바위도 또한 수려하고 윤기가 난다. 유종(流淙)이 바위 틈 샘물에서부터 나와, 찰랑찰랑 소리를 내어 사랑스럽다. 승방에 들어갔더니, 시원하고 건조하여 느긋하게 거처할 만하다.

내가 일찍이 석궤(石簣)・도원(道元)・자공(子公)[91]과 함께 여기서 샘물을 길어 차를 끓인 적이 있다. 석궤는 그 김에, 용정차(龍井茶)와 천지차(天池茶)가 어느 것이 더 나으냐고 물었었다. 나는 말하길, 용정차도 좋기는 좋지만, 차가 적으면 물기가 다 빠지지 않고 차가 많으면 떫은 맛이 그대로 다 나온다. 그러나 천지차는 전혀 그렇지 않다고 하였다.

대개 용정의 두차(頭茶 : 처음 잎을 따서 만든 차)는 비록 향기롭지만 늘 풀기운[草氣]을 자아내고 천지차는 콩 기운[荳氣]을 자아내고, 호구차(虎丘茶)는 꽃기운[花氣]을 자아낸다. 오직 개차(岕茶)만이 꽃도 아니고 나무도

---

91) 석궤・도원・자공(石簣道元子公) : 도망령(陶望齡)・황국신(黃國信)・방자선(方文僎).
　　앞의 편을 참조

아니어서 조금 금석의 기(金石氣)에 유사하며, 또 마치 아무 기(氣)도 없는 것 같으므로, 높이 칠 만하다. 개차(岕茶)는 성글고 크지만 진짜는 근(斤) 당 2천여 냥까지 나간다. 내가 수년동안 찾아보았지만 가까스로 서너 냥(兩)쯤 얻었을 뿐이다.

근일에 휘주(徽州)92)가 송라차(松羅茶)라는 것을 보내주었는데, 맛이 용정차(龍井茶)보다 위이고 천지차(天池茶)보다 아래였다. 용정의 산고개는 풍황(風篁)이고 산봉우리는 사자봉(獅子峯)이고 바위는 일편운석(一片雲石)과 신운석(神運石)이니, 모두 볼 만하다. 진소유(秦少游 : 秦觀)93)가 옛날에 「용정기(龍井記)」를 썼는데, 글이 역시 상쾌하고 씩씩하지만, 시고 썩은 맛[酸腐]을 면하지 못하였다.

龍井泉旣甘澄, 石復秀潤. 流淙從石澗中出, 泠泠可愛. 入僧房, 爽塏可棲. 余嘗與石簣·道元·子公汲泉烹茶于此. 石簣因問龍井茶與天池孰佳? 余謂龍井亦佳, 但茶少則水氣不盡, 茶多則澀味盡出, 天池殊不爾. 大約龍井頭茶雖香, 尙作草氣, 天池作荳氣, 虎丘作花氣. 唯岕非花非木, 稍類金石氣, 又若無氣, 所以可貴. 岕茶葉粗大, 眞者每斤至二千餘錢. 余覓之數年, 僅得數兩許. 近日徽人有送松羅茶者, 味在龍井之上, 天池之下. 龍井之嶺爲風篁, 峯爲獅子, 石爲一片雲·神運石, 皆可觀. 秦少游舊有龍井記, 文字亦爽健, 未免酸腐.

---

92) 휘주(徽州) : 휘주지부(徽州知府) 진소학(陳所學). 자는 정보(正甫), 또 다른 자가 지환(志寰)이다. 경릉(景陵) 사람으로, 만력 11년의 진사인데, 형부주사를 제수받았다가 공부주사로 바뀌고, 운남(雲南)에 지공거로 나갔다가 휘주지부(徽州知府)로 돌아왔다.

93) 진소유(秦少游) : 송나라 시인 진관(秦觀). 고우(高郵) 사람으로, 자가 소유(少游)이다. 또다른 자는 태허(太虛)이며, 호는 한구거사(邗溝居士)이다. 세상에서 진회해(秦淮海)라고 불렀다. 문사(文詞)에 뛰어났으며, 원우(元祐) 초에 소식(蘇軾)이 현량방정(賢良方正)으로 조정에 추천하였다. 관직은 태학박사(太學博士)·국사원편수관(國史院編修館)에 이르렀다. 저서에 『회해집(淮海集)』이 있다. 『송사』에 입전(立傳)되어 있다.

1597년(만력 25년 정유), 항주(杭州)에서 지은 글.

○ 서종당본·소수본에는 이 편의 제목이 「용정에 노닌 기록(遊龍井記)」으로 되어 있고, 글자도 다른 데가 많다. 아래에 수록하여 둔다.

"용정은 샘물이 달고 맑은 데다가, 바위도 또한 수려하고 윤기가 난다. 유종(流淙)이 찰랑찰랑 소리를 내면서 바위 틈 샘물에서부터 나온다. 승방은 시원하고 상쾌하여 거처할 만하다. 일찍이 도석궤와 여기서 샘물을 길어 차를 끓인 적이 있다. 석궤는 용정차(龍井茶)와 천지차(天池茶)가 어느 것이 더 나으냐고 물었다. 나는 말하길, 용정차도 좋기는 좋지만, 다만 차가 적으면 물기가 다 빠지지 않고 차가 많으면 떫은 맛이 그대로 다 나온다고 하고, 천지차는 전혀 그렇지 않다고 하였다. 대개 용정의 두차(頭茶)는 비록 향기롭지만 늘 풀 기운[草氣]을 자아내고, 천지차는 콩 기운[荳氣]을 자아내고, 호구차(虎丘茶)는 난 기운[蘭氣]을 자아낸다. 오직 개차(岕茶)만이 운치가 깨끗하고 맑아서, 풍미가 천석(泉石)과 같으므로, 차 가운데 일품(逸品)이다. 개차(岕茶)는 잎이 성글고 크므로, 깨끗이 씻어야 끓는 물을 부을 수 있으며, 하품의 것이라도 가슴의 답답함을 덜어주고 막힌 것을 씻어 내어줄 수 있다. 지난날 나는 개차를 오랫동안 좋아하였는데, 천지차를 마셔보니, 배가 부르기는 하였지만, 개차보다는 하급이었다. 개(岕)란 곳은 장흥(長興)에서 가까운데, 산 속의 부자들이 매번 비싼 돈을 주고 한 해 전에 먼저 죄다 구입해 두는데다가, 산중에서 나는 것도 또한 많지가 않으므로, 개차를 구하기가 아주 어렵다. 근일에 휘주(徽州) 사람이 송라차(松羅茶)라는 것을 보내주었는데, 가볍고 맑은 것은 대개 천지차보다 낫지만 풍운(風韻)은 좀 뒤졌다. 용정의 산봉우리는 풍황(風篁)이라고 하는데, 바위는 일편운(一片雲)과 신운석(神運石)이니, 모두 아치(雅致)가 있다. 다만 최근에 치장을 한 것이 지나치게 화려하여, 조금 속된 맛으로 떨어지고 말았다. 진소유(秦少游 : 秦觀)가 옛날에 「용정비기(龍井碑記)」를 쓴 것이 있었다. 지금은 그 비석이 어디 있는지 모르겠다(龍井泉旣甘澄, 石復秀潤, 流淙泠泠, 從石澗中出. 僧房爽塏可棲. 嘗與石簣汲泉烹茶于此. 石簣問龍井茶與天池茶孰佳? 余謂龍井亦佳. 但茶少則水氣不盡, 茶多則澀味稍出. 天池殊不爾. 大約龍井茶雖香, 尙作草氣, 天池作豆氣, 虎丘作蘭氣, 唯岕韻致淸澈, 風味如泉石, 茶之逸品也. 岕茶葉粗大, 洗淨方可注湯, 下者猶能蠲煩滌滯. 往余嗜岕久, 飮天池則脹, 然皆岕之下者. 岕去長興近, 山中富人每以重貲, 先一歲購買下, 而山中所出復不多, 以是極爲難得. 近日徽人有寄松羅茶者, 輕淸略勝天池, 而風韻少遜. 龍井之嶺爲風篁, 石爲一片雲·神運石, 皆有致. 濁近時粧點過麗, 微傷俗耳. 秦少游舊有龍井碑記. 今不知在何所矣)."

연하석옥(烟霞石屋)

연하동(烟霞洞)은 고풍스럽기도 하고 그윽하기도 하다. 서늘함이 배어 들어 뼛속까지 들어오고, 유즙(乳汁)은 찰랑찰랑 떨어진다. 석옥(石屋)을 텅 비고도 명랑하여, 마치 한 조각 구름이 비스듬히 기대어 서 있는 듯 하기도 하고, 또 높은 누헌에 궤연(几筵)을 깔 수도 있을 것 같기도 하다.

나는 석옥을 두 번 찾았는데, 용렬한 종놈들이 점거하고 있어, 저자 마냥 시끄럽고 잡스러워, 두 번 다 뜻을 얻지 못하고 돌아왔다.

烟霞洞亦古亦幽, 涼沁入骨, 乳汁潯潯下. 石屋虛朗, 如一片雲, 欹側 而立, 又如軒榭, 可布几筵. 余凡兩過石屋, 爲傭奴所據, 嘈雜若市, 俱 不得意而歸.

 1597년(만력 25년 정유), 항주(杭州)에서 지은 글.
　　○題 : 서종당본은 「연하 석옥동에 들러 벽에 적다(過烟霞石屋洞題壁)」이 라는 제목이고, 소수본은 「연하 석옥에 들른 기록(過烟霞石屋記)」이라는 제목이다. 두 텍스트의 문자는 이 글과 조금 다르다. 아래에 수록하여 둔다.
"연하동은 창한(蒼寒)하고 고아(古雅)하여, 음습한 물기가 뼈에 스며들며, 하도 청절 (淸絶)하여 오래 앉아 있을 수가 없다. 석옥(石屋)은 조각구름처럼 갸우슷 기울었는 데, 궤석(几席)을 깔 수가 있을 정도의 너비이다. 하지만 동굴은 용렬한 놈들이 점거 하고 있어서, 저자 마냥 시끄럽고 난잡하다. 바위를 뚫고 나가 보았더니, 조금 쉴 만 한 나무와 바위를 만났지만, 뒤따라오는 자들이 끊이지를 않으며, 대춧빛 얼굴에 비 린내나는 자가 더욱 시끄럽게 떠들기에, 마침내 자리를 뜨고 말았다. 하지만 여기에 이르러 와보고 비로소 오 지방의 비단 옷 걸친 노예들도 역시 사람을 유쾌하게 만 드는 면이 조금 있다는 것을 깨달았다. 그래서 이 글을 벽에 써서, 어진 사대부들 가운데 청일(淸逸)한 분들에게, 부디 길잡이가 속되다고 하여 가벼이 가버리지 말기 를 당부하여 알리는 바이다(煙霞洞蒼寒古雅, 陰沁入骨, 淸絶不堪久坐. 石屋欹側 如片雲, 可布几席, 而洞爲傭奴所據, 嘈雜若市. 穿巖而出, 得樹石少休, 繼者不已, 棗面而腥者益譁, 遂去. 至此始覺吳紗皂隷亦微有快人處. 因書之壁, 以告賢士大

夫之淸逸者, 愼無以呵導爲俗而輕去之也)."

남병(南屛)

남병(南屛)의 봉우리는 수려하게 솟아 있고, 험준한 벽은 옆으로 펼쳐져 있어, 완연히 병풍이나 장자(障子)와 같다. 정자사(淨慈寺)가 그 아래 있는데, 영명화상(永明和尙)94)이 『종경록(宗鏡錄)』95)을 찬술한 곳이다.

영명(永明)은 오입처(悟入處)96)가 염섬(廉纖)97)하여, 문자 속에서 해탈을 구하였으나 올바른 곳이 없었으니, 후래의 염불(念佛)98)하고 수정(修淨)99)

---

94) 영명화상(永明和尙) : 『종경록(宗鏡錄)』의 저자 연수(延壽, 904~975)로, 법호가 永明이다. 그는 "삼교가 비록 다르다고 해도 법계의 관점에서 보면 별도의 근원이 없다. 공자와 노자의 두 교, 9류의 학파 같은 것도 종합해서 말하면 법계를 벗어남이 없다"라고 말하였다. 연수는 종밀과는 법계(法系)를 달리하면서도 『원각경』을 거점으로 전 불교, 전 중생계를 판석하고자 했던 종밀의 위업을 심경(心鏡)에서 성취하려 하였다. 연수는 "무릇 해(解)와 행(行)을 논하면 돈과 점은 같지 않다. 현행(現行)의 번뇌에 깊고 얕음이 있고 훈염(薰染)의 습기에 두텁고 엷음이 있어, 각각 해당 사람에게 달려 있다. 업(業)이 가벼우면 원만에 이르기 쉽고 장애가 깊으면 미혹을 끊기 어렵다"라고 말하여, 상근과 중하근의 능력에 상응하여 돈과 점의 차이가 있을 수 있음을 고려하였다. 그는 종밀(宗密)을 본떠서 돈점의 4분별을 세웠지만 종밀과는 달리 돈오점수만을 정격의 성불론으로 여기지는 않고 돈오점수와 돈오돈수의 두 길을 모두 인정하였다.
95) 종경록(宗鏡錄) : 연수(延壽)의 저작으로 1백권이다. 대승불교의 경론(經論) 60부와 중국 및 인도의 성현 3백인의 저서를 비롯하여, 선승의 어록, 계율서, 속서 등을 널리 인증해서 불교에서 말하는 '마음 밖에 따로 부처가 없고 온갖 것이 모두 법이다(心外無佛, 觸目皆法)'의 뜻을 밝힌 책이다. 원나라 때 대장경에 편입되어, 고려대장경에도 들어 있다.
96) 입처(入處) : 오입처(悟入處). 실상(實相)의 이(理)를 깨달아 실상(實相)의 이(理)에 들어감. 『법화경』「방편품(方便品)」에 "중생으로 하여금 부처의 지견(知見)을 깨닫게 하고자 하므로 세상에 출현하였고, 중생으로 하여금 불지(佛知)에 들어가 도(道)를 보게 하고자 하였으므로 세상에 출현하였다"고 하였다.
97) 염섬(廉纖) : 미세(微細)함. 미세한 곳. 치밀함. 자세함.
98) 염불(念佛) : 염불에는 크게 총(總)과 별(別)의 구분이 있다. 총에 따라 말하면 칭명염불(稱名念佛), 관상염불(觀想念佛), 실상염불(實相念佛)의 세 종류가 다시 나뉜다. 한편 별(別)에 따라 말하면, 관불(觀佛)과 구분하여 별도로 염불의 말을 세우는 것을 말한다.
99) 수정(修淨) : 정심(淨心), 즉 우리에게 본래 갖추어져 있는 자성청정(自性淸淨)한 마음

하는 인사들은 모두 해탈해내지 못하고 심지(心地)[100]가 온당하지 못하여, 그래서 별도로 길을 찾게 되었다. 지금『종경록』가운데 따질 만한 곳아 아주 많다는 사실은 한 번 보면 마땅히 알 수가 있다.

어떤 사람은 이렇게 말한다. "영명(永明)은 법안종(法眼宗)[101]의 적파(嫡派)이거늘, 그대는 어찌하여 엉뚱하게 이의(異議)를 제기한단 말인가?"

나는 생각하길, 법안(法眼 : 法眼文益)[102]의 거동(擧動)이 이와 같다 하더라도, 나는 그래도 이의를 제기할 것이거늘, 하물며 그 손자인 경우에야 무엇하겠는가? 무릇 영명(永明)은 지혜가 넓고 커서, 당시 작가(作家)를 친견하고도 말로(末路)가 오히려 이와 같거늘, 우리들은 추근(麤根)[103]과 부기(浮器)[104]로서 반간(半簡)의 지식(智識) 하나도 본 적이 없거늘, 어찌 가벼이 불법(佛法)을 이야기할 수 있단 말인가!

南屏峯巒秀拔, 峻壁橫披, 宛若屛障. 淨慈在其下, 永明和尙撰宗鏡錄處也. 永明入處廉纖, 欲于文字中求解脫, 無有是處, 後來念佛修淨土, 皆因解脫不出, 心地未穩, 所以別尋路徑. 今宗鏡錄中, 可商者甚多, 一見當知之. 或曰 : "永明, 法眼嫡派, 子何得橫生異議?" 余謂法眼擧動若此, 余猶將議之, 況其孫耶? 夫永明智慧廣大, 當時親見作家, 末

을 닦는 일.『종경록(宗鏡錄)』권26에 "거짓 나를 부수어 버리고 참 나를 드러내는 문이며, 정심(情心)을 물리치고 정심(淨心)으로 돌아오는 도(道)다"라고 하였다.

100) 심지(心地) : 심(心)은 만법(萬法)의 본(本)으로, 일체의 제법(諸法)을 낳으므로 심지라고 하고, 또 수행자가 심에 의하여 행(行)에 접근하므로 심지라고 한다. 또한 삼업(三業) 가운데 심업(心業)이 가장 주류를 이루므로 심지라고 한다.

101) 법안(法眼) : 법안종(法眼宗). 선종의 한 파. 육조(六祖)의 제자 행사(行思)에서 나와, 다섯 번 전하여 설봉(雪峰)에 이르렀고, 설봉에서부터 현사(玄沙)·나한(羅漢)을 거쳐, 건강(建康) 청량사(淸涼寺)의 법안문익(法眼文益)에게 전하였다. 화엄(華嚴) 초지(初地) 가운데 육상의(六相義)를 제기하여 삼계유심(三界唯心), 만법유식(萬法唯識)을 설하였다.

102) 법안(法眼) : 법안문익(法眼文益). 건강(建康) 청량사(淸涼寺)의 지익(支益)의 시호(諡號). 대법선사대지장대도사(大法禪師大地藏大導師)이다.『전등록(傳燈錄)』권24에 기록이 있다.

103) 추근(麤根) : 대단히 거친 기근(機根).

104) 부기(浮器) : 감관(感官)인 부근(浮根), 즉 부진근(扶塵根)에 사로잡혀 있는 근기(根機).

路尙爾如此, 吾輩麤根浮器, 不曾見得一箇半簡智識, 可輕易談佛法哉!

연화동(蓮花洞)[105]

연화동(蓮花洞)의 앞이 거연정(居然亭)인데, 정자는 툭 트여서 멀리 바라볼 수 있으며, 매번 한 번 올라가 바라볼 때마다, 서호의 빛이 푸른빛을 눈앞에 바치고, 수염과 눈썹, 형체와 그림자가 마치 거울 속에 떨어진 듯 환히 비치며, 육교(六橋)의 버드나무 한 줄[一絡][106]이 바람을 이끌고 물결을 끌어와, 소소(蕭疎)하여 사랑스럽고, 비가 개거나 달에 아지랑이가 끼었을 때 풍경(風景)이 서로 다르니, 이것이 바로 정자사(淨慈寺)의 절승(絶勝)한 면이다.

연화동의 바위는 영롱하여 마치 살아 있는 듯하며, 교묘함은 조각하고 아로새긴 것보다 더 뛰어나다. 나는 일찍이 생각하길, 오산(吳山)[107]·남병(南屛) 일파는 모두 바위가 뼈를 이루고 흙이 피부를 이루어 가운데가 비고 사방으로 통달하여, 찾아볼수록 더욱 나오니, 근래의 송씨(宋氏) 원정(園亭)과 같은 것은 모두 찾아내어 얻은 것이다.

또 자양궁(紫陽宮)[108]의 바위는 손내사(孫內使)가 찾아낸 것이 아주 많다. 아아, 오정신장(五丁神將)[109]을 얻어, 전당강(錢塘江)의 강물을 끌어다

---

105) 연화동(蓮花洞) : 서호(西湖) 남쪽 기슭에 있는 남병산(南屛山).
106) 육교(六橋)의 버드나무 한 줄[一絡] : 육교의 버드나무는 전당 팔경의 하나로 꼽힌다. '육교연류(六橋烟柳)'라고 한다.
107) 오산(吳山) : 산 이름. 서호의 동남면에 위치한다.
108) 자양궁(紫陽宮) : 원굉도는 「오산(吳山)」이란 글에서 "자양궁의 바위는 영롱하고 요조(窈窕)하여, 변화무쌍한 모습을 의의에 내보여, 서호의 바위는 이것에 견줄 만하지 못하다. 매화도인(梅花道人)의 한 폭 활수묵(活水墨)이다"라고 하였다.

가 먼지와 진흙을 다 씻어내어, 산의 뼈를 다 드러낸다면, 그 기이하고 심오함이 마땅히 어떠하겠는가!

蓮花洞之前, 爲居然亭, 亭軒豁可望, 每一登覽, 則湖光獻碧, 鬚眉形影, 如落鏡中, 六橋楊柳一絡, 牽風引浪, 蕭疎可愛, 晴雨烟月, 風景互異, 淨慈之絶勝處也. 洞石玲瓏若生, 巧踰彫鏤. 余嘗謂吳山·南屛一派, 皆石骨土膚, 中空四達, 愈搜愈出, 近若宋氏園亭, 皆搜得者. 又紫陽宮石, 爲孫內使搜出者甚多. 噫, 安得五丁神將, 挽錢塘江水, 將塵泥洗盡, 山骨盡出, 其奇奧當何如哉!

전
筆校교 1597년(만력 25년 정유), 항주(杭州)에서 지은 글.
○ 서종당본·소수본에서는 이 편의 제목이 「연화동에 노닌 기록(遊蓮花洞記)」로 되어 있고, 글자도 상당히 다르다. 아래에 수록하여 둔다.
"연화동 앞이 거연정이다. 이 정자는 툭 틔어 멀리까지 바라볼 수가 있다. 매번 한껏 시선을 멀리까지 줄 때마다, 호수의 빛이 넘실거리고, 수염과 눈썹, 몸뚱이와 그림자가 마치 거울 속에 떨어져 있는 것 같다. 육교의 수양버들은 하나로 뒤얽혀서, 바람을 잡아채고 물결을 끌어와, 갠 날과 비 오는 날, 안개 낀 날과 달뜬 밤에 풍경이 서로 다르다. 정말로 정자사의 절승한 곳이다. 동굴의 바위는 허공을 아로새기고 장식하여 이어졌는데, 교묘함이 조각하고 상감한 것보다 더 뛰어나다. 다만 산 속에서 찾아보면 그런 곳은 곧 얻을 수 있으므로, 그다지 기이하다고는 할 수 없다. 대개 오산(吳山)의 일파는 모두 바위가 뼈이고 흙이 피부이며, 가운데가 텅 비어 사방으로 달해 있으므로, 찾아보면 찾아볼수록 더욱 교묘하다. 자양궁 같이 가까운 곳의 바위는 물이 씻어서 내온 것이 아주 많다. 아아, 어찌하면 오정신장(五丁神將)을 얻어서, 전당강의 물을 끌어다가 그 혼백에 쏟아 부어 혼백을 씻으랴! 그렇게 한다면 그 기이하고 그윽함이 어찌 이것에서 그치겠는가!(蓮花洞之前, 爲居然亭, 亭軒豁可望, 每一縱目, 湖光泛瀲, 鬚眉形影, 如落鏡中, 六橋楊柳一絡, 牽風引浪, 晴雨烟月, 風景互異, 淨慈之絶勝處也. 洞石嵌空裝綴, 巧踰雕鏤, 但山中搜之卽得, 不甚以爲異. 大抵吳山一派, 皆石骨土膚, 中空四達, 愈搜愈巧. 近若紫陽宮石, 滌出

---

109) 오정신장(五丁神將): 고대 전설에 나오는 다섯 명의 역신(力神).

者甚多. 噫, 安得五丁神將, 挽錢塘江水, 澆洗其魄, 其奇奧何止此哉!)"

어교장(御敎場)

나는 처음에 오운산(五雲山)110)의 승경을 흠모하여, 기한을 정해 오르고, 장차 다음으로 남고봉(南高峯)111)에 오르려고 하였다. 그러다가 한 번 어교장(御敎場)을 보고는, 유람하려던 마음이 갑자기 다하고 말았다.

도석궤(陶石簣)112)가 언젠가, 내가 보숙탑(保叔塔)을 오르지 못한 것을 두고 웃었다.

나는 서호(西湖)의 경치는 아래로 내려갈수록 더욱 멋지다고 여긴다. 높으면 나무숲이 엷고 산이 메마르며 초목은 헐벗고 바위는 민머리이며, 천 이랑의 서호 빛이 술잔 마냥 축소된다. 북고봉(北高峯)·어교장(御敎場)이 바로 그런 양상이다. 비록 안계(眼界 : 視界)가 조금 널찍하다고 하여도, 나의 참 길이는 여섯 자에 불과하고 시력은 십리를 보지 못하니, 어찌 이 대지의 네모난 모습을 다 볼 수 있으랴? 도석궤는 반박하지 않았다.

어교장에서 술을 마시는 날, 바람의 힘이 조금 억세었다. 도석궤는 억지로 세 잔의 술을 마셨고, 그래서 마침내 크게 취하여 갈 수가 없었다. 이것 역시 기이한 일이다.

무릇 도석궤가 술에 취한 것은 마치 창전(滄田 : 푸른 밭)이 바다로 일변한 것과 같은 일이오 황하가 한 번 맑아진 것과 같은 일이니,113) 어찌

---

110) 오운(五雲) : 산 이름. 항주(杭州) 성 서남쪽에 위치한다. 위에는 진제원(眞際院)이 있고, 원의 우물은 큰 가뭄에도 마르지 않는다고 한다.
111) 남고봉(南高峯) : 영은산(靈隱山)의 산봉우리. 북고봉과 대치하고 있다.
112) 도석궤(陶石簣) : 도망령(陶望齡). 자는 주망(周望)이고, 호가 석궤이다. 회계(會稽) 사람이다. 만력 17년 회시(會試)에서 일등을 하였고 정시(廷試)에서 3등을 하였다. 처음에 한림원 편수를 제수받았고, 뒤에 국자감 제주(國子監祭酒)로 관직 생활을 마쳤다. 강학으로 이름이 있었다. 『헐암집(歇菴集)』이 있다. 『명사』 권216에 전(傳)이 있다.
113) 창전일변해, 황하일도청(滄田一變海, 黃河一度淸) : 극히 보기 드문 일이란 뜻이다.

기록하지 않을 수 있겠는가?

余始慕五雲之勝, 刻期欲登, 將以次登南高峯. 及一觀御敎場, 游心頓盡. 石簀嘗以余不登保叔塔爲笑. 余爲西湖之景, 愈下愈勝, 高則樹薄山瘦, 草髡石禿, 千頃湖光, 縮爲杯子, 北高・御敎場是其樣也. 雖眼界稍闊, 然我眞長不過六尺, 眵眼不見十里, 安用此大地方爲哉? 石簀無以難. 飮御敎場之日, 風力稍勁, 石簀强呑三爵, 遂大醉不能行, 亦是奇事. 夫石簀之醉, 乃滄田一變海, 黃河一度淸也, 惡得無紀哉?

1597년(만력 25년 정유), 항주(杭州)에서 지은 글.
○ 黃河一度淸 : 度는 패란거본에 渡로 되어있으나 서종당본・소수본에 의거하여 고친다.
○ 서종당본・소수본에는 이 편의 제목이 「승과사를 경유하여 위로 올라가 배아석을 관람한 기록(由勝果寺上觀排牙石記)」으로 되어 있고, 글자도 많이 다르다. 아래에 수록하여 둔다.
"오후에 승과사(勝果寺)에서 샘물을 길어 차를 마시고, 벼랑을 따라서 갔다. 월암(月巖)에서 쉬면서, 어영(御營)의 옛 유적을 보았다. 그리고 배아석(排牙石)을 보았는데, 가파른 바위 사이로 맑은 윤기의 물길이 뚫고 지나가고 있고, 석골의 색이 모두 예스러웠다. 한스러운 것은 그것이 비래봉(飛萊峯)과 용정(龍井) 사이에 나 있지 않다는 점이다. 산꼭대기는 마치 강물을 평평히 깔다두고 호수를 띄고 있는 듯하여, 그 경관이 역시 우람하였다. 하지만 서호는 정말로 이것 때문에 경승인 것은 아니다. 도석궤는 언젠가, 내가 보숙탑(保叔塔)에 못 올라가 본 것을 비웃은 적이 있다. 나는 이렇게 말하였다. 서호(西湖)의 경승은 아래로 내려갈수록 더욱 미끈하고, 위로 올라

창전일변해(滄田一變海)는 곧 상전벽해(桑田碧海)의 성어에서 나왔다. 황하일도청(黃河一度淸)은 황하가 한 번 맑아진 격이라는 말이다. 황하는 본래 혼탁하므로 맑아지면 좋은 징조로 삼는다. 그것을 황하청(黃河淸), 하청(河淸)이라고 한다. 이강(李康)의 「운명론(運命論)」에 보면, "황하가 맑아지면 성인이 나온다(黃河淸而聖人生)"라고 하였는데, 『문선』의 주에 "황하는 천년에 한 번 맑아지며, 맑아지면 성인이 태어난다"고 하였다. 여기서는 혼탁하여 맑아질 일이 좀처럼 없는 황하가 어쩌다 한 번 맑아진 것과 같다는 말로, 이루어질 수 없는 일이 어쩌다 일어났다는 뜻이다.

갈수록 나무숲도 옅고 산도 말라 있으며, 풀이 하나도 안 나서 바위가 민머리이며, 1천 경(頃) 되는 서호의 광경이 술잔 하나 크기로 졸아들어 있다. 북고봉(北高峯)·어영산(御營山)도 역시 그런 식이다. 비록 안계(眼界)가 조금 널찍하기는 하지만, 이 몸뚱이는 길이가 여섯 자를 채 넘지 않으니, 시선 닿는 끝까지 본다고 해도 십리 바깥을 볼 수 없으니, 저렇게 커다란 땅을 어찌 볼 것인가! 이렇게 말하자, 도석궤는 말문이 막혔는지 힐난을 하지 못하였다. 돌아오는 길에 바람의 힘이 조금 거세졌다. 도석궤는 억지로 석 잔 술을 마시고, 마침내 크게 취하여 갈 수가 없었다. 도석궤는 평소 초엽(蕉葉 : 荔枝, 여지 술)114)을 전혀 못하였으므로, 동행한 사람들이 그를 두고 "황하가 한 번 맑아진 격이군!" 하였다. 마침내 그 일을 기록하여 둔다(午憩勝果寺酌泉, 緣崖而行, 憩月巖, 覽御營舊蹟, 觀排牙石, 石巉穿秀潤, 骨色俱古, 恨其不生飛萊·龍井間耳. 山顚席江帶湖, 其觀亦偉. 然西湖政不以此爲勝. 石簣嘗以余不登保叔塔爲笑. 余謂西湖之景, 愈下愈冶, 高則樹薄山瘦, 草髡石禿, 千頃湖光, 縮爲杯子. 北高峯·御營山是其例也. 雖眼界稍闊, 然此軀長不踰六尺, 窮目不見十里, 安用許大地爲哉! 石簣無以難. 歸途風力稍勁, 石簣强吞三爵, 遂大醉不能行. 石簣素不能一蕉葉, 同行者謂'黃河一度淸'也. 遂紀之)."

오산(吳山)

　나는 성에 들어가는 것을 가장 두려워한다. 그런데 오산(吳山)은 성안에 있으므로, 이 때문에 두루 관람하지 못하고, 고작 총총하게 한 번 자양궁(紫陽宮)을 들러보았을 따름이다.

　자양궁은 바위가 영롱하고 요조(窈窕)하여, 변화무쌍한 모습이 뜻하지 않게 나오므로, 서호(西湖)의 바위는 견줄 만하지 못한다. 매화도인(梅花道人)115)의 한 폭 활수묵(活水墨)이다. 어찌 외람되이도 고을 성곽의 안에

---

114) 초엽(蕉葉) : 여지(荔枝). 여기서는 여지로 만든 술.
115) 매화도인(梅花道人) : 원나라 오진(吳鎭)의 호. 황공망(黃公望)·왕몽(王蒙)·예찬(倪瓚)과 더불어 원말 4대가의 한 사람으로 꼽힌다. 매화를 사랑하여 스스로 매화도인(梅花道人)이라 자칭하였다.

있어서 산림(山林)의 외곬스럽고 게으른 사람으로 하여금 친하게 가까이
할 수 없게 만든단 말인가? 한스럽도다!

余最怕入城. 吳山在城內, 以是不得遍觀, 僅匆匆一過紫陽宮耳. 紫
陽宮石玲瓏窈窕, 變態橫出, 湖石不足方比. 梅花道人一幅活水墨也. 奈
何辱郡郭之內, 使山林僻懶之人, 親近不得? 可嘆哉!

 1597년(만력 25년 정유), 항주(杭州)에서 지은 글.
○ 서종당본·소수본은 이 편의 제목을 「오산에 노닌 기록(遊吳山記)」이라
하였는데, 글자에는 다른 점이 많다. 아래에 수록하여 둔다.
"손님을 피하여 자주 성에 들어가지를 않았었다. 오산(吳山)은 성안에 있으므로, 그
때문에 두루 다 보지를 못하고, 고작 허둥지둥 자양궁(紫陽宮)과 한 장자(長者)의
원정(園亭)에 들러보았을 따름이다. 자양궁은 바위가 영롱하고 그윽하며, 변화무쌍
한 모습을 드러내므로, 서호의 바위는 그것에 견줄 수가 없거늘, 어찌하여 군(郡)의
성곽 안에서 욕을 당하여, 산림에 숨어 게으름 피기 좋아하는 사람들로 하여금 가까
이 할 수 없게 만든단 말인가? 그 땅은 또 대사(臺使)116)의 집무 공관과 가까워서,
비록 성안의 유람객이라고 하더라도 역시 이르러 오는 자가 없으니, 바위로서는 정
말로 다행인지 불행인지 모르겠다!(避客, 不數入城. 吳山在城內, 以是不得遍觀,
僅匆匆一過紫陽宮. 及一長者園亭耳. 紫陽宮石玲瓏窈窕, 變態橫出, 湖石未足方
也, 奈何辱之郡郭之內, 使山林僻懶之人親近不得? 其地又近臺使公署, 雖城中遊
人亦無至者, 石固有幸有不幸哉!)"

운서(雲棲)

운서산(雲棲山)은 오운산(五雲山) 아래에 있는데, 남여(籃輿)117)로 죽림

---

116) 대사(臺使): 육조시대에 조정 금성(禁城)의 사자를 가리켰다. 명나라 때는 순안어사
   (巡按御使)의 별칭이다.
117) 남여(籃輿): 앞 뒤로 두 사람이 메고 가는 가마. 대로 만든다.

속으로 가서 칠, 팔 리 되어 비로소 이르렀는데, 으슥하고 궁벽함이 대단
하니, 연지화상(蓮池和尙)118)이 석장(錫杖)을 머물러 은둔하던119) 곳이다.

　연지는 계율이 정밀하고 엄격하였는데, 도(道)에 대하여는 비록 그다
지 철저하지 못하였지만, 소견이 없는 자가 아니었다. 단제염불일문(單提
念佛一門)120)에 있어서는 더욱 직첩(直捷)하고 간요(簡要)하여, 여섯 개 글
자 속에 하늘이 돌고 땅을 구르는 신묘한 경지가 드러났으니, 무엇을 고
생하면서 눈알을 모아 다시 미친 풀이를 쫓아야 하였단 말인가?

　그렇다면 비록 연지는 하나도 깨달음이 없었다고 하여도 옳다. 하나
도 깨달음이 없었던 것 이것이 참된 아미(阿彌)121)이니, 부디 급히 착안
(着眼)하길 바란다.

　雲棲在五雲山下, 籃輿行竹樹中, 七八里始到, 奧僻非常, 蓮池和尙
棲止處也. 蓮池戒律精嚴, 於道雖不大徹, 然不爲無所見者. 至于單提
念佛一門, 則尤爲直捷簡要, 六箇字中, 旋天轉地, 何勞揑目更趨狂解.
然則雖謂蓮池一無所悟可也. 一無所悟, 是眞阿彌, 請急着眼.

전校교 1597년(만력 25년 정유), 항주(杭州)에서 지은 글.
　○ 서종당본·소수본에는 이 편이 없다.

---

118) 연지화상(蓮池和尙) : 명나라 때 승려 주굉(袾宏, 1536~1615). 호가 운서(雲棲)이다.
　　『운서련지대사유고(雲棲蓮池大師遺稿)』 3권이 있다. 『운서유고(雲棲遺稿)』라고 줄여
　　말한다(元祿七年和刻本, 近世漢籍叢刊四編 제6책). 주굉은 "현수(賢首)의 도가 청량
　　(淸凉)에게 이르러 비로소 구비되었다"고 보았다. 또 주굉은 지행의 선후에 대한 질문
　　에 다음과 같은 불철저한 답변을 하였다. "이것은 유문(儒門)의 일이니 반드시 논할 것
　　은 없다. 대략 말하자면 계오(契悟)의 경우에는 행은 쉽고 지는 어렵다. 천리(踐履)의
　　경우에는 지가 먼저이고 행이 뒤이다. 문(門)이 같지 않다. 둘 다 각각 취지가 있다. 나
　　란히 행하여도 어긋나지 않는다."
119) 서지(棲止) : 석장(錫杖)을 멈추고 서식(棲息)함.
120) 단제염불일문(單提念佛一門) : 염불에 관한 부처의 유일한 가르침. 단제(單提)는 부처
　　의 가르침을 완전히 상속(相續)하는 것을 말하며, 단전(單傳)이라고도 쓴다.
121) 아미(阿彌) : 아미타불(阿彌陀佛).

○籃輿行竹樹中 : 籃은 패란거본에 藍으로 되어 있으나, 잘못이다.

서호 잡기의 서문(湖上雜敍)

방랑하길 4개월 여에, 서호(西湖)에 들른 것이 모두 세 차례였다. 첫 번째는 서호에 노닐었고, 두 번째는 오설(五泄)로 해서 돌아왔고, 세 번째는 백악(白嶽)으로 해서 돌아왔다. 서호에서는 소경사(昭慶寺)로 가서 다섯 밤을 잤고, 법상사(法相寺)·천축사(天竺寺)에서 각각 하룻밤씩 묵었다.

천축(天竺)의 산은 주위가 한데 모여 마치 성과 같았다. 나는 중춘 18일 밤에 이곳에 묵었는데, 향을 사르는 남녀가 골짝을 채우고 들판을 덮었는데, 반은 맨 땅에 서 있었으며, 다음 날 아침이 되어야 떠나갔으므로, 당의 위든 당의 아래든 사람 기운이 아지랑이 같아서 가까이 갈 수가 없었다.

법상사는 장이(長耳)[122]의 상(像)이 아주 볼만하였고, 죽순도 아주 먹을 만하였으며, 술도 아주 마실 만하였고, 두수면(頭水綿)[123]도 아주 살 만하였다. 그 나머지는 모두 정자사(淨慈寺) 번경방(翻經房) 안에 묵었는데, 방은 매우 으슥하여, 산문(山門)까지 1리쯤 되었다.

대개 매번 저녁 무렵이 되면 우화거(藕花居)로 나왔는데, 작은 배를 노저어 산 사이의 석람(夕嵐)을 바라보았다. 달밤에는 호심정(湖心亭)[124]에 올라 제4교(第四橋)와 수선묘(水仙廟)에 들러, 둑 위를 걸어서 돌아왔다. 혹은 소경(昭慶寺)에 들르기도 하고 왕중가(汪仲嘉 : 汪道會)·계산(戒山)[125]

---

122) 장이(長耳) : 오대(五代) 때 오월(吳越) 화상. 호는 법진(法眞). 귀의 길이가 9치로, 위로 정수리보다 더 길고 아래로 턱을 묶을 정도였다. 오월의 왕이 빈객의 예로 대우하였다. 정광원(定光院)에 거주하였다. 입적한 뒤에 원(院)을 절로 삼았다. 『용당소품(湧幢小品)』 권28 「장이화상(長耳和尙)」조를 참조
123) 두수면(頭水綿) : 상등품의 면. 두수화(頭水貨)라고 하면 상등품(上等品)을 말한다.
124) 호심정(湖心亭) : 서호(西湖)의 가운데 있는 정자.
125) 계산(戒山) : 계산법주(戒山法主). 계산의 사찰 주지.

등 여러 벗이 과거 공부하는 곳을 방문하였으니, 대개는 이것을 상례로 삼았다.

서호의 절 가운데 마노(瑪瑙)·대불두(大佛頭) 같은 곳이나 산중의 절로 옥천(玉泉)·영봉(靈峯)·고려(高麗)·호포(虎跑)·진주(眞珠)·승과(勝果) 따위는 늘 출입하던 곳이다. 그밖에 이름도 모르고 기록도 미처 하지 못한 곳이 아직 많다. 모두 각각 아름다웠으나, 세세하게 기술하기 어렵다. 짐짓 한 두 곳만 기록하고, 다시 유람할 때를 기다린다.

그리고 방자공(方子公)126)으로 하여금 한 통을 정서(正書)하게 하여, 도씨(陶氏) 형제127)에게 보내준다.

浪跡四閱月, 過西湖凡三次. 初次遊湖, 次則從五泄歸, 再次則從白嶽歸也. 湖上住昭慶五宿, 法相·天竺各一宿. 天竺之山, 周遭攢簇如城. 余仲春十八夜宿此, 燒香男女, 彌谷被野, 一半露地而立, 至次早方去, 堂上堂下, 人氣如烟, 不可近. 法相長耳像極可觀, 笋極可食, 酒極可飮, 頭水綿極可買. 其餘皆宿淨慈翻經房中, 房甚深, 至山門可里許. 每將暮, 則出藕花居, 棹小舟看山間夕嵐. 月夜則登湖心亭, 過第四橋·水仙廟, 從堤上步而歸. 或過昭慶, 訪汪仲嘉·戒山諸友工課, 率以爲常. 湖上之寺, 如瑪瑙·大佛頭, 山中如玉泉·靈峯·高麗·虎跑·眞珠·勝果之屬, 皆常所出沒之處. 其他不知名幷失記者尙多, 種種皆佳, 難以細述. 聊識一二, 以俟再遊. 因令子公正書一通, 幷遺陶氏兄弟.

1597년(만력 25년 정유), 항주(杭州)에서 지은 글.

○ 왕중가(汪仲嘉): 왕도회(汪道會). 자가 중가이다. 흡현(歙縣) 사람. 왕도곤(汪道昆)의 아우. 제생(諸生)이다. 『이중집(二仲集)』과 『소산루고(小山樓稿)』가

---

126) 방자공(方子公): 방문선(方文僎). 앞에 나왔다.
127) 도씨형제(陶氏兄弟): 도망령(陶望齡)과 도석령(陶奭齡).

있다. 『천경당서목(千頃堂書目)』 권26 참조

○ 서종당본·소수본에서는 이 편의 제목이 「호상잡기(湖上雜記)」로 되어 있고, 글자도 많이 다르다. 아래에 수록하여 둔다.

"방랑하길 4개월 여에, 서호(西湖)에 들른 것이 모두 세 차례였다. 첫 번째는 서호에 노닐었고, 두 번째는 오설(五泄)로 해서 돌아왔고, 세 번째는 백악(白嶽)으로 해서 돌아왔다. 서호에서는 소경사(昭慶寺)로 가서 다섯 밤을 잤고, 법상사(法相寺)·천축사(天竺寺)에서 각각 하룻밤씩 묵었다. 그 나머지는 모두, 정자사(淨慈寺) 승방에서 지냈다. 천축(天竺)의 산은 주위가 한데 모여 마치 성곽과 같았다. 나는 중춘 18일 밤에 이곳에 묵었는데, 향을 사르는 남녀가 골짝을 채우고 들판을 덮었는데, 그냥 맨 땅에 서 있는 사람들이 반이나 되었으며, 다음 날 아침이 되어야 떠나갔으므로, 당의 위든 당의 아래든 사람 기운이 아지랑이 같아서 가까이 갈 수가 없었다. 법상사는 장이불(長耳佛)이 아주 참예(參詣)할 하였고, 대나무도 아주 바람이 잘 통하였으며, 샘물도 떠서 차를 달일 만하였고, 죽순도 먹을 만하였으며, 술도 마실 만하였다. 다만 승려 가운데 더불어 말할 사람이 적었다.

정자사(淨慈寺)의 목석(木石)으로 지은 여사(廬舍)는 아주 정갈하였으며, 종경당(宗鏡堂)과 거연정(居然亭)이 아주 절경이었다. 내가 묵은 승방은 역시 으슥하고 한갓져서, 산문(山門)까지 1리쯤 되었으며, 매번 저녁 무렵이 되면 우화거(藕花居)로 나와 작은 배를 노 저어 산 사이의 석람(夕嵐)을 바라보았다. 달밤에는 호심정(湖心亭)에 올라 제4교(第四橋)와 수선묘(水仙廟)에 들러, 둑 위를 걸어서 돌아왔다. 혹은 뇌봉(雷峯) 아래를 지나치면서 우장유(虞長孺) 형제와 이야기를 나누었다. 혹은 소경사(昭慶寺)로 건너가, 선사와 유람객을 방문하는 것으로 늘상의 일과로 삼았다. 서호 위의 절 가운데 마노(瑪瑙)·대불두(大佛頭) 같은 곳이나 산중의 절로 옥천(玉泉)·영봉(靈峯)·고려(高麗)·호포(虎跑)·진주(眞珠) 따위는 모두 늘 출입하던 곳이다. 영봉은 사람 사는 곳에서 멀리 떨어져 더욱 한적한 맛이 있고, 승방이 아주 정갈하였다. 절 곁에는 한 구획 정도의 땅이 있는데, 소나무와 바위, 대나무와 시내 그 어느 하나도 갖추어지지 않은 것이 없었으며, 값도 또한 그리 높지 않았다. 내 생각에 그 곳을 사서 앞으로의 서지(棲止)[128]할 곳으로 삼고 싶었으나, 거주(去住)[129]가 일정하지 않았으므로, 마침내 중지하였다. 그밖에 이름도 모르고 기록도 미처 하지 못한

---

128) 서지(棲止) : 서식(棲息)하여 안주함. 깃들어 삶.
129) 거주(去住) : 가고 머무름. 처소.

곳이 아직 많은데, 짐짓 한 두 곳만 기록하고, 다시 훗날을 기약한다.

(浪跡四閱月, 過西湖者凡三. 初次遊湖, 次從五泄歸, 再次從自嶽歸. 湖上住昭慶五宿, 法相·天竺各一宿. 餘皆居淨慈僧房. 天竺之山, 周遭攢簇如郭. 余仲春十八夜宿此, 燒香男女, 彌谷被野, 露地而立者半, 達曙方去, 堂上堂下, 人氣如煙, 不可近. 法相長耳佛極可參, 竹可風, 泉可酌, 筍可食, 酒可飮, 獨僧少可與語耳. 淨慈木石廬舍皆精, 宗鏡堂·居然亭, 尤爲絶景. 余所居僧房, 亦奧僻, 古木繁徑, 至山門可里許, 每將暮, 則出藕花居, 棹小舟, 看山間夕嵐. 月夜則登湖心亭, 過第四橋·水仙廟, 從堤上步而歸. 或過雷峯下, 與虞長孺兄弟語. 或渡昭慶, 訪禪者及遊客, 以爲常課. 湖上之寺, 如瑪瑙·大佛頭, 山中如玉泉·靈峯·高麗·虎跑·眞珠之屬, 皆常出沒之處. 靈峯去人遠, 尤覺閒寂, 僧房甚精. 寺旁有地一區, 松石竹澗, 無一不具, 價亦不甚高. 余意欲買爲他年棲止之所, 以去佳不常, 遂止. 其他失記者尙多, 聊識一二, 以俟後期.)"

상호(湘湖)¹³⁰⁾

소산(蕭山)의 앵도(櫻桃)·빈조(鴛鳥)·순채(蓴菜)는 모두 유명한데, 순채가 특히 훌륭하다. 순채는 서호(西湖)에서부터 가져와 상호(湘湖)에 하룻밤 담아 둔 뒤에 맛이 나니, 만약 다른 호숫물에 담그면 맛이 없다. 담그는 곳도 역시 많지 않으니, 네모나거나 둥글게 겨우 수십 장(丈) 쯤 밖에 안 된다. 그 뿌리는 부신(符信)131)같고, 그 잎은 갓 물 밖으로 나온 하전(荷錢)과 약간 비슷하다. 그 가지는 산호 같되, 마치 녹각채(鹿角菜) 같이 가늘며, 얼면 얼음 같고 흰 아교 같은 것이 가지와 잎 사이에 붙어 있으면서 맑은 액이 뚝뚝 떨어질 듯하다. 그 맛은 향기롭고 무르며132) 부드럽고 매끄러워 대개 어수(魚髓)와 해지(蟹脂) 같되, 맑고 가볍기는 그것들

---

130) 상호(湘湖) : 지금의 절강성(浙江省) 소산현(蕭山縣) 성 서쪽에 있는 호수.

131) 부신(符信) : 부절(符節). 대나무로 만들어 문자를 그 위에 기록하여 둘로 갈라서 각각 그 하나를 지니고 있다가 나중에 징표로 합쳐 보게 만든 것.

132) 수(粹) : 무를 취(脆)와 통한다.

보다 훨씬 더하다. 반나절만 지나면 맛이 변하고 하루면 맛이 다하므로,
여지(荔枝)에 비해 훨씬 무르고 한들거리는 듯하다. 그 품격은 연(蓮)의
총애를 받고 우(藕 : 연뿌리)의 사랑을 받을 수 있어서, 맞설 만한 것이 없
다. 오직 꽃 가운데 난초와 과실 가운데 양매(楊梅) 정도가 종류는 달라
도 짝이 될 만하다.

안타까워라, 이것이 동으로는 소흥(紹興)을 넘지 않고 서쪽으로는 전당
강(錢塘江)을 지나지 않아서 멀리까지 갈 수 없기 때문에 세상에 알아주
는 이가 없도다. 내가 지난날 오(吳) 땅에 벼슬하면서, 오 땅 사람에게,
장한(張翰)133)의 순채가 어떤 모양이었느냐고 물었더니, 오 땅 사람 가운
데 대답하는 자가 없었다. 과연 이러하다면 계응(季鷹 : 장한)이 벼슬을 버
린 것은 절본(折本)134)이 아니다. 하지만 순채는 봄에 늦게 나와 여름 들
어 서너 날 지나면 다 하고, 가을 바람 불고 농어(鱸魚)가 살찔 때는 없어
지니 이것이 있지 않다. 아니면, 천 리 넓은 서호 속에 별도로 다른 순채
가 있는 것일까?

상호(湘湖)는 소산(蕭山) 성밖에 있는데, 사방을 빙 둘러 모두가 산이다.
내가 유람할 때는 마침 호수가 어부들에게 도적을 맞아서 호수의 수면
이 아주 좁았으므로, 서너 리를 가다가 즉시로 배를 돌렸다. 동행하였던
도공망(陶公望) · 왕정허(王靜虛)는 지난날 내게 상호를 자랑하였던 자들인
데, 모두 크게 부끄러워하고 실망하였다.

蕭山櫻桃 · 鴑鳥 · 蒪菜皆知名, 而蒪尤美. 蒪菜自西湖, 浸湘湖一宿

---

133) 장한(張翰) : 서진(西晉) 때 오군(吳郡) 사람. 자는 계응(季鷹)이다. 제왕(齊王) 사마경
(司馬冏)이 집정할 때 대사마동조연(大司馬東曹椽)으로 있었는데, 가을 바람이 불자 홀
연히 고향인 오중(吳中)의 송강(松江)에서 나는 농어(鱸魚)회, 고채(孤菜), 순갱(蒪羹)의
맛을 생각하고, "사람이 태어나 귀하게 되어 뜻을 얻었더라도 고향 떠나 수천 리 밖에
서 벼슬에 얽매여 있으면서 높은 작위를 구할 것이 무어 있나"라고 말하고는, 즉시로
돌아갔다고 한다.

134) 절본(折本) : 본래는 원금을 손해본다는 뜻. 절본전(折本錢).

然後佳, 若浸他湖便無味. 浸處亦無多地, 方圓僅得數十丈許. 其根如
符, 其葉微類初出水荷錢, 其枝丫如珊瑚, 而細又如鹿角菜, 其凍如冰,
如白膠, 附枝葉間, 淸液泠泠欲滴. 其味香粹滑柔, 略如魚髓蟹脂, 而淸
輕遠勝. 半日而味變, 一日而味盡, 比之荔枝, 尤覺嬌脆矣. 其品可以寵
蓮嬖藕, 無得當者. 唯花中之蘭, 果中之楊梅, 可異類作配耳. 惜乎, 此
物東不踰紹, 西不過錢塘江, 不能遠去, 以故世無知者. 余往仕吳, 問吳
人, 張翰蓴作何狀, 吳人無以對. 果若爾, 季鷹棄官, 不爲折本矣. 然蓴
以春暮生, 入夏數日而盡, 秋風鱸魚, 將無非是. 抑千里湖中, 別有一種
蓴邪?

湘湖在蕭山城外, 四匝皆山. 余遊時正値湖水爲漁者所盜, 湖面甚狹,
行數里卽返舟. 同行陶公望 · 王靜虛, 舊向余誇湘湖者, 皆大慚失望.

 1597년(만력 25년 정유), 소산(蕭山)에서 지은 글.
○ 不爲折本矣 : 折은 패란거본에 拆으로 되어 있으나 잘못이다.
○ 서종당본 · 소수본에서는 이 글의 제목이 「상호에 노닌 기록(遊湘湖記)」으로 되
어 있고 글자도 많이 다르다. 아래에 수록하여 둔다.
"소산(蕭山)의 앵도(櫻桃) · 빈죠(鴙鳥) · 순채(蓴菜)는 모두 유명한데, 순채가 특히
훌륭하다. 순채는 서호(西湖)에서부터 가져와 상호(湘湖)에 하룻밤 담아 둔 뒤에 맛
이 드니, 만약 다른 호수 물에 담그면 맛이 없다. 담그는 곳도 역시 많지 않으니, 네
모나거나 둥글게 겨우 수십 장(丈)쯤밖에 안 된다. 그 뿌리는 마름[荇] 같고, 그 가
지는 산호 같되 마치 녹각채(鹿角菜) 같이 가늘다. 얼면 얼음 같고 흰 아교 같은데,
맑은 액이 뚝뚝 떨어질 듯하다. 그 맛은 향기롭고 무르며[135] 부드럽고 매끄러워, 대
개 어수(魚髓)와 해지(蟹脂) 같되, 맑고 가볍기는 그것들보다 훨씬 더하다. 반나절만
지나면 맛이 변하고 하루면 맛이 다하므로, 여지(荔枝)에 비해 훨씬 무르고 한들거
리는 듯하다. 그 품격은 연(蓮)의 총애를 받고 우(藕 : 연뿌리)의 사랑을 받을 수 있
어서, 맞설 만한 것이 없다. 오직 꽃 가운데 난초와 과실 가운데 양매(楊梅) 정도가
종류는 달라도 짝이 될만하다. 안타까워라, 이것이 동으로는 소흥(紹興)을 넘지 않

---

135) 수(粹) : 무를 취(脆)와 통한다.

고 서쪽으로는 전당강(錢塘江)을 지나지 않아서 멀리까지 갈 수 없기 때문에 세상에 알아주는 이가 없도다. 내가 지난날 오 땅 사람에게 물어보니, 모두 말하길, 순채는 입추가 되어야 비로소 맛이 있지만, 그래도 역시 대단히 맛있지는 않다고 한다. 그리고 이것은 봄에 늦게 나와 여름 들어 서너 날 지나면 다 한다고 한다. 가을 바람 불고 농어(鱸魚)가 살찔 때 나오는 것은 별도의 종류이다. 일찍이 『계척집(雞跖集)』을 읽어보니, 4월에 순채가 줄기를 내지만 아직 잎이 없는데, 그것을 치미순(雉尾蓴)이라 이름한다고 한다. 5월에는 순채의 잎이 펼쳐지면서 길어지는데, 그것을 사순(絲蓴)이라고 이름한다고 한다. 7월, 8월에 들어와서는 와충(蝸蟲)이 들러붙기 때문에 먹을 수가 없다. 10월에 이르면, 얼음이 얼고 와충도 죽기 때문에, 비록 순채가 늙었더라도 먹을 수 있다. 아마도 이것을 가리키는 듯하다. 심령(沈令)이 또 내게 말하길, 서호 안의 갖가지가 모두 아름다워, 비록 능포(菱蒲)와 들풀 따위라 하더라도, 토착민들이 취하여다 밭에 거름을 주니, 밭의 풍성함과 윤기가 흐름이 다른 곳은 정말 다르다. 호수는 소산(蕭山) 성밖에 있는데, 사방을 빙 둘러 모두가 산이다. 내가 유람할 때는 마침 호수가 어부들에게 도적을 맞아서 호수의 수면이 아주 좁았으므로, 서너 리를 가다가 즉시로 배를 돌렸다. 동행하였던 도공망(陶公望) · 왕정허(王靜虛)는 지난날 내게 상호를 자랑하였던 자들인데, 모두 크게 부끄러워하고 실망하였다(蕭山櫻桃 · 鷺鳥 · 蓴菜皆有名, 而蓴尤美. 蓴採自西湖, 浸湘湖一宿然後佳. 若浸他湖, 便無味. 浸處亦無多地, 方圓僅得敷十丈許. 其莖如荇, 其枝丫如珊瑚, 而細又如鹿角菜. 其凍如冰, 如白膠, 淸液泠泠欲滴. 其味香粹滑柔, 略如魚髓蟹脂, 而淸輕遠勝. 半日而味變, 一日而味盡, 比之荔枝, 尤覺嬌脆矣. 其品可以籠蓮擘藕, 無得當者. 唯花中之蘭, 果中之楊梅, 可異類作配耳. 惜乎此物東不踰紹, 西不過錢塘江, 不能遠去, 以故世無知者. 往問吳人, 皆云蓴立秋方有味, 亦不大佳. 而此物以春暮生, 入夏數日而盡. 秋風鱸魚, 當是別種. 嘗讀『雞跖集』, 四月蓴生莖而未葉, 名爲雉尾蓴. 五月蓴葉舒長, 名絲蓴. 入七八月, 有蝸蟲, 不中食. 至十月, 冰凍蟲死, 雖老猶可食. 疑卽此物. 沈令又爲余言, 湖中色色皆佳, 難菱蒲野草之類, 土人取以糞田, 肥澤特異他處. 湖在蕭山城外, 四匝皆山, 遊時正値湖水爲漁者所盜, 波面甚狹, 行數里卽返舟. 同行陶公望 · 王靜虛, 舊向餘誇湘 湖者, 皆大失望)."

우혈(禹穴)[136]

우혈(禹穴)은 하나의 완고하고 못난 산일 따름이다. 우묘(禹廟)도 역시 황량하니, 당시에 무슨 기이한 면이 있다고 용문생(龍門生 : 사마천)[137]이 탐방하려고 하였던 것인지 알 수가 없다. 그러나 회계(會稽)의 여러 산들은 멀리 바라보니 정말로 아름다워, 뾰족하고 수려하고 담담하고 예뻐서 역시 절로 사람의 뜻에 부합하였다. 지난날 왕자유(王子猷)[138]는 남에게 말할 때 다만 '산음도상(山陰道上)'이라고만 하였는데, '도상(道上)'이란 말은 가히 전신(傳神)[139]하였다고 말할 수 있다.

나는 일찍이 서호(西湖)를 평하여 송인(宋人)의 그림과 같다고 하였고 산음의 산수를 평하여 원인(元人)의 그림과 같다고 하였다. 화조(花鳥)와 인물(人物)이 세세하게 호발의 미세한 곳까지 그대로 묘사해내어, 농담(濃淡)과 원근(遠近)이 색색으로 오묘함을 다한 것, 이것이 서호의 산수이다. 사람은 혹 눈이 없고, 나무는 혹 가지가 없으며, 산에는 혹 나무[140]가 없고, 물에는 혹 물결이 없어서, 은은약약(隱隱約約)[141]해서, 멀리 동경하

---

136) 우혈(禹穴) : 절강성(浙江省) 소흥현(紹興縣) 회계산(會稽山)에 있다. 하나라 우(禹)임금을 매장한 곳이라고 전한다. 또 우임금이 서적을 비장한 곳이라고도 한다.

137) 용문생(龍門生) : 사마천(司馬遷). 용문(龍門) 태생이므로 '용문생'이라고 한다. 『사기』 권130의 「태사공자서(太史公自序)」에서, "아이는 천(遷)이라고 한다. 천은 용문(龍門)에서 태어나, 황하의 북쪽, 산의 남쪽 지역에서 농업과 목축에 종사하였다. 나이 열 살에 고문에 통하였다. 스물에 남쪽으로 강회에 노닐었다 (有子曰遷. 遷生龍門, 耕牧河山之陽. 年十歲則通古文. 二十而南遊江淮)"라고 하였다.

138) 왕자유(王子猷) : 진(晉)나라의 왕휘지(王徽之). 그의 임탄(任誕)의 일화는 『세설신어』에 전한다. 환이(桓伊)가 고귀한 신분이면서도 왕휘지를 위해 수레에서 내려 호상(胡床)에 걸터앉아 삼조(三調)를 지어 연주하였다는 고사도 있다. 그러나 여기서 원굉도가 든 고사는 왕헌지(王獻之)의 고사이다. 『세설신어』 「언어(言語)」편에 보면, 왕자경(王子敬), 즉 왕헌지가 말하길, "산음(山陰)에서부터 길을 가다보면 산천이 서로 영발(映發)하여, 사람으로 하여금 응접하느라 겨를이 없도록 한다"고 하였다. 원굉도는 여기서는 오기하였지만, 「산음도(山陰道)」 시에서는, "평소 왕헌지는 산음 길을 혹애하였지(平生 王獻之, 惑愛山陰道)"라고 하였다.

139) 전신(傳神) : 인물이나 경치의 생동적인 본질을 있는 그대로 전함.

140) 모(毛) : 나무. 산의 털은 나무를 말한다.

는 마음이 물씬 일게 하는 것,142) 이것이 산음의 산수이다. 이 둘 가운데 어느 것이 나은지 못한지는 구안자(具眼者)라면 마땅히 스스로 가릴 수 있을 것이다.

무릇 산음은 육조시대에 드러났다가 당 이후로는 점차 쇠퇴하였다. 이에 비해 서호는 당나라 때 사람들에게 알려졌고 근대에 이르러 더욱 번성하고 있다. 그렇다면 산수도 역시 운명이 있단 말인가?143)

禹穴, 一頑山耳. 禹廟亦荒涼, 不知當時有何奇, 而龍門生欲探之? 然會稽諸山, 遠望實佳, 尖秀淡冶, 亦自可人. 昔王子猷語人, 但云山陰道上. "道上"二字, 可謂傳神. 余嘗評西湖如宋人畫, 山陰山水如元人畫. 花鳥人物, 細入毫髮, 濃淡遠近, 色色臻妙, 此西湖之山水也. 人或無目, 樹或無枝, 山或無毛, 水或無波, 隱隱約約, 遠意若生, 此山陰之山水也. 二者孰爲優劣, 具眼者當自辨之. 夫山陰顯于六朝, 至唐以後漸減. 西湖顯于唐, 至近代益盛. 然則山水亦有命運耶?

 1597년(만력 25년 정유), 산음(山陰)에서 지은 글.
○ 서종당본・소수본에서는 이 편의 제목이 「우혈에 노닌 기록(遊禹穴記)」으로 되어 있고, 글자도 상당히 다르다. 아래에 수록하여 둔다.
"우혈(禹穴)은 한 덩이 흙일 따름이다. 우묘(禹廟)도 역시 황량한데, 유독 현규(玄圭)144) 때문에 숭산(嵩山)과 화산(華山)보다도 이름이 중하니, 골태(骨態)를 가지고

---

141) 은은약약(隱隱約約): 은약(隱約)을 강조한 말. 뚜렷하지 않고 어슴푸레한 모양.
142) 원의약생(遠意若生): 멀리 동경하는 마음. 가도(賈島)의 시(「送集文上人遊方」)에 "방초 우거진 때 헤어지나니, 청천 바깥에 멀리 동경하는 마음을 가졌구려(分首芳草時, 遠意靑天外)"라고 하였다.
143) 연칙산수역유명운야(然則山水亦有命運耶): 산천에게도 운명이 있어서, 세상에 알려지고 안 알려지고 하는 것이 다 운명 탓이 아닌가 하는 뜻. 산천의 승경은 그것을 알아주는 사람을 제대로 만나야 이름이 알려지게 되고, 그렇지 않으면 영영 드러나지 않는다는 뜻. 유종원(柳宗元)의 「영주팔기(永州八記)」가 산수의 발견을 재덕(才德)의 우불우(遇不遇)와 연계시키는 논점을 제공한 것에서 기원한다. 앞에 나왔다.
144) 현규(玄圭): 요임금이 우(禹)에게 내렸다는 검은 옥. 전(轉)하여 우임금을 가리킴. 『상

논할 수는 없다. 하지만 회계(會稽)의 여러 산들은 뾰족하고 수려하고 담담하고 예뻐서, 멀리 바라보니 정말로 아름답다. 왕자유(王子猷)가 말한 '산음도상(山陰道上)'이란 말은 가히 전신(傳神)하였다고 말할 수 있다. 나는 일찍이 서호(西湖)를 평하여 송인(宋人)의 그림과 같다고 하였고 산음의 산수를 평하여 원인(元人)의 그림과 같다고 하였다. 화조(花鳥)와 인물(人物)이 세세하게 호발의 미세한 곳까지 그대로 묘사하여, 농담(濃淡)과 원근(遠近)이 색색으로 오묘함을 다한 것, 이것이 서호의 산수이다. 사람은 혹 눈이 없고, 나무는 혹 가지가 없으며, 산에는 혹 나무가 없고, 물에는 혹 물결이 없어서, 은은약약(隱隱約約)해서, 멀리 동경하는 마음이 물씬 생겨나게 하는 것, 이것이 산음의 산수이다. 이 둘 가운데 어느 것이 나은지 못한지는 구안자(具眼者)라면 마땅히 스스로 가릴 수 있을 것이다. 무릇 산음은 육조시대에 드러났다가 당 이후로는 점차 쇠퇴하였다. 이에 비해 서호는 당나라 때 사람들에게 알려졌고 근대에 이르러 더욱 번성하고 있다. 그렇다면 산수도 역시 운명이 있단 말인가?(禹穴, 一魁土耳. 禹廟赤荒涼, 獨以玄圭名重于嵩·華, 未可骨態論也. 然會稽諸山, 尖秀淡冶, 遠望實佳. 王子猷所云山陰道上, 斯爲傳神. 余嘗評西湖如宋人畵, 會稽山水如元人畵. 花鳥人物, 細入毫髮, 濃淡遠近, 色色臻妙, 此西湖之山水也. 人或無目, 樹或無枝, 山或無毛, 水或無波, 隱隱約約, 遠意若生, 此山陰之山水也. 二者孰爲優劣, 具眼者當自辨之. 夫山陰顯于六朝, 至唐以後漸減. 西湖顯于唐, 至近代益盛. 然則山水亦有命運耶?)"

육릉(六陵)[145]

　육릉(六陵)은 소소(蕭騷)[146]하고 잠적(岑寂)[147]하여, 봄에 가더라도 가을 같고, 낮에 가더라도 밤과 같아, 비록 말고삐를 나란히 하고 여러 필 말

　서』「우공(禹貢)」에 "우에게 현규를 내리고, 그가 공을 완성하였음을 고하였다(禹錫玄圭, 考厥成功)"라고 하였다.

145) 육릉(六陵) : 남송 때 여섯 황제의 능. 원나라 세조 때 강남의 불교 총관(總管)이었던 양련진가(楊璉眞伽)에 의하여 도굴되고 훼손되었다.

146) 소소(蕭騷) : 소조(蕭條)함. 처량(凄凉)함.

147) 잠적(岑寂) : 적정(寂靜).

이 함께 가더라도 늘 창귀(倀鬼)148)가 울고 귀신이 곡하는 소리가 들리는 듯하다. 당의사(唐義士)149)의 시를 읽어보면, 고초(苦楚)가 뼈에까지 아프게 스며들어, 그 때문에 눈물을 흘리게 된다. 고래로 망국(亡國) 패가(敗家)가 비록 많았지만, 이렇게 참혹한 것은 없었다.

비갈(碑碣)은 모두 황폐하고 끊어져 있어 읽을 수가 없다. 산의 형세는 빙둘러 서로 합하였는데, 몇몇 무너진 집만이 그 사이에 덩그마니 있고, 오직 늙은 소나무만 길에 비끼고, 두견화(杜鵑花)는 온 산에 피를 뚝뚝 흘리고 있을 따름이다. 서로 슬픈 노래를 부르며 감개하여 서너 줄 눈물을 떨군다. 그러다가는 웃어서, 귀신은 마치 모르듯 하면, 뼈를 드러내고 입에 옥을 문 시신들이며 높게 세워진 비석과 허물어진 밭두둑이 한결같이 하나의 언덕을 이루고 있다.

귀신이 만약 안다면, 옥어(玉魚)150)와 금완(金盌)151)의 한(恨)은 이제는 이미 삭아서 다 없어졌을 것이다. 하물며 우릉(禹陵)의 권석(卷石)152)은 육릉(六陵)의 황폐한 유적지에 비교하여 영고(榮枯)가 얼마나 더 오래 갈 수 있겠는가! 그렇거늘 유람객들은 저쪽을 즐거워하고 이쪽을 서글퍼한다. 아아, 역시 미혹된 탓이로다!

육릉을 유람한 날, 방자공(方子公)153)이 술기운에 들떠서, 말안장 위에

---

148) 창(倀) : 창귀(倀鬼). 사람이 범에게 물려서 죽은 뒤에 그 혼이 범에게 부림을 당한다고 한다. 범이 먹을 것을 찾을 때는 창귀가 그 앞잡이가 된다. 그래서 창귀를 호창(虎倀)이라고도 부른다.

149) 당의사(唐義士) : 당각(唐珏). 자는 옥잠(玉潛). 회계(會稽) 사람. 그는 송나라 육릉(六陵)이 훼손된 것을 보고 사람을 시켜 밤중에 옥함(玉函)으로 여섯 황제의 유해를 담게 하여, 산음현(山陰縣) 난저산(蘭渚山)에 매장하고, 동청수(冬靑樹)를 심어서 표시하고, 「동청행(冬靑行)」 시 두 수를 지었다.

150) 옥어(玉魚) : 옥으로 새긴 물고기. 순장품(殉葬品)을 말한다.

151) 금완(金盌) : 순장품(殉葬品)의 일종이다.

152) 권석(卷石) : 卷은 拳과 같다. 주먹돌, 작은 돌. 여기서는 우릉(禹陵)의 석묘(石墓)를 말한다.

153) 방자공(方子公) : 방문선(方文僎). 자는 자공. 신안(新安) 사람이다. 반지항(潘之恒)에게서 시를 배웠다. 1594년(만력 22년) 이후로 원굉도와 함께 교유하였다.

서 몸을 뒤집으며 장난을 하다가 거의 떨어질 뻔하였다.

六陵蕭騷岑寂, 春行如秋, 晝行如夜, 雖聯鞭疊騎, 常若有俔啼鬼哭之聲. 讀唐義士詩, 楚痛入骨, 爲之泣下. 古來亡國敗家雖多, 未有若此之慘酷者也.

碑碣皆荒斷不可讀. 山勢回合, 架數敗宇其間, 惟有老松橫道, 杜鵑花滴血滿山而已. 相與悲歌感慨, 泣數行下. 旣而自笑, 鬼若無知, 則暴骨含珠, 高碑廢壟, 等作一丘. 鬼若有知, 玉魚金盌之恨, 今已銷歇. 且禹陵之卷石, 視六陵之荒址, 其榮枯能有幾也, 遊者乃樂彼而愴此. 憶, 亦惑矣!

遊六陵之日, 子公酢喜, 戲弄馬鞍上, 幾墮.

1597년(만력 25년 정유), 회계(會稽)에서 지은 글.
○ 서종당본·소수본에서는 제목이 「송육릉기(宋六陵記)」로 되어 있다.
○ 爲之泣下 : 서종당본·소수본에는 이 네 글자가 없다.
○ 碑碣皆荒斷不可讀~亦惑矣 : 패란거본에는 이 단락이 없으나, 서종당본·소수본에 의거하여 보충한다.
○ 遊六陵之日~幾墮 : 서종당본·소수본에는 이 단락이 없다.

난정기(蘭亭記)[154]

고금의 문사들은 광경(光景)을 사랑하여, 생사(生死)의 문제에서 미상불

---

154) 난정기(蘭亭記) : 난정은 절강성(浙江省) 소흥현(紹興縣) 서남 27리 되는 곳에 있는 난저(蘭渚)란 곳에 있는 정자. 진(晉)나라 목제(穆帝) 영화(永和) 9(353)년 3월 3일에 당시 회계군(會稽郡)의 내사(內史)였던 왕희지(王羲之)가 당시의 명사(名士) 손작(孫綽)·사안(謝安) 등 41명과 난정에 모여서 불계(祓禊 : 부정한 것을 떨어버리는 의식)를 한 뒤 곡수(曲水)에 잔을 띄우고 노는 곡수유상연(曲水流觴宴)의 계연(禊宴)을 베풀었다. 그리고 왕희지(王羲之)가 그 시첩(詩帖)에 서문을 써서 그 경위를 적었으니, 그것이 곧 「난

느껴 탄식하지 않는 이가 없으므로, 혹은 높은 곳에 오르거나 물가에 임하여 능곡(陵谷)이 오래지 않음을 슬퍼하고, 꽃이 핀 아침과 달이 뜬 저녁에 이슬과 번개가 쉬 사라지는 것을 서글퍼한다. 비록 마음이 유쾌하고 뜻에 흡족한 시기에도 늘 큰 슬픔을 가슴속에 숨겨 묻어둔 듯하여, 세간의 공명과 부귀도 모두 그 뇌소(牢騷)155) 불평(不平)의 기운을 해소할 수가 없다.

이에 뜻이 낮은 사람은 혹은 국얼(麴蘗: 술)156)에서 제 뜻을 마음대로 펼치거나, 노래나 기예157)를 즐겨 뜻을 있는 대로 다한다. 한편 뜻이 높은 사람은 혹은 문장이나 가성(歌聲)에 가탁하여 불후하기를 추구한다. 혹 어떤 사람들은 신선의 비승(飛昇)하는 술법과 불교의 좌화(坐化)158)하는 술법에 마음을 다한다. 그 일은 같지 않지만 삶을 탐하고 죽음을 두려워하는 마음은 똑같다.

유독 용렬한 자와 속된 자는 권세와 이익에서 쾌락을 찾아서, 눈앞에 죽음이 있음을 믿지 않는다. 썩은 유학자는 도리(道理)에 금고(禁錮)되어서 역시 "죽음은 죽음일 따름이니, 무어 두려워할 것이 있는가!"라고 말한다. 이것은 그 사람이 모두 극히 용렬하여, 말할 것조차 없는 자들이다. 무릇 몽장(蒙莊: 장자)159)은 달사(達士)이지만 산을 숨긴다[藏山]는 말

정집서(蘭亭集序)」이다.
155) 뇌소(牢騷) : 마음 속이 불평하여 꽉 막힘. 뇌수(牢愁).
156) 국얼(麴蘗) : 술. 한유(韓愈)는 「왕수재를 전송하면서 준 글(送王秀才序)」에서, 자신은 왕적(王績)의 「취향기(醉鄕記)」를 읽고 세상일에 성가심을 당하지 않는 사람이 이런 글을 썼는가 의아해 하였다가, 완적(阮籍)과 도잠(陶潛)의 시를 읽고는, 그들이 잔뜩 웅크려 세상과 교섭하지 않으려 하였으나 그래도 때로는 사물과 시비에 감정이 흔들렸으므로 술로 도망하였다는 사실을 깨달았다고 하였다. 그렇지만 한유는, 안회(顔回)나 증삼(曾參)은 성인을 스승으로 삼아서 혹 미치지 못할까 급급하였지 다른 일에는 여유가 없었으므로 "어찌 술 따위에 기탁하여 혼명 속으로 도망할 수 있었으랴(尙麴蘗之託, 而昏冥之逃耶)"라고 앞의 글을 한 번 전환한 뒤, 그렇기 때문에 취향에 노니는 무리가 불우하다는 사실을 잘 알겠다고 덧붙였다.
157) 성기(聲伎) : 창기(唱妓)와 기예를 말함.
158) 좌화(坐化) : 앉은 채로 열반(涅槃)에 드는 입적(入寂).
159) 몽장(蒙莊) : 장주(莊周, 약 기원전 369~기원전 286년). 송(宋)나라 몽(蒙, 지금의 河南

로 비유를 하였고, 니보(尼父 : 공자)는 성인이시지만, 흘러가는 물(逝水)[160]을 보시고 탄식을 일으키셨다. 죽음이 만일 두려워할 만한 것이 아니라면 성현도 어찌 도를 듣는 일(聞道)[161]을 귀하게 여겼겠는가?

왕희지(王羲之)의 「난정기(蘭亭記)」는 생사의 문제에 대하여 느껴 탄식한 것이 더욱 심하니. 진(晉) 때 사람의 글에서 이러한 것은 많이 찾아보기 어렵다. 소명태자(昭明太子)[162]의 『문선(文選)』은 유독 이 글을 빼어버렸고, 후세에 학어(學語)의 유파는 마침내 '사죽관현(絲竹管絃)'이라든가 '천랑기청(天朗氣淸)'이라든가 하는 말에 의심을 두었다.[163] 이것들은 모

省 商丘縣 동북쪽) 사람. 노자(老子)의 도덕자연(道德自然)의 설을 계승하고 발전시켰으며, 『장자(莊子)』는 그의 저작이라고 알려져 왔다. 『장자』「대종사(大宗師)」에 보면, "배를 골짜기 속에 숨기고 산을 못 속에 숨기는 것은 견고하다고 말할 수 있다. 하지만 한밤중에 힘있는 자가 그것을 업고 도망하면 감감하니, (천지운행의 도리에 어두워) 멍청한 자는 이러한 사실을 알지 못한다. 작은 것과 큰 것 등 모든 사물들을 갈무리하는데는(존재를 정립하기 위해서는) 각각 적절한 위치가 있지만, 그러나 (사물이 다른 사물에 의존하여) 다른 곳으로 이동해 버리는 일이 있다. 만약에 천하의 모든 것을 천하의 모든 것이 위치할 제자리에 갈무리해서 다른 곳으로 이동해버리지 않도록 한다면, 이 것이 곧 사물이 일정불변할 수 있는 대진실이다(夫藏舟於壑, 藏山於澤, 謂之固矣. 然而夜半有力者, 負之而走, 昧者不知也. 藏小大有宜, 猶有所遯. 若夫藏天下於天下, 而不得所遯, 是恒物之大情也)"라고 하였다.
160) 서수(逝水) : "흘러가는 물은 저와 같구나! 밤낮을 가리지 않고 흘러가는구나(逝者如斯夫. 不舍晝夜)"에서 따온 말이다.
161) 문도(聞道) : "아침에 도를 들으면, 저녁에 죽더라도 괜찮다(朝聞道, 夕死, 可矣)"에서 온 말.
162) 소명(昭明) : 소통(蕭統, 501~503). 남조(南朝) 양(梁)나라 때의 문학가. 양나라 무제(武帝) 소연(蕭衍)의 맏아들로, 두 살 때 황태자가 되었으나 계위(繼位)하지 못하고 31세에 죽었다. 시호(諡號)가 소명(昭明)이므로 후세 사람들이 소명태자(昭明太子)라 불렀다. 다섯 살 때 이미 오경(五經)을 다 이해하고 외웠다 한다. 문집 20권이 있고 『문선(文選)』 30권을 편찬했다.
163) 후세학어지류(後世學語之流)~천랑기청지어(天朗氣淸之語) : 왕희지(王羲之)의 「난정집서」, 즉 「난정기」에는 "비록 사죽관현의 성대함은 없지만(雖無絲竹管絃之盛)"이란 말과 "이날은 천랑기청하고 혜풍화창하다(是日也, 天朗氣淸, 惠風和暢)"라는 구절이 있다. 그런데 진정민(陳正敏)는 『둔재간람(遯齋間覽)』에서 자신의 계부(季父)인 진허중(陳虛中)의 말을 인용하여, "왕우군(王右君 : 즉 왕희지)의 「난정기」는 그 문장이 대단히 아름답지만 , '하늘이 명랑하고 기운이 맑다(天朗氣淸)'라는 식으로 봄 경치를 묘사하면서 가을 경치를 말하였다. 이렇기 때문에 『문선』에 넣지 않은 것이다. 그리고 사죽관현(絲竹管絃)은 말이 중복되어 있다"라고 하였다. 하지만 송나라 사승조(史繩祖)는 『학재

두 문리(文理)와는 아무 관계가 없거늘, 글에서 무슨 병통이 되는지를 모르겠다.

소명태자는 문인 가운데 썩은 자이다. 「한정부(閑情賦)」164)를 두고 '백벽(白璧)의 작은 흠'이라고 한 말을 보면,165) 그 비루함을 알 수가 있다. 무릇, 세상에 과연 색을 좋아하지 않는 사람이 있는가? 만약 과연 색을 좋아하지 않는 사람이 있다면, 니보(尼父 : 공자)도 역시 그것을 비유로 끌어다가 불기(不欺)를 밝힐 필요166)가 없었을 것이다.

점필(學齋佔畢)』에서, "내 생각에, 진정민의 설은 고루하다. 삼월을 청명(淸明)이라고 하는데, 랑(朗)은 곧 명(明)이다. 기후가 맑고도 밝은 것이다. 하늘이 명랑하고 기운이 맑은 것이 아니고 무엇인가?"라고 하였다. 그리고 그는 『한서』「장우전(張禹傳)」의 "후당에서 사죽관현을 연주한다(後堂理絲竹管絃)"라는 구절을 인용하여, '사죽관현(絲竹管絃)'의 용례를 변호하였다. 송나라 때 진겸(陳謙)은 「난정고(蘭亭考)」에서, "근세에 말하길 난정서(蘭亭敍)가 일에 느껴 크게 감회를 일으켰는데, 소통(蕭統 : 昭明太子)은 그 점을 높이 치지 않아 『문선』에 취하지 않았다고 하고, 사천(斜川 : 도연명)이 정(情)을 한껏 있는 대로 표출해서 근심을 잊어버린 것과는 대단히 거리가 멀다고들 한다. 이것은 두 사람의 면목을 몰라서 그렇게 말하는 듯하다"라고 하였다.

164) 한정부(閑情賦) : 도연명이 진(晉)나라 태원(太元) 6년(391), 27세 때 지은 부로, 정욕을 막으려 한다는 뜻을 노래하였는데, 중간에는 미모와 덕을 지닌 여성을 갈구하는 내용이 장황하다. 도연명이 쓴 「병서(幷序)」에 보면, "처음에 장형(張衡)이 「정정부(定情賦)」를 지었고 채옹(蔡邕)은 「정정부(靜定賦)」를 지었는데, 방만한 말들을 검속하고 담박함을 근본으로 삼았으며, 시작은 방탕스러운 생각으로 되어 있으나 끝은 바른 데로 돌아갔다. 장차 방만하여 삐뚤어진 마음을 억제하리니, 참으로 풍간에 도움됨이 있는 것이다. 글 짓는 선비들이 서너 세대에 걸쳐 이어 지었는데, 모두 유사한 사례에 근거하여 그 말과 뜻을 넓혀 놓았다. 나는 고향에서 살며 자못 한가로워 다시 붓을 적셔 그 글을 짓는다. 비록 문채와 오묘함은 부족해도 아마 작가의 뜻에서는 어긋나지 않을 것이다 (初張衡作定情賦, 蔡邕作靜情賦, 檢逸辭而宗澹泊, 始則蕩以思慮, 而終歸閑正, 將以抑流宕之邪心, 諒有助於諷諫. 綴文之士, 奕代繼作, 幷因觸類, 廣其辭義, 余園閭多暇, 復染翰爲之, 雖文妙不足, 庶不謬作者之意乎)"라고 하였다.

165) 이한정부위백벽미하(以閑情賦爲白璧微瑕) : 소통(蕭統), 즉 소명태자가 「도연명집서(陶淵明集序)」에서, 「한정부」를 두고 도연명의 정신경계에 티를 남겼다는 의미에서 '흰 옥구슬의 작은 흠'이라고 지적하였다.

166) 차지이명불기(借之以明不欺) : 『논어』「자한(子罕)」편에 "나는 덕 있는 이를 좋아하는 것을 색을 좋아하듯 하는 사람을 보지 못하였다(吾未見好德如好色者也)"라는 말이 있다. 주희(朱熹)의 『집주(集注)』는 사씨(謝氏)의 "호색을 좋아하고 악취를 미워하는 것은 성(誠 : 본성에 충실함)이다. 덕 있는 이를 좋아하길 색을 좋아하듯 하는 것은 진실로 덕 있는 이를 좋아하는 것이다. 하지만 사람들 가운데 능히 그렇게 하는 이는 드물다

난정은 첩첩 산중에 있어, 계곡 물이 굽어 돌아나가고 구불구불하니, 아마도 고인이 유상(流觴)¹⁶⁷⁾하였던 곳이 바로 여기에 있었을 것이다. 지금 평지를 택하여 작은 도랑에 섬돌을 만들어 그 모양을 만들었으니, 보통 사람들의 정원에 있는 것과 무엇이 다른가!

古今文士愛念光景, 未嘗不感歎于死生之際, 故或登高臨水, 悲陵谷之不長. 花晨月夕, 嗟露電之易逝. 雖當快心適志之時, 常若有一段隱憂埋伏胸中, 世間功名富貴擧不足以消其牢騷不平之氣. 於是卑者或縱情麴蘖, 極意聲伎. 高者或託爲文章聲歌, 以求不朽. 或究心仙佛與夫飛昇坐化之術. 其事不同, 其貪生畏死之心一也. 獨庸夫俗子, 耽心勢利, 不信眼前有死. 而一種腐儒, 爲道理所錮, 亦云 : "死卽死耳, 何畏之有!" 此其人皆庸下之極, 無足言者. 夫蒙莊達士, 寄喩于藏山. 尼父聖人, 興歎于逝水. 死如不可畏, 聖賢亦何貴于聞道哉?

義之蘭亭記, 於死生之際, 感歎尤深, 晉人文字, 如此者不可多得. 昭明文選獨遺此篇, 而後世學語之流, 遂致疑于'絲竹管絃'·'天朗氣淸'之語, 此等俱無關文理, 不知於文何病? 昭明, 文人之腐者, 觀其以閑情賦爲白璧微瑕, 其陋可知. 夫世果有不好色之人哉? 若果有不好色之人, 尼父亦不必借之以明不欺矣.

蘭亭在亂山中, 澗水彎環詰曲, 意古人流觴之地卽在于此. 今擇平地

(好好色 惡惡臭 誠也. 好德如好色 斯誠好德矣. 然民鮮能之)"라는 주를 인용하였다. 또한 『논어』「위령공(衛靈公)」편에도 "그만둘지어다. 나는 덕 있는 이를 좋아하는 것을 색을 좋아하는 하는 사람을 보지 못하였다(已矣乎, 吾未見好德如好色者也)"라고 하였다. 또 「계씨(季氏)」편에서는 "군자에게는 세 가지 경계할 점이 있다. 젊을 때는 혈기가 아직 안정이 되지 않았으므로 색을 경계하여야 한다. 장성해서는 혈기가 바야흐로 강성하므로 싸움을 경계하여야 한다. 다음에 늙어서는 혈기가 이미 쇠하였으므로 욕심을 경계하여야 한다(君子有三戒. 少之時, 血氣未定, 戒之在色. 及其壯也, 血氣方剛, 戒之在鬪. 及其老也, 血氣旣衰, 戒之在得)"라고 하였다. 이 글에서 불기(不欺)란 '무자기(毋自欺)'를 의미하니, 곧 성(誠)을 말한다.

167) 유상(流觴) : 유상곡수연(流觴曲水宴)을 말한다.

砌小渠爲之, 與人家園亭中物何異哉!

 1597년(만력 25년 정유), 회계(會稽)에서 지은 글.
○이 글은 서종당본·소수본에 의거하였다. 패란거본의 제목은 「난정(蘭亭)」인데, 글이 매우 간략하다. 아래에 수록하여 둔다.
"난정은 아주 적막하다. 대개 옛 난정은 산에 의지하고 시내에 의지하여, 시내의 기슭이 둥글게 돌아나면서 구불구불하니, 술잔을 물 흐름에 띄우는 장소로는 이곳보다 묘한 곳이 없었을 것이다. 그러나 지금은 평지를 택하여 작은 도랑에 섬돌을 두어 만들었다. 속유들이 사정을 모르는 형국이란 이와 같구나!(蘭亭殊寂寞. 蓋古蘭亭依山依澗, 澗彎環詰曲, 流觴之地, 莫妙於此. 今乃擇平地砌小渠爲之. 俗儒之不解事, 如此哉!)"
○澗彎環詰曲 : 詰은 패란거본에 諎로 되어 있는데, 잘못이다.

 난정(蘭亭)은 절강성(浙江省) 소흥현(紹興縣)의 서남쪽에 있는 정자로, 진(晉)의 왕희지(王羲之) 등 명사 42명이 모여 주연(酒宴)을 베풀고 시로 화창(和唱)한 곳이다. 왕희지가 그 서문으로 「난정집서(蘭亭集序)」를 지었는데, 원문은 아래와 같다.
"영화(永和) 9년(353) 계축 3월 초순에 회계 산음현의 난정에서 모였으니, 계사(禊事)를 닦기 위해서였다. 뭇 어진 이들이 다 이르러 오고 젊은이나 연장자가 모두 모였다. 이 지역에는 높은 산과 험준한 고개, 무성한 숲과 길게 자란 대나무 숲이 있으며, 또 맑은 물 흐름과 거센 여울이 있어 좌우의 풍광을 비추어 어른거리고 있다. 그 물을 끌어다가 유상곡수(流觴曲水)를 만들고 순서에 따라 차례로 앉으니, 비록 사죽관현(絲竹管絃)의 성대한 악대는 없지만, 한 번 술잔을 들고 한 번 시를 읊는 것도 역시 족히 그윽한 정회를 펼쳐 풀어내 보이기에 적당하다. 이날은 날씨가 맑고 바람이 따스하게 불었는데, 위로는 광대한 우주를 살펴보고, 아래로는 성대한 삼라만상을 관찰해 보았다. 그래서 사방으로 눈을 돌려 구경하고 가슴속에 쌓인 회포를 마음껏 풀어, 눈과 귀의 즐거움을 지극히 할 수 있었으니 참으로 즐거웠다. 무릇 사람이란 한 세상을 함께 부앙(俯仰)하면서, 혹은 회포를 들어서 한 방안에서 마주하여 이야기하기도 하고, 혹은 뜻을 가탁하는 바에 의거하여, 형해(形骸)의 바깥을 방랑하기도 하여, 비록 인생의 삶의 방식은 만가지로 다르고, 고요한 자태와 동적인 행동도 서로 다르지만, 자신이 처한 경우에 흔연해 하여 잠시 자기의 처지에 만족하여 쾌히 자득해서, 늙음이 장차 이르러 올 줄을 모르는 법이다. 그러다가 자신의 마음이 가는 바에 있어서 이미 권태를 느끼고, 관심의 대상이 옮겨가게 되면, 마음에 느껴 탄식하는 일이 그에 따라 물씬 솟아나게 되는 것이다. 그렇게 되면 이전에 마음으로 즐거워하던 일이, 불과 얼마 안 되는 시간 사이에 이미 지난 일이 되어버리는 법이다. 그렇기 때문에 특히 감개를 느끼지 않을 수 없다. 하물며, 수명이 긴 사람도 짧은 사람도 자연의 변화에 따를 수밖에 없고, 최후에는 생명이 다하게 되리란 것은 피할 수 없는 일이다. 그래서 옛날 사람은 "생사의 문제는 인생의 대사이다"라고 하였던 것이니, 얼마나 비통한 일인가! 옛날 사람들이 감동을 일으킨 이유를 보건대, 지금 나의 감개와 마치 부절(符節)을 맞추어 보듯 일치하므로, 지금까지 문장을 앞에 두고서 탄식하지 않은 일이 없었는데, 하지만 이것이 인생이란 사실을 마음속으로 깨달을 수는 없었다. 정말로 죽음과 삶은 한가지라고 말하는 도가의 설이 진실이 아니라 거짓이며, 팽조(彭祖)의 장생이나 상자(殤子 : 19세 이하로 요절한 자)의 요절을 같다고 보는 것은 엉터리라는 사실을 알 수 있는 것이다. 후세의 사람이 지금의 우리를 보는 것도, 지금의 우리가 앞 시대의 일을 보는 것과 같을 것이다. 얼마나 슬픈 일이냐! 그래서 여기에 참여한 사람들의 성명을 나열하고, 그들이 서술한 시를 기록한다. 비록 세상이 달라지고 세상사가 바뀐다 하여도, 감회를 일으키는 일의 취향은 한가지인 법이다. 뒷날에 보는 사람들도 역시 이 글에서 감회를 느낄 것이다(永和九年, 歲在癸丑, 暮春之初, 會於會稽山陰之蘭亭, 修禊事也. 群賢畢至, 少長咸集. 此地有崇山峻嶺, 茂林脩竹, 又有清流激湍, 映帶左右. 引以爲流觴曲水, 列坐其次, 雖無絲竹管絃之盛, 一觴一詠, 亦足以暢敍幽情. 是日也, 天朗氣淸, 惠風和暢, 仰觀宇宙之大, 俯察品類之盛, 所以遊目騁懷, 足以極視聽之娛, 信可樂也. 夫人之相與俯仰一世, 或取諸懷抱, 悟言一室之內, 或因寄所託, 放浪形骸之外. 雖趣舍萬殊, 靜躁不同, 當其欣於所遇, 暫得於已, 快然自得, 曾不知老之將至. 及其所之旣倦, 情隨事遷, 感慨係之矣. 向之所欣, 俛仰之間, 以爲陣迹, 尤不能不以之興懷. 況脩短隨化, 終期於盡! 古人云 : "死生亦大矣, " 豈不痛哉? 每攬昔人興感之由, 若合一契, 未嘗不臨文嗟悼, 不能諭之於懷, 固知一死生爲虛誕, 齊彭殤爲妄作. 後之視今, 亦猶今之視昔, 悲夫! 故列敍時人, 錄其所述, 雖世殊事異, 所以興懷, 其致一也. 後之覽者, 亦將有感於斯文)."

감호(鑑湖)[168]

감호(鑑湖)는 지난날 듣기에는 팔백 리라고 하더니, 지금은 이른바 호수란 것이 없다. 지방민은 말하길, 옛날에는 호수가 밭 위에 있었는데, 지금은 해갑(海閘)을 만들어 호수가 모두 밭으로 되었다고 한다.

하감지(賀監池)[169]는 도총언(陶家堰)에서 이, 삼 리 떨어져 있고, 너비는 백십 경(頃)쯤 되는데, 잡풀이 아득하게 이어져 마치 아지랑이가 깔린 듯하고, 개구리가 불어대는 것이 마치 곡하는 소리 같다. 달밤에 여기에 배를 띄우면 아주 처량(凄涼)한 기분을 느끼게 된다.

취중에 도석궤(陶石簣)[170]에게 말하였다. "너의 광기는 계진(季眞 : 賀知章)[171]만 못하고, 술 마시는 것도 계진(季眞)만 못하고, 다만 두 눈만 조금 같을 따름일세." 도석궤는 그 까닭을 물었다. 나는 말하였다. "계진(季眞)은 적선인(謫仙人 : 李白)[172]을 알아보는데, 너는 원중랑을 알아보니, 안목이 어찌 높지 않은가?" 좌중이 입을 다물고 조용하였다. 마음으로 내가 미쳤다고 비난하는 것이었다.

---

168) 감호(鑑湖) : 즉 경호(鏡湖). 또한 장호(長湖), 경호(慶湖)라고도 부른다. 소흥현(紹興縣) 서남쪽 2킬로미터 떨어진 곳에 있다. 당나라 개원(開元) 연간에 비서감(秘書監) 하지장(賀知章)이 은퇴하여 돌아와 이 호수를 방생지(放生池)로 삼았으므로 천자가 조칙으로 경호의 일부분을 하사하였다. 그래서 이 호수를 또한 하감호(賀鑑湖)라고도 부른다.

169) 하감지(賀監池) : 경호(鏡湖). 앞에 나왔다.

170) 도석궤(陶石簣) : 도망령(陶望齡). 자는 주망(周望)이고, 호가 석궤이다. 회계(會稽) 사람이다. 앞에 나왔다.

171) 계진(季眞) : 하지장(賀知章)의 자(字). 당(唐) 나라 때의 산음(山陰) 사람. 중년에 벼슬길에 올라 태자빈객(太子賓客)·비서감(秘書監) 등을 제수받았으나 늘그막에 그를 다 버리고 자호를 사명광객(四明狂客)이라고 하고서 전리(田里)로 돌아와 자기 집을 천추관(千秋觀)으로 꾸몄다. 또 방생지(放生池)를 만들기 위해 호수를 구하다가 천자의 명으로 경호(鏡湖)의 섬계(剡溪) 한 굽이를 하사받았다. 『구당서(舊唐書)』「은일전(隱逸傳)」에 입전되었다.

172) 적선인(謫仙人) : 이백(李白). 『본사시(本事詩)』에 보면, 하지장(賀知章)이 이백을 여관으로 방문하여 이백의 「촉도난(蜀道難)」을 읽다가 다 읽기도 전에 네 번이나 칭찬하면서 이백을 적선인이라고 호하였다고 한다.

鑑湖昔聞八百里, 今無所謂湖者. 土人云, 舊時湖在田上, 今作海閘, 湖盡爲田矣. 賀監池去陶家堰二三里, 闊可百十頃, 荒草綿茫如烟, 蛙吹如哭. 月夜泛舟于此, 甚覺淒涼. 醉中謂石簣 : "爾狂不如季眞, 飮酒不如季眞, 獨兩眼差同耳." 石簣問故. 余曰 : "季眞識謫仙人, 爾識袁中郎, 眼詎不高與?" 四坐嘿然, 心誹其顚.

 1597년(만력 25년 정유), 회계(會稽)에서 지은 글.
○ 獨兩眼差同耳 : 서종당본·소수본에는 獨 자가 없다.
○ 爾識袁中郎 : 袁中郎이 서종당본·소수본에는 吳縣令으로 되어 있다.

서시산(西施山)

서시산(西施山)은 소흥성(紹興城) 바깥에 있는데, 일명 토성(土城)이며, 서시(西施)가 가무(歌舞)를 배운 곳이니, 지금 상씨(商氏)의 별장이다. 언젠가 여러 공들과 함께 이곳에서 하룻밤을 묵은 적이 있다. 도석궤(陶石簣 : 陶望齡)[173]가 내 시에 화운(和韻)하여 쓴 시에서 "어여쁜 노래 고운 춤 추던 산에 몇 밤을 묵었던가(宿幾夜嬌歌豔舞之山)"라고 한 것은 대개 이것을 두고 말한 것이다.

내가 장난스레 도석궤에게 말하였다. "이 시는 마땅히 주석을 달아서 밝혀야 하오. 그렇지 않으면 미래의 언젠가 그대에게 문각공(文恪公)[174]이란 시호(諡號)를 붙일 수가 없겠소." 도석궤는 크게 웃었다. 그리고는 이렇게 말하였다. "그대는 지난날 관왜주인(館娃主人)[175]으로서 채찍질하

---

173) 도석궤(陶石簣) : 도망령(陶望齡). 자는 주망(周望)이고, 호가 석궤이다. 회계(會稽) 사람이다. 앞에 나왔다.
174) 문각공(文恪公) : 시호는 일정한 지위에 있던 사람이 죽은 뒤에 조정이나 혹은 문인이 그에게 포폄(褒貶)의 뜻으로 가하는 칭호이다. 각(恪)이란 시호는 예의를 엄격히 지킨다는 뜻이니, 장중하고 엄숙한 사람에게 부친다.

고 회초리질 하며 매섭게 꾸짖어 서자(西子 : 西施)에게 당돌(唐突)하게 굴
었으니, 무슨 낯으로 다시 완계(浣溪)176)의 길 위를 간단 말이오?"

내가 말하였다. "무방하오 완계 길 위에는 근일에는 모두 다 서시(西
施)의 찡그림을 본받으려 하였던 동쪽 이웃집 여자 같은 사람177)들뿐이
라오."

西施山在紹興城外, 一名土城, 西施敎歌舞之處, 今爲商氏別墅. 嘗
同諸公宿此一夜, 石簣和余詩有云, "宿幾夜嬌歌豔舞之山", 蓋謂此也.
余戲謂石簣 : "此詩當註明, 不然累爾他時謚文恪公不得也." 石簣大笑,
因曰 : "爾昔爲館娃主人, 鞭箠叱喝, 唐突西子, 何顔復行浣溪道上?" 余
曰 : "不妨. 浣溪道上, 近日皆東施娘子矣."

1597년(만력 25년 정유), 회계(會稽)에서 지은 글.
○在紹興城外 : 紹興이 서종당본·소수본에는 郡으로 되어 있다.

○西施敎歌舞之處 : 서종당본·소수본에는 之자가 없다.

○余戲謂石簣 : 서종당본·소수본에는 戲자가 없다.

○不然累爾他時謚文恪公不得也 : 서종당본·소수본에는 不爾他時謚文恪公으로
되어 있다.

○石簣大笑, 因曰 : 서종당본·소수본에는 石簣笑曰로 되어 있다.

○不妨 : 不자가 서종당본·소수본에는 無자로 되어 있다.

○東施娘子 : 서종당본에는 東家子, 소수본에는 東村子로 되어 있다.

---

175) 관왜주인(館娃主人) : 오왕 부차(夫差)가 연석산(硯石山)에 서시(西施)를 위해 세운 궁
　　궐이 관왜이다. 연석산은 오현(吳縣)의 소관이고, 원중랑은 오현의 현령을 지냈다. 그래
　　서 도석궤는 원중랑을 두고 '관왜주인'이라 한 것이다.
176) 완계(浣溪) : 소흥(紹興) 남쪽 약야산(若耶山) 아래에 있다. 서시가 이곳에서 비단을
　　빨았다고 전한다.
177) 동시낭자(東施娘子) : 동시효빈(東施效顰)의 고사를 이용한 말이다.

후산(吼山)

　후산(吼山)의 석벽(石壁)은 모두 도끼로 깎아 이루어져, 가파르게 백여 인(仞)의 높이여서, 언뜻 보기에는 역시 볼만하다. 산 아래에 석골(石骨)은 장인(匠人)들이 수색하여 가져가고, 물을 쌓아 못(潭)을 만들어, 바라보면 계곡처럼 검은 것이 마치 묵즙(墨汁)을 풀어놓은 것 같아, 그 깊이를 헤아릴 수 없다. 매번 서너 장(丈)씩 떨어져 돌기둥 하나씩으로 받쳐 두었다. 위는 허공이고 아래는 못[淵]이어서, 문과 동굴이 그윽하게 돌아나갔고, 비가 온 뒤에는 공중을 나는 폭포(飛瀑)가 주렴이 엮이듯 하여 떨어진다.

　우리들은 바깥에서 바라보고는 흥을 억제할 수 없어서, 작은 배를 불러서 그 가운데서 노닐었다. 못[潭]은 깊어서 삿대를 사용할 수가 없으며, 한 번 꺾일 대마다 서너 번씩 심하게 뒤흔들려서 뱃사공은 모두 다리를 후들후들 떨었다. 그래서 배를 석벽 아래에 멈추고 오랫동안 감상하였다.

　도씨의 우산방(右山房)이 여기에 있는데, 상당히 그윽하고 기이하다. 하지만 너무 황폐하고 풀이 우거졌으며, 누헌 앞은 풀이 한 장(丈) 남짓 길게 자라나 있다.

　吼山石壁, 悉由斧鑿成, 峭削百餘仞, 乍見亦可觀. 山下石骨爲匠者搜去, 積水爲潭, 望之洞黑如墨汁, 深不可測. 每相去數丈, 留石柱一以支之. 上宇下淵, 門闔洞穴, 窈窕紆迴, 雨後飛瀑綴簾而下. 余等自外望, 興不可遏, 呼小舟遊其中, 潭深無所用篙, 每一轉折, 則震蕩數四, 舟人皆股慄. 因停舟石壁下, 觀玩良久. 陶氏右山房在此, 頗稱幽奇, 然荒蕪甚, 軒前草深丈餘矣.

오설, 그 하나(五泄一)

월(越) 땅 사람은 오설(五泄)을 크게 칭송하지만, 그러나 모두 들어서 아는 것일 따름이다. 도주망(陶周望)[178]은 비록 오설이 좋다고 극찬하지만, 실은 일찍이 친히 본 적이 없으니, 나와 마찬가지이다.

군(郡)의 성에서 출발한지 이틀만에 제기현(諸曁縣)에 이르렀는데, 현에서 오설까지는 아직 70여 리는 되었다. 다음날 비로소 출발하였는데, 가는 길 내내 완산(頑山 : 바위산)이 많았고, 눈 여겨 볼만한 주먹돌[179]조차 없었다.

나는 가만히 생각하기를, 수백 리 바깥에 있는 산을 보려고 낡은 배와 파리한 말로 천신만고(千辛萬苦)를 겪었거늘, 지금 이 산들의 모양이 이와 같으니 무엇으로 이 여비를 보상할 것인가? 라고 하였다. 도주망도 역시 그 아우(도석령)에게 말하길, "우리들이 오설을 지나치게 과장하였거늘, 이와 같다면, 마땅히 원중랑의 우스개 말을 어이 감당하겠는가?" 라고 하였다. 다만 왕정허(王靜虛)[180]는 그렇지 않다고 여겼다.

얼마 있다가 청구(靑口)에 이르자, 두 산이 하늘을 양쪽에서 끼고 있어 하늘이 마치 실과 같이 가늘었고, 산의 바위는 영롱하고 뾰족뾰족하여 포개놓은 것 같기도 하고 쇠붙이에 아로새긴 것 같기도 하였다. 서너 리에 걸쳐 하나의 벽(壁)이 연결되어 있고, 못의 물은 골골거리며 벽 아래

---

178) 도주망(陶周望) : 도망령(陶望齡). 자가 주망이요 호가 석궤(石簣)이다.
179) 권석(卷石) : 주먹에 움켜쥘 만한 크기의 돌.
180) 왕정허(王靜虛) : 왕찬화(王贊化). 산음(山陰) 사람. 거사(居士)이다.

로 흘러간다.

벽 위에는 고목이 한 그루 있는데, 지방 사람들은 이것이 침향수(沉香樹)[181]로, 한 해에 한 번 꽃을 피우는데, 원숭이도 이르지 못하는 곳에 있다고 한다. 나머지는 무어 기이한 벽이라고는 없다. 모두다 무성한 꽃과 기이한 풀이 산에 막을 친 형태로 나 있어, 붉은 색, 흰 색, 푸른 색, 녹색이 비단처럼 찬란하였다.

영산홍(映山紅) 가운데는 높이가 일곱, 여덟 자 되는 것이 있어서, 다른 산과 아주 달랐다. 그래서 서로 돌아보면서 크게 외치길, "기이하여라! 이것을 얻어 노채(路債)를 보상할 만하니, 원중랑이 경박(輕薄)하게 굴어도 두렵지 않다"라고 하였다. 왕정허(王靜虛)[182]는 말하였다. "천만에. 당신들은 작고 작은 구학(丘壑)[183]을 만나면 곧 이렇게 장황(張皇)하게 구니, 내일 오설을 보면 미쳐서 죽지 않겠소?" 왕정허는 일찍이 오설에서 삼 년 동안 습정(習定)하였으므로, 그 경관을 아주 자세하게 알고 있었던 것이다.

나와 공망(公望)은 그 말을 듣고 희희(喜喜)하였다. 모두가 후사석(吼沙石) 위로 껑충 튀어 올랐다. 느릿느릿 십여 리를 걸어서, 비로소 오설의 승방(僧房)에 이르렀다. 왕정허는 "소와 양이 방목처에서 내려왔소.[184] 오설은 남겨 두었다가 내일 조찬(朝餐)으로 공양하는 것이 좋겠소"라고 하였다. 그래서 앞의 산을 산보(散步)하고, 시내를 따라 갔다. 두 산에 하나의 계곡이 이루어져, 청구(靑口)의 하늘보다도 더 좁으면서, 기이함과 가파름은 비슷하였다. 산의 모습은 혹은 화로 같기도 하고 혹은 종고(鐘鼓) 같기도 하며, 혹은 병장(屛障)과 검극(劍戟) 같기도 한데, 모두 땅에서

---

181) 침향수(沉香樹) : 침향(沉香). 앞에 나왔다.
182) 왕정허(王靜虛) : 왕찬화(王贊化). 산음(山陰) 사람. 거사(居士)이다.
183) 구학(丘壑) : 일구일학(一丘一壑). 은거하는 곳. 흔히 심산유곡(深山幽谷)을 말한다.
184) 우양하의(牛羊下矣) : 저녁이 되었다는 말. 『시경』「국풍」, 「왕풍(王風)」, 「군자우역(君子于役)」편의 수장(首章)과 2장에 '羊牛下來'의 구가 있고, 주희(朱熹)의 『시집전(詩集傳)』은 "날이 저물면 양이 먼저 돌아오고 소가 그 다음에 돌아온다"라고 하였다.

쑥 뽑혀나 있었으며, 계곡 곁에는 천연으로 대가 나서 수풀을 이루었다.

　서너 리를 가다가, 수염이 흰 한 사람을 만났더니, 그는 "앞산에 범이 있소"라고 하였다. 동행한 사람들은 모두 마음이 철렁하여, 앞서의 길을 더듬어 돌아왔다.

　越人盛稱五洩, 然皆聞而知之. 陶周望雖極言五洩之好, 其實不曾親見, 與我等也. 發郡城凡二日, 至諸暨縣, 縣去五洩尙七十餘里. 次日始行, 一路多頑山, 無卷石可入目者. 余私念看山數百里外, 敝舟羸馬, 艱辛萬狀, 今諸山態貌若此, 何以償此路債? 周望亦謂乃弟 : "余輩誇張五洩太過, 若爾, 當奈中郎笑話何?" 獨靜虛以爲不然.

　頃之, 至青口, 兩山夾天如綫, 山石玲瓏峭削, 若疊若鏤. 數里一壁, 潭水滑滑流壁下. 一壁上有古木一株, 土人云是沉香樹, 一年一花, 猿猱所不到. 其他非奇壁, 則皆穠花異草, 幔山而生, 紅白青綠, 燦爛如錦. 映山紅有高七八尺者, 與他山絶異. 因相顧大叫曰 : "奇哉! 得此足償路債, 不怕袁郎輕薄也." 王靜虛曰 : "未也, 爾輩遇小小丘壑. 便爾張皇如是, 明日見五洩, 當不狂死耶?" 靜虛曾習定五洩三年, 以是知之極詳.

　余與公望聞之喜喜, 皆跳吼沙石上. 緩步十餘里, 始至五洩僧房. 靜虛曰 : "牛羊下矣, 五洩留供來日朝餐." 因散步前山, 沿溪而行, 兩山一溪, 比青口天尤狹, 而奇峭率相類. 山形或如鑪, 如鐘鼓, 如屏障劍戟, 皆拔地而生, 溪傍天竹成林. 行數里, 遇一白鬚人云 : "前山有虎." 同行者皆心動, 尋舊路而歸.

전校교 1597년(만력 25년 정유), 제기(諸暨)에서 지은 글.
　○서종당본·소수본에서는 글 제목이 「제기를 경유하여 오설사에 이른 기록(由諸暨至五洩寺記)」으로 되어 있고 글자도 많이 다르다. 아래에 수록하여 둔다.
"월(越) 땅 사람은 오설(五洩)을 크게 칭송하지만, 그러나 모두 들어서 아는 것일 따름이다. 도주망(陶周望)은 비록 오설이 좋다고 극찬하지만, 실은 일찍이 친히 본 적이 없으니, 나와 마찬가지이다. 오설은 제기(諸曁)에서부터 70여 리 떨어져 있는데, 가는 길 내내 완산(頑山 : 바위산)이 많았고, 형세가 아주 산만하여, 눈 여겨 볼만한 주먹돌조차 없었다. 나는 처음에 생각하기를, 수백 리 바깥에 있는 산을 보려고 낡은 배와 파리한 말로 천신만고(千辛萬苦)를 겪었거늘, 지금 이 산들의 모양이 이와 같으니 무엇으로 이 여비를 보상할 것인가? 라고 하였다. 도주망도 역시 그 아우에게 말하길, "우리들이 오설을 지나치게 과장하였으니, 원중랑의 우스개 말을 어이 감당하겠는가?"라고 하였다. 다만 왕정허(王靜虛)는 그렇지 않다고 여겼다.

얼마 있다가 청구(靑口)에 이르자, 유람객이 골목에서 비집고 종종걸음을 치며, 외줄기 길이 일백 번이나 꺾어져, 막다른 데 이르렀나 싶을 때에 홀연히 열려, 담수(潭水)가 영령(泠泠)하게 바위벽에 얽혀 흘러가고 있다. 산은 모두 순수한 바위로, 봉우리는 뾰족하게 모가 나서 성을 내듯 서 있다. 한 바위벽에는 고목이 한 그루 있는데, 지방 사람들은 그것이 침향수로, 한 해에 한 번 꽃을 피우며, 원숭이도 이르지 못하는 곳에 있다고 말한다. 영산홍 가운데는 높이가 한 장(丈)쯤 되는 것이 있어서, 붉은 색과 흰 색, 푸른색과 녹색이 어우러져, 비단 같이 찬란하였다. 그래서 서로 돌아보면서 크게 외치길, "기이하여라! 이것을 얻어 노채(路債)와 그간의 고생을 보상할 만하니, 원중랑의 탄사(彈射 : 비판)가 두렵지 않도다"라고 하였다. 왕정허는 말하였다. "천만에. 당신들은 작고 작은 구학(丘壑)을 만나면 곧 이렇게 장황하게 구니, 내일 오설을 보면 미쳐서 죽지 않겠소?"

나와 도공망은 그 말을 듣고 희희(喜喜)하면서, 사석(沙石)의 위로 껑충 뛰어 올라갔다. 재빨리 달려서 오설사(五泄寺)에 이르매 이미 날이 기울었다. 차 마시기를 마치고, 함께 앞 시내로 가서 발을 씻었다. 두 산이 서로 부딪힐 듯 가까이 하여, 장차 무너져 찍어누르지 않을까 의심될 정도였다. 석골(石骨)은 물로 씻은 듯 하였으며, 종(鐘)처럼 매달려 있거나 병풍처럼 깎아질러져 있고, 죽순처럼 돋아나 있고 창[戈]처럼 삼엄하여, 그 모습이 아주 괴이하였다. 도주망이 나를 돌아보면서, "서호와 비교하여 어떻소?" 하기에, 내가 말하길, "이것은 선주(仙姝 : 여신선, 천녀)이니, 화장 짙게 한 음탕한 여인과 어찌 색택(色澤)을 비교하여 논하겠소?"라고 하였다. 시내가의 천죽(天竹 : 南天燭)185)이 숲을 이루고 있었다. 장차 백룡정(白龍井)으로 가려고 하였는데, 수염이 허연 한 사람을 만났다. 그는 "앞산에 범이 있소"라고 하였다. 동행한 사람들은 모두 마음이 철렁하여, 앞서의 길을 더듬어 돌아왔다.

---

185) 천죽(天竹) : 남천촉(南天燭). 남촉초(南燭草).

(越人盛稱五泄, 然多聞而知之. 陶周望雖極言其勝, 其實不曾親見, 與我等也. 五泄去諸暨七十餘里, 一路多頑山, 勢甚散緩, 無卷石可入目者. 余始念看山數百里外, 敝舟羸馬, 艱辛萬狀, 今諸山態貌若此, 何以償此路債? 周望亦謂乃弟: "余輩誇張五泄過當, 奈中郎笑話何?" 獨靜虛以爲不然.

頃之, 至靑口, 遊人趨狹巷中, 線路百折, 窮而忽開, 潭水泠泠縈壁行. 山皆純石, 峯稜怒立. 一壁上有古木一株, 土人云是沉香樹, 一年一花. 猿猱所不到. 映山紅有高丈許者, 紅白靑綠, 燦爛如錦. 因相顧大叫曰: "奇哉! 得此足償苦辛, 不畏中郎彈射也." 靜虛曰: "未也. 爾輩遇小小丘堅, 便爾張皇如是, 明日見五泄, 當不狂死耶!"

余與公望聞之喜甚, 跳躍沙石上. 馳而至五泄寺, 日昃矣. 茶竟, 借至前澗濯足. 兩山相迫. 疑將頹壓. 石骨如水浣, 鐘縣昇削, 筍苗戈森, 狀態甚詭. 周望顧余曰: "何如西湖?" 余曰: "此仙妹, 奈何與冶淫論色澤也." 溪傍天竹成林. 將至白龍井, 遇一皓鬚人, 云: "前山有虎." 同行者皆心動, 尋舊路而還)."

오설, 두 번째 글(五泄二)

　오설의 물과 바위는 모두 너무나 기이하여, 이별한 지 사흘에 꿈속에서도 여전히 파도가 나는 소리가 들린다. 다만 한스러운 것은 청련(靑蓮 : 이백)이 시로 표현한 것이나 자첨(子瞻 : 소식)이 글로 서술한 것이 없어서 그 바위의 고고(高古)한 모습과 물의 분박(濆薄)[186]하는 형세를 묘사하는 일이 빠졌다는 점뿐이다.

　석벽은 푸르고 깎아지른 듯하여 마치 푸른 부거(芙蕖 : 목부용)와 같은 형상이며, 높이는 백여 인(仞)에 달하고 주위는 빙 둘러서 마치 성과 같은데, 돌 빛은 마치 물로 깨끗이 씻은 듯하며, 땅에 꽂혀서 나와 있으며, 한 치의 흙도 허용하지 않는다.

---

186) 분박(濆薄) : 격렬하게 들끓는 모습. 좌사(左思)의 「오도부(吳都賦)」에 "분박비등(濆薄沸騰)"이란 말이 있는데, 이선(李善)의 주는 한(翰)의 말을 인용하여 "물이 서로 격탕하는 것을 분박이라 한다(水相激盪曰濆薄)"고 하였다.

비폭(飛瀑)은 바위 꼭대기에서 걸려 떨어져, 우레가 달리듯 바다가 서 있듯 하여, 그 소리가 서너 리 멀리까지 들리며, 크기는 마치 열 아름 너비의 옥과 같으니, 우주간의 일대 기이한 장관이다. 그래서 「회계부(會稽賦)」[187)에서 "오설은 안탕과 기이함을 다투네(五泄爭奇于雁蕩)"라고 하였던 것이 생각났는데, 과연 안탕(雁蕩)[188)의 기이함은 다시 이것과 어떠할 것인가?

저녁에 돌아와, 각각 시 한 수씩을 얻었다. 내 시가 제일 먼저 이루어지고, 도석궤(陶石簣)[189)가 그 다음, 왕정허(王淨虛)·도공망(陶公望)·방자공(方子公)이 그 다음 순이었다. 눈에 본 것이 이미 기이한데다가, 시 또한 변환(變幻)하고 황홀(恍惚)하여, 소 귀신과 뱀 신이 날뛴다고 표현하여야 할지 어떨지, 말로 어떻게 표현하여야 할지 모르겠다.

이때 밤이 이미 오(午)시를 지났는데, 산도깨비가 외치고 범이 울부짖는 소리가 마치 침상과 책상 언저리에 있는 듯하였다. 서로서로 물끄러미 바라보니, 머리카락과 눈썹의 털이 하나하나 버쩍 서는 것 같아, 모두가 귀신 형상이었다.

五泄水石俱奇絶, 別後三日, 夢中猶作飛濤聲, 但恨無靑蓮之詩, 子瞻之文, 描寫其高古潰薄之勢, 爲缺典耳. 石壁靑削, 似綠芙蕖, 高百餘仞, 周迴若城, 石色如水浣淨, 揷地而生, 不容寸土. 飛瀑從巖巓挂下,

<hr>

187) 회계부(會稽賦) : 송나라 왕십붕(王十朋)이 지은 「회계풍속부(會稽風俗賦)」를 말한다(『매계후집(梅溪後集)』권1에 수록).
188) 안탕(雁蕩) : 안탕산(雁蕩山). 절강성(浙江省) 낙청현(樂淸縣)과 평양현(平陽縣)의 경계에 있는 산. 괄창산맥(括蒼山脈)에 속한다. 송나라 태평흥국(太平興國) 연간의 초기에 승려 전료(全了)가 이곳에 거처하면서 영암사(靈巖寺)를 세웠다. 102개 봉우리, 10개의 곡(谷), 8개의 동(洞), 30개의 암(巖)으로 이루어진 승경지이다. 남안탕과 북안탕으로 나뉜다. 절정에는 호수가 있어, 사방 10여 리에 달하며 결코 마르지 않으며, 봄이면 기러기가 돌아와 묵으므로 '안탕'이라 이름하였다고 한다. 앞에 나왔다.
189) 도석궤(陶石簣) : 도망령(陶望齡). 자는 주망(周望)이고, 호가 석궤이다. 회계(會稽) 사람이다. 앞에 나왔다.

雷奔海立, 聲聞數里, 大若十圍之玉, 宇宙間一大奇觀也. 因憶會稽賦
有所謂"五泄爭奇于雁蕩"者, 果爾, 雁蕩之奇, 當復如何哉?

　暮歸, 各得一詩, 余詩先成, 石簣次之, 淨虛·公望·子公又次之. 所
目旣奇, 詩亦變幻恍惚, 牛鬼蛇神, 不知是何等語. 時夜已午, 魑呼虎號
之聲, 如在床几間. 彼此諦親, 髮眉毛髮, 種種皆豎, 俱若鬼矣.

 1597년(만력 25년 정유), 제기(諸曁)에서 지은 글.
　○ 서종당본·소수본의 이글은 제목이 「제오설을 구경한 기록(觀第五泄
記)」으로 되어 있고, 글자도 많이 다르다. 아래에 수록하여 둔다.
"산문(山門)에서 오른쪽으로 꺾어 가다가 돌길에 마주쳤는데, 서너 걸음 옮기자니
매서운 우레 소리가 들려, 마음이 섬뜩하였다. 산승이 말하길, "이것은 폭포 소리입
니다"라고 하였다. 질주하여 바위의 틈을 건너니, 폭포가 보였다. 바위는 푸르고 깎
아놓은 듯하여, 한 치 정도의 석부(石膚 : 흙)도 용납하지 않았으며, 삼면이 모두 성
벽처럼 서 있다. 폭포는 푸른 벽 사이로 내달리면서, 산을 흔들고 골짜기를 뒤흔드
는데, 뿜어내는 눈(포말)이 곧바로 아래로 떨어지고, 성난 바위가 곁에서 부딪혀 무
지개를 이루는 듯하였으며, 홀연히 말려서 잡아 채인 듯 기세가 꺾인 뒤에 쏟아 부
으매, 물의 형세가 더욱 웅장하였으니, 이번 산행(山行)에서 극히 장쾌한 경관이다.
유람객이 기울어진 바위에 앉아서 아래를 바라다보면, 얼굴에 포말을 받아서, 잠깐
사이에 마치 실을 덮어 쓴 것 같으며, 빈 하늘이 모두다 실로 얽어진 듯한데, 하늘
에서 내리는 비가 벼랑에 쏟아지더라도 차마 떠날 수가 없었다.
저녁에 돌아와, 각각 시 한 수씩을 지었는데, 눈에 본 것이 이미 기이한데다가, 생각
또한 변환(變幻)하고 황홀(恍惚)하여, 소귀신과 뱀 신이 날뛴다고 하여야 할지 어떨
지, 말로 어떻게 표현하여야 할지 모르겠다. 이때 밤이 이미 오(午)시를 지났는데,
산도깨비가 외치고 범이 울부짖는 소리가 마치 침상과 책상 언저리에 있는 듯하였
다. 서로서로 물끄러미 바라보니, 머리카락과 눈썹의 털이 하나하나 버쩍 서는 것
같아, 모두가 귀신 형상이었다.
(從山門右折, 得石徑, 數步聞疾雷聲, 心悸. 山僧曰 : "此瀑聲也." 疾趨度石鏬, 瀑
見, 石靑削不容寸膚, 三面皆郛立, 瀑行靑壁間, 憾山掉谷, 噴雪直下, 怒石橫激如
虹, 忽卷製折而後注, 水態愈偉, 山行之極觀也. 遊人坐欹巖下望, 以面受沫, 乍若
披絲, 虛空皆緯, 至飛雨瀉崖而猶不忍去.

暮歸, 各賦詩, 所目旣奇, 思亦變幻恍惚, 牛鬼蛇神, 不知作何等語. 時夜已午, 魖呼虎號之聲, 如在床几間. 彼此諦觀, 鬚眉毛髮, 種種皆竪, 俱若鬼矣)."

오설, 그 세 번째 글(五泄三)

첫째, 둘째, 셋째, 넷째 설(泄)은 모두 산허리에 있으며, 오급(五級) 이하로는 파도가 날고 눈(雪)이 달리는 것과 같아, 다섯 번째 설(泄)과 대개 비슷하되, 산길은 아주 험준하다.

우리들이 산꼭대기에서부터 보니, 때마침 갓 비가 내린 뒤여서 이끼가 부드럽고 바위가 매끄러워서 발을 디딜 수가 없었다. 한 손으로 가지를 끌어당기고 다른 한 손으로 지팡이를 짚고서, 남의 어깨를 발로 밟아 돌계단으로 삼으니, 반나절만에 비로소 저 한 걸음을 띨 수 있었으니, 힘들고 괴롭기가 이만저만이 아니다.

산승이 말하였다. "여기서부터 부양(富陽)까지는 평지이므로, 다시는 산 고개를 내려가지 않습니다."

오설(五泄)은 혹 오설(五雪)로도 적는다. 역시 멋지다.

一二三四等泄, 俱在山腰, 五級而下, 飛濤走雪, 與第五泄率相類, 山路甚嶮巇. 余等從山顚下觀之, 時新雨後, 苔柔石滑, 不堪置足. 一手拽樹枝, 一手執杖, 踏人肩作磴, 半日始得那一步, 艱苦萬狀. 山僧云 : "自此往富陽, 便是平地, 不復下嶺." 五泄或作五雪, 亦佳.

전校교 1597년(만력 25년 정유), 제기(諸曁)에서 지은 글.
○서종당본·소수본에는 이 글이 없다.
○一手執杖 : 杖은 패란거본에 枚로 되어 있으나, 이운관본에 의거하여 고친다.

옥경동(玉京洞)

옥경(玉京)은 오설(五泄)에서 이십여 리 떨어져 있다. 계곡 문(洞門)은 공활하여, 처음 마주쳤을 때는 마치 큰집[夏屋]190)과 같았고, 조금 더 나아가자 산길이 약간 비스듬히 기울어 있으며, 넓기는 또 이전과 같았다. 계곡 안에는 연화(蓮花)와 인물과 같은 형상의 것들이 아주 많았다. 모두 서너 번 꺾여서 한 구멍에 이르렀는데, 그 구멍은 아주 작아서, 기어가지 않으면 들어갈 수가 없었다. 나는 두 도씨 형제와 함께 땅에 딱 붙어서 갔다.

그때 횃불의 연기가 크게 일어나 눈에 눈물이 비 오듯하였다. 홀연, 선배들 가운데 이 동굴에 들어왔다가 연기의 그을음에 죽은 자가 있었다는 말이 생각나서, 마음속에 두려워져, 마침내 각자 물러나 나왔다. 오직 왕정허(王靜虛)191)와 오현(吳縣)의 한 관노만 죽기를 무릅쓰고 재빨리 앞으로 나아가, 산마루를 네, 다섯 개 넘어서서 계곡이 깊은 곳에 이르러 산골 물에 막혀서 더 건너지 못하고 비로소 돌아왔다.

玉京去五泄二十餘里. 洞門空闊, 初時若夏屋, 少進, 徑徵仄, 闊復如前. 洞中形似蓮花人物之屬甚多. 凡三四折, 至一孔, 極小, 非匍匐不能入, 余與二陶皆貼地而行. 炬烟大作, 眼淚如雨, 偶思前輩有說入洞爲烟薰殺者, 心懼, 乃各退出. 唯王靜虛與吳縣一皂隸, 拚命疾進, 過嶺四五, 至洞深處, 爲澗所隔, 不能度, 始歸.

---

190) 하옥(夏屋) : 큰 집. 『초사(楚辭)』「대초(大招)」에 "하옥이 광대하고, 물가 집은 수려하도다(夏屋廣大, 沙堂秀只)"라 하였고, 왕일(王逸)의 주는 "혼을 위하여 고전준옥(高殿峻屋)을 만들었는데, 그 안이 광대하다는 뜻이다"라고 하였다. 『예기』「단궁 하(檀弓下)」에도 '하옥(夏屋)'이란 말이 나오는데, 정현(鄭玄)은 주석하여, "하옥은 오늘날의 문무(門廡)이다. 그 형태는 옆으로 넓고 높이가 낮다(旁廣而卑)"고 하였다.
191) 왕정허(王靜虛) : 왕찬화(王贊化). 산음(山陰) 사람. 거사(居士)이다.

 1597년(만력 25년 정유), 제기(諸暨)에서 지은 글. 권8 「옥경동」의 『전교(箋校)』를 참조

○서종당본·소수본은 이 글의 제목을 「향철령을 넘어서 동암에 이른 기록(踰響鐵嶺至洞巖記)」이라고 하였고, 글이 아주 다르다. 아래에 수록한다.

"향철령(響鐵嶺)에서 아래를 보니, 길이 가파르고, 갓 비가 내린 뒤라 바위가 미끄러웠으므로, 앞에 사람이 등나무 가지로 뒷사람을 끌고서 갔는데, 반걸음을 옮길 때마다 한 치씩 꺾어지면서 1각(刻)이 넘어서야 비로소 도달하였다. 두 뫼 부리는 바위가 작은 돌이 뭉쳐진 듯하면서 시냇물이 그 사이로 흘렀는데, 덩굴나무가 들어차 하늘을 가리고 있었으며, 그 아래의 괴인 물은 푸른 분대(粉黛)의 색깔이었다. 사방의 폭포는 콸콸 용솟음쳐 나오는데, 앞으로 나아갈수록 똑똑히 보여, 우레가 달리고 번개가 깔리듯 하여, 어제와는 전혀 달랐다. 산봉우리는 자랑(紫閬)과 접하여, 일대가 모두 평평하였다.192) 임천(林泉)이 수목으로 울창하고,193) 논두렁이 들판에 가득 펼쳐져 있다. 처음 생각에는 가파른 벽 위에 당연히 예각이 나 있고 솥처럼 움푹 파여 있으리라고 여겼는데, 뜻밖에도 도화원의 마을을 발견하게 되어 놀랐다.

논두렁을 가로지르면서 가서, 약 십여 리쯤 이르러 점차 아래로 내려갔다. 한참 있다가 동암(洞巖)194)이란 곳에 이르렀는데, 산승이 횃불을 들고 인도하였다. 동문(洞門)은 공활(空闊)하여, 처음에는 하옥(夏屋 : 큰 집)195) 같다가, 조금 앞으로 나아가자 산길이 조금 기울었으며, 모두 서너 번 꺾이고서야 별구(鱉口)196)에 이르렀다. 그곳은 아주 작아서, 유람객은 모두 땅에 붙어서 가야 하였다. 갑자기 횃불의 연기가 크게 일어나, 눈물이 비 오듯 나왔다. 우연히, 어떤 선배가 동굴에 들어가 연기 때문에 곤란을 겪었다고 말한 것이 생각나서, 마음 속으로 두려워져서, 마침내 각자 물러나 나왔다. 오직 왕정허만 빠르게 나아가, 산꼭대기를 네 다섯 개나 넘은 뒤, 계곡 깊은 곳에서 시내에 길이 막혀서야 비로소 길을 돌아왔다.

---

192) 평주(平疇) : 평평한 밭. 도잠(陶潛)의 시(「癸卯歲始春懷古田舍」)에 "평평한 밭에는 먼 곳에서 불어오는 바람이 교차하고, 좋은 싹들도 역시 새 움을 품었도다(平疇交遠風, 良苗亦懷新)"라고 하였다.

193) 옹울(翁鬱) : 초목이 무성한 모습. 翁蔚.

194) 동암(洞巖) : 오설(五泄)에서 20여 리 떨어져 있는 산으로, 그 가운데 한 계곡이 옥경동(玉京洞)이다.

195) 하옥(夏屋) : 큰 집. 『초사(楚辭)』「대초(大招)」에 "하옥이 광대하고, 물가 집은 수려하도다(夏屋廣大, 沙堂秀只)"라고 하였다. 앞에 나왔다.

196) 별구(鱉口) : 지명은 아닌 듯하다. 자라목같이 좁아진 부분을 뜻하는 것 같다.

서문장(徐文長 : 徐渭)은 이렇게 말하였다. "동암(洞巖)은 음(陰)으로 기이하고, 오설(五泄)은 양(陽)으로 기이한데, 서호의 72봉(七十二峯)은 두 개의 벽이 하나의 계곡을 끼고 있으면서 때때로 밝아졌다가는 때때로 어두워지고 때때로 광활하였다가는 때때로 핍박하니, 음양의 사이에 기이하도다." 이 여러 말이 정말 실상을 제대로 잘 파악하였다.

(從響鐵嶺下觀, 路甚巉, 新雨石滑, 拽藤杞而行, 趾移寸折, 踰刻始達. 兩峀卷石而澗, 蘿木翳蔽, 下潯黛碧, 四爆淘湧, 行了了見, 雷奔電布, 不復如昨矣. 嶺與紫閬接, 一帶皆平疇. 林泉翁鬱, 稻畦披野. 初意峭壁之上, 當爲銳爲釜, 不意乃得花源村也.

錯疇而行, 約十餘里, 漸下, 良久至洞巖, 山僧設炬以導. 洞門空闊, 初時若夏屋, 少進, 徑徹仄, 凡三四折, 至鼈口, 極小, 遊人皆貼地行. 炬烟大作, 淚出如雨, 偶思先輩有言入洞爲姻所困者, 心懼, 乃各退出. 唯靜虛疾進, 過嶺四五, 至洞深處爲澗所隔, 始返.

徐文長曰 : "洞巖奇于陰, 五泄奇于陽, 而七十二峯兩壁夾一壑, 時明時幽, 時曠時逼, 奇于陰陽之間." 數語得之矣)."

천목산 쌍청장에 처음 도착하여 쓰다(初至天目雙淸莊記)

서너 날 동안 음울하게 비가 내려서 심히 괴로웠으나, 쌍청장(雙淸莊)[197]에 이르러서 비로소 하늘이 조금 개었다. 쌍청장은 산각(山脚)에 있는데, 여러 승려들이 장(莊)에 묵고 있었으며, 승려의 방은 매우 정갈하였고, 계곡 물이 흘러 바위를 치면서 소리를 이루어, 그 소리가 한 밤 내내 베갯맡에 이르러왔다. 도석궤(陶石簣 : 도망령)가 꿈결에 잘못하여 '비가 오리라'라고 말하였으므로 극도로 걱정이 되어 마침내 잠을 이루지 못하였다.

다음날 일찍, 산승이 명미(茗糜 : 차죽)를 공양하였으므로, 도석궤를 불러 깨웠다. 도석궤는 탄식하며 말하였다. "폭우가 이러하거늘 장차 어디

---

197) 쌍청장(雙淸莊) : 원굉도는 「쌍청장에 묵으면서 인상인에게 주다(宿雙淸莊贈印上人)」
　　라는 시를 지었다.

로 돌아가랴? 와유(臥遊)[198]가 있을 따름이지." 승려가 말하였다. "하늘이 아주 맑고 풍광도 아주 아름답습니다. 소리가 울려나는 것은 시냇물 소리이지 빗소리가 아닙니다." 도석궤는 크게 웃으면서, 급히 옷을 걸치고 일어나, 차를 서너 그릇 후루룩 마신 뒤, 즉시로 동행하였다.

數日陰雨, 苦甚, 至雙淸莊, 天稍霽. 莊在山脚, 諸僧留宿莊中, 僧房甚精, 溪流激石作聲, 徹夜到枕上. 石簣夢中誤以爲雨, 愁極, 遂不能寐. 次早, 山僧供茗糜, 邀石簣起. 石簣嘆曰 : "暴雨如此, 將安歸乎? 有臥遊耳." 僧曰 : "天已晴, 風日甚美, 響者乃溪聲, 非雨聲也." 石簣大笑, 急披衣起, 啜茗數碗, 卽同行.

1597년(만력 25년 정유), 어잠(於潛)에서 지은 글.
○ 제목이 패란거본에는 「天目一」로 되어 있었으나, 서종당본·소수본에 의거하여 고친다.
○ 苦甚 : 서종당본·소수본에는 甚苦로 되어 있다.
○ 僧房甚精 : 精이 서종당본·소수본에는 堼로 되어 있다.
○ 山僧供茗糜 : 서종당본·소수본에는 麋로 되어 있다.

천목, 첫 번째 글(天目一)

천목(天目)은 그윽하고 깊숙하며 기이하고 예스러워 이루 다 형언할 수 없으며, 쌍청장(雙淸莊)에서 꼭대기까지 이십여 리쯤 된다. 무릇 산이 깊고 궁벽한 것은 대부분 황량하고 깎아지른 듯 험준한 것은 구불구불 돌아가는 것이 거의 없으며, 모습이 예스러우면 곱고 깨끗한 맛이 부족

---

198) 와유(臥遊) : 남조 송(宋)의 종병(宗炳)은 산수를 좋아하여, 가서는 다시 돌아갈 줄을 몰랐는데, 유람한 곳을 그림으로 그려두고 누워서 노닐었다. 그것을 와유(臥遊)라고 한다.

하고, 골격이 크면 영롱한 것이 극히 적으니, 산이 높고 물이 부족하며 바위가 험준하고 이끼가 메말라 있는 것은 모두 산의 병이다.

천목산은 산에 가득히 모두 골짜기로, 허공을 나는 물 흐름이 종종(淙淙)하는 소리를 내어 마치 일만 필의 비단과 같다. 이것이 첫 번째 절경이다. 바위의 색은 푸르면서 윤기가 흐르고, 바위의 뼈는 심오하고 교묘하며, 바윗길이 구부러져 꺾이고, 바위벽이 우뚝 가파르게 솟아나 있다. 이것이 두 번째 절경이다. 비록 그윽한 골짜기와 매달린 바위라 하더라도 절간 암자가 모두 정갈하다. 이것이 세 번째 절경이다. 내가 귀로 우레 소리 듣는 것을 좋아하지 않는데, 천목산의 우레 소리는 아주 적고, 들어보면 마치 갓난아기의 소리와 같다. 이것이 네 번째 절경이다.

새벽에 일어나 구름을 보니 절학(絶壑) 아래에 있어, 희고 깨끗하기가 마치 면(綿)과 같으며 튀어 오르는 것이 물결과 같아, 대지 전체가 온통 유리(琉璃)의 바다를 이루고 모든 산이 구름 위에 마치 부평초처럼 삐죽이 솟아나 있다. 이것이 다섯 번째 절경이다. 그러나 구름의 변화하는 모습은 아주 일정치가 않아서 그 경관이 아주 기이하니, 산에 오래 거처한 자가 아니면 그 형상을 이루다 구경할 수가 없다. 산의 나무 가운데 큰 것은 거의 사십 아름은 되고, 소나무의 모습은 덮개와 같으며, 높이는 서너 자를 넘지 않으나, 한 그루의 값이 일만여 전은 될 듯하다. 이것이 여섯 번째 절경이다. 두차(頭茶)의 향이란 것은 용정차(龍井茶)보다 훨씬 낫고, 죽순의 맛은 소흥(紹興)의 파당(破塘)의 죽순과 유사하되 깊고 맑은 맛은 그것보다 뛰어나다. 이것이 일곱 번째 절경이다.

내 생각에, 대강(大江 : 양자강) 남쪽에서 수진(修眞)[199]하고 서은(棲隱)[200]할 만한 곳으로는 이것보다 더 한 곳이 없으니, 곧바로 행장을 갖추고 권속을 이끌고 떠날 상상이 들 정도이다.

환주(幻住)[201]에서 묵은 다음날, 새벽에 일어나 구름을 본 뒤, 절정에

---

199) 수진(修眞) : 도교의 진리를 수업함. 도교의 신자로 되어 진리를 닦음.
200) 서은(棲隱) : 깃들어 삶. 은둔함.

올라, 저녁에 고봉(高峯)의 사관(死關)에 묵고, 다음날 활매암(活埋菴) 쪽을 통해서 옛 길을 더듬어 내려갔다. 서너 날 만에 대단히 맑게 개여, 산승은 이적이라고 말하면서, 산을 내려오자 모두 경하를 하였다.

산중에는 승려가 4백여 명인데, 예절을 아주 공손히 갖추어, 다투어 밥을 권하였다. 떠나려고 하자 여러 승려가 말을 아뢰었다. "거친 이 산은 외지고 작아서 큰 안목에 감당할 수가 없으니 어쩌지요?" 내가 말하였다. "천목산은 아무개들도 약간의 몫이 있으니, 산승들은 너무 지나치게 겸손한 태도를 짓지 마시구려. 아무개도 역시 면대하여 예찬하지를 않겠소" 그래서 크게 웃고는 이별하였다.

天目幽邃奇古不可言, 由莊至巓, 可二十餘里. 凡山深僻者多荒涼, 峭削者鮮迂曲, 貌古則鮮姸不足, 骨大則玲瓏絶少, 以至山高水乏, 石峻毛枯, 凡此皆山之病. 天目盈山皆壑, 飛流淙淙, 若萬疋縞, 一絶也. 石色蒼潤, 石骨奧巧, 石徑曲折, 石壁竦峭, 二絶也. 雖幽谷縣巖, 菴宇皆精, 三絶也. 余耳不喜雷, 而天目雷聲甚小, 聽之若嬰兒聲, 四絶也. 曉起看雲, 在絶壑下, 白淨如綿, 奔騰如浪, 盡大地作琉璃海, 諸山尖出雲上若萍, 五絶也. 然雲變態最不常, 其觀奇甚, 非山居久者不能悉其形狀. 山樹大者, 幾四十圍, 松形如蓋, 高不踰數尺, 一株直萬餘錢, 六絶也. 頭茶之香者, 遠勝龍井, 筍味類紹興破塘, 而淸遠過之, 七絶也. 余謂大江之南, 修眞棲隱之地, 無踰此者, 便有出纏結室之想矣.

宿幻住之次日, 晨起看雲, 已後登絶頂, 晚宿高峯死關, 次日由活埋菴尋舊路而下. 數日晴霽甚, 山僧以爲異, 下山率相賀. 山中僧四百餘人, 執禮甚恭, 爭以飯相勸, 臨行, 諸僧進曰 : "荒山僻小, 不足當巨目, 奈何?" 余曰 : "天目山某等亦有些子分, 山僧不勞過謙, 某亦不敢面譽." 因大笑而別.

---

201) 환주(幻住) : 천목산(天目山) 환주암(幻住菴).

 1597년(만력 25년 정유), 어잠(於潛)에서 지은 글.

○ 題 : 패란거본에는 「天目二」라고 되어 있으나 서종당본·소수본에 의거하여 고친다. 취오각본에는 「천목에 노닌 기록(遊天目記)」이라고 되어 있다.

○ 奇古不可言 : 서종당본·소수본에는 不可言 세 자가 없다.

○ 余耳不喜雷~若嬰兒聲 : 서종당본·소수본에는 이 세 구가 "山間雷聲, 僅似兒啼"라고 되어 있다.

○ 四絶也 : 서종당본·소수본에는 이 구의 아래에 "蘇子瞻集中云云, 然恐他山高者皆如此"라는 구절이 있다.

○ 盡大地作琉璃海 : 서종당본·소수본에는 이 구가 없다.

○ 然雲變態最不常 : 然은 서종당본·소수본에 虞長孺云이라고 되어 있다.

○ 松形如蓋~直萬餘錢 : 吳郡木·소수본에서는 이 세 구가 "松不踰數尺, 而傴塞輒數丈"으로 되어 있다.

○ 筍味類紹興破塘, 而淸遠過之 : 서종당본·소수본에서는 이 두 구가 "筍味淸遠, 非他處所及"으로 되어 있다.

○ 便有出纏結室之想矣 : 취오각본에서는 便의 아래에 使자가 있다.

○ 不足當巨目 : 巨는 서종당본·소수본에 隻으로 되어 있다.

천목, 두 번째 글(天目二)

천목(天目)의 산은 환주(幻住)[202]보다 통창(通敞)하고 입옥(立玉)보다 기이하며 사자암(獅子巖)보다 험하고 활매암(活埋菴)보다 그윽하다. 암자는 작지만 잘 꾸며져 있고, 대숲과 바위가 모두 수려하다. 마주하고 있는 봉우리는 기이하고 깎아지른 듯한데다가, 너비는 서너 장(丈)이 채 못 되어, 유람객이 칼 등마루로 지나가는 것 같아 모발이 모두 쭈뼛 선다. 봉우리 꼭대기에는 늙은 소나무가 바위에 엇비슷이 기대어 옆으로 나왔다. 도주망(陶周望)[203]이 그것을 타고 올라가 그 굵은 가지에 앉았다. 나는

---

202) 환주(幻住) : 천목산(天目山) 환주암(幻住菴).
203) 도주망(陶周望) : 도망령(陶望齡). 자가 주망이요 호가 석궤(石簣)이다.

"도왕손(陶王孫)이 이제야 정말 참 모습을 얻었군"이라 하였다. 도주망은 몸이 가냘프고 야위었기 때문에 이런 우스개 말을 한 것이다.

사자암(獅子巖)에는 벼랑에 얽어서 각(閣)이 만들어져 있는데, 아래로 내려다보면 땅이 없으며, 거목이 절벽을 마치 산부추처럼 수를 놓고 있으며, 바위는 날아갈 듯하고 골짝은 노한 형상이어서 그 모습을 이루다 표현할 수가 없다. 입옥(立玉)은 골(骨)의 색깔이 호수의 바위와 비슷하며, 봉우리 하나가 땅에서 뽑혀나 서 있는데 영롱하고 섬세하며 험준하여, 높이가 일천여 급(級)에 달하고 사면의 석벽은 새긴 듯 노출되어 있다. 푸른색을 움켜 모으고 분대(粉黛)를 무리 지어 놓은 듯하여, 마치 고수(高手)가 무더기를 쌓아서 이룬 것 같다. 미남궁(米南宮 : 米市)204)이 말한 '수려하고 바싹 말랐으며 주름지고 투과할 듯하다[秀瘦皺透]'라고 하는 것이 대개 바위의 변환하고 기괴한 모습을 잘 체현한 것이라고 할 수 있다.

산봉우리의 허리춤에는 판옥(板屋)이 2칸으로, 한 두타승205)이 그 속에 앉아 있는데, 깨어진 와부(瓦釜)를 매달아 두었으며 벽에는 연기에 그을린 황본(黃本)을 걸어두었으니, 그가 행각(行脚)할 때에 저술하고 논한 것이다. 일정이 촉박하여, 그의 이름과 자를 물어보지 못하였다. 입옥(立玉)에서부터 여기까지는 길이 아주 험하고, 정면에 절벽을 마주하여 사다리 같은 계단을 따라서 내려오는데, 반 발자국도 허용하지 않았다. 한 노인이 평지의 길에서 바라보는데, 두 다리가 시어서 후들거려 마침내 걸음 옮겨놓을 수가 없었다.

환주(幻住)는 즉 중봉(中峯)의 도량(道場)으로, 풍경이 대단히 공활(空闊)

---

204) 미남궁(米南宮) : 미불(米市). 송나라 양양(襄陽) 사람으로, 자(字)는 원장(元章)이며, 호는 해악외사(海嶽外史) 또는 녹문거사(鹿門居士)이다. 미전(米顛)이라도 부른다. 예부원외랑(禮部員外郞)을 지냈기에 예부의 별칭인 남궁(南宮)으로도 불린다. 앞에 나왔다.

205) 두타(頭陀) : 산스크리트어 Dhuta. 본래 수행자들이 탁발(托鉢)하는 것을 말한다. 앞머리를 눈썹까지 내리는 형상을 하는 경우가 많다. 불교에서도 선의 수행자들은 사람이 겪는 쾌락과 고통을 모두 전생의 업보라고 보고 어떤 모욕에도 성내지 말고 고통을 겪어내고자 한다. 그들은 간단한 옷을 걸치고 걸식을 하되 곡식을 삼가며 나무 아래나 묘지에 살며, 앉을 때는 가부좌를 하고 바로 앉아야 하며 잘 때에도 눕지 않는다.

하고 여러 봉우리들의 기이한 자태가 모두 안전에 제공된다. 산족(山足)에서부터 여기까지 십여 리쯤 된다. 환주로 해서 그 위로 올라가면, 산은 더욱 높고 험준하다. 하지만 아름다운 곳은 모두 산의 반 허리에 있으므로, 호사가들이 모두 유람하러 오고, 다시 환주에 이르면 충분히 휴식할 수 있다.

天目之山, 敞於幻住, 奇於立玉, 險於獅子巖, 幽於活埋菴. 菴小而飾, 竹石皆秀, 面峯奇削, 廣不累丈, 遊人行刀脊上, 髮皆豎. 峯顚老松, 偃石側出. 周望緣而上, 坐其斡, 余謂"陶王孫, 今卽眞矣." 周望身羸瘦, 故有此戲.

獅子巖架壁爲閣, 下臨無地, 巨木繡壁如韭, 飛巖怒鼇, 不可盡狀. 立玉骨色類湖石, 一峯拔地立, 玲瓏纖峭, 高千餘級, 四面石壁刻露, 攢靑簇黛, 似有高手堆疊而成. 米南宮所謂秀瘦皺透, 大約其體石之變幻奇詭者也.

峯腰板屋二間, 一頭陀坐其中, 縣破瓦釜, 壁間掛一烟黃本, 其行脚時所著論也. 行迫, 未及問其名字. 從立玉至此, 徑甚險, 面臨絶崖, 梯級而下, 不容半趾. 一老人從平路望, 兩足酸楚, 遂不能步. 幻住卽中峯道場, 景尤空闊, 諸峯奇態, 畢供眼前. 從山足至此, 可十餘里. 由幻住而上, 山愈高峻, 然佳處皆在山半, 好事者皆遊至, 再抵幻住, 便可息足矣.

전 筆校 교 1597년(만력 25년 정유), 어잠(於潛)에서 지은 글.
○ 패란거본에는 이 글이 없으나, 서종당본·소수본에 의거하여 보완한다.

향수석의 물소리를 듣고 적은 글(聽響水石記)

바위는 천목산(天目山) 중간에 있는데, 고요히 하고서 들으면, 그 가운데 흐르는 물의 소리가 있어 운치가 청원(淸遠)하므로 이름을 향수석(響水石)이라 하였다. 바위의 높이는 2장(丈) 남짓이고, 너비는 그 곱절이며, 색깔은 곱고 골격은 억세어, 석보(石譜)206)에 빠진 것을 보충할 만하다.

石在天目山半, 靜而聽之, 中有流水聲, 韻致淸遠, 名響水石. 石高二丈餘, 廣倍之, 色冶而骨遒, 可補石譜之闕.

1597년(만력 25년 정유), 어잠(於潛)에서 지은 글.
○ 패란거본에는 이 글이 없으나, 서종당본·소수본에 의거하여 보완한다.

제운(齊雲)

제운산(齊雲山)과 천문산(天門山)은 기승(奇勝)이지만, 바위 아래에는 비갈(碑碣)이 가득 들어차 있어서, 짜증날 따름이다. 휘주(徽州)207) 사람들은 바위에 글을 쓰는 것을 좋아하는데, 이것은 역시 일종의 기벽(奇僻)일 따름이다. 이 땅에서 벼슬하는 사람들도 그 풍습에 젖어 풍조를 이루어서 붉게 글씨를 쓰거나 흰색 방(榜)을 내걸어 주먹돌들이 모두다 글씨로 가득하여 사람으로 하여금 기분을 상하게 만든다.

나는 생각하기를, 법률에서 산의 바위와 나무를 훔치고 광산을 채벌하

---

206) 석보(石譜) : 돌의 품목을 순서에 따라 차례대로 적은 책. 이를테면 운림거사(雲林居士) 두계양(杜季陽)이 『석보』를 편한 것이 있다.
207) 휘주(徽州) : 휘주지부(徽州知府) 진소학(陳所學). 자는 정보(正甫), 또 다른 자가 지환(志寰)이다. 경릉(景陵) 사람으로, 만력 11년의 진사인데, 형부주사를 제수받았다가 공부주사로 바뀌고, 운남(雲南)에 지공거로 나갔다가 휘주지부(徽州知府)로 돌아왔다.

는 자는 모두 일정한 형벌을 정해 놓고 있거늘, 속된 선비가 산령(山靈)을 훼손하고 더럽히는데도 법률로 금하지 않는 것은 어째서인지 모르겠다. 불설(佛說)에 보면 갖가지 악업(惡業)은 모두 악보(惡報)를 받게 되어 있으니, 이 업(業)은 마땅히 살인이나 도적과 같은 죄과이거늘 부처가 이것에 대하여는 업보를 내리지 않으니, 이것은 역시 법전에 빠진 것이 있는 것이다. 청산과 백석이 무슨 죄와 과실이 있다고 무고하게 그 얼굴에 묵형(墨刑)을 당하고 피부를 찢긴단 말인가? 아아, 역시 어질지 못 하여라!

오로봉(五老峯)과 만인연(萬人緣)은 바위가 모두 좋지만, 조금 수려함과 촉촉함이 부족한 데다가, 산골(山骨)도 역시 우람하지 않으므로, 오래 쳐다보고 있을 만하지 못하다. 하지만 만일 도원(道院)이 작게 서너 칸 집을 짓고, 관부(官府)가 결코 이르러 오지 않으며, 비문(碑文)은 차츰 떨어져 나가고, 바위의 이끼는 차츰 자라난다면, 설령 백악(白嶽)의 신이 영험하지 않다고 하더라도 백여 년이 되지 않아서 제운(齊雲)은 거의 옛 모습을 회복할 수 있을 것이다.

함께 노닌 사람은 매계표(梅季豹),[208] 도주망(陶周望 : 陶望齡),[209] 반경승(潘景升),[210] 방자공(方子公), 승려 벽휘(碧暉), 장생(章生),[211] 이생(李生)[212]이다. 다섯 밤을 자고 난 뒤에 떠났다.

齊雲天門奇勝, 巖下碑碣塡塞, 可厭耳. 徽人好題, 亦是一僻. 仕其土者, 薰習成風, 朱書白榜, 卷石皆徧, 令人氣短. 余謂律中盜山伐鑛, 皆

---

208) 매계표(梅季豹) : 매수기(梅守箕). 권9 「매계표를 만나 기뻐서(喜逢梅季豹)」의 전교(箋校)를 참조.
209) 도주망(陶周望) : 도망령(陶望齡). 자가 주망이요 호가 석궤(石簣)이다.
210) 반경승(潘景升) : 반지항(潘之恒), 자가 경승(景升)으로, 또 다른 자는 경생(庚生)이다. 흡현(歙縣) 사람이다. 수염이 창처럼 삐죽삐죽하고 손님과 사귀는 것을 좋아하였다. 척당기위(倜儻奇偉)함을 자부하였으며, 젊어서 시의 명성이 있었다.
211) 장생(章生) : 권9 「장자에게 주다(贈章子)」의 전교(箋校)를 참조.
212) 이생(李生) : 권9에 「이운봉에게 주다(贈李雲峯)」 2수가 있는데, 같은 사람인지 모르겠다.

有常刑, 俗士毁汚山靈, 而律不禁, 何也? 佛說種種惡業, 俱得惡報, 此業當與殺盜同科, 而佛不及, 亦是缺典. 靑山白石, 有何罪過, 無故黥其面, 裂其膚? 吁, 亦不仁矣哉! 五老峯·萬人緣石皆好, 而微乏秀潤, 山骨亦不巉, 以茲不耐久觀. 然使道院少作數間, 官府不常至, 碑文漸落, 石苔漸長, 白嶽之神不靈, 不百餘年, 齊雲庶幾可復舊觀矣. 同遊爲梅季豹·陶周望·潘景升·方子公·僧碧暉及章·李二生, 五宿而後行.

 1597년(만력 25년 정유), 휴녕(休寧)에서 지은 글.
○서종당본·소수본은 이 글의 제목을 「무운암기(舞雲巖記)」로 하였다. 글은 상당히 짧으면서 많이 다르다. 아래에 수록하여 둔다.
"제운산(齊雲山)은 대단히 뛰어나고 진기하기[213) 때문에, 허공에 매달린 바위와 날아갈 듯한 계곡이, 구멍같이 나 있는 골짜기 사이에 가득 깔려 있다. 천문산(天門山)은 벌어진 바위 틈새가 한 길로 나 있어, 더욱 절승이다. 다만, 비갈(碑碣)이 가득 들어차 있어서 짜증날 따름이다. 휘주(徽州) 사람들은 바위에 글을 쓰는 것을 좋아하는데, 이것은 역시 일종의 기벽(奇僻)일 따름이다. 붉게 글씨를 쓰거나 흰색 방(榜)을 내걸어 주먹돌들이 모두다 글씨로 가득하다. 나는 생각하기를, 법률에서 산의 바위와 나무를 훔치고 광산을 채벌하는 자는 모두 일정한 형벌을 정해 놓고 있거늘, 속된 선비가 산령(山靈)을 훼손하고 더럽히는데도 법률로 금하지 않는 것은 어째서인지 모르겠다. 청산과 백석이 무슨 죄와 과실이 있다고 무고하게 그 얼굴에 묵형(墨刑)을 당하고 피부를 찢긴단 말인가? 아아, 역시 어질지 못 하여라!
미타암(彌陀巖)과 오로봉(五老峯)은 바위가 모두 우뚝하되, 조금 수려함과 촉촉함이 부족한 데다가, 산골(山骨)도 역시 가파르지 않으므로, 오래 쳐다보고 있을 만하지 못하다. 하지만 만일 도원(道院)이 작게 서너 칸 집을 짓고, 관부(官府)가 결코 이르러 오지 않으며, 비문(碑文)은 차츰 떨어져 나가고, 바위의 이끼는 차츰 자라난다면, 설령 백악(白嶽)의 신이 영험하지 않다고 하더라도 백여 년이 되지 않아서 제운(齊雲)은 거의 옛 모습을 회복할 수 있을 것이다.
(齊雲山以瑰奇甚, 懸巖飛谷, 布滿竇磐間. 天門石罅一道, 尤爲勝絶, 獨碑喝塡塞可厭耳. 徽人好題, 亦是一僻, 朱書白榜, 卷石皆徧. 余謂律中盜山伐鑛, 皆有常刑,

---

213) 괴기(瑰奇) : 빼어나게 뛰어나고 진기함.

俗士毁汚山靈, 而律不禁, 何也? 靑山白石, 有何罪過, 無故黥其面, 裂其膚? 吁,
亦不仁矣!
彌陀巖·五老峯, 石皆突兀, 而微乏秀潤, 山骨亦不巉, 以玆不耐久觀. 然使道院
少作數間, 官府不常至, 碑文漸落, 石苔漸長, 白嶽之神不靈, 不百餘年, 齊雲庶幾
可復舊觀矣)."

석교암(石橋巖)

석교암(石橋巖)은 대략 천문산(天門山) 일대와 유사하되, 문이 조금 널
찍하며, 제운(齊雲)에서 25리 떨어져 있다. 거기 노닐던 날에, 하늘이 몹
시 어둡고 컴컴하여 서로 손에 손을 잡고 떠났다. 그래서 돌아왔으나,
끝내 비가 내리지 않았다. 동행으로 도중에 돌아온 사람들이 모두 크게
후회하여 가슴아파하였다.

石橋巖畧似天門一帶, 而門稍闊, 去齊雲二十五里. 遊之日, 天甚昏
黑, 各攜雨具去. 及歸, 竟不雨, 同行半道歸者, 皆大悔懊.

1597년(만력 25년 정유), 휴녕(休寧)에서 지은 글.
○ 서종당본·소수본에서는 글 제목이 「석교암기(石橋巖記)」로 되어 있다.
○ 皆大悔懊 : 서종당본·소수본에서는 皆悔로 되어 있다.

낙석대에 묵은 기록(宿落石臺記)

제운(齊雲)214)을 내려와서 뗏목을 타고 시내를 따라 가서 낙석대(落石

---

214) 제운(齊雲) : 제운산(齊雲山). 일명 백악(白岳). 안휘성 휴녕현(休寧縣) 서쪽에 있다.

臺)에 이르렀다. 바위는 시냇물 가에 떨어져 절벽에 의지하여 있는데, 자리 하나는 깔 수 있을 만한 너비이다. 기슭 위에는 승려가 가득한데, 호사가라고는 한 사람도 없어서, 손님이 왔다는 말을 듣고 모두 문을 닫아걸었다.

바위 꼭대기 가까이에 한 담을 두른 집이 있어 아주 정갈하였다. 나는 도석궤(陶石簣)215)를 돌아보면서 "이곳은 난입(闌入)해야지 주인이 누구인지 다시 물을 필요도 없어"라고 하였다. 그리고는 도석궤를 끌다시피 하여 들어가니, 여러 객들이 모두 마지못해 머뭇머뭇하면서 들어갔다. 시내의 빛과 산의 남취(嵐翠)가 궤안(几案)에 들어와 뒤얽혔다.

두 소년이 나와서 읍례를 하는데, 모습이 아주 맑았다. 객이 말하였다. "이 분은 회계(會稽) 도선배(陶先輩)시네." 두 소년은 펄쩍 뛰다시피 하면서 다시 읍례를 하고는 각(閣) 위에 술자리를 벌였다. 그들과 더불어 거자업(擧子業 : 과거 공부)에 관하여 논하다가, 병(丙)216)의 시각에 이르러서야 비로소 쉬었다. 시내 소리가 밤이 다하도록 울려 나서, 마치 일만 그루 소나무가 소리를 내는 것 같았다.

다음 날 아침 두 소년이 시와 제액(題額)을 간청하기에, 나는 그 각(閣)을 '계성(溪聲)'이라고 명명하였다. 도석궤가 말하길, "이것은 내가 천목산(天目山)에서 꿈꾸었던 비(雨)로군요"라고 하였다. 그래서 그 서재를 이름하여 '몽우(夢雨)'라 하였다. 각각 시 2장(章)을 지어 주었다.

下齊雲, 乘筏沿溪, 至落石臺. 石墮溪水邊, 倚絶壁, 可布一席. 岸上僧彌, 絶無好事者, 聞客來, 皆閉門. 近巓一牆宇甚精, 余顧石簣曰 : "此地可闌入, 不須更問主人也." 拉石簣入, 諸客亦逡巡入. 溪光山翠, 錯

---

215) 도석궤(陶石簣) : 도망령(陶望齡). 자는 주망(周望)이고, 호가 석궤이다. 회계(會稽) 사람이다. 앞에 나왔다.
216) 병(丙) : 한 밤, 오후 12시경. 삼경(三更). 밤을 갑·을·병·정·무의 5야(五夜)로 나눈 가운데 셋째 시각.

雜几案, 二少年出揖, 貌甚淸. 客曰 : "此會稽陶先輩也." 二少年踴躍復
揖, 治酒閣上, 與之商擧子業, 至丙始休. 溪聲徹夜鳴, 如萬松聲. 次早
二少年索詩及題額, 余名其閣曰"溪聲". 石簣曰 : "此余天目所夢之雨
也." 因名其齋曰"夢雨". 各作詩二章遺之.

신안강을 따라 나아간 기록(新安江行記)

신안강은 너무나 맑아서 밑바닥이 보일 정도이다. 봉우리와 둥근 봉
우리가 비취빛으로 겹쳐 이어진 것이 은은하게 물 속에 보이고, 때때로
물결 이는 수면 위로 돌출하여 보이는 것은 하늘을 아로새겨 마치 호수
의 바위와 같으니, 이것은 강을 가는 한가지 유쾌한 일이다.

강은 양옆으로 산이 끼고 있어, 물의 흐름을 일천 리에 이르도록 묶어
서, 바위에 부딪혀 여울을 이루고 쏜살같이 흘러가므로, 눈으로 주시(注
視)하는 일을 문득 그만 둘 수가 없다. 그리고 산은 회합(回合)하기를 좋
아하여, 서너 걸음마다 한 번씩 강물이 돌아나가므로, 뱃전의 앞에서 망
망(莽莽)한데, 배가 홀연히 벽으로 들어가므로 꺾여서 따라나가니, 곧 이
것이 물길[竇]임을 알 수가 있다.

혹자는 말하길, 물이 옥죄어 묶고 산이 빗장을 질렀으므로, 그 땅이
온축되지 않을 수 없다고 한다. 내 생각에는 손오(孫吳)[217]의 때에 번번
이 유배객을 여기에 두었던 것은 이 땅이 메마르고 자갈 투성이어서 황
량하고 수척하였기 때문이라고 여겨지는데, 그때의 산천이 험고(險固)하
기가 이미 이와 같았으니, 지금 온 땅을 두르다시피 상업을 하는 자들이

---

217) 손오(孫吳) : 즉 삼국시대 오나라. 손씨가 지배하였다.

휘주(徽州) 사람이 아닌 이가 누가 있는가? 물길로는 배를 노 저어 가고 육지로는 수레를 끌어가서, 강과 바다를 말다시피 하여 휘주에다 쏟아 붓는 데다가, 그 풍속 또한 섬색(纖嗇)하고 역작(力作)하므로, 비록 산이 꺾이지 않고 강이 뒤얽히지 않았다고 하여도, 어찌 부유하지 않을 수 있 겠는가!

　휘주 사람들은 근래에 더욱 빈빈(斌斌)[218]하여, 돈꿰미 계산하고 주판 을 놓는 자들이 모두 다투어 시가(詩歌)를 짓는 것을 풍습으로 삼으니, 시가를 짓지 못하는 자라고 하여도 역시 도서(圖書) 및 여러 가지 완상물 (玩賞物)을 수장(收藏)하므로, 화원(畫苑)과 서가(書家)에 볼만한 것이 많다. 다만 뻐기는 버릇[219]을 아직 제거하지 못하여, 송사(訟事)를 말하기 좋아 하고 말이 궁한 것을 부끄러워한다. 이것은 그 풍습이 남아 맺혀서 그런 것이다.

　관아의 배는 취약하고 얇아서 그저 놀라울 뿐인데, 여울물이 일어날 때 바야흐로 출발하니, 대단히 신속하여서 이틀만에 엄(嚴)에 이르렀으므 로, 그 산천과 노정[220]을 상세하게 기록할 수가 없다.

新安江清徹見底, 峯巒翠疊, 隱隱見水中, 時有突出波面者, 嵌空如 湖石, 江行之一快也. 江爲山所夾, 束流千里, 石湍迅速, 目所注視, 輒 不能了. 而山喜爲回合, 數步一轉, 前舟莽莽, 忽如入壁, 折而隨之, 乃 知其爲竇也. 或云水束而山局, 其地不得不蓄. 余謂孫吳時, 每以置流 人, 謂其地磽确荒瘦, 彼時山川固已如此, 夫今之匝地而商者, 誰非徽 也? 水行舟楫, 陸行車輓, 捲江海而注之徽, 而其俗又皆纖嗇力作, 雖山 不折江不縈, 遽寧不富也! 徽人近盆斌斌, 算緡料籌者競習爲詩歌, 不

<hr>

218) 빈빈(斌斌) : 본래는 문(文)과 질(質), 곧 외관과 내용이 잘 조화된 모양을 뜻한다. ‘문 질빈빈(文質彬彬)’의 彬彬과 같다. 그런데 여기서는 영리에 골몰하는 천박한 무리가 시 가(詩歌)를 하여 스스로를 꾸미는 것을 풍자적으로 말한 것이다.
219) 긍습(矜習) : 자긍(自矜)하는 습벽(習癖). 뻐기는 버릇.
220) 도리(道里) : 길의 이수(里數). 노정(路程).

能者亦喜蓄圖書及諸玩好, 畫苑書家, 多有可觀. 獨矜習未除, 樂道訟
而愧言窮, 是爲餘結耳. 官舟脆薄可駭, 灘水方發, 迅捷之極, 凡二日至
嚴, 其山川道里之詳, 不得而志之矣.

1597년(만력 25년 정유), 흡현(歙縣)에서 지은 글.
○ 패란거본에는 이 글이 없으나, 서종당본·소수본에 의거하여 보완한다.

조대에 관한 글(釣臺記)

　조대(釣臺)에 오른 날, 하늘이 이미 캄캄하였으므로, 대나무를 태워서
벽 사이의 시를 읽었다. 관인(館人)이, 산 속에 범이 있다고 말하였지만,
우리들은 흥이 발하여 그만 둘 수가 없었다. 산 중턱 쯤 이르렀는데, 안
내자가, 하늘이 검고 풀이 깊어서 산길을 헤아릴 수가 없다고 말한다.
그래서 머뭇머뭇 하다가 마침내 내려왔다.
　바위 위에 앉아 있으면서 도석궤(陶石簣)[221]와 엄자릉(嚴子陵)[222]의 인
물됨을 논하였다. 나는, 엄자릉은 쓸만하지 못하였기에 쓰이지 못한 자
라고 생각한다. 왕망(王莽)[223]의 신(新)[224] 시대를 당하여, 천하가 무너지

---

221) 도석궤(陶石簣) : 도망령(陶望齡). 자는 주망(周望)이고, 호가 석궤이다. 회계(會稽) 사
　람이다. 앞에 나왔다.
222) 엄자릉(嚴子陵) : 엄광(嚴光). 자(字)가 자릉인데, 줄여서 엄릉이라고 말한다. 본성은 장
　(莊)인데, 명제(明帝)의 휘(諱)를 피하여 성을 바꾸었다고 한다. 또 다른 이름은 준(遵)이
　다. 동한 때 회계(會稽) 사람. 어려서 후한 광무제(光武帝) 유수(劉秀)와 함께 노닐고 공
　부하였다. 광무제가 즉위하자 성명을 바꾸고 숨었다. 광무제는 사람을 시켜서 두루 찾
　아보게 하여, 그를 징소하여 서울로 불러 간의대부(諫議大夫) 벼슬을 주었지만, 엄릉은
　관직을 받지 않고 부춘산(富春山)에 숨었다. 그가 은둔한 곳의 지명을 엄릉산(嚴陵山),
　엄릉뢰(嚴陵瀨), 엄릉조대(嚴陵釣臺)라고 부른다. 『후한서』「일민전(逸民傳)」의 '엄광
　(嚴光)'조에 일화가 실려 있다.
223) 왕망(王莽) : 한(漢)나라 원성(元城) 사람. 자(字)는 거군(巨君). 원황후(元皇后)의 조카
　로, 평제(平帝)가 아홉 살의 어린 나이에 즉위하자 대사마(大司馬)가 되었고, 태황태후
　(太皇太后)가 된 원후(元后)와 함께 조정의 권력을 농단하였다. 결국 평제는 왕망을 안

고 둑이 터지듯 혼란 속에 빠져 있었을 때는, 민첩한 다리(준마)를 내달리고 기린의 갈기에 매달리는 것이 바로 지사(志士)가 자기의 뜻을 펼 시기였던 것이거늘, 엄자릉 옹은 어이하여 권석(卷石)에 연연(戀戀)하였던 말인가?

혹자는, 엄자릉이란 사람은 그 의리가 높기에 선뜻 고인(故人 : 친구)의 신하가 되려고 하지 않았던 것이요, 그 영걸(英傑)의 기(氣)가 늠름하고 매서워 결단코 인신(人臣)의 풍도(風度)가 아니었다고 말한다. 무릇, 의(義)의 관점에서 고인(故人)의 신하가 되지 않았다고 하지만, 당시 일을 수창(首創)한 사람이 모두다 고인이었던 것은 아니다. 기(氣)의 관점에서 인신(人臣)일 수가 없었다고 하다니, 바야흐로 적신(賊臣)이 세상에 들어차 모두가 다 그런 자들이어서, 도망한 사슴을 쫓고 한(漢) 왕가와 이미 물에 빠진 솥(鼎)을 획득하려고 하는 때이었으므로, 그 언사는 너무 올곧고 그 명분도 역시 바랐다. 더구나 광무제(光武帝)[225]는 어떤 사람이었던가? 영웅(英雄)으로서 어느 세대고 나올 수 있는 군주가 아니었다. 뭇 영웅이 서로 맞서 다툴 때 문숙(文叔 : 광무제 유수)이 지식인을 급히 구하려던 마음은 갈증이 나서 물을 구하듯 하였다. 그렇다면 옛 친구가 정말로 쓸만하였더라면 물색(物色)하고 찾아 나선 것이 어찌 즉위하길 기다린 이후

국공(安國公)에 봉하고 정치를 일임하였다. 평제가 죽은 뒤 어린 아들 영(嬰)을 황제로 세우고 왕망은 자칭 황제를 위해 섭정한다는 명목으로 3년 동안 황제의 자리에 올랐으며, 국호(國號)를 신(新)으로 바꾸었다. 일련의 개혁을 시행하기도 하였으나, 또한 가혹한 정치를 하였고, 전쟁을 빈번하게 하였으며, 백성들에게 노역을 과중하게 시켰기 때문에, 농민 봉기의 와중에 피살되었다.

224) 신(新) : A.D. 8년 왕망(王莽)이 한(漢)을 대신하여 제(帝)라 일컫고 국호를 고친 이름. 그 왕조를 신실(新室)이라 한다.

225) 광무제(光武帝) : 유수(劉秀). 왕망(王莽)이 지황(地皇) 3(A.D.22)년에 그의 형(縯)을 따라 용릉(春陵)에서 군사를 일으키자, 갱시제(更始帝) 유현(劉玄)의 명(命)을 받아 곤양(昆陽)땅에서 왕망의 군사를 크게 깨뜨렸다. 유현은 즉시 인(縯)을 참하였고, 유수(劉秀)는 대사마(大司馬)로서 하북(河北) 지역을 평정하러 갔다. 광무제는 갱시(更始) 3(A.D. 25)년에 황제의 자리에 올라, 낙양(洛陽)을 도읍으로 정했는데, 이것이 바로 동한(東漢)이다.

에야 하였겠는가? 쓸 수 없음을 알았기 때문에 친구를 대우한 것이 간의대부(諫議大夫)에 그쳤던 것이다. 친구가 필시 나에게 소용이 되지 않으리란 것을 알았으므로 허명(虛名)을 그에게 준 것이며, 그를 총애하여 발이 황제의 배 위에 올라오도록 하였던 것이다. 엄옹의 사람됨은 광무제의 눈에서 벗어날 수 없었던 것이 분명하다.

도석궤가 말하였다. "만일 그대의 말과 같다면 엄자릉은 용렬한 사람일 따름이니, 무어 말할 것이 있겠나!" 나는 이렇게 말하였다. "그렇지 않소. 엄자릉은 무용(無用)으로 용(用)을 삼은 자라오 무용(無用)함을 알아서 쓰지 않은 것은 지식이 승하였던 것[識勝]이오. 용(用)을 구하지 않아서, 남이 비록 나를 쓰려고 하여도 그럴 수 없게 한 것은, 재주가 승하였던 것(才勝)이오. 그러므로 재주와 지식이 하나라도 지극한 경지에 이르지 않고서도, 능히 은둔할 수 있었던 자는 없었습니다. 그렇지 않다면, 자기의 무용(無用)함도 알지 못하는데다가, 또 자기의 불용(不用)의 마음을 굳혀서 그 불가용(不可用)의 뜻을 온전히 할 수 없는 것이니, 이것은 은호(殷浩)226)나 충방(种放)227)의 무리가 명성을 끝까지 보존하지 못하고 은둔해서나 현달해서나 모두 잘못을 범하고 말았던 이유인 것이오. 그들을 엄자릉의 품격(品格)과 비교한다면 어찌 하늘과 못의 차이에 그치겠소!"

---

226) 은호(殷浩) : 진(晉)나라 진군(陳君) 장평(長平) 사람. 자(字)는 연원(深源). 『노자』·『주역』을 좋아하여 청담(淸談)의 인사들 사이에서 존경을 받았다. 건원(建元) 연간 초에 징소되어 건무장군(建武將軍)이 되고, 영화(永和) 6년에 중군장군(中軍將軍)이 되어 양(揚)·예(豫)·서(徐)·연(兗)·청(靑) 다섯 주(州)의 군사를 도독(都督)하였다. 요양(姚襄)의 반란에 장수를 보내어 격파하려 하였으나 패하여, 폐위되어 서인으로 되었다. 서인이 되어서는 종일토록 허공에 '돌돌괴사(咄咄怪事)' 네 글자만 쓰고 있을 뿐이었다고 한다. 앞에 나왔다.
227) 충방(种放) : 송나라 낙양(洛陽) 사람. 자는 명일(名逸), 호는 운계취후(雲溪醉侯). 어머니를 봉양하여 종남(終南)에 숨어, 강습(講習)을 업(業)으로 삼았다. 은거하길 30년에, 함평(咸平) 연간에 이르러, 징소되어 공부시랑(工部侍郞)이 되었다. 진종(眞宗) 때 재사간(在司諫)이 되었다. 진단(陳搏)과 함께 주염계(周濂溪 : 周敦頤)의 『태극도설(太極圖說)』의 조사(祖師)라고 일컬어진다. 『송사』에 입전(立傳)되어 있다.

登釣臺之日, 天已昏黑, 燒竹讀壁間詩. 館人云山間有虎, 余等興發
不可止. 至半嶺, 導者云天黑草深, 不辨徑. 蜘躕乃下. 坐石上, 與石簣
論子陵人物. 余謂子陵知不可用而不用者也. 當新莽之世, 天下崩潰,
騁捷足而攀鱗鬣, 此亦志士一時, 翁何戀戀一卷石也. 或曰子陵者, 其
高義不屑爲故人臣, 而其英傑之氣凌凌厲厲, 亦決然非人臣度也. 夫義
不臣故人, 當時首事者不盡故人也. 氣不爲人臣, 方賊臣貫盈, 逐失鹿
而獵漢家已溺之鼎, 此其辭亦直, 名亦正. 且光武何人也? 英雄不世出
之主也. 當羣雄相角, 文叔急士之心, 如渴求水, 故人誠可用, 其所以物
色尋求者豈待卽位後哉? 知不可用, 故待故人者止于諫議. 知故人之必
不爲我用, 因而以虛名與之也, 故寵之以足加帝腹. 嚴翁之爲人, 不能
出光武之目明矣. 石簣曰 : "如子言, 子陵一庸人耳, 何足道!" 余曰 : "不
然. 子陵以無用爲用者也. 知其無用而不用, 此識勝也. 不求用, 人雖欲
用我而不可得, 此才勝也. 故才與識, 一者不至, 未有能隱者也. 不然,
旣不知己之無用, 又不能堅己不用之心以自全其不可用, 此殷浩·种放
之流所以聲名不終而隱顯俱失者也, 其視子陵品格, 何止天淵哉!"

1597년(만력 25년 정유), 동려(桐廬)에서 지은 글.
○이 글은 서종당본·소수본에 수록된 것에 의거한다. 패란거본에는 제목
이 「조대(釣臺)」라 되어 있고, 글이 대단히 간단하다. 아래에 수록하여 둔다.
"조대는 두 바위가 마주하고 있으며, 높이는 한 장(丈) 남짓에 불과하다. 당시에 얼
마나 되는 낚싯대로 몇 근의 물고기를 낚았는지 모르겠다. 엄옹(嚴翁)은 무용(無用)
하였으니, 이 대(臺)와 무엇이 달랐는가? 하지만 그 벽은 일천 인(仞)의 높이로, 군주
를 오만하게 노려보고 돌아보지 않았으니, 준절(俊絶)함이 역시 석두(石頭)와 같도
다(釣臺兩石相封, 高不餘丈. 不知當時用幾許竿, 釣得幾斤魚也? 嚴翁無用, 與此
臺何異? 然其壁立千仞, 傲倪人主不顧, 俊絶亦與石頭等矣)."
○高不餘丈 : 不은 이운관본에 百으로 되어 있다.

진정보[228]의 『회심집』에 쓰다(敍陳正甫會心集)

세간 사람들이 얻기 어려운 것이 취(趣)[229]이다. 취란 산의 색, 물의 맛, 꽃의 빛, 여인의 자태와 같아서, 비록 말을 잘하는 자라고 하더라도 한 마디 말도 단언하지 못하며, 오로지 회심(會心)한 자만이 알 수 있다.

지금 사람들은 '취'의 이름만 흠모하여, '취'의 흡사한 것만 구하므로, 이에 서화(書畫)에 대하여 변설(辨說)하고 골동품을 섭렵하여 청(淸)의 '취'로 삼는다. 또 현허(玄虛)에 뜻을 부치고 분잡한 티끌세상에서 발을 벗어나는 것을 원(遠)의 '취'로 삼는다. 그리고 그 아래로는 소주(蘇州)[230]의 향 사르기, 차 끓이기 같은 것이 있다. 이것들은 모두 '취' 가운데 겉껍데기요 터럭에 불과하니 신정(神情)에 무슨 관계가 있는가?

무릇 '취'를 자연스러움 속에서 얻은 것은 깊고, 학문에서 얻은 것은 옅다. 아직 동자일 때에는 '취'란 것이 있는 줄도 모른다. '취'란 것이 있는 줄도 모르지만 어디를 가든 '취'가 아닌 것이 없다. 얼굴은 용모를 단정히 하지 않고 눈은 눈동자를 고정하여 두지 않으며 입으로는 옹알옹알 거리면서[231] 말을 하려고 하고 발은 껑충 뛰려고 하지 고정되어 있지 않을 때, 사람이 태어나 지극한 즐거움은 정말로 이 시기보다 더 뛰어넘는 것이 없다. 맹자(孟子)가 말한 "적자의 마음을 잃지 않는다(不失赤子)"[232]라든가, 노가(老子)가 말한 "능히 영아일 수 있는가(能嬰兒)"[233]라

---

228) 진정보(陳正甫) : 진소학(陳所學). 성리학을 잘 논하였다. 권5 「진지환(陳志寰)」 참조.

229) 취(趣) : 진취(眞趣). 정신기질이 신태(神態) 상에 자연스레 체현된 것을 말함.

230) 소주(蘇州) : 당나라 시인 위응물(韋應物). 일찍이 소주자사(蘇州刺史)에 임명되었다. 위응물은 만년에 선식(鮮食)을 하고 과욕(寡慾)을 하였으며, 분향(焚香)하고 소지(掃地)하여 좌선하는 것을 일삼았다.

231) 남남(喃喃) : 아동이 말을 배울 때 옹알거리는 소리.

232) 불실적자(不失赤子) : 『맹자』「이루 하(離婁 下)」에서 "대인이란 적자의 마음을 잃지 않은 자이다(大人者, 不失其赤子之心者也)"라고 하였다.

233) 능영아(能嬰兒) : 『노자』 10장에 "땅의 형체를 한 몸에 싣고 하늘의 하나를 껴안는다. 그것이 떠나지 않게 할 수 있는가? 기를 집중시켜 부드러움을 이루어 갓난아기가 될 수 있는가? 검어진 거울을 깨끗이 씻어 티가 없이 할 수 있는가? 백성을 아끼고 나라를

고 한 것은 모두 이것을 가리킨 것이다.

'취'의 정등 정각(正等正覺)234)이 최상승(最上乘)이다. 산림(山林)의 사람은 구애됨도 없고 속박됨도 없어서, 자재(自在)하게 하루 하루를 보낼 수 있으므로, 비록 '취'를 구하지 않더라고 '취'가 가까울 수 있다. 어리석고 못난 사람들이 '취'가 가까울 수 있는 것은 품(品)이 없기235) 때문이다. 품이 낮아지면 낮아질수록, 추구하는 것이 더욱 낮아져서, 혹은 술과 고기를 추구하고 혹은 성기(聲伎)를 추구하여 마음에 있는 그대로 행하여 거리끼고 저어하는 것이 없어, 스스로 세간에서는 희망이 끊어졌다고 여겨서는 온 세상이 비난하고 비웃어도 돌아보지를 않으니, 이것도 또한 하나의 '취'이다. 그러다가 나이가 조금 많아지고, 관직이 조금 높아지고 품(品)236)이 조금 커지면, 몸을 지니길 질곡처럼 여기며 마음을 지니길 가시나무처럼 여겨, 털구멍과 뼈마디가 모두 견문과 지식의 속박을 입어, 이(理)에 들어가는 것이 더욱 깊어지지만, 그러면 그럴수록 '취'로부터 멀어지는 것이 더욱 멀어진다.

내 친구 진정보(陳正甫)는 '취'에 있어 깊은 자이다. 그러므로 저술한 『회심집(會心集)』 약간 권 가운데 '취'에 관한 것이 그 대부분을 차지한다. 그렇지 않으면 비록 백이(伯夷)237)처럼 개결(介潔)하고 엄광(嚴光)처럼

다스림에 앎으로써 하지 않을 수 있는가? 하늘의 문이 열리고 닫힘에 암컷으로 머물 수 있는가? 명백히 깨달아 사방에 통달함에 인위로써 하지 않을 수 있는가? 도는 창조하고 덕은 축적하네. 낳으면서도 낳은 것을 소유하지 않고, 지으면서도 지은 것을 내 뜻대로 만들지 않고, 자라게 하면서도 자라는 것을 지배하지 않네. 이것을 일컬어 현덕이라고 하네(載營魄抱一, 能無離乎? 專氣致柔, 能嬰兒乎? 滌除玄覽, 能無疵乎? 愛國治民, 能無知乎? 天門開闔, 能爲雌乎? 明白四達, 能無爲乎? 生之畜之, 生而不有, 爲而不恃, 長而不宰, 是謂玄德)"라고 하였다.
234) 정등 정각(正等正覺) : 불교의 술어. 무상방정(無上方正)의 깨달음.
235) 무품(無品) : 품제(品第)가 없음. 사회적 지휘가 낮음을 뜻함.
236) 품(品) : 관위의 품급(品級).
237) 백이(伯夷) : 이름은 윤(允)으로, 상(商)나라 말기 고죽국(孤竹國) 출신이다. 동생 숙제(叔齊)와 함께 고죽군의 아들이었는데, 고죽군이 죽은 뒤 왕위를 물려받지 않고 둘 다 주(周)나라로 가서 서백(西伯), 즉 주나라 문왕(文王)을 섬겼다. 문왕이 죽고 무왕(武王)이 즉위하여 상나라의 주(紂)를 정벌하러 나서자 "부친이 죽어서 아직 장례도 치르지

고고하더라고 기록하지를 않았다. 아아, 누가 진정보군 같이 품격이 있고 진정보군 같이 관직이 있으며 진정보군 같이 장년의 나이이면서 능히 '취'를 알기를 이와 같이 하는 자가 있다고 말하랴!

世人所難得者唯趣. 趣如山上之色, 水中之味, 花中之光, 女中之態, 雖善說者不能下一語, 唯會心者知之. 今之人慕趣之名, 求趣之似, 於是有辨說書畫, 涉獵古董以爲淸. 寄意玄虛, 脫跡塵紛以爲遠. 又其下則有如蘇州之燒香煮茶者. 此等皆趣之皮毛, 何關神情? 夫趣得之自然者深, 得之學問者淺. 當其爲童子也, 不知有趣, 然無往而非趣也. 面無端容, 目無定睛, 口喃喃而欲語, 足跳躍而不定, 人生之至樂, 眞無踰于此時者. 孟子所謂不失赤子, 老子所謂能嬰兒, 蓋指此也. 趣之正等正覺最上乘也. 山林之人, 無拘無縛, 得自在度日, 故雖不求趣而趣近之. 愚不肖之近趣也, 以無品也, 品愈卑故所求愈下, 或爲酒肉, 或爲聲伎, 率心而行, 無所忌憚, 自以爲絶望於世, 故擧世非笑之不顧也, 此又一趣也. 迨夫年漸長, 官漸高, 品漸大, 有身如梏, 有心如棘, 毛孔骨節俱爲聞見知識所縛, 入理愈深, 然其去趣愈遠矣. 余友陳正甫, 深於趣者也, 故所述會心集若干卷, 趣居其多, 不然雖介若伯夷, 高若嚴光, 不錄也. 噫, 孰謂有品如君, 官如君, 年之壯如君, 而能知趣如此者哉!

1597년(만력 25년 정유)에 지은 글. 진정보(陳正甫)는 이때 휘주 지부(徽州知府)에 임명되어 있었다. 원굉도는 월(越)·흡(歙)을 노닐 때 흡현에 있으면서 지은 것이다. 원굉도는 이 글에서 '자연(自然)'을 중시하였는데 육운룡(陸雲龍)은 평(評)하길, "자연(自然)이란 두 글자는 '취'의 근해(根荄)이니, 그렇게 버릇(癖)이

않았는데 전쟁을 벌인다면 효자라고 할 수 있겠는가? 신하의 신분으로 군주를 시해하면 어질다고 할 수 있겠는가?(父死不葬, 爰及干戈, 可謂孝乎? 以臣弑君, 可謂仁乎?)"(『史記』「伯夷列傳」)라고 반대하였다. 무왕이 상을 멸망시키자 이들은 수양산(首陽山)에 은둔하였다. 공자는 이들을 '인(仁)을 구하여 인(仁)을 얻은(求仁而得仁)' '고대의 현인(古之賢人)'이라고 평가하였다. 『논어』「술이(述而)」에 나온다.

거나 누(累)되는 것이 아니다"라고 하였다. 또 "처음에 적자(赤子)를 거론하였고, 다음에 우불초(愚不肖)를 거론하였으니, 석공(石公)은 정말로 구안자(具眼者)이다"라고 하였다. 권4 「장유후의 잠명 뒤에 적다(識張幼子箴銘後)」에 보면, "본성의 편안한 바는 거의 억지로 어떻게 할 수가 없다. 본성에 따라서 행하는 것이 진인이다(性之所安, 殆不可强. 率性而行, 是謂眞人)"라고 하였는데, 그것을 이 글의 '자연(自然)'의 주각(注脚)이라 말할 수 있다.

○ 會心集 : 현재 남아 있지 않은 듯하다.

○ 서종당본·소수본에는 제목이 「회심집서(會心集敍)」로 되어 있다.

○ 趣之正等正覺 : 서종당본·소수본에는 '正等正覺' 네 글자가 없다.

○ 故所述會心集若干卷 : 卷이 서종당본·소수본·취오각본·이운관본에는 人으로 되어 있다.

○ 而能知趣如此者哉 : 서종당본·소수본에는 能知 두 글자가 없다.

약사전에 대하여 쓰다(記藥師殿)

정자사(淨慈寺)의 승방(僧房) 가운데서는 오로지 연공(蓮公)의 방이 가장 그윽하다. 길은 멀고 으슥하며, 절의 문에서부터 방에 이르기까지 1리쯤 된다. 길을 사이에 끼고 고목과 잡풀이 많으며, 정면은 우화장(藕花莊)과 서로 맞서 있으며 뒤에는 법화대(法華臺)를 두고 있다. 나의 아우 소수(小修)는 일찍이 장난거(蔣蘭居)와 여기에 우거(寓居)하면서 선(禪)을 이야기하였다.

나는 올해에 도석궤(陶石簣)238)·방자공(方子公)239)과 함께 서호(西湖)에서 꽃구경하였다. 모두 세 번 왕래하였으며, 어느 경우에나 모두 거기에 잠시 머물렀다. 갈 때는 즐겁지 않은 적이 없었으며, 머물면서 편안하지 않은 적이 없었던 데다가, 떠날 때는 배회하면서 연모의 정을 더하지 않

---

238) 도석궤(陶石簣) : 도망령(陶望齡). 자는 주망(周望)이고, 호가 석궤이다. 회계(會稽) 사람이다. 앞에 나왔다.
239) 방자공(方子公) : 방문선(方文僎). 자는 자공. 신안(新安) 사람이다. 앞에 나왔다.

은 적이 없었다. 어째서인가?

　다른 승방은 대부분 향객(香客),240) 유인(遊人)과 부녀(婦女)가 왕래하며 분잡하게 시끄러운 것이 관아의 뜰과 같았지만, 연공(蓮公)은 문을 닫아 걸고 일을 사절하였다. 첫째로 기뻐할 만한 일이다. 승려 가운데 청정함을 좋아하는 사람들은 대부분 남을 억지로 잿밥을 먹게 하지만 나는 재계를 할 수 없는데다가 연공도 나를 강요하지 않았다. 무릇 노구솥, 시루, 병, 소반 따위를 종복들이 비린내가 풍기게 하여도 한 번도 성을 내고 괴이하게 여긴 적이 없다. 두 번째로 기뻐할 만한 일이다. 연지(蓮池)의 친구 우장유(虞長孺)・승유(僧孺)241)에게 예(禮)를 차렸다. 세 번째로 기뻐할 만한 일이다. 법을 해오(解悟)하였으되 법사(法師)의 기(氣)가 없고, 시에 능하되 시인(詩人)의 기(氣)가 없었다. 네 번째로 기뻐할 일이다. 나의 아우가 가장 추솔하고 호기가 있는데, 연공(蓮公)은 염증을 내지 않는다. 내 성격은 미치광이 같고 편벽된 데다가 시에 탐닉하여 고만(高慢)하고 기분 내키는 대로 굴어서 안중(眼中)에 제불(諸佛)이 들어오지 않거늘 연공(蓮公)은 그것을 허망하다 여기지 않았다. 다섯 번째로 기뻐할 만한 일이다.

　무릇 좋아함과 좋아함은 반드시 일치하는 것은 아니어서, 연공(蓮公)이 가하다는 것이 원생(袁生)의 기쁨이 아닐 때는 거의 창명(彰明)하지 않는다. 기쁘면 거처하고, 거처하면 즐기며, 즐기면 안락하고, 안락하면 배회하고 연모의 정을 더하는 것이니, 무엇을 다시 의심하랴? 부끄럽게 여길 바는 내가 관리 노릇을 하는데도 돈 한 푼도 요구할 수 없었고, 객 살이 하는데도 돈 한 푼도 찾을 수 없어서, 명색은 비록 단월(檀越 : 시주)이지만 실은 반푼도 보시(布施)할 것이 없다는 점이다.

　교유하는 사람들 가운데 관직에 있는 사람들에게 한두 번 분소(分疏 :

---

240) 향객(香客) : 절간에 향을 사르고 불공을 드리러 오는 사람.
241) 우장유승유(虞長孺僧孺) : 우순희(虞淳照)・순정(淳貞) 형제. 권6 「심하산(沈何山)」의 전교(箋校)를 참조.

시주질을 냄)를 하고 싶지만, 관직에서 파직된 사람이라서 안면이 아주 얇기 때문에 끝내 힘을 낼 수가 없다. 그러니 약사유리광여래(藥師琉璃光如來)가 장차 중랑(中郎) 나를 어떤 사람이라 여기겠는가? 비록 그렇기는 하지만, 내가 타생에 혹시라도 다보불(多寶佛)242)이 될 수 있다면, 장차 항하사(恒河沙)의 황금을 흩어서 보시(布施)로 삼아, 지금의 바람에 수응하고자 하니, 다른 부처는 되고 싶지가 않다. 연공(蓮公)은 기억해 두기 바란다.

이곳의 옛 이름은 정거암(淨居菴)인데, 지금은 절에 속해 있으며, 당(堂)이 하나에 약사상(藥師像)243)을 두었으며, 정유년 5월에 비로소 낙성하였다. 당의 뒤는 누각인데, 여러 승려가 염불하는 곳이다. 상방(廂房)244)이 둘인데, 승려들이 거기에 흩어져 거처한다. 누의 아래쪽 남향 오른쪽에 있는 작은 정실(淨室 : 修淨室)245)은 내가 오랫동안 빌어서 거처하고 있다.

마침 연공(蓮公)이 글을 요청하기에, 붓 가는 대로 함부로 이렇게 적어 보았다. 말이 구절마다 희학(戲謔)에 가깝지만 글자마다 핍진(逼眞)하므로, 뒷날의 군자 가운데 이 기(記)를 보는 분들은 과연 성을 낼 것인지, 웃을 것인지?

淨慈僧房, 唯蓮公房最幽僻. 路迂而奧, 由寺門至房中, 可里許. 夾路

---

242) 다보불(多寶佛) : 다보라 이름하는 부처. 다보여래(多寶如來). 동방보정세계(東方寶淨世界)의 교주(敎主). 보살로 있을 때에 내가 성불하여 멸도(滅度)한 뒤에 시방세계에서 『법화경』을 설하는 곳에는 나의 보탑(寶塔)이 솟아나와 그 설법을 증명하리라고 서원한 부처님. 과연 석존(釋尊)이 영산(靈山)에서 『법화경』을 설할 때에 땅속에서 다보탑이 솟아나고 그 탑 가운데서 소리를 지르며 석존의 설법이 참이라고 증명하였다고 한다.
243) 약사상(藥師像) : 약사의 불상. 약사는 약사유리광여래(藥師琉璃光如來)의 약칭으로, 대의왕불(大醫王佛) 혹은 의왕선서(醫王善逝) 등으로 번역하기도 한다. 곧 약사여래(藥師如來)이다.
244) 상방(廂房) : 정방(正房)의 좌우에 세워 나란히 설치한 두 동(棟)의 건물. 정방과 직각을 이루며, 그 가운데 정원을 에워싼다. 동쪽에 있는 것을 동상방(東廂房), 서쪽에 있는 것을 서상방(西廂房)이라고 한다.
245) 정실(淨室) : 수정실(修淨室). 참선(參禪)하는 방을 말함.

多古木雜卉, 正面與藕花莊相直, 背法華臺. 余弟小修, 曾與蔣蘭居譚
禪寓此. 余今歲同陶石簣‧方子公看花西湖, 凡三往返, 皆居焉. 來未
始不樂, 居未始不安, 及去又未始不徘徊增戀也. 何也? 他僧房多香客
及遊人婦女, 往來喧雜若公庭, 蓮公閉門謝事, 一可喜也. 僧之好淨者,
多强人喫齋, 余不能齋, 而蓮公復不强我. 凡鍋甌瓶盤之類, 爲僕子所
羶, 亦無嗔怪, 二可喜也. 禮蓮池友虞長孺‧僧孺, 三可喜也. 解法無法
師氣, 能詩無詩人氣, 四可喜也. 余弟最麤豪, 蓮公不厭. 余性狂僻, 多
詆詩, 貢高使氣, 目無諸佛, 蓮公不以爲妄, 五可喜也. 夫好與好, 未必
相値, 蓮公之可, 非袁生之喜, 幾乎不彰. 喜則居, 居則樂, 樂則安, 安
則徘徊增戀, 復何疑哉? 所可愧者, 余作官不能要一錢, 作客不能覓一
錢, 名雖檀越, 實無半文可布. 擬欲向交遊中在官者爲之分疏一二, 而
罷官之人, 顏面甚薄, 卒不能爲力, 藥師琉璃光如來, 將謂中郎爲何等
人哉? 雖然, 余他生儻得成多寶佛, 將散恒河沙金作布施, 用酬今願, 他
佛不願成也. 蓮公記之.

此地舊名淨居菴, 今屬寺, 堂一, 置藥師像, 丁酉五月始落成. 堂之後
爲樓, 諸僧念佛場也. 廂房二, 僧散處其中. 樓之下向南右小淨室, 余借
居最久. 偶因蓮公索記, 信筆叨叨如此. 語語似戲, 字宇逼眞, 後之君子
覩斯記者, 嗔與, 笑與?

1597년(만력 25년 정유), 항주(杭州)에서 지은 글.
○ 장란거(蔣蘭居) : 장시형(蔣時馨). 권5 「공유학선생(龔惟學先生)」의 『전
교(箋校)』를 참조 이때 장시형은 원임(原任)의 이부 문선사 낭중(吏部文選司郎中)
으로, 장거정(張居正)이 죽은 뒤에 조정의 당쟁에서 탄핵을 받고 파직된 뒤 한거(閑
居)하였으므로, 이 글에서 원소수(袁小修)와 약사원(藥師院)에서 선(禪)을 이야기하
였다고 말하였다. 『명사(明史)』 권229 「심사효전(沈思孝傳)」에 보면 "만력 23년에
이부상서(吏部尙書)가 외찰(外察)을 장악하여 참정(參政) 정차려(丁此呂)를 쫓아내
었다. 심사효는 강동지(江東之)와 함께 본디 정차려와 친하게 지냈다. 마침 어사(御
史) 조문병(趙文炳)이 문선랑(文選郎) 장시형(蔣時馨)을 수회(受賄) 혐의로 탄핵하

였는데, 장시형은 심사효가 사주하였다고 의심하였다. …… 황제는 장시형을 혐오하여, 파직시켰다."

○ 題 : 서종당본에서는 「연운천약사전기(蓮雲泉藥師殿記)」라는 제목이고, 소수본에서는 殿 아래에 碑자가 있다. 취오각본은 「약사전기(藥師殿記)」라고 하였다.

○ 由寺門至房中 : 서종당본·소수본에는 中자가 없다.

○ 余今歲同陶石簣·方子公看花西湖 : 서종당본·소수본에는 方子公 세 글자가 없다.

○ 多强人喫齋 : 서종당본·소수본에는 喫자가 없다.

○ 凡鍋甌瓶盤之類 : 鍋는 서종당본·소수본에 釜로 되어 있다. 盤은 취오각본에 罌으로 되어 있다.

○ 多訕詩, 貢高使氣, 目無諸佛 : 서종당본·소수본에서는 이 세 구가 "終日嬉戲, 無一莊語"로 되어 있다.

○ 蓮公不以爲妄 : 妄이 서종당본·소수본에서는 顚으로 되어 있다.

○ 夫好與好~幾乎不彰 : 서종당본·소수본에는 이 다섯 구가 없다.

○ 作客不能覓一錢 : 覓이 서종당본·소수본에는 募로 되어 있다.

○ 余他生~不願成也 : 서종당본·소수본에는 이 네 구절이 "余有妙術, 能使一塵一沙盡作黃金, 供養諸佛, 恐連公此時持不貪戒, 尙未敢輕語"로 되어 있다.

○ 此地舊名淨居巷 : 서종당본·소수본에는 舊자가 없다.

○ 今屬寺 : 서종당본·소수본에는 이 세 글자가 없다.

벽휘상인 수정실에 쓰다(碧暉上人修淨室引)

정사(淨寺)에는 성스러운 승려가 두 사람인데, 그 한 사람은 이름을 알지 못하고 또 얼굴이나 외모도 알지 못하는데, 날마다 침면(沉湎)246)을 공과(工課)로 삼고 있다. 시주로 얻은 한 말 쌀과 한 자 베도 모두 술을 사는데 쓴다. 술이 얼큰하게 취하면, 두 손으로 주먹을 만들어 서로 치는데, 왼손이 이기면 왼손으로 술잔을 잡아 마시고, 오른손이 이기면 또

---

246) 침면(沉湎) : 술에 취함.

반대로 그렇게 한다. 혹은 풀 다발[草束]과 큰 말뚝[木椿]을 손가락질하면서 마주해서 함부로 욕하고, 혹은 노래하기도 하고 혹은 곡하기도 하며, 혹은 관부(官府)의 꾸짖고 질타하는 소리를 하기도 하고, 혹은 노예가 되어 앉았다가는 무릎 꿇고, 무릎 꿇었다가는 다시 앉으면서, 시끄럽게 떠들고 외쳐대며 새벽이 될 때까지 그치지를 않았다.

방안에는 깨진 부뚜막이 하나 있고 절각상(折脚牀)이 하나 있는데, 한 해가 지나도록 사람을 볼 수가 없고, 오직 술이 다하여야만 간간이 나와서 한 번 모화(募化)[247]할 따름이다. 절의 승려들이 대단히 증오하지만, 나는 유독 기뻐하여, 그를 불러 감성(酣聖)이라고 하였다. 밤이 깊어 무료할 때 일찍이 여러 친구들과 문구멍을 내고 가만히 훔쳐 듣는 것을 즐거움으로 삼는다.

정사(淨寺)의 성스러운 승려 가운데 또 한사람은 바로 벽휘(碧暉)이니, 벽휘의 모습은 늙은 노파 같아서, 아동은 그를 불러 벽파(碧婆)라 한다. 그는 구단훈(具斷葷 : 비린내를 끊는다는 계율)을 지켜 술을 마시지 않고 등산을 사랑하며, 비록 원숭이 궁전과 귀신의 굴혈이라 하여도 그 승경을 끝까지 다 관람하려고 힘썼다. 일찍이 나를 따라 천목산(天目山) 백악(白嶽)에 노닐었으므로, 이로서 알게 되었다. 성격이 차를 수확하여 빈객을 공양하는 것을 좋아한다. 청경(聽經)[248]한 지 삼기(三期)에, 서동정(西洞庭)에 들어간 것이 한 번, 천태산(天台山)에 오른 것이 두 번, 조음동(潮音洞)으로 건너간 것이 세 번이다.

나는 언젠가 장난스레 벽휘에게 말하길, 다른 날 염라(閻羅)를 알현하면 각색(脚色)이 아주 좋게 보여서, 염라는 너의 수명을 풍요롭게 하기로 결정할 것이라고 하였다. 벽휘도 그렇다고 여겼다. 이로써 오로지 행각(行脚)에 전념하여, 비록 그 이력(履歷)은 감성(酣聖)과 전혀 다르지만, 몸

---

247) 모화(募化) : 모연(募緣), 권연(勸緣)이라고도 함. 모집(募集)과 권화(勸化)라는 뜻.
248) 청경(聽經) : 본래는 불경을 풍송(諷誦)하게 하고 듣는 일. 여기서는 불문(佛門)에 귀의한 것을 말함.

과 마음이 경쾌하여 실가(室家)도 없고 문도도 없는 점은 상당히 서로 같다. 근일에 비로소 교학하는 수정실(修淨室)을 두어, 좌선을 배우는 자가 있다. 내 생각에, 벽휘가 이제부터는 일이 많아질 듯하다.

지난날 내 고향에 한 장인(匠人)이 있었는데, 고리[篋] 속에 늘 서너 냥을 저축하여 두었고, 홀아비 생활 스무 해에, 어느 하루도 술 마시고 노래하지 않는 적이 없었다. 내가 수재(秀才)로 있을 때 그와 낭우(浪友)249)로 지냈다. 뒤에 기근이 들어, 그가 아내를 맞도록 넌지시 권유한 자가 있어, 장인은 그 값이 작은 것을 이롭게 여겨 취하였다. 그러다가 한두 해도 안 되어 초췌해져서 죽게 되었는데, 아침저녁으로 분파(奔波)250)하여도 호구(餬口)할 방책이 없게 되자, 비로소 처가 많은 것을 후회하였다.

벽휘(碧暉)야, 너는 암자를 너의 후회 거리로 삼지 말아라! 벽휘는 눈썹을 찌푸리면서 말하였다. "그럼요, 그럼요. 하지만 이것은 여러 단월(檀越)251)의 뜻이니, 제가 감히 어기지 않겠습니다. 감히 거사(居士)와 장자(長者)에게 고하오니, 함께 즐겁게 이룩합시다." 그렇기는 하지만, 벽휘가 만약 암자가 없다면, 다른 날 우리들이 서호를 찾을 때, 어찌 좋은 차를 마실 수 있겠는가? 그렇기에 암자를 두어야 옳으리라. 보시(布施)를 하여야 옳으리라!

淨寺有聖僧二, 其一余不知名, 亦不識面貌, 每日以沉湎爲工課. 凡所得斗米尺布, 盡以沽酒. 酒酣, 則拳兩手相角, 左勝則左手持杯飮, 右亦如之. 或指草束木椿, 相封嫚罵, 或唱或哭, 或作官府叱喝之聲, 或爲皁隷, 坐復跪, 跪復坐, 喧呼不達旦不休. 室中一破竈, 一折脚牀, 經年不見人, 唯酒盡間出一募化而已. 寺僧惡之甚, 余獨喜之, 呼爲酣聖. 夜

---

249) 낭우(浪友) : 낭유(浪遊)를 함께 하는 벗. 내키는 대로 노닐기를 같이 하는 벗.
250) 분파(奔波) : 분주(奔走)함. 다투어 좇아감. 고생함. 한유(韓愈)의 「논불골표(論佛骨表)」에 "노소가 분파하여 그 본업을 버리고 있습니다(老少奔波, 棄其業次)"라고 하였다.
251) 단월(檀越) : Danapati. 단월(旦越), 단가(檀家). 단(檀)은 단나(檀那)의 줄임말. 시주(施主)라고 번역한다. 육도(六度) 가운데 보시(布施)를 행하는 사람.

深無聊, 嘗與諸友穴宿竊聽以爲樂.

其一卽碧暉, 暉貌若老嫗, 兒童呼爲碧婆. 持具斷葷, 不飮酒, 愛登山, 雖猺宮鬼穴, 務窮其勝. 嘗從余于天目白嶽, 以此知之. 性喜收茶供賓客. 聽經三期, 入西洞庭一, 登天台二, 涉潮音洞三. 余嘗戲謂暉, 它時見閻羅, 脚色甚好看, 閻羅決定饒你. 暉然之. 以此一意行脚. 雖其履歷與酣聖大不相類, 然身心輕快, 無室無徒, 頗亦同之. 近日始有敎之修淨室, 學坐禪者, 余謂碧暉自此多事矣.

昔余鄕有一匠, 篋中常貯數金, 鰥居二十年, 無日不飮酒酣歌, 余作秀才時, 與之爲浪友. 後因年饑, 有諷其娶妻者, 匠利其直少取之. 不一二年, 憔悴欲死, 朝夕奔波, 無餬口之策, 始悔其妻之多也.

碧暉, 爾無以菴爲若悔哉! 暉攢眉曰 : "是, 是. 然此諸檀越意也, 暉不敢拂, 敢告之居士長者, 共樂成之." 雖然, 暉若無菴, 他日余輩過西湖, 安得好茶? 是可菴也夫, 是可施也夫!

 1597년(만력 25년 정유), 항주(杭州)에서 지은 글.

○ 題 : 소수본에서는 제목 위에 書자가 있고, 引은 冊으로 되어 있다.

○ 或爲皂隷 : 皂는 서종당본·소수본에 率로 되어 있다.

○ 脚色甚好看 : 好看은 서종당본·소수본에 可觀으로 되어 있다.

○ 閻羅決定饒你 : 서종당본·소수본에는 이 구가 없다.

○ 無日不飮酒酣歌 : 酣은 서종당본에 謹으로 되어 있다.

○ 敢告之居士長者, 共樂成之 : 서종당본·소수본에는 이 두 구가 없다.

기원사 비문(祇園寺碑文)

절서(浙西)252)의 불사(佛寺)는 동남쪽이 으뜸이고, 절동(浙東)253)에 이르

---

252) 절서(浙西) : 절강(浙江)의 서쪽. 당나라 때 절강서도(浙江西道)를 두었고, 송나라 때
    절강서로(浙江西路)를 두었다. 절강성의 항(杭), 가(嘉), 호(湖) 등의 부(府)와 강소성(江

면 황량하여 말할 게 못되기에, 나는 매번 볼 때마다 웃음을 터뜨리지 않을 수 없었다. 승려에게 물어보니, 모두 말하길 "너무 가난하여 승려의 입과 배조차 채워줄 수가 없거늘, 어느 겨를에 썩은 나무로 궁실을 꾸민단 말입니까?"라고 하였다. 내가 말하였다. "그렇지 않아요. 무릇 건물을 수축하고 폐기하는 일은 장리(長吏)의 일이고, 공탕(公帑)²⁵⁴⁾은 이어지지 않지만, 아래의 수령 가운데 단바라밀(檀波羅密)²⁵⁵⁾로 응하는 자가 있다면, 한 지역의 백성이 어찌 모두 천제(闡提)²⁵⁶⁾가 되지 않겠소?" 승려들이 웃으며 대답하지 않았다.

곁에 식자(識者)가 있어서 응하길, "그대가 어이 알겠소, 그대가 어이 알겠소! 무릇 장부를 뒤적이는 관리는 응수(應酬)에 내몰리고, 기운 옷을 입은 유학자는 명교(名敎)에 구속되는 법이오 저 명교에 구속된 자는 바야흐로 수(洙)·사(泗)²⁵⁷⁾에서 위세를 빌리고 염(濂)·낙(洛)²⁵⁸⁾에 충성을

蘇省)의 소(蘇), 송(松), 태(太) 등 부주(府州)의 땅.
253) 절동(浙東) : 절강(浙江)의 동부. 당나라 때 절강동도(浙江東道)를 두었고, 송나라 때 절강동로(浙江東路)를 두었다. 본래 영(寧), 소(紹), 태(台), 금(金), 구(衢), 어(嚴), 온(溫), 처(處) 등 부(府)의 지역.
254) 공탕(公帑) : 공금(公金), 관금(官金).
255) 단바라밀(檀波羅密) : Danparamita. 육바라밀(六波羅蜜)의 하나. 혹은 십바라밀(十波羅蜜)의 하나. 단(檀)은 단나(檀那)의 줄임말. 보시(布施), 시주(施主)라고 번역함. 재물이나 법(法)을 남에게 시여(施與)하는 것. 바라밀은 도(度), 도피안(到彼岸)이라고 번역함. 생사의 고해를 건너 열반의 피안에 이르는 행법(行法)을 말함. 따라서 단바라밀은 보시를 통하여 열반의 피안에 이르는 행법을 가리킨다.
256) 천제(闡提) : 보통 일천제(一闡提)의 줄임말로, 성불하지 못한다는 뜻을 지닌다. 이것에는 단선천제(斷善闡提)와 대비천제(大悲闡提)의 두 가지가 있다. 단선천제는 대사견(大邪見)을 일으켜 일체의 선근(善根)을 끊은 것을 말하고, 대비천제는 보살이 대비심이 있어서 일제 중생을 모두 제도(濟度)한 뒤에 성불하려는 것을 말한다. 중생이 무진하므로 결국 보살은 성불할 기회가 없다. 그런데 비구(比丘) 가운데 천제비구가 있었으므로, 비구를 천제라고도 한다. 여기서는 후자의 뜻이다.
257) 수사(洙泗) : 공자의 학문을 말함. 공자가 수수(洙水)와 사수(泗水) 등지에서 강학하였다고 해서 붙인 이름이다.
258) 염락(濂洛) : 염(濂)은 송대의 유학자 주돈이(周敦頤), 낙(洛)은 이정(二程)을 말한다. 주돈이는 도주(道州) 사람으로, 자(字)는 무숙(茂叔)인데, 관도현(管道縣) 염계(濂溪)가에서 세서(世居)하였으므로 세상에서는 염계선생(濂溪先生)이라 일컬었다. 그는 『태극도설(太極圖說)』과 『통서(通書)』 등을 지어 이기학(理氣學)의 개조(開祖)가 되었다. 정

한답시고, 「원도(原道)」259) 등의 글을 숙독하여 불도(佛徒)를 공갈하고 위협하니, 불문(佛門)의 저러한 거처를 일반 백성의 집으로 바꾸지 않고 불문(佛門)에 든 저러한 사람들을 일반 장정으로 되돌리지 않는다면 다행이니,260) 어찌 말씀261)과 같이 되길 감히 바라겠소?" 그리고는 서로 마주보면서 크게 한숨을 짓고 떠나갔다.

내가 오설(五洩)로부터 돌아온 뒤에 배를 상호(湘湖)에 쉬면서 소성(蕭城) 가운데 네 개의 사찰이 허공에 솟아 있는 것을 보고는 기이하게 여겨, 여러 벗들과 함께 지팡이를 짚고 이르러 가 보았다. 문에 들어서자, 편액(扁額)이 있는데, '기원(祇園)'이라 쓰여 있었고, 규모와 제도가 아주 시원하게 펼쳐져 있었으며, 보려(寶廬)와 금지(金地)가 난만하게 일신(一新)

호(程顥), 정이(程頤) 형제는 모두 그 제자이다. 시호(諡號)는 원공(元公)이다. 이정의 아우 정이(程頤)는 이천선생(伊川先生)이라고 부른다. 자(字)는 정숙(正叔). 시호(諡號)는 정공(正公)이다. 이천백(伊川伯)에 봉해진 까닭에 이천선생이라고 부른다. 주렴계(周濂溪)에게 배우고, 처음으로 이기(理氣) 철학을 제창하였으며, 유교 도덕에 철학적 기초를 세웠다.

259) 원도(原道) : 당나라 때 문학가 한유(韓愈)의 글.『창려집(昌黎集)』卷11「원도(原道)」에 보면, "이 도는 어떤 도인가? 이는 내가 말하는 바 도요, 이전에 이른바 노장과 불교의 도가 아니다. 요 임금이 이것을 순 임금에게 전하고, 순 임금이 이것을 우 임금에게 전했으며, 우 임금이 이것을 탕 임금에게 전했고, 탕 임금이 이것을 문왕·무왕·주공에게 전했으며, 문왕·무왕·주공은 공자에게 전했고 공자는 맹자에게 전했으나, 맹자가 죽은 뒤에는 그 전함을 얻지 못하였다(曰, 斯道也, 何道也? 曰, 斯吾所謂道也, 非向所謂老與佛之道也. 堯以是傳之舜, 舜以是傳之禹, 禹以是傳之湯, 湯以是傳之文武周公, 文武周公傳之孔子, 傳之孟軻, 孔子 軻之死, 不得其傳焉)"라고 하였다.

260) 불려약거정약인족의(不廬若居丁若人足矣) : 불문(佛門)에 들어 있는 사람들의 저러한 거처를 일반 백성의 집으로 바꾸지 않고 불문(佛門)에 든 저러한 사람들을 일반 장정으로 되돌리지 않는다면 다행이라는 뜻. 한유(韓愈)가 「원도(原道)」에서, "(불교와 도교의 이단을) 막지 않으면 (유학이) 흘러가지 않을 것이고, (불교와 도교의 이단이) 그치지 않으면 (유학이) 행하지 않는다. 이단에 빠진 사람들을 일반 백성으로 돌리고 이단에 빠진 사람들의 거처를 일반 백성의 집으로 바꾸며, 선왕의 도리를 밝게 선포하여 인도하고, 홀아비·과부·고아·독신과 질병으로 망가진 사람들을 길러준다면, 거의 올바른 이상에 가깝다고 할 수 있을 것이다(不塞不流, 不止不行. 人其人, 火其書, 廬其居, 明先王之道, 以道之, 鰥寡孤獨廢疾者, 有養也. 其亦庶乎其可也)"라고 하였던 선언을 뒤집어 한 말이다.

261) 하령(下令) : 그대의 말. 상대방의 말씀.

하여, 나도 모르게 칭송하여 말하길, "괴이하구나, 절동(浙東)은 정말로 성리(性理)의 나라이거늘, 어찌 단월(檀越 : 시주)을 얻어서 빛나게 베풀기를 이와 같이 할 수 있었단 말인가?" 하고는, 부로들에게 물어 보고서야, 비로소 내 친구 현령(縣令) 심군(沈君)262)이 모금하여 수축한 것임을 알고서 미친 듯 외치면서 탄복하여 칭상(稱賞)하지 않음이 없었다.

옛날 기록을 보건대, 기원(祇園)263)은 현도(玄度) 때에 시작되어, 악양왕(嶽陽王) 때 이루어졌으며, 상륜(相輪)264)과 향찰(香刹)265)은 천축(天竺)에서부터 날아왔다고 한다. 옛 상(像)이 집[廬]에 남아 있어서 담언(曇彥)의 때 이루어졌다고 징험할 수 있으니, 비록 인과(因果)가 늘 그러한 바이기는 하지만, 사실은 환중(寰中 : 우주천지)에서는 매우 드문 일이다. 승국(勝國 : 여기서는 원나라) 말년에 승려 도권(道拳)이 개창(改創)한 이후에 지금까지 3백여 년이니, 퇴락하고 낡아서 감내하기 어려울 정도가 되었다. 내 친구 심군(沈君)이 비로소 재차 보수하였다. 내가 야사(野史)에 실려 있는 기록을 보니, 소찰(蕭詧)은 현도(玄度)가 다시 온 것이고, 또 소찰의 후생이 배휴(裴休)266)이고, 배휴의 후생이 한 작은 국왕으로, 원력(願力)267)을

---

262) 심군(沈君) : 심봉상(沈鳳翔). 소산 지현(蕭山知縣). 권5 「심광승(沈廣乘)」의 전교(箋校)를 참조.

263) 기원(祇園) : 기수급고독언(祇樹給孤獨園)의 약칭. 기타태자림(祇陀太子林). 기원정사(祇園精舍)가 있는 곳으로, 부처가 설법한 유적지. 본래 파사닉왕(波斯匿王)의 태자 기타(祇陀)가 소유한 원림이었으나, 급고독장자(給孤獨長者)가 그 땅을 사서 석존께 바치고 태자는 또 그 원림을 부처에게 바쳤으므로 두 사람의 이름을 따서 기수급고독원이라고 함.

264) 상륜(相輪) : 윤상(輪相), 구륜(九輪). 탑의 맨 꼭대기에 장식한 윤(輪). 수연(水煙) 아래에 아홉 개의 윤(輪)으로 되어 있는 것을 말한다. 상(相)은 표상(表相)인데, 표상이 높이 솟았기 때문에 상(相)이라고 하며, 또 모든 사람이 우러러보기 때문에 상(相)이라고 한다고 한다.

265) 향찰(香刹) : 불사(佛寺). 향은 향전(香殿) 향실(香室)의 향과 같다. 찰은 Ksetra를 줄인 말로, 번역하여 토전(土田)이라고 한다.

266) 배휴(裴休) : 맹주제원(孟州濟源), 하남성(河南省) 회경부(懷慶府) 사람. 자는 공미(公美). 감찰어사(監察御使)의 직위에 있을 때 규봉종밀(圭峰宗密) 선사에 귀의하고 『권발보리심문(勸發菩提心)』 1권을 지었다. 황벽희운(黃檗希運) 선사에게 제자의 예를 드려 선법을 익혔으며 희운선사의 어록을 모은 『전심법요(傳心法要)』 1권을 편천하였다. 절

탄 것이라고 하니, 결코 허망하고 그릇된 것은 아니다.

지금 내 친구가 재관(宰官)으로 현신(現身)하여, 자비롭고 견인(堅忍)268)하여 일마다 부처와 같은데다가, 이삼백 년 동안 황폐해 있던 절을 하루 아침에 혁신하였으니, 시절의 인연(因緣)이 흡사 까닭이 있는 듯하므로, 어쩌면 현도(玄度)의 최후의 몸이 원력을 타고 재림한 것이 아니겠는가?

굉자(宏子 : 원굉도 자신)는 말한다. 상법(象法)269)이 번성하면서 불법(佛法)이 쇠퇴하였다. 불법은 양(梁) 나라270) 때만큼 번성한 적이 없지만, 또한 양 나라 때만큼 쇠퇴한 적도 없다. 이때 보찰(寶刹)은 구름처럼 많고 신승(神僧)은 수풀처럼 많았으며, 심지어 천자가 노예가 되고 경상(卿相)이 구족계를 받았으니, 부도(浮屠)의 극성함이 고금에 다시 없었다. 하지만 계율이 속박을 이루고 의해(義解)가 빌미[祟]를 드러내어, 인과(因果)에 지나치게 푹 빠지고 허멸(虛滅)에 마음이 뒤흔들렸다. 지공(誌公)271)은 입을

도사, 관찰사, 이부상서, 태자소사(太子少師) 등의 벼슬을 지낸 정치가이자 문장가, 학자로, 불교에 귀의한 이후로 불교적인 계율을 지켜 하동대사(河東大士)라 불렀다. 『원각경약소(圓覺經略疏)』를 지었으며, 징관(澄觀), 종밀(宗密) 등의 비명(碑銘)을 지었다.

267) 원력(願力) : 서원(誓願)의 힘. 본원력(本願力), 숙원력(宿願力), 대원업력(大願願力). 부처가 보살 때에 세운 본원(本願)이 완성되어 그 힘을 나타내는 것을 말한다. 『지도론(智度論)』 권7에 보면 "장엄(莊嚴)한 불계(佛界)의 일은 너무나 커서 혼자 공덕(功德)을 행해야 이루어지지 않기 때문에 반드시 원력이 필요하다"고 하였다.

268) 견인(堅忍) : 굳게 인내함. 견인질직(堅忍質直)이라고 하면, 인내를 잘 하고 솔직한 것을 말함.

269) 상법(象法) : 술수가(術數家)의 설을 말함. 음양오행(陰陽五行)의 상생상극(相生相剋), 조화(造化)를 다루는 학문을 말한다. 수학(數學)은 조화의 원류를 미루어 천술하는 것을 말하는데, 양웅(揚雄)의 『태현경(太玄經)』과 소옹(邵雍)의 『황극경사(皇極經史)』 등이 이런 부류의 서적이다. 방술(方術)은 풍수지리설 및 점복과 길흉화복, 명서(命書) 따위를 연구하는 운명철학 등을 말한다.

270) 양(梁) : 양나라 무제(梁武帝, 464~549)는 초기에 불교를 신봉하였다. 이후 후위(後魏)의 항장(降將) 후경(候景, 503~552)의 반역으로 그의 궁전인 대성(臺城)에서 굶어 죽었다. 양나라는 557년 망하게 된다.

271) 지공(誌公) : 양(梁)나라 승려 보지(寶誌). 금릉(金陵) 사람, 성은 송(宋)씨. 호가 보지이며, 혹은 보공(寶公), 지공이라고 한다. 시호는 묘각대사(妙覺大師)이다. 일곱 살에 출가하여 도림사(道林寺)에서 득도하였고, 음식을 무시로 먹으면서 징발로 지냈고, 발 씻을 통을 가지고 도읍에 돌아다니길 5, 6년 동안 하였다. 신비한 이적을 보이자 양나라 무제가 국민을 현혹시킨다는 이유로 건강(建康)에 투옥시켰는데, 다음날 지공이 시리(市

다물었고, 달마(達磨)272)도 알지 못하였다. 끝내 후세의 이학 대유(理學大儒) 가운데 심성(心性)을 논하는 자로 하여금 과보(果報)273)라는 점과 관련하여 부처를 의심하게 만들었다.

과보(果報)에 푹 빠진 자는 또한 불법(佛法)이 효과가 없다는 이유에서 부처를 의심하였다. 명색은 부처를 숭상한다고 하지만 실은 부처를 무원(誣冤)274)하는 것일 따름이다. 무릇 부처라는 말은 각(覺)이란 뜻이고, 선(禪)이란 말은 정(定)이란 뜻이다. 설산(雪山 : 석가)275)은 출가하여 우연히 석존의 몸으로 드러내었고, 비사(毘邪 : 維摩)276)는 병에 걸린 몸으로 불법을 드러내었으니, 처자식이 없었던 것이 아니다. 가령 실달(悉達 : 싯달타, 곧 부처)이 쇠미한 주(周) 나라 때에 성장하였다면, 수레를 타고 천하를 두루 돌아다니면서277) 구용(鉤用)278)하지 않았을 리 없다. 니구(尼丘)가 감자(甘蔗)279)를 씨뿌려 나온 것이었다면, 삭발하고 편의(偏衣)280)를 걸치지

里)에 돌아다닌다 하기에 조사해보니 지공은 옥중에 그대로 있었다. 무제가 비로소 그를 공경하여 믿고, 화림원(華林園)에 맞아들여 거주하게 하였다. 양나라 무제 천감(天監) 13년(514)에 97세로 죽었다. 추평(鄒平) 예천사(醴泉寺)에 지공비가 있다. 『양고승전(梁高僧傳)』에는 '保誌'라고 표기되어 있다.

272) 달마(達磨) : 達摩. 천축(天竺)의 승려. 보리달마의 준말. 남인도(南印度) 향지국(香至國)의 제3 왕자로, 양무제(梁武帝) 때 소림사(少林寺)에서 오도(悟道)하여 선종(禪宗)의 시조가 되었다. 시호(諡號)는 원각대사(圓覺大師)이다.

273) 과보(果報) : 과거에 지은 선악업(善惡業)의 원인에 의하여 현재에 받는 결과, 또는 현재에 짓는 원인에 의하여 미래에 받을 결과. 혹은 복덕(福德)의 과보.

274) 무원(誣冤) : 실상과 달리 음해하고 원망함.

275) 설산(雪山) : 석존(釋尊 : 부처)이 과거세(過去世)에서 보살도를 닦던 곳으로, 당시 석존은 "제행무상(諸行無常), 시생멸법(是生滅法), 생멸멸기(生滅滅己), 적멸위락(寂滅爲樂)"의 사구게(四句偈)를 얻었다고 한다. 『지관(止觀)』에 보면 "설산대사(즉 부처)가 형체를 깊은 계곡에 묻고 인간세계를 대하지 않았다. 풀을 엮어 암자를 짓고 사슴 가죽으로 옷을 만들었다"라고 하였다. 여기서는 석존을 가리킨다.

276) 비사(毘邪) : 『유마경(維摩經)』이 설해진 곳. 여기서는 유마(維摩)를 가리킨다.

277) 철환천하(轍環天下) : 수레를 타고 천하를 두루 돌아다님. 본래는 공자가 인의의 이상을 실천하기 위하여 천하를 두루 돌아다닌 사실을 말함.

278) 구용(鉤用) : 제기하여 씀. 『장자』 「천운(天運)」에 "선왕의 도를 논하여 주공과 소공의 자취를 밝히지만, 어느 한 군주도 들어서 쓴 것이 없다(論先王之道 而明周召之迹, 一君無所鉤用)"라고 하였다.

279) 감자(甘蔗) : 물건이 많은 것을 비유하는 말. 여기서는 석가의 친족으로 태어남을 뜻

않았을 줄 어이 알랴? 석가와 공자는 처지를 바꾸면 모두 같다.

그렇거늘 한 두 명의 높은 지식을 지닌 인사가 불도(佛道) 섬기는 자를 보기를, 그들이 마치 부뚜막 신이나 안방 귀신281)을 섬기듯 하면서 사신(捨身)을 근심스러워 하고 이익(利益)을 힐끔힐끔 엿보기라도 하듯 여겨,

---

함. 본래 Ksvaku의 음역. 석존(釋尊) 5성(姓) 가운데 하나.『불본행집경(佛本行集經)』에 보면 감자왕(甘蔗王) 전전(前前)의 왕인 대모초왕(大茅草王)이 왕위를 버리고 출가하여 오신통(五神通)을 얻어 호를 왕선(王仙)이라 하였는데, 왕선이 노쇠하여 행동이 부자연스럽자 제자들이 그를 초롱(草籠)에 담아 나무에 매달아 놓고 나와서 밥을 빌어 먹었다. 그때 어떤 사냥꾼이 왕선을 백조로 오인하여 쏘아 죽였는데, 그 피가 떨어진 곳에서 감자 두 뿌리가 나서 그것을 햇빛에 쪼여 쪼개니 하나는 동자가 되고 하나는 동녀가 되었다. 대신(大臣)이 이 소식을 듣고 그를 데려다가 궁중에서 양육하였다. 일광에 감자를 쬐어서 났기 때문에 이름을 선생(善生, sujata) 또는 일종(日種, suryavainsa)이라 하고, 또 감자에서 나왔기 때문에 감자생(甘蔗生, iksvaku)라 하였다. 동녀는 선현(善賢)이라 이름하였다. 마침내 선생을 왕으로 삼고 선현을 왕비로 삼아 선현이 네 아들을 낳고, 뒤에 계비를 얻어 또 한 아들을 낳았다. 계비가 왕에게 권하여 네 아들을 국외로 쫓아냈다. 네 아들이 설산(雪山)의 남쪽에 나라를 세우고 성을 석가(釋迦, sakya)라 하고 또 사이(舍夷)라 하니, 이것이 곧 가비라성(迦毘羅城)이다. 세 아들이 죽은 뒤 한 아들이 왕이 되어 니구라(尼拘羅)라 이름하고, 다음에 구로(拘盧)·구구로(瞿拘盧), 또 사자협(獅子頰, simhahanu)·열두단(閱頭檀, suddhodana)라 이름하였으니, 곧 실달태자(悉達太子)의 부왕이다.
280) 편의(偏衣) : 한쪽 어깨에만 걸치는 옷. 가사(袈裟).
281) 조오(竈奧) : 부뚜막 귀신과 안방 귀신.『논어』「팔일(八佾)」에 "왕손고가 묻기를, 안방에 잘 보이기보다는 부뚜막에 잘 보이라는 말이 있는데 무슨 뜻입니까라고 하자, 공자께서 말씀하시길, 그렇지 않다. 하늘에 죄를 얻으면 기도할 곳이 없다라고 하였다(王孫賈問曰 : 與其媚於奧, 寧媚於竈, 何謂也? 子曰 : 不然. 獲罪於天, 無所禱也)"가 보인다.「집주(集注)」에 보면 '방의 서남쪽 구석을 오라 한다(室西南隅爲奧)'라고 하였고, 또 "조란 것은 다섯 가지 제사 가운데 하나로, 여름에 제사지내는 것이다. 무릇 다섯 가지 제사를 지낼 때는 먼저 신주를 설치하여 그 해당 장소에서 제사를 지낸 뒤, 시동을 맞아서 방안의 서남방 구석에서 제사를 지내니, 대략 종묘의 의식과 같다. 조를 제사지내는 경우에는 부뚜막에 신주를 설치하고, 제사가 끝난 뒤 다시 방안 서남방 구석에 찬을 차려서 시동을 맞아들인다. 그래서 시속의 말에, 방안 서남방 구석이 늘 존귀하지만 제사지내는 주 대상이 아니고, 부뚜막은 비록 천하지만 당시에 행사를 하고 있으므로, 군주와 연결하기보다는 권신에게 아부하는 것이 더 낫다는 뜻을 비유한 것이다(竈者, 五祀之一, 夏所祭也. 凡祭五祀, 皆先設主而祭於其所, 然後迎尸而祭於奧, 略如祭宗廟之儀. 如祀竈, 則設主於竈陘, 祭畢而更設饌於奧, 以迎尸也. 故時俗之語, 因以奧有常尊, 而非祭之主, 竈雖卑賤, 而當時用事, 喩自結於君, 不如阿附權臣也)"라고 하였다. 여기서는 민간 풍습에서 안방 귀신과 부뚜막 귀신을 모시는 것을 두고 한 말이다.

마침내 성명(性命)을 극구 말하고 총령(葱嶺)282)의 길을 막으니, 이것은 먹을 것에 목구멍이 막힌 일이 있다고 해서 먹을 것을 그만두고, 타고 가는 말이 접질리는 것을 보고서 수레에 말을 매는 일을 그만두는 것과 무엇이 다른가?

지난날 한퇴지(韓退之 : 韓愈)는 불골(佛骨)을 모셔오는 일에 대하여 반대하는 상소283)를 올려 불법(佛法)을 공격하고 성토하느라 온 힘을 아낌없이 다 사용하였으나, 태전(大顚)284)을 한 번 보고는 "화상(和尙)의 문풍(門風)이 높고 준엄하니, 제자가 시자(侍者)에게서 입처(入處)를 얻었습니다"라고 하였다.285) 그 거죽은 공격하되 그 골수는 좋아하였던 것이다. 아

---

282) 총령(葱嶺) : 지금의 파밀 고원에 뻗어 있는 큰 산맥. 남쪽은 북인도에 닿아 있고 동서의 두 갈래로 나뉘어 힌두쿠쉬 산맥과 가라코름 산맥이 되고, 북으로 뻗은 줄기는 옛적 서역이라고 하던 지방을 동쪽과 서쪽으로 나누면서 천산 산맥과 이어진다. 석존이 이 산에서 수행하였다고 하여, 총령교(葱嶺敎)라고 하면 불교를 말한다. 총령에 이르는 길이란 불법(佛法)에 이르는 길이란 뜻이다.

283) 한퇴지항표불골(韓退之抗表佛骨) : 한유의 「논불골표(論佛骨表)」를 말함.

284) 태전(大顚) : 당나라 승려. 성은 진(陳)씨, 혹은 양(楊)씨. 선조는 영천(潁川) 사람. 개원(713~741) 말에 태어나 대력(大歷 766~779) 중에 약산유암(藥山惟儼, 751~834)과 함께 서산(西山)에서 혜조(惠照)를 사사하였고, 뒤에 그와 더불어 남악(南嶽)을 유력(遊歷)하여 석두희천(石頭希遷)을 참알(參謁)하고 종지(宗旨)를 크게 깨우쳤다. 정원(貞元) 6년(790)에 우암(牛巖)을 개척해서 정사(精舍)를 짓고 그 7년(791)에 읍 서쪽에 영산(靈山) 선원을 창건하고 스스로 호를 태전화상(大顚和尙)이라 하였다. 원화(元和) 14년(819)에 한유(韓愈)가 조주(潮州)에 귀양와서 그의 명망을 듣고 어울려 십여 일을 함께 지냈다. 그 뒤 장경(長慶) 4년(824)에 93세로 입적하였다. 저서에 『반야바라밀다심경ㆍ금강경석의(般若波羅蜜多心經金剛經釋義)』가 있다. 한유가 태전(太顚)과 교유한 이야기는 한유의 「맹산서에게 준 서한(與孟尙書書)」에 나오며, 「태전선사에게 준 서한(與太顚師書)」이 있다.

285) 한유가 태전과 관계한 일에 대해서는 한유가 살아있던 때부터 이미 많은 사람들에게 거론되었다. 여기에 대해 한유는 「맹간상서에게 부친 서한(與孟簡尙書書)」이라는 글에서 자신의 입장을 변론하였다. "서신을 받들어보니, '어떤 사람이 전하길, 한유가 최근에 조금 석씨를 봉양하는 바가 있다고 하였다'고 하셨는데, 잘못입니다. 조주에 있을 때, 태전이라는 한 노승이 자못 총명하고 도리를 알기에, 궁벽한 지역이라서 더불어 이야기 나눌 사람도 없고 하여, 산에서부터 주성으로 불러서 십여일 머물게 하였는데, 그는 정말로 형해를 바깥으로 돌리고 이치로 뛰어난 면이 있어서 사물에 의해 침란되지 않는 그런 인물이었습니다. 그래서 그와 더불어 이야기를 하여 보매, 비록 그가 하는 말을 다 이해하지는 못하였지만, 요컨대 흉중에 아무 막힌 것이 없으므로, 정말 이 시

아, 한퇴지 같은 사람은 어찌 불법(佛法)을 잘 보호한 자가 아니겠는가?

심군은 준걸로서 명리(名理 : 禪理를 말함)를 잘 아니, 마땅히 내 말이 틀리지 않았음을 알 것이다. 기원(祇園)의 이번 거사의 경우에는 마치 상법(像法)286)으로 백성을 가르치는 것과 같은 면이 있다. 속담에 말하지 않았는가, "많은 데서 조금 덜고 적은 곳에는 조금 보탠다(多處減些子, 少處添些子)"라고. 지금 절동(浙東)은 상법(像法)이 극도로 쇠미하였으니, 이 거사는 아마도 상서로운 조짐과도 같다고 말할 수 있을 것이다.

浙西佛寺, 甲于東南. 至浙東, 荒涼不可言, 余每見未嘗不發笑. 問之僧, 皆曰 : "貧甚, 僧口腹之不給, 何暇爲朽木治宮室?" 余曰 : "不然, 夫修廢擧墜, 長吏之事, 卽公帑不繼, 下一令當有以檀波羅密應者, 一方民豈盡闡提也?" 僧笑不對. 旁有識者應曰 : "而安知, 而安知! 夫簿書之吏, 迫於酬對. 縫衣之儒, 束于名敎. 彼束於名敎者, 方借勢洙·泗, 托忠濂·洛, 熟讀原道諸篇, 以恐嚇佛徒, 幸不廬若居丁若人足矣, 何下令之敢望?" 因相顧太息而去.

余旣自五泄歸, 憩舟湘湖, 睹蕭城中有四刹凌空者, 異之, 偕數友支策而至. 入門, 有額曰"祇園", 規制甚敞, 寶廬金地, 爛焉一新, 不覺吐舌曰 : "怪哉, 浙東固性理國也, 安所得檀越而輝張如此?" 詢之父老, 始知爲吾友縣令沈君所募修, 莫不狂呼歎賞.

대에 얻기 어려운 상대라고 여겨서, 그래서 왕래하게 되었습니다. 그러다가 해상으로 신을 제사지내러 올 때에 마침내 그 집에 찾아가게 되었고, 원주로 와서는 옷을 증표로 남겨주고 이별을 하였던 것입니다. 이것은 모두 사람의 정 때문에 그런 것이지, 그 불법을 존중하고 믿어서 복전의 이익을 구하려고 한 것이 아닙니다(蒙惠書云, '有人傳愈近少奉釋氏者', 妄也. 潮州時, 有一老僧號太顚, 頗聰明識道理, 遠地無所可與語者, 故自山召至州郭, 留十數日, 實能外形骸, 以理自勝, 不爲事物侵亂, 與之語, 雖不盡解, 要自胸中無滯礙, 以爲難得, 因與往來. 及祭神至海上, 遂造其廬, 及來袁州, 留衣服爲別, 乃人之情, 非崇信其法, 求福田利益也)."

286) 상법(像法) : 불법(佛法). 부처가 멸한 뒤 5백년을 지나고 다시 1천년 동안은 행하는 정법(正法)이 불법(佛法)과 유사하다는 데서 상법이라고 함. 정법(正法), 상법, 말법(末法)을 삼시(三時)라고 하는데, 상법은 그 가운데의 시기이다.

按舊記, 祇園始於玄度, 成於嶽陽王. 相輪香刹, 飛自天竺. 故像遺廬, 驗於曇彦. 雖因果之常然, 實寶中之稀有. 自勝國末, 僧道拳改創之後, 至今始三百餘年, 頹敝不堪. 吾友沈君, 始再修葺. 余觀野史載蕭詧爲玄度再來, 詧之後爲裴休, 休之後爲一小國王, 願力所乘, 當非虛謬. 今吾友現身宰官, 慈悲堅忍, 事事等佛, 且以二三百年之廢寺, 而一旦改轍, 時節因緣, 似亦有以, 倘亦玄度最後之身, 乘願力而來者耶?

宏子曰 : 象法之盛, 佛法之衰也. 佛法莫盛於梁, 亦莫敝於梁. 當是時, 寶刹如雲, 神僧如林, 以至天子爲奴, 卿相授具, 浮屠之盛絶, 今古無兩. 然而戒律成縛, 義解露祟, 溺情因果, 蕩心虛滅. 誌公杜口, 達磨不識. 卒使後世理學大儒譚心性者, 以果報疑佛. 溺果報者, 又以佛法之不效疑佛. 名爲崇佛, 實佛冤耳. 夫佛之言覺也. 禪之言定也. 雪山出家, 偶爾示現. 毘邪示疾, 非無妻子. 假使悉達長自衰周, 未必不轍環鉤用. 尼丘種出甘蔗, 安知不削髮偏衣. 釋迦・孔子, 易地皆然. 而一二高識之士, 見夫事佛道者如事竈奧, 戚戚捨身, 沾沾利益, 遂欲絶口性命, 塞路葱嶺, 此何異聞噎廢食, 見蹶停驂者哉? 昔韓退之抗表佛骨, 攻聲佛法, 不遺餘力, 及一見大顚, 乃曰 : "和尙門風高峻, 弟子於侍者得箇入處." 攻其皮, 嗜其髓. 吁, 若退之者, 豈非善護佛法者哉? 沈君雋人, 善譚名理, 當知余言不謬. 至於祇園此擧, 似猶以像法敎民者, 諺不云乎 : "多處減些子, 少處添些子." 今浙東像法之衰極矣, 此擧殆如瑞矣.

 1597년(만력 25년 정유), 항주(杭州)에서 지은 글.

○題 : 서종당본・소수본에서는 文을 記라 하였다.

○荒涼不可言 : 不可言이 서종당본・소수본에서는 甚으로 되어 있다.

○余每見未嘗不發笑 : 서종당본・소수본에는 이 구가 없다.

○貧甚 : 서종당본・소수본에는 이 두 글자가 없다.

○余曰~太息而去 : 서종당본・소수본에는 이 단락이 없다.

○憩舟湘湖~而輝張如此 : 서종당본・소수본에서는 이 단이 "憩蕭城, 入祇園寺, 佛廬一新, 不覺吐舌曰, 性理國也, 而佛事如此"로 되어 있다.

○莫不狂呼歎賞 : 서종당본・소수본에는 이 구가 없다.

○雖因果~有自 : 서종당본・소수본에서는 이 두 구와 그 아래 처음 글자가 없다.

○僧道拳改創之後 : 서종당본・소수본에는 道자와 後자가 없다.

○始三百餘年~沈君 : 서종당본・소수본에는 이 두 구가 없다.

○宏子 : 宏이 서종당본・소수본에서는 袁으로 되어 있다.

○乃曰~佛法者哉 : 서종당본・소수본에서는 “遂爾深入, 退之可謂得髓者矣”.

○似猶以像法教民者 : 猶는 이운관본에 不로 되어 있다. 像은 서종당본・소수본에 象으로 되어 있다.

附論 진인각(陳寅恪)의 「한유를 논함(論韓愈)」은 한유와 불교의 관계에 대하여, 다음과 같이 심도 있게 논한 바 있다(『陳寅恪先生論文集』 下. 民國 63년 5월 출판).

한퇴지가 서술한 도통(道統)의 전수연원은 본래 『맹자』 마지막 장구(「盡心 下」 38장)로 말미암아 나타낸 것이지만, 또한 신 선종(新禪宗)에서 스스로 일컫는 것[敎外別傳]으로부터 모방하고 습득하여 온 것이다. 『신당서(新唐書)』 권176 「한유전(韓愈傳)」에 이르기를, ‘나는 태어나 3세에 고아가 되었고, 큰형인 회가 관직이 좌천되어 영남으로 떠날 때 따라 갔다(愈生三歲而孤, 隨伯兄會貶官嶺表)’라고 하였고, 『창려집(昌黎集)』 권1 「복지부(復志賦)」에서는, ‘세성(歲星)의 운행이 아직 한 번 회복되지 못하였는데, 형을 따라 남쪽으로 옮겨갔습니다. 큰 강의 놀라운 파도를 건너고, 넓고 끝없는 동정호를 지나갔습니다. 곡강에 이르러 휴식을 취하고, 남쪽 경계의 여러 산봉우리를 넘었습니다. 아! 세월이 얼마나 지났는고? 외로운 과부와 함께 북쪽으로 되돌아 왔습니다. 중원에서 일을 만나 먹을 것을 찾아 강남으로 갔습니다(當歲行之未復兮, 從伯氏以南遷. 凌大江之驚波兮, 過洞庭之漫漫. 至曲江而乃息兮, 逾南紀之連山. 嗟日月其幾何兮, 携孤嫠而北旋. 値中原之有事兮, 將就食於江之南)’라고 하였으며, 같은 책 권123 「제십이랑문(祭十二郎文)」에서는 ‘아! 나는 어려서 고아가 되었고, 성장해서도 아버지를 알지 못했다. 오직 형과 형수에게 의지할 뿐이었다. 중년의 나이로 형이 남방에서 돌아가셨을 때 나와 너는 모두 어려 형수를 따라 장사지내러 하양으로 돌아왔었다. 얼마 지나지 않아 또 너와 함께 먹을 것을 구하러 강남으로 갔으니, 의지할 데 없고 외롭고 괴로운 처지로 하루도 서로 떨어져 있던 적이 없었다(嗚呼! 吾少孤, 及長, 不省所怙. 惟兄嫂是依. 中年兄歿南方, 吾與汝俱幼, 從嫂歸葬河陽. 旣又與汝就食江南, 零丁孤苦, 未嘗一日相離也)’

라고 하였다. 또한 이한(李漢)의 「창려선생집서(昌黎先生集序)」에서는 '선생은 대
력 무신년에 태어나 어려서 고아가 되었고, 형이 소령으로 파천될 때 따라가게 되었
다(先生生於大曆戊申, 幼孤, 隨兄播遷韶嶺)'라고 하였다. 내가 살펴보건대, 퇴지는
형 회(會)가 소주(韶州)에서 귀양살이하는 것을 따르게 되었는데, 비록 나이가 어렸
고 오랫동안 머물러 있지는 않았으나, 그곳은 새로운 선종의 발상지였고 마침 그러
한 신학설의 선전이 극성하던 때였다. 그러므로 한퇴지는 유년시절의 영특함으로써
결코 이러한 새로운 선종 학설의 농후한 환경과 분위기 속에서 받아들이고 느끼는
것이 없을 수 없었을 것이다. 그렇다면 퇴지의 도통설은 표면상으로는『맹자』마지
막 장구의 말로 말미암아 나타낸 것이지만, 실제로는 선종의 '교외별전(敎外別傳)'
의 설로 인하여 이루어진 것이니, 한퇴지에게 불학의 영향 또한 크다고 해야 할 것
이다! 송대의 유학자 중에 겨우 한퇴지가 이후 태전(太顚)과 관계한 것을 집고서 그
것으로 적발됐다고 여기고 꽉 움켜잡으며 그 도통을 빼앗으려고 했던 자들은 퇴지
일생의 경력과 그 학설의 경위에 아직 한 단계 도달하지 못한 듯하다.

소도(陶奭齡)287)에게 서법에 대하여 논하다(小陶論書)

　소도(小陶 : 陶奭齡)가 한 친구와 글씨에 대하여 논하였는데, 소도는 이
렇게 말하였다. "그대의 글씨는 속기(俗氣)를 띠고 있으니, 마땅히 이왕
(二王 : 왕희지·왕헌지)288)을 따라 입문하였을 것이오." 친구가 말하였다.
"그렇소. 하지만 이왕(二王)이 어찌 속기를 띠고 있단 말이오?"

　소도가 말하였다. "그렇지 않소. 무릇 시를 배우는 자들은 성당(盛唐)
에서부터 들어가는데, 그 말류는 반드시 백설루(白雪樓 : 李攀龍)289)가 되

---

287) 소도(小陶) : 도석령(陶奭齡). 도망령(陶望齡)의 아우이다.
288) 이왕(二王) : 진(晉)나라 때 명필 왕희지(王羲之, 307~365)와 그 아들 왕헌지(王獻之,
　　348~388). 왕희지의 자(字)는 일소(逸少)인데, 우군장군(右軍將軍)이라는 벼슬을 하여
　　왕우군(王右軍)이라고도 한다. 일곱째 아들 왕헌지(王獻之)도 글씨를 잘 써서, 부친과
　　함께 이왕(二王) 또는 희헌(羲獻)이라고 불린다.
289) 백설루(白雪樓) : 이반룡(李攀龍, 1514~1570)의 누각인데, 이반룡을 가리키는 말로 사
　　용된다. 이반룡의 자는 우린(于鱗), 호 창명(滄冥), 역성(歷城 : 지금의 山東) 사람. 가정
　　(嘉靖) 23년(1544) 진사가 되고 형부주사(刑部主事)에 제수되었다. 얼마 후 지방으로 파

지요. 글씨를 배우는 자들은 이왕(二王)에서부터 들어가는데, 그 말류는 반드시 정운관(停雲館 : 文徵明)290)이 되고 말아요. 대개 이왕(二王)의 오묘한 곳은 들어갈 만한 경계[畦]이 없으므로, 배우는 사람들이 모방하려다 제대로 모방하지를 못하고, 반드시 원숙(圓熟)하고 미연(媚軟)한 데로 빠지지요. 공은 소식(蘇軾)과 황정견(黃庭堅) 등을 보았지요? 그들이 어디 필획 하나라도 옛 사람을 본뜬 것이 있었나요? 그렇지만 정신이 도약하듯이 튀어나와서 이왕(二王)과 함께 불후할 수 있지요. 지난날에 노직(魯直 : 황정견)291)에게 자첨(子瞻 : 소식)의 글씨는 단지 옛 법을 따르지 않을 뿐이라고 말한 사람이 있었습니다. 그러자 노직은 말하길, '옛사람을 무어 법으로 삼을 것이 있는가?'라고 하였습니다. 이 말은 시문의 삼매(三昧)

견되어 순덕지부(順德知府)를 지내고 관직이 하남안찰사(河南按察使)에 이르렀다. 이선방(李先芳)·사진(謝榛)·오악(吳岳) 등과 시사(詩社)를 조직하고 복고(復古)를 내걸었다. 그러다가 후에는 왕세정(王世貞)·종신(宗臣)·양유예(梁有譽)·서중행(徐中行)·오국륜(吳國倫) 등이 차례로 입사하여 이선방·오유악 등과 함께 '칠자(七子)'가 되었다. 이들이 곧 '후칠자(後七子)'들이다. 그는 왕세정과 더불어 '칠자'의 영수가 되어 일시를 풍미했다. 저서로는 『창명집(滄冥集)』30권이 있다. "서경(西京) 이하로는 이렇다 할 산문이 없으며, 중당 이하로는 좋은 시가 없다"고 하면서 유독 이몽양(李夢陽)을 받들어 모방과 복고의 문학을 제창했다.

290) 정운관(停雲館) : 명나라 때 서법가 문징명(文徵明)을 말함. 문징명은 장주(長州) 사람으로, 처음 이름은 벽(璧)이었다. 징명은 그의 자(字)인데 자로 세상에 알려져 있다. 또다른 자는 징중(徵仲)이다. 호는 형산(衡山)·형산거사, 취죽재(翠竹齋)이다. 사시(私諡)는 정헌선생(貞獻先生)이다. 어려서는 영특하지 않았으나, 조금 자란 뒤 영이(穎異)하여, 문장을 오관(吳寬)에게 배우고, 글씨를 이응정(李應楨)에게, 그림을 심주(沈周)에게 배웠다. 서정경(徐禎卿) 등과 함께 오중(吳中)의 4재자(四才子)로 불렸다. 정덕(正德) 연간에 서울로 가서 한림대조(翰林待詔)의 벼슬을 받았으므로 세인이 그를 문대조(文待詔)라고 불렀다. 세종 때 『무종실록(武宗實錄)』 편찬에 참여하고 경연(經筵)에 입시하였다. 가정(嘉靖) 38년에 나이 90세로 죽었다. 서실을 신이관(辛夷館), 옥경산방(玉磬山房), 오언실(悟言室), 연조관(煙條館), 옥란당(玉蘭堂), 정운관(停雲館), 졸정원(拙政園), 매화옥(梅花屋), 매계정사(梅溪精舍)라 하였다. 저서에 『보전집(甫田集)』이 있다. 『명사』에 입전(立傳)되어 있다.

291) 노직(魯直) : 북송 때 문학가 황정견(黃庭堅, 1045~1105)을 가리킨다. 산곡(山谷)이 호이며, 자가 노직이다. 또 다른 호는 부옹(涪翁)이다. 홍주(洪州) 분녕(分寧) 사람. 시에 있어서 소식과 함께 '소황(蘇黃)'이라 병칭된다. 강서시파(江西詩派)의 조종(祖宗)으로 받들어졌다. 저서에 『산곡집』 70권이 있다.

를 얻었다 할 만하니, 자학(字學 : 서법)만 그러한 것이 아닙니다.”

내가 듣고서 나도 모르는 사이에 웃고 말았다. “그대의 말과 같다면 어찌 비단 시문만 그렇겠소? 선종(禪宗)과 유학의 취지가 모두 일이관지(一以貫之)292)지요.”

　小陶與一友人論書, 陶曰 : “公書却帶俗氣, 當從二王入門.” 友人曰 : “是也. 然二王安得俗?” 陶曰 : “不然. 凡學詩者從盛唐入, 其流必爲白雪樓. 學書者從二王入, 其流必爲停雲館. 蓋二王妙處, 無畦徑可入, 學者摹之不得, 必至圓熟媚軟. 公看蘇・黃諸君, 何曾一筆效古人, 然精神躍出, 與二王幷可不朽. 昔人有向魯直道子瞻書但無古法者, 魯直曰 : “古人復何法哉?” 此言得詩文三昧, 不獨字學.” 余聞之失笑曰 : “如公言, 奚獨詩文? 禪宗儒旨, 一以貫之矣.”

　　1597년(만력 25년 정유)에 지은 글. 이 글은 회계(會稽)나 항주(杭州)에서 지었을 것이다.
○ 패란거본에는 이 글이 없으나, 서종당본・소수본에 의거하여 보충한다.

꿈을 기록하다(紀夢)

　밤에 정사(淨寺)293)에 앉아 있으면서 방자(方子 : 方文僎)294)와 이야기하

---

292) 일이관지(一以貫之) : 『논어』 「이인(里仁)」 제15장에 나오는 말. “공자께서, ‘삼(參)아 내 도는 하나로 꿴다’라고 하자, 증자는 ‘네’라고 하였다. 선생께서 나가신 뒤 문인이 묻기를 ‘무엇을 말씀하시는 것입니까?’라고 하였다. 증자는 ‘선생님의 도는 충서일 따름이다’라고 하였다(孔子曰 : 參乎! 吾道一以貫之. 曾子曰 : 唯. 子出, 門人問曰 : 何謂也? 曾子曰 : 夫子之道, 忠恕而已矣)”고 하였다.
293) 정사(淨寺) : 정자사(淨慈寺)를 말한다. 앞에 나왔다.
294) 방자(方子) : 방문선(方文僎). 권3 「현재(縣齋)에서 쓸쓸하던 참에 마침 조이신・왕백곡・황도원・방자공이 방문하였으므로 시를 지었다(縣齋孤寂, 時曹以新・王百穀・黃道元・方子公見過, 有賦)」 전교(箋校)를 참조.

다가 화두가 기이한 꿈에 미쳤다. 방자가 말하였다. "내가 저번에 한 꿈을 꾸었는데, 참 이상했어요. 한 구역의 관서에 이르렀는데, 붉은 문에 창 그림이 그려져 있어 마치 왕궁 같았죠. 처음에 동쪽 계단으로 해서 들어가자, 전각 앞에 두 개의 높은 누대가 있고, 두 맹사(猛士)가 그 위에 서 있는데, 붉은 수염에 푸른 눈동자로, 형모(形貌)가 아주 놀라왔지요. 전각 위에는 키 큰 사람 셋이 서 있는데, 높이가 서너 장(丈)이고 옥돌 구슬이 온 몸을 덮고 있었어요. 곁에 사람에게 물으니, 이것은 제천(諸天)이라 하더군요. 가다가 전각 앞에 다다르자 한 거인이 묻기를 '너는 네 전신(前身 : 전생)을 보고 싶으냐?' 하였어요. 곁에 푸른 옷을 입은 사람이 있어서, 즉시로 전각 바깥으로 데리고 가는데, 동쪽 행랑 안에 이르러서 한 도인이 포단(蒲團) 위에 앉아서 목어(木魚 : 목탁)을 가지고 있는데 얼굴은 파리하고 누렇게 떴고, 서글프게 마치 자득하지 못한 것 같이 하고 있었죠. 다 보고 나서 다시 이끌려 전각으로 왔습니다. 거인은 또 묻기를, '네 후신(後身)을 보고 싶으냐?'라고 하였죠. 말이 끝나기 전에, 누대 위의 맹사(猛士)가 껑충 튀어 전각 아래 서더니, 손에 잡고 있던 쇠몽둥이를 위를 향해 한 번 휘두르자, 화광(火光)이 한꺼번에 흩어지면서 앞서 보았던 거인과 전각이 모두 숨어 없어졌어요. 맹사는 인도하여 작은 구멍에 이르더니만, 손으로 한 사람을 끄집어 내오는데, 머리에는 큰 형틀이 씌어져 있고, 수염은 다 그을리고 옷에는 때가 덕지덕지한데, 바로 내 몸이었어요. 그래서 평소에 무슨 죄악을 저질렀기에 이러한 고통을 받는가 곰곰 생각하며, 한바탕 울고는 깨었답니다."

방자(方子)는 또 말하였다, "지난날 모친께서 살아 계실 때에, 꿈에 한 귀졸(鬼卒)이 부절(符節)을 잡고 마치 지금의 주현(州縣)의 노예들이 뒤쫓아오며 부르듯 하였는데, 어머니의 이름이 거기에 있었죠. 이때에 한 조카가 곁에 있었는데, 저와 그 조카 둘이서 울며 귀신에게 고하길, '부디 우리들의 수년 수명을 덜어서 모친에게 더하여 주십시오'라고 하였지요. 귀졸은 조카를 가리키면서 '외인(外人)의 수명을 어찌 덜랴?'고 하였어요.

나는 펄쩍 뛰면서, '말씀대로라면 제 수명을 십 년 덜어주세요'라 하였
지요. 귀졸이 끄덕끄덕하더니 떠나갔습니다. 십 년이 지나서 모친께서
과연 돌아가셨습니다."

이에 나는 방자에게 이렇게 말하였다. "당신의 골상은 장수할 것 같지
않은데, 이미 십년 수명을 감하였으니, 남은 해가 얼마나 되겠소? 당신
은 큰 형구를 걸칠 기일이 가깝구려." 방자는 한참 동안 슬픈 기색으로
있었다.

夜坐淨寺, 與方子談及異夢. 方子曰 : "余往得一夢, 甚異. 至一區署,
朱門畫戟, 有若王宮. 初從東階入, 殿前列兩高臺, 二猛士立其上, 朱髮
綠睛, 形貌可駭. 殿上立長人三, 高數丈, 瓔珞被體, 問旁人, 云此諸天
也. 行至殿前, 一長人問 : '欲觀汝前身否?' 旁有靑衣人, 卽時領出殿外,
至東廊內, 見一道人坐蒲團上, 持木魚, 面瘠而黃, 愀然若不自得者. 看
畢, 還引至殿. 長人復問曰 : '欲觀汝後身否?' 言未旣, 臺上猛士跳立殿
下, 以手中所執鐵杵, 向上一揮, 火光迸散, 前時所見長人殿閣皆隱. 猛
士引至一小竇中, 以手牽一人出, 首着長械, 焦髮垢衣, 乃己身也. 因自
念平生作何罪惡, 受此苦痛? 一泣而醒." 方子又言 : "往先母在時, 夢一
鬼卒執符, 若今州縣隷追呼者, 有母姓字在焉. 時一甥在旁, 兩人泣告
鬼卒曰 : '願共減數年壽, 以益母.' 卒指甥曰 : '外人那得減?' 余踊躍曰 :
'卽如言, 減某十年壽可也.' 鬼卒頷之而去. 閱十年, 母果卒." 余因謂
方子 : "爾骨相不類壽者, 旣減十年, 後歲那得幾? 爾長械之期近矣." 方
子愀然久之.

전校교 1597년(만력 25년 정유), 항주(杭州)에서 지은 글.
○ 패란거본에는 이 글이 없으나, 서종당본·소수본에 의거하여 보충한다.

기괴한 일을 기록하다(紀怪)

밤에 쌍청장(雙淸莊)에 앉아 있으면서, 도석궤(陶石簣)295)와 각각 새로운 귀신에 대하여 하나씩 이야기를 하였다.

도석궤가 말하였다. "내 형수가 지난 해 죽었는데, 죽는 날, 한 여종이 홀연 발광을 하여, 자기는 아무 마을 아무 집 며느리인데, 목을 매어 죽었으며, 여러 귀신들을 따라서 걸식을 하다가 여기에 이르렀습니다. 떠나려 하다가 뭇 귀신들에게 에워싸여 앞으로 나아가지 못하고 그래서 길을 잃었는데, 이때 굶주림이 심하니 밥 한 그릇만 내게 먹여달라고 말하였습니다. 먹을 것을 구하는 모습이 너무도 돌연하고 절박하여, 극히 애련할 만하였죠 이윽고 밥이 이르러 오자, 여종은 마침내 땅에 엎어져서는 마치 자다가 막 깨어난 것 같았으며, 앞의 일을 물어도 알지를 못하였습니다."

또 이렇게 말하였다. "우리 마을에 한 사부(士夫)의 집이 있는데 부인이 병중에 홀연, 아무 시어머니와 아무 시누이가 왔고 아무 시숙과 아무 조카가 왔다고 말하였는데, 그들은 모두 죽은 지 십 년, 혹은 이, 삼 년 된 자들로, 그들과 대화를 주고받는 것이 마치 살아 있는 사람에게 예를 갖추듯이 하였죠 며칠 뒤에 홀연히 말하길, 염라(閻羅)가 와서 나를 매질하려고 한다고 하고는, 즉시로 몸을 땅에 거꾸러뜨리고는 매를 맞는데, 고통스러워하는 소리가 집 안팎에 크게 울리고 온 몸은 모두 매맞은 흔적이 있었어요 혹은 땅에 무릎을 꿇고 손에 매를 맞는데, 열 손가락이 모두 푸르게 되고 피가 뚝뚝 아래로 떨어졌습니다. 혹은 평상 위를 빙글빙글 돌아, 바람처럼 신속하게 하였다. 왜 그러느냐고 묻자, '염라(閻羅)가 나를 간다'고 하였습니다. 그 독고(毒苦)의 모습이 인간 세계보다 일백 곱절이나 더 하였습니다. 서너 날 이후에 조금 되살아나서, 스스로

---

295) 도석궤(陶石簣) : 도망령(陶望齡). 자는 주망(周望)이고, 호가 석궤이다. 회계(會稽) 사람이다. 앞에 나왔다.

말하길, '아무개는 본디 천상의 신선인데 이곳에 적강(謫降)해서는 옛 인
(舊因)을 잊어버리고 세상에 거처하면서 미움과 시기를 받기에 나를 살
려서 이 보(報)를 받게 한 것인데, 지금 보(報)가 이미 다하였으므로 마땅
히 천상으로 복귀한다' 하였지요. 말을 마치고는 마침내 죽었습니다."

또 이렇게 말하였다. "근래에 한 친족의 손자사위가 결혼한 지 반년에
밤마다 한 아름다운 부인이 오는 것을 보고 침실을 같이 하였으므로 마
침내 아내와 별실을 하게 되었죠. 그러다 얼마 되지 않아서 행동거지가
아주 미쳐버리고 말았습니다. 번번이 사람들에게 말하길, '세간에 연연
할 것이 없으니, 죽어버리는 것말고 달리 즐거운 일이 없구나'라고 하였
어요. 그리고는 때로는 버선을 묶어서 스스로 목을 매거나 혹은 물 속에
뛰어들었으므로, 집사람이 에워싸고 지켰지요. 어느 날 밤에 지키는 사
람이 지쳐서 잠깐 한 눈을 팔았는데, 마침내 측간에 빠져서 죽었답니다.
이것은 이적(李赤)296)의 일과 아주 유사하지요."

이 세 가지 일을 모두 기록해둘 만하므로, 책에다 기록하여 기이한 견
문을 넓히는 바이다.

夜坐雙淸莊, 與石簣各譚新鬼. 石簣言 : "余嫂以去歲卒. 卒之日, 一
婢忽顚, 自言爲某村某家婦, 以縊死, 隨衆鬼乞食至此, 臨去爲衆所擁,
不得前, 因失道, 此時飢餒甚, 可以一飯飼我. 其求食之狀, 甚遽迫, 極
可哀憐. 頃之, 飯至, 婢遂仆地上, 如睡方醒, 問之一無所知." 又言其鄕
"有一士夫家, 婦病中忽言某姑某娘子來, 某叔某姪來, 皆死十年或一二
年者, 與之酬答, 一如生人禮. 數日, 忽言閻羅來杖我矣, 卽以身趺地受
杖, 痛楚之聲, 徹於中外, 遍身皆有杖痕. 或跪地以手受杖, 十指俱靑,

<hr>

296) 이적(李赤) : 당나라 유종원(柳宗元)이 지은 「이적전(李赤傳)」에 나오는 인물. 강호(江
    湖)의 낭인(浪人)인 이적이, 자신의 시가 이백(李白)과 유사하다고 자만하여 스스로 호
    를 이적이라고 하였다고 한다. 뒤에 이적은 측귀(廁鬼)에게 현혹되어, 측간에 들어가는
    것을 당에 오르는 것이라고 오인하여, 마침내 측간에 빠져 죽었다고 한다.

血泮泮滴下. 或旋轉林上, 迅疾如風. 問之, 則曰: ‘閻羅磨我.’ 其毒苦
之狀, 百倍人間. 數日後稍甦, 自言: ‘某本上仙謫向此土, 因忘却舊因,
處世妬嫉, 故令我活受此報. 今報已盡, 當復歸天上矣.’ 言已, 遂卒”.
又言: “近一族孫壻, 婚未半載, 夜夜見一美婦人來, 與同寢處, 遂與妻
別室. 未幾, 舉止顚甚. 每向人言: “世間無可戀, 除却死, 更無樂事.” 時
以襪繫自縊, 或投水中, 家人環而守之. 一夕守者倦, 竟死於厠. 與李赤
事絶相類.” 三事皆可紀, 故識之於書, 以廣異聞.

 1597년(만력 25년 정유)에 지은 글. 쌍청정은 천목산(天目山)에 있으므로
혹 이 글은 항주로 돌아온 뒤에 쓴 것인지 모른다.
○ 패란거본에는 이 글이 없으나, 서종당본·소수본에 의거하여 보충한다.

기이한 일을 기록하다(紀異)

내가 제운(齊雲)297)에 이르러, 어떤 도사가, 귀신이 아침마다 봉헌하러
온다고 하는 말을 하는 것을 들었다. 그 까닭을 물었더니, 도사는 이렇
게 말하였다. “아무 마을에 아무 임신부가 죽어서 아무 곳에 묻었는데,
매일 밤마다 한 아이를 안고서 저자 거리에 와서 걸식을 하였지요 그녀
를 알아보는 사람이 ‘이 사람은 아무개의 부인인데, 죽은 지 반년이나
되었다’고 하고는, 그 사실을 남편에게 말했지요 남편이 관을 열어 살
펴보니, 한 아이가 부인의 곁에 누워 있는데, 기식(氣息)이 조금 따스하더
랍니다. 그래서 그 아이를 데려다가 길렀대요 지금 그 아이가 마흔 남
짓의 나이가 되었는데, 집안에 일만 금을 쌓았답니다.”
내가 휘주(徽州) 사람에게 물었더니, 휘주 사람이 모두 말하길, “이것
은 최근 일이지요 그 사람을 불러 올 수 있습니다”라고 하였다. 이것은

---

297) 제운(齊雲): 제운산(齊雲山). 일명 백악(白岳). 안휘성 휴녕현(休寧縣) 서쪽에 있다.

『변경구이(汴京勾異)』298)에 실려 있는 이야기들과 아주 흡사하다. 그래서 고금의 괴이한 일 가운데는 같은 것이 있다는 것을 알았다. 천하의 일을 어찌 모두다 유학자와 더불어 말하랴!

余至齊雲, 聞道士有言鬼朝奉者. 問其故, 道士云 : "某鄕某孕婦死, 埋某處. 每夕抱一兒向市上乞食, 有識之者曰 : "此某人婦, 死半歲矣." 以故語夫, 夫隨開棺驗之, 見一兒臥婦旁, 氣息微溫, 因取養之. 今年四十餘, 家累萬金." 余問徽人, 徽人皆曰 : "此近事, 其人可召而致." 此與汴京勾異所載絶相類. 乃知古今怪事, 亦有同者. 天下事安可盡與儒者道哉!

 1597년(만력 25년 정유)에 지은 글.
○ 패란거본에는 이 글이 없지만, 서종당본·소수본에 의거하여 보충한다.

방자299)와 정토에 대하여 논하다(與方子論淨土)

방자(方子)가 말하였다.

"내가 듣자니, 운서(雲棲)300)의 여러 승려들이 그러는데, 염불하면 정토(淨土)에 태어날 수 있다고 하였는데, 그렇습니까?"

내가 말하였다.

"그렇습니다. 서책에 실려 있는 것들을 멀리 인용하여 올 틈은 없고요. 잠시 내가 눈으로 보았던 일을 말하지요. 우리 형 백수(伯修)에게 등

---

298) 변경구이(汴京勾異) : 『변경구이기(汴京勾異記)』. 명나라 이렴(李濂)이 지은 이문(異聞) 모음집으로, 8권. 『연운을편(硯雲乙編)』에 수록되어 있다.
299) 방자(方子) : 방문선(方文僎).
300) 운서(雲棲) : 운서사(雲棲寺). 전당현(錢塘縣) 오운산(五雲山) 서쪽에 있다. 오대(五代) 때 건립되었다.

(凳)이란 이름의 차남이 있는데, 나이가 겨우 열 셋인데 고질병을 알아서
스스로도 구(救)해지지 못하리라 알았어요. 임종이 가까워지자 울면서 내
게 말하길, '조카가 오늘 죽습니다. 저를 구하실 무슨 불법이 있으셔요?'
라고 하더군요. 나는 이렇게 말했습니다. '너는 다만 염불만 해라. 그러
면 불국에 왕생할 것이다. 이 오온(五蘊)301)으로 더럽혀진 세상은 무어
연연할 것이 없으니, 너는 마땅히 일심으로 부처님을 생각하는 게 좋아.'
나는 그러고는 조카에게 합장하여 염불하게 하고, 여러 권속들은 둘러싸
고 높은 소리로 찬양하게 하였지요. 얼마 있다가 조카가 홀연 미소지으
면서 말하길, '연꽃 한 송이가 보이는데, 흙색 같으면서 조금 붉네요'라
고 하였습니다. 그리고 말을 마친 뒤에 다시 염불을 하였죠. 얼마 있다
가 홀연 말하길, 연꽃이 너무 선명하여 세간의 꽃 빛깔은 견줄 만한 것
이 없으며 아까보다 훨씬 크다고 말하더군요. 또 얼마 있다가 홀연, 부
처가 왔어요, 라고 하더니, 얼굴에서 빛이 나서 방안에 가득하였습니다.
그리고 또 얼마 있다가 홀연히, 방안에 불결한 사람이 있어서 꽃도 부처
도 모두 사라졌다고 하더군요. 그 말을 듣고 백수(伯修)가 일어나 찾아보
니, 병풍 뒤에 마침 한 여종이 왔는데, 마침 완탁(浣濯)302)의 밤에 해당되

---

301) 오온(五蘊) : skandha. 색건타(塞犍陀). 구역(舊譯)에서는 음(陰) 또는 중(衆)이라 번역하
고, 신역(新譯)은 온(蘊)이라 하였다. 음(陰)은 적취(積聚)의 뜻, 중(衆)은 중다(衆多)하여
화취(和聚)한다는 뜻이며 또한 온(蘊)의 뜻이다. 많은 집적된 유위법(有爲法)의 자성(自
性)이며, 유위법의 용(用)을 지어 순일(純一)한 법(法)이 없고, 혹은 동류나 혹은 이류가
반드시 다수의 소분(小分)이 모여 그 용(用)을 지으므로 음이라 하고 혹은 온이라 한다.
대개 다섯 가지 법(法)이 있으니, 색온(色蘊), 수온(受蘊), 상온(想蘊), 행온(行蘊), 식온
(識蘊)이다. 색온은 오근(五根)과 오경(五境) 등을 총해(總該)하여 유형의 물질이 된 것
을 말한다. 수온은 경(境)을 대하여 사물을 승수(承受)하는 마음의 작용이다. 상온은 경
(境)을 대하여 사물을 상상하는 마음의 작용이다. 행온은 그밖의 경(境)을 대하여 진탐
(瞋貪) 등 선악(善惡) 일체에 관한 마음의 작용을 말한다. 식온은 경(境)을 대하여 사물
을 요별(了別)하여 알아내는 마음의 본체를 말한다. 불교에서는 우리의 몸과 마음이 오
온으로 이루어져 일정한 본체가 없이 무아(無我)라고 하여, '오온개공(五蘊皆空)'이라
하고, 혹은 오온이 잠깐 화합하여 생기는데 불과하다는 뜻에서 '오온가화합(五蘊假和
合)'이라고 한다.
302) 완탁(浣濯) : 씻음. 여기서는 월경으로 더럽혀진 몸을 씻음.

었습니다. 백수가 야단을 쳐서 쫓아내고, 여러 사람들로 하여금 종전처럼 둥그렇게 에워싸고 염불을 하게 하였습니다. 조카가 이때 이미 기(氣)가 짧아져 헐떡거리고 있었는데, 백수는 '너는 다만 나(余)라는 한 글자만 외우면 된다'고 하였습니다. 조카가 내게 괜찮으냐고 묻기에, 나는 '괜찮다'고 대답하였습니다. 외우기를 서너 마디 하다가 합장하고 죽었습니다.

또 내게 둘째 외숙모 축씨(祝氏)가 계신데, 외숙모는 우리들이 불교의 일을 이야기한다는 말을 듣고, 부처의 이름만을 지성으로 외웠습니다. 최근에 소수(小修)가 편지를 보내어, '외숙모가 돌아가시기 사흘 전에 여러 자제들에게, 부처가 말하길 사흘 뒤에 나를 만나러 온다고 하였다고 고하였습니다'라고 하였는데, 그 기일이 되어 목욕하고 당 위에 앉았고, 여러 식구들이 모두 서서 기다렸는데, 한참 있다가 '부처가 왔다'고 하더니, 마침내 눈을 감았습니다. 이 두 가지 일은 내가 눈으로 보고 귀로 들은 것으로 정말 참된 사실입니다."

방자(方子)가 웃으면서 말하였다.

"그런 일이 있습니까? 나를 얽어맸던 큰 형틀이 바로 이것으로 인해 당장 부서질 수 있겠군요."

方子曰 : "余聞雲棲諸僧云, 念佛可生淨土, 是不?" 余曰 : "然, 書傳所載, 不暇遠引, 姑言余所目及者. 家伯修有次子名登, 年甫十三, 病癖, 自知不救. 將終, 泣問余曰 : '姪今日死矣, 有何法可以救我?' 余曰 : '汝但念佛, 卽得往生佛國, 此五濁世無可戀者, 汝當一意想佛可也.' 余因令姪合掌念佛, 諸眷屬圍繞, 高聲讚揚. 頃之, 姪忽微笑云 : '見一蓮花, 如土色而微紅.' 言旣, 復念. 頃之, 忽言蓮花鮮明甚, 世間花色無可比者, 比前較大. 頃之, 忽言佛至, 相好光明, 充滿一室. 頃之, 忽言室中有不潔人, 花佛皆沒. 伯修因起索, 屛後適一婢至, 正當浣濯之夕. 伯修叱出, 令諸人依前圍繞念佛. 姪時已氣短, 伯修曰 : '汝但念余之一字可也.' 姪問余可否, 余曰 : '可.' 念未數聲, 合掌而卒. 又余二妗子祝氏, 聞余輩譚佛事, 亦持念佛號. 前者小修書來云 : '妗子未死前三日, 卽告諸郞, 云佛言三日後當來接我.' 至期沐浴坐堂上, 諸眷屬皆立而待, 良久曰 : '佛至矣.' 遂瞑. 二事皆余耳目睹記最眞者." 方子笑曰 : "有是哉? 余之長械, 卽此可立破矣."

 1597년(만력 25년 정유), 항주에서 지은 글. 원굉도는 『서방합편(西方合編)』에서 염불수지(念佛修持)에 대하여 논하였는데, 이 글의 주제와 통한다. ○패란거본에는 이 글이 없으나 서종당본·소수본에 의거하여 보충한다.

시문 목차

『**원중랑집**』 제9권
해탈집(解脫集) 권2 시(詩)